GINA MAYER

Die Protestantin

Roman

Diana Verlag

Verlagsgruppe Random House FSC-DEU-0100
Das für dieses Buch verwendete
FSC-zertifizierte Papier *München Super*
liefert Mochenwangen Papier.

Originalausgabe 09/2006

Redaktion | Barbara Raschig
Umschlagmotiv | Trotz intensiver Bemühungen ist es uns nicht gelungen, den Rechteinhaber des Umschlagmotivs festzustellen. Der Verlag bittet diesen oder eventuelle Rechtsnachfolger, sich mit ihm in Verbindung zu setzen. Er verpflichtet sich, rechtmäßige Ansprüche nach den üblichen Honorarsätzen zu vergüten.
Umschlaggestaltung | Hauptmann & Kompanie Werbeagentur, München – Zürich, Teresa Mutzenbach
Herstellung | Helga Schörnig
Satz | Leingärtner, Nabburg
Druck und Bindung | GGP Media GmbH, Pößneck
ISBN-10: 3-453-35140-1
ISBN-13: 978-3-453-35140-0

http://www.diana-verlag.de

Nähme ich Flügel der Morgenröte
und bliebe am äußersten Meer,
so würde auch dort deine Hand mich führen
und deine Rechte mich halten.

Psalm 139, 9–10

Kaiserswerth, den 10. Mai 1876

Liebste Esther,

wie nah Du mir doch in jedem Deiner Briefe bist. Als ob uns kein Ozean trennte, sondern nur ein paar Schritte. Ich sehe Dich vor mir und ich höre Deine Stimme, wenn ich Deine Worte lese.
Wenige Tage nach Deinem Schreiben habe ich einen Brief von Ernest erhalten. Er erkundigte sich nach meinem Befinden und meiner Arbeit, vor allem aber nach unserem politischen Wirken und der Lage der Dinge in Deutschland. Von sich selbst erzählte er nur wenig, dennoch konnte ich zwischen den Zeilen lesen, dass es ihm gut geht und er mir meinen Entschluss von damals nicht nachträgt. Ich habe sein Schreiben noch nicht beantwortet, aber wie Du weißt, habe ich ihm hinsichtlich der Politik wenig Erfreuliches zu berichten.
Denn Bismarck hat sich ganz in den Kampf gegen die Sozialisten verbissen und alle – Gerichte, Polizei, Unternehmer und nicht zuletzt unsere protestantische Kirche – stehen ihm zur Seite und helfen mit, dass »die Ratten im Lande vertilgt werden können«, wie der Kanzler es in einer seiner Reden ausdrückte.
Ach, ich darf mich gar nicht weiter darüber auslassen, wer weiß, welche argwöhnischen Augen diesen Brief lesen werden, bevor Du ihn in den Händen hältst. Vielleicht hast Du Recht, vielleicht sollten wir diesem Land den Rücken kehren, solange es

noch geht, aber dann denke ich an die vielen Elenden hier und bin plötzlich wieder voller Hoffnung, dass sich unsere Idee doch durchsetzen wird, weil sie richtig ist und gerecht.
Aber genug von der Politik. Deine Worte über meine beiden Mütter haben mich sehr bewegt. Ich weiß, dass Du Recht hast, aber es fällt mir so schwer zu begreifen, warum Tante Johanne mir nie die Wahrheit gesagt hat. Du sagst, es spielt keine Rolle, aber für mich ist es doch von Bedeutung. Wie oft stehe ich an ihrem Grab und beschwöre sie, mir zu antworten, aber sie ist nicht da, nicht an diesem toten Ort. Auch gestern war ich dort und habe sie nicht gefunden, aber in der Nacht habe ich von ihr geträumt.
Es war ein so wirklicher Traum, dass ich ihn immer noch in mir spüre. Ich war in einem fremden Garten, und es war Nacht, aber ich erkannte die Umrisse von Bäumen und Büschen und konnte die Blumen um mich herum riechen. Mit einem Mal stand Johanne neben mir, und obwohl es dunkel war, sah ich sie klar und deutlich. Ist dies das Paradies?, fragte ich. Sie lächelte und bewegte die Lippen, doch es kam kein Laut heraus. Ich kann dich nicht hören, rief ich, ganz verzweifelt darüber, dass sie mir so nah war und ich sie nicht verstehen konnte, aber sie nickte nur und sprach lautlos weiter. Irgendwann breitete sie ihre Arme aus, hob die Hände, als wollte sie mich umarmen, doch stattdessen flog sie einfach davon. Im selben Moment ging die Sonne auf, und ich sah, wie sich ihre Gestalt in dem roten Leuchten am Himmel verlor, und dann hörte ich ihre Stimme: Mache dich auf. Werde licht, Magdalena.
Alles schien mit einem Mal so einfach: diese schweren, düsteren Gedanken und meinen Groll endlich aufgeben. Und licht werden, hell und frei und leicht in meinem Tun und meinem Denken. Wahrscheinlich sind es nur meine eigenen Vorstellungen, die diesen Traum hervorgerufen haben, mein sehnsüchtiges Verlangen. Und doch stelle ich mir vor, dass Johanne tatsächlich und in

Wirklichkeit zu mir gekommen ist, um mir die Botschaft zu überbringen.
Gerade fällt mein Blick auf meine Tochter, die ihren Namen trägt. Meine kleine Johanna, die neben mir liegt und schläft. Unter ihren geschlossenen Lidern wandern die Pupillen hin und her, und dann und wann bewegen sich ihre Lippen. Wen sie wohl sieht in ihrem Schlaf?

Ich umarme Dich und Catharine

Magdalena

Teil 1

Johanne

(1822–1826)

1

Johanne stützte ihr Gesicht in die Hände und hielt sich dabei die Ohren zu. Augenblicklich verstummten die Klänge der Kirchenglocken.

Sie wusste auch so, dass es neun Uhr war. Der Gottesdienst in der Kirche am Wall war vorbei. Der neue Pastor hatte heute seinen Antritt gehabt, und sicher waren alle Mitglieder der kleinen evangelischen Gemeinde Kaiserswerth dort gewesen. Alle bis auf ihre Familie.

Die Königs waren seit Monaten nicht mehr zur Kirche gegangen. Ihr Vater schlief am Sonntagmorgen den Rausch aus, den er sich in der Nacht zuvor angetrunken hatte, und ihre Mutter wurde schon wütend, wenn Johanne sie nur darauf ansprach.

»Damit die anderen Gelegenheit haben, auf uns herabzusehen? Nein, Johanne, da habe ich Besseres zu tun, das erspare ich mir lieber.«

Ohne die Eltern weigerten sich auch die Brüder zur Kirche zu gehen, und allein wollte Johanne nicht hin. Wie die Mutter fürchtete sie die schiefen Blicke, die verächtlichen Mienen, das Getuschel der Leute.

Stattdessen saßen sie hier am Frühstückstisch, die Brüder stritten sich um den letzten Rest Schmalz im Topf, die Mutter schlürfte ihre Grütze, und Johanne sah ihnen dabei zu, ohne sie zu hören.

Bis zum letzten Moment hatte sie gehofft, dass sie ihre Mutter umstimmen könnte, dass sie doch noch mitkommen würde. Ein neuer Pastor, das bedeutete doch auch einen neuen Anfang, eine neue Chance. Aber es war sinnlos gewesen.

Jetzt wischte sich Frau König den Mund ab, ihre Lippen bewegten sich, Johanne nahm die Hände von den Ohren. »… so eine trübsinnige Miene«, hörte sie ihre Mutter sagen. »Du wirst den Pfarrer schon noch früh genug zu Gesicht bekommen.«

»Er ist bestimmt genauso langweilig wie der alte«, meinte Heiner mit vollem Mund.

Johanne starrte auf die Tischplatte, die mit einer eingetrockneten Schicht aus Schmutz, Fett und Essensresten überzogen war. Heiner hatte Recht, es machte keinen Unterschied, alles würde einfach immer so weitergehen. Sie schloss die Augen und sah plötzlich wieder Emmis grinsendes Gesicht vor sich und hörte Albertines Gekicher. Sie versuchte, an etwas anderes zu denken, aber es gelang ihr nicht.

Am Tag zuvor hatte sie Emmi und Albertine an der Pumpe am Stiftsplatz getroffen. Die beiden schwatzten und taten, als ob sie Johanne nicht bemerkten, vielleicht hatten sie sie ja auch wirklich nicht gesehen.

»Guten Tag miteinander«, sagte sie laut, während sie ihre leeren Kannen hinter die von Albertine stellte. »Guten Tag«, gab Emmi zurück, ohne den Kopf zu wenden. Albertine nickte nur und murmelte etwas Unverständliches.

Johanne spürte, wie ihr Herz schneller schlug und ihre Hände feucht wurden. Die Gefühle waren ihr so vertraut und gleichzeitig so verhasst. Sie strich die Finger verstohlen an der Schürze ab, atmete kalte Luft ein und schluckte sie hinunter. Es schmerzte in der Kehle.

Emmi wuchtete ihren zweiten randvollen Wassereimer unter der Pumpe weg.

»Hast du's gehört, die Evangelischen bekommen schon wieder einen neuen Pastor«, sagte sie zu Albertine, ohne Johanne anzusehen. »Ich muss schon sagen, die haben einen hohen Verschleiß an ihren Pfaffen.«

Albertine trat zur Pumpe und kicherte. »Mal sehen, wie lange der Neue es hier aushält. Ein paar Monate, dann wird auch er sich wieder auf die Socken machen. Seine Vorgänger hat es jedenfalls auch immer nach kurzer Zeit fortgetrieben.«

Johanne zuckte mit den Schultern und versuchte so gleichgültig wie möglich auszusehen. »Die Gemeinde ist klein und arm. Ein Pastor hat es hier nicht leicht.«

»Besonders wenn die Kirche am Sonntag halb leer bleibt, weil manche Protestanten den Tag des Herrn lieber im Bett verbringen«, sagte Albertine.

»Und die Nacht des Herrn im Wirtshaus«, ergänzte Emmi. Albertine ließ den Pumpenschwengel fallen und verbarg ihr Gesicht in ihrer Schürze, als ob sie über die Gottlosigkeit der Protestanten weinte, aber dann hörte Johanne sie prusten und sah, dass ihre Schultern vor unterdrücktem Lachen zuckten. Emmi trat einen Schritt näher an Johanne heran. »Sag mal«, flötete sie, »was macht eigentlich dein Bruder Laurenz so? Man sieht ihn gar nicht mehr in der letzten Zeit.«

Johannes Blut strömte in alle Gliedmaßen. Sie stand einfach nur da und spürte, wie ihr Gesicht heißer und heißer wurde. Sie hätte so gerne etwas entgegnet, doch ihr Kopf war leer, ihr fiel nichts ein. Albertine gackerte immer noch in ihre Schürze. Wenn ich nur die Kraft hätte, sie ins Gesicht zu schlagen, dachte Johanne. Aber ihre Hände hingen schlaff an den Armen. Sie wünschte sich weg. Weit, weit weg.

Heiner und Theodor stritten sich wieder, diesmal ging es um die letzte Scheibe Brot, die jeder haben und keiner teilen wollte. Erst als Johanne eingriff und das Brot einfach auseinander brach, hörten sie das Klopfen an der Tür. Überrascht sahen sie sich an.

»Wer kommt denn am heiligen Sonntag in aller Herrgottsfrühe?« Frau König erhob sich und wischte sich verärgert ein paar Krumen von der zerknitterten Schürze. »Wenn's bloß nicht die Herderin ist wegen der Näharbeit, die ich ihr noch zu erledigen habe. Sie hat es wichtiger damit als alle anderen zusammen.«

Während sie zur Tür ging, verschränkte sie die Arme vor der Brust und schob das Kinn nach vorn, als bereitete sie sich auf eine Auseinandersetzung vor. »Als ob sie nicht wüsste, dass eine Frau nur zwei Hände hat und der Tag nicht mehr als vierundzwanzig Stunden …«, schimpfte sie, als sie die Tür aufriss. Dann verstummte sie. Langsam glitten die Arme an den Seiten ihres Körpers nach unten.

Die drei Kinder reckten neugierig die Hälse. Durch die geöffnete Tür fiel ein hellgrauer Lichtstreifen in die Wohnung. Aber vom Tisch aus war nicht zu erkennen, wer davor stand.

»Einen gesegneten Sonntag wünsche ich, Frau König«.

Eine Männerstimme, fest und laut.

»Allmächtiger, da soll mich doch der … ja, Frau König, die bin ich.«

»Mein Name ist Fliedner. Ich bin Ihr neuer Pastor. Ich bin unterwegs, um die Mitglieder meiner Gemeinde zu begrüßen. Darf ich wohl eintreten?«

Noch bevor sie eine Antwort gestammelt hatte, trat ein Mann an ihr vorbei über den hellen Lichtstreifen in die Küche. Er trug einen langen schwarzen Rock mit weißer Halsbinde, den runden Hut hielt er vor der Brust in der Hand. Seine hellblauen Augen unter der hohen, weißen Stirn schienen alles zu durchdringen – den ganzen Raum und die Menschen darin, die ihn wie eine übernatürliche Erscheinung anstarrten.

Heiner fasste sich als Erster. Hektisch sprang er von seinem Stuhl auf und machte eine ungeschickte Verbeugung. »Bitte gehorsamst Platz zu nehmen, Herr Pastor«, stieß er aufgeregt hervor.

Der Fremde hob eine blasse Hand, wie um ihn zurückzuhalten. »Bleibt nur sitzen, und nichts für ungut. Ich will keine Umstände machen. Ich möchte euch kennen lernen, nichts weiter.«

Johanne und der kleine Theodor waren inzwischen ebenfalls aufgestanden. Johanne versuchte ihre Augen von dem Mann abzuwenden, weil es unhöflich war, ihn so anzustarren, aber es gelang ihr nicht, sie war zu neugierig. Er sah seltsam aus, die Gesichtszüge scharf gezeichnet, die Nase stark gebogen, das rötliche Haar straff aus der Stirn gekämmt. Aber das Auffälligste an ihm waren seine blassblauen Augen, sein alles erfassender Blick, der zuerst auf Theodor ruhte, dann auf ihr selbst und schließlich durch die Stube wanderte. Sie folgte ihm unwillkürlich und sah, was auch er sehen musste. Der Fußboden starrte vor Dreck. Auf der Kommode türmte sich schmutzige Wäsche. Die Kartoffelschalen vom Essen am Vortag lagen neben dem Herd, die lehmigen Stiefel des Vaters mitten im Raum, einer hier, der andere dort, so wie er sie von den Füßen gestreift hatte, als er betrunken nach Hause gekommen war. Aus einem der Stiefel hing die Lasche heraus wie die Zunge eines erschöpften Straßenköters.

Das hatten sie nun davon, dass sie nicht zur Kirche gegangen waren, nun suchte sie der Pfarrer zu Hause auf und sah das ganze Elend, die alltägliche Schande, in der sie lebten. Voller Scham senkte sie den Blick. Dabei fiel er auf den schwarzen Rocksaum des Pfarrers, der über und über mit grauem Straßenschlamm bespritzt war. Der Anblick tat ihr auf eine eigenartige Weise gut.

»Könnte ich Ihnen doch wenigstens eine Tasse Kaffee anbieten«, ließ sich endlich die brüchige Stimme der Mutter hören. »Aber es ist leider keiner da.«

Fliedner hob abwehrend die Hand.

»Wenn ich bei jedem meiner Gemeindemitglieder eine Tasse Kaffee trinken wollte, dann müsste man mich nach meinem Rundgang gleich im Spital abliefern. Nein, nein. Aber die Namen Ihrer Kinder, die würde ich gerne erfahren, bevor ich mich wieder auf den Weg mache.«

»Ihr habt's gehört, sagt dem Pastor, wie ihr heißt«, forderte Frau König Johanne und ihre Brüder auf.

»Heinrich!« »Theodor!«, schrien die beiden Jüngsten. »Ich bin neun Jahre – nein, zehn!«, verbesserte Heiner sich hastig. »Und der Theodor …«

»Das kann ich schon selber sagen, sei du still!« Theodors Stimme war ganz hell vor Erregung. »Sieben Jahre bin ich alt.«

Der Pastor lächelte ein winziges Lächeln. »Und Theodor heißt du? So heiße ich auch.«

Der Kleine nickte aufgeregt.

»Dann geht ihr beiden wohl schon in die Schule?«

»So sie denn stattfindet«, seufzte die Mutter. »Der Lehrer ist nur zu häufig krank, Gott sei's geklagt.«

Er nickte düster. »Es ist ein Jammer.« Dann richtete er seine durchdringenden Augen auf Johanne, und sofort begann ihr Herz wieder schneller zu schlagen. »Sie haben mir Ihren Namen noch nicht verraten.«

Er sprach sie mit *Sie* an, als ob sie eine Erwachsene wäre.

»Johanne heiße ich«, sagte sie schüchtern. »Und siebzehn Jahre bin ich alt.«

Er wandte seinen prüfenden Blick nicht von ihr ab. Sie fühlte sich plötzlich wie aus Glas. »Siebzehn Jahre, sagen Sie? So sind Sie Ihrer Frau Mutter gewiss eine wichtige Stütze bei der Arbeit im Haus und mit den kleinen Geschwistern?«

Johanne schaute nervös zu ihrer Mutter hinüber und wartete nur darauf, dass diese widersprach und sich über ihre Nutzlosigkeit beklagte. Aber die Mutter blickte angestrengt zu Boden, als suchte sie dort etwas, und schwieg.

Johanne biss sich auf die Lippen. »Ich … äh … nun, ich versuche mein Bestes, aber …« Hilflos brach sie ab. Ich muss auf ihn wirken wie eine Schwachsinnige, dachte sie und sah ihn an, aber als sie seinem Blick begegnete, lag darin weder Verachtung noch Ungeduld. Sein Gesicht war voll Erwartung, als habe sie ihm etwas Wichtiges zu sagen.

Sie straffte ihre Schultern und begann noch einmal: »Nun, ich versuche meine Mutter zu unterstützen, soweit ich es vermag.«

Der Pastor nickte, schnell und mehrmals hintereinander, als habe er genau diese und keine andere Antwort hören wollen.

»Das ist gut so, Johanne.« Noch ein Kopfnicken wie zur Bestätigung. Dann drehte er sich wieder Frau König zu. »So bleibt mir nur noch eins: Ich möchte Sie einladen, am nächsten Sonntag den Gottesdienst mit uns zu feiern.«

Von einer Sekunde zur nächsten färbte sich das runde Gesicht der Mutter rot, sie räusperte sich nervös. »Wir wären schon auch heute zur Kirche erschienen, aber mein Mann ist leidend, und die Arbeit mit den dreien nimmt mich so sehr in Anspruch …«

Der Pfarrer fiel ihr ins Wort. »Mit Verlaub, Frau König, für die Arbeit haben wir sechs Tage in der Woche. Am siebten Tag aber sollt ihr ruhen, so steht es in der Schrift. Und wenn Ihr kranker Mann der Pflege bedarf, so sollten Sie wenigstens Ihre Kinder zur Kirche schicken.« Seine Stimme klang auf einmal schneidend.

Eine unbehagliche Stille breitete sich in der Küche aus. Er weiß alles, dachte Johanne plötzlich, von der Trunksucht des Vaters, von Laurenz, er kennt unsere ganze erbärmliche Geschichte. Sie spürte eine Beklemmung in sich aufsteigen, die ihr fast den Atem nahm. Wenn ihre Mutter jetzt nur nicht laut wurde und wütend. Aber Frau König starrte über die Schultern des Pfarrers ins Leere. Theodor scharrte unbehaglich mit den Füßen. Der Fremde stand da, schwarz und ernst, die wasserblauen Augen wie blankes Eis. Endlich tat er einen Schritt auf Frau König zu und streckte ihr seine Hand hin.

»Nun denn, so will ich mich wieder auf den Weg machen. Vielleicht habe ich in der nächsten Woche auch das Glück, Ihren Gemahl persönlich kennen zu lernen.«

Die Mutter brummelte etwas Unverständliches, während sie die angebotene Hand drückte, ohne Fliedner dabei anzusehen.

Ein kühler Luftzug fuhr durch die muffige Küche, als sie die Tür öffnete, um ihn hinauszulassen. Kopfschüttelnd zog sie ihr Schultertuch über der Brust zusammen. Johanne dagegen atmete tief ein. Frischer Wind, dachte sie. Was würde er wohl mit sich bringen?

Vor zwei Wochen hatte das neue Jahr begonnen. 1822. Mit einem Wäschekorb im Arm hastete Johanne die Kaiserswerther Kuhstraße entlang, in der sie wohnten, und versuchte dabei den zahlreichen Pfützen auszuweichen, die sich auf dem schadhaften Straßenpflaster gebildet hatten. Wie sie diesen Morast verabscheute. Vom Saum bis zu den Knien hoch war ihr Rock steif von eingetrocknetem Schlamm. Am Vorabend hatte sie das Kleid ausgebürstet, aber dadurch hatte sie den Schmutz nur verteilt. Selbst an ihren Ärmeln entdeckte sie hellgraue Spritzer, wie ein unregelmäßiges Tupfenmuster bedeckten sie den ausgeblichenen blauen Leinenstoff.

Nirgendwo entkam man diesem Dreck, er war auf den Straßen, in den Häusern, er saß in allen Ritzen. Johanne machte einen weiten Schritt über eine besonders große Lache, die die ganze Straße überschwemmte. Aber sie trat zu kurz und versank bis zu den Knöcheln im Schlamm. Ärgerlich stellte sie den Wäschekorb auf einem Mäuerchen ab und versuchte die Lehmklumpen vom Schuh zu streifen. Doch der Dreck hing zäh an ihrer Sohle, statt ihn loszuwerden, beschmierte sie sich auch noch die schwarzen Strümpfe.

Das Haus von Rittmeister Packenius lag oben am Markt in der Wallstraße, es war eingezwängt zwischen zwei andere Häuser, aber nach vorne hin verschaffte sich jedes Stockwerk Platz, indem es sich ein Stück weiter über die Straße lehnte. Johanne benutzte die Glocke am Hintereingang. Die Köchin Marthe öffnete die Tür und betrachtete sie von oben bis unten.

Dann trat sie wortlos einen Schritt zur Seite, um Johanne einzulassen. Der Boden des Hausflurs war schachbrettartig mit schwarzen und weißen Fliesen bedeckt. Vorsichtig trat Johanne immer nur auf die dunklen Flächen, um keine lehmigen Fußspuren zu hinterlassen.

In der Küche verschränkte Marthe die Arme über der Brust und klemmte die Hände unter die Oberarme. Eine ganze Weile stand sie so da, musterte sie und sagte nichts, während Johanne die Augen gesenkt hielt und spürte, wie ihr immer heißer wurde. Endlich ergriff die Köchin das Wort. »Bringst du also endlich die Stickarbeiten? Ich meine wohl, die gnädige Frau hätte sie schon vor Weihnachten erwartet. Aber bei deinen Leuten muss man wohl froh sein, dass es nicht auch noch bis zum nächsten Jahr gedauert hat. Ich werde die Herrin holen, damit sie's dir abnimmt.«

Sie stapfte mit großen, feindseligen Schritten aus der Küche. Johanne blieb allein zurück und starrte zuerst auf die blitzenden Töpfe über dem Herd und dann auf die Wäsche im Korb. Auf der Tischdecke, die obenauf lag, prangte ein hässlicher hellbrauner Schmutzfleck, der noch nicht da gewesen war, als sie zu Hause losgegangen war. Sie packte die Decke hastig und legte sie zuunterst in den Korb. Die anderen Teile waren zwar sauber, aber sie sahen nicht viel besser aus, merkte sie. Die Hohlsäume waren schief und unsauber gearbeitet, an manchen Stellen spannte sich der Stoff unter zu festen Stichen, andere waren zu locker gezogen. Sosehr sich ihre Mutter auch abmühte, ihr fehlte jegliches Geschick für Handarbeiten.

Dabei musste sie mit der Näherei die ganze Familie ernähren, der Vater brachte keinen Groschen nach Hause, und Laurenz – Johanne schob den Gedanken zur Seite und überlegte stattdessen, ob sie den Korb mit der Wäsche einfach auf den Tisch stellen und sich davonschleichen sollte. Aber im selben Moment kam die Köchin mit der alten Frau Packenius zurück.

»Du liebe Güte, Kind, bist du auf dem Weg zu uns im Morast versunken?«, rief die Dame, deren sanfte Stimme in einem seltsamen Gegensatz zu ihrer strengen Miene stand. Sie holte mit spitzen Fingern einen Unterrock aus dem Korb. »Da ist ja nun endlich die Arbeit, die ich deiner Mutter aufgetragen habe. Man möchte meinen, ihr könntet die Groschen brauchen, aber eilig scheint sie es nicht gehabt zu haben. Und ordentlich kann man die Handarbeit auch nicht nennen.« Ihre ohnehin schon runzelige Haut verzog sich in zahllose missbilligende Falten.

»Schade um das teure Material«, murmelte sie, während ihre knotigen Finger über den feinen Stoff glitten. »Deine Mutter hat es mir ordentlich verdorben. Aber was kann man von einer solchen schon erwarten. Fromme Handarbeit passt wohl nicht zur lutherischen Gesinnung.«

Johanne kaute auf ihrer Backe herum und starrte auf ihre schmutzigen Schuhspitzen.

»Nun, was bleibt mir übrig.« Die alte Dame verzog den Mund, als habe sie auf etwas Saures gebissen. »Hier, nimm den vereinbarten Lohn. Weniger zwei Groschen, die ziehe ich ab, weil die Ausführung gar so abscheulich ist. Und teile deiner Mutter mit, dass ich keineswegs zufrieden bin.«

»Lass uns zu unserem barmherzigen Gott beten, dass die Tochter nicht in der Lasterhaftigkeit der Eltern endet«, wandte sie sich dann an die Köchin. Marthe bekreuzigte sich so leidenschaftlich, als stünde der Leibhaftige neben ihr.

Johanne stopfte das Geld in die Schürzentasche. Die Umrisse der Köchin verschwammen in den Tränen, die ihr in die Augen getreten waren. Sie wandte sich ab und rannte fast zur Tür. »Ohne einen Gruß machst du dich davon, du gottloses Mädchen?«, rief ihr die Köchin nach. »Verabschiede dich, wie es der Anstand gebietet.«

Aber sie brachte keinen Laut heraus. Mit zusammengepressten Lippen schlüpfte sie durch den Korridor zurück auf die Straße.

Oben am Markt stand der Leierkastenmann und drehte und drehte mit blaugefrorenen Fingern. *Gottloses Mädchen* orgelte sein Kasten. *Gottloses Mädchen.* Sie beschleunigte ihre Schritte, bis sie fast rannte. Ich hasse es, dachte sie. Ich hasse dieses Kaiserswerth, ich hasse alle, die hier leben!

Jeden Tag bekam sie zu spüren, dass sie anders war. Keine Katholikin. Keine Bürgerstochter. Keine von hier.

Vor drei Jahren hatte Onkel Arnold sie mit dem Pferdewagen aus Krefeld hergebracht, die Eltern hatten auf dem Bock gesessen und Johanne mit Laurenz, Heiner und Theodor hinten. Wie voll der Wagen war. Voller Gepäckstücke, Koffer, Hausrat. Voller Erwartungen. Es war Sommer, aber die Luft war kühl und es nieselte. Sie fuhren in die graue, nasse Stadt ein, über den Marktplatz an den ehrwürdigen, alten Häusern vorbei. Johanne sah die hohen Gebäude, die eine geschlossene Front bildeten und sie feindselig aus schwarzen Fensteraugen anstarrten. Es war ein Zeichen, doch damals verstand sie es noch nicht.

Ihre Wohnung lag in der Kirchstraße, drei Zimmer und eine große Küche und eine gute Stube mit einem kleinen Austritt, auf den die Mutter Töpfe mit Geranien stellte. Es war ein Palast. »Ein Palast für Könige«, lachte der Vater und legte unbeholfen den Arm um die Mutter, deren Wangen vor Aufregung gerötet waren.

Am nächsten Tag waren Heiner und Theodor in die evangelische Schule gegangen und Vater und Laurenz zu ihrer neuen Arbeit in die Seidenfabrik Preyers & Petersen. Johanne und ihre Mutter hatten die Böden und Fenster geputzt, sie waren so voller Hoffnung gewesen, Hoffnung, die nur an einem seidenen Faden hing, der nun gerissen war. Und seitdem fielen sie und fielen …

Aber jetzt gab es einen neuen Pfarrer, der sogar zu ihnen nach Hause kam, obwohl sie nicht im Gottesdienst gewesen waren. Na und, dachte sie dann, er war auch nur ein Mensch, und Albertine hatte Recht, nach ein paar Monaten wäre auch er wieder auf und davon.

2

Johannes Atem formte weiße Ballen in der Luft, sodass sie ihre kleinen Brüder nicht mehr sah, die mit ihren Schlittschuhen in der Hand zum Bach rannten. Anfang der Woche war der Winter mit seiner ganzen Kälte über sie hereingebrochen. Die Schlammpfützen waren hart gefroren, und sogar der Rhein trug eine Eishaut, nur in der Mitte blieb eine Fahrrinne für die Schiffe frei.

Eine Schneedecke versteckte die schwarzen Schieferdächer und überzog den Dreck auf den Kaiserswerther Straßen. Eiszapfen glitzerten an den Regenrinnen und wurden mit jedem Tag länger. Auf einmal wirkte die Stadt so sauber und idyllisch wie aus einem Bilderbuch.

Aus den Schornsteinen der Bürgerhäuser bliesen unablässig dicke Rauchwolken in den blauen Himmel. Aber in den zugigen Wohnungen und Häusern hinter der Basilika und am unteren Ende der Kuhstraße, wo auch die Königs wohnten, fehlte das Geld für Brennholz oder Kohle. Manchmal fror in der Nacht das Wasser in den Waschschüsseln, und einmal war sogar Johannes Bettdecke von einer dünnen Eisschicht überzogen, als sie am Morgen aufwachte.

Die Kinder jedoch genossen den Winter trotz der Kälte in vollen Zügen. Bis zum Einbruch der Dunkelheit liefen sie auf dem Kittelbach Schlittschuh oder rodelten den Damm zum Rhein hinunter.

Im letzten Jahr war Johanne mit ihren Freundinnen auch noch Eis gelaufen. Aber jetzt war sie siebzehn und eine junge Dame, für die sich das Schlittschuhlaufen nicht mehr schickte. Missmutig blies sie ihren warmen Atem in die steif gefrorenen Hände und trat von einem Fuß auf den anderen. Sie war noch keine fünf Minuten auf der Straße und konnte ihre Zehen in den dünnen Schuhen schon nicht mehr spüren.

Beim Metzger Schlader war frisch geschlachtet worden. Die Hausfrauen und Dienstmädchen, die frische Blutwurst und Mett kaufen wollten, reihten sich bis hinaus auf die Kuhstraße. Johanne sog den Geruch gierig auf. Im Fenster hingen kopfüber bleiche Hühnerleichen, die Brüste kahl gerupft, die Hälse und Köpfe blutrot. Darunter stapelten sich die Würste. Sie eilte weiter, für Fleisch war schon lange kein Geld mehr da.

Ein eisiger Wind blies vom Rhein her über den offenen Marktplatz. Die alten Bürgerhäuser mit ihren hohen, geschwungenen Giebeln schienen sich noch enger aneinander zu drücken als sonst, als versuchten sie sich gegenseitig zu wärmen. »Guten Tag, Johanne«, grüßte sie eine Bauersfrau an einem der Marktstände. »Was brauchst du?«

»Einen Kohlkopf und zwei Pfund Zwiebeln … allerdings …«

Die andere seufzte. »Allerdings bezahlen kannst du wohl nicht«, beendete sie den Satz.

Johanne blickte verlegen auf die dünnen, hellblonden Strähnen, die sich unter Frau Buschmanns Kopftuch hervorkräuselten. Es sah aus, als zitterte das Haar vor Kälte.

»Deshalb kommt deine Mutter also nicht selbst. Den ganzen Winter lässt sie schon bei mir anschreiben. Und jedes Mal schwört sie mir bei unserem Herrn im Himmel, dass das Geld gewiss in der nächsten Woche käme. Nur von wem es kommen soll, das weiß der Allmächtige allein.«

Frau Buschmann hatte so laut gesprochen, dass die beiden Frauen an den Nachbarständen neugierige Blicke zu ihnen herüberwarfen. Johanne merkte, dass ihre Wangen in der kalten Luft zu brennen begannen.

Die Bauersfrau seufzte erneut. »Du kannst ja nichts dafür, Johanne«, sagte sie dann, »ihr Kinder habt weiß Gott genug zu leiden unter euren Alten.«

Ihre bläulichen Finger in den Handschuhen, an denen die Spitzen fehlten, griffen nach einem Kohlkopf und steckten ihn schnell in Johannes Korb. Nach kurzem Zögern legte sie auch noch eine Hand voll Zwiebeln dazu.

»Das Gemüse ist verschenkt«, mischte sich die Marktfrau vom Nachbarstand mit lauter Stimme ein. »Das Geld siehst du niemals wieder.«

»Schweig still und kümmere dich um deine eigenen Angelegenheiten«, rief die Bauersfrau genauso laut zurück.

»Vergelt's Ihnen Gott, Frau Buschmann.« Obwohl sie den Kopf gesenkt hielt, spürte sie die Blicke der Marktfrauen. »Wir bringen das Geld. Ganz gewiss bekommen Sie Ihr Geld.«

»Versündige dich lieber nicht.« Frau Buschmann schob die Hände so tief es ging in ihre Schürzentasche. »Und jetzt lauf nach Hause und sag deinem Alten … Ach, sag ihm lieber nichts, sonst wendet es sich am Ende noch gegen dich.«

Als Johanne zurückging, begann es zu schneien. Die Flocken setzten sich auf das Gemüse in ihrem Korb, flogen auf ihr Haar und in ihr Gesicht wie aufdringliche kleine Insekten. Am Anfang wischte sie sie noch weg, aber dann zog sie das Kopftuch tiefer ins Gesicht und beschleunigte ihre Schritte.

Sie war schon fast zu Hause, als sie plötzlich ihren Namen hörte. Sie blickte sich um, aber die Schneeflocken bildeten einen weißen wirbelnden Nebel, durch den sie nichts sah. »Hier bin ich, hier drüben«. Die helle Mädchenstimme kam von der anderen Straßenseite.

»Nelli.« Johanne eilte auf die rundliche Gestalt zu, die in einem Hauseingang Schutz vor Wind und Schnee gesucht hatte. »Was machst du denn hier draußen bei dieser Eiseskälte?«

Cornelia Färber war ihre beste Freundin. Ihre einzige Freundin. Sie war klein und fröhlich und so hübsch, dass ihr die meisten Kaiserswerther sogar nachsahen, dass sie evangelisch war und zugezogen wie Johanne.

»Ach, wenn keine Kohle im Haus ist, ist es drinnen auch nicht viel wärmer als auf der Straße. Außerdem hab ich gerade die Kleinen an den Kittelbach gebracht. Ich habe nachgesehen, ob das Eis schon trägt. Oh, Johanne, ich habe so eine Lust, selbst eine Schlittschuhpartie zu unternehmen …«

»Ach sei still! Mutter sagt, ich darf nicht mehr mitmachen. Ich bin zu alt dafür!«

»Die meine auch. Ich bin zu alt, um auf dem Eis meinen Spaß zu haben. Aber zum Tanzen will sie mich auch nicht lassen. Dafür war ich im Sommer wiederum zu jung. Sie dreht und wendet alles, wie es ihr eben passt.«

»Und deshalb stehst du nun hier und frierst?«

»Ich wollte eben nach oben gehen, als ich dich ankommen sah. Sag, gibt es etwas Neues?«

»Nicht eben viel.« Johanne zupfte an ihrem Ohrläppchen. Sie hatte keine Lust, von der Sache auf dem Markt zu erzählen. In Nellis Familie war die finanzielle Lage nicht viel besser, auch ihr Vater hatte seine Arbeit in der Seidenfabrik verloren, und die Mutter und der ältere Bruder hielten die Familie mit Mühe und Not über Wasser.

»Der neue Pastor, der Fliedner, war der am Sonntag auch bei euch?«, erkundigte sich Nelli. Im Schutz des Hauseingangs ließ sie das graue Wolltuch, das sie um den Kopf geschlungen hatte, auf die Schultern gleiten. Ihr rotblondes Haar strahlte Johanne an.

»Bei euch etwa auch?« Es versetzte ihr einen leichten Stich bei dem Gedanken, dass der neue Pastor jede evangelische Familie aufgesucht hatte. »Wir sind zuvor nicht einmal zum Gottesdienst gegangen, und dennoch hat er uns besucht.«

»Mein Vater war auch nicht in der Kirche. Aber meine Mutter geht immer, und wir müssen auch stets mit.« Nelli zog eine

Grimasse. »Und? Was hältst du von dem Fliedner? Puh, er hat so helle Augen, wenn er einen damit mustert, geht es einem durch und durch. Gerade so, als ob er all deine sündigen Gedanken lesen wollte.«

»Nelli! Was redest du denn da! Ich fand ihn sehr freundlich. Und ich werde …«

»… ganz gewiss am nächsten Sonntag in der Kirche erscheinen.« Wenn Nelli lachte, erschienen niedliche Grübchen auf ihren Wangen. »Und mit dir alle anderen Gemeindemitglieder. So ein Hausbesuch zeigt immer die gewünschte Wirkung. Wie alt mag er wohl sein? Zwanzig? Nun, es spielt ja doch keine Rolle.«

»Was willst du damit sagen?«

»Dass Fliedners Aufenthalt bei uns leider nur ein kurzes Intermezzo bleiben wird.« Nelli stellte sich auf die Zehenspitzen, als wollte sie ihr ein Geheimnis anvertrauen. »Wir wissen es aus sicherer Quelle. Von der alten Frau Kalender, die hat es Mutter erzählt, als sie gemeinsam die Wäsche gemacht haben. Unsere Gemeinde hat kein Geld mehr. Die Kirche, die Schule, alles wurde im letzten Jahrzehnt gegen Schulden gebaut. Und jetzt wollen die Gläubiger ihr Geld zurück.«

»Aber was wollen sie denn unternehmen? Sie können die Kirche doch nicht abreißen!«

»Natürlich nicht, Dummchen. Aber sie werden das Gehalt des Pastors einfordern. Als Schuldzins. Dann muss Fliedner sich eine andere Pfarrei suchen.«

»Aber was verdient schon ein Pastor? Das kann doch nicht genug sein.«

»Es ist ein Anfang.« Cornelia zuckte mit den Schultern. »Sagt jedenfalls Frau Kalender. Nun sei nicht so aufgeregt. Noch ist dein Fliedner ja da.«

»Mein Fliedner?« Johanne straffte ihre Schultern. Wenn sie aufrecht stand, war sie einen halben Kopf größer als Nelli. Ihr war kalt, stellte sie fest, und sie musste nach Hause, die Mutter wartete auf die Einkäufe. Sie packte ihren Korb und wandte sich zum Gehen. »Nimm's mir nicht übel, Nelli, aber ich hab keine Zeit mehr. Wir sehen uns …«

»… spätestens sonntags in der Kirche«, beendete Cornelia ihren Satz und lachte.

Beim sechsten Schlag der Turmuhr schob Johanne ihre Beine über den Bettrand. In der Dunkelheit angelte sie ihr Kleid und die karierte Schürze vom Haken. Leise zog sie sich an, um die Brüder nicht zu wecken, die im anderen Bett schliefen.

In der Küche zündete sie die Öllampe über dem Esstisch an. In dem flackernden Licht wirkte der Raum noch finsterer als sonst. Wände dunkel vor Ofenruß, die viel zu lange nicht mehr gekälkt worden waren. Vor dem Herd bedeckte eine so dichte Schicht an Kohlenstaub den Boden, dass es aussah, als habe jemand die Holzdielen schwarz streichen wollen und dann ganz plötzlich die Lust verloren. Das ehemals weiße Tuch am Fenster war im Laufe der Jahre immer grauer geworden, wie ein alter Lappen hing es jetzt vor der Scheibe und versperrte die Sicht ins Freie.

Das alles würde sich jetzt ändern, diesem Schmutz würde sie den Garaus machen, sie mochten ja arm sein, aber das bedeutete noch lange nicht, dass sie im Dreck hausen mussten wie Ratten. Sie schob Kohlen im Herd zusammen, schichtete Holz darauf und zündete es an. Schließlich attackierte sie das Ganze mit dem Blasebalg, dass die Flammen hell und wütend aufloderten.

Schnell, dachte sie, in kurzer Zeit würde der Rest der Familie aufwachen und zum Frühstück erscheinen. Bis dahin wollte sie die schlimmste Unordnung beseitigt haben. Sie fegte die Eier- und Zwiebelschalen zusammen, die ihre Mutter auf die Asche neben dem Herd geworfen hatte. Ein paar Kakerlaken huschten unter ihrem Besen hervor, hasteten über den Boden und verschwanden im Nu in den Ritzen der Holzdielen.

Johanne warf den Unrat in den Ofen und begann die dicke Fettschicht auf dem Herd zu bearbeiten. Der rußige Schmutz drang unter ihre Fingernägel, fraß sich in die winzigen Fältchen und Risse in ihren Händen, unter ihren Armen bildeten sich nasse Flecke, die rasch größer wurden. Sie wurde selbst immer schmutziger und bewirkte dabei gar nichts, der Dreck saß zu fest, zu lange an seinem Platz.

Die Fensterscheiben wollte sie wenigstens noch polieren, dann konnte die Sonne hereinscheinen, und alles sähe gleich viel besser aus. Sie wusch den Lappen im Eimer aus, das Wasser war inzwischen schwarz und fettig. Als sie damit über das schmutzige Glas wischte, überzog sie die Scheiben mit einer gräulichen Aschenschicht.

Wütend schleuderte sie den Feudel zurück in den Eimer. Das Wasser spritzte nach allen Seiten. Es hatte alles keinen Sinn.

Inzwischen begann ein dämmriges Zwielicht die Stube zu erfüllen. Langsam wurde es hell. Johanne schlüpfte zurück in die Kammer, in der die Brüder immer noch schliefen. Sie wusch sich die Hände in der Waschschüssel, bis sie rot und wund waren.

Nachdem sie sich umgezogen hatte, weckte sie die Brüder. »Husch, eilt euch, zieht euch an und esst noch etwas Grütze. In weniger als einer halben Stunde beginnt der Gottesdienst.«

»Der Gottesdienst?«, maulte Heiner. »Aber da mussten wir doch sonst nicht hingehen. Wir wollen lieber an den Rhein, wer weiß, wie lange das Eis noch da ist.«

»Ach schweig! Weißt du nicht, was der Pastor letzte Woche gesagt hat? Wenigstens wir Kinder sollen zur Kirche gehen, wenn schon Mutter und Vater nicht kommen.« Johanne hatte nicht bemerkt, dass ihre Mutter hinter ihr den Raum betreten hatte.

»Ach, das ist der Grund für den Radau in aller Herrgottsfrühe!«, rief sie so dicht neben ihr aus, dass Johanne erschrocken zusammenfuhr. »Das Fräulein Tugendhaft will den Pfaffen beeindrucken! Das hätte ich mir doch gleich denken können, dass meine Johanne nicht mir zuliebe die Küche aufräumt.«

Ihr Blick glitt durch die Kammer und blieb irgendwo neben dem Fenster hängen, wo der Putz von der Wand gebröckelt war und den Blick auf rohes, rötliches Mauerwerk freigab, wie bei einem Tier, dem man das Fell vom Fleisch gerissen hatte. »Mach dir keine Hoffnung«, sagte sie, und ihre Stimme hatte plötzlich etwas Mitleidiges, fast Sanftes. »Es wird dir nicht gelingen. Ich habe es nicht geschafft, und du schaffst es auch nicht.«

Für gewöhnlich ließ sich der Vater nicht am Frühstückstisch blicken. Meist blieb er in der Kammer, bis die anderen ihre Mahlzeit beendet hatten. Heute aber hatte er sich aus dem Bett gewälzt. Unrasiert und schmutzig setzte er sich in seinen langen Unterhosen an den Tisch und griff nach der Schüssel mit der Grütze.

»Selbst am heiligen Sonntag gibt es keinen Kaffee?«, murrte er dabei.

»Tu doch nicht so scheinheilig. Wer am Sonnabend das ganze Geld versäuft, muss sich nicht wundern, wenn er am Sonntag darbt!«, gab Frau König zurück.

Der Vater grunzte etwas Unverständliches. Schmatzend aß er sein Frühstück, dann erhob er sich schwerfällig von seinem Stuhl und wollte zurück in die Kammer.

»Zieh deine Kleider an, König«, sagte seine Frau entschlossen. »Deinen Rausch kannst du später ausschlafen. Jetzt wirst du deine Familie in die Kirche begleiten, wie sich das für einen ehrbaren Bürger gehört. Oder willst du, dass der neue Pastor wieder hier hereinschneit und uns eine Strafpredigt hält?«

»Der neue Pastor kann mir den Buckel herunterrutschen, genau wie der alte auch«, knurrte König, während er die Tür zum Schlafzimmer öffnete.

Aber so leicht gab die Mutter nicht auf.

»Du erbärmlicher Säufer, sollen sie denn alle auf uns herabsehen? Komm zurück, König!«

Einen Moment verharrte der Vater bewegungslos, als müsse er sich erst vergewissern, ob er richtig gehört hatte. Dann drehte er sich um und stampfte zurück zum Tisch. Frau König erhob sich jetzt ebenfalls und stellte sich ihm entgegen.

Johanne hielt den Atem an. Heiner und Theodor starrten die Eltern mit offenem Mund an.

Groß und hager stand der Mann da, das sonst so farblose Gesicht blutrot. Schnaufend hob er seine Hand und ballte sie zur Faust. Die Mutter wich keinen Zoll. Seine Augen glitten von ihr zu den drei Kindern am Tisch, zurück zur Mutter.

Langsam ließ er die Hand wieder sinken. Die Faust öffnete sich. Die Finger zitterten. Als wäre er soeben aus dem Tiefschlaf erwacht, rieb er sich die Augen.

»Lass mich in Frieden, Alte.« Die Wut in seinem Gesicht war einem Ausdruck der Ratlosigkeit gewichen. »Wenn du zur Kirche musst, um dein Gewissen zu erleichtern, so renn hin. Aber ich brauch deinen Gott nicht. Hat uns eh schon lang vergessen.«

Mit einem kraftlosen Knall fiel die Schlafzimmertür hinter ihm ins Schloss. Die Mutter starrte immer noch auf die Stelle, an der er gestanden hatte. Dann drehte sie sich abrupt um und riss ihr Schultertuch vom Haken. Mitten in der Bewegung hielt sie wieder inne und fuhr sich mit dem Handrücken über die Stirn.

»So weit ist es schon mit uns gekommen«, sagte sie so leise, dass es nur Johanne neben ihr hörte. »Bald schlägt er mich noch tot, weil ich mein Mundwerk nicht halten kann. Wundern wird's keinen.«

Johanne griff nach ihrer Hand, doch sie wandte sich ab. »Worauf wartet ihr noch?«, herrschte sie die Kinder an. »Lauft, zieht die Schuhe an, sonst ist der Gottesdienst vorbei, ehe wir dort angekommen sind.«

Johanne und Frau König hatten sich in die letzte Bank auf der linken Seite gequetscht, die beiden Brüder waren nach vorn zu den anderen Jungen gegangen. Niemand hatte sich zu ihnen umgedreht, nur die Frau neben ihnen hatte ihnen einen kurzen Blick zugeworfen und dann genickt.

Sie waren so spät erschienen, dass unmittelbar hinter ihnen die Kirchentür geschlossen wurde. Während die Orgel einsetzte, flog Johannes Blick durch den Kirchenraum, ihr Herz, das vom schnellen Gehen und in Erwartung der verächtlichen Blicke zu hämmern begonnen hatte, beruhigte sich langsam wieder. Es war alles so schlicht und schmucklos hier, der Boden braun, die Wände weiß und oben ein bisschen rosa.

»Die Katholen haben es nicht zugelassen, dass unser Gotteshaus zu sehr ins Auge fällt«, hatte ihr Laurenz einmal erklärt. »Sie haben es zur Bedingung gemacht, dass sich die evangelische Kirche schön zurückhält. Am liebsten wäre es ihnen, wenn wir sie einfach übersehen und nach und nach gänzlich vergessen.« Es stimmte, dachte sie jetzt, im Vergleich zu der Ehrfurcht gebietenden katholischen Suitbertus-Basilika, die das Zentrum Kaiserswerths bestimmte, wirkte der bescheidene Neubau am äußersten Rand der Stadt, eingequetscht zwischen Pfarrhaus und Schule, demütig und armselig. Ein weißes Gebäude mit grau gerahmten Fenstern, einer kleinen Kuppel und einem geradezu lächerlichen Glockenturm auf dem Dach.

Zwischen den Frauenköpfen vor ihr sah sie jetzt Fliedner aus der Sakristei kommen. Die Absätze seiner Schuhe hallten auf dem Holzboden, als er zum Altar ging, dann blieb er unvermittelt stehen und senkte die Augen im Gebet. Es wurde ganz still in der Kirche, für einen Moment hörten alle auf zu husten und zu rascheln, und Johanne schloss die Augen und versuchte ihre Gedanken Gott zuzuwenden. Aber als sie sich gerade in die hellrote Dunkelheit hinter ihren Lidern hineinzuversenken begann, spürte sie den Ellenbogen der Mutter in ihrer Seite. »Was tust du denn, man meint ja, dass du einschlafen willst«, zischte sie ihr leise zu.

Johanne öffnete die Augen und sah direkt in Fliedners Gesicht, und für einen Moment hatte sie das Gefühl, dass auch er sie ansah, nur sie, aber dann glitten seine Augen weiter, während er die Begrüßungsworte sprach.

Dieses Mal waren sie nach dem Gottesdienst auf Fliedners Besuch vorbereitet. Mit einer flatternden Bewegung ergriff Frau König seine Hand, Johanne machte einen kleinen Knicks. Als sie sich wieder aufrichtete, stellte sie überrascht fest, dass sie genauso groß war wie er.

Geschäftig bat die Mutter Fliedner in die Küche, doch er schüttelte den Kopf. »Ich wollte Ihnen nur meine Freude über Ihr Erscheinen in der Kirche ausdrücken«, sagte er, wobei sein Gesicht keineswegs erfreut wirkte. Eher streng und tadelnd. Frau König räusperte sich und hob die Arme, doch er ließ sie nicht zu Wort kommen. »Bevor ich weitergehe, möchte ich auch Ihren Herrn Gatten gerne kennen lernen.« Es war keine Bitte und kein Vorschlag, sondern eine Forderung.

Das runde Gesicht der Mutter fiel in sich zusammen. »Der Herr König ist ... wie soll ich sagen ... ihm ist es nicht recht gut, ich meine ... er ruht gerade«, stammelte sie.

Johanne blinzelte Fliedner verstohlen an. Sein Gesicht war blass und regungslos bis auf einen kleinen Muskel, der über seinem Kieferknochen zuckte. Er wies auf die geschlossene Tür der Schlafkammer. »Ist das der Raum, in welchem er .... ruht?«, fragte er, während er schon darauf zuging. »Ich werde leise nach ihm sehen, und sofern er ...«, er verstummte und drückte behutsam die Klinke nach unten.

Frau König hielt sich die Hand vor den Mund. Heiner und Theodor reckten die Hälse. Johanne hatte auf einmal das Bedürfnis, sich umzudrehen, die Wohnung zu verlassen und niemals wiederzukommen.

Die Schlafzimmertür schloss sich hinter Fliedner. Einige quälende Minuten lang blieb alles still. Theodor machte eine plötzliche Bewegung, als wollte er zur Tür springen und daran horchen, aber die Mutter riss ihn an der Schulter zurück.

Sie erwarteten einen Wutausbruch des Vaters, eine laute Strafpredigt des Pfarrers, aber es blieb alles still, und als Fliedner wieder herauskam, war er so bleich und gelassen wie vorher. »So kenne ich nun endlich alle Mitglieder im Hause König«, sagte er.

Er reichte der Mutter die Hand und verabschiedete sich auch von den beiden Jungen. Zum Schluss wandte er sich an Johanne.

»Ich werde künftig die jungen Leute der Gemeinde am Sonnabend um sechs zu einer Bibelandacht um mich versammeln.« Sie wartete darauf, dass er weitersprach, aber als er sie nur fragend und zugleich fordernd ansah, hob sie die Schultern. »Wenn die Mutter nichts dagegen hat«, stammelte sie und hasste sich für ihre Stimme, die dünn und kindlich klang.

Fliedner richtete seine hellen Augen auf Frau König. Im diffusen Licht der Mittagssonne, die durch die trüben Fensterscheiben fiel, wirkte sein weißes Gesicht wie eine Marmorskulptur. »Gegen das Lesen der Heiligen Schrift wird Ihre Frau Mutter schwerlich Einwände haben.«

Frau Königs Haltung wurde noch steifer, starr sah sie an ihm vorbei. »Wenn's der Herr Pastor für richtig hält, so kannst du sicherlich gehen.«

Kaum hatte sich die Wohnungstür hinter Fliedner geschlossen, brach ein wahrer Sturm in der Küche los.

»Dieser Spund von einem Pastor nimmt sich ganz schön was heraus!«, tobte die Mutter. »Er soll nur aufpassen, dass er seine bleiche, sommersprossige Nase nicht zu tief in die Angelegenheiten der Leute steckt. Marschiert einfach so in unsere Schlafkammer, als gehörte sie ihm. Und seine Bibelandachten hält er am Sonnabend ab, wenn ehrliche Leute ihrer Arbeit nachgehen! Der alte Pastor hat schließlich auch keine …«

Das Quietschen der Schlafzimmertür unterbrach ihren Wortschwall. Mit leicht gebeugtem Rücken und schlurfenden Schritten trat Herr König in die Küche.

»Was steht ihr hier und glotzt mich so an?«, knurrte er. »Hat euch der Blitz getroffen oder was?«

»Aber Vater, hast du es gar nicht bemerkt?« Heiner konnte sich nicht zurückhalten. »Der Herr Pastor ist zu dir ins Zimmer getreten, aber du hast vermutlich geschlafen, und so ist er wieder hinausgegangen!«

Der Vater grunzte geringschätzig.

»Nichts da, geschlafen. Hab mich mit dem Pfaffen unterhalten, in höflichem Ton. Ist schließlich nur recht und billig, dass er mit dem Familienoberhaupt spricht, wenn er mit dem Rest schon Bekanntschaft gemacht hat.«

Er goss Wasser aus dem Eimer in eine Waschschüssel und begann sich prustend das Gesicht zu waschen.

Die Mutter schnappte nach Luft. Dann nickte sie langsam, als ginge ihr mit einem Mal ein Licht auf.

»'s ist, als ob er euch alle verhext hätte, dieser Fliedner. Euch alle und mich dazu. Aber ob seine Zauberkraft von Dauer ist, das wird sich erst noch zeigen.«

3

Ein Bündel mit Papier und Schreibzeug unter dem Arm, lief Johanne über den Markt. Vorsorglich machte sie einen weiten Bogen um den Stand von Frau Buschmann, der ihre Familie so viel Geld schuldete. Dabei stieß sie fast mit Emmi zusammen, die mit einem Korb voller Gemüse nach Hause wollte.

»Pass doch auf, wo du hinrennst«, zischte Emmi.

»Ich wünsch dir auch einen guten Tag, Emmi«, lächelte Johanne mit übertriebener Freundlichkeit. »Und Gott zum Gruße.«

»Bist unterwegs ins Pfarrhaus?«, fragte Emmi mit einem ebenso falschen Lächeln. »Kannst dir den Weg sparen, euer Fliedner ist über alle Berge.«

»Was redest du denn da?«

»Gestern hat man ihn losmarschieren sehen. Mit Sack und Pack, Richtung der Pfalz, von wo er auch gekommen ist. Ich sag dir eins, den seht ihr niemals wieder.«

»Was ist denn das für ein böses Geschwätz?«, empörte sich Johanne.

»Dann lauf halt hin und sieh selbst«, lachte Emmi, die Johannes steigende Nervosität zu spüren schien. »Wirst schon merken, dass das Pfarrhaus leer steht.«

Betont gelassen ging Johanne weiter, bis Emmi in die Kuhstraße eingebogen und außer Sichtweite war. Dann rannte sie los, die Mühlenstraße hoch, am Haus von Schuster Franken vorbei, zu dem sie eigentlich unterwegs gewesen war. »Wo willst du denn hin, Mädchen?«, rief ihr der Schuster nach, der aus dem kleinen Fenster in der Haustür schon nach ihr Ausschau gehalten hatte. »Du wolltest mir doch beim Formulieren zur Hand gehen!«

Seit einigen Wochen verdiente Johanne einiges Geld mit Schreibsachen. Das Ganze hatte sich zufällig ergeben, als sie einmal Näharbeiten für ihre Mutter auslieferte, da hatte die junge Frau Mertens sie gefragt, ob sie ihr nicht einen Brief schreiben könne. Sie selbst sei nur schwach in der Rechtschreibung, und auch ihre Handschrift sei nicht die ansehnlichste. Johanne formulierte den Brief so geschickt, dass sie gleich am nächsten Tag von der Nachbarin angesprochen wurde, die ebenfalls ein Schreiben brauchte. In kürzester Zeit sprach sich ihre Fähigkeit herum, immer mehr Bürger beauftragten sie mit Briefen und komplizierten Schriftstücken, und nun brachte sie mit ihrem Talent schon mehr Geld nach Hause als ihre Mutter mit der Näherei.

Mit ihren gemeinsamen Einkünften wäre die Familie einigermaßen über die Runden gekommen, wenn der Vater die mühsam verdienten Groschen nicht immer wieder vertrunken hätte. Obwohl sich Johanne und ihre Mutter die ausgefallensten Verstecke einfallen ließen, fand er das Geld nur zu oft, und manchmal gab Johanne es ihm sogar freiwillig, weil sie sein Gejammer und Gebettel einfach nicht mehr ertragen konnte.

»Ich komme gleich zu Ihnen!«, rief Johanne nun dem Schuster zu. »Ich muss nur eben noch eine dringende Besorgung erledigen, die mir entfallen ist.«

In der Neuen Straße fegte die alte Frau Mühlenbeck, die als Pfarrerswitwe auf Lebenszeit Wohnrecht im Pfarrhaus hatte, gerade die Stufen vor der Tür.

Als sie Johanne erblickte, unterbrach sie ihre Arbeit sofort. »Der Pastor ist weg«, rief sie ihr entgegen.

Johannes Knie fühlten sich auf einmal seltsam weich und kraftlos an, als wäre sie nicht nur die kurze Strecke vom Markt bis hierher gelaufen, sondern viele Meilen weit. »Er ist weg?«, wiederholte sie, während sie ihre Beine unter dem Rock ganz steif machte, damit sie aufhörten zu zittern.

»Nun, gestern ist er nach Idstein gereist zu seiner Frau Mutter und den Geschwistern. Sein Vater ist ja nun schon so lange tot, Gott sei seiner Seele gnädig. Ich halte derweil das Haus in Ordnung. Hab von Anfang an mein Bestes gegeben, damit es der Pastor Fliedner hübsch sauber hat, wo er doch so ganz ohne weibliche Hilfe ist. Aber danken tut er es einem nicht. Nein, ganz im Gegenteil sogar.« Sie schnaubte verächtlich. Als Beweis für ihren guten Willen nahm sie den Besen wieder auf und fegte ein paar Mal halbherzig über die Straße. Hellgrauer Staub wirbelte auf und sank dann träge wieder zu Boden.

»Wie lange plant er denn, sich bei den Seinen aufzuhalten?«, fragte Johanne und bemühte sich, ihrer Stimme einen beiläufigen Klang zu geben. Während sie sprach, blickte sie auf einen kleinen Löwenzahn, der sich am Rand der Treppe ins Licht gedrängt hatte. Der goldene Blütenkopf in seiner runden Perfektion erschien ihr wie eine hoffnungsvolle Verheißung, und sie klammerte sich daran fest. »Wohl gar für immer?«

»Wo denkst du hin?« Witwe Mühlenbeck lachte scheppernd. »In der zweiten Maiwoche erwarten wir ihn zurück. Seine Schwester wird er mitbringen, die soll ihm künftig den Haushalt machen, und noch zwei jüngere Brüder. Wird sich wundern, das Frauenzimmer, wie viel Arbeit so ein Pfarrhaus mit allen Personen darin macht, wird sich umschauen. Aber auf meine Hilfe möchte der Pastor ja des Weiteren verzichten, die alte Mühlenbeck hat ihre Schuldigkeit getan, die braucht man nun nicht mehr. Na, vielleicht wird sein Fräulein Schwester anders darüber denken, obwohl es zu bezweifeln ist, schließlich ist es eine Sippschaft.«

Johanne wandte sich ab, damit die Witwe den Jubel in ihren Augen nicht sah. Fliedner holte seine Schwester und seine Brüder nach Kaiserswerth. Das konnte nur bedeuten, dass er entschlossen war, hier zu bleiben. Für länger.

Jeden Sonnabend gingen Johanne und Cornelia in Pastor Fliedners Bibelstunde in die Kirche am Wall. Nelli machte sich oft über die Begeisterung ihrer Freundin für den Pastor lustig. »Du hängst an seinen Lippen, als ob er der Heiland wäre«, lachte sie. »Aber der war bestimmt nicht rothaarig wie unser Herr Pastor.« Aber auch sie kam jede Woche und sang mit ihrer klaren, hellen Stimme die Psalmenlieder und sprach die Wechselgebete und scherzte hinterher auf der Straße mit den jungen Männern.

Auch beim sonntäglichen Gottesdienst war die Kirche voll wie nie zuvor. Frau König begleitete ihre Kinder immer, auch wenn sie vorher laut über die unnütze Zeitverschwendung schimpfte. Herr König dagegen ließ sich nur ein einziges Mal dazu überreden, dann schlief er sonntags wieder seinen Rausch aus.

Am Altar las Fliedner das Gleichnis vom Sämann, aber Johannes Gedanken schweiften immer wieder von der biblischen Geschichte ab und wanderten zu dem Mädchen, das schräg vor ihr saß. Catharine Fliedner war am Vortag mit ihren Brüdern in Kaiserswerth angekommen. Im Halbdunkel der Kirche leuchtete ihr glattes Haar, das sie am Hinterkopf zu einem schlichten Knoten zusammengesteckt trug, wie helles Gold. Aber als sie ihren Kopf ein wenig zur Seite drehte, sah Johanne, dass ihr Gesicht blass und schmal war, die Augen wirkten verquollen und die Nase, die im Schein der Altarkerzen glänzte, war eindeutig zu groß.

»Lobt Gott, den Herrn«, stimmte Fliedner zum Abschluss an. Seine Schwester fiel mit einer leisen, unsicheren Stimme ein. Sie hatte die Augen halb geschlossen und sang voller Andacht. Dabei war ihr Rücken leicht vornübergebeugt, und ihre Schultern hingen nach unten, als trüge sie eine schwere Last.

Nach der Andacht verabschiedete Fliedner die Besucher an der Kirchentür. »Ach, Johanne, ich hätte gerne einen Moment mit Ihnen geredet.« Er hielt sie auf, als sie mit Cornelia an ihm vorbeiwollte. Nelli blieb einen Moment neugierig stehen, aber da die Aufforderung eindeutig allein an Johanne gerichtet war, ging sie schließlich weiter.

»Ich möchte Ihnen meine Schwester Catharine vorstellen. Ich habe sie gestern aus Idstein hierher gebracht. Käthchen, das ist Johanne König, von der ich dir bereits erzählt habe.«

Was hatte der Pastor wohl über sie zu sagen? Die beiden Mädchen reichten sich die Hände. Als Johanne Käthe anlächelte, senkte diese die Augen.

»Haben Sie sich denn schon ein bisschen hier umgesehen?«, erkundigte sich Johanne, während sie sich wunderte, warum Fliedner seine Schwester ausgerechnet ihr vorstellte.

»Noch kaum«, gab Catharine leise zurück.

»Da meine Schwester so gänzlich unerfahren hier ist, möchte ich Sie bitten, sie ein wenig zu begleiten, um ihr den Neuanfang in Kaiserswerth zu erleichtern«, erklärte der Pastor. »Bestimmt werden Sie sich gut verstehen. Käthe ist neunzehn, da sind Sie fast im gleichen Alter.«

»Oh, aber ganz gewiss!«, rief Johanne aus. »Ich will Ihnen gerne alles zeigen: Wo Sie Ihre Einkäufe machen können, und wo es am günstigsten ist und all das, Fräulein Fliedner.«

Catharine Fliedner blinzelte sie an wie ein verängstigtes Tier, dann huschten die Augen wieder zu Boden. Sie wirkt viel jünger als ich, dachte Johanne. Dabei ist sie zwei Jahre älter.

»Vielleicht«, ergriff Fliedner wieder das Wort, »schon morgen? Nach dem Mittagsmahl?«

Die Mädchen verabredeten sich für den Sonntag. Als Johanne kurz danach die Mühlenstraße hinunterlief, summte sie leise und begann sogar zu singen. »Lobt Gott, den Herrn, ihr Heiden all, lobt Gott von Herzensgrunde.« Eine alte Frau, die auf ein Kissen gestützt an einem geöffneten Fenster saß, nickte ihr wohlwollend zu. Johanne lächelte zurück. Mich hat er ausgewählt, dachte sie. Ausgerechnet mich und keine sonst.

»Ausgerechnet dich«, stellte Nelli am nächsten Morgen nach der Kirche mit einem gewissen Neid in der Stimme fest. »Möchte bloß mal wissen, was der Pastor für einen Narren an dir gefressen hat. Hat das Mannsbild denn keine Augen im Kopf? Sieht er denn nicht, dass ich mich aufgrund meiner natürlichen Eleganz sehr viel besser eigne, ein junges Mädchen wie seine Schwester in die Kaiserswerther Gesellschaft einzuführen?«

»Oh, Nelli«, lachte Johanne. »Fliedner denkt bestimmt nicht an eine Einführung in die Gesellschaft. Ich glaube eher, dass ich seiner Schwester zeigen soll, wo sie die …«

»… billigsten Kartoffeln der Stadt kaufen kann?«, fiel ihr Nelli ins Wort. »Nun, dann hat er Recht. In diesem Fall bist du die Richtige. Falls das Fräulein Schwester aber wissen will, wo man sich sonnabends nach der Andacht am besten vergnügen kann, dann schick sie besser zu mir. Denn diesbezüglich kannst du ihr bestimmt nicht helfen.«

»Um Himmels willen«, wehrte Johanne ab, während sie sich halb im Spaß, halb im Ernst umblickte, ob Fliedner irgendwo in der Nähe war und zuhörte. »Das würde ihm aber ganz und gar nicht gefallen.«

»Ihm nicht«, meinte Nelli frech. »Aber seinem Schwesterchen vielleicht schon. Kannst es dir ja noch einmal überlegen. Und dir würde es auch mal gut tun, mit einem jungen Mann zu reden, der Hosen trägt und kein schwarzes Kleid.«

Sie warf ihrer Freundin einen verschwörerischen Blick zu, ehe sie sich schwungvoll umdrehte. Zwei junge Männer sahen ihr anerkennend nach, als sie mit wippendem Rock an ihnen vorüberging.

Käthe Fliedner lief mit kleinen, schnellen Schritten neben Johanne her, die Augen gesenkt, die Hände vor dem Unterleib ineinander gefaltet. Sie hatten alles gesehen, was es in Kaiserswerth zu sehen gab. Den Marktplatz, der heute am Sonntag wie ausgestorben war, den Laden des Metzgers, den Bäcker, den Stiftsplatz und St. Suitbertus, das Armenhaus und das Haus von Doktor Huppertz. Sogar das armselige, schmale Haus, in dem sie selber wohnte, hatte Johanne Käthe gezeigt, und jetzt standen sie vor den Ruinen der alten Kaiserpfalz. Käthes Blick streifte gleichgültig über die moosbewachsenen Steine, Überreste der Burg, die der Zerstörungswut früherer Jahrhunderte getrotzt hatten, und blieb dann irgendwo in einem Gestrüpp hängen.

Vielleicht, dachte Johanne, war ihr das alles bisher zu banal. Der Metzger, der Bäcker, die billigsten Kartoffeln, vielleicht interessierte sie alles einfach nicht. Vielleicht hatte sie erwartet, dass Johanne ihr etwas über die Stadtgeschichte erzählte, die glorreiche Historie von Kaiserswerth.

»Einst war Kaiserswerth eine reiche Stadt«, begann sie deshalb. »Aber das ist lange her. Heute haben alle zu kämpfen, damit sie zurechtkommen. Und daran ist vor allem Napoleon schuld.«

Sie hatte die alten Kaiserswerther oft schimpfen hören, dass der ehemalige französische Kaiser, der vor einem Jahr auf Sankt Helena gestorben war, der Stadt die Luft zum Leben genommen habe. Früher führte der gesamte Verkehr von Holland nach Düsseldorf durch die Kleinstadt am Rhein und brachte den Wirtshäusern und Kaufleuten auf diese Weise Einnahmen. Aber als die Franzosen Anfang des Jahrhunderts das Großherzogtum Berg regiert hatten, ließen sie die Holländische Straße bauen, die an der Clemensbrücke vorbeiführte. Seitdem kehrte kaum noch einer der Reisenden in den Kaiserswerther Schänken ein und erwarb hier Waren oder Proviant.

Käthe blinzelte und ließ die Schultern hängen. Die täglichen Sorgen der Kaiserswerther schienen ihr genauso egal zu sein wie die Schandtaten Napoleons. Johanne holte tief Luft und startete einen neuen Versuch.

»Und hier in der Kaiserpfalz hat der Kaiser Barbarossa residiert«, erklärte sie, »so ist Kaiserswerth auch an seinen Namen gekommen.« Und damit war sie mit ihren Kenntnissen über die Stadtgeschichte endgültig am Ende. Käthe wischte einen kleinen, roten Käfer von ihrem Rock, der sich offensichtlich verflogen hatte, und lächelte ein dünnes Lächeln und schwieg.

Johanne machte einen großen Schritt über ein paar Brennnesseln hinweg und trat an die zerfallene Frontmauer der alten Festung. Mit einem Mal war es ihr ganz egal, ob Käthe ihr folgte oder ob sie mitten in der Pfalzruine stehen blieb, sie war erschöpft von ihren nutzlosen Bemühungen, das Mädchen für irgendetwas zu interessieren.

Durch eine schmale Maueröffnung blickte sie auf den Rhein hinunter. Aus dem Augenwinkel beobachtete sie, wie Käthe neben sie trat und ebenfalls auf den Fluss starrte. Im selben Moment wandelte sich Johannes Ratlosigkeit in Wut. Den halben Sonntag hatte sie sich nun abgemüht, und zum Dank zeigte ihr Käthe immer das gleiche gelangweilte Gesicht. Sie war nicht anders als die anderen Mädchen, sie hielt sich für etwas Besseres und sah auf sie herab. »Schön, nicht wahr?«, fragte sie mit einem aggressiven Unterton in der Stimme, während sie sich zu der anderen hindrehte. »Oder empfinden Sie das anders? Vermutlich ist es da, wo Sie herkommen, um einiges schöner und idyllischer, und Sie lachen insgeheim über unser erbärmliches Fleckchen Erde?«

Käthe jedoch war weit davon entfernt, über irgendetwas zu lachen. Sie schlug die Hände vors Gesicht, taumelte ein paar Schritte zurück und ließ sich dann auf einen der antiken Steinbrocken sinken. Ihre Schultern hoben und senkten sich lautlos. Sie weinte.

Johanne dachte an Fliedner, der ihr seine Schwester anvertraut hatte. Gleich beim ersten Mal hatte sie so gründlich, so absolut versagt. Sie machte einen Schritt auf die andere zu, dann blieb sie ratlos stehen.

»Ich wollte Sie ganz gewiss nicht kränken, Fräulein Fliedner. Bitte verzeihen Sie mir.«

Käthe hob abwehrend eine Hand und wollte etwas sagen, aber ein lauter Schluchzer hinderte sie daran. Johanne suchte in ihrer Schürze nach einem Taschentuch, aber als sie es endlich gefunden hatte, sah sie, dass es schmutzig war, und steckte es schnell wieder zurück. Käthe rieb sich das Gesicht und stöhnte leise wie unter großen Schmerzen, dann richtete sie die vom Weinen verquollenen Augen auf Johanne.

»Sie müssen ja denken, dass ich vollkommen von Sinnen bin«, stieß sie mühsam hervor. »Aber dieser Anblick hat mich so überwältigt, dass ich einfach nicht anders konnte, als meinen Gefühlen Lauf zu lassen. Verzeihen Sie mir und bitte, erzählen Sie meinem Bruder nichts von dieser kindischen Regung.«

Johanne schüttelte schnell den Kopf. »Aber weshalb sind Sie denn so außer sich?«, fragte sie dann etwas unbehaglich.

»Ach, ich …« Käthe versuchte zu lächeln, gleichzeitig drängten neue Tränen aus ihren Augenwinkeln und rannen links und rechts an der geröteten Nase vorbei in Richtung Kinn. »Ich bin wirklich ein dummes Ding.«

Johanne hätte gerne etwas Tröstendes gesagt, doch ihr fiel beim besten Willen nichts ein. Was hatte Käthe bloß so aufgewühlt? Hatte sie am Ende vielleicht einen heimlichen Liebhaber in Idstein? Aber danach konnte sie wirklich nicht fragen.

»Wenn Theodor von meinen Klagen erführe, würde er sehr ungehalten sein.« Käthe brachte jetzt ein eigenes kleines Taschentuch zum Vorschein und tupfte sich damit übers Gesicht. »Er verurteilt Selbstmitleid aufs Schärfste und ist selbst weit von einer solchen Regung entfernt. Ach, mein Bruder ist so stark. Nur ich bin schwach und lächerlich.«

»Aber was ist es denn, das Sie so quält?«

»Ich wollte nicht hierher kommen«, stieß Käthe unglücklich hervor. »Nicht in dieses fremde Kaiserswerth, in diese Stadt, in der ich niemanden kenne. Ich wollte die Mutter nicht allein lassen, die jetzt keinen mehr hat, der ihr hilft und mit ihr redet. Es zerreißt mir das Herz, wenn ich an sie denke.«

»Ach herrje.« Johanne war ein bisschen enttäuscht, dass es keine romantische Liebesgeschichte war, die Käthe das Herz zerriss. »Aber warum haben Sie denn dann Ihre Frau Mutter nicht gleich mitgebracht?«

»Das kümmerliche Pastorssalär reicht doch für uns vier schon kaum. Aber Theodor will Mutter nachholen, sobald es ihm die Finanzen erlauben.«

Nachdenklich sah Johanne auf Käthes Hände, die das kleine, bestickte Taschentuch zerknüllten und drückten, als wäre es Schuld an ihrem Leid. »Dass Ihnen der Abschied von Ihrer Mutter so ans Herz geht«, sagte sie. Kaum ausgesprochen, hätte sie die Worte am liebsten wieder zurückgenommen. Wie kalt und herzlos sie klangen.

Käthe sah sie überrascht an. »Ist das nicht natürlich?«

Johanne zuckte mit den Schultern. »Sicher«, murmelte sie, aber ihrer Stimme fehlte die Überzeugung. Wie gerne hätte sie hier in Kaiserswerth alles stehen und liegen lassen und wäre in jedes erdenkliche ferne Land gezogen. Noch dazu mit einem Bruder wie Fliedner.

»Theodor ist ein guter Bruder«, sagte Käthe, als ob sie ihren Gedanken erraten hätte, »aber er hat zu viel Wichtiges im Sinn, als dass ich es wagen dürfte, mich mit meinen unbedeutenden Klagen und Kümmernissen an ihn zu wenden. Eine Mutter hingegen hat für solche Dinge immer ein offenes Ohr.«

»Kümmernisse hat meine Mutter selbst genug!«, entfuhr es Johanne. »Damit brauche ich ihr nicht zu kommen.«

»Aber das ist ja furchtbar.« Käthes blassblaue Augen sahen sie erschrocken an. »An wen wenden Sie sich denn dann, wenn Ihnen das Herz schwer ist?«

Johanne dachte an Nelli. »Zum Glück habe ich jemanden, dem ich alles erzählen kann. Denn es ist wohl wahr: Jeder Kummer wird um so vieles leichter, wenn man ihn einem anderen anvertraut.«

Käthe nickte andächtig. »Oh, der allmächtige Herrgott im Himmel«, flüsterte sie, »ich Kleingläubige, Sie haben ja so Recht. Er ist immer für uns da – ob hier in Kaiserswerth oder am Ende der Welt, nicht war? Er ist unser bester Freund, wenn wir unglücklich oder verlassen sind.«

Einen Moment lang wusste Johanne nicht, was sie sagen sollte. Ob sie das Missverständnis aufklären sollte? Am Ende fing Käthe dann wieder an zu weinen.

Die junge Frau schien Johannes Unsicherheit gar nicht zu bemerken.

»Ich danke Ihnen«, sagte sie inbrünstig, »dass Sie mir meine schändliche Mutlosigkeit so deutlich vor Augen geführt haben. Ja, ich habe Gott, mit dem ich jederzeit reden kann, wenn ich unglücklich und verlassen bin.«

»Und mich«, platzte Johanne heraus. Sofort wurde ihr bewusst, wie unpassend es war, dass sie sich mit Gott auf eine Stufe stellte. »Ich meine, wenn Sie mit einem Menschen reden möchten, dann bin ich … dann wäre ich …«

Käthe nickte. »Ich danke Ihnen«, sagte sie noch einmal. Dann stand sie auf, ging zurück zur Mauer und schaute auf den Fluss, in die Richtung, aus der sie am Tag zuvor gekommen war. Ihr Gesicht war blass und ernst und fromm wie das einer Heiligen. Wie ähnlich sie ihrem Bruder sieht, dachte Johanne.

Sie entdeckten Fliedners dunkle Gestalt vor dem Pfarrhaus, als sie vom Rhein her in die Neue Straße einbogen. Er schien auf sie zu warten. Augenblicklich strafften sich Käthes Schultern, sie ging aufrechter, und der leidende Ausdruck verschwand aus ihrem Gesicht. Als sie ihn erreicht hatten, lächelte sie zum ersten Mal. Es war ein unsicheres Lächeln, das genauso schnell wieder verflog, wie es gekommen war.

Fliedner lächelte nicht zurück, aber er nickte seiner Schwester zu und reichte dann Johanne die Hand. »Ich danke Ihnen für die Mühe«, sagte er, als ahnte er, wie anstrengend die letzten Stunden für sie gewesen waren. »Haben Sie Zeit, auf eine Tasse Tee mit ins Pfarrhaus zu kommen? Sie waren sehr freundlich.«

Im Pfarrhaus führte ein kleiner Korridor rechts in Fliedners Studierzimmer, links ging es in eine große, spärlich eingerichtete Wohnstube. Neugierig sah Johanne sich um. Ein Holzbüffet, ein windschiefer Wandschrank und ein Tisch mit fünf Stühlen waren das gesamte Mobiliar. An der Wand neben dem Tisch hing das Porträt einer älteren Frau. Milde und ein bisschen schüchtern blickte sie aus dem schlichten Goldrahmen auf Johanne und Fliedner herunter. Die Ähnlichkeit war unverkennbar, es musste die Mutter der Geschwister sein.

Durch die Fenster im hinteren Bereich konnte man den Chor der Kirche und den Pfarrgarten sehen. Das weitläufige Gelände mit dem kleinen, quadratischen Gartenhaus sah verwildert aus. »In der letzten Zeit wurde der Garten sträflich vernachlässigt.« Fliedner war Johannes Blick gefolgt. »Aber das wird ja jetzt sicherlich anders werden.«

Nachdem er sie dazu aufgefordert hatte, nahm Johanne auf einem der Stühle Platz. Fliedner selbst setzte sich ihr gegenüber, während seine Schwester in der Küche verschwand.

»Es ist das erste Mal, dass Käthe unser Mutterhaus verlassen hat«, begann er, wobei sein Blick unwillkürlich das Gemälde an der Wand streifte, als wolle er sich vergewissern, dass es noch da hing. »Und ich wünsche mir, dass sie ihr Heimweh rasch vergisst. Um die kleinen Brüder mache ich mir keine Sorgen, sie werden schnell Freunde finden, aber Käthe neigt mitunter zur Melancholie.« Er sah sie an und schien ihre Bestätigung oder ihren Widerspruch zu erwarten, sie wusste nicht, was sie sagen sollte und spürte, dass sie rot wurde.

Ein Rascheln an der Tür, Käthe kam mit dem Tee. Hatte sie Fliedners Worte gehört? Ihr Gesicht verriet keine Regung, schweigsam stellte sie die Tassen und die Kanne auf den Tisch, schenkte ein und ließ sich dann neben Johanne nieder. Der Pastor warf seiner Schwester einen schnellen Blick zu.

»Es ist alles bestens«, sagte Käthe leise, als habe er nach ihrem Befinden gefragt, »und ich werde mich schnellstens einleben, das verspreche ich dir.«

Fliedner nickte. »Das ist gut so, Käthe, denn ich werde leider nur wenig Zeit haben, mich um dich und die Brüder zu kümmern.«

Er rührte schweigend in seinem Tee, obwohl er keinen Zucker hineingetan hatte, Käthe nahm einen Schluck aus ihrer Tasse und setzte sie dann mit leisem Klirren zurück auf den Unterteller. Eine etwas unbehagliche Stille breitete sich aus, und Johanne hatte mit einem Mal das Gefühl, dass die Geschwister darauf warteten, dass sie das Wort ergriff.

»Wissen Sie eigentlich, dass man in der Stadt davon redet, dass unsere Gemeinde bankrott ist?«, fragte sie. Käthe richtete ihre wässrigen Augen auf sie, groß und erschrocken. O nein, dachte Johanne, es war die falsche Bemerkung, hätte ich nur den Mund gehalten. Aber Fliedner schien ihr die Frage nicht übel zu nehmen. Er beugte sich ein Stück nach vorn und legte dabei die Hände auf den Tisch, links und rechts von der Teetasse.

»Dem großen Ganzen geht es nicht besser als jedem Einzelnen. Ja, es stimmt, das Gemeindevermögen ist durch die allgemein widrigen Umstände aufgezehrt, auch die freiwilligen Spenden der Gemeindemitglieder sind nach der Schließung der Seidenfabrik beinahe versiegt, denn auch die Wohlhabenderen unter uns haben zu kämpfen. Zu allem Überfluss haben wir etliche Schuldzinsen zu tragen, die die Gemeinde nach dem Bau der Kirche und des Schulhauses noch an die Gläubiger zu entrichten hat.«

Er drehte die Hände, sodass sie jetzt mit den Handflächen zur Zimmerdecke wiesen. »Doch mit Gottes Hilfe werden wir alles meistern.«

»Der Herr wird uns gnädig sein, wie er es immer gewesen ist«, flüsterte Käthe.

»Aber was gedenken Sie zu tun?«, fragte Johanne. In einer solchen Lage konnte man sich doch nicht allein auf Gottes Gnade verlassen. Sie hatte auch immer geglaubt, dass Er ihnen helfen würde, als sie damals nach Kaiserswerth gekommen waren. Und am Anfang hatte Er ja auch seine Hand über sie gehalten, damals, als Vater und Laurenz noch Arbeit hatten in der Seidenfabrik.

Sie hatten geglaubt, es würde immer so weitergehen. Wer fleißig ist und rechtschaffen, der macht seinen Weg. Nur die Faulen, die Bösen, die Lasterhaften, die bestraft Gott, indem er sie ins Elend stößt. Aber es war eben doch nicht so, auch wenn Fliedner das wahrscheinlich nicht wahrhaben wollte, wo er doch Pastor war.

»Fürs Erste werde ich die Lateinschule, die ich im Pfarrhaus eingerichtet habe, ausweiten, damit wir über die Runden kommen. Und ansonsten werden wir sehen …« Er brach mitten im Satz ab und rückte seine Teetasse zurecht, sodass sie exakt im Zentrum der Untertasse stand. Dann richtete er den Kaffeelöffel parallel zum Tischrand aus. »Im Übrigen werde ich in der Gemeinde mit der Jugendarbeit beginnen. Ich werde mich um die Knaben kümmern, und wenn Käthe sich erst einmal ein wenig zurechtgefunden hat, dann wird sie etwas für die weibliche Jugend tun.« Er sah seine Schwester an. »Das Sticken und Stricken liegt dir doch so, Käthe, ich denke, du wirst die Mädchen in der Handarbeit unterweisen. Und Sie, Johanne, würden doch meine Schwester bestimmt dabei unterstützen, nicht wahr?«

Johanne nickte wenig begeistert. Ausgerechnet Handarbeit. Das musste eine dieser Prüfungen sein, die Gott einem immer wieder auferlegte.

4

Eine Hummel summte um Haaresbreite an Johannes Kopf vorbei. Sie sah ihr nach, wie sie nach oben flog, höher und höher, bis sie nur noch ein winziger Punkt im hellen Blau des Himmels war und schließlich ganz verschwand.

Nelli neben ihr seufzte. »Es ist so ein herrlicher Sonntag, wenn ich nur diese grässliche Arbeit im Alten Ochsen nicht tun müsste, wie glücklich wollte ich sein.«

Im März 1823 hatte Nelli begonnen, in einer Schänke an der Holländischen Straße nach Düsseldorf auszuhelfen. Die drückende Not der Familie machte es notwendig, aber Cornelia hasste es, die betrunkenen Bauern und Handelsreisenden zu bedienen. Vom Turm schlug es drei Uhr. »Ich muss los«, sagte Nelli, während sie mit schmalen Augen über den glitzernden Rhein blickte. Vorne am Ufer spielten ihre Brüder, die kleinen Gestalten wirkten dünn und zerbrechlich vor der Helligkeit des Flusses.

Sie setzten ihre Hüte wieder auf und riefen die Jungen zu sich.

»Schau mal, da kommt der Pastor.« Nelli zog Johanne am Ärmel und zeigte mit dem Kinn auf den Weg. »Und seine ganze Familie. Na, wenn das kein gesegneter Sonntag ist.«

In der warmen Frühlingssonne wirkten die Fliedner-Geschwister seltsam fehl am Platz. Ihre Gesichter schienen im Sonnenlicht noch blasser als gewöhnlich, fast durchscheinend. Während Käthes dunkler Schutenhut ihren ganzen Kopf bedeckte und einen breiten Schatten auf ihr Gesicht warf, ließ Fliedners Kopfbedeckung einen Haarstreifen an den Schläfen und am Hinterkopf frei, der hellrot im Sonnenlicht leuchtete. Es sah aus, als trüge er eine bizarre Perücke unter dem ernsten, schwarzen Hut.

Seit mehr als einem Jahr war er nun schon Pfarrer in Kaiserswerth. Unter seinem Einfluss waren die wenigen, weit verstreuten Gläubigen zu einer Gemeinde zusammengewachsen. Denn Fliedner erreichte auch diejenigen, die mit Gott und der Kirche sonst nichts im Sinn hatten, auch wenn viele nicht aus reiner Begeisterung zum Gottesdienst kamen wie Johanne, sondern weil sie wussten, dass er sie hinterher aufsuchen und zurechtweisen würde, wenn sie nicht erschienen.

Wieder und wieder ging er zu Johannes Vater und hielt ihm die schlimmen Folgen seiner Trunksucht vor Augen. König hörte sich Fliedners Worte an, nickte ernst und einsichtig und trank dann weiter. Dennoch – oder gerade deshalb – war Johannes Dankbarkeit grenzenlos. Er gibt uns nicht verloren, dachte sie.

Während Fliedner mehrmals in der Woche mit den Jungen der Gemeinde turnte und spielte, hatte Käthe Fliedner kurz nach ihrer Ankunft ihren Strickkreis gegründet. Johanne hatte vergeblich versucht, sie davon abzubringen. »Könnten wir nicht etwas anderes mit den Mädchen unternehmen?«, schlug sie vor. »Die Bibel lesen ... oder wenigstens singen.« Alles, nur nicht handarbeiten.

Aber Käthe war nicht umzustimmen. »Fliedner macht doch schon die Bibelandacht am Sonnabend. Und das Singen – meine Stimme ist nicht gerade berühmt. Handarbeiten dagegen tun alle Mädchen gerne. Das lass uns machen.«

Schon nach den ersten paar Malen musste Käthe einsehen, dass Johanne keine wirkliche Hilfe war. Fassungslos betrachtete sie einen Strickstrumpf, den Johanne begonnen hatte und bei dem nach und nach ein Drittel der Maschen von der Nadel gerutscht waren. »Warum hast du denn den Schaden nicht repariert, als es noch ging? Du kannst doch nicht einfach fortfahren, wenn einmal eine Masche gefallen ist.«

Johanne schüttelte entmutigt den Kopf. »Das sagst du nun so einfach, aber ich hab es noch nie gekonnt und werde es auch mein Lebtag nicht lernen!«

Käthe nickte. »Ich würde es dir gerne noch einmal zeigen, aber ich befürchte …« Sie senkte ihren Blick auf das völlig missratene Machwerk und brach kopfschüttelnd ab. Johanne sah, dass die Schultern ihrer Freundin bebten.

»Aber Käthe, es gibt doch weiß Gott Schlimmeres«, sagte sie fast wütend.

Käthe hob den Kopf und lachte. »Nein, das stimmt nicht, Johanne! Etwas Schlimmeres als diese Handarbeit habe ich in meinem ganzen Leben noch nicht gesehen.«

Als die beiden Fliedner-Jungen Johannes und Nellis Brüder erblickten, kamen sie freudig zu ihnen herübergerannt. »Ist es nicht herrlich hier am Rhein?«, rief Johanne, als auch der Pastor und seine Schwester sie endlich erreicht hatten.

»Es ist traumhaft nach dem langen Winter«, meinte Käthe und lächelte. Auf ihrer blassen Nase saßen einige winzige rotbraune Sommersprossen.

Nelli zupfte ein paar goldblonde Löckchen unter ihrem Hut hervor, sodass sie ihr kokett ins Gesicht fielen. »Aber dennoch müssen wir jetzt aufbrechen. Ich muss um vier Uhr meinen Dienst antreten. Kommst du, Johanne?«

Fliedner sah Nelli durchdringend an. »Ihren Dienst müssen Sie antreten?«, fragte er scharf. »Was für ein Dienst ist das denn, heute am heiligen Sonntag?«

Nelli zupfte immer noch an ihren Haaren herum. »Bei meinem Sklavenhalter in einer Schänke an der Holländischen Straße.«

Als sie Fliedners missbilligenden Blick bemerkte, ließ sie die Hände sinken. »Sie können mir glauben, Herr Pastor, dass ich gewiss nicht zu meinem Vergnügen an diesen garstigen Ort gehe. Aber wovon sollen ich und meine Leute leben, wenn ich nicht die nötigen Groschen nach Hause bringe?«

Fliedners Stimme wurde milder. »Ganz bestimmt werde ich Ihnen nicht vorwerfen, dass Sie das Notwendige zum Unterhalt Ihrer Familie beitragen, Cornelia.« Dann blickte er über ihren Kopf hinweg in den blassblauen Himmel, als richtete er seine Worte direkt an Gott. »Doch ist diese menschenunwürdige Knechterei an allen Tagen der Woche ein Unrecht, und es kann nicht so weitergehen, wenn wir nicht wollen, dass unsere Gesellschaft am Ende ganz auseinander bricht.«

Nelli seufzte etwas unbehaglich. »Nun, ich muss mich verabschieden. Gott zum Gruße die Herrschaften! Der Herr Pastor wird ja sicherlich auf dich Acht geben, Johanne«, setzte sie so leise hinzu, dass nur Johanne es hören konnte.

Fliedner und Käthe nahmen auf der Bank Platz, auf der die beiden Mädchen gesessen hatten. Johanne zögerte einen Moment lang, dann ließ sie sich ebenfalls nieder.

»Käthe hat mir berichtet, dass Sie Anfang des Monats nach Duisburg gereist sind, um Kollekten für die Gemeinde zu sammeln«, sagte sie. »Wie ist es Ihnen denn dabei ergangen?«

Fliedner runzelte die Stirn. »Die Brüder und Schwestern dort haben gegeben, was sie vermochten. Mit ihrer Hilfe konnten wir fürs Erste das Schlimmste von unserer Gemeinde abwenden. Obgleich ich sie tadeln musste, denn auch viele Fabrikanten lassen ihren Arbeitern keine Pause. Gott hat seine Freude an fleißigen Menschen, aber am heiligen Sonntag muss die Arbeit ruhen.«

»Und das haben Sie den Herren einfach so ins Gesicht gesagt? Dann erstaunt es mich allerdings, dass Sie überhaupt Spenden mit nach Hause gebracht haben.«

Fliedner stand auf und wischte sich den Staub von der Hose. Johanne bemerkte, dass auf seinen Handrücken einige kleine rötliche Sommersprossen tanzten wie auf Käthes Nase. Sie passten nicht zu ihm in ihrem willkürlichen Durcheinander. »Christliche Demut hat nichts mit Unterwürfigkeit zu tun. Und wo Unrecht geschieht, da muss ich meine Stimme erheben, es ist meine Pflicht. Aber zum Glück gab es in Duisburg noch genügend ehrbare Bürger, die meine Einstellungen teilten.«

»Dann ist unsere Gemeinde vom Unheil verschont?« Johanne erhob sich ebenfalls.

»Nun, zumindest ist jetzt die drohende Pfändung des Pfarrhauses verhindert worden. Aber um die Gemeindearbeit ohne Sorge fortzuführen, sind noch etliche Anstrengungen vonnöten.«

»Aber woher soll das Geld kommen?«

Fliedner schüttelte den Kopf, als missbillige er die Frage. Er strebte nach vorn zum Ufer. Johanne und Käthe gingen ihm langsam nach.

»Das ist es eben, was mich in den nächsten Monaten umtreiben wird«, meinte er, während er einen kleinen Stein aufhob und ihn gedankenverloren in den Händen wog. »Ich werde im Sommer auf Kollektenreise gehen. Bei unseren protestantischen Brüdern am Niederrhein, in Holland und England.«

»Bis nach Holland und England?«, rief Johanne. »Das ist so weit … wer soll uns dort unterstützen, wenn es hierzulande schon keiner tut? Und wie wollen Sie sich dort überhaupt verständlich machen?«

»Nun, in beiden Ländern gibt es genügend wohlhabende Unternehmer und Privatleute unseres Glaubens. Sie werden einen hilfsbedürftigen Bruder nicht abweisen. Im Übrigen mögen Sie beruhigt sein, ich spreche sowohl Niederländisch als auch Englisch, wenn auch nur leidlich.«

»Aber haben Sie denn gar keine Angst, so ganz allein?«

Sein Blick war verständnislos, er wirkte fast ungeduldig. »Aber ich bin doch mitnichten allein, Johanne. Gott wird mit mir ziehen, Er wird mich begleiten, bei allem, was ich unternehme. Und wenn es Sein Wille ist, werde ich auch wohlbehalten wieder nach Hause gelangen.«

Er betrachtete den Stein, den er immer noch in der Hand hielt, und warf ihn dann ins Wasser.

»Ich werde für dich beten, lieber Bruder«, sagte Käthe.

»Das werde ich auch tun«, fügte Johanne hastig hinzu. Wie fromm die beiden Geschwister waren, dachte sie gleichermaßen beeindruckt und eingeschüchtert. Mit welcher Begeisterung und Liebe sie von ihrem Herrgott sprachen. Und wie fest ihr Glaube war. Auch sie betete jeden Tag zu Gott und flehte Ihn an, dass Er ihr Vertrauen in ihn wachsen ließe. Aber nichts geschah. Ihr Glaube blieb, wie er war, klein und bescheiden, er wurde einfach nicht stärker. Ob sie etwas falsch machte? Sie hätte Fliedner gerne gefragt, aber sein Blick war auf die Kreise gerichtet, die der Stein auf der Wasseroberfläche gebildet hatte, und er schien so in sich versunken, dass sie es nicht wagte, ihn zu stören.

Nach Fliedners Abreise im Juni verschwand der letzte Rest Farbe aus Käthes blassem Gesicht. Sie bemühte sich mit aller Kraft, die Arbeit ihres Bruders weiterzuführen, sie versammelte die Mädchen in ihrer Strickschule, machte Krankenbesuche und versuchte die größte Not in der Gemeinde zu lindern. Aber im Umgang mit den Leuten war sie zu schüchtern und unsicher, es gelang ihr nicht, sie von sich zu überzeugen.

Die eben begonnene Gemeindearbeit kam mehr und mehr zum Erliegen. Nur ein bis zwei Mal im Monat übernahm ein Hilfspfarrer aus Ratingen den sonntäglichen Gottesdienst, und auch zu diesen Gelegenheiten blieb die Kirche halb leer.

Johannes Mutter ging nur ein einziges Mal hin. »Ich bin ohnehin nur wegen Fliedner gegangen, weil er sich so um uns bemüht hat«, erklärte sie dann. »Aber dieser Pfaffe hat von unseren tagtäglichen Sorgen und Nöten doch keine Vorstellung.«

Auch die Brüder Heiner und Theodor zogen es vor, den Sonntagmorgen im Bett zu verbringen.

Käthe gab sich selbst die Schuld an dem mangelnden Interesse. »Kannst du mich nicht begleiten, wenn ich am Sonntag meine Runde mache?«, fragte sie Johanne verzweifelt. »Du bist immer so herzerfrischend natürlich, mit dir wären die Krankenbesuche bestimmt viel einfacher.«

Johanne stieß ein kurzes, spöttisches Lachen aus. »Du weißt nicht, wovon du sprichst, Käthe. Die meisten Leute würden mich nicht einmal in ihr Haus lassen. Ich bin die Tochter eines stadtbekannten Säufers, der noch nicht einmal aus Kaiserswerth stammt, vergiss das nicht.«

Käthe schaute sie überrascht an. »Aber du gehst doch auch sonst in sämtlichen Häusern ein und aus. Deine Schreibarbeiten werden von allen gelobt. Die Witwe Pollinger drückte sich vor einigen Tagen höchst anerkennend über dich aus und auch …«

»Meine Arbeit ist akzeptabel, das gebe ich zu«, unterbrach Johanne die Freundin. »Aber deshalb bin ich als Person noch lange nicht willkommen. Und glaube mir, wenn mir auch nur der kleinste Fehler bei einem meiner Schriftstücke unterläuft, dann ist es sofort aus und vorbei, keine einzige der Herrschaften wird Gnade walten lassen. Alle werden sie sagen, dass sie es von Anfang an nicht anders erwartet hatten.«

»Du urteilst zu streng«, sagte Käthe sanft. »Lass es uns doch gemeinsam versuchen.«

Aber Johanne ließ sich nicht umstimmen. Sie begleitete Käthe nur, wenn diese besonders weite Wege zurücklegen musste.

Auf dem Heimweg aus Huckingen trafen die beiden Cornelia, die sich auf der Clemensbrücke mit einem jungen Burschen unterhielt. Als sie Johanne sah, verabschiedete sie sich rasch und lief ihnen ein Stück entgegen.

»Habt ihr bei diesem herrlichen Wetter einen Sonntagsspaziergang gemacht?«, fragte sie fröhlich. Sie trug das hellblaue Sommerkleid, das sie sich vor drei Jahren hatte schneidern lassen. Inzwischen war es verschlissen und ausgebleicht und spannte an vielen Stellen, aber in der Sommersonne leuchtete der Stoff, so dass es fast in den Augen schmerzte.

»Käthe hat einen Kranken besucht«, erklärte Johanne. »Und ich habe sie dabei begleitet.«

»Da ist der Gute bestimmt vor lauter Freude gleich wieder gesund geworden«, meinte Nelli mit unverhohlenem Spott in der Stimme.

Käthe blinzelte nervös. »Ich muss zum Pfarrhaus. Die Brüder brauchen ihr Mittagessen.« Sie grüßte kurz und ging rasch weiter. Ihre schmale, dunkle Gestalt wirkte wie ein schwarzes Loch, das jemand in die fröhliche, sommerliche Umgebung hineingeschnitten hatte. Nelli blickte ihr nach, wobei sie ihre Stirn in Falten legte.

Dann schaute sie Johanne vorwurfsvoll an. »Diese Frömmigkeit, das ist ja gruselig«, meinte sie kopfschüttelnd. »Den halben Sonntag bist du auf den Beinen, um Leute zu besuchen, die du nicht einmal kennst. Und immer mit dieser blassen Person, die vor lauter Rechtschaffenheit kein Lächeln ins Gesicht bekommt. Pass nur auf, dass du am Ende nicht auch noch verlernst, wie man fröhlich ist.«

Johanne lachte. »Aber Nelli, ich mach es doch nicht aus Pflichterfüllung, sondern weil es mir Freude bereitet. Ich tadele dich ja auch nicht für dein Leben, also lass doch auch du mich gewähren.«

»Ist schon recht. Wenn du nur nicht die Leichenbittermiene von Fräulein Fliedner annimmst. Man trifft euch beide ja nur noch zusammen.«

Dann hellte sich ihr Gesicht plötzlich auf. »Johanne, am nächsten Sonnabend ist Tanz in Angermund. Da kommst du mit. Wir müssen nicht einmal zu Fuß gehen, der junge Hamelius fährt nämlich mit der Kutsche hin und hat uns eingeladen, mit ihm zu kommen.«

»Uns?«, fragte Johanne. »Von mir konnte er doch noch gar nicht annehmen, dass ich mitkommen wollte. Er hat dich eingeladen, Nelli, weil er auf eine romantische Kutschfahrt aus ist.«

»Ach, was du immer denkst und redest. Es geht ja gar nicht nur um mich oder dich. Es werden auch andere dabei sein. Constanze Wachmeister und Gustav Weimar, der Sohn vom Schmied. Komm nur mit, das ist doch keine Sünde, wenn man am Sonnabend ein bisschen lacht und fröhlich ist.«

Johanne zögerte. Sie war ein paar Mal auf Hochzeiten eingeladen gewesen, aber auf einem richtigen Tanz war sie noch nie gewesen. Sie würde sich mit ihrer Ungeschicklichkeit bestimmt vollkommen lächerlich machen.

Nelli schien ihre Gedanken zu erraten. »Wir können ja bis dahin auch noch ein bisschen üben, du und ich, ohne dass uns jemand sieht«, schlug sie vor.

»Also gut«, sagte Johanne. »Ich komme mit.«

Um sechs Uhr abends trafen sie sich auf der Clemensbrücke, Johanne, Nelli und zwei junge Leute aus Kaiserswerth, die Johanne nur vom Sehen kannte.

Johanne hatte ihr blaues Sonntagskleid mit dem weißen Kragen angezogen, und als sie im Vorübergehen ihr Spiegelbild in der großen Fensterscheibe von Metzger Schlader gesehen hatte, war sie sehr zufrieden gewesen mit sich. Aber jetzt sah sie Nelli. Sie hatte ihre Locken zu Zöpfen geflochten und an den Seiten in Schneckenform zusammengesteckt. Eine weiße Tüllschleife auf dem Oberkopf verlieh ihrem Gesicht etwas Unschuldiges und zugleich Herausforderndes. Ihr Kleid war neu, schlicht und rot, mit eng geschnürtem Mieder und weitem Rock. Der mit weißer Spitze besetzte Halsausschnitt zeigte den Ansatz ihrer runden Brüste.

»Freust du dich?«, fragte Nelli und lachte übermütig. Sie streckte sich und legte der so viel größeren Freundin den Arm um die Schulter. Johanne fühlte ihre weiche Haut an ihrem nackten Hals und roch den blumigen Duft, der von ihr ausging, und fühlte sich plötzlich ungelenk und steif und viel zu groß.

Endlich fuhr ihre Kutsche vor. Walter Hamelius, dem das Fuhrwerk gehörte, kam aus Wittlaer, er war ein gut aussehender Bursche, und Nelli hatte sich schon ein paar Mal von ihm ausführen lassen. Stolz grüßte er vom Kutschbock zu ihnen herunter. »Und?«, fragte er und streckte den Rücken durch, um seine kräftigen Schultern noch breiter erscheinen zu lassen. »Wer möchte die Fahrt neben mir auf dem Kutschbock verbringen? Hier oben weht ein angenehm kühles Lüftchen, genau das Richtige, nach einem so hitzigen Tag wie dem heutigen.« Sein Blick saugte sich förmlich an Nellis Körper fest.

»Geh schon«, flüsterte ihr Johanne leise zu. »Ich setze mich mit den anderen nach hinten.«

»Ach komm, dort oben auf dem Bock ist doch Platz für drei.« Kichernd zog Nelli die Freundin am Ärmel. »Nicht wahr, Walter, für Johanne reicht der Platz auch noch!«

Er lachte. »Sicher, steigt auf. Umso näher müssen wir zusammenrücken, aber das soll mir bei so charmanten Nachbarinnen nicht schwer fallen.« Als er Johanne den kräftigen Arm hinstreckte, um sie zu sich nach oben zu ziehen, hatte sie allerdings den Eindruck, dass es ihm lieber gewesen wäre, wenn sie in diesem Moment tot zusammengebrochen wäre.

Auf der Fahrt nach Angermund versuchte sie so weit von Walter abzurücken, wie es der schmale Kutschbock zuließ. Er bemerkte ihr Unbehagen gar nicht, so wie er generell nichts an ihr bemerkte. Vermutlich wäre es ihm nicht einmal aufgefallen, wenn sie während der Fahrt vom Bock gefallen wäre, so angeregt scherzte und lachte er mit Nelli, die zu seiner Linken saß.

Auf dem Angermunder Dorfplatz war schon eine Menge junger und auch älterer Leute versammelt. Gerade begann eine Musikantentruppe zu spielen, und sofort bildeten sich Paare, die sich gegenseitig zum Tanzboden zogen. Walter drückte einem Stallburschen rasch einige Pfennige in die Hand, damit er sich um die Gäule kümmerte, und ging dann mit Nelli weg. Die Freundin warf Johanne einen besorgten Blick zu, die tapfer zurücklächelte und sich wünschte, dass der Abend vorbei wäre.

Nach kurzer Zeit wurde auch sie von einem jungen Mann zum Tanz aufgefordert. Sein Gesicht und sein dichtes, lockiges Haar erschienen ihr vertraut, aber sie konnte ihn nicht einordnen.

»Sie sind Johanne König aus Kaiserswerth«, sagte er, während sie mit Erleichterung feststellte, dass er ein Stück größer war als sie.

»Sie kennen meinen Namen. Aber wie Sie heißen, weiß ich nicht.«

»Felix Winter«, stellte er sich vor. »Ich komme aus Kalkum.« Bei den ersten Schritten war sie nervös, aber schon nach wenigen Drehungen verlor sich ihre Anspannung, ihre Füße nahmen den Takt der Musik auf und bewegten sich dazu, und ihr ganzer Körper folgte, ohne dass sie darüber nachdachte.

»Sie tanzen gut.« Lange Wimpern umrandeten Felix Winters dunkle Augen. Die braunen Iris waren von winzigen goldgelben Sprenkeln durchzogen. »Dabei habe ich Sie den ganzen Sommer über nie auf irgendeinem Fest gesehen.«

Sie erwiderte nichts und lächelte, während sie überlegte, woher sie ihn kannte. Sie kam manchmal nach Kalkum, weil sie auch dort Schreibarbeiten erledigte, aber sie konnte sich nicht erinnern, ihn dort gesehen zu haben.

»Er mag dich, das merkt man sofort«, flüsterte ihr Nelli zu, als sie sich für einen kurzen Moment neben der Tanzfläche trafen.

»Ach, was du immer gleich denkst«, wehrte Johanne ab. »Kennst du ihn?«, fragte sie dann.

»Ja, natürlich, er kommt doch immer zur Kirche. Er ist evangelisch, wie für dich gemacht.« Nelli wollte noch etwas hinzufügen, aber da kam auch schon Walter Hamelius und zog sie mit sich.

Sie tanzt immerzu nur mit ihm, dachte Johanne und erinnerte sich plötzlich an einen Spaziergang im Frühling, den sie mit Nelli gemacht hatte. Es war einer der ersten warmen Tage gewesen, und sie waren am Schwarzbach entlanggegangen, hatten über dies und das geredet, und auf einmal war Nelli so unvermittelt stehen geblieben, dass Johanne, die hinter ihr ging, fast gegen sie geprallt wäre.

»Ich muss schnell einen finden, der mich aus diesem Elend befreit«, sagte sie, und Johanne verstand zuerst überhaupt nicht, was sie meinte, die hellgrün austreibenden Bäume am Bachufer und das flirrende Frühlingslicht passten so überhaupt nicht zu den düsteren Worten. »Aus welchem Elend?«

»Aus diesem Dreck, der Armut, aus der Sklaverei im Ochsen.« Nellis Augen glänzten. »Verstehst du nicht? Ich will einen Ehemann, der genug Geld hat, mich zu ernähren. Und vielleicht sogar noch ein bisschen mehr als das.«

Heirat. Einen Ehemann. In letzter Zeit sprachen alle davon. Ihre Altersgenossen verlobten sich, eine nach der anderen. Viele waren sogar schon verheiratet. Emmi, mit der sie sich immer gestritten hatte, war seit Januar mit einem Bauern aus Kalkum vermählt. Und sogar die dicke Ilse vom Schuster Franken hatte vor kurzem ihre Hochzeit gefeiert. Vielleicht war es bei Nelli ja auch bald so weit. Der Gedanke gefiel Johanne nicht.

»Hast du denn schon einen bestimmten im Auge?«

»Vielleicht.« Nelli hob ihre hübsche pummelige Hand und betrachtete versonnen ihren Ringfinger, als trüge sie schon einen Ehering.

»Wer ist es, Nelli?«, fragte Johanne, halb neugierig, halb unbehaglich. »Wir sind doch Freundinnen. Sag mir, wer es ist.«

»So weit ist es längst noch nicht. Aber ich werde dich ganz gewiss auf dem Laufenden halten. Aber wie sieht es eigentlich bei dir mit der Liebe aus?«

»Bei mir ist nichts«, sagte Johanne und betrachtete die Weiden am Bachufer, deren ovale Blätter in der Sonne glänzten, als wären sie aus Glas. Von den jungen Burschen, die sie kannte, interessierte sie keiner. Und auch in Zukunft würde sie keiner von ihnen interessieren. »Da ist nichts.«

Nelli hatte sie mit einem spöttischen, fast mitleidigen Lächeln angesehen, das sie geärgert hatte. Du weißt nichts über mich, hatte sie damals gedacht.

Nelli suchte also einen Mann. Ob es dieser Walter war? Der junge Hamelius war der älteste Sohn eines reichen Großbauern. Nelli war zwar hübsch und bestimmt nicht dumm, aber ihre Leute waren bitter arm und noch dazu Protestanten.

»Wann sehe ich Sie wieder?«, fragte Felix, als es Zeit zum Aufbruch war. »Jetzt wo die Pfarrei verwaist ist, läuft man sich gar nicht mehr über den Weg.«

»Es wird bestimmt bald wieder eine Gelegenheit kommen«, erwiderte Johanne.

Als sie zurückfuhren, nahm Johanne mit Gustav und Constanze in der Kutsche Platz. »Auf dem Bock ist es mir jetzt zu kühl«, gab sie vor. Walter war es nur recht, und auch Nelli protestierte diesmal nicht.

Auf der Clemensbrücke bot sich Gustav Weimar an, die drei Mädchen nach Hause zu begleiten.

»Wir teilen uns die Kavalierspflicht«, widersprach Walter sofort. »Wenn du die beiden anderen Damen nach Hause bringst, werde ich mich um das Fräulein Cornelia kümmern. Nicht dass ihr auf dem Heimweg noch ein Unglück geschieht.«

Er legte Nelli seinen Arm um die Hüfte. Diese befreite sich kokett aus seiner Umarmung.

»Pass nur auf, Walter«, kicherte sie. »Dass am Ende nicht gar du zu meinem Unglück wirst.«

Johanne fühlte sich wie gerädert, als sie sich am nächsten Morgen aus dem Bett quälte, um zum Gottesdienst zu gehen. Und der neue Pastor predigte so entsetzlich einschläfernd. Hoffentlich trifft Fliedner bald auf großzügige Spender und kommt zurück, dachte sie gähnend. Aber sie bezweifelte es. Käthe hatte ihr vor ein paar Tagen einen Brief des Bruders vorgelesen, in dem er voller Enthusiasmus von seinen Eindrücken aus den Niederlanden berichtete. Wie vielen interessanten Personen er auf seiner Reise schon begegnet war. Nein, dachte Johanne, so schnell bekommt er nicht genug vom Reisen.

Als sie sich in der Küche eine Scheibe Brot abschnitt, kam ihre Mutter aus dem Schlafzimmer. »So früh schon auf den Beinen?«, murrte sie, während sie sich am Küchentisch niederließ.

»Ich will zur Kirche«, erklärte Johanne. »Aber wenn du so früh schon wach bist, warum begleitest du mich nicht?«

Frau König starrte selbstvergessen zum Fenster. Die Sonne war gerade aufgegangen, ihre Strahlen verwandelten die schmutzigen Scheiben in eine weiß glänzende, undurchsichtige Fläche. Wie füllig Mutter geworden war in den letzten Wochen, fiel Johanne mit einem Mal auf. Sie war nie schlank gewesen, aber jetzt waren ihre Oberarme massig, ihre Brüste zeichneten sich groß und rund unter dem verschlissenen Nachthemd ab. Man sah ihr an, dass es dank Johanne bei Königs endlich wieder mehr zu essen gab.

»Ach, Kind«, seufzte sie, während sie das Netz öffnete, das ihre Haare nachts zusammenhielt. Jetzt fielen die dünnen Strähnen auf ihre Schultern. Das braune Haar war von weißen Streifen durchzogen, als habe sich die Farbe an einigen Stellen herausgewaschen.

Gedankenverloren kämmte sie sich mit den Fingern. »Es hat doch alles keinen Sinn. Die ganze Beterei, was nützt sie denn, wenn alles nur immer schlimmer wird. Gott im Himmel hat uns hier unten längst vergessen, da hat König schon Recht.«

Bestürzt sah Johanne ihre Mutter an. »So darfst du doch nicht reden, Mutter.«

Frau König lächelte bitter. »So darf ich nicht reden? Aber wo ist denn dein Gott gewesen, als unser Laurenz ihn brauchte? Wo ist er, wenn dein Vater wieder unser ganzes Geld versäuft?«

»Aber Mutter, das ist doch mitnichten Gott zuzurechnen, wenn Vater der Trunksucht verfällt. Und Laurenz … Zu unserem Unglück haben wir alle kräftig beigetragen, aber wenn wir uns redlich bemühen, uns zu bessern, dann wird der Allmächtige uns schon helfen, es wird auch wieder aufwärts gehen.«

»Das glaubst du?« Frau König sah ihre Tochter mitleidig an, und unter ihrem Blick begann Johannes Zuversicht in sich zusammenzufallen. »Ich war auch einmal so gutgläubig, aber wenn's im Leben immer und immer nur Hiebe hagelt, verliert man den Glauben an die göttliche Gerechtigkeit. Vielleicht hast du ja das Glück und findest einen wohlhabenden Mann, der dich rausholt aus diesem Dreckloch, aber ich werde mein Lebtag diesem Elend nicht entfliehen. Im Gegenteil, es wird immer noch ärger werden. Niemals wird dein Vater mehr in Lohn und Brot stehen und dein Bruder noch weniger, wenn er erst einmal wieder draußen ist.«

»Die Zeiten werden auch wieder besser«, sagte Johanne leise. »Komm doch mit zur Kirche.«

Aber die Mutter schüttelte den Kopf. Mit einem geübten Griff wand sie ihr dünnes Haar zu einem harten, kleinen Knoten. Aus einer Schublade im Küchenschrank holte sie ein paar Haarnadeln, mit denen sie die Frisur feststeckte. »Geh du nur deiner Wege. Ich bleibe lieber hier.«

Als Johanne nach dem Gottesdienst gemeinsam mit Käthe aus der Kirche trat, hörte sie jemanden ihren Namen rufen. Es war Felix Winter, mit dem sie am Abend vorher getanzt hatte. »So sehe ich Sie endlich wieder«, scherzte er, während er neben Johanne die Stufen zur Straße hinunterging.

»Ich hätte nicht erwartet, dass Sie heute Morgen den Weg zur Kirche machen, wo es gestern doch so spät geworden ist«, meinte Johanne lächelnd, nachdem sie ihn Käthe vorgestellt hatte.

»Sie kennen mich eben schlecht«, erwiderte er.

»Tanzen warst du gestern?«, fragte Käthe, als Felix sich verabschiedet hatte.

Sie sah so ernst dabei aus, dass sich Johanne plötzlich leer und leichtfertig vorkam. »Nun ja«, gab sie widerwillig zu. »Es war das erste Mal, und es wird bestimmt nicht oft vorkommen.« Dann ärgerte sie sich über sich selber. Warum verteidigte sie sich, als habe sie etwas Unrechtes getan? »Es ist schließlich keine Sünde«, setzte sie trotzig hinzu.

Käthe sah mit undurchdringlicher Miene geradeaus. Nelli hat Recht, dachte Johanne plötzlich zornig, Käthe tut immer so heilig, dass es ganz unerträglich ist.

Dann sah sie, wie sich auf dem schmalen Gesicht der anderen ein kleines Lächeln ausbreitete. »Ich war manchmal zum Tanz«, meinte sie schüchtern, ohne Johanne anzusehen. »Daheim in Idstein. Aber mein Bruder hat gleich klargestellt, dass sich das nicht ziemt für mich, wenn ich ihm den Haushalt besorge. Wo er doch Pastor ist.«

Johanne seufzte. »Ach, Käthe«, sagte sie leise und drückte schweigend die Hand der Freundin.

5

»... kürzlich fragten mich einige Damen der Rotterdamer Gesellschaft nach meiner Familie. Da erzählte ich von unserem Kaiserswerther Leben, von den Krankenbesuchen und ganz besonders auch von Deinem seligen Tun, mein liebes Käthchen. Die Damen waren ganz gerührt, und einige Tage darauf überreichten sie mir 20 holländische Gulden und einen Brief in holländischer Sprache an Dich ganz persönlich, den ich dir nun mit einer Übersetzung schicke.

Neulich erzählte ich zwei Kaufleuten, bei denen ich um Spenden war, dass ich in Kürze plane, nach London überzusetzen. Oh, da können wir Ihnen die Überfahrt wohl freimachen, erwiderten sie. Die Kosten betragen vierzig bis fünfzig Gulden. So werde ich denn, wenn Gott will, im Januar 1824 meinen Pilgerstab über das Meer setzen ...«

Käthe unterbrach sich. »Es wird wohl noch eine Weile dauern, bis wir Fliedner wieder hier bei uns haben«, sagte sie ohne aufzublicken, dabei fuhren ihre Fingerkuppen die beiden Knicke nach, die kreuzförmig über das Papier verliefen. Johanne blickte über ihre Schulter auf die kleinen, hastigen Buchstaben und spürte plötzlich einen Stich. Käthe lobte er vor den fremden Damen, und sie selbst, die doch ebenfalls ihr Bestes gab, erwähnte er nicht einmal. Die Freundin schien ihre Verstimmung zu spüren und hob den Kopf, worauf Johanne rasch ein Lächeln auf ihre Lippen zwang.

Seit dem Herbst ging Johanne an drei Nachmittagen in der Woche nach Kalkum zum Kleianshof. Felix Winter hatte ihr die Arbeit vermittelt. Die Schwiegermutter des Gutsbesitzers, Frau Händel, die mit auf dem Hof lebte, war fast blind, und Johanne besuchte sie, um ihr vorzulesen. Am Anfang wollte sie nach dem Lesen kein Geld annehmen, das Ganze sei doch keine Arbeit für sie gewesen, sondern selbstverständliche Christenpflicht, aber die Witwe wollte davon nichts hören. »Ich will keine Gefälligkeit und nichts dergleichen«, sagte sie. »Mädchen, die mir für Gotteslohn vorlesen, finde ich genug. Der Pfarrer schickt mir an einem Nachmittag gleich drei ins Haus, wenn ich nur einen Ton sage, weil mein Schwiegersohn so ein spendables Gemeindeglied ist. Aber Sie sind die erste Vorleserin, bei der ich nach drei Zeilen nicht gleich weinend davonspringen will, was ich freilich auch nicht mehr kann, weil meine alten Beine viel zu lahm dazu sind. Das Vergnügen, Ihnen zuzuhören, lasse ich mich gerne etwas kosten. Geld ist nämlich so ziemlich das Einzige, was ich alte Frau im Überfluss habe.«

Dann drückte sie Johanne eine großzügige Summe in die Hand und nahm ihr das Versprechen ab, sie am nächsten Tag gleich wieder zu besuchen.

Gleich beim ersten Mal wies sie Frau Händel an, die Bibel auf die Seite zu legen. »Dass viel Wahres und Gutes darin steht, das wissen wir beide doch längst«, sagte sie und zwinkerte Johanne zu. »Da, schauen Sie doch mal oben in den Schrank und holen Sie mir das grün gebundene Büchlein mit den Gedichten von meinem lieben Klopstock herunter.«

Johanne begann zu lesen. Am Anfang stolperte sie über das seltsame Versmaß, die fremden Worte, aber nach und nach begann sie zu begreifen, und ihre Stimme wurde ganz rau vor Ergriffenheit. Sie las Klopstock und Bürger, Claudius und Herder, und nach den Gedichten kamen Romane. Sie lernte die Schicksale von Pamela und Clarissa kennen, und sie verlor sich in der Geschichte des Jünglings Agathon, der nach vielen Irrungen doch noch den Weg zu Vernunft und Erleuchtung findet.

Sie las Werther, und je leidenschaftlicher seine Gefühle, je verzweifelter seine Liebe wurde, desto mehr litt sie mit ihm. Irgendwann erstickten Tränen ihre Stimme. Frau Händel legte ihr bestürzt eine Hand auf den Arm. »Mein liebes, liebes Mädchen, sollte ich Sie am Ende zu sehr erschreckt haben mit meiner Literaturwahl? Schnell, legen Sie das Buch zur Seite, und lassen Sie uns etwas Heiteres auswählen.«

Johanne wischte die Tränen weg und schüttelte den Kopf. »Es ist alles so wahrhaftig beschrieben, dass ich nicht anders kann als mitzufühlen. Nein, wenn Sie gestatten, liebe Frau Händel, ich möchte das Buch zu gern beenden.«

Die Witwe lächelte sichtlich erleichtert. »Nun, ich werde Sie gewiss nicht daran hindern. Mir sind Goethes Werke viel zu sehr ans Herz gewachsen. Wissen Sie, dass er bekannt ist mit guten Freunden von mir?«

»Goethe?«

»Zweimal schon hat er meinen Freund Jacobi in Pempelfort auf seinem Schloss Jägerhof besucht. Ach, was hätte ich darum gegeben, ihn einmal dort zu treffen.«

Johanne schwieg beeindruckt. Frau Händel war wirklich eine Dame von Welt, dass sie so wichtige Leute zu ihren Freunden zählte. Die Witwe schien ihre Gedanken zu erraten und lachte. »Ich bin ein altes Tratschweib, das sich immerzu wichtig machen muss«, sagte sie fröhlich. »Hören Sie einfach nicht hin, und lesen Sie lieber weiter. Ach, wie freue ich mich, dass der liebe Gott Sie zu mir geführt hat.«

Und wie ich mich erst freue, das können Sie gar nicht ermessen, dachte Johanne.

Felix Winter bestand darauf, Johanne vom Kleianshof in seinem Bauernwagen nach Hause zu bringen. »Es ist kein fürstliches Gefährt, das ich Ihnen anbieten kann. Aber ich werde es nicht zulassen, dass Sie sich in der Winterdunkelheit einsam und allein auf den Weg nach Kaiserswerth machen.«

Johanne gefielen die fröhlichen Kutschfahrten mit Felix fast so gut wie die Unterhaltungen mit Frau Händel. Bis sie merkte, dass der junge Mann sich in sie verliebt hatte.

»Was soll ich denn nur machen?«, fragte sie Nelli. »Wenn ich weiter mit ihm fahre, dann ermutige ich ihn doch nur.«

Nelli hob ihre rundlichen Schultern. »Warum heiratest du ihn denn nicht einfach? Er ist ein schmucker Bursche, der Felix, und ein ordentliches Einkommen hat er auch.«

Ja, dachte Johanne, das wäre die einfachste Lösung. Sie wäre das Elend zu Hause los, den Vater, der ständig betrunken war, die schlecht gelaunte Mutter, die Brüder, die sich immer stritten. Felix war liebenswert und klug, und hübsch war er auch mit seinen langen braunen Locken. Aber wenn sie in sich hineinhorchte, dann fühlte sie nichts. Wenn er neben ihr saß, schlug ihr Puls ungerührt im selben Tempo weiter. »Ich weiß nicht«, murmelte sie ratlos. »Es ist noch nicht an der Zeit. Nein, ich kann ihn nicht heiraten.«

»Was willst du denn, Johanne?«, fragte Nelli empört. »Als alte Jungfer enden, nach der sich keiner mehr umdreht?«

Johanne knetete ihre Hände und schwieg. Plötzlich dachte sie an das, was Werther an seinen Freund Wilhelm geschrieben hatte, über seine Empfindungen zu Lotte. *Ich habe kein Gebet mehr als an sie, und alles in der Welt um mich her sehe ich nur im Verhältnisse mit ihr.* Das war Liebe, das war Leidenschaft. Das waren die Gefühle, die ihr fehlten.

»Dann warte doch einfach ab«, riet ihr Nelli schließlich. »Noch hat er ja nicht um deine Hand angehalten. Aber wenn er es tut …«, sie trat ganz nah an sie heran, packte sie bei den Schultern und schüttelte sie sanft, »Johanne, sei klug!«

Johanne ließ sich weiterhin von Felix Winter nach Hause bringen. Aber seit dem Gespräch mit Nelli wartete sie jedes Mal voller Angst auf den gefürchteten Antrag. Deshalb setzte ihr Herz einen Schlag aus, als Felix eines Abends kurz vor Kaiserswerth die Pferde zügelte.

Er wartete, bis die Pferde ganz still standen, dann schaute er sie an. Sie wich seinem Blick aus und richtete die Augen auf die düsteren Wiesen. Die Weiden hinter den abgeernteten Feldern streckten ihre kahlen Äste in den dunklen Himmel, als wollten sie sie warnen. Zu spät, dachte Johanne.

»Nun kennen wir uns erst seit einigen Monaten, aber ich habe doch das Gefühl, als wäre es mein Leben lang«, hörte sie ihn. Seine Stimme klang freundlich, fast beiläufig, aber sie hatte Mühe, ihn zu verstehen, weil das Blut in ihren Ohren rauschte. »In den letzten beiden Wochen aber sind Sie ganz und gar … verändert, Johanne«, fuhr er dann fort. »Ist irgendetwas geschehen? Hab ich Sie unabsichtlich gekränkt? Warum sind Sie so angespannt und freudlos mir gegenüber?«

Johanne spürte, wie das Rauschen in ihren Ohren nachließ. Ihr Herz begann wieder ruhiger zu schlagen. Erleichtert stieß sie die Luft aus. Kein Antrag. Gott sei Dank. Sie lächelte und begegnete gleichzeitig Felix' erstauntem Blick. »Johanne?«, fragte er vorsichtig.

»Es ist nichts«, meinte sie. »Es ist alles gut. Zwischen Ihnen und mir, meine ich. Es war nur …«

Sie brach ab und spürte, wie ihre Handflächen feucht wurden. Felix wartete. »Ich meine, ich möchte keinesfalls …«, stotterte sie, »… wenn Sie den Eindruck gewonnen hätten, dass ich … und Sie … verstehen Sie?«

Felix schüttelte den Kopf.

Unter ihren Achseln bildeten sich nasse Flecken. »Also es ist so … ich möchte Sie keinesfalls heiraten«, platzte sie heraus. Dann wurde ihr bewusst, was sie gesagt hatte. Sie kniff die Augen zu. Ihr Gesicht wurde von einer Sekunde zur anderen glühend heiß, sie stellte sich vor, dass es in der Dunkelheit leuchtete. Ich will mich in Luft auflösen, dachte sie. Ich will vergehen, ich will sterben, jetzt und hier.

Felix Winters Stimme klang heiter, als er antwortete. »Nun, wenn Sie die Sache schon so frei heraus ansprechen«, sagte er. »Ich für meinen Teil würde Sie mit dem größten Vergnügen heiraten. Aber jetzt, da Sie mir schon vorher einen Korb gegeben haben, muss ich zumindest nicht mehr nach den richtigen Worten suchen, um Ihnen einen Antrag zu machen.«

»Gütiger Gott, Felix«, stieß sie mit gepresster Stimme hervor. »Es tut mir so Leid. Ich weiß überhaupt nicht, was in mich gefahren ist, so zu sprechen. Ich …«, sie brach ab und schlug die Hände vor die Augen, die sie immer noch geschlossen hielt.

Felix lachte leise. »Nun sehen Sie mich um Himmels willen an, Johanne«, meinte er dann. »Wenn Sie mich nicht heiraten wollen, dann muss ich wohl oder übel damit leben. Aber ich kann es keinesfalls ertragen, wenn Sie mich niemals wieder anschauen.«

Langsam nahm sie die Hände vom Gesicht und öffnete die Augen wieder. In der Dunkelheit des Winterabends konnte sie Felix ohnehin nur schemenhaft erkennen.

»Sie sind sehr großzügig«, flüsterte sie.

»Das bin ich. Aber dafür müssen Sie mir etwas versprechen«, sagte Felix und klang mit einem Mal ernst. »Denken Sie noch einmal über Ihre Antwort nach. Ich werde Ihre Entscheidung akzeptieren, egal wie sie ausfällt. Aber ich möchte, dass Sie mir noch ein wenig Zeit schenken.«

»Das werde ich tun«, versprach Johanne.

Die Mutter war stiller geworden in den letzten Monaten. Ihre unvermittelten Wutausbrüche trafen Johanne und ihre Brüder nur noch selten. Oft saß sie stundenlang in dem alten Lehnstuhl am Fenster und starrte hinaus auf den Hinterhof, ohne dass sie irgendetwas wahrzunehmen schien.

Sie hatte inzwischen die vierzig überschritten. Bestimmt ist es das Alter, das sie so schnell ermatten lässt, dachte Johanne, als sie eines Abends im Dezember 1823 am Küchentisch eine Schreibarbeit erledigte, während der Vater ihr gegenüber einen Teller Mehlwassersuppe löffelte. Vornübergebeugt hockte er am Tisch, als habe er Angst, mit dem Kopf an die Decke zu stoßen, wenn er sich zu voller Größe aufrichtete.

Ihre Mutter legte jetzt das Messer zur Seite, mit dem sie gerade Grünkohl gehackt hatte, und drehte sich zu ihrem Mann um. »Was ist eigentlich aus den vier Talern im Zwiebeltopf geworden?«, fragte sie anklagend. »Hast du sie etwa herausgenommen?«

König zuckte mit den knochigen Schultern und sank noch tiefer in sich zusammen. »Was sucht das Geld auch im Zwiebeltopf?«, knurrte er halblaut. »Wahrscheinlich haben es die Ratten weggefressen.«

»Die harten Taler? Die schmecken keiner Ratte. Das war wohl eher der feine Herr des Hauses, der das Geld versoffen hat, obwohl wir es so dringlich brauchen«, schimpfte die Mutter. Sie reckte sich und atmete schwer. »Die Wohnung wird man uns noch wegnehmen, und dann landen wir auf der Straße wie wahres Pack, aber dich wird das nicht kümmern, wirst dich einfach weiter besaufen, was scheren dich Weib und Kinder.«

Der Vater wischte sich mit dem Hemdsärmel über den Mund und erhob sich. Einen Moment stand er leicht schwankend da, als habe er Schwierigkeiten, seinen hageren Körper im Gleichgewicht zu halten. »Ja, mach du dich nur davon!« Frau König ergriff das Messer und deutete damit aufgebracht in Richtung Tür. »Geh in die Kaschemme zu deinen Saufkumpanen, deren Gesellschaft ist dir doch angenehmer als meine!«

»Da magst du wohl Recht haben«, nickte Herr König. Mit unsicheren Schritten ging er zum Ausgang, der Rücken gekrümmt, die Schultern nach unten gezogen. Er nahm seinen zerlumpten Mantel vom Haken und verließ ohne ein weiteres Wort die Küche.

Als er aus der Tür war, ließ Frau König die Arme sinken, als habe sie alle Kraft verloren. Mühsam drehte sie sich zur Seite, um einen Teller vom Regal zu holen. Richtiggehend dick ist sie geworden, dachte Johanne. Frau König fing ihren Blick auf. Hastig senkte Johanne ihre Augen wieder auf ihre Schreibarbeit. Nein, ihre Mutter hatte sich kein bisschen verändert, sie war ganz die Alte, verbittert und wütend. Sie würde auch immer so bleiben.

»Die Welt ist ein Jammertal«, klagte Frau König. »Und keiner, der einen daraus erlöst. Es wird alles nur immer schlimmer mit der Zeit.«

»Ach, Mutter«, warf Johanne behutsam ein. »So sieh doch auch das Gute und nicht nur das Schlimme. Geht es uns nicht so viel besser als im letzten Winter?«

»Worauf spielst du an? Du meinst es gut, Johanne, aber deine paar Groschen werden unsere Haut auch nicht retten können. Wie viel einfacher wäre es, wenn dein Vater uns nicht mit seiner elenden Trunksucht immer tiefer hinabziehen würde in den Schmutz. Aber davon verstehst du nichts, denn du bist ja noch nicht einmal verheiratet.«

Johanne dachte an Felix Winter und merkte, wie die Wut in ihr hochstieg und immer stärker wurde. Ihre Mutter hatte doch keine Ahnung von ihrem Leben, sie interessierte sich überhaupt nicht für sie. Sie war unzufrieden mit ihrer Ehe und warf ihr jetzt auch noch vor, dass sie noch keinen Ehemann gefunden hatte. Nein, das musste sie sich nicht länger anhören. Sie stand auf, schob die Blätter zusammen und packte Feder und Tintenfass ein.

»Ja, mach du dich auch noch davon«, murmelte Frau König. »Geht nur alle und lasst mich allein, 's ist besser so.«

Als sie schon fast an der Türe war, drehte Johanne sich noch einmal um und kam zurück in die Küche. »Du trägst auch deine Mitschuld an Vaters Trunksucht«, brach es aus ihr heraus. »Was musst du ihn auch immer quälen. Ein Wunder, dass er nicht schon ganz davongelaufen ist. Sieh dich doch um, wie es hier aussieht. Und wie du selbst aussiehst!«

Die Mutter starrte sie an. Vor der rußgeschwärzten Küchenwand sah ihr Gesicht totenbleich aus. »So, stellst du dich auf seine Seite und gegen mich?« Sie holte Luft, und ihr Atem machte ein seltsames kratzendes Geräusch in ihrer Kehle, als sei ihre Luftröhre zu eng. »Warte nur ab, Johanne, du wirst die Männer auch noch kennen lernen und am eigenen Leib erfahren, was es heißt, eine Frau zu sein.«

Ein kalter Wind fegte durch die Kuhstraße. Johanne ließ sich willenlos weiter in Richtung Marktplatz treiben. Ihre Füße platschten in die lehmigen Pfützen auf dem Pflaster, die sie in der Dunkelheit nicht sehen konnte, Schuhe und Strümpfe waren längst durchnässt.

Wie leid sie diese ständigen Klagen war. Das Gejammer über das fehlende Geld, die Not der Familie. Sie konnte es nicht mehr hören.

Warum ergaben sich ihre Eltern nur so willenlos in ihr Schicksal? Wenn sie sich nur bemühten, dann würde sich ihre jämmerliche Lage bestimmt bessern. Wieso ließ sich ihre Mutter so gehen! Warum putzte sie die Wohnung nicht sauber, statt immerzu über den Schmutz zu klagen! Und ihr Vater, seit Monaten hatte er nicht *einen* Versuch unternommen, eine neue Arbeit zu finden.

Eine Windböe fuhr ihr in den Rücken, aber dieses Mal ließ sie sich nicht weiterschieben, dieses Mal stemmte sie sich dagegen und blieb stehen wie gegen eine unsichtbare Wand gelehnt.

Ihre Eltern hatten den Kampf verloren gegeben, bevor sie ihn richtig begonnen hatten. Und sie hatten Recht, dachte sie plötzlich. Denn es war ein aussichtsloser Kampf. Der Dreck, das Unheil, das Pech saßen viel zu fest, das Elend ließ sich nicht wegwischen, so kraftvoll man auch rieb und schrubbte.

Es war nicht plötzlich über sie gekommen, sondern nach und nach. Ein Schlag nach dem anderen. Zuerst war die Schule immer öfter ausgefallen. Heiner und Theodor blieben wochenlang zu Hause, weil der Lehrer erst krank war und dann weg, ein neuer sollte kommen, aber keiner wusste wann. Dann verlor der Vater seine Stellung in der Seidenfabrik und schließlich auch Laurenz. Überall suchten sie nach einer neuen Arbeit – von Duisburg bis Düsseldorf, von Krefeld bis nach Elberfeld.

Sie erinnerte sich an jene Nacht, im Winter vor zwei Jahren war es gewesen, als ihr Vater von der Arbeitssuche nach Hause kam. Sie saßen in der Küche, und als er eintrat, war sein Gesicht ganz grau und sie wussten alle sofort, dass es wieder vergeblich gewesen war. Die Mutter stand auf, nahm ihren Teller und stellte ihn neben die Spülschüssel, sie sagte nichts, aber ihr Gesichtsausdruck, ihre ganze Haltung waren vorwurfsvoll und zugleich verzweifelt. Ihre Brüder sahen sie ratlos an und warteten darauf, dass Johanne etwas sagte, etwas Tröstendes, Hoffnungsvolles, aber ihr fiel nichts ein. Irgendwann drehte ihr Vater sich um und rannte aus dem Haus. Erst am frühen Morgen war er wieder heimgekommen, laut und fröhlich singend. Johanne war aus dem Schlaf hochgeschreckt und hatte sich im ersten Moment gefreut. Er sang. Alles war gut.

Aber nichts war gut. Vergangenen Monat hatte auch noch die Tuchfabrik in Huckingen ihre Tore geschlossen. Jetzt saßen in der Region Hunderte an jungen, arbeitswilligen Männern auf der Straße. Jeder Unternehmer konnte aus dem Vollen schöpfen, und wenn seine Belegschaft nicht nach seiner Pfeife tanzte, wenn irgendeiner aufbegehrte, dann wurde er einfach entlassen und durch neue Männer ersetzt, die für einen Bruchteil des Lohns arbeiteten. Ihr Vater hatte keine Chance und ihr Bruder noch weniger.

Sie sind zum Scheitern verurteilt, dachte sie. Und ich bin es auch, denn ich gehöre zu ihnen.

Sie dachte an ihre Mutter, an ihr farbloses Gesicht in der dunklen Küche und wie sie sie vorhin angesehen hatte. An ihre eigenen Worte, unverschämt und respektlos. Es war keine Liebe zwischen ihnen. Käthe, die ihre eigene Mutter so sehr vermisste, wäre außer sich gewesen, wenn sie Johannes Auftritt in der Küche miterlebt hätte. Oder gar Fliedner.

Fliedner. Plötzlich sah sie ihn vor sich, seine hellen Augen, die so tief in sie hineinschauten. »Geh zurück«, hörte sie ihn sagen, denn in ihren Gedanken duzte er sie. »Leiste Abbitte für dein ungebührliches Verhalten.«

Der Wind ging etwas abgeschwächt, er wehte jetzt ruhig und regelmäßig. Von ihren durchnässten Füßen zog die Kälte hoch in ihren Körper. Sollte sie wirklich zurück, sollte sie ihre Mutter um Verzeihung bitten? Sie würde sie bestimmt nicht in die Arme schließen, wie der Vater in der Bibel seinen verlorenen Sohn. Vielleicht sollte sie noch abwarten, bis sie sich ein wenig beruhigt hatte.

Sie schlug die Arme über der Brust zusammen. Wenn es nur nicht so kalt wäre. Dann horchte sie auf. Schritte. Sie kamen die Kuhstraße herunter, genau auf sie zu. Hastig trat sie in eine Toreinfahrt, die sich neben ihr auftat, und drückte sich tief in den Schatten der Mauer. Sie wollte auf keinen Fall erkannt werden.

Es waren zwei Menschen, die ihr entgegenkamen, ein Liebespaar. Die beiden bildeten eine einzige, zusammenhängende Silhouette. Sie sind so miteinander beschäftigt, dass sie mich bestimmt nicht bemerken, dachte Johanne erleichtert.

Sie hatte Recht, die beiden Verliebten nahmen sie in ihrem dunklen Torbogen gar nicht zur Kenntnis. Wenige Schritte von ihr entfernt blieben sie stehen. Die größere Gestalt zog die kleinere an sich, sie küssten sich, lautlos, leidenschaftlich und unendlich lange. Johanne schloss die Augen und zählte die Sekunden. Felix Winter und ihr Versprechen an ihn fielen ihr wieder ein. Nein, dachte sie. Die Antwort ist immer noch nein. Aber jetzt war bestimmt nicht der richtige Moment, über diese Sache nachzudenken.

Aus dem eng umschlungenen Schattengebilde vor ihr drang ein Seufzen.

»Nelli«, flüsterte eine Männerstimme. »Liebste Nelli.« Johanne riss die Augen wieder auf.

War das Cornelia, die da drüben stand, zum Greifen nah? Ach, Unsinn, sie musste sich verhört haben. Sie hatte Nelli doch gestern noch getroffen. Wenn sie eine leidenschaftliche Liebesaffäre hätte, wüsste sie doch davon.

Johanne reckte den Hals. Vergeblich. Es war zu dunkel.

Endlich löste sich der Schatten in zwei Figuren auf, die Arm in Arm weitergingen. Das Mädchen war in etwa so groß wie Nelli. Sie setzte die Fußspitzen beim Gehen ein wenig nach außen. Wie Nelli. Ohne zu überlegen, löste sich Johanne aus der Toreinfahrt und folgte dem Paar. Sie setzte die Füße vorsichtig auf den Boden und hielt sich so dicht wie möglich an die Häuserfront.

Am unteren Ende der Kuhstraße fiel aus einigen Fenstern Licht auf die Straße. Sofort ließen sich die beiden los. Wie bloße Bekannte gingen sie jetzt nebeneinander her.

Vor Nellis Haus hielten sie an und reichten einander höflich die Hand. Johanne hörte das Mädchen noch leise kichern, dann verschwand sie hinter der schweren Holztür. Der Mann sah ihr noch einen Moment lang nach, ehe er sich umdrehte, um zurückzugehen. In letzter Sekunde konnte sich Johanne in einem Hauseingang verbergen.

Sie wusste, wer er war, noch bevor ein Lichtschein auf sein Gesicht fiel. Walter Hamelius. Er lächelte selbstgefällig und rieb sich das glatt rasierte Kinn. Dann verschluckte ihn die Dunkelheit wieder. O Nelli, dachte Johanne. Hoffentlich weißt du, was du tust.

Während sie ihm noch nachstarrte, rannten zwei Buben die Kuhstraße herunter. Erst als sie fast an ihr vorbei waren, erkannte sie sie. »Theodor! Heiner!«, rief sie überrascht. »Was macht denn ihr beiden zu dieser Stunde noch auf der Straße? Weiß die Mutter, dass ihr euch hier herumtreibt?«

»Die Mutter hat uns ja hinausgeschickt«, erklärte Heiner. »Wir sollen zur Frau Weißmüller gehen und dort bleiben, bis sie uns wieder holt, hat sie gesagt. Weil es ihr erbärmlich schlecht geht und wir sie nicht stören sollen.«

»Und deshalb schickt sie euch in der Stockdunkelheit zur Nachbarin?« Johanne schüttelte verständnislos den Kopf. Sie fragte sich, ob die Mutter langsam den Verstand verlor. »Ihr beiden kommt jetzt mit mir zurück. Es ist gleich halb acht, die Frau Weißmüller könnt ihr doch um diese Uhrzeit nicht mehr stören.«

»Nein, Johanne!«, widersprach Theodor ängstlich. »Die Mutter hat gesagt, dass wir unter keinen Umständen eher nach Hause kommen dürfen, als bis sie nach uns schickt. Sonst gibt es Prügel, hat sie gesagt.«

»Also geht in Gottes Namen zur Weißmüller«, meinte Johanne unwillig. »Ich sehe zu Hause nach dem Rechten, dann komme ich euch holen.«

Mit eiligen Schritten lief sie zurück. Was ihrer Mutter nur einfiel, die beiden Kleinen bei Nacht und Nebel auf die Straße zu schicken. Als ob die Nachbarn nicht schon schlecht genug von ihnen redeten. Musste sie ihnen auch noch zusätzlichen Gesprächsstoff liefern.

Kopfschüttelnd schloss sie die Wohnungstür auf und eilte in die Küche. Hier war alles finster, nur der schwache Schein des fast verloschenen Herdfeuers erhellte den Raum notdürftig. Als sie an den Küchentisch trat, hörte sie hinter sich ein raschelndes Geräusch und fuhr herum. Eine Ratte hockte an der Wand unter dem Fenster und glotzte aus kleinen glänzenden Knopfaugen zu ihr herüber. »Schsch!«, machte Johanne und klatschte in die Hände. Die Ratte huschte hinter den Waschtisch neben dem Herd. Sie bewegte sich nicht einmal besonders schnell, als wüsste sie genau, dass Johanne sie ohnehin nicht erreichen konnte.

Zumindest schien die Mutter schon zu Bett gegangen sein. Sonst hielt sie sich immer in der Küche auf. Johanne war erleichtert. Morgen früh konnte sie sich entschuldigen. Nun würde sie Heiner und Theodor von der Nachbarin abholen und ebenfalls früh schlafen gehen.

Gerade zündete sie sich eine Laterne an, als sie ein seltsames Geräusch aufhorchen ließ. Es klang wie … ein Stöhnen.

»Mutter?« Keine Reaktion. Johanne zögerte. Sollte sie einen Blick ins Schlafzimmer werfen? Und wenn sie ihre Mutter dadurch aufweckte?

Wieder dieses Stöhnen. Jetzt war es ganz deutlich zu hören. Es kam aus dem Zimmer, in dem die Eltern schliefen.

Behutsam drückte Johanne die Klinke nach unten. Das Schlafzimmer lag in tiefer Dunkelheit. Hatte sie sich am Ende doch getäuscht? Leise wollte sie die Türe wieder zuziehen.

Dann ließ sie ein Schrei zusammenfahren, so laut, dass sie vor Schreck fast die Laterne fallen ließ, die sie noch immer in den Händen hielt. Er ging in ein verzweifeltes Wimmern über, das klang, als würde jemand von einem wilden Tier zerfleischt.

Mit zwei Sprüngen war Johanne im Zimmer. Als der Schein der Lampe über das Bett fiel, sah sie, dass Laken und Decke über und über mit Blut verschmiert waren. Ihre Mutter wälzte sich wie rasend hin und her.

Was um alles in der Welt war passiert? War ein Verbrecher in die Wohnung eingedrungen und über die Mutter hergefallen?

»Wer ist das gewesen?« Angsterfüllt zog Johanne die Bettdecke zurück. Auch das weiße Nachthemd von Frau König war blutdurchtränkt. Die Mutter ächzte, ihre Hände griffen in der Luft ins Leere, als suchte sie nach der Bettdecke, um sie wieder über sich zu ziehen.

Dann schien der Schmerz ein wenig nachzulassen. Frau König wurde ruhiger und rang nach Luft. »Wer das gewesen ist?« Sie öffnete die Augen einen Spaltbreit. »Dein Vater ist das gewesen!«

Der Vater sollte die Mutter so zugerichtet haben? War sie verrückt geworden? »Ist er hier?«

Frau König schloss ihre Augen und begann wieder schneller zu atmen.

Keuchend warf sie den Kopf hin und her. »Ich hab dir doch gesagt, dass du rein gar nichts über die Männer weißt!«, stöhnte sie. »Das Kind kommt! Geh, mach nicht so ein Gesicht. Lauf zur Hebamme und sag ihr, sie soll sich beeilen, eh es mich auseinander reißt.«

Das Echo der Schläge hallte von der Häuserfront auf der anderen Seite des Stiftsplatzes wider. Johannes Hände schmerzten, aber sie schlug nur noch fester gegen die Tür. Mach auf, mach endlich auf!, hörte sie sich schreien, obwohl in Wirklichkeit kein Laut von ihren Lippen drang.

Irgendwann öffnete sich ein Fenster neben der Tür, ein müdes Frauengesicht erschien in dem schwarzen Viereck. »Wenn du zur Jakobine willst, die ist nicht zu Hause. Vor zwei Stunden haben sie aus Wittlaer nach ihr geschickt, vor Morgen wird sie nicht zurück sein.«

»Aber ich brauche sie.« Vor Schreck brachte Johanne nur ein tonloses Krächzen heraus. »Meine Mutter stirbt.«

Die Frau zuckte mit den Schultern. »Ich kann nichts machen, bin bloß die Nachbarin und versteh nichts von der Hebammenkunst. Und zum Doktor Huppertz brauchst du erst gar nicht zu laufen, der besucht samstagabends immer seine Leute in Lohausen.« Ihre Miene wurde ein bisschen milder, als sie Johannes entsetztes Gesicht sah. »Geh, lauf nach Hause und hilf deiner Mutter, bist doch selbst schon groß. Du bist damals doch auch auf die Welt gekommen. Sie wird's auch ein weiteres Mal schaffen.«

Johanne hörte ihre letzten Worte gar nicht mehr. Nein, es war undenkbar, sie konnte ihrer Mutter nicht helfen, sie kannte sich in solchen Dingen nicht aus. Sie hastete über den finsteren Platz, und ihre Gedanken rasten vor ihr her, hierhin und dorthin, ohne Ziel und Sinn. Wenn sich Frau König nur nicht mit allen verstritten hätte, dann hätte sie eine der Nachbarinnen fragen können. So wusste sie keinen, an den sie sich mitten in der Nacht wenden konnte. Keinen … außer Käthe.

Käthe war ruhig und besonnen. Sie hatte so viel Erfahrung mit Kranken. Sie würde wissen, was zu tun war.

Johanne schürzte ihren Rock und rannte durch die dunkle Kirchgasse, quer über den Marktplatz und die Mühlengasse hoch, bis ihre Lunge von der kalten Nachtluft brannte. Fast hätte sie die Klingelschnur am Pfarrhaus abgerissen, so heftig zerrte sie an dem dünnen Seil.

Wieder schien es eine halbe Ewigkeit, bis Käthe endlich öffnete. Mit einem flackernden Windlicht stand sie im Hausflur und schaute Johanne erschrocken an.

»Allmächtiger, Johanne, ist ein Unglück geschehen?«

»So Gott will, noch nicht«, keuchte Johanne. »Du musst mir helfen, Käthe, bitte! Meine Mutter … das Kind, es kommt!«

Mit einer schnellen Handbewegung brachte Käthe sie zum Schweigen. Sie zog ein Schultertuch vom Haken, nahm das Windlicht und verließ das Haus. »Ich wusste gar nicht, dass deine Mutter in der Hoffnung ist«, meinte sie, während sie neben ihrer Freundin hereilte.

Johanne versuchte zu antworten, aber sie bekam keinen Ton heraus. Wenn ihre Mutter starb, dachte sie, dann müsste sie ihre Stelle einnehmen. Sie müsste sich um die Brüder kümmern, das Essen kochen, die Wäsche waschen, die letzte Hoffnung, diesem Leben zu entkommen, wäre dahin. »O guter Gott, nimm sie nicht von uns!«, murmelte sie verzweifelt.

Käthe, die ihre selbstsüchtigen Gedanken nicht lesen konnte, warf ihr einen mitleidigen Blick zu und beschleunigte ihre Schritte noch.

Johanne erfüllte plötzlich ein geradezu abergläubisches Vertrauen in ihre Freundin. Käthe würde für Mutter beten, und Gott würde sie erhören, denn Käthe war gut und fromm und rechtschaffen, und ihr Flehen hatte mit Sicherheit mehr Einfluss auf Ihn als ihr eigenes Gestammel, das wertlos war und voller Eigennutz.

Ein leises, kraftloses Röcheln drang aus dem Schlafzimmer, als sie endlich zu Hause eintrafen. Die Mutter lag zusammengekrümmt auf dem Bett und schien sie kaum wahrzunehmen. Innerhalb der letzten halben Stunde schien sie um Jahrzehnte gealtert zu sein, wie eine Greisin kam sie Johanne vor. Ihr Gesicht hatte eine ungesunde, gelbliche Farbe angenommen, nur die Wangen glühten rot von geplatzten Äderchen.

»Ich habe das Fräulein Fliedner …«, begann Johanne. Aber Käthe legte ihren Finger auf die Lippen. Mit schnellen Schritten ging sie zum Bett und beugte sich über Frau König.

»Haben Sie keine Angst, Frau König«, sagte sie leise. Die ruhige Stimme schien der Mutter gut zu tun, ihre Hände, die sie um ihre Schenkel gekrampft hatte, entspannten sich ein wenig.

»Es will einfach nicht heraus«, krächzte sie. »Ich habe keine Kraft mehr.«

Käthe warf Johanne einen schnellen Blick zu. »Geh, setz Wasser auf den Herd. Und such alles zusammen, was du an sauberen Tüchern und Decken finden kannst. Wenn du nichts findest, dann wecke die Nachbarn. Eil dich.«

Mit einem Gefühl der Erleichterung verließ Johanne den Raum. Während das Wasser auf dem Herd brodelte, brachte sie Tücher und Decken ins Schlafzimmer.

Käthe hatte der Mutter mehrere Kleidungsstücke, die sie in der Eile gefunden hatte, in den Rücken gestopft und sie so in eine halb sitzende Position gebracht. Frau Königs Kopf hing auf ihre Brust, und sie keuchte vor Schmerzen. Das Laken zwischen ihren Beinen war dunkelrot vor Blut. Nun begann sie wieder hektisch zu atmen.

»Nicht so schnell«, wies Käthe sie leise an. »Aus und ein, aus und ein, aus und ein.« Die ruhigen, gleichmäßigen Befehle zeigten Wirkung. Frau König richtete sich ein wenig auf und atmete tief und langsam. Käthe hielt ihre Hand, ihre Brust hob und senkte sich im Einklang mit Frau Königs Atmen. Doch dann begann sich das Gesicht der Mutter zu verzerren. Es war, als ob ein böser Geist von ihr Besitz ergriffe. Ihre Augen drehten sich nach oben, ein leises Wimmern entfuhr ihrem Mund und steigerte sich dann, lauter und lauter. Käthe legte ihren Arm um ihre Schultern und hielt sie so aufrecht.

»Weiter so«, ermutigte sie die Mutter mit lauter Stimme. »Bald haben Sie es geschafft.« Ihre Worte verloren sich in den Schreien.

Erst als Frau König wieder leiser wurde, bemerkte Käthe Johanne. »Was stehst du herum?«, rief sie der Freundin zu. »Leg die Tücher aufs Bett, und dann sieh lieber nach dem Wasser. Es soll heiß sein, aber nicht kochend, wir wollen das Kind schließlich nicht verbrühen. Und schließ die Tür hinter dir!«

In der Küche zog Johanne den Topf mit dem brodelnden Wasser vom Herd und ließ sich auf einen der Küchenstühle sinken. Im Schlafzimmer begann Frau König wieder zu schreien. Sie hörte Käthes Zurufe. Dann wurde es still, bis eine neue Wehe einsetzte. Die Ruhepausen zwischen den Schmerzensschreien wurden immer kürzer, die Klagen der Gebärenden immer matter. Irgendwann drang nur noch ein Röcheln aus dem Nebenraum.

Drei Mal wurde das Wasser kalt, jedes Mal erhitzte Johanne den Topf von neuem. Irgendwann war ihre Ungeduld größer als die Furcht vor dem, was da im Schlafzimmer vor sich ging.

Zögerlich, fast widerwillig, öffnete sie die Tür einen Spalt breit. Ihre Mutter lag mit gespreizten Beinen auf dem blutroten Lager, der Kopf ruhte kraftlos auf der Brust, die Augen stierten ins Leere. Käthe saß neben ihr, mit gesenktem Kopf. Sie schien leise zu beten.

Es ist wie bei einer Totenwache, dachte Johanne. Wieder schüttelte eine Geburtswehe den schlaffen Körper der Mutter. Ihr Mund öffnete sich zu einem Schrei. Aber kein Laut drang heraus. Käthe ergriff ihre Hand, beugte sich über sie, flüsterte. Die Mutter murmelte etwas zurück. Johanne konnte ihre Worte nicht verstehen.

Mit einem Mal hob Frau König den Oberkörper, ihr bleiches Gesicht wurde rot vor Anstrengung, die Augen schienen fast aus den Höhlen zu treten. Immer schneller, immer heftiger begann sie zu keuchen. Käthe beugte sich zwischen ihre Beine, hielt die Knie auseinander. Jetzt geht es zu Ende, dachte Johanne, während sie sich auf ihre Faust biss, um nicht laut loszuheulen. Plötzlich schrie ihre Freundin leise auf. Dann drang ein neues Geräusch an ihr Ohr. Das durchdringende, dünne Quäken eines Neugeborenen.

»Johanne«, hörte sie Käthes erleichterte Stimme. »Komm herüber zu uns, und begrüße deine kleine Schwester.«

Käthe und Johanne badeten das kleine, runzlig rote Wesen in lauwarmem Wasser und wickelten es dann in ein Laken. »Wie winzig sie ist«, flüsterte Johanne.

»Für ein Neugeborenes ist sie ziemlich groß«, stellte Käthe fest. »Sonst hätte deine Mutter auch nicht solche Schwierigkeiten gehabt.«

Dann nahm Käthe den Säugling auf den Arm, um ihn Frau König zu bringen. Aber die Mutter drückte das Kind kraftlos weg, als sie es ihr reichen wollte. Nicht einmal ansehen wollte sie es. Erschöpft fiel ihr Kopf zur Seite.

»Wir lassen sie erst einmal ruhen«, flüsterte Käthe. »Nimm du die Kleine, und halte sie gut fest.«

Während Käthe die verschmutzten Laken entfernte und das Bett, so gut es ging, frisch bezog, hielt Johanne ihre neugeborene Schwester im Arm. Sie betrachtete die winzigen Hände, die sich um den Rand des Lakens schlossen. Wie perfekt die ovalen Fingernägel geformt waren. Behutsam strich sie über die zarten Wangen. Ein feiner, fast unsichtbarer Haarflaum bedeckte die weiche Haut. Ein zarter Duft ging von ihr aus, den Johanne noch nie in ihrem Leben gerochen hatte.

»Ich werde auf dich Acht geben«, flüsterte sie ihrer Schwester so leise zu, dass nicht einmal Käthe es hören konnte. »Ich werde immer für dich da sein.«

6

An die missbilligenden Blicke der Kaiserswerther Frauen hatte Johanne sich längst gewöhnt. Kleine Kinder, die noch nicht laufen konnten, gehörten der gängigen Ansicht nach nicht auf die Straße. Aber Johanne scherte sich nicht um die Meinung anderer. Wenn es sich irgendwie einrichten ließ, packte sie ihre kleine Schwester Catharine in ein Holzwägelchen und zog sie hinter sich her. Ein paar dicke Kissen sorgten dafür, dass das acht Monate alte Mädchen in dem harten Gefährt einigermaßen aufrecht saß.

Zu Hause ließ sie die Kleine nur ungern allein, denn die Mutter hatte sich nach der schweren Geburt nur langsam erholt, und jetzt schien sie ihre jüngste Tochter oft einfach zu vergessen. In der ersten Zeit musste Johanne sie immer daran erinnern, Catharine die Brust zu geben, Frau König schien das Geschrei des hungrigen Säuglings gar nicht zu bemerken.

Sobald die Muttermilch versiegt war, übernahm Johanne die Ernährung der Schwester.

Von Anfang an betrachtete Catharine Johanne und nicht Frau König als ihre wahre Mutter. Sie gluckste vor Freude, wenn Johanne sie hochnahm, und weinte, wenn sie sie zu Hause zurückließ, um Frau Händel vorzulesen oder Schreibarbeiten abzuliefern. Was nicht verwunderlich war, denn die Mutter legte sie einfach nur in einen Weidenkorb, schob sie in die düsterste Ecke des Zimmers und vergaß sie dort.

Als sie auf dem Markt ihre Einkäufe zu Catharine in den Wagen packte, beschloss sie, im Pfarrhaus vorbeizugehen. Vielleicht war Käthe zu Hause und hatte Nachricht von Fliedner. Vierzehn Monate war er nun schon unterwegs.

Der Karren holperte über die Feldstraße. Catharine hielt das Schaukeln und Poltern für einen großartigen Spaß. Vor Begeisterung quietschend, versuchte sie sich im Wägelchen aufzurichten und wäre dabei fast auf die Straße gefallen.

Johanne hielt an und setzte sie wieder hin. Danach ging sie vorsorglich rückwärts weiter, damit sie die Kleine im Auge behalten konnte. Hin und wieder versicherte sie sich mit einem schnellen Blick über die Schulter, dass der Weg frei war.

Doch nun entdeckte Catharine ein paar lose Kartoffeln, die auf dem Boden des Wagens herumrollten, griff danach und warf sie glucksend auf die Straße. Wieder hielt Johanne den Karren an, setzte das Kind zurecht, sammelte die Kartoffeln ein und zog den Wagen an. Dabei vergaß sie allerdings auf den Weg zu achten und prallte rückwärts gegen ein Hindernis. Noch während sie Catharine zur Seite rutschen sah, verlor sie selbst das Gleichgewicht und fiel.

»Haben Sie sich verletzt?«, hörte sie eine besorgte Männerstimme über sich. Ein schwarzer Hut mit einer merkwürdig geformten, dreieckigen Krempe tauchte oben in ihrem Gesichtsfeld auf, und ein Fremder bot ihr seine Hand an, die von vielen rötlich braunen Sommersprossen überzogen war.

»Es war äußerst nachlässig von mir, mein Reisegepäck mitten auf der Straße stehen zu lassen«, hörte sie ihn sagen, während sie sich schon über Catharine beugte und sie auf ihr Kissen zurückschob.

»Das war es«, sie wischte sich den Staub vom Rock. Der Fremde blieb etwas unsicher neben ihr stehen, als überlegte er, ob er ihr dabei helfen sollte. Ungeduldig hob sie den Kopf und sah ihn an. Es war Fliedner.

Auch er erkannte sie. »Johanne.« Die vertrauten hellen Augen wanderten über ihr Gesicht, sie konnte sie wie Finger auf ihrer Haut spüren. Plötzlich wurde ihr bewusst, dass sie mit offenem Mund dastand. Ihre Wangen begannen zu glühen.

»Sie sind zurückgekommen«, sagte sie schließlich. »Ich … wir haben Sie sehr vermisst, hier in Kaiserswerth.«

»Auch ich habe alle sehr vermisst«, erklärte Fliedner. »Aber wie ich sehe, hat sich in der Zwischenzeit einiges verändert?«

Verändert? Er selbst wirkte verändert, in seinem eleganten Gehrock und dem seltsamen runden Hut mit der dreieckigen Krempe. Aber sie? Doch dann fiel ihr Blick auf Catharine.

»Oh, Sie meinen Catharine. Ich bin nicht ihre Mutter. Sie ist meine Schwester.«

Während Fliedner sich über die Kleine beugte, biss sie sich verstohlen auf die Lippen, damit sie röter wurden. Jetzt sah er sie wieder an. »Sie gleicht Ihnen sehr. Und Catharine heißt sie?«

»Ganz wie Ihre Schwester«, erklärte Johanne. »Und das mit gutem Grund.«

Fliedner nickte kurz. »Nun, davon müssen Sie mir berichten. Aber jetzt müssen Sie mich entschuldigen. Ich sehe Sie am Sonntag zum Gottesdienst.«

Auf dem Nachhauseweg schwebten Johannes Füße ein paar Zoll über dem Boden, und nur der Holzwagen verhinderte, dass sie auf und davon flog.

Fliedner war wieder zurück.

18 645 Goldtaler hatten Fliedners Kollekte in den Niederlanden und England ergeben. Damit war die Zukunft der Gemeinde gesichert, denn die Zinsen der Sammlung würden auf lange Sicht die Kosten decken.

Die Erleichterung war groß, doch Fliedner verbat sich jegliche Feierlichkeiten anlässlich seiner Rückkehr. Stattdessen nahm er seine Gemeindearbeit unverzüglich wieder auf, hielt Gottesdienste, besuchte Arme und Kranke, las und spielte mit der Jugend.

Die Witwe Mühlenbeck war inzwischen aus der obersten Etage ausgezogen, jetzt gehörte das Pfarrhaus allein Fliedner und seiner kleinen Familie. Wie sehr sich ihr Alltag von dem chaotischen Leben der Königs unterschied, dachte Johanne, die Käthe besuchte, wann immer sich eine Gelegenheit dazu bot. In diesem Haus verlief der Tag in geregelten Bahnen, in immer gleichen Abläufen. So unterschiedlich die Pflichten auch waren, die die Geschwister übernahmen, ihre gemeinsamen Gebete und festen Rituale schufen einen häuslichen Rahmen, an dem man sich auch in Zeiten der Unruhe festhalten konnte. Ein stabiles Rückgrat für den Tag.

Sie liebte es, wenn Fliedner von seiner Reise erzählte. Wie Berichte aus einer anderen Welt kamen ihr seine Schilderungen der niederländischen und englischen Gesellschaft vor. Er beschrieb das Leben in der Millionenstadt London, den Kutschverkehr auf den Straßen, die Auslagen in den Geschäften. Ein Festessen, bei dem er dem berühmten englischen Militärführer Herzog von Wellington gegenübergesessen hatte, der neun Jahre zuvor Napoleon bei Waterloo in Belgien besiegt hatte. »Und?«, wollte Johanne wissen. »Hat er unsere Sache mit einer großzügigen Spende unterstützt?«

Fliedner schüttelte den Kopf. »Ich habe dem Herzog mein Kollektenbuch wohl zugesandt, aber er hat es ohne Gabe wieder zurückschicken lassen.«

»Dann ist er kein großer Held, sondern nur ein erbärmlicher Geizkragen!«, rief Johanne empört.

Der Pastor zuckte mit den Schultern. »Glücklicherweise gab es andere, die weit großzügiger waren als er. Industrielle wie der Fabrikherr Robert Owen haben ein soziales Bewusstsein für die Belange der Armen, wie es hierzulande leider den meisten Fabrikanten fehlt. Gleichwohl muss man den Deutschen zugute halten, dass in England die Probleme um vieles drückender sind als hier. Die fortschreitende Industrialisierung hat in London furchtbare Opfer von der armen Bevölkerung gefordert, ich habe ein Elend auf den Straßen gesehen, das ich mein Leben lang nicht mehr vergessen werde.«

»Da haben wir es ja geradezu gut in unserem beschaulichen Kaiserswerth«, meinte Johanne gedankenvoll.

Mit Zeigefinger und Daumen rieb Fliedner seine Nasenwurzel. »Die industrielle Entwicklung wird auch vor uns nicht Halt machen. Unser einziger Vorteil ist, dass wir aus den englischen Erfahrungen lernen können. Indem wir uns den Armen in tätiger Liebe zuwenden, uns zusammenschließen zu einem starken Bund der Nächstenliebe.« Er nickte mehrmals zur Bekräftigung seiner Worte. »Wir können so unendlich viel bewirken, wenn wir es nur richtig anfangen.«

Sie nickte ebenfalls, obwohl sie nicht genau verstand, worauf er hinauswollte. Fliedner trat zum Fenster und schaute hinaus auf die Neue Straße. »Ich werde mich in den nächsten Monaten damit befassen, meine Impressionen aus den Niederlanden und England aufzuschreiben. Würden Sie mir dabei zur Hand gehen? Meine Schrift ist leider flüchtig und nicht sehr gut lesbar, aber ich habe gehört, dass sie sehr ordentlich schreiben.«

»Das tue ich mit der größten Freude!«, rief Johanne begeistert.

Der geschwungenen blau-weiß gemusterten Teekanne entströmte ein Duft nach Zimt und einem anderen Gewürz, das Johanne nicht kannte. Frau Händel goss die bernsteinfarbene Flüssigkeit in die Tassen, und das Sonnenlicht malte kreisförmige Flecken auf die Oberfläche.

»Was quält Sie?«, fragte sie. Johanne sah sie überrascht an.

»Ich merke doch, dass Ihnen etwas auf der Seele liegt«, bemerkte die alte Frau lächelnd. Johanne strich gedankenverloren über den leinenbezogenen Deckel des Buches auf ihrem Schoß. »Es ist Nelli. Sie ... entgleitet mir. Wir kennen uns, seit ich damals nach Kaiserswerth gekommen bin. Aber jetzt sind wir so weit voneinander entfernt.«

Sie bekam die Freundin kaum noch zu Gesicht. Aber am letzten Sonntag waren sie nach der Kirche ein wenig zusammen gestanden. Es war ein milder Septembertag, und Nelli reckte ihr hübsches Gesicht in die Sonne, um die letzten warmen Strahlen einzufangen.

»Man sieht dich ja kaum noch in der letzten Zeit«, sagte Johanne, während sich die letzten Kirchenbesucher um sie herum langsam zerstreuten. »Lass uns doch ein paar Schritte zusammen gehen. Die Luft ist so schön.«

Nelli zögerte einen kleinen Moment lang. »Also gut, warum auch nicht.«

Sie gingen durch das Rheintor hinunter zum Fluss und spazierten am Ufer entlang.

»Du hast gewiss auch eine Menge Arbeit mit deinen Schreibarbeiten und der Kleinen«, sagte Nelli.

»In Zukunft werde ich sogar noch mehr zu tun haben«, erzählte Johanne stolz. »Der Pastor hat mich nämlich gefragt, ob ich ihm nicht behilflich sein will bei seinen Aufzeichnungen über seine Kollektenreise …«

»… und natürlich hast du mit Freuden eingewilligt«, fiel ihr Nelli ins Wort.

Johanne schwieg, gekränkt über den spöttischen Ton. Nelli versetzte ihr einen kleinen Stoß gegen die Schulter. »Ach komm, Johanne«, lachte sie. »Du weißt doch, dass ich es nicht so meine. Aber ich finde, es ist an der Zeit, dass du endlich den guten Felix erhörst. Ein besserer Galan als Fliedner ist er allemal. Oder möchtest du gerne als Pfarrersfrau enden?«

Johanne blieb abrupt stehen.

»Du bist die Richtige, so zu reden! Schau nur selbst zu, dass dich *dein* Galan heiratet, dann kannst du dir Gedanken um meinen Zukünftigen machen.«

»Was meinst du damit?«

»Dein Hamelius. Von dem rede ich. Oder meinst du etwa, dass mir eure Liebschaft nicht bekannt ist?«

Nelli biss sich auf die Lippen. Unbehaglich malte sie mit den

Schuhspitzen Wellenlinien in den sandigen Boden. »Seit wann weißt du davon?«, fragte sie schließlich.

»Schon lange«, meinte Johanne kühl. »Und ich bin bestimmt nicht die Einzige. So wie ihr euch des Nachts in den Straßen herumtreibt und poussiert.«

Nelli starrte auf ihre Wellenlinien und hob dann den Fuß und verwischte alles wieder. Sie schwieg, und auch Johanne fiel plötzlich nichts weiter ein. Sie hatte Nelli nie auf jenen Vorfall im Dezember angesprochen, in der sie sie mit Hamelius gesehen hatte. In ihrer Erinnerung verband sich das eine Erlebnis mit dem anderen. Nellis Liebesglück und die blutige Niederkunft, am liebsten hätte sie beides aus ihrem Gedächtnis gelöscht.

Auf dem Rhein fuhr ein englischer Dampfer vorbei. Der hohe Kamin des lang gestreckten Frachtschiffes stieß eine elegant geschwungene weiße Dampfwolke aus, die sich erst viele Meter hinter dem Frachter im blauen Himmel verlor.

»Verzeih mir, Nelli«, sagte Johanne leise. »Aber du kannst doch weiß Gott jeden anderen haben! Warum musst du dein Herz ausgerechnet an diesen Luftikus verlieren?«

»Ich will ihn eben.« Nellis Stimme klang belegt, aber dann räusperte sie sich, und als sie weitersprach, war ihr Ton wieder hell und unbekümmert. »Und er will mich auch. Es sind nur die Umstände, die ihn davon abhalten …«

»Du bist ihm zu arm, als dass er dich heiraten wollte«, sagte Johanne grausam. »Also spielt er lieber mit dir.«

»Er soll nur aufpassen, dass er sich am Ende nicht selbst verspielt.«

»Was meinst du damit?« Johanne wollte ihrer Freundin in die Augen schauen, aber Nelli blickte über ihre Schulter hinweg zum Fluss. Das Frachtschiff war hinter einer Flussbiegung verschwunden. Die weiße Dampfwolke hing noch einen Moment lang über den Wellen, bevor auch sie sich verflüchtigte.

»Es ist fast Mittag«, sagte Nelli leise, »ich muss nach Hause.«

»Sie ist verliebt«, sagte Frau Händel. Ihre blauen Augen wirkten so verträumt, als dächte sie an eine unglückliche Romanze aus ihrer eigenen Vergangenheit. Vielleicht an ihren Mann, den früh verstorbenen. Jetzt richtete sich ihr Blick wieder auf Johanne.

»Sie erwarten, dass Ihnen Ihre Freundin ihr Herz ausschüttet«, sagte sie. »Aber gleichzeitig urteilen Sie hart und unbarmherzig über sie.«

»Dieser Hamelius ist ja auch nicht der Richtige für sie!«, rief Johanne. »Also soll sie die Finger von ihm lassen. Das muss ich ihr als ihre Freundin doch sagen!«

Die Witwe betrachtete sie nachdenklich. »Ach, Johanne, wie sehr erinnern Sie mich heute an mich selbst, als ich in Ihrem Alter war. Sie sind so streng zu anderen. Und noch strenger zu sich selbst. Ich befürchte, es wird auch Sie sehr viel Zeit kosten, Ihr Lebensglück zu finden.«

»Aber Ihnen ist es doch so gut ergangen. Als Sie mit Ihrem Mann vermählt wurden, war das nicht … Ihr Lebensglück?«

Frau Händel lachte. Dann tat sie sich Zucker in ihre Tasse und rührte langsam um. »Nein, das war es ganz und gar nicht. Ich habe meine frühe Heirat bitter bereut. So leidenschaftlich Händel um mich geworben hat, so grausam und herrisch hat er mich nach der Hochzeit behandelt. Ich war eine Sklavin der Ehe … bis dass der Tod sie endlich schied. Um die Wahrheit zu sagen, Johanne: Ich danke Gott jeden Tag dafür, dass er Händel so früh zu sich gerufen hat.«

»Frau Händel!« Johanne war fassungslos. Aber die alte Dame nickte nur.

»Glauben Sie mir, Johanne, wenn es möglich wäre, würde ich Ihnen raten, so schnell als möglich Witwe zu werden. Es gibt nichts, was diesen Stand übertrifft. Vorausgesetzt natürlich, dass man frei von finanzieller Sorge ist.«

»Aber das ist …« Johanne fand keine Worte.

»Gottlos?« Die von knotigen Adern durchzogenen Hände der alten Frau strichen fast zärtlich über ihren schwarzen Rock. Dann faltete sie die Hände im Schoß. Johanne roch den zarten Vanillegeruch ihres Gesichtspuders. »Nun, es entspricht der Wahrheit, warum soll ich es dann nicht aussprechen. Überlegen Sie doch selbst, Johanne: Als Ehefrau sind Sie Ihrem Mann untertan, so verlangt es die Schrift. Als ledige Jungfer sind Sie abhängig von Ihrer Familie. Doch als reiche Witwe können Sie tun und lassen, was Sie wollen. Gibt es etwas Besseres als die Freiheit?«

»Aber nicht jeder Mann ist verderbt, und nicht jede Ehe ist schlecht«, wandte Johanne ein.

»Da haben Sie Recht«, lenkte Frau Händel ein. »Und wenn meine Ehe gar so niederdrückend war, dann gebe ich daran beileibe nicht nur Händel die Schuld. Ich habe sicherlich auch meinen Teil dazu beigetragen. Nein, Johanne, die Ehe muss nicht notwendigerweise ins Unglück führen. Ich halte sie nur grundsätzlich für … überschätzt.« Als sie Johannes betroffenes Gesicht sah, legte sie ihr schnell die Hand auf den Arm. »So, jetzt aber genug mit dem müßigen Geschwätz. Sie werden nicht umhinkommen, Ihre eigenen Erfahrungen zu machen – und das ist gut so. Genießen Sie Ihre Liebe, egal was daraus wird. Es werden sich immer wieder neue Wege auftun. Für Sie und auch für Ihre Freundin Cornelia.«

7

»Bringst du schon wieder einen neuen Stapel?« Käthe trat einen Schritt zur Seite, damit Johanne in den dunklen Korridor des Pfarrhauses treten konnte. »Langsam muss das Werk doch endlich einmal beendet sein.«

Johanne lachte. Ihr warmer Atem bildete eine weiße Wolke in der kalten Winterluft, die mit ihr ins Haus gedrungen war. In den vergangenen Monaten hatte sie eine Menge Zeit mit Fliedners Reiseaufzeichnungen verbracht. Mitunter hatte sie große Mühe, seine flüchtige Handschrift, die vielen Abkürzungen und Korrekturen zu entziffern. Jeden Donnerstag brachte sie ihm die fertigen Abschriften.

Käthe klopfte an die Tür von Fliedners Studierzimmer gleich neben dem Eingang. Während Johanne eintrat, blieb sie selbst auf der Schwelle stehen. »Soll ich euch noch einen heißen Tee machen?«

Johanne, die völlig durchgefroren war, hätte das Angebot gerne angenommen. Aber Fliedner schüttelte geistesabwesend den Kopf. »Lass du uns nur ruhig allein, Käthchen«, murmelte er, ohne den Kopf von dem Brief zu heben, an dem er gerade schrieb. Mit einer schnellen Geste bat er Johanne, auf einem Stuhl neben dem Schreibtisch Platz zu nehmen.

Verstohlen rieb sie ihre Füße aneinander, während sie darauf wartete, dass er sein Schriftstück beendete. Am liebsten hätte sie sich die Schuhe ausgezogen. Stattdessen hauchte sie so lautlos wie möglich in ihre Fäuste. Heiß und schmerzhaft floss das Blut zurück in ihre Hände, wie Nadelstiche prickelte es in den Fingerspitzen.

Sie ließ ihre Blicke durch den Raum wandern. Auf dem Fensterbrett stand ein Glas mit einem blühenden Kirschzweig darin, der kam sicher von Käthchen. Ansonsten war der Raum geprägt von Fliedners Persönlichkeit. An drei Wänden des Zimmers bogen sich die einfachen Holzregale fast unter der Last der Bücher durch. Johanne dachte an Frau Händels Bücherschrank. Die beiden Bibliotheken unterschieden sich bestimmt gründlich voneinander. Einen Novalis oder Klopstock würde sie in Fliedners Regal vergeblich suchen. Etwas ungelenk stand sie auf. Ihre Füße fühlten sich an wie unförmige Eisblöcke, als sie zum Bücherschrank hinüberging.

Spener, Francke, Neander, Fichte. Wie sie vermutet hatte, kannte sie keinen der Autoren, es schienen alles theologische und philosophische Fachwerke zu sein. Daneben hatte der Pastor viele Gebets- und Gesangbücher gesammelt. Außer deutschen Namen las Johanne die Namen etlicher englischer Autoren, und ganz unten fand sie doch noch ein Fach mit weltlicher Literatur. Sie entdeckte es, als sie sich gerade abwenden wollte: Theodor Körner, Ernst Moritz Arndt, Mathias Claudius und ein schmales Bändchen mit Gedichten von Novalis.

Sie lächelte, als sie wieder auf ihrem Stuhl Platz nahm. Vor ihr, auf dem Schreibtisch, stapelten sich Fliedners Reiseaufzeichnungen: links seine Texte, rechts ihre Abschrift. Neben Tintenfass und Streusanddose lag ein Holzkasten mit ein paar Federhaltern und Federn, daneben stand ein Kerzenhalter mit einer fast heruntergebrannten Kerze. Johanne konnte Fliedner förmlich vor sich sehen, wie er abends bei Kerzenschein schrieb. Ruhig und friedlich war es hier im Raum, ganz anders als bei ihnen zu Hause in der ewig schmutzigen, ewig lauten Küche. Was hätte sie um ein solches Zimmer gegeben, in dem sie ihre Arbeiten ungestört von der Welt erledigen konnte.

Sie schob die immer noch eisigen Finger unter die Schürze und seufzte. Fliedner sah von seinem Brief auf und nickte ihr zu. »Ich bin gleich fertig«, sagte er. »Nur noch ein paar letzte Worte.«

»Nein, nein!«, wehrte Johanne erschrocken ab. »Nehmen Sie sich ruhig alle Zeit.«

Aber er setzte schon seine Unterschrift unter das Schriftstück. Aufatmend trocknete er das Papier mit etwas Sand.

»Ich ließ Sie warten«, sagte er dann. »Aber es war mir ein großes Anliegen, diesen Brief zu vollenden.«

»Darf ich fragen, worum es geht?«, erkundigte sich Johanne. Fliedners Mundwinkel zuckten.

»Es ist kein erfreuliches Thema, mit dem ich mich hier beschäftige, weshalb es auch von jedermann beiseite gedrängt wird.«

»Um was handelt es sich denn?«

Er blickte an ihr vorbei zum Fenster in den blauen Winterhimmel. »Als ich im letzten Jahr in Amsterdam war, hatte ich ein schlimmes Erlebnis«, begann er dann etwas zusammenhanglos. »Es war auf dem Marktplatz der Stadt, dort hatte man Sträflinge zur Schau gestellt. Jeder trug ein Brett vor der Brust, auf dem sein Verbrechen bezeichnet war. Einige Sträflinge wurden vor den Augen des gaffenden Pöbels bis an die Hüften entkleidet und an einen Balken gefesselt, sodass sie sich nicht mehr bewegen konnten. Dann peitschte sie ein Henkersknecht mit Ruten aus. Wenn sein Marterwerkzeug nicht mehr genügend zog, nahm er ein neues. Die Umstehenden zählten die Streiche, roh und gefühllos, Frauen und sogar kleine Kinder waren darunter, alle ergötzten sich an den entsetzlichen Schreien der gequälten Verbrecher. Die schwereren Übeltäter wurden schließlich noch mit einem glühenden Eisen an der Schulter gebrandmarkt.«

Während er redete, dachte Johanne an Laurenz. Als sie ihn das letzte Mal gesehen hatte, waren seine Hände gefesselt gewesen. Zwei Gendarmen hielten ihn fest, einer links, der andere rechts. So zogen sie ihn aus der Wohnung. Ihre Blicke waren sich noch begegnet, voller Scham hatte er die Augen abgewendet. Kleve, wo er einsaß, war nicht weit von der holländischen Grenze entfernt, vielleicht wurde er dort von grausamen Wärtern ähnlich misshandelt und bloßgestellt wie diese armen Amsterdamer Sträflinge.

Sie stellte ihn sich vor, ihren großen, stolzen Bruder, in der Rolle des ausgestellten Verbrechers, der vor aller Augen ausgepeitscht wurde. Plötzlich standen ihre Augen voller Tränen, sie versuchte, sie zurückzuhalten, aber es gelang ihr nicht.

Fliedner, der sich in Rage geredet hatte, bemerkte ihre Erschütterung zuerst nicht. Doch irgendwann blickte er in ihre Richtung und sah ihr nasses Gesicht und die verquollenen Augen. Bestürzt hielt er inne.

»Ich wollte Sie ganz gewiss nicht erschrecken«, sagte er betroffen. »Verzeihen Sie mir, die entsetzlichen Schilderungen sind für ein zartes Gemüt gewiss zu aufwühlend.« Er kam zu ihr herüber und stand neben ihr, während sie sitzen blieb. Obwohl sie den Kopf gesenkt hielt, sah sie, dass er die Hand hob. Als er sie berührte, drang die Wärme der Finger durch ihr kaltes Haar. Sie hob ihr Gesicht zu ihm hoch. Er zog seine Hand wieder zurück.

»Nein, nein, so empfindlich bin ich nicht, als dass ich das Schicksal der anderen ignorieren wollte. Es ist nur, mein ältester Bruder Laurenz sitzt seit mehr als zwei Jahren im Zuchthaus in Kleve ein. Und als ich ihn mir bei diesem grässlichen Spektakel vorstellte …«

»Ich wusste nicht, dass Ihr Bruder im Gefängnis ist«, sagte Fliedner leise.

»Das ist ja auch nichts, was man stolz und lauthals in die Öffentlichkeit trägt«, meinte Johanne, während sie ihre Tränen trocknete. »Ich habe es immer verschwiegen.«

»Weshalb wurde Ihr Bruder denn verurteilt?«, erkundigte sich Fliedner, der wieder an seinem Schreibtisch Platz genommen hatte.

Sie erzählte ihm die ganze traurige Geschichte. Wie ihr Bruder plötzlich eine Anstellung gefunden hatte nach seiner monatelangen Arbeitslosigkeit, wie er mit Geld nach Hause gekommen war, viel Geld, mehr als er damals bei Petersen & Preyers verdient hatte. Mutter, Vater und sie selbst – sie hatten alle gewusst, dass es nicht mit rechten Dingen zugehen konnte, dass irgendetwas nicht stimmte. Es gab keine Arbeit, nicht in Kaiserswerth und in der Umgebung auch nicht. Aber sie sprachen es nicht an und machten die Augen zu und redeten einfach nicht darüber. Sie nahmen das Geld und gaben es aus, wider ihr besseres Wissen. Bis die Gendarmen in die Wohnung polterten und ihn mitnahmen.

»Wegen Tabakschmuggels hat man ihm drei Jahre gegeben«, murmelte er, als sie ihren Bericht beendet hatte. »Und die ärgsten Mörder und Totschläger kommen mit kaum schlimmeren Strafen davon.«

»Zumindest wird er nicht öffentlich zur Schau gestellt und gebrandmarkt«, sagte Johanne bitter. »Obwohl es auch hier genügend Leute gibt, die eine solche Behandlung für angemessen hielten. Immerhin wird ein Verbrecher, der so grausam bestraft wurde, seine Straftat gewisslich nicht wiederholen.«

Fliedner schüttelte heftig den Kopf. »Ich bin ganz und gar nicht dieser Ansicht, Johanne«, sagte er mit einer solchen Schärfe, dass Johanne zusammenfuhr. »Ich meine, ein solch unmenschlicher Strafvollzug erreicht genau das Gegenteil. Gerade rohe Menschen werden so nur noch verstockter und verhärteter. Statt sie auf den Weg der Besserung zu bringen, schneidet man ihnen die Rückkehr zur menschlichen Gesellschaft ab.«

Sie zuckte mit den Schultern. »Jedenfalls muss Laurenz froh sein, dass er in einem deutschen Zuchthaus einsitzt und nicht in Amsterdam. So habe ich es freilich noch nie betrachtet.«

»Aber nein«, widersprach er wieder. »Wenn wir auch noch nicht ganz so bestialische Zustände haben wie in den Niederlanden, so sind wir doch nicht viel besser.«

»Es wird eben überall auf der Welt das Gleiche sein«, meinte sie resigniert.

Fliedner ordnete geistesabwesend die Schreibfedern in seinem Federkasten. »Ich habe in England durch einen Freund der Quäkerin Elisabeth Fry Zutritt zum Frauengefängnis von Newgate erhalten, das einen ganz und gar anderen Eindruck bot. Im Gegensatz zu den holländischen Verhältnissen herrschten hier Ordnung und Sauberkeit, Moral und Erbauung. Hierzulande dagegen hat der Staat die Gefängnisse vergessen und die Kirche nicht minder. Das muss sich ändern. Das wird sich ändern.«

»Aber wie wollen Sie das anfangen?«

»Erst einmal muss ich die deutschen Verhältnisse kennen lernen.« Fliedner strich mit einer Hand über den Brief, den er vorhin beendet hatte, als wolle er das Papier glätten. »Mit diesem Schreiben stelle ich bei der Regierung die Anfrage, mich für einige Wochen mit den Gefangenen einschließen lassen zu dürfen.«

»Allmächtiger!« Johanne riss die Augen auf. »Das ist doch viel zu gefährlich. Die Verbrecher werden Sie in Stücke reißen.«

»Nicht doch. Dort sind auch Menschen wie Ihr Bruder.« Er stand auf und fuhr sich erschöpft durch die Haare. »Ach, Johanne. Es gibt so unendlich viel zu tun! So viele Schwache und Verirrte, die unserer Hilfe bedürfen. Und wir können so vieles erreichen, wir müssen es nur richtig angehen.«

Johanne sah ihn an. Ein warmes Gefühl durchdrang ihren Körper und jagte die letzte Kälte aus ihren Gliedern. *Wir*, hatte Fliedner gesagt.

Jeden Mittwochnachmittag hielten Käthe und Johanne ihre Strickstunde ab. Sie fand im Schulhaus statt, und Johanne kam immer ein bisschen früher, um Käthe im Pfarrhaus abzuholen. Diesmal öffnete ihr der fünfzehnjährige Karl die Tür. Etwas ratlos führte er sie in die Küche, wo seine große Schwester saß und weinte, auf dem Schoß einen Brief, der stellenweise völlig aufgeweicht war.

»Was ist geschehen, Käthe?«, fragte Johanne erschrocken und hockte sich neben die Freundin.

»Die Mutter …«, stieß Käthe mühsam hervor.

»Tot?«, flüsterte Johanne. Die andere schüttelte den Kopf.

»Nein, nein, um Himmels willen«, sie tupfte sich mit einem durchweichten Taschentuch übers Gesicht, versuchte sich zu beruhigen, »sie möchte, dass ich zu ihr nach Wiesbaden komme, wo sie eine Pension zu eröffnen gedenkt. Ende März soll ich abreisen.«

»Aber das geht doch nicht! Fliedner braucht dich doch. Und die ganze Gemeinde auch!«

»Lorchen soll an meiner Stelle hierher kommen.«

Lorchen war ihre jüngste Schwester, das einzige der Fliedner-Kinder, das noch bei der Mutter lebte. Käthe schnäuzte in ein Taschentuch. »Sie soll auch lernen, wie man einen Haushalt führt, sagt Mutter. Und ich bin ihr in der Pension die größere Hilfe.«

»Und was sagt der Pastor dazu? Und deine Brüder, Georg und Karl, die werden dich doch nicht einfach ziehen lassen«, meinte Johanne bestürzt.

»Karl soll mit nach Wiesbaden«, meinte Käthe, »unser ältester Bruder Ludwig wird ihn unterrichten. Georg soll hier bleiben, bis er aufs Gymnasium geht. Und Theodor wird sich bestimmt nicht widersetzen«, meinte Käthe. »Mutter braucht mich, und ihr Wohlbefinden stellt er über das eigene. Du liebe Güte, Lorchen ist so jung und in allem so unerfahren, wie soll sie ihn nur genügend unterstützen?«

Sie begann wieder zu schluchzen.

»O Käthe!« Die Bedeutung des Ganzen drang erst jetzt in Johannes Bewusstsein. »Was soll ich nur ohne dich anfangen?« Sie nahm die Hände der Freundin und hielt sie fest, während ihr einfiel, dass es nach Käthes Weggang auch keinen Grund mehr für sie gäbe, so häufig im Pfarrhaus zu erscheinen.

Sie hörten, wie vorne die Haustür ging. Jemand hatte das Haus verlassen oder war hereingekommen. Käthe hob den Kopf und zog ihre Hände aus Johannes Griff, mit den Handrücken wischte sie sich über die Augen. Dann faltete sie den Brief zusammen und schob ihn zurück in den Umschlag. »Weißt du noch, wie ich damals vor Heimweh geweint habe, als ich gerade aus Idstein hier angekommen war? Oh, wann werde ich es endlich lernen, Gottes Entscheidungen anzunehmen und ihnen in Demut zu folgen. Hält Er nicht immer seine Hand über mich, wo immer ich auch hingehe?«

Ende März 1825 kam der Tag der Abreise. Fliedner, Georg, Johanne und Lore Fliedner, die in der Woche zuvor angekommen war, brachten die beiden Abreisenden zu dem Kahn, der sie nach Wiesbaden bringen sollte. Ein heftiger Wind peitschte die graugrünen Wellen des Flusses. Eine Dohle flog darüber hinweg, dicht über der Wasseroberfläche. Es sah aus, als versuchte sie höher zu steigen, aber ihr fehlte die Kraft dazu.

An der Anlegestelle fiel Käthe Johanne in die Arme. »Hilf Lorchen. Und hilf Fliedner, ich bitte dich darum«, flüsterte sie ihr zu.

»Ich will alles tun, was ich kann«, gab Johanne zurück.

»Tu mehr«, sagte Käthe und schaute ihr fest in die Augen. »Wenn er dich fragt, dann willige ein. Ihr seid füreinander bestimmt, des bin ich mir ganz sicher.« Was sagte Käthe da? Aber bevor Johanne sie noch einmal fragen konnte, war schon Fliedner neben sie getreten, um sich ebenfalls zu verabschieden.

So konnte Johanne nur zusehen, wie Käthe ihren Geschwistern die Hand reichte. Bevor sie den Nachen betrat, nickte sie Johanne noch einmal bedeutungsschwer zu. Diese war wie erstarrt. Erst als der Nachen fast hinter der Flussbiegung verschwunden war, hob sie die Hand und winkte der Freundin nach.

Käthes Abschiedsworte gingen ihr nicht aus dem Sinn. Meinte die Freundin wirklich, dass Fliedner eine Heirat mit ihr, Johanne, in Erwägung zog? Aber warum machte er ihr dann keinen Antrag? Worauf wartete er? Johanne hätte alles darum gegeben, nur noch einmal mit Käthe darüber reden zu können. Aber in ihren vielen Briefen sprach die Freundin das Thema nie mehr an, und Johanne selbst wagte nicht, ihrerseits die Sprache darauf zu bringen.

Eines Tages nahm sie all ihren Mut zusammen und vertraute sich der alten Frau Händel an.

»Was meinen Sie dazu?«, fragte sie unsicher, nachdem sie die ganze Sache endlich stotternd und staksend herausgebracht hatte. »Könnte Fliedner wirklich eine ernsthafte Verbindung im Sinne haben?«

»Nun, wie ich ihn einschätze, plant er gewiss keine heimliche Affäre«, sagte die alte Dame trocken. »Außerdem ist das überhaupt nicht die Frage.«

Johanne schaute die Witwe verständnislos an.

»Die Frage ist nicht, ob Fliedner Ihnen einen Antrag machen will, sondern vielmehr, ob Sie gewillt sind, ihn zum Mann zu nehmen.«

Um Johannes Brust legte sich ein festes Band, das sich langsam zusammenzog.

»Lieben Sie ihn, Johanne?«, fragte Frau Händel.

Johanne atmete tief ein. Ihr Herz hämmerte laut und heftig, sodass sich das Band ein wenig lockerte.

»Ja«, flüsterte sie. Natürlich, dachte sie. Ich liebe ihn. So einfach ist das. So wunderbar einfach.

»Gut«, nickte die Witwe. »Und nun zur zweiten entscheidenden Frage: Wollen Sie ihn heiraten?«

»Bedingt das eine nicht das andere?«

Frau Händel seufzte und betrachtete ihre faltigen Hände.

»Als Katholikin bin ich Ihrem Pastor bisher nur wenige Male begegnet. Aber er hat jedes Mal einen starken Eindruck auf mich gemacht. Der Herr Fliedner ist voller Begeisterung für die soziale Sache, er will etwas bewegen und wird bestimmt noch viel von sich reden machen, weit über Kaiserswerth hinaus. Aber eines erscheint mir sicher, Johanne: Diejenige, die Fliedner sich zur Frau wählt, wird nicht auf Rosen gebettet werden. Dieser Mann hat keine Zeit und keine Muße für romantische Tändelei. Wenn Sie ihn wollen, dann erwartet Sie kein leichtes Leben.«

Johanne hatte Mühe, ihren Worten zu folgen. Sie war überwältigt von der schlichten Erkenntnis, von der Tatsache, dass sie Fliedner liebte. Deshalb hatte sie Felix nicht heiraten können. Weil sie ganz und gar von Fliedner eingenommen war. Sie liebte ihn, seit jenem Tag, an dem er das erste Mal zu ihnen in die Wohnung getreten war. Warum hatte sie nur so lange gebraucht, um es sich selbst einzugestehen?

Irgendwann fiel ihr auf, wie still es im Raum geworden war. Sie hob den Kopf und begegnete dem liebevollen Blick der Älteren. Was hatte sie gesagt?

»Sie meinen, ich bin nicht die Richtige für ihn?«, fragte Johanne.

Frau Händel lächelte. »Ganz bestimmt sind Sie die Richtige für ihn. Ich weiß nur nicht, ob er auch der Richtige für Sie ist.«

Nachdem Felix Winter Johanne mit der Kutsche bis zur Clemensbrücke gebracht hatte, wurde sie auf dem letzten Stück nach Hause von einem heftigen Regenguss überrascht. Sie beschleunigte ihre Schritte nicht, sondern reckte ihr Gesicht zum Himmel, den schweren Tropfen entgegen. War sie die Richtige für ihn? War er der Richtige für sie? Dann schüttelte sie den Kopf, dass die Wassertropfen nach allen Seiten stoben. Was für ein Unsinn. Fliedner hatte sie ja noch nicht einmal gefragt.

In der Küche hängte sie ihr nasses Schultertuch über zwei Haken, während die kleine Catharine auf sie zurannte. Die Luft im Raum war feucht und stickig. Die Mutter saß am Küchentisch und starrte mit leerem Blick an die rußgeschwärzte Wand über dem Herd, sie schien Johanne gar nicht wahrzunehmen.

Mit Catharine auf dem Arm trat Johanne ans Fenster. Die Scheiben waren so schmutzig, dass sie den trostlosen Innenhof kaum erkennen konnte. Sie öffnete das kleine Fenster weit und sog die frische Luft ein, die von draußen hereinkam. Inzwischen hatte der Regen aufgehört, und die Abendsonne schob sich vorsichtig zwischen den Wolken hervor. Die Mutter schlug fröstelnd die Arme um den Oberkörper. »Mach das Fenster zu, Johanne, sonst holt man sich hier drin noch den Tod«, sagte sie barsch.

»Was meinst du, Trinchen«, murmelte Johanne, während sie das Fenster wieder schloss. »Sollen wir ein bisschen nach draußen gehen, solange es noch hell ist?«

Fast hoffte sie auf den Protest der Mutter. So spät am Abend ging man doch mit einem Kleinkind nicht mehr aus dem Haus. Aber Frau König brütete nur stumm vor sich hin und schaute nicht einmal auf, als Johanne die Tür öffnete.

Nach dem heftigen Wolkenbruch war keine Menschenseele auf den Straßen. Weiße Nebelschwaden lagen dicht über den Wellen des Rheins, es sah aus, als dampfte das Wasser. Auf einer der Bänke saß eine einsame Gestalt, eine Frau, die regungslos auf das graue Wasser blickte. Als Johanne näher kam, erkannte sie Nelli. Überrascht eilte sie auf sie zu. »Was machst du denn hier so ganz allein?«

Nelli musste schon lange hier gesessen haben, ihr Rock war völlig durchnässt, ihr Hut tropfte, darunter fiel das Haar wirr und schwer auf die Schultern. »Liebe Johanne«, sagte sie müde, als habe sie sie seit langem erwartet.

»Ist etwas geschehen?«, fragte Johanne und ließ sich neben ihr auf die nasse Bank sinken. Nelli starrte weiter geradeaus und antwortete nicht.

Catharine dagegen wollte weiter, sie vermisste das lustige Schaukeln des Holzwagens. Schnaufend und mit empörtem Blick zog sie sich an der Seitenwand des Karrens hoch.

Johanne hob sie auf ihren Schoß und zeigte ihr die Frachtschiffe, die im Nebel an ihnen vorüberglitten wie große, behäbige Tiere in einer rätselhaften Märchenwelt. Die Kleine streckte die Arme nach ihnen aus. »Die sind zu weit weg, die kannst du nicht erreichen«, sagte Nelli mit rauer Stimme. Dann fing sie an zu weinen.

»Gütiger Gott, was ist denn nur passiert?« Johanne wollte Catharine zurück in den Wagen setzen, aber diese strampelte und wehrte sich, also nahm sie sie schließlich doch auf ihren Schoß. »Nun erzähl mir doch alles, so arg wird es schon nicht sein.«

»Nichts, es ist nichts.« Nelli hatte sich schon wieder unter Kontrolle. Sie schniefte noch einmal kurz und verschränkte die Arme über der Brust. »Hamelius wird mich heiraten.«

Johanne riss die Augen auf. »Aber das ist es doch, was du dir immer gewünscht hast, Nelli«, sagte sie. »Weshalb freust du dich denn jetzt nicht?«

»Aber siehst du denn nicht, dass ich geradezu außer mir bin vor Freude? Tanzen möchte ich vor Glück, dass er sich herablässt, mich zu ehelichen. Wo er doch nicht mehr von mir hält als von einem Klumpen Dreck aus der Gosse.«

»Bist du von Sinnen, Cornelia?«, fragte Johanne.

»Ich *war* von Sinnen. Aber jetzt, wo alles zu spät ist, bin ich wieder ganz bei Trost.«

»Was meinst du eigentlich? Willst du wohl endlich aufhören, so wirres Zeug zu reden? Warum will Hamelius dich nun heiraten? Und weshalb hast du deine Meinung so plötzlich geändert?« Johanne kam ein unangenehmer Gedanke. »Bist du am Ende gar …?«

»… in der Hoffnung?« Cornelia verzog das Gesicht zu einer spöttischen Grimasse. »So ist es. Nur die Freude darüber mag sich bei keinem so recht einstellen.«

Johanne fiel plötzlich Jakobine Lübke wieder ein, die letzten August so eilig geheiratet hatte und schon im März von einem kräftigen Jungen entbunden worden war. In der Strickschule hatte sie zwei Mädchen munkeln hören, dass Jakobine bestimmt schon bei der Vermählung in anderen Umständen gewesen sei. Nelli war eng mit Jakobine befreundet, hatte sie etwa …?

Sie erinnerte sich an Nellis Worte, als sie das letzte Mal zusammen am Rhein gewesen waren. *Er soll nur aufpassen, dass er sich nicht selbst verspielt.* Nein, dachte sie, so etwas würde Nelli nicht tun, aber dann wandte ihr die Freundin den Kopf zu und lächelte spöttisch.

»Ist Mamsell Tugendsam jetzt etwa auch endlich dahintergekommen? Nun, schmutzige Ränke gehören zum Geschäft, so ist das nun einmal, wenn man im Leben etwas erreichen will.«

Johanne zog Catharine enger an sich und spürte den weichen, warmen Kinderkörper an ihrer Brust. »Das ist gottlos, was du da sagst, Nelli«, meinte sie leise.

Cornelia schnaubte verächtlich. »Wenn du wüsstest, wie gottlos Hamelius erst dahergeredet hat, als ich ihm von meinem Zustand berichtet habe. Eine Dirne hat er mich genannt. Und dass er nicht wüsste, ob das Kind von ihm sei oder von einem der Zecher in der Franzosenschänke.« Ihre Augen wurden schmal und hell vor Wut.

»Aber dann hat er doch eingewilligt, dich zu heiraten?«

»Erst als ich ihm androhte, für einen rechten Skandal zu sorgen, da hat er klein beigegeben. Fast zwei Jahre lang hat er jetzt seinen Spaß mit mir gehabt, und nun behandelt er mich wie ein Stück Dreck. Und seine Familie erst, als er mich ihnen am Wochenende präsentiert hat. Die stolze Frau Mutter getraute sich kaum mir die Hand zu reichen, aus Angst, sich die eleganten Finger zu beschmutzen.«

»O Nelli, was wirst du nur tun?«

»Wenn ich es mir wegmachen ließe, täte ich ihnen allen den größten Gefallen«, zischte Cornelia. »Und wenn es mich das Leben kostete, wäre ihr Glück gar vollkommen. Aber so leicht kommen sie mir nicht davon. Jetzt wird geheiratet, und zwar in aller Pracht und Herrlichkeit, darauf kannst du Gift nehmen.«

Sie stieß ein höhnisches Lachen aus, das wie ein Vogelschrei über den Fluss gellte. Dann presste sie die Lippen zusammen und schien selbst erschrocken über den fremden Laut.

Noch im Mai konvertierte Nelli zum katholischen Glauben. Am 1. Juni 1825 wurde sie in St. Remigius in Wittlaer mit Walter Hamelius vermählt. Die anschließende Hochzeitsfeier fand auf dem Hof der Hamelius' statt. Aufgrund der kurzen Vorbereitungszeit waren außer der engeren Verwandtschaft nur ein paar wenige Freunde und Bekannte eingeladen. Johanne gehörte nicht dazu.

Aber wenigstens die Trauzeremonie in der Kirche wollte sie miterleben. In gebührendem Abstand zu den geladenen Gästen nahm sie in einer der hinteren Bänke Platz. Wie düster und Ehrfurcht gebietend St. Remigius im Vergleich zur hellen Kaiserswerther Kirche am Wall war. Buntes Licht fiel durch die Glasfenster unter dem Dach, aber es blieb oben unter der Decke hängen und drang nicht zu den Bänken herunter. Am Altar brannten hohe Kerzen in üppig verzierten Leuchtern.

Davor wartete Walter Hamelius. Nervös drehte er seinen schwarzen Zylinder in den Händen und trat von einem Fuß auf den anderen. Seine Schuhe waren mit großen Silberschnallen verziert und glänzten vornehm. Sein Blick rettete sich zu dem Paar in der ersten Bankreihe. Der Vater hielt seinen grauen Kopf kerzengerade. Die Haube der Mutter war wie aus weißem Marmor gemeißelt.

Walters Augen huschten zum Ausgang. Ob er an Flucht dachte?

Warum musste sich Cornelia ausgerechnet in diesen eingebildeten Lackaffen verlieben, dachte Johanne. Wo es doch so viele Liebenswürdigere gab, die sie mit Kusshand genommen hätten.

Männer wie ... Felix Winter. Aber dem hatte sogar sie selbst einen Korb gegeben.

Trotzdem. Felix und Nelli wären das ideale Paar. Warum zum Kuckuck hatte er ihr nicht den Hof gemacht? Johanne unterdrückte ein Seufzen. Es war zu spät. In wenigen Minuten würde Nelli Hamelius das Jawort geben.

Ob sie selbst jemals vor den Altar treten würde? Fliedner hatte ihr bis jetzt keinen Antrag gemacht. Wahrscheinlich hatte sich Käthe damals ganz einfach in ihrem Bruder getäuscht, er hatte nie daran gedacht, sie zu fragen. Er liebte sie nicht. Er konnte sie gar nicht heiraten, sie war wie Nelli, arm und ungebildet, ihr Vater war ein Säufer, er aber war der Pfarrer, er brauchte eine Frau, die man respektierte, kein Mädchen, auf das die ganze Stadt herunterschaute.

Ihr fiel wieder ein, was Frau Händel über ihre Ehe erzählt hatte. Erst als Witwe hatte sie ihr Lebensglück gefunden. Bei ihren eigenen Eltern standen die Dinge nicht besser. Auch sie führten eine ungute Ehe. Wie es wohl Nelli mit ihrem Walter ergehen würde? Die Vorzeichen standen jedenfalls denkbar schlecht.

Jetzt begann die Orgel zu spielen. Neugierig wandte Johanne sich um. Die Kirchentür ging auf, weißes Tageslicht drang in die Kirche, und in dem strahlenden Rechteck erschien Nelli. Wie es der Sitte entsprach, brachte ihr Vater sie zum Altar. Zur Feier des Tages hatte er sich einen neuen Sonntagsrock schneidern lassen, der sich schwarz glänzend über seinen Bauch spannte.

Nellis Hochzeitskleid aus schwarzem Taft schmiegte sich um ihren Oberkörper und fiel dann in üppiger Weite auf den Boden. Schwarze Spitze bedeckte den großzügigen Ausschnitt, transparentes Gewebe, das mehr durchblicken ließ, als es verhüllte. Die Ärmel bauschten sich bis über die Ellenbogen und endeten in engen Manschetten. Die Locken, deren Konturen im spärlichen Licht geheimnisvoll glänzten, trug Nelli zu einer Hochfrisur zusammengesteckt, ein weißer Schleier fiel auf ihre rundlichen

Schultern. Täuschte sich Johanne, oder spielte ein kleines triumphierendes Lächeln um ihre Lippen, als sie ihren künftigen Ehemann und die Schwiegereltern erblickte?

Möge Gott der Allmächtige dich beschützen, betete sie.

»Wenn ich mit Menschen- und mit Engelszungen redete und hätte die Liebe nicht, so wäre ich ein tönendes Erz oder eine klingende Schelle«, las Johanne. Ihr Blick wanderte über die gesenkten Köpfe der Mädchen, die ihre Stühle im Halbkreis um sie herumgestellt hatten und strickten. Seit Käthe abgereist war, führte sie die Strickstunde allein weiter, aber sie machte es anders als früher, sie ließ die Mädchen arbeiten und las ihnen dabei aus der Heiligen Schrift vor. Einige hatten laut gemault, als sie ihnen ihren Entschluss mitgeteilt hatte. Bisher hatten sie sich während des Handarbeitens immer unterhalten können, und jetzt sollten sie zuhören. Aber Johanne war eine gute Vorleserin, und die Geschichten, die sie auswählte, waren so geheimnisvoll und anrührend, dass sich bald keine mehr beklagte. Sie las von Jakob, der Rahel liebte und Lea bekam, von Bileam und seinem klugen Esel, von Simson, dem Starken, dem die Liebe zu Delila alle Kraft raubte. Sie las das Hohelied der Liebe.

Während sie las, dachte Johanne an die Liebe, die sie erfüllte und die sie sich so lange nicht eingestanden hatte. Keine Nächstenliebe, keine Gottesliebe, sondern die profane Liebe zu einem Mann. Und dennoch erschien ihr das Gefühl so rein. So heilig. Sie hörte ein Geräusch und sah Fliedner in den Raum treten, wie auf ein Stichwort. Mit einer Geste wies er sie an fortzufahren und ließ sich auf einem Stuhl nieder.

»Und wenn ich alle meine Habe den Armen gäbe und ließe meinen Leib verbrennen und hätte die Liebe nicht, so wäre mir's nichts nütze.«

Sie blätterte um und war glücklich, dass er dort stand und ihr zuhörte.

8

Fliedner beachtete sie gar nicht, als Johanne mit einem Stapel Abschriften unter dem Arm sein Arbeitszimmer betrat. Murmelnd ging er auf und ab, in Gedanken versunken.

Sie legte die Blätter auf den Schreibtisch und war schon fast wieder an der Tür, als er aufblickte. »Johanne. Ich habe Sie gar nicht bemerkt.«

»Ich wollte Sie nicht unterbrechen in Ihren Überlegungen.«

»Meine Überlegungen«, wiederholte er und klang dabei fast bitter. »Meine Überlegungen darüber, ob mein Tun im Arresthaus überhaupt irgendeinen Sinn hat.«

Sie lächelte überrascht. »Ich verstehe nicht. Ganz bestimmt ist Ihr Einsatz für die Strafgefangenen von höchster Bedeutung. Sie sagen doch selbst, in welch kindlicher Dankbarkeit die meisten Ihre Bemühungen annehmen.«

Fliedners Antrag auf freiwillige Internierung im Düsseldorfer Arresthaus war von der Regierung abgelehnt worden. Stattdessen hatte er aber die Genehmigung erhalten, das Gefängnis jeden zweiten Sonntag im Monat zu besuchen.

Seit Oktober 1825 wanderte er deshalb vierzehntäglich in die Strafanstalt, verbrachte dort den ganzen Nachmittag und den Abend. Er kümmerte sich mit großer Anteilnahme um jeden einzelnen Sträfling und erzählte Johanne oft von den persönlichen Schicksalen, von plötzlichen Besserungen und unglücklichen Rückschlägen.

»Was nützen all mein Predigen und meine Ermahnungen«, erwiderte Fliedner, »wenn die Zustände dermaßen im Argen sind. Sie sperren halbe Kinder, die sich des Mundraubs schuldig gemacht haben, oder verirrte junge Männer wie ihren armen

Bruder mit den schlimmsten Übeltätern zusammen, auf dass die Unschuld sich am Laster weiterbilde. Alles ist wild und wüst durcheinander, selbst die Geschlechter sind nur unzureichend getrennt. Unsere Gefängnisse sind eine wahre Hochschule des Verbrechens. Sie müssen sich verändern und zwar im großen Stil.«

Johanne dachte an Laurenz, der in wenigen Wochen entlassen werden würde. Wie *er* sich wohl in dieser Hochschule des Verbrechens entwickelt hatte? Vielleicht war er ja inzwischen zu einem durch und durch verkommenen Menschen geworden? Und wenn er es nicht war, so würde er es bestimmt werden, denn was erwartete ihn in der Freiheit? Niemand würde ihm eine Arbeit, eine zweite Chance geben. »Ach, Sie tun so viel Gutes, Herr Pastor«, sagte sie mutlos.

»Aber im Grunde halten auch Sie meine Anstrengungen für sinnlos?«, forschte Fliedner, der sie genau beobachtet hatte.

»Aber nein, keineswegs. Es ist nur: Was nützt das menschlichste Zuchthaus, wenn die geläuterten Strafgefangenen am Ende draußen ohne irgendwelche Aussichten dastehen? Sie finden keine Anstellung, keine Wohnung. Also landen sie am Ende wieder im gleichen Trott.«

»Sie sprechen von Ihrem Bruder. Er kommt in Kürze frei, wenn ich mich nicht irre?«

»Im Dezember.«

»Dann müssen wir uns jetzt schon nach einer Anstellung für ihn umtun.« In seiner Stimme lag weder Zweifel noch Zögern, er sprach energisch und laut. »Ich werde mich umhören, ob sich nicht irgendwo etwas für ihn bietet, damit er Fuß fasst und nicht gleich wieder in den Sumpf des Verbrechens gerät.«

Er schwieg und sah sie lange an, und sie merkte, wie ihr warm wurde dabei. »Sie haben Recht, Johanne«, meinte er schließlich. »Gerade die Betreuung nach der Entlassung ist eine entscheidende Verantwortung. Wie viel gilt es auch hier zu bedenken und zu unternehmen!«

»Wenn ich Sie doch nur dabei unterstützen könnte!«, brach es aus Johanne heraus. »Ach, wäre ich ein Mann, wie wollte ich mich dafür einsetzen, dass sich alles zum Guten wendet.«

»Aber denken Sie am Ende, dass nur die Männer etwas ausrichten können? Die Arbeit mit den Armen, Schwachen und Gefallenen war doch schon seit jeher ein Privileg der Frauen. Ihr Geschlecht ist es doch, das hier am meisten bewirkt hat. Denken Sie nur an die große Elisabeth Fry in England. Bei der Reformierung der Zuchthäuser ist sie mein Vorbild.«

»Ja, in England mag das angehen, aber hier in den deutschen Landen wäre ein solches Wirken für eine Frau undenkbar.«

»Auch hier wie überall lässt sich mit Gottes Hilfe Unendliches erreichen. Und das gilt gerade für die Frau, denn ihrem Wesen entspricht das Dienende, Helfende so viel eher als dem des Mannes. Ich rede beileibe nicht von denen, die ihre weiblichen Tugenden und ihre gottgegebenen Grenzen vergessen und die es in allen Dingen und mit Gewalt dem Manne gleichtun wollen. Nein, Johanne, denn gerade frauliche Sanftmut, Nachgiebigkeit und Dienstfertigkeit ist das Wasser, das den Stein höhlt, die Macht, die alles verändert.«

Während er redete, kam er auf sie zu, blieb dann wenige Schritte von ihr entfernt stehen und hob seine rechte Hand, als wolle er sie segnen. Sie hatte plötzlich den Eindruck, dass er längst nicht mehr über die Neuordnung der Gefängnisse und die Gefangenenfürsorge sprach, sondern über etwas ganz anderes. Über etwas, das sie betraf und ihn und das, was sie miteinander verband.

Vier Monate war der kleine Walter nun schon alt. Ende Dezember hatte Cornelia ihn zur Welt gebracht, jetzt lag er in seiner Wiege in der Wohnstube des Hamelius'schen Gutshofes und ertrug geduldig Catharines Patschhändchen. »Walter Brei essen«, sagte sie streng und versuchte, ihm einen Löffel in den Mund zu stecken, als wäre er eine Puppe.

»Du tust ihm weh«, sagte Johanne und nahm ihr den Löffel weg.

»Lauf ein bisschen nach draußen, und hilf Frieda beim Hühnerfüttern«, schlug Nelli vor. »Sie freut sich bestimmt darüber.«

Lächelnd beobachtete sie, wie sie zur Tür stolperte. »Ich freue mich schon darauf, wenn mein kleiner Walter bald auf seinen Beinchen steht und herumläuft. Ach, ich bin so froh, dass ich ihn habe.«

»Hast du dich denn inzwischen hier eingelebt?«, fragte Johanne.

Nelli zuckte mit den Schultern und starrte durchs Fenster auf den sonnigen Innenhof, während Johanne ihren Blick durch den Raum schweifen ließ. Cremeweiße Tapeten über Holzverkleidungen, stuckverzierte Decken und zwei Ölgemälde, eine Flusslandschaft im Sommer und die gleiche Szenerie im Winter. Das Zinngeschirr auf dem Kamin war wahrscheinlich mehr wert als der gesamte Hausstand ihrer Eltern.

Von so einem Raum hatte Nelli ihr Leben lang geträumt. Und von Kleidern, wie sie jetzt eines trug. Das hellblaue Chemisierkleid mit den kleinen Puffärmeln sah so schlicht aus, so bescheiden wie das Gewand einer Schäferin, aber selbst Johanne, die nichts von Mode verstand, wusste, dass der Preis, den Hamelius dafür bezahlt hatte, alles andere als schlicht und bescheiden gewesen war.

»Wie schön du es hier hast«, sagte sie, um Nelli ein wenig aufzumuntern. »Deine Eltern sind gewiss beeindruckt von all dem Reichtum und der Herrlichkeit, in der ihre Tochter jetzt lebt.«

Nelli lachte traurig. »Sie sind so beeindruckt von meinem goldenen Käfig, dass sie sich gar nicht mehr hierher wagen. Da sitze ich nun in meinem Glanze. Allein und einsam wie eine alte Jungfer. Walter interessiert sich nicht mehr für mich, seitdem er mich geschwängert hat. Wahrscheinlich sucht er sich bald eine Neue, wenn er sie nicht gar schon gefunden hat.«

Johanne schwieg betroffen. Tatsächlich hatte sie in der vergangenen Woche Trude und Marianne nach der Bibelstunde tuscheln hören, der junge Hamelius treibe sich mit einem Mädchen aus Kalkum herum. Sie spürte eine ohnmächtige Wut in sich aufsteigen.

Nelli legte ihr eine Hand auf den Arm. »Lass gut sein, Johanne, du wirst nichts daran ändern können. Ich hab mir die Suppe schließlich selbst eingebrockt, nun muss ich sie auch auslöffeln. Aber eines musst du mir versprechen.« Ihre Stimme klang flehend.

»Was?«

»Vergiss das, was ich dir bezüglich Felix Winter gesagt habe. Dass du ihn nehmen sollst, weil er eine so vorteilhafte Partie ist. Du hast ihm einmal einen Korb gegeben, und das war richtig so. Bleib dir selber nur treu, kein Geld und kein Gut können eine echte Liebe ersetzen.«

»Aber du hast deinen Walter doch ehrlich geliebt«, erwiderte Johanne überrascht.

»Seinen Reichtum habe ich geliebt. Seinen Stand, seine Macht. Aber im Grunde meines Herzens wusste ich von Anfang an, dass er nicht der Richtige ist. Nein, Johanne, hör auf deine innere Stimme, und werde glücklich mit dem Mann deines Herzens. Es ist so einfach.«

Die Standuhr neben der Tür tickte, als wollte sie die Worte unterstreichen. Johanne wusste nur zu gut, wen Nelli meinte. Und sie hatte Recht, Fliedner *war* der Mann ihres Herzens. Aber ob er deshalb auch der Richtige war? Ach, Nelli, dachte sie, einfach ist es auch für mich nicht.

Felix Winter knallte mit der Peitsche in die Luft. »Also es bleibt dabei«, rief er Johanne noch zu, während er die Zügel anzog. »Morgen Abend geht's zum Tanz nach Einbrungen. Ich erwarte dich pünktlich um sieben Uhr.« Er schnalzte mit der Zunge, sein

Gaul setzte sich schwerfällig in Bewegung. Johanne winkte ihm lachend nach, bis der Wagen von der Clemensbrücke gerollt war, dann drehte sie sich um und wäre dabei fast mit Fliedner zusammengeprallt, der in seinem schwarzen Rock mit schnellen Schritten aus der Stadt herauskam.

»Wohin sind Sie denn unterwegs?«, fragte Johanne. »Ein Krankenbesuch?«

Fliedner nickte. »Gerlinde Sauermann liegt mit einem schweren Fieber darnieder. Ich war gestern schon bei ihr, es sah nicht gut aus. Ich hoffe bei Gott, dass heute Nacht die Wende zum Guten eingetreten ist und sie die Krankheit niederkämpfen kann.«

Gerlinde war eines der Mädchen aus ihrer Strickstunde, aber Johanne hatte nichts davon gehört, dass sie krank war. »Seit wann geht es ihr denn schon so schlecht?«

»Erst seit wenigen Tagen. Anfangs sah es nur nach einem leichten Unwohlsein aus, aber dann hat ihr das schwüle Wetter so zugesetzt, und ihr Zustand verschlimmerte sich zusehends.« Er schien einen Moment zu überlegen. »Wäre es wohl möglich, dass Sie mich zu ihr begleiten?«, fragte er unvermittelt. »Das Mädchen kennt Sie, gewiss würde ihr Ihr Besuch wohl tun.«

Sie dachte kurz an Catharine, die sie bestimmt schon sehnsüchtig erwartete. Aber dieses eine Mal würde es auch ohne sie gehen. »Natürlich komme ich mit.«

Die Sauermanns wohnten in einer kleinen Bauernkate unten am Schwarzbach. Fliedner und Johanne gingen einen schmalen Pfad am Bachufer entlang, denn im Schatten der Büsche war die drückende Hitze erträglicher.

»Wie geht es Ihrem Bruder Laurenz? Haben Sie Nachricht von ihm?«, erkundigte sich Fliedner, während er die tief hängenden Äste einer Trauerweide zur Seite schob, damit sie daran vorbeigehen konnten. Als Laurenz im Dezember aus dem Klever Zuchthaus entlassen worden war, hatte der Pastor ihm eine

Anstellung bei einem ihm bekannten Fabrikanten in Elberfeld vermittelt.

»Oh, es steht alles zum Besten. Ach, Herr Pastor, wir sind Ihnen so unendlich dankbar für Ihre Hilfe in dieser Sache. Ich mag gar nicht daran denken, was ohne Ihre Unterstützung aus Laurenz geworden wäre.«

Fliedner winkte ab. »Es ist nicht der Rede wert«, sagte er kurz. Sie gingen schweigend weiter.

»Wie sehr vermisse ich bei solchen Krankenbesuchen mein gutes Käthchen«, meinte er nach einer Weile.

Lore hatte sich auch nach über einem Jahr nicht im Pfarrhaus eingelebt. Die Hausarbeit, die Käthe scheinbar so mühelos erledigt hatte, bewältigte sie kaum. Und zu weiterer Gemeindearbeit fehlten ihr sowohl die Zeit als auch der Wille. Zumindest wusste Fliedner jetzt zu schätzen, was er an Käthe gehabt hatte. Damals hatte er sie kaum zur Kenntnis genommen und nur selten gelobt. Käthe dagegen hatte ihr ganzes Leben nach ihm ausgerichtet. Wenn er sie brauchte, war sie zur Stelle gewesen, still und willenlos. Wie sein Schatten. Ob er wusste, wie gerne sie hin und wieder tanzen gegangen wäre?

Sie hätte ihn fast gefragt, aber dann wurde ihr die Absurdität der Frage bewusst, und sie schluckte sie hinunter.

Fliedner schien darauf zu warten, dass sie etwas sagte. Als sie schwieg, öffnete er den Mund, dann schloss er ihn wieder. Nervös fuhr er sich durch das rötliche Haar. Johanne betrachtete die langen Schatten, die ihre Körper in der tief stehenden Abendsonne warfen. Wie fremdartige Insekten schwebten ihre Oberkörper auf spinnenartigen Beinen dahin. Seltsamerweise erschien Fliedners Schatten noch ein gutes Stück größer als der ihre, obwohl sie in Wirklichkeit gleich groß waren.

Die Luft im Krankenzimmer war zum Schneiden. Die Fensterläden waren fast geschlossen, nur in der Mitte klaffte ein Spalt und warf einen Streifen graues Tageslicht auf den dunklen Holzboden. Als Johanne sich über Gerlinde beugte, stieg ihr ein durchdringender Schweißgeruch in die Nase. Sie hielt den Atem an. Die Kranke schlug die Augen auf und versuchte sich aufzurichten.

»Das Fräulein Johanne«, stammelte sie matt. »Und der Herr Pastor gleich auch. Das ist aber eine Freude, dass Sie hier nach mir sehen.«

Johanne wich unwillkürlich ein kleines Stück zurück. »Ich freue mich auch, dich zu sehen, Gerlinde. Aber du darfst dich nicht anstrengen, sondern musst dich schön ausruhen, damit du bald wieder gesund wirst.«

Gerlinde ließ sich kraftlos zurück in die Kissen fallen und war bereits wenige Minuten später in einen fiebrigen Schlaf gesunken.

Um die Kranke nicht zu stören, gingen Johanne und Fliedner mit der Mutter in die Wohnstube, wo Frau Sauermann haltlos zu schluchzen begann. »Gott will mich strafen für meine Sünden.« Ihre rechte Hand schlug heftig gegen ihren Busen, wieder und wieder. »Er nimmt mir mein Töchterchen, um mir mein fehlerhaftes Tun so grausam vor Augen zu führen. O gütiger Gott, sei mir gnädig!« Sie hob theatralisch das Gesicht zur Decke.

Dann begann sie mit weinerlicher Stimme unzählige lächerliche und nichtige Sünden aufzuzählen, die sie im Verlauf der letzten Jahre begangen haben wollte. Wie sie einmal am heiligen Sonntag den Küchenfußboden geputzt hatte, nachdem die Jüngste Milch verschüttet hatte. Oder wie sie nicht zum Gottesdienst erschienen war, weil sie ein Fieber ins Bett gezwungen hatte.

Sie erzählt es nur, um sich in gutes Licht zu stellen, dachte Johanne angewidert. Das Leid ihrer Tochter ist ihr ganz egal, solange wir sie nur für ihre Tugendhaftigkeit loben und für die harten Prüfungen bemitleiden, die Gott ihr auferlegt hat.

Fliedner sah die jammernde Frau mit seinen hellen Augen aufmerksam an. Er wirkte geradezu gefesselt von ihrer Tugendhaftigkeit, durchschaute er ihre Heuchelei etwa nicht? »So ist es also wirklich wahr, was man sich erzählt«, murmelte er nach einiger Zeit kopfschüttelnd. »Gleichwohl ich es nicht für möglich gehalten hätte.«

Frau Sauermann verstummte und starrte den Pastor an. »Was erzählt man sich denn?«, fragte sie vorsichtig.

»Nun, ich habe Leute reden hören, dass Sie eine sündige und in allen religiösen Dingen nachlässige Person sein sollen«, sagte er ernst. »Ich selbst hielt es nicht für möglich. Aber jetzt muss ich wohl einsehen, dass ich mich gründlich in Ihnen getäuscht habe und dass Sie wirklich ...«

»Das muss die alte Kohlmeier herumgetratscht haben, das schmutzige Schandmaul!« Frau Sauermanns Augen wurden schmal vor Empörung, und ihre soeben noch sanfte Stimme klang plötzlich schrill. »Nichts als Lügengeschichten erzählt dieses verkommene Weibsbild über mich. Sie hält sich selbst für was Besseres, dabei ...«

Als sie Johannes und Fliedners Blicke sah, schwieg sie betroffen.

»Nun wollen Sie also Ihr eigenes Wort nicht mehr gelten lassen?« Fliedner sprach ganz leise, aber sein Ton war so schneidend, dass Johanne unwillkürlich fröstelte, als wäre sie es, die er tadelte. »Glauben Sie mir, falsche Buße ist Gott ein Gräuel. Doch er ist gnädig, und ich bete inbrünstig, dass er nicht Gerlinde für Ihre Selbstgerechtigkeit straft. Ihnen aber gebe ich den guten Rat, kehren Sie in sich, Frau Sauermann, denn nur wenn Sie wirklich bereuen, wird Gott Ihnen vergeben.«

Als sie die Stube verließen, blieb die Frau mit gesenktem Kopf zurück, und so widerlich sie Johanne auch war, so empfand sie plötzlich so etwas wie Mitleid.

Der Brief aus Wiesbaden kam unerwartet. Eigentlich wäre Johanne mit dem Schreiben an der Reihe gewesen, sie hatte Käthes letzten Brief noch nicht beantwortet. Ein wenig beunruhigt riss sie das Kuvert auf.

»Geliebte Freundin«, las sie. *»In Eile schreibe ich diese Zeilen, die Zeit fliegt. Heute erhielt ich einen Brief von Fliedner, der mich sehr nachdenklich stimmt. Solltest Du Dich inzwischen so weit von mir entfernt haben, dass Du mir Deine Gefühle nicht mehr anvertraust? Oder liegt am Ende doch ein Missverständnis vor? Kurz: Fliedner schrieb in einem Nebensatz, er habe Dich mit Deinem Verlobten gesehen. Hast Du Dich bereits gebunden und dies Deiner Dich so schmerzlich vermissenden Freundin verborgen? Du weißt, wie sehr ich mir eine Verbindung zwischen meinem Bruder und Dir wünsche, gebe Gott, dass Du Dich nicht für einen anderen entschieden hast.*

Deine Dich liebende Käthe«

Mit offenem Mund starrte Johanne auf das Blatt. Mit ihrem Verlobten wollte sie Fliedner gesehen haben? Damit konnte er nur Felix Winter meinen. Sie waren dem Pastor in der letzten Zeit öfter zusammen begegnet. Auch nach der Kirche und der Andacht standen sie und Felix manchmal zusammen und redeten noch ein wenig. Natürlich musste Fliedner annehmen, dass es ernst war zwischen ihnen beiden. Ob er ihr deshalb …? Johannes Herz schlug auf einmal bis zum Hals.

Hastig griff sie zur Feder, um Käthe zu antworten. Aber ihre Hände zitterten viel zu sehr, um einen vernünftigen Satz aufs Papier zu bringen. Nein, dachte sie und schob das Tintenfass entschlossen beiseite. Sie wollte die Sache direkt klären. Mit Fliedner selbst.

»Johanne, warte«, hörte sie die Mutter, als sie ihr Kopftuch griff und zur Tür rannte. »Ich habe mit dir zu reden …!« Aber Johanne war schon auf dem Weg zur Neuen Straße.

Lore Fliedner öffnete ihr die Tür und musterte sie kritisch. »Was wollen Sie denn hier um diese Zeit?«

»Ich muss zum Pastor. Ist er da?«

»Sicher, aber er studiert«, sagte Lore in ihrer langsamen Art. »Ich weiß nicht, ob ich ihn …«

Doch Johanne war schon an ihr vorbei und klopfte an die Tür des Studierzimmers.

»Herein.« Fliedners Stimme klang ungehalten.

Johanne spürte Lores Blick in ihrem Rücken und drückte die Klinke nach unten.

»Johanne!« Er sah befremdet aus. »Was gibt es?«

Mit einem Mal wurde sich Johanne bewusst, dass sie sich nicht einmal die Haare hochgesteckt hatte, bevor sie aus dem Haus gerannt war. Ihr Zopf hing unter ihrem Hut auf den Rücken, sie musste aussehen wie eine Zigeunerin.

»Ich will Sie nicht lange stören.« Hinter ihr trat jetzt Lore auf die Türschwelle, sie reckte den Hals und versuchte einen Blick ins Zimmer zu werfen. »Kann ich euch etwas bringen?« Johanne schloss mit einem unwilligen Kopfschütteln die Tür.

Fliedner sah sie immer noch fragend an. In der Rechten hielt er seine Feder, vor ihm lag ein Schriftstück. Ein Tropfen Tinte fiel auf das Schreiben, ohne dass er es bemerkte.

»Es ist wegen Ihres Briefs. Den Sie an Käthe geschrieben haben.«

Er zog die Augenbrauen hoch. Sie holte tief Luft. »Sie hätten mich mit meinem Verlobten gesehen, haben Sie geschrieben. Aber das stimmt nicht. Ich habe nämlich keinen Verlobten.«

Fliedner schien immer noch nicht zu begreifen. »Ich hätte Sie mit Ihrem Verlobten …?«, wiederholte er verständnislos. Er legte die Feder weg und schob gleichzeitig das angefangene Schriftstück zur Seite. Dabei verwischte er den Tintentropfen zu einem hässlichen Fleck. Einen Moment lang starrte er irritiert auf das Papier. Dann schüttelte er ungehalten den Kopf und wandte sich wieder zu Johanne. »Aber der junge Winter. Das ist doch Ihr Verlobter. Oder wollen Sie etwa nicht heiraten?«

»Nein!«, rief Johanne aufgeregt. »Ich meine: doch, schon! Aber nicht Felix Winter.«

»Aber wen denn dann?«

Johannes Puls dröhnte in ihren Ohren. Was redete sie? Fliedner musste sie für völlig verrückt halten. »Niemanden«, flüsterte sie tonlos. »Ich meine, ich weiß es nicht. Ich will …«

Dann drehte sie sich um, riss die Tür auf und lief hinaus.

Es war noch so früh am Vormittag, aber die Sonne schien bereits mit aller Macht, auf ihren Hut, ihre Schultern, ihre Unterarme. Ihr ganzer Körper brannte, aber vielleicht war das gar nicht wegen der Sonne, sondern aus Scham über ihren peinlichen, dummen Auftritt. Hier am Markt konnte sie nicht stehen bleiben. Man starrte sie schon an.

Der Rhein. Um diese Zeit war bestimmt niemand am Fluss.

Am Anleger arbeiteten ein paar Männer, aber da hinten die Bank war leer und schien nur auf sie zu warten. Die Stelle lag sogar im Schatten. Johanne ließ sich erleichtert nieder. Ihre Kleider klebten auf ihrer Haut und unter ihren Achseln, zwischen ihren Brüsten sammelte sich der Schweiß. Mit der Hand fächelte sie sich Luft zu, aber es nützte nichts.

Sie schlug die Hände vors Gesicht und stöhnte leise. Warum hatte sie sich ihre Worte nicht gründlicher überlegt, statt einfach loszulaufen und einen kompletten Narren aus sich zu machen? Wie sollte sie Fliedner jemals wieder unter die Augen treten?

Hinter sich hörte sie Schritte. Wenn es nur niemand war, den sie kannte. Nur jetzt keine Fragen, nur jetzt kein Mitleid. Sie nahm die Hände vom Gesicht und versuchte so gleichmütig wie möglich auszusehen, indem sie geradeaus auf den Rhein blickte. Die Schritte waren ganz nah.

Johanne schloss die Augen. Herr im Himmel, hilf mir!

Aber auch mit geschlossenen Augen merkte sie, wie jemand neben ihr Platz nahm. Konnte man in diesem Kaiserswerth nicht für wenige Minuten seine Ruhe haben, um nachzudenken? Es musste doch für jeden offensichtlich sein, dass ihr nicht nach Gesellschaft zumute war! Sie machte die Augen auf und wandte sich dem aufdringlichen Banknachbarn ungehalten zu. Es war Fliedner.

»Allmächtiger«, stöhnte Johanne, als sie seinem ruhigen Blick begegnete.

»Ich … Sie müssen mich für vollkommen schwachsinnig halten«, stammelte sie dann. »Vergeben Sie mir das törichte Geschwätz … ich war von Sinnen …«

Fliedner hob die Hand, um sie zu unterbrechen. »Johanne«, sagte er leise. »Ich selbst bin zu tadeln, weil ich meiner Schwester Dinge schrieb, ohne sie genauestens zu prüfen. Es ist nur … Ihr Umgang mit dem jungen Winter erschien mir in letzter Zeit so vertraut und eng, dass ich nicht anders konnte, als ihm ernste Absichten zu unterstellen.«

»Die hat er ja auch«, flüsterte Johanne.

Fliedners ernste Miene wurde noch ernster. Auf seiner bleichen Stirn standen kleine Schweißtropfen wie winzige Glasperlen. »Sie spielen doch am Ende nicht mit ihm? Oder denken Sie doch an eine eheliche Verbindung …?«

»Nein, nein!«, unterbrach ihn Johanne. »Es ist alles geklärt zwischen uns, glauben Sie mir, Herr Pastor. Felix Winter und mich verbindet eine herzliche Freundschaft, sonst nichts. Und das ist doch keine Sünde, oder?«

»Eine Sünde ist es nicht. Aber wenn keine ehrliche Bindung beabsichtigt ist, so ist es nichtiges Getändel. Und damit sind Sie der Jugend der Gemeinde beileibe kein gutes Vorbild.«

»Nichtiges Getändel?«, wiederholte sie fassungslos. »Wir scherzen zusammen, und manchmal führt er mich zum Tanz aus, das ist doch nichts Unrechtes!«

Fliedner betrachtete mit gerunzelter Stirn eine Ente, die zielstrebig an ihnen vorbei in Richtung Fluss watschelte. Dann wandte er sich Johanne zu. Er schaute sie mit einem seltsamen Ausdruck im Gesicht an. Eine der Schweißperlen auf seiner Stirn löste sich und rollte über die Schläfen nach unten. Johanne spürte auf einmal eine prickelnde Wärme, die sich in ihrem ganzen Körper ausbreitete. Das Gefühl begann in ihrer Brust und wanderte von dort in ihren Leib und in alle Gliedmaßen.

»Lassen Sie mich rundheraus mit Ihnen sprechen, damit wir nicht neue Missverständnisse kreieren«, hörte sie ihn sagen.

Sie hielt den Atem an. Wollte er ihr eine Moralpredigt halten?

»Ich fühle schon seit langem, wie sich in meinem Herzen eine innige Neigung und Liebe zu Ihnen entwickelt hat«, begann er. »Das Missverständnis mit dem jungen Winter hat mich davon abgehalten, bisher um Sie zu werben, da ich annehmen musste, Sie seien schon vergeben. Jetzt aber kann ich Sie offen fragen. Und Sie müssen mir versprechen, dass Sie meine Worte in Ruhe überdenken und mir dann ebenso frei und unverhohlen antworten. Können Sie sich vorstellen, als meine Gattin mit mir zu leben und mir Ihre ganze Liebe zu schenken?«

Johanne hatte das Gefühl, dass ihr Herz einen Moment lang aussetzte. Sie hatte einen Tadel erwartet – und stattdessen … Während sie nach Worten rang, räusperte sich Fliedner. Die winzige Schweißperle rann über seinen Wangenknochen den Hals hinunter und verschwand in seinem Kragen.

»Lassen Sie mich erst noch etwas hinzufügen, Johanne, ehe Sie mir antworten. Es liegt mir fern, Sie zu einer ungestümen und unbedachten Antwort zu drängen. Nehmen Sie sich Zeit, um vor dem Herrn zu erwägen, ob Sie mit mir glücklich werden. Allerdings ist es auch meine Pflicht, Ihnen zu sagen, dass ich Ihnen nur ein treues, liebendes Herz, aber wenig Anziehendes bieten kann. Ein Seelsorger muss allen Eitelkeiten und Bequemlichkeiten absagen. Und was auch immer ich erreichen werde, nie werde ich irdische Güter anhäufen.«

Seine Augen verdunkelten sich, als er fortfuhr.

»Als Pastorin müssen auch Sie die Welt verleugnen. Außer der Erfüllung Ihrer hausmütterlichen Pflichten müssen Sie sich um die Armen und Kranken kümmern und Ihre Freude an solchen Aufgaben haben. Für weltliche Vergnügungen wie Tanz und eitle Zerstreuungen bleibt in einem solchen Leben kein Raum. Und in allem Tun und Wirken müssen Sie sich immer bewusst sein, dass Sie Vorbild für alle Gemeindemitglieder sind.«

Fliedner machte eine bedeutungsschwere Pause. Zwei weitere kristallklare Tropfen rollten an seiner rotblonden Augenbraue vorbei. Johanne senkte die Augen. Ihre Herzschläge bildeten einen einzigen, rasenden Klang, in dem ein Schlag unmittelbar in den nächsten überging.

»Bei allen Einschränkungen kann ich Ihnen aber auch von Herzen zusichern«, setzte Fliedner hinzu, »dass ich Sie niemals von meinem Berufsleben, meinen Plänen und Gedanken ausschließen werde. Im Gegenteil, ich wünsche mir Ihr Interesse, Ihre tätige Teilnahme und Ihren klugen Rat, ob es nun um die Arbeit in der Pfarrei geht oder um die seelsorgerische Tätigkeit im Allgemeinen. Ich habe Sie lange mit Freude beobachtet«, schloss Fliedner seine Rede, »und ich hoffe aus dem innersten Grund meiner Seele, dass Sie meine Werbung bejahen und ich bei Ihren Eltern um Ihre Hand anhalten darf.«

Johanne starrte auf die Ente, die vom letzten Uferstein in den Fluss glitt und auf den sanften Wellen davonschaukelte, ohne sich noch einmal nach ihnen umzudrehen.

Wie lange hatte sie sich nach dieser Begegnung gesehnt. Und jetzt, da er sie endlich fragte, wusste sie nicht, was sie antworten sollte. Sie liebte ihn doch, warum ging es ihr jetzt wieder so wie damals mit Felix? Warum wollte sie am liebsten aufstehen und weggehen, um seiner Nähe, seinem Blick zu entkommen?

»Ich kann Trinchen nicht einfach zurücklassen«, sagte sie. »Was soll denn aus ihr werden?« Ihre Stimme klang seltsam fremd und rau, als gehöre sie ihr gar nicht.

»Aber selbstredend würde ich mich um Catharine kümmern wie um mein eigen Fleisch und Blut«, meinte er. »Machen Sie sich ihretwegen keinerlei Sorgen, es wird ihr gut gehen im Pfarrhaus.«

Es würde ihr zweifellos besser gehen denn je, dachte Johanne. Weshalb zögerte sie noch? Sie würde Fliedners Ehefrau sein, ihn begleiten in allem, was er unternahm und vollbrachte. Sie konnte mit diesem wunderbaren Mann den Rest ihres Lebens zusammen sein, ihn unterstützen, mit ihm leben und arbeiten. Ein Wort genügte. Ja. Sie beugte sich nach vorn und betrachtete ihre Schuhspitzen, während Fliedner neben ihr ganz aufrecht dasaß und wartete.

»Ich danke Ihnen aus innigstem Herzen für Ihr Vertrauen und Ihre Liebe«, sagte sie schließlich. »Ich fühle mich unendlich geehrt. Aber eine solch folgenreiche Entscheidung muss ich vor dem Herrn gründlich und sorgfältig überlegen. Geben Sie mir ein wenig Zeit, ich verspreche Ihnen, ich werde Sie nicht lange warten lassen.«

War Fliedner von diesen vorsichtigen Worten enttäuscht? Er hatte selbst gesagt, dass er sie nicht zu einer ungestümen und unbedachten Antwort drängen wollte. Aber hatte er vielleicht doch insgeheim eine begeisterte Reaktion erhofft? Wenn er etwas anderes erwartet hatte, dann verbarg er seine Enttäuschung gut. Er stand auf und reichte ihr die Hand.

»Überdenken Sie es«, sagte er ruhig. »Sie werden die richtige Entscheidung treffen, des bin ich mir ganz gewiss.«

Wie betäubt ging Johanne nach Hause. Jetzt gab es kein Zurück mehr. Jetzt musste sie sich entscheiden. Und es war auch keine Frage, wie sie sich entscheiden würde. Natürlich würde sie

Fliedner heiraten. Und von diesem Moment an würde Johanne König, die alle verspottet hatten, auf die alle immer noch herunterblickten, aufhören zu existieren. Sie würde sich verwandeln in Johanne Fliedner. Die Frau Pastorin. Der Gedanke erfüllte sie mit Stolz und machte ihr Angst.

Wovor fürchtete sie sich? Dass sie seinen hohen Ansprüchen nicht gerecht werden würde?

Sie wischte sich mit dem Handrücken über die schweißnasse Stirn. Über dem Kopfsteinpflaster spiegelte sich der wolkenlose Himmel in der heißen Luft, der Boden glänzte wie öliges Wasser.

Nein, auch wenn es anmaßend war, so wusste sie doch genau, dass sie Fliedner eine gute Ehefrau wäre. Sie wäre nicht auf Rosen gebettet, wie es Frau Händel damals ausgedrückt hatte, aber dafür wäre sie immer bei ihm, sie würde mit ihm wirken, mit ihm arbeiten, ihm Kinder gebären … Johanne dachte an die Qualen ihrer Mutter bei Catharines Geburt und drängte den letzten Gedanken rasch wieder beiseite.

Kopfschüttelnd beschleunigte sie ihren Gang. Kein Zweifel. Fliedner war der Richtige. Der Einzige. Er würde sie zielsicher lenken, zum Guten bringen. Sie waren füreinander bestimmt.

Plötzlich fiel ihr die Schriftlesung vom letzten Sonntag wieder ein, sie hörte Fliedners Stimme, wie er Paulus' Worte sprach. *Der Mann ist nicht geschaffen um des Weibes willen, sondern das Weib um des Mannes willen.* Wie so oft hatte sie das Gefühl gehabt, dass er vom Altar direkt in ihr Gesicht blickte, dass er allein zu ihr sprach. Wenn das Weib um des Mannes willen geschaffen wurde, hatte Gott sie, Johanne, dann nur wegen Fliedner in die Welt gesetzt? Um ihm zu helfen, ihn zu unterstützen? War das ihre einzige, ihre göttliche Bestimmung? Der Gedanke hatte ihr damals schon nicht gefallen. Heute gefiel er ihr noch weniger.

Vielleicht hatte Paulus das Ganze ja anders gemeint. Aber wie? Der Satz war klar und unmissverständlich formuliert. Das Weib war für den Mann da und nicht umgekehrt.

Fliedner wäre in allem der Herr, und sie wäre ihm untertan. Sie wäre für ihn da, ganz wie es in der Bibel stand. Und das war doch auch richtig so. Denn dass es schlimme Folgen hatte, wenn die Frau sich gegen ihren Mann auflehnte, das sah sie doch jeden Tag an ihren eigenen Eltern. Wenn ihre Mutter den Vater mit etwas mehr Demut und Ehrfurcht behandelt hätte, dann ... Was dann? Hätte er dann eine neue Arbeit gefunden? Oder wenigstens mit dem Trinken aufgehört? Es wäre zumindest erträglicher für uns alle, dachte Johanne, während sie die Haustür aufschob und in den kühlen Hausflur trat.

Frau König empfing sie an der Wohnungstür. »Wo bist du denn die ganze Zeit gewesen? Ich hab dir doch gesagt, dass ich mit dir zu reden habe.«

Die Luft in der Wohnung nahm ihr den Atem, der Geruch der Kohlsuppe vom Vortag hing noch im Zimmer und vermischte sich mit dem seifigen Duft der frisch gewaschenen Wäsche auf der Leine.

Johanne ging an der Mutter vorbei durch den Raum und öffnete das Fenster. Von draußen drang schwüle Hitze herein. Dann nahm sie Catharine hoch, die unbeachtet in der Ecke gesessen hatte. »Sie ist ja ganz nass«, stellte sie vorwurfsvoll fest.

»Es wird Zeit, dass sie endlich sauber wird«, sagte die Mutter gleichgültig. »Aber jetzt hörst du mir zu.«

Johanne ging mit der Zweijährigen in die Kammer, wo sie in der Kommode noch ein sauberes Leibchen und ein Hemdchen fand. Beide Kleidungsstücke waren so oft ausgebessert worden, dass sie fast auseinander fielen. Während sie die Kleine umzog, schob sich auch die Mutter in die enge Kammer. Johanne seufzte. »Was gibt es denn so Dringliches?«

»Es geht endlich aufwärts, das gibt es!«, begann Frau König, und ihre Stimme hatte einen ganz ungewohnten Ton. Sie klang ... froh, stellte Johanne erstaunt fest, und bemerkte jetzt auch, dass ihre Wangen gerötet waren und ihre Augen glänzten. Sie fragte sich plötzlich, ob ihre Mutter etwas von Fliedners Antrag wusste. Vielleicht hatte er vorher offiziell um ihre Hand angefragt, bevor er mit ihr selbst gesprochen hatte.

»Endlich hat sich eine Stellung aufgetan für Vater in der Korbfabrik, in der auch Martin arbeitet. Und selbst Heiner und Theodor können dort anfangen, schreibt Antonie. Am ersten August geht es los. Jetzt hat es ein Ende mit diesem erbärmlichen Kaiserswerth.«

Johanne brauchte ein paar Sekunden, um den Sinn der Worte zu erfassen. Antonie war Mutters jüngere Schwester, die mit ihrer Familie in Krefeld lebte. Ihr Mann Martin hatte sich schon so lange um eine Stellung für Herrn König bemüht, dass niemand mehr damit gerechnet hatte, dass er Erfolg haben könnte. »Schon am nächsten Ersten? Das sind ja kaum mehr als zwei Wochen? Und Heiner und Theodor sollen auch dort anfangen?«

»Sicher«, nickte die Mutter. »Das Geld können wir dringend gebrauchen.«

»Aber Theodor ist gerade einmal zwölf. Und der Heiner hatte doch die Lehrstelle beim Schlosser in Aussicht.«

»Der Theodor ist alt genug. Wer so viel essen kann, der kann auch arbeiten. Und das Lehrgeld für den Heiner hätten wir ohnehin nicht bezahlen können. Wer weiß, ob es sich der Kessel nicht noch anders überlegt hätte.«

»Aber ich hatte das Geld doch schon fast beisammen«, ihr Ton war schleppend und kraftlos. Die Sache war ohnehin schon entschieden, sie konnte genauso gut aufhören zu reden. »Und was soll dann aus mir werden?«, fragte sie endlich.

»Du kommst natürlich mit, was sonst. Schreibarbeiten erledigen kannst du auch in Krefeld. Vielleicht findet sich ja dann auch für dich eine Anstellung in der Fabrik.«

Die kleine Catharine drückte ihren Kopf an Johannes Brust

und zog an ihren Haaren, als spürte sie ihre Aufregung. Alles drehte sich. Fliedners Antrag. Der Umzug nach Krefeld.

Die alte Magd Frieda schlug fassungslos die Hände über dem Kopf zusammen, als Johanne am Gutshof ankam. Catharine lag schlafend in ihrem Holzwägelchen, über den Karren hatte Johanne ein Tuch gespannt, um die Kleine vor der sengenden Mittagssonne zu schützen. Ihr eigener Kopf dröhnte, und als die Magd laut und aufgeregt auf sie einzureden begann, hatte sie das Gefühl, dass sich ihre Stimme mit grausamer Beharrlichkeit in ihren Schädel bohrte. »Ach du liebes bisschen. Die junge Mamsell Johanne in dieser Hitze unterwegs. Und das arme Würmchen! Bei dem Wetter trifft das Kind doch der Hitzschlag. Womöglich ist es schon passiert! O mein armer Goldschatz!« Besorgt wollte sie die Kleine hochnehmen, aber Johanne schob sie sanft zur Seite.

»Lass es gut sein, Frieda. Trinchen schläft nur, es geht ihr gut. Wir stellen den Wagen dort drüben in den Schatten, da hat sie es am besten.«

Frieda nickte und legte den Finger auf die Lippen, um zu zeigen, dass sie verstanden hatte. Behutsam schoben sie den Karren in eine schattige Hofecke.

Im Flur trafen sie auf die alte Frau Hamelius, Nellis Schwiegermutter, die Johanne misstrauisch musterte. Ihren Gruß erwiderte sie nur mit einem kühlen Nicken, dann drehte sie sich wortlos um und ging die Treppe nach oben.

Nelli ließ Johanne erst einmal einen Krug kühlen Süßmost bringen. Sie setzten sich auf die schattige Veranda, von der aus man einen Blick auf den blühenden Bauerngarten hatte. Johanne trank und spürte, wie die Flüssigkeit durch ihre Kehle rann. Sie trank so lange, bis das Pochen in ihren Schläfen nachließ und ihr Kopf klarer wurde. Nelli sah ihr dabei zu, das runde Gesicht in die Hände gestützt.

»So, jetzt quäl mich nicht länger«, drängte sie schließlich. »Was bringt dich bei dieser Hitze nach Wittlaer? Sag, was ist geschehen?«

Johanne erzählte von Fliedners Antrag, ihrer eigenen Unentschlossenheit und vom Plan ihrer Eltern, nach Krefeld zurückzugehen. Sie spürte selbst, dass ihre Worte dürr und gefühllos klangen, als ob sie über eine andere Person spräche und nicht über ihre eigenen Empfindungen.

Aber Nelli schien nichts zu bemerken, im Gegenteil, ihr Gesicht leuchtete vor Begeisterung und Freude. »Oh, Johanne!«, ihre weichen Finger griffen nach Johannes Händen und drückten sie. »Das ist ja fantastisch! Eines fügt sich in wunderbarer Vollkommenheit ins andere! Du heiratest deinen Pastor, ziehst mit Catharine ins Pfarrhaus, und die Deinen gehen zurück nach Krefeld. Mach nicht so ein betrübtes Gesicht, von hier nach dort ist es doch nicht mehr als ein Katzensprung. Und so eng waren dir deine Leute nie, dass du sie nun schmerzlich vermissen müsstest!«

Johanne sagte gar nichts, sie schaute nur auf ihre Hände, die sie zu Fäusten geballt hatte, nachdem Nelli ihre Finger wieder zurückgezogen hatte.

Die Freundin schenkte ihr Süßmost nach. »Du hast Angst«, stellte sie dann fest. Johanne nickte und merkte gleichzeitig, wie ihre Kehle ganz eng wurde und Tränen in ihre Augen stiegen, aber nach ein paar Sekunden war das Gefühl wieder vorbei.

»Das ist ganz natürlich«, hörte sie Nelli sagen. »Es ist ein Schritt fürs Leben, und der muss gut bedacht sein. Aber in deinem Falle gibt es doch keine Zweifel. Du liebst Fliedner schon lange von ganzem Herzen. Oder haben sich deine Gefühle für ihn gewandelt?«

Nein, dachte sie, und im selben Moment wusste sie plötzlich, was sie beunruhigte, was ihr missfiel, was sie davon abhielt, seinen Antrag anzunehmen.

»Ich liebe ihn. Aber liebe ich auch das Leben, das mich an seiner Seite erwartet?«

»Aber Johanne, du bist dafür gemacht«, meinte Nelli überzeugt. »Du hast große Freude an der Gemeindearbeit, wo du die Mädchen ja sogar im Handarbeiten unterweist, als ob es deine größte Passion wäre. Die Kranken freuen sich über deinen Besuch, weil sie wissen, dass du sie nicht aus bloßer Pflichterfüllung aufsuchst, sondern weil sie dir wirklich am Herzen liegen. Du bist die Richtige für Fliedner, daran habe ich keinen Zweifel.«

Johanne schaute in den klaren Sommerhimmel. *Du bist dafür gemacht*. Ein rosa Streifen zog sich durch die hellblaue Luft über den Obstbäumen. Darunter hing eine kleine, verlorene Wolke. »Meine Pflichten als Pastorsfrau ängstigen mich nicht«, murmelte sie. »Aber der Verzicht.«

»Aber du warst doch noch nie sehr fürs Tanzen und andere Vergnügungen. Und jetzt meinst du, dass es dir so sehr fehlen wird?«

»Nicht nur das Tanzen und Ausgehen. Auch die Besuche auf dem Kleianshof werden mir fehlen, das Lachen mit Felix, meine eigenen, wenn auch sauer verdienten paar Pfennige, mit denen ich tun und lassen kann, was ich will. Die Bücher werden mir fehlen, die ich als Pastorin eintauschen muss gegen religiöse Literatur. Sogar die Schreibarbeiten werde ich vermissen. Ach, ich weiß, im Vergleich zu dem, was mich erwartet, ist das nichts.« Sie zuckte mit den Schultern. »Und doch …«

»… ist es alles«, ergänzte Nelli leise.

Sie sahen hinunter auf die Blumenbeete. Irgendwann stand Johanne auf und trat an das Holzgeländer, das die Terrasse vom Garten trennte. Sie stand im Schatten, aber auf ihre Hände, die auf der Balustrade lagen, brannte die Sonne. »Wenn es nicht um Catharine ginge, würde ich mich anders entscheiden«, sagte sie, ohne Nelli anzusehen. »Mit Gottes Hilfe würde ich meinen Weg allein finden, dessen bin ich ganz sicher. Aber Catharine braucht ein Zuhause. Für sie ist das Pfarrhaus die beste Lösung. So werde ich denn Pastorin.«

Auch Nelli erhob sich jetzt und trat neben sie. »Ich werde nicht zulassen, dass du denselben Fehler begehst wie ich. Du wirst deine Freiheit nicht aufgeben, nicht für Fliedner und nicht für Catharine.«

»Ich sehe keine andere Möglichkeit. Ich werde Trinchen keineswegs mit nach Krefeld schicken, damit sie in ein paar Jahren ebenfalls in der Korbfabrik endet, ohne lesen und schreiben gelernt zu haben. Von der religiösen Erziehung ganz zu schweigen.«

»Nein, das wäre eine gar zu schreckliche Vorstellung«, pflichtete Nelli ihr bei. Sie zögerte einen Moment, bevor sie weitersprach. »Aber ich sehe noch eine Möglichkeit, die dich in deiner Freiheit belässt und die auch für Catharine in jeder Hinsicht vorteilhaft ist.« Entschlossen griff sie Johannes Schultern und drehte sie zu sich. »Vertrau mir dein Trinchen an.«

Bevor Johanne etwas einwenden konnte, fuhr sie fort. »Sie wird es gut bei mir haben, da kannst du gewiss sein. Ich mag schwach und leichtsinnig sein, das gebe ich gerne zu, aber an der Fürsorge für meine Brüder hab ich es nie fehlen lassen, und auch meinem Sohn bin ich eine gute Mutter. Wenn du mir Catharine lässt, soll sie wie sein Schwesterchen heranwachsen, es wird ihr an nichts fehlen. Du kannst sie sehen und mit ihr spielen, sooft es dir beliebt. Ansonsten wird es dir nicht schwer fallen, wie bisher auch für dein eigenes Auskommen zu sorgen. Und wenn du dich dann aus ganzem Herzen für einen Ehemann entscheidest, dann kannst du sie zu dir in dein neues Heim nehmen.«

Johanne schüttelte nur stumm den Kopf. »Es ist Fliedner oder keiner. Wenn ich ihn nicht nehme, dann wird es mein Lebtag auch keinen anderen für mich geben.«

»Das redest du jetzt, aber weißt du, was noch alles kommen wird? Du wirst noch so vielen Männern begegnen, einmal wird einer dabei sein, bei dem deine Zweifel auf der Stelle verfliegen.«

Johanne sah auf die leuchtend weißen Blüten, die sich am Eingang des Gartens an einer efeuumwucherten Pergola emporrankten. Die Blütenköpfe hatten eine leuchtend gelbe Mitte, die von orangefarbenen Wimpern umgeben war. Sie sahen aus wie kostbar gearbeitete Broschen, die man auf ein grünes Kleid gesteckt hatte. »Es ist, wie ich es sage. Aber im Übrigen ist es doch ganz unmöglich, dass Catharine hier bleibt. Ganz gewiss wird es Walter nicht gefallen, dass du ein fremdes Kind ins Haus nimmst.«

»Walter«, Nelli biss sich verächtlich auf die Unterlippe. »Er wird sich fügen müssen.« Sie setzte ein unschuldiges Lächeln auf, als Johanne sie anschaute. »Er hat seinen Spaß mit den Mädchen. Und ich bekomme meinen Willen in dieser Sache. Walter hat ein schlechtes Gewissen, weißt du.«

Johanne dachte an ihre eigene Mutter. Nein, Frau König würde Catharine kaum vermissen. Sie würde bestimmt keine großen Einwände dagegen haben, wenn sie in Wittlaer bliebe. »Johanne«, sagte Nelli und trat noch einen Schritt näher an die Freundin heran. »Nimm Fliedner, wenn du ihn wirklich willst. Aber nimm ihn nicht um Trinchens willen. Versprich mir das.« Sie legte Johanne sanft eine Hand auf die Schulter. Dann drehte sie sich um und ging zurück ins Haus.

Johanne blieb auf der Terrasse zurück. Der rosa Streifen am Himmel schien schmaler geworden zu sein. Die kleine Wolke hing hilflos über dem Giebel des Pavillons, als habe sie jemand gegen ihren Willen dorthin geschoben.

Wieder wanderte ihr Blick zu den weißen Blüten, die sich in dem grünen Efeu ihren Weg nach oben suchten. *Nimm ihn nicht um Trinchens willen.* Nelli würde sich gut um Catharine kümmern, sie liebte Kinder. Und sonntags könnte sie sie zu sich nach Kaiserswerth holen.

Sie dachte an Fliedner. Der zweite Mann, der ihr einen Antrag machte. Hätte sie Felix Winter geheiratet, dann wäre sie inzwischen wahrscheinlich schon Mutter. In Felix hätte sie einen Mann an ihrer Seite, der ihr treu und ergeben wäre und der sie gewähren ließe, in allen ihren Wünschen und Vorstellungen. Aber sie liebte ihn nicht, und das hatte die Entscheidung leicht gemacht.

Um wie viel schwerer war die Sache bei Fliedner. Denn alles in ihr drängte zu ihm hin, sie sehnte sich danach, ihn in seinem Innersten kennen zu lernen und ganz und gar zu erfahren. Doch der Alltag mit ihm machte ihr Angst. Sein unbeugsamer, unerbittlicher Wille, der ihn gewiss noch weit bringen würde. Und mit dem er sie immer mehr bedrängen würde, bis er sie erdrückte.

Wenn sie sich jetzt nicht für Fliedner entschied, würde sie allein bleiben.

Und frei.

Johanne nahm ihren Hut, den sie vorhin auf den Tisch gelegt hatte, und ging hinunter in den Garten, wo die sengende Hitze sich über sie legte wie eine gewaltige Welle. Sie ging zu den weißen Blumen, deren Namen sie nicht kannte, pflückte eine davon ab und sog ihren geheimnisvollen Duft ein.

Dann lächelte sie.

Teil 2

Catharine

(1842–1844)

1

Catharine trat ungeduldig von einem Fuß auf den anderen. Seit fast einer halben Stunde wartete sie bereits auf Walter Hamelius. Er hatte versprochen, sie um 12 Uhr am Kuhtor abzuholen, aber bis jetzt fehlte jede Spur von ihm. Fünf Minuten vor halb eins zeigte die Kirchturmuhr von St. Suitbertus. Bis um halb wollte sie Walter noch Zeit geben, beschloss sie, wenn er dann immer noch nicht hier wäre, würde sie nach Hause gehen.

Zwei Minuten später tauchte die Kutsche des jungen Großbauern auf der Landstraße auf. In geradezu halsbrecherischem Tempo galoppierte er auf das Kuhtor zu und brachte die nass geschwitzten Pferde direkt vor ihr zum Stehen.

»Gott zum Gruße, Fräulein König«, rief er fröhlich. »Und entschuldigen Sie vielmals die Verspätung.«

Catharine musterte ihn schlecht gelaunt. »Mir ist nicht nach deinen Späßen zumute«, sagte sie streng. »Seit einer halben Stunde stehe ich mir hier schon die Beine in den Bauch. Und kalt ist es zudem noch!«

»Komm herauf zu mir, ich werde dich schon wärmen«, lachte der junge Mann. Als sie immer noch keine Miene verzog, wurde er ernst. »Catharine, es ging nicht früher. Unsere Alma ist gerade am Kalben, und es sah nach Komplikationen aus, da konnte ich Vater doch nicht allein lassen.«

»Ach, aber mich konntest du hier stehen lassen. Wegen einer alten Kuh.« Catharine blies ihre Backen auf, während sie Walters Hand ergriff, um zum Kutschbock hochzusteigen. Er zog die Augenbrauen zusammen, wobei auch sein dunkelbrauner Schnurrbart ein Stück nach oben rutschte, als stünde er mit den Brauen in einer unsichtbaren Verbindung. »Du bist wie Mutter«, erwiderte er mit einem leicht gereizten Unterton in der Stimme. »Die Landwirtschaft und alles, was damit zusammenhängt, ist euch viel zu schmutzig, als dass ihr auch nur daran denken wolltet. Aber die Früchte der Arbeit genießt ihr nur zu gerne.«

Sie wollte etwas entgegnen, aber im selben Moment blitzte die Sonne zwischen zwei Wolkenbergen hervor und tauchte die ganze Landschaft in ein warmes, sinnliches Licht, sodass Catharines Hände, die in ihrem Schoß lagen, mit einem goldenen Schimmer überzogen wurden. Sie schluckte die Antwort hinunter.

»Nun komm, Walter, lass uns nicht streiten«, sagte sie stattdessen. »Schau, wie schön das alles ist.«

Sein Gesicht entspannte sich wieder. »Wie wollt ihr das Kälbchen denn nennen?«, fragte sie, während sie ihr Gesicht den goldenen Strahlen entgegenreckte.

»Darüber habe ich mir noch keine Gedanken gemacht. Vielleicht Trinchen?«

»O nein! So nennt mich Johanne manchmal, und ich kann es nicht ausstehen! Obwohl, wenn ich es recht bedenke, für eine dicke Milchkuh mag sich der Name Trine eignen, und vielleicht werde ich ihn auf diese Weise dann für immer los.«

»Also abgemacht«, lachte er. »Das Kälbchen soll Trine heißen, und du wirst seine Patin.«

Nelli Hamelius war im Rosengarten, und sie befestigte die Zweige einer Kletterrose an einem eisernen Rankgitter. Ihr schlichtes hellblaues Hauskleid betonte vorteilhaft die üppigen Formen ihres Körpers, eine Strohschute auf dem rotblonden Haar schützte ihre helle Haut vor der Frühlingssonne.

»Au!« Mit gerunzelter Stirn zog Nelli ihren Handschuh aus und betrachtete den blutenden Daumen. »Diese vermaledeiten Dornen. Ach, im Frühjahr könnte ich die ganzen stacheligen

Rosenbiester zum Teufel schicken!« Sie steckte den Finger in den Mund.

Catharine lachte. »Aber wenn die Rosen dann im Sommer in schönster Blüte stehen und alle dich dazu beglückwünschen, dann bist du doch auch wieder stolz. Hier, nimm mein Taschentuch.«

Aber die andere winkte ab. »Lass gut sein, Catharine, es wird auch so wieder aufhören zu bluten. Aber lass dich erst einmal anschauen. Wir haben uns so lange nicht gesehen. Was gibt es Neues in Kaiserswerth?«

»Neues?« Catharine verzog spöttisch das Gesicht. »Viel Arbeit gibt's in der Pfarrei, aber das ist keine Neuigkeit, eher ein alter Hut. In der letzten Woche habe ich mir die Finger fast wund geschrieben, weil Johanne ständig im Pfarrhaus ausgeholfen hat und ich ihr die ganze Schreibarbeit abnehmen musste.«

»Dass Johanne sich immer noch mit dieser lästigen Tintenkleckserei abgibt.« Nelli verzog das Gesicht. »Sie hat es doch weiß Gott nicht nötig, im Pfarrhaus die Sekretärin zu spielen!«

»Sie macht es gerne«, verteidigte Catharine ihre Schwester. »Und wenn sie den ganzen Tag nur herumsäße oder ihre Zeit mit Nichtigkeiten vertriebe, würde sie den Verstand verlieren.«

Nelli stopfte die Gartenhandschuhe in ihren Korb. Sie sah Catharine nicht an, woraufhin diese sich fragte, ob sie ihre Worte auf sich bezogen hatte, als Kritik an ihrem eigenen Leben.

»Jedem das Seine, Tante Cornelia, ist es nicht so am besten?«, versuchte sie einzulenken.

Cornelia richtete sich auf und zuckte mit den Achseln. »Ich habe nichts dagegen, wenn sich Johanne ganz auf Kranke und Bedürftige und schreiende Kinder konzentrieren möchte. Solange ich mich mit duftenden Rosen, schönen Stoffen und eleganten Kleidern beschäftigen kann.«

Sie schlug den Pfad ein, der zum Haus führte, und Catharine folgte ihr lächelnd. Sie dachte an Tante Nellis Aufregung, ihre

Begeisterung, wenn einmal im Monat die bunten Illustrierten aus Paris und London eintrafen. Als Kind hatte sie Nelli immer über die Schulter geschaut, wenn sie in den Heften blätterte und fasziniert die Zeichnungen von eleganten Damen mit ausladenden Hüten und Parasols studierte. Auf einmal hatte sie den unverwechselbaren, ein wenig beißenden Geruch der Blätter wieder in der Nase und hörte Onkel Walter spotten. *Nellis Bibeln.*

»Und was gibt es bei euch Neues?«, fragte sie, während Nelli an einem kleinen Apfelbaum stehen blieb und wohlgefällig die dicken Knospen prüfte, die kurz vor dem Aufbrechen waren.

»Einiges, einiges«, entgegnete sie lächelnd. »Dein Onkel Walter hat wieder eine neue Gespielin. Wenn ich mich nicht schwer täusche, treibt er es mit Margarete, der Tochter einer unserer Pächter. Das arme Ding ist kaum einmal volljährig, aber so jung sind sie ihm ja am liebsten.«

»Dieser elende Taugenichts! Dass er es einfach nicht lassen kann! Nun hat doch so lange Ruhe geherrscht, dass ich fast gehofft hatte, das Alter würde auch ihn zum Verstand bringen.«

»Je älter sie werden, desto ärger sticht sie der Hafer. Aber mir ist das ganz gleichgültig, soll er sich doch vergnügen, dann lässt er mir wenigstens meine Ruhe.«

»Gut, dass du dir deswegen nicht die Laune verderben lässt. Aber wenn er mein Mann wäre, ich weiß nicht, ob ich das alles mit der gleichen Gelassenheit ertragen könnte.«

»Wenn er *dein* Mann wäre, würde ich es ganz gewiss nicht gelassen hinnehmen, dass er dich betrügt. Wie war es übrigens am Samstag auf der Hochzeit der kleinen Antonia? Habt ihr getanzt?«

»O ja, es war schön!«, meinte Catharine, und mit der Erinnerung an das Fest verflog der Ärger über ihren untreuen Ziehvater. »Wir haben getanzt bis in den frühen Morgen. Einfach himmlisch!«

»Wer ist wir?«, fragte Nelli unschuldig.

»Nun, Walter hat sich natürlich meiner angenommen, und mit Mathias Dörfler hab ich getanzt und ein paarmal mit Karl Henkes und mit anderen ebenfalls.«

»Ein ständiger Kavalier ist also nicht in Sicht. Dabei solltest du besser in festen Händen sein. Dann wärest du gefeit.«

»Gefeit? Wogegen? Was redest du da?«

»Wir bekommen Ende der Woche Besuch aus Frankfurt. Ein Cousin Walters schickt seinen Sohn auf ein paar Wochen zu uns. Gustav Winkels heißt der junge Herr, und wir erwarten seine Ankunft schon am Freitag. Dass du es dir aber ja nicht einfallen lässt, ihm den Kopf zu verdrehen, Catharine! Der Junge hat nämlich gerade sein Studium der Theologie abgeschlossen.«

»Ach, und weshalb wird der junge Herr jetzt zu euch nach Wittlaer verbannt? Hat er am Ende gar etwas angestellt in Frankfurt, das sich mit seiner heiligen Berufung nicht vereinbaren lässt?«

Cornelia lachte. »Nein, jedenfalls nicht, dass ich davon wüsste. Nein, der Pastor Fliedner in Kaiserswerth und sein unermüdlicher Einsatz für die Gebeutelten der Gesellschaft haben es ihm angetan. Er möchte die neue Diakonissenanstalt und alle die anderen guten Werke des Pastors vor Ort studieren, bevor er im Sommer irgendwo in der Nähe Frankfurts eine Stellung antritt. Genaueres kann ich dir aber über ihn nicht sagen. Wenn es dich so interessiert, dann frag Walter, er weiß vielleicht mehr.«

Nelli holte die Schere aus dem Korb und schnitt ein paar Zweige vom Baum, die sie oben auf ihren Korb legte. Dann reichte sie Catharine ihren Arm. »Doch nun lass uns nach drinnen gehen. Mir ist nach einer heißen Tasse Kaffee. Und wie steht es mit dir?«

Erst gegen Abend setzte Walter Hamelius Catharine wieder am Kuhtor ab. Als sie auf das kleine Haus zuging, das sie gemeinsam mit ihrer Schwester bewohnte, sah sie Johanne aus der anderen Richtung kommen.

Sie wirkte müde und erschöpft. Für gewöhnlich ging Johanne schnell und energisch, heute machte sie langsame Schritte und hielt den Kopf gesenkt, als habe sie eine lange Wanderung hinter sich. Als Catharine sie ansprach, hob sie überrascht den Kopf.

»Kommst du auch jetzt erst nach Hause? Wo hast du denn den ganzen Tag gesteckt?«

Catharines Lächeln verschwand. »Ich war in Wittlaer bei Tante Nelli, das habe ich dir doch erzählt.«

»Ja, richtig.« Johanne nickte langsam. »Ich hatte dich nur nicht so spät zurückerwartet. Wie ist Tante Nellis Befinden?«

»Es ist alles in Ordnung.« Catharine öffnete die Tür und atmete den vertrauten, leicht muffigen Geruch des holzvertäfelten Flurs. Geradeaus führte eine Tür ins Wohnzimmer, daneben lag die Küche, durch die man auch Zugang zum Garten hatte. Rechts führte eine Treppe ins Obergeschoss, dort befanden sich die Schlafräume der beiden Schwestern und Johannes Studierzimmer.

Johanne trat neben Catharine und nahm die schwarze Schute vom Haar. Die ältere Schwester überragte die jüngere um gut einen halben Kopf. Johanne zog Catharine oft damit auf, dass sie so viel kleiner war als der Rest der Familie. *Du bist ganz und gar aus der Art geschlagen.*

Doch heute scherzte sie nicht. Sie hängte ihre Pelerine an den Haken im Korridor und ging in die Küche. Die Teller vom Frühstück standen noch auf dem Tisch, auf dem Herd ein leerer Topf, in dem Grützenreste klebten.

»Ich hab's heute Morgen vergessen«, sagte Catharine eilig.

Johanne stapelte die beiden schmutzigen Teller aufeinander und stellte sie auf die Anrichte. Als sie Wasser in die Schüssel gießen wollte, um damit das Geschirr zu spülen, stellte sie fest, dass der Eimer leer war. Catharine riss ihn ihr hastig aus der Hand. »Ich geh schon zur Pumpe.«

Zu ihrer Bestürzung ließ sich Johanne plötzlich auf einen Stuhl am Tisch sinken und schlug die Hände vors Gesicht. Ihre Schultern zuckten, ohne dass sie einen Laut von sich gab. Catharine stellte erschrocken den Eimer wieder ab und ließ sich auf einem anderen Stuhl nieder. Sie konnte sich nicht erinnern, wann sie Johanne das letzte Mal hatte weinen sehen.

»Was ist denn geschehen?«, fragte sie ängstlich. Johanne rieb sich mit den Händen über die Augen, dann hob sie den Kopf und sah Catharine an, ihr Gesicht ruhig und gefasst wie immer. »Es ist einfach zu viel«, meinte sie leise. »Zu viele Pflichten, zu viele Aufgaben. Kein Mensch kann so etwas schaffen.«

Catharine wusste sofort, dass Johanne nicht über ihre eigene Arbeit klagte. »Du machst dir Sorgen um Frau Fliedner«, sagte sie. »Sie hat ja nur noch ein paar Wochen bis zur Niederkunft. Warum schont sie sich nicht ein bisschen?« Johanne stieß verächtlich die Luft durch die Nase. Catharine nickte. Seitdem das Pastorenehepaar vor neun Jahren ein Asyl für entlassene Strafgefangene eröffnet hatte, kannte die Pfarrersfrau keine Ruhe mehr. Vor sechs Jahren hatten sie das alte Petersen'sche Stammhaus am Marktplatz erworben und in eine Diakonissenanstalt umgewandelt, in der Kranke gepflegt und junge Frauen als Pflegerinnen ausgebildet wurden. Kurz darauf war das Kleinkinderlehrerinnenseminar eröffnet worden, und seit dem 1. April 1842 gab es auch noch ein Waisenhaus auf der Neuen Straße.

Da keine geeignete Vorsteherin gefunden wurde, hatte Friederike Fliedner selbst die Leitung der Diakonissenanstalt übernommen. Seitdem war sie nicht nur in Kaiserswerth gefordert, oft reiste sie auch in neu gegründete Diakonissenanstalten im ganzen Deutschen Bund, um die in Kaiserswerth ausgebildeten Diakonissen an ihrem neuen Wirkungsort einzuweisen.

Nebenbei gebar sie ein Kind nach dem anderen. Catharine hatte längst den Überblick verloren, wie viele Kinder sie zur Welt gebracht, wie viele Fehlgeburten sie erlitten hatte.

»Sie ist der Belastung einer neuerlichen Entbindung nicht gewachsen«, sagte Johanne düster. »Georgs Geburt hat sie fast das Leben gekostet. Und dann die Sache im November …« Sie schüttelte den Kopf und sah Catharine so ungehalten an, als trüge sie die Schuld am Leiden der Pastorin. »Dass Fliedner das nicht einsehen will, dass er ihr keine Pause lässt!«, stieß sie dann hervor.

Catharine fühlte sich unwohl in der Gegenwart des Pastors. Sein strenges Wesen, seine durchdringenden Augen gaben ihr immer das Gefühl, dass er sie besser kannte als sie sich selbst. Dass er sie durchschaute und dass es nichts Gutes war, was er in ihr sah. Aber dennoch verstand sie Johannes Unwillen nicht. Welche Schuld sollte Fliedner an der Fruchtbarkeit und den ständigen Fehlgeburten seiner Frau tragen? Wenn überhaupt hätte man Gott im Himmel einen Vorwurf machen können, aber das kam Johanne in ihrer Frömmigkeit bestimmt nicht in den Sinn.

»Aber Frau Fliedner sagt doch selbst immer, dass die Kinder ein Gottesgeschenk seien, die man annehmen muss, so der Himmel sie einem schickt«, meinte sie. Offensichtlich hatte sie das Falsche gesagt, denn Johanne schnaubte vor Verachtung.

»Du lieber Himmel, Catharine. Ein Mann trägt doch auch seinen Teil zur Schwangerschaft bei. Das weißt du doch?«

Catharine nickte unsicher. Das Wenige, was sie über das Thema Kinderkriegen wusste, hatte sie von Tante Cornelia, die in solchen Dingen offener war als ihre fromme Schwester. Allerdings war Nelli auch nicht richtig gesprächig gewesen. Wenn es einmal so weit wäre, hatte sie Catharine erklärt, würde sie alles schon richtig verstehen, das sei bei jeder Frau so.

»Und es gibt keinen Grund, warum Fliedner sich diesbezüglich nicht auch zügeln sollte. Ich verstehe es einfach nicht. Er ist doch sonst ein so besonnener Mensch!«, meinte Johanne hitzig.

Catharine hätte gerne gefragt, wobei sich Fliedner nun genau zügeln sollte. Aber Johanne hatte wohl jetzt schon das Gefühl, dass sie zu weit gegangen war. Sie stand auf und strich sich den dunkelgrauen Leinenrock glatt.

»Jedenfalls sollten wir alle für die Frau Pastor beten. Für sie und für das arme Wurm in ihrem Leib.«

Als Catharine am nächsten Morgen aufstand, war Johanne schon aus dem Haus gegangen. Gähnend brühte sie sich eine Tasse Kaffee auf und stellte sich mit dem dampfenden Becher ans Küchenfenster. Ihr Gesicht spiegelte sich in der Glasfläche, ein helles Oval umrahmt von glattem Braun, dahinter sah sie den verwilderten Garten. Zwischen fetten Löwenzahnstauden drängten Brennnesseln und blaugraue Disteln ans Licht. Es war eine Schande, dieses ganze Unkraut.

Catharine dachte an Tante Nellis Blumengarten mit den Vergissmeinnicht, den Veilchen und Stiefmütterchen. Sie beschloss, auf den Markt zu gehen und dort ein paar Blumen zu kaufen, wenn schon im Garten keine wuchsen.

»Wie geht's der Frau Schwester?«, fragte die ältere Marktfrau, als sie ihr die Osterglocken reichte. »Man sieht das Fräulein Johanne ja überhaupt nicht mehr.«

»Danke der Nachfrage, Frau Buschmann«, erklärte Catharine. »Meiner Schwester geht es gut, den Umständen entsprechend.«

»Ach du mein lieber Gott, ich habe ja wohl auch schon gehört, dass es um die Frau Pastorin überhaupt nicht gut bestellt ist. Ein Kreuz ist das, ein wahres Kreuz.« Ihre hellen Augen wurden schmal vor Neugierde.

Catharine nickte unverbindlich. Mit neuen Meldungen über den Zustand im Pfarrhaus konnte sie nicht dienen. Vermutlich wusste die Marktfrau über die Fliedner'schen Verhältnisse weit besser Bescheid als sie selbst. »Was bin ich Ihnen schuldig für die Blumen?«, fragte sie stattdessen.

»Zwanzig Pfennige, Fräulein Catharine.« Lächelnd nahm die Händlerin die Münzen in Empfang. »Es freut mich recht von Herzen, dass Ihre Verhältnisse so viel besser geworden sind. Blumen zu kaufen, davon hätte das Fräulein Schwester früher nur träumen können.«

»Ja, es geht uns gut.«

»Es ist, wie es die alte Redensart so schön sagt: Wem schon das Glück in der Liebe nicht lacht, dem klingen zumindest die Taler im Beutel«, sagte Frau Buschmann. Catharine nickte und fragte sich gleichzeitig, was sie ihr damit sagen wollte. Das Glück in der Liebe, die Taler im Beutel. Es stimmte, sie waren nicht arm. Als vor einem Jahrzehnt Johannes Gönnerin, die alte Frau Händel vom Kleianshof in Kalkum gestorben war, hatte sie Johanne einen Großteil ihres Geldes vermacht. Eine beträchtliche Summe hatte Johanne ihren Eltern in Krefeld zukommen lassen, dann hatte sie das kleine Haus am Kuhtor gekauft und Catharine aus Wittlaer zu sich geholt. Die Zinsen, die der Rest des Erbes erbrachte, reichten aus, um ihnen beiden ein gutes Leben frei von finanzieller Sorge zu ermöglichen.

»Nun ja«, sagte Frau Buschmann und lächelte dabei verschwörerisch. »Vielleicht bekommt sie so spät in ihrem Leben noch einmal eine zweite Chance.«

Sie zwinkerte ihr zu, als teilten sie beide ein Geheimnis, aber als Catharine nur verständnislos zurückblickte, wurde sie verlegen. Sie zupfte nervös an einer gekräuselten Haarsträhne und stopfte sie dann zurück unter ihr Kopftuch. »Ich meine ja nur. Nichts für ungut. Aber jetzt, wo es der Frau Pastor so schlecht geht und wenn sie denn gar sterben sollte, braucht der Herr Fliedner doch eilends eine neue Frau, allein schon wegen der Kinder. Und ihre Frau Schwester ist immer noch eine ansprechende Erscheinung und tugendsam obendrein ...«

Catharine öffnete den Mund und klappte ihn dann wieder zu, weil ihr die Worte fehlten. Man zeriss sich also auf dem

Markt und in der Stadt schon das Maul über ihre Schwester. Was erwartete Frau Buschmann von ihr, dass sie in den allgemeinen Klatsch einstimmte? Sie wandte sich wortlos ab. Aber schon im Weggehen drehte sie sich doch noch einmal um. »Sollten wir nicht wenigstens abwarten, bis die Pastorin unter der Erde ist, bevor wir dem Pfarrer eine neue Frau suchen?«

Erst nach acht kam Johanne nach Hause. Im Flur zog sie ihr Tuch vom Kopf und begann es zusammenzufalten, bevor sie es achtlos auf einen Stuhl fallen ließ, wo es sich wieder auflöste.

»Willst du mir nicht erzählen, was geschehen ist?«, fragte Catharine. »Es ist etwas mit Frau Fliedner, nicht wahr?«

Johanne ging an ihr vorbei in die Küche, doch mitten im Raum blieb sie stehen, als versuchte sie sich zu erinnern, was sie hier wollte. Dann setzte sie sich auf einen Küchenstuhl, stützte die Ellenbogen auf den Tisch und legte ihr Gesicht in die Hände. »Heute Nachmittag begann sie, Blut zu verlieren. Wir brachten sie zu Bett, aber es wurde nicht besser. Fliedner erwägt schon, an Friederikes Vater zu schreiben, dass er Luise schicken möge, ihre Schwester, als Hilfe für die Kinder und im Haushalt. Wenn sie es nur noch erlebt.«

Die letzten Worte hatte Johanne so leise und tonlos ausgesprochen, dass Catharine sie kaum verstand. Sie begann Tee zu kochen, nur um irgendetwas zu tun. Als sie das kochende Wasser über die getrockneten Lindenblütenblätter goss, erhob sich Johanne und begann in einem der Küchenschränke herumzusuchen. Nach einer Weile fand sie eine kleine, staubige Flasche und entkorkte sie. Dann goss sie den gesamten Inhalt in die Teekanne.

»Du trinkst Alkohol?« Es musste wirklich schlimm um die Pastorin stehen. »So nahe geht dir das Ganze?« Catharine verstummte. Natürlich ging Johanne Friederikes Elend nahe, was redete sie da. Aber Johanne schüttelte den Kopf.

»Ich habe sie nie richtig kennen gelernt«, sagte sie nach einer Weile. »Friederike geht so vollkommen auf in ihrer Arbeit. Was zu tun ist, erledigt sie mit größter Tatkraft. Auch die größten Herausforderungen schultert sie klaglos. Fliedner hätte keine bessere Partnerin finden können als sie. Aber mir ist sie … entsetzlich fremd geblieben.«

Catharine nickte hastig. Also ging es Johanne nicht anders als ihr. Warum hatte sie nie zuvor etwas davon erzählt?

»Jedenfalls erschien sie mir nach dem Verlust ihrer Kinder gänzlich gewandelt. Es war, als wäre da eine unsichtbare Mauer gewachsen. Zwischen ihr und …«

Als ob sie ihren eigenen Worten nicht traute, brach Johanne ab. Sie goss sich Tee ein und starrte in den weißen Dampf, der von der Tasse aufstieg.

»Du meinst zwischen ihr und Gott?«, beendete Catharine ihren Satz. Aber während sie den Satz aussprach, merkte sie, dass es nicht stimmen konnte. Friederike zweifelte nicht an Gott. Sie war unerschütterlich in ihrem Glauben.

»Nein, nein«, sagte Johanne ungeduldig. »Die Mauer war zwischen ihr und Fliedner.«

Fliedner. Plötzlich sah Catharine die Marktfrau wieder vor sich, wie sie ihr zuzwinkerte. *Vielleicht bekommt sie so spät in ihrem Leben noch einmal eine zweite Chance.* Hatte sich Johanne selbst Hoffnungen auf den Pastor gemacht, damals, ehe Friederike Fliedner nach Kaiserswerth gekommen war? War ihr Friederike deshalb fremd geblieben? Catharine dachte an das blasse Gesicht des Pastors. An seine rötlichen Haare, die scharfen Gesichtszüge. Diese Augen.

Da war nie etwas gewesen zwischen Johanne und Fliedner. Da würde nie etwas sein.

»Warum meinst du das?«, fragte sie. »Hat Frau Fliedner mit dir über ihre Gefühle zum Pastor gesprochen?« Johanne stieß ein kurzes Lachen aus. Das Geräusch war so fehl am Platz, dass Catharine fröstelte. »Ich wäre die Letzte, der sich Friederike anvertrauen würde.« Müde schloss sie für einen Moment die geröteten Augen.

Dann leerte sie ihre Tasse mit einem Zug, erhob sich und stellte sie neben die Spülschüssel. »Der Herr sei ihr gnädig«, sagte sie leise. Ganz so, als sei Friederike schon tot, dachte Catharine.

2

Am 25. April 1842 wurde Friederike Fliedner auf dem kleinen evangelischen Friedhof vor den Toren Kaiserswerths beigesetzt. Drei Tage zuvor war sie an den Folgen einer Frühgeburt gestorben, ihr letzter Sohn war tot zur Welt gekommen und wurde neben ihr begraben. Außer der Familie, den Verwandten, den Diakonissen und der evangelischen Bevölkerung erwiesen auch zahllose Katholiken der Anstaltsleiterin die letzte Ehre.

Theodor Fliedner wirkte in diesen Tagen noch bleicher, noch farbloser als sonst. Darüber hinaus zeigte sein strenges Gesicht keine Regung, während er der Grabrede des Düsseldorfer Pfarrers Spieß folgte. Auch Johanne durchlebte die Tage nach Friederikes Tod und die gesamte Begräbniszeremonie scheinbar ohne Erschütterung. Sie half Friederikes Schwester Sophie, so gut sie konnte, und sie versuchte, die drei Kinder von ihrem Schmerz abzulenken. Doch sie vergoss keine Träne.

Wie ähnlich sich die beiden sind in ihrer steinernen Art, dachte Catharine, während sie dabei zusah, wie Johanne Fliedners Hand schüttelte auf der anderen Seite des Grabes. Johannes Lippen bewegten sich, aber Catharine konnte nicht verstehen, was sie sagte. Der Pastor entgegnete etwas, Johanne nickte, senkte den Kopf und wandte sich dann ab. Wahrscheinlich war es ein Bibelspruch gewesen.

Gleich neben Friederikes Grabstätte lagen die beiden Kindergräber. *Simonette Fliedner, 1. Januar 1832 – 1. November 1841. Johanna Fliedner, 17. August 1837 – 17. November 1841.* Das hatte Friederike umgebracht.

Ihre Kinder waren im Herbst schwer am Typhus erkrankt, und sie waren gerade wieder einigermaßen auf dem Weg der

Besserung, als sich Friederike mit einigen Diakonissen nach Kreuznach und Saarbrücken aufmachte. Während ihrer Abwesenheit erlitt die neunjährige Simonette einen Rückfall und starb. Fliedner war Friederike entgegengefahren, um ihr die traurige Nachricht zu überbringen, während Johanne Catharine überredet hatte, mit ihr ins Pfarrhaus zu kommen und sich um die übrigen vier Kinder zu kümmern.

Die Zeit im Pfarrhaus war schrecklich gewesen. Die drei größeren Mädchen waren so stumm und verschlossen, so durch und durch vernünftig. Die elfjährige Luise kümmerte sich wie eine Erwachsene um die Jüngeren, sie betete mit ihnen und schimpfte, wenn sie weinten. »Der Herr hat es gegeben, der Herr hat es genommen, der Name des Herrn sei gelobt«, hörte Catharine sie einmal sagen, und eine unbändige Wut stieg in ihr hoch – auf die widernatürliche Frömmigkeit des Mädchens, auf die Eltern, die sie erzogen hatten, auf den Gott, den sie anbeteten, obwohl er sie so grausam behandelte.

Catharine saß in der Küche des Pfarrhauses und schälte mit Luise Kartoffeln, als Fliedner und seine Frau wieder zurückkamen. Friederike, die immer schon blass und schmal gewesen war, sah nun selbst aus wie der leibhaftige Tod. Ihre Nase ragte spitz und bleich aus ihrem Gesicht, die Haut spannte sich über die Wangen. »Sei nicht traurig, Mutter«, sagte Luise. »Unsere Netta ist jetzt ein Engel«, und einen Moment lang zitterten Friederikes Mundwinkel und ihr Kinn, aber dann strich sie ihrer Ältesten übers Haar und nickte.

An der Beerdigung nahm sie nicht teil. Catharine, die neben Johanne hinter dem kleinen Sarg herging, sah sie hinter dem geschlossenen Fenster des Pfarrhauses, das weiße Gesicht unter der Diakonissenhaube regungslos. Zehn Tage später war dann auch die vierjährige Hanna gestorben. Und jetzt war auch Friederike tot, sie war ihren Töchtern nachgegangen in die ewige Seligkeit, wie sie es sich gewünscht hatte.

Schweigend gingen Catharine und Johanne nebeneinander her nach Hause. In einem Garten blühte ein Apfelbaum, und Catharine musste an Nelli denken. Sie hatte sie seit Wochen nicht gesehen. Plötzlich sehnte sie sich nach ihr, nach ihrem Lachen, ihrer Unbeschwertheit. Gleich am nächsten Tag würde sie nach Wittlaer gehen. Inzwischen musste auch dieser Theologiestudent aus Frankfurt, von dem Nelli beim letzten Mal gesprochen hatte, längst angekommen sein. Nach all der Trauer hier brachte er vielleicht ein bisschen Abwechslung mit sich.

Die Stimme der Schwester riss sie aus ihren Gedanken. »In den nächsten Tagen müsstest du mir einen Gefallen tun.« Es ist, als könne sie Gedanken lesen, dachte Catharine und unterdrückte nur mit Mühe ein Seufzen. »Worum geht es denn?«

»Im Asyl herrscht Notstand. Katharina Göbel, die Leiterin, liegt mit Fieber darnieder. Der Tod ihrer Freundin Friederike hat sie wohl zu sehr mitgenommen. Und von den zwei Diakonissen, die ihr zur Seite gestellt sind, ist eine ebenfalls auf Heimaturlaub, um eine besonders hartnäckige Grippeerkrankung auszukurieren. Gleichzeitig gibt es einen Neuzugang, eine junge Frau aus einem Zuchthaus in Essen, die aufgenommen und eingewiesen werden muss.«

»Und was soll ich dabei tun?«, fragte Catharine. »Mir sind die Angelegenheiten im Asyl fremd. Und im Umgang mit entlassenen Strafgefangenen fehlt es mir ganz an Erfahrung.«

»Du sollst die Verantwortung ja nicht allein tragen. Schwester Luise Selfenfried wird immer zugegen sein und dich in allem anleiten. Aber zurzeit sind sieben Entlassene im Asyl, von denen sich einige noch nicht an die alltäglichen Abläufe und Pflichten gewöhnt haben. Ohne Hilfe ist das nicht zu bewältigen.« Johanne blieb stehen. Im unbarmherzig hellen Licht der Frühlingssonne trat jede Falte in ihrem Gesicht zutage. Es wirkte so schlaff und müde, die Augenlider waren halb über die Pupillen gesenkt.

»Ich bitte dich, Catharine. Ich weiß wohl, dass es nicht die richtige Aufgabe ist für ein Mädchen, das gerade das achtzehnte Lebensjahr vollendet hat. Im Asyl herrscht oft ein harscher, grober Umgangston. Aber es gibt einfach keine andere, die ich um ihre Hilfe bitten könnte.«

Catharine wollte den Kopf schütteln, stattdessen nickte sie kraftlos. Warum musste ausgerechnet sie eine Heilige zur Schwester haben, die das ganze Leid Kaiserswerths auf ihre schmalen Schultern lud? »Wann soll ich mich im Asyl einfinden?«

Johannes Mundwinkel zogen sich nach oben. »Um sechs Uhr morgens bringt Schwester Luise die Pfleglinge zur Morgenandacht in die Kirche.«

Die kleine, magere Schwester Luise schwitzte vor Aufregung, als Catharine sie und die Asylpfleglinge am nächsten Morgen vor der Kirche am Wall traf. Die großen Augen in ihrem schmalen Gesicht weiteten sich nervös, als sie Catharine ihre nasse Hand reichte. »Wie bin ich dem gütigen Herrgott dankbar, dass Er Sie mir geschickt hat«, sagte sie, und vor Aufregung überschlug sich ihre Stimme. Das verdankst du nicht dem gütigen Herrgott, sondern der barmherzigen Johanne, auf die ich wieder einmal hereingefallen bin, dachte Catharine, ärgerlich über sich selbst.

In der kühlen Luft des Frühlingsmorgens versammelten sich die sieben Frauen fröstelnd um Schwester Luise. Die jüngste von ihnen schien nicht älter als sechzehn, ein pummeliges Mädchen mit aschblondem strähnigem Haar. Die anderen schätzte Catharine zwischen zwanzig und dreißig Jahren alt, nur eine von ihnen war deutlich älter. Mit unverhohlener Neugierde starrten die Frauen ihrerseits Catharine an.

»Sie sind also die Neue, die uns anleiten soll«, sagte schließlich eine große dunkelhaarige Frau, die ein bisschen abseits von den anderen stand. Ihr Haar war straff aus der hohen Stirn gekämmt, lange Wimpern umrahmten die mandelförmigen Augen. Sie war schön.

»Nein«, entgegnete Catharine hastig. »Ich soll nur für einige Tage aushelfen, so lange, bis Frau Göbel wieder auf den Beinen ist. Ich heiße übrigens genau wie sie, Catharine … Catharine König, meine ich«, setzte sie dann stotternd hinzu.

Einige der Frauen lachten. Machten sie sich über sie lustig?

»Nun, dann wollen wir ins Gotteshaus treten und unserem Herrgott die morgendliche Ehre erweisen«, ließ sich die nervöse Stimme von Schwester Luise hören. »Immer schön einer nach dem anderen. Und bitte schön senkt eure Stimmen im Gotteshaus, und legt auch kein unwürdiges Benehmen an den Tag …«

»… so wie es sich gebührt«, beendete eine Männerstimme ihren Satz. Pastor Fliedner war aus dem Pfarrhaus neben der Kirche getreten und erwartete die kleine Gesellschaft am Fuß der Stufen, die zur Kirche hinaufführten.

Schwester Luise fuhr zusammen und presste ihre Hände gegen die magere Brust. »Der Herr Pastor«, flüsterte sie aufgeregt, als habe sie ihn am allerwenigsten hier erwartet.

Fliedners Blick ging von einer Frau zur anderen. Auf seinem blassen Gesicht hatten die Ereignisse der letzten Tage keine Spuren hinterlassen. Er wirkte gelassen und ruhig, als sich ihre Augen begegneten.

»Guten Morgen, Fräulein König«, sagte er und streckte ihr seine Hand entgegen. »Ist es Ihrer Schwester also gelungen, Sie zu überzeugen, dass Sie uns helfen. Ich freue mich sehr.«

Was hatte ihm Johanne wohl von ihr erzählt? »Ich hoffe, Sie sind der Arbeit mit unseren Pfleglingen gewachsen.« Fliedner senkte seine Stimme. »Wenn es etwas geben sollte, dann wenden Sie sich an mich. Ich bin immer für Sie da. Und im Übrigen wird Sie Schwester Luise in allem anleiten.«

Die große Dunkelhaarige, die jetzt genau hinter Catharine stand, stieß ein kurzes, trockenes Lachen aus, woraufhin

Fliedner sich ihr zuwandte. »Nun, Fräulein Engel, was erfreut sie so?«

Sie zog die Brauen hoch. »Es ist mir eine übergroße Freude, dass ich hier in Kaiserswerth sein darf.« Ihre Stimme war tief, klangvoll und ohne eine Spur von Dialekt. »Schließlich bin ich eine Auserwählte unter den gefallenen Frauen.«

Fliedners Augen zogen sich zusammen, eine steile Falte bildete sich auf seiner Stirn. »Das sind Sie fürwahr, Fräulein Engel. Und bedenken Sie auch, dass Sie aus freien Stücken zu uns gekommen sind. Freiwillig haben Sie sich den Regeln dieser christlichen Stätte unterworfen. Und wenn es Ihr Wille sein sollte, so können Sie uns jederzeit den Rücken kehren.«

Catharine sah, wie die junge Frau ihre Unterlippe nach vorn schob, nur ganz kurz, dann biss sie sich auf die Lippen. Sie nickte kurz, wandte sich wortlos ab und stieg hinter den anderen Frauen die Stufen zur Kirche hoch.

Catharine sah ihr nach. Was auch immer sie im Asyl der evangelischen Gemeinde erwartete, langweilig würden die nächsten Tage bestimmt nicht werden.

Von der Kirche waren es nur wenige Schritte dorthin. Das Gebäude bot Raum für acht Zöglinge, jede der Frauen hatte eine Schlafzelle für sich, darüber hinaus gab es eine Küche und zwei weitere größere Räume, in denen die Frauen speisten, unterrichtet und in Handarbeiten unterwiesen wurden.

Schwester Luise, Catharine und die Frauen versammelten sich an einer langen Tafel im kargen Speisesaal. Catharine saß der Diakonissin genau gegenüber, zu ihrer Linken befand sich das pummelige Mädchen, das sie verstohlen beobachtete. Schwester Luise sprach den Segen, wieder zitterte ihre Stimme dabei, als befürchtete sie, eine der Frauen könnte ihr ins Wort fallen, dann begannen die Frauen zu essen. Außer dem Klappern des Bestecks war kein Laut zu hören.

Die Milchsuppe schmeckte fad und war noch dazu verbrannt. Catharine hörte bereits nach ein paar Löffeln auf zu essen. Sofort hob Schwester Luise den Kopf und musterte sie erschrocken, als habe sie etwas Verbotenes getan. Catharine warf ihr ein unschuldiges Lächeln zu, woraufhin die Schwester rasch an ihr vorbeischaute, durch das Fenster in ihrem Rücken, das zur Neuen Straße hinausführte.

Nach dem Frühstück brachten sie die Frauen in den Asylgarten an der Wallstraße. Sie arbeiteten schweigend nebeneinander her, dann winkte Schwester Luise Catharine zu sich. »Ich gehe nun mit Asta und Wilhelmine ins Asyl hinüber, um das Mittagsmahl vorzubereiten«, raunte sie ihr zu, als vertraue sie ihr ein Geheimnis an. »Sie bleiben hier mit den Übrigen zurück. Aber keine Angst, Henriette, Frieda und Johanna sind gutmütiger und friedlicher Natur, sie werden Ihnen keinerlei Ärger bereiten. Hedwig Genter ist heute erst angekommen, sie ist wohl eine Diebin, aber ansonsten ist von ihr im Moment nicht viel zu sagen. Außerdem sind sie am Anfang alle recht zahm.« Sie wies mit dem Kinn auf eine blasse Frau mit fliehendem Kinn, die ein wenig abseits von den anderen arbeitete. »Aber vor Florine Engel müssen Sie sich in Acht nehmen. Sie kann mitunter furchtbar böse daherreden, ganz erschreckend ist das. Sie sollten sie besser nicht verärgern.«

Florine Engel. Die schöne Dunkelhaarige. Catharine hätte zu gerne gefragt, weswegen sie im Gefängnis gesessen hatte, aber sie konnte sich nicht dazu überwinden.

»Sie müssen also durchaus keine Angst haben vor diesen Frauen.« In ihrer Nervosität hatte die Diakonissin eine Spur zu laut gesprochen. Florine richtete ihren kühlen Blick auf die beiden Frauen. Catharine spürte, wie ihre Wangen heiß wurden.

»Nun, dann will ich wohl aufbrechen.« Die Schwester erhob sich hastig. »Wilhelmine, Asta, auf zum Asyl, es ist schon spät!«

Nach dem Mittagsmahl unterrichtete Herr Lekebusch, der Lehrer der evangelischen Elementarschule, die Frauen im Rechnen, Lesen und Schreiben, danach kam Fliedner zur Religionsstunde ins Asyl. Hinterher trank er mit Catharine und Schwester Luise eine Tasse Kaffee, während die Frauen nähten.

»Es ist ein barmherziges Werk, das Sie an diesen armen Seelen verrichten«, begann Schwester Luise mit vor Ehrfurcht bebender Stimme, nachdem sie ihm seine Tasse Gerstenkaffee gereicht hatte. »Wenngleich es oft ein so vergebliches Unterfangen ist.«

Fliedner hob erstaunt die Augenbrauen. Die Schwester fuchtelte mit den Händen herum, als wollte sie einen Schwarm lästiger Fliegen verscheuchen. »Nun, haben Sie es nicht gehört, Herr Pastor, letzte Woche haben die Gendarmen Dorothea Kessel aus dem Haus ihrer neuen Herrschaft abgeholt«, sprudelte es aus ihr heraus. »Einen Griff in die Schmuckschatulle der gnädigen Frau hat sie getan. Es ist ein Jammer, nach allem, was Sie und die selige Pastorin für Dorothea unternommen haben, der allmächtige Gott möge sie strafen ...«

»Schwester Luise!«, flüsterte Fliedner in schneidendem Ton. Die Schwester klappte den Mund zu. Tränen stiegen in ihre runden, blauen Augen.

Der Pastor stellte seine Tasse mit einem kalten Klirren neben sich auf die Bank. »Mir ist vollkommen klar, dass wir viele unserer Schützlinge nicht vor den schändlichen Versuchungen der Welt werden bewahren können«, sagte er ärgerlich. »Aber Schwester Luise«, seine Stimme klang jetzt beinahe drohend, »bedenken Sie, wenn es uns gelingt, auch nur eine Seele von der Sünde loszureißen, dann haben wir unser Ziel erreicht.«

Schwester Luises Hände fuhren hoch zu ihrer Haube, dann schlug sie sich mit der Rechten hektisch gegen den Busen. »Sie haben ja so Recht, Herr Pastor.« Fliedner nickte kurz und streng.

»Was geschieht denn mit den Frauen, wenn sie ihre Zeit hier im Asyl durchlaufen haben?«, erkundigte sich Catharine in die unbehagliche Stille hinein. Er antwortete zuerst nicht, sondern schaute weiterhin die Diakonisse an, die nicht aufhörte, gegen ihre Brust zu pochen. Endlich wandte er sich Catharine zu.

»Wir versuchen sie in bürgerlichen Häusern unterzubringen, wo sie ihr Brot in Ehren verdienen und essen können. Als Mägde bei christlich gesinnten Herrschaften in kleinen Städten und noch lieber auf dem Lande, wo sie den Versuchungen am wenigsten ausgesetzt sind.« Fliedners Blick schweifte über die nähenden Frauen, seine Stimme klang nun wieder milder. »Das Entscheidende ist, dass sie von ihren neuen Dienstherrschaften in der christlichen Zucht und Gottesliebe bestärkt werden. Dass sie nicht mit Verachtung behandelt werden«, hier schossen seine hellen Augen hinüber zu der Diakonisse, die sofort wieder in sich zusammenzusinken schien, »sondern dass man ihnen ein gütiges Exempel setzt.«

Catharine zuckte mit den Schultern. »Wie wollen Sie denn beurteilen, wie die Leute ihre Dienstmägde behandeln? Sie können ihnen doch schwerlich auf die Finger sehen, bei allem, was sie tun?«

»Manches entzieht sich unserer Kenntnis. Aber wir wählen die Herrschaften so gründlich aus, wie wir können. Die Arbeitsbedingungen werden vertraglich geregelt, sodass den Frauen neben einem würdigen Arbeitslohn auch die regelmäßige Teilnahme am Gottesdienst ermöglicht wird. Und meine liebe Frau stand über Monate, wenn nicht gar Jahre hinweg in engem Briefwechsel mit den Herrschaften und den Pastoren der betreffenden Gemeinden.« Er räusperte sich, seine Hände rieben über die Schläfen, die Augen wurden schmal, als bereitete ihm die Erinnerung an die Verstorbene physische Schmerzen. Dann zog er eine kleine Uhr aus der Westentasche, warf einen Blick darauf und schickte sich zum Gehen an.

Schwester Luise sprang so hastig auf, dass sie fast ihren Kaffee verschüttete, von dem sie keinen Schluck getrunken hatte. Auch

Catharine erhob sich. Als er ihr die Hand reichte, hatte er sich wieder vollkommen unter Kontrolle. »Ich würde mich freuen, wenn Sie uns auch in den nächsten Tagen noch aushelfen könnten. Mit der armen Katharina Göbel steht es nicht zum Besten, und Schwester Amalia wird erst in einigen Wochen zurückerwartet.«

Sein Griff war fest und kraftvoll. Sie murmelte ein paar zustimmende Worte. Er lächelte. Doch als sich ihre Blicke begegneten, sah Catharine, dass nur seine Lippen lächelten. Die Augen blickten durch sie hindurch ins Leere.

Die leeren Augen gingen ihr nicht aus dem Sinn. »Was hast du neulich damit gemeint, als du von der Mauer gesprochen hast?«, fragte sie Johanne, als sie sich abends in der Küche gegenübersaßen. Catharine aß von der Kohlsuppe, die ihre Schwester aus dem Pfarrhaus mitgebracht hatte, während Johanne einen losen Knopf an eine Bluse nähte.

Jetzt hob sie den Kopf und sah sie verständnislos an. »Die Mauer, die sich zwischen Fliedner und seiner Frau gebildet hat«, half ihr Catharine. Johanne senkte ihre Augen wieder auf die Näharbeit. »Es war nichts als dummes Zeug«, sagte sie abweisend.

Catharine blickte auf ihren Löffel. In der klaren Suppenbrühe schwamm ein Petersilienstück. »Meinst du, er ist ihr kein guter Ehemann gewesen?«

Johanne lachte kurz auf. »Betrogen hat er sie jedenfalls ganz gewiss nicht, wenn du darauf anspielst.«

»Aber?«

Johanne zuckte mit den Schultern. Catharine löffelte ihre Suppe und wartete ab.

»Er hat ihr immer viel an Lasten und Verantwortung aufgebürdet, und Friederike hat sich nie darüber beklagt. Im Gegenteil, sie schien immer glücklich, dass er sie in seine Arbeit mit einbezog, statt sie außen vor zu halten. Sie wollte gestalten, wollte etwas schaffen, deshalb hat sie ihn ja wohl auch genommen. Aber nach dem Tod der Mädchen war sie wie versteinert, am Boden zerstört. Doch anstatt sie zu schonen, lastete er ihr nur neue Pflichten auf. Als wollte er ihr keine Zeit der Trauer gönnen.«

»Sie waren doch auch seine Töchter. Warum hat ihn ihr Tod so kalt gelassen?«

»Es hat ihn nicht kalt gelassen.« Johanne klang mit einem Mal ungeduldig. Wieder nähte sie einen Weile weiter, ohne aufzublicken. »Es war doch Gottes Wille, dass die beiden Mädchen sterben mussten. Der Herr hat Netta und Hanna zu sich genommen, und im Paradies werden sie wieder mit ihren Eltern vereint sein. Er sah Friederikes Verzweiflung als ein Indiz für mangelndes Gottvertrauen. Er fürchtete, dass sie mit ihrem Herrn haderte, dass sie ihren eigenen Willen über den des Herrn stellen könnte. Er hatte Angst, dass sie in der Trauer um ihre Kinder schwach im Glauben werden könnte.«

Und du?, dachte Catharine. Siehst du das genauso?

Johanne biss den Faden ab und legte die Bluse über eine Stuhllehne. Schweigend räumte sie Garn und Nadel in das hölzerne Nähkästchen auf der Anrichte.

Wieder kam Catharine die Bemerkung der Marktfrau in den Sinn. War Johanne wie sie selbst von Fliedners Gefühlskälte befremdet? Oder bewunderte sie ihn am Ende für seine unerschütterliche Glaubensstärke? Wartete sie vielleicht nur darauf, nach so langer Zeit selbst ins Pfarrhaus einziehen zu können? Als passende Nachfolgerin für die letztlich doch schwache Friederike?

Johanne schien ihr düsteres Schweigen gar nicht zu bemerken. Sie hing ihren eigenen Gedanken nach. Im Kerzenschein sah ihr mageres Gesicht weich und verträumt aus. Mit einem Mal war sich Catharine ganz sicher, dass sie an Fliedner dachte.

3

»Dass du mir am Ende nicht so frömmlerisch wirst wie die gute alte Johanne.« Cornelia verzog ihre vollen Lippen zu einer trotzigen Schnute. Der kokette Ausdruck wirkte seltsam in ihrem reifen Gesicht. »Die ganze nächste Woche willst du dich mit diesen ehemaligen Zuchthäuslerinnen herumschlagen? Was um alles in der Welt versprichst du dir davon? Wie ich die Christenmenschen kenne, machst du das Ganze ja wohl nicht einmal für Geld, sondern um reinen Gotteslohn.«

Catharine zuckte mit den Schultern. Sie hatte keine Lust, sich über ihre Arbeit im Asyl zu unterhalten. Tante Nelli würde sie ohnehin nicht verstehen. Am Freitag hatte sie Fliedner versprochen, Schwester Luise auch in den nächsten Tagen noch zu unterstützen. Zu ihrer Überraschung stellte sie fest, dass sie sich nicht einmal dazu überwinden musste. Die Arbeit mit den Frauen machte ihr Spaß und füllte sie so aus, dass sie sich manchmal fragte, was sie eigentlich vorher den ganzen Tag getrieben hatte.

Heute hatte sie sich nach dem Gottesdienst Zeit für einen Besuch in Wittlaer genommen. Und plötzlich ging es ihr tatsächlich wie Johanne, denn nach der harten Woche im Asyl wirkte der Gutshof – und mit ihm Nellis Lebensweise – mit einem Mal fremd und seltsam falsch. Es ist so frivol, dachte sie, nachdem sie sich auf der Chaiselongue niedergelassen und ein Gläschen Mirabellenlikör in Empfang genommen hatte. Dann schüttelte sie über sich selbst den Kopf. Wenn sie nicht aufpasste, wurde sie genauso verschroben wie ihre Schwester.

»Wo ist er denn nun, euer geheimnisvoller Gast aus Frankfurt?«, fragte sie, um das Thema zu wechseln.

»Winkels?« Nelli verzog das Gesicht. »Du lieber Gott, sei mir still von ihm. Winkels ist zwar gerade erst Anfang der zwanzig, aber er spielt sich so ernst und sauertöpfisch auf, als stünde seine persönliche Kreuzigung auf Golgatha bereits fest. Diese Moralpredigten! Diese missbilligenden Blicke! Nein, ich schlage drei Kreuze für jeden Tag, den seine Abreise näher rückt.«

Catharine musste lachen. »Gütiger Himmel, das klingt ja fürchterlich. Nun kann ich es gleich gar nicht mehr abwarten, ihn kennen zu lernen. Sag, wo steckt er denn?«

»Er ist mit Walter unterwegs, der ihm die Stallungen zeigt oder etwas ähnlich Interessantes. Er bemüht sich wirklich redlich, seinen Cousin zu unterhalten, aber für die Landwirtschaft kann Winkels sich nun überhaupt nicht begeistern. Morgen hat er endlich seinen Vorstellungstermin beim Pastor Fliedner in Kaiserswerth, die Führung durch die Diakonissenanstalt wird ihm erheblich mehr behagen als unsere Wittlaerer Misthaufen. Wie geht es dem armen Mann übrigens, wo seine Frau so früh verschieden ist?«

»Äußerlich ist ihm nichts anzumerken«, sagte Catharine. »Er ist kein Mann, der seine Empfindungen offen zutage trägt.«

»Und Johanne? Wie nimmt sie die ganze Sache auf?«

Über die Gefühle ihrer Schwester wusste Catharine auch nicht viel mehr als über Fliedners Seelenleben. Aber Tante Nelli hatte Johanne doch früher so gut gekannt, richtige Busenfreundinnen waren sie gewesen. Nelli musste doch wissen, ob da etwas gewesen war zwischen Fliedner und ihrer Schwester.

»Nelli«, begann sie ein wenig unsicher. »Ihr wart doch früher so gute Freundinnen, Johanne und du.«

Cornelia tupfte sich mit einem bestickten Taschentuch einen unsichtbaren Likörspritzer aus dem Mundwinkel. »Das waren wir.«

»War sie … ich meine … Gab es damals auch in Johannes Leben … Weißt du, ob sie einmal verliebt war?«

Nelli lachte. Sie stand auf und reckte sich, dann löste sie den aufgesteckten Zopf auf ihrem Kopf und schüttelte die rotblonden Haare, sodass sie wild auf ihre Schultern fielen. Früher hatte Catharine ihr immer zugesehen, wie sie abends ihre Locken bürstete, bis sie glänzten. »Warum fragst du sie das nicht selbst?«, entgegnete Nelli, während sie die Haare wieder zu flechten begann, zwei Haarnadeln zwischen die Lippen geklemmt.

»Wir … reden niemals über solche intimen Dinge. Bitte, Tante Nelli.«

Cornelia musterte sie. »Du siehst sie doch so oft mit ihm. Da muss dir doch etwas aufgefallen sein.«

»Also ist es Fliedner.« Catharines Herz schlug schneller. »Sie hat ihn geliebt, und er hat sie verschmäht. Aber warum? War ihm Johanne nicht gut genug?«

Nelli drehte den dicken Zopf auf dem Hinterkopf zusammen und steckte ihn mit den Nadeln fest. »Deine Schwester hat ihn abgewiesen. Deshalb bist du zu mir nach Wittlaer gekommen und nicht als Fliedners Tochter im Pfarrhaus aufgewachsen. Dort wäre vermutlich ein anderer Mensch aus dir geworden.« Sie zuckte mit den Schultern. »Obwohl ich mich manchmal frage, ob es wirklich so einen großen Unterschied gemacht hätte. All die Jahre, die du bei mir hier in Wittlaer gewohnt hast, und trotzdem hast du so wenig mit mir gemein und kommst in allem so sehr auf deine Schwester. Jetzt diese Sache mit diesen Zuchthäuslerinnen …«

Aber Catharine hörte nicht mehr, was Tante Nelli sagte. Sie sah Fliedner vor sich und Johanne und konnte sich einfach nicht vorstellen, dass einmal so etwas wie Leidenschaft zwischen ihnen gewesen war.

Johanne hätte als Pastorin ins Pfarrhaus einziehen können, in dem sie heute als Sekretärin ein und aus ging. Warum hatte sie abgelehnt?

»Hat Johanne auf eine bessere Partie gewartet? Hat sie den Pastor deshalb abgewiesen?«, fragte sie schließlich.

Nelli trat ans Fenster und stellte sich so, dass sich ihr Gesicht in der Scheibe spiegelte. Selbstgefällig drehte sie den Kopf hin und her und zupfte die dicken Papilotten zurecht, die ihr jetzt seitlich auf die Schultern fielen. »Es war ihr Wunsch, allein zu bleiben. Sie wollte ihr Leben ohne Mann leben. So war sie, deine Schwester. Ganz verstanden hab ich sie, ehrlich gesagt, nie.«

»Meinst du, es hat ihr später Leid getan? Dass sie Fliedner nicht genommen hat, meine ich?«

»Dann hätte sie ja jetzt die Gelegenheit, ihre Entscheidung von damals neu zu überdenken.« Catharine fuhr zusammen, und Nelli lachte. »Ich kann dir jedenfalls nicht sagen, wozu sie sich heute entschließen würde. Wir haben uns einfach zu weit voneinander entfernt. Obwohl ich mir nicht vorstellen kann, dass sie sich noch einen Mann nimmt. Schon gar nicht, wenn er so herrisch ist wie Fliedner.«

»Ich höre, ihr seid beim gleichen Thema wie wir.« Bei Nellis letzten Worten waren Walter und ein anderer Mann in den Salon getreten. »Darf ich vorstellen.« Walter führte den Besucher vor Catharines Chaiselongue. »Meine Ziehschwester Catharine König. Catharine, das ist mein Cousin Gustav Winkels aus Frankfurt.«

»Angenehm.« Sie erhob sich und reichte dem Besucher ihre Hand, wobei ihr Kopf von dem soeben Gehörten schwirrte. Und wenn Nelli sich täuschte? Sie sagte ja selbst, dass sie Johanne nicht mehr richtig kannte. Wenn Johanne und Fliedner … Die riesige Pranke des Besuchers schloss sich um ihre Finger und drückte sie so fest zusammen, dass es schmerzte. Sie unterdrückte einen Aufschrei und blickte ihn an, zuerst empört, dann voller Überraschung. Der Mann sah aus wie ein grobschlächtiger Bauernbursche mit widerspenstigen, blonden

Haaren und einem struppigen Vollbart. Das sollte der vergeistigte Theologiestudent sein, von dem Nelli vorhin gesprochen hatte?

»Welches Thema meinst du?«, meldete sich hinter ihr Cornelia zu Wort. »Wir sprachen von Catharines Schwester Johanne.«

»Oh, dann habe ich euch missverstanden«, meinte Walter lachend. »Ich dachte, es ginge um Pastor Fliedner.«

Der Fremde sah Catharine an. Sie starrte zurück. »Sie sind wegen Fliedner hierher gekommen?«, fragte sie dann, nur um etwas zu sagen.

»Ich möchte die Gelegenheit nutzen, sein diakonisches Werk in Kaiserswerth kennen zu lernen, das im ganzen Deutschen Bund so von sich reden macht«, entgegnete er ernst.

»Da bist du bei Catharine und ihrer besagten Schwester, Johanne, an der richtigen Stelle«, meinte Cornelia mit einem spöttischen Unterton. »Die beiden geben sich ganz und gar Fliedners wohltätiger Sache hin, ist es nicht so, Trinchen?«

»Du weißt genau, dass ich nur einige Tage im Asyl aushelfe, Tante Nelli. Aber Johanne, meine Schwester, engagiert sich tatsächlich sehr für Pastor Fliedner. Sie unterstützt ihn bei seiner umfassenden Korrespondenz, bei der Abschrift seiner Reiseberichte und beim Verfassen der Jahresberichte. Wenn Sie wollen, dann kommen Sie doch morgen auch einmal in seinem Asyl vorbei, das er für die entlassenen Strafgefangenen eingerichtet hat. Dort kann ich Ihnen dann alles zeigen.«

»Nun, darüber könnt ihr euch dann an Ort und Stelle hervorragend unterhalten. Jetzt aber schlage ich vor, dass wir unsere Konversation angenehmeren Themen zuwenden. Konzentrieren wir uns doch lieber auf das köstliche Gebäck, das unsere Hertha soeben aufträgt.«

Bei Nellis fröhlichen Worten legte sich ein düsterer, fast verächtlicher Ausdruck über Winkels' Züge. Seine kräftigen Kiefern mahlten, als wollte er etwas Derbes entgegnen.

Er hätte sich gerne weiter über Fliedner unterhalten, dachte Catharine.

Inzwischen war auch Onkel Walter hereingekommen, und man nahm am Kaffeetisch Platz. Während das Dienstmädchen Kaffee einschenkte, legte Nelli Winkels Schmalzgebackenes auf den Teller. Er betrachtete das Gebäck, als wäre es verschimmelt.

Cornelia lächelte voller Herzenswärme. »Greif nur munter zu, Gustav. Oder verbietet dir die Moral den Genuss von Zuckerzeug? Die Fastenzeit ist jedenfalls längst vorbei, wie dir sicherlich bekannt ist.«

Warum behandelt sie ihn so, wunderte sich Catharine. Sonst war Nelli die vollendet zuvorkommende Gastgeberin, höflich und charmant, aber Winkels gegenüber benahm sie sich geradezu feindselig.

»Sind Sie katholischer oder evangelischer Konfession?«, erkundigte sie sich beiläufig bei Gustav Winkels, um das Gespräch aufzulockern.

»Evangelisch«, entgegnete er einsilbig und nahm einen so riesigen Bissen von seinem Schmalzgebackenen, dass es ihm links und rechts zum Mund herausquoll. Kauend wischte er sich mit der Hand über den Mund. Die Krümel fielen auf die kostbare, spitzenverzierte Damastdecke auf dem Kaffeetisch. Nelli wandte missbilligend ihren Blick ab und nahm einen winzigen Biss von ihrem Gebäck.

Sie hat ihn geärgert, jetzt zahlt er es ihr durch sein ungehobeltes Benehmen heim, dachte Catharine. Wie zänkische Kinder. Am liebsten wäre sie aufgestanden und einfach gegangen, aber die Höflichkeit zwang sie zu bleiben. Und allen anderen am Tisch, erkannte sie plötzlich, ging es ganz genauso.

Zu Hause saß Johanne mit einem schlanken Herrn mittleren Alters bei einer Tasse Gerstenkaffee zusammen. »Herr Winter!«, rief Catharine und streckte ihm lachend die Hand entgegen. Der

Mann stellte seine Tasche ab und erhob sich von dem zierlichen Sofa. Lockiges braunes Haar umrahmte sein Gesicht, und jetzt, wo er vor Catharine stand, war auch die schüttere Stelle auf dem Oberkopf nicht mehr zu sehen. Sein offenes Gesicht mit den warmen Augen wirkte geradezu jugendlich. »Catharine, du wirst ja von Mal zu Mal hübscher!«

»Wir haben Sie lange nicht mehr gesehen«, sagte sie, während sie ihm die Hand schüttelte.

»An mir liegt es gewiss nicht, dass man sich so selten sieht«, gab Felix Winter zurück. Vermutlich ist es einfacher, beim Papst eine Audienz zu bekommen als bei euch geschäftigen Damen. Wie ich höre, bist du nun auch in Fliedners Diakonissenanstalt tätig, Catharine?«

»Vorläufig«, wehrte Catharine ab. »Und selbst? Wie steht's um den Hof in Kalkum?«

Felix Winter hatte erst vor einigen Jahren eine sehr viel jüngere Frau aus Angermund geheiratet. Von seinen drei kleinen Kindern war das älteste gerade vier, und die wilden Rangen machten ihrem Vater, der seinen Bauernhof über lange Jahre allein bewirtschaftet hatte, schwer zu schaffen. Jetzt winkte er müde lächelnd ab. »Schweigen wir von den Unruhegeistern und genießen lieber die himmlische Ruhe dieses friedlichen Raumes.«

Johanne lachte. »Ach, nun komm, Felix. Beklag dich nicht über dein Schicksal. Dass dich deine Familie glücklich macht, sieht man doch auf den ersten Blick.«

Winter schaute sie nachdenklich an. Johanne erwiderte seinen Blick, immer noch lächelnd, und Catharine spürte mit einem Mal eine solche Vertrautheit zwischen ihnen, dass sie sich als Störenfried fühlte und die Augen senkte. »Du hast Recht«, hörte sie Winter sagen, während sie auf die dunklen Bodendielen starrte. »Lange hat es gedauert, aber nun hab ich wirklich mein Glück gefunden.«

Im Asyl standen nach dem Frühstück Handarbeiten auf dem Tagesplan. Catharine, die im Sticken, Stricken und Häkeln ähnlich ungeschickt war wie ihre Schwester Johanne, bot sich freiwillig an, den Küchendienst zu übernehmen.

Schwester Luise nickte. »Dann suchen Sie sich eine der Frauen aus, dass sie Ihnen bei der Arbeit zur Hand geht.« Eifrig beugte sie sich über den Tisch zu Catharine hinüber. »Nehmen Sie Frieda oder Asta«, raunte sie mit gesenkter Stimme, als könnten die Frauen sie dann nicht hören. »Die bereiten Ihnen gewiss keinen Verdruss.«

Catharine spürte Ärger in sich aufsteigen, doch sie beschloss, Schwester Luises Worte einfach zu ignorieren und ließ ihren Blick über die Reihe der Frauen wandern. »Fräulein Engel«, sagte sie entschlossen, als sie zu der hoch gewachsenen Frau gelangte. »Würden Sie so freundlich sein?«

Florine erhob sich ruhig und würdevoll, mit einem kaum wahrnehmbaren spöttischen Lächeln.

Als Catharine Schwester Luises erschrockenes Gesicht sah, konnte sie ebenfalls ein Lächeln nicht unterdrücken. Sie stand auf und stellte die leeren Teller ineinander.

»Gott sei Ihnen gnädig, Fräulein Catharine, haben Sie denn nicht verstanden, was ich Ihnen gesagt habe?«, wisperte die Diakonissin, als sie an ihr vorbeiging.

Zwischen ihnen wuchs der Berg aus sich spiralförmig windenden Kartoffelschalen immer höher. Catharine hätte sich gerne unterhalten, aber sie wusste nicht, wie sie das Gespräch beginnen sollte.

Schließlich war es die andere Frau, die das Schweigen brach. »Wie sagt Ihnen die Arbeit im Asyl denn zu? Haben Sie den Umgang mit uns verkommenen Elementen nicht schon satt?« Catharine warf ihr einen unbehaglichen Blick zu. Aber Florine hielt ihre Augen züchtig auf ihre Arbeit gesenkt, sie konnte ihren Gesichtsausdruck nicht erkennen.

Catharine räusperte sich. »So verkommen, wie manche Sie hier behandeln, können Sie gar nicht sein.«

Florine Engel warf eine Kartoffel in den Kochtopf, sodass das Wasser darin aufspritzte, und lachte. »Da sprechen Sie ein wahres Wort. Aber Sie haben den Pastor ja gestern selbst gehört. Wir haben unser Schicksal freiwillig gewählt und können jederzeit gehen, wenn es uns beliebt. Nur wohin wir dann gehen sollen, das will er uns nicht sagen.«

Sie nahm sich eine weitere Kartoffel. Catharine kaute auf ihrer Unterlippe. »Aber Ihre Strafe haben Sie doch alle abgesessen. Seien Sie doch froh, dass Sie nun wieder in Freiheit sind und ein neues Leben beginnen können.«

»In Freiheit?« Florine hob den Kopf und sah sie ungläubig an, wobei sie nicht aufhörte, die Kartoffel zu schälen. Catharine beobachtete fasziniert, wie das braungelbe Spiralband in Florines geschickten Händen länger und länger wurde. Die andere fing ihren Blick auf und riss die Schale ungeduldig ab. »Wer einmal im Zuchthaus gesessen hat, ist niemals wieder frei. Wir bleiben alle Gefangene unserer Vergangenheit, solange wir hier auf Erden sind. Wie gerne würde ich alles vergessen, würde mein Leben noch einmal von vorne beginnen. Aber das ist Träumerei, und es wird immer Träumerei bleiben.«

»Aber nun sind Sie doch hier, und Pastor Fliedner, so streng und unerbittlich er auch sein mag, hat schon so vielen geholfen, aus ihrer leidvollen Geschichte auszubrechen.«

»Mir kann keiner helfen.«

Nun konnte Catharine sich nicht länger zurückhalten, die Frage brannte ihr auf der Zunge. »Was haben Sie verbrochen?«

Doch zu ihrer Erleichterung schien Florine sie nicht gehört zu haben. Die junge Frau hatte ihre Kartoffel zu Ende geschält und drehte und wendete sie nun wohlgefällig in den Händen wie ein kostbares Schmuckstück. Dabei lächelte sie sogar, und ihr Gesicht wirkte so unschuldig und sanft wie das eines jungen Mädchens.

»Ich war die Geliebte eines reichen Herrn«, erklärte sie dann mit einer weichen, beinahe verträumten Stimme. »Er war so gut und großzügig zu mir, ich muss ihm auf ewig dankbar dafür sein. Er hat mich überschüttet mit schönen Kleidern, mit Schmuck und Konfekt. Auf der Alleestraße in Düsseldorf hat er mir eine elegante Wohnung einrichten lassen, und dort hat er mich besucht, wann immer seine Gattin ihre schlimme Migräne plagte. Kennen Sie die Alleestraße?« Auf einmal hatte ihre Stimme etwas Schroffes. Catharine nickte schnell, aber Florine beachtete sie gar nicht. »Es ist die beste Straße in der elegantesten Gegend, und durch die großen Fenster hatte ich einen Blick auf den Park. Oh, es ging mir so gut.« Wieder sah sie Catharine an und lächelte, bis diese zurücklächelte, obwohl ihr gar nicht danach zumute war. »Wie alt bist du?«, fragte Florine unvermittelt.

Catharine zögerte einen Moment lang. Florine duzte sie, was sich nicht gehörte, und ihr Ton war respektlos und zu vertraulich. Aber sie selbst hatte ja die Grenze zwischen ihnen überschritten. »Achtzehn«, antwortete sie schließlich widerwillig.

Florine lachte.

»So jung. Aber ich war damals noch jünger, gerade einmal siebzehn, als der edle Herr von Greifhold mich zum ersten Mal beglückte. Wenn du verstehst, was ich meine.«

Jetzt starrte sie Catharine mitten ins Gesicht. Ihr Blick durchdrang sie, hart und glanzlos wie altes Metall. Catharines Hände begannen zu schwitzen, die Kartoffel glitt aus ihren Fingern und rollte vom Tisch zu Boden. Als sie sich bückte, dachte sie, dass es nicht gut war, Florine den Rücken zu kehren. Die halb geschälte Kartoffel war grau vom schmutzigen Küchenboden. Sie legte sie zu den Schalen, griff nach einer neuen und hielt sie ratlos fest.

»Nach drei Jahren verlor der Herr seinen Spaß an mir«, fuhr Florine mit derselben sanften, singenden Stimme fort, mit der sie ihre Erzählung begonnen hatte. »Ich war ihm wohl zu alt geworden. Er kündigte die Wohnung und warf mich auf die Straße, von einem Tag auf den anderen. Was denkst du, was ich dann getan habe?«

Catharine, die genau wusste, worauf Florine hinauswollte, zuckte nur unbehaglich mit den Schultern.

»Ich hab mir einen neuen Herrn gesucht«, flüsterte die andere, während sie immer näher an Catharine herantrat. »Und nach ihm wieder einen und wieder einen. Mitunter waren es auch zehn oder zwanzig an einem Tag. Ich habe aufgehört, sie zu zählen. Das Handwerk hatte ich schließlich gelernt, ich verstand es allzu gut. Aber leider haben mir die Gendarmen einen Strich durch die Rechnung gemacht. Aufgegriffen haben sie mich und ins Zuchthaus gesteckt. Dort habe ich Buße getan. Und nach zwei Jahren hat der barmherzige Pastor Fliedner mich errettet. Sag selbst, hab ich es nicht gut getroffen?«

Florines Gesicht war jetzt ganz dicht an ihrem. Catharine suchte fieberhaft nach Worten. Sie musste etwas sagen, aber es gab nichts zu sagen.

»Sag, Catharine, hab ich dich am Ende schockiert in deiner Unschuld? Du wolltest doch so gerne wissen, was ich Schmutziges verbrochen habe, die ganze Zeit über hast du darüber nachgedacht, ob ich einen umgebracht hab oder nur ausgeraubt. Ist es dir nun schlimm genug?«

»Fräulein Engel!« Mit schnellen Schritten betrat Fliedner die Küche. Catharine hätte nie geglaubt, dass sie einmal so froh sein würde, ihn zu sehen. Er trat direkt an Florine heran und nahm ihr mit hartem Griff das Kartoffelmesser aus den Händen. Seine Finger zitterten. »Augenblicklich verlassen Sie diesen Raum und begeben sich zu den anderen Frauen.« Fliedner sprach nicht laut, aber sein Ton war schneidend, und Florine gehorchte ihm auf der Stelle. »Einen Moment noch«, befahl der Pastor, als sie schon an der Tür war. »Noch ein einziges Mal ein ähnlicher Vorfall«, sagte er, »und Sie packen Ihre Sachen.«

Florines Gesicht war kalt und starr, dann war sie verschwunden.

Fliedner drehte sich zu Catharine.

»Setzen Sie sich.« Er deutete auf die Küchenstühle an der Wand. Wie betäubt ließ sich Catharine auf einen Hocker fallen. Sie kam sich dumm vor. Wie hatte sie nur zulassen können, dass Florine sie so behandelte?

Fliedner zog sich einen anderen Stuhl heran und ließ sich darauf nieder. Eine ganze Weile lang betrachtete er Catharine ruhig, ohne etwas zu sagen. Irgendwann ertrug sie seinen Blick nicht länger und schlug die Hände vors Gesicht. Sie starrte gegen ihre Finger, durch die das Licht rötlich schimmerte.

»Seien Sie nicht zu ungnädig mit sich selbst«, hörte sie seine Stimme von der anderen Seite. »Es ist ein Blick auf eine fremde Welt, die sich Ihnen hier im Asyl auftut, und sie ist wahrlich nicht schön. Ich weiß nicht, was Florine Engel Ihnen an Schmutz und Unrat erzählt hat, und bete zu Gott, dass es kein Fehler war, sie allein mit ihr zu lassen.«

»Nein, nein!«, wehrte sie ab. »Es ist nur … Ich schäme mich so!«

»Sie schämen sich dafür, dass Sie die frechen Äußerungen einer Dirne verstören? Dass ihre ungenierten Worte Sie betroffen machen? Danken Sie dem Herrn für Ihre Unschuld, Catharine, und flehen Sie ihn an, dass sie Ihnen niemals verloren geht.«

»Sind die furchtbaren Dinge, die sie erzählt hat, denn wahr?«, flüsterte sie. »Es ist so entsetzlich, wie ihr das Schicksal mitgespielt hat.«

»Es ist wahr. Ein Teufel von einem Mann hat sie in diesen Sündenpfuhl hineingestoßen. Vergessen Sie jedoch nicht, Catharine, nicht wir können Florine Engel aus ihrem Elend erretten. Das kann nur sie selbst mithilfe des Allmächtigen tun.«

Seine kühlen Finger berührten die Hände vor ihrem Gesicht. Dann zog er sie wieder zurück, als habe er sich verbrannt. »Eines muss ich Ihnen sagen, und Sie müssen mir versprechen, es zu berücksichtigen, denn sonst kann ich Sie keinen Tag länger in diesem Hause behalten.«

Sie ließ die Hände sinken und sah ihn an. Seine Pupillen waren schwarze Löcher.

»Unterschätzen Sie nicht die Macht des Bösen. Passen Sie auf, dass Sie Satan nicht unvermittelt auf seine Seite zieht, während Sie selbst noch glauben, die Unseligen zu retten. Bleiben Sie stark in Ihrem Glauben an Gott, und wenn Sie den geringsten Zweifel haben, Catharine, dann suchen Sie Rat. Versprechen Sie mir das?«

Sie nickte und fühlte, wie ihr ein kalter Schauer über den Rücken lief.

Er stand auf. »Und noch etwas, Catharine«, fügte er hinzu. »Fragen Sie nie, niemals eine der Frauen hier nach dem Verbrechen, für das sie ihre Strafe absitzen musste. Wenn eine von ihnen sich Ihnen anvertraut, so lassen sie es geschehen. Aber dringen Sie nicht in sie. Was vorbei ist, ist vorbei. Die Frauen haben ihre Schuld bezahlt und Buße getan.« Wieder musterte er sie lange. Catharine schlug die Augen nieder. Ein Riss zog sich quer über eine der Steinplatten auf dem Boden. Sie wünschte sich, dass er aufginge und sie darin verschwinden könnte.

Zu Catharines Überraschung trat am Nachmittag Gustav Winkels ins Asyl. »Pastor Fliedner bat mich, Ihnen auszurichten, Sie mögen mir die Einrichtung hier zeigen«, teilte er ihr mit. »Und auch den Garten«, setzte er dann noch hinzu, mit gerunzelter Stirn, als wunderte er sich selbst über die Anweisung.

Catharine war schon aufgestanden. »Ich werde unseren Rundgang so kurz wie möglich halten«, versprach sie Schwester Luise, die besorgt dreinschaute. »In der Zwischenzeit sind ja alle mit Handarbeiten beschäftigt. Wenn es daran geht, das Abendbrot zu bereiten, bin ich längst wieder zurück.«

Sie war erleichtert, als sich die Tür zwischen ihr und den Frauen schloss. Sie hatte es kaum noch ausgehalten im selben Raum mit Florine, die ihren Blick mied. Ob Pastor Fliedner Winkels deshalb gerade heute ins Asyl herübergeschickt hatte? Weil er wusste, wie unerträglich ihr das Zusammensein mit den Frauen war, nach dem Vorfall am Morgen? Warum sonst hätte er Winkels ausrichten lassen, sie möge ihn auch in den Garten des Asyls führen, der außer ein paar frisch umgegrabenen Feldern nichts Sehenswertes zu bieten hatte?

Sie zeigte ihm die durch einfache Bretterwände voneinander abgetrennten Schlafzellen der Frauen im ersten Stock, den Aufenthaltsraum, die Küche. »Wie viel hat Ihnen der Pastor denn schon von der Anstalt gezeigt? Und was hat er Ihnen vom Asyl erzählt?«, erkundigte sie sich, während sie an die kleine Wiese hinter dem Haus herantraten, auf der die beiden Milchkühe des Asyls wiederkäuten.

»Nicht viel«, erwiderte er. »Der Pastor war in großer Eile. Er erklärte mir nur kurz ein paar allgemeine Dinge zum diakonischen Gedanken, bevor er zu einem Vortrag aufbrechen musste. Aber er versprach mir, das Versäumte während meines Aufenthalts in Wittlaer nachzuholen.«

»So haben Sie die Diakonissenanstalt am Markt gar nicht besichtigt?«, fragte Catharine.

Er schüttelte den Kopf. »Eine der Diakonissen war so freundlich, mich herumzuführen. Aber im Augenblick scheint alles in großem Umbruch, da doch die Anstaltsleiterin verschieden ist. Und dann soll die Diakonissenanstalt ja auch um einen großen Anbau erweitert werden. Nun, wenigstens konnte ich mir einen oberflächlichen Eindruck verschaffen. Es ist recht beachtlich, was der Pastor in den wenigen Jahren seit der Gründung der Anstalt bewirken konnte.«

»Noch beeindruckter wären Sie gewiss, wenn Sie wüssten, wie die Zustände vordem hier in Kaiserswerth waren. Einfache

Leute, die früher krank wurden und den Arzt nicht bezahlen konnten, blieb nur der Weg ins Armenhaus am Stiftsplatz. Heute kommen Menschen sogar aus Düsseldorf, Duisburg und Krefeld hierher, um sich von den Diakonissen gesund pflegen zu lassen. Und es sind die unterschiedlichsten Leute: Arbeiter, Bürger und sogar Adlige. Aber es ist ja auch kein Wunder, denn in vielen Fragen der Krankenpflege kennen sich die Schwestern besser aus als manche Ärzte.«

Winkels nickte kurz, und sie fragte sich, ob er das alles nicht schon längst wusste und nur zu höflich war, sie darauf hinzuweisen. »Lassen Sie uns doch jetzt die paar Schritte zu unserem Garten an der Wallstraße tun. Über das Asyl haben Sie gewiss schon einiges gehört?«

Er lächelte zu ihr herunter. »Erzählen Sie ruhig, ich weiß bisher nur sehr wenig«, versicherte er dann.

»Nun denn. Aber Sie müssen versprechen, mich gleich zu unterbrechen, wenn ich Sie langweilen sollte. Mitte der Zwanzigerjahre fing Pastor Fliedner an, den Zuchthäuslern im Düsseldorfer Arresthaus zu predigen. Die schlimmen Zustände in den staatlichen Gefängnissen erschütterten ihn so, dass er damals schon beschlossen hat, tatkräftig zur Besserung der Verhältnisse beizutragen«, begann sie zu erklären. »So rief er gemeinsam mit anderen Männern des öffentlichen und kirchlichen Lebens die Rheinisch-Westfälische Gefängnisgesellschaft ins Leben, eine Vereinigung, die sich ganz der wirksamen Reformierung der Strafanstalten widmete.«

Während sie redete, betrachtete sie ihn verstohlen. Heute wirkte er so anders als am Vortag bei den Hamelius'. Die graugrünen Augen mit dem fast weißen Wimpernkranz blickten nicht verdrossen, sondern aufmerksam und hellwach. Das Bäuerliche, Grobe in seinem Gesicht war plötzlich verschwunden.

»Aus diesem Einsatz für die Strafgefangenen erwuchs dann auch die Idee, die Fürsorge für die Entlassenen zu verbessern.

Denn nach dem Gefängnis standen die ehemaligen Zuchthäusler gänzlich ohne Aussichten da. Ein Schicksal, das besonders die weiblichen Strafentlassenen betrifft.«

»Also erfolgte die Gründung des Asyls noch vor dem Beginn der Diakonissenanstalt?«, warf er ein.

»Ganze drei Jahre vorher. 1833 wurde das Asyl eröffnet. Und denken Sie sich, Herr Winkels, mit welch widrigen Umständen der Pastor und seine Frau damals zu kämpfen hatten. Denn das Haus, in dem unser Asyl heute untergebracht ist, war zwar schon angemietet, die Mieterin weigerte sich jedoch auszuziehen. Die erste Strafentlassene traf nun aber pünktlich zum vereinbarten Zeitpunkt in Kaiserswerth ein, weshalb sie in der ersten Zeit in Fliedners winzigem Gartenhaus logierte. Katharina Göbel, die spätere Leiterin des Asyls, hat sie von Anfang an dort betreut.«

»Und Sie?«, erkundigte sich Winkels. »Wie lange arbeiten Sie hier schon?«

»Erst seit ein paar Tagen!«, erwiderte Catharine lachend. »Und ich werde auch nur so lange bleiben, bis Frau Göbel und Schwester Amalia wieder auf den Beinen sind und ihre Stellung im Asyl antreten können.« Als sie die Worte aussprach, spürte sie, wie sich ein seltsames Gefühl der Leere, wie ein plötzlicher Schwindel, in ihrer Brust ausbreitete. Ihr gefiel der Gedanke nicht, dass sie ihre Arbeit so schnell wieder aufgeben sollte, trotz der Geschichte am Vormittag. Oder vielleicht gerade deshalb. Wenn sie das Asyl jetzt verließ, war es wie ein Scheitern. Unwillig runzelte sie die Stirn.

Winkels sah sie nachdenklich an. »Die Arbeit mit den Frauen ist gewiss nicht immer einfach.«

Catharine zuckte nur mit den Schultern. Während sie das Gartentor aufschloss, das zu dem Grundstück an der Wallstraße führte, schwiegen beide.

»Dennoch ist es ganz erstaunlich, wie gut sie um die ganzen Umstände und Voraussetzungen wissen, die zur Gründung des

Asyls geführt haben«, hob Winkels dann wieder an. »Lernt man das in Kaiserswerth in der Schule?«

»Ich habe die Geschichte so oft von meiner Schwester Johanne erzählt bekommen, dass ich sie wirklich in- und auswendig kenne.«

»Ach, richtig, Sie berichteten schon gestern, dass Ihre Schwester eine Vertraute des Pastors ist«, erinnerte er sich.

»Nun, ich weiß nicht, ob man Johanne eine *Vertraute* nennen kann«, meinte Catharine. »Jedenfalls verfolgt sie Fliedners Arbeit mit größter Anteilnahme.«

Dann nahmen sie auf der kleinen Bank unter dem Nussbaum Platz. »Sie sind in Wittlaer im Hause meines Onkels aufgewachsen«, sagte Winkels. »Aber Sie sind so ganz anders.«

»Tante Nelli und Onkel Walter haben mich aufgezogen, weil meine eigenen Eltern dazu … nicht in der Lage waren«, erklärte Catharine. Tatsächlich hatte sie ihre leiblichen Eltern kaum kennen gelernt. Früher hatte sie sie auf Johannes Drängen noch ein bis zwei Mal im Jahr in Krefeld besucht, aber seit ihr Vater vor über zehn Jahren gestorben war, hatte sie nur noch selten die Reise gemacht. Ein paar Jahre nach seinem Tod war ihm dann die Mutter nachgefolgt. Catharine wusste, dass Johanne sie bis zu ihrem Ende finanziell unterstützt hatte. Aber auch sie hatte ihre Besuche irgendwann einmal eingestellt. Nach allem, was sie von ihrer Kindheit erzählte, war die Beziehung zwischen ihnen nie besonders innig gewesen.

»Ich bin froh, dass Tante Cornelia und Onkel Walter sich meiner angenommen haben. Gott weiß, was ohne sie aus mir geworden wäre«, fuhr sie fort und dachte fröstelnd daran, dass sie sonst im Pfarrhaus aufgewachsen wäre, als eine von Fliedners Kindern. Selbst bei Johanne hatte sie sich nie so zu Hause gefühlt wie in Wittlaer. Johanne war ernsthaft und steif und fromm, Tante Nelli dagegen konnte sie alles erzählen, ohne dass sie ihr endlose Moralpredigten hielt.

Winkels schwieg und blickte gedankenverloren geradeaus.

»Sie mögen sie nicht«, sagte sie.

Er zuckte die Schultern. »Was spielt das für eine Rolle?«, fragte er. Einen Moment lang hatte Catharine das Gefühl, als wolle er noch etwas sagen. Aber dann sah er wieder nach vorn und sagte nichts mehr.

»Ihre eigenen Eltern leben in Frankfurt?«, erkundigte sie sich nach einer Weile.

Winkels schüttelte den Kopf. »Meine Mutter, Onkel Walters Schwester, ist kurz nach meiner Geburt gestorben. Ich kann mich kaum an sie erinnern. Mein Vater ist ebenfalls seit einigen Jahren tot.«

»Das tut mir Leid«, murmelte Catharine. Winkels malte mit seinem Fuß einen Kreis in die Erde. In den Kreis zog er ein Kreuz. Dann verwischte er alles wieder. »Es ist lange her.«

Die Kirchenglocken schlugen die volle Stunde. Drei Uhr. »Ich fürchte, ich muss wieder zurück ins Asyl«, sagte Catharine. Sie stand auf. »Ich habe Schwester Luise versprochen, sie nicht so lange allein zu lassen.«

»Ganz richtig.« Winkels sprang hastig auf. Diesmal öffnete er das Gartentor, um sie auf die Straße treten zu lassen.

»Wie lange sind Sie denn noch in Wittlaer zu Besuch?«, erkundigte sich Catharine, als sie sich kurz darauf vor dem Asyl voneinander verabschiedeten.

»In zwei Wochen kehre ich nach Frankfurt zurück, um dort die Stellung eines Hilfspfarrers anzutreten. Bis dahin werde ich aber viel unterwegs sein. Als ich Pastor Fliedner meine Hilfe angeboten habe, bat er mich übrigens, für die Dauer meines Aufenthaltes die Abendandachten in der Kirche zu übernehmen.«

»Oh, dann werden wir uns ja täglich sehen. Wir nehmen mit unseren Pfleglingen daran teil.«

»Das wird mir ein Ansporn sein«, sagte Winkels. Scherzte er oder sprach er im Ernst? Catharine war sich nicht sicher.

»Auf Wiedersehen«, meinte sie und reichte ihm die Hand.

4

Später bereitete Schwester Luise mit Henriette das Abendbrot, während sich Catharine seufzend einen Korb mit Wäsche vornahm, die ausgebessert werden musste.

Schon nach wenigen Minuten stach sie sich so in den Finger, dass es blutete. Sie steckte den Daumen in den Mund und schmeckte den metallischen Geschmack des Blutes, als sie aus dem Augenwinkel eine Bewegung wahrnahm und erschrocken zusammenfuhr. Florine Engel war ins Zimmer getreten. Sie lehnte an der Wand neben dem Türrahmen und schaute ihr offen ins Gesicht.

Catharine nahm den Daumen aus dem Mund und stand auf. Noch einmal würde sie sich einen Auftritt wie den in der Küche bestimmt nicht gefallen lassen. Mit entschlossenen Schritten ging sie auf die große Frau zu. Aber Florine hob schnell eine Hand und streckte ihr die Handfläche entgegen. »Nicht doch!«, sagte sie leise. »Ich bin nur gekommen, um mich für mein ungebührliches Benehmen von heute Morgen zu entschuldigen.«

Das warme Abendlicht zeichnete einen glänzenden Kreis auf ihr schwarzes Haar, auch ihre Stirn und ihr Nasenrücken leuchteten hell. Sie sah so weich, so jung und unschuldig aus. Wie ein Engel. Misstrauisch blieb Catharine stehen. Vielleicht spielte Florine ihre Demut nur und machte sich in Wirklichkeit über sie lustig?

»Seit meinem Eintreffen vor vier Wochen sind Sie die Einzige gewesen, die nicht auf mich herabgesehen hat«, fuhr Florine mit gesenkter Stimme fort. »Sie haben mich als ebenbürtigen Menschen behandelt. Und ich habe Sie zum Dank dafür beleidigt. Sie wissen also nun, dass ich ein Stück Dreck bin und es immer bleiben werde.«

Catharine wollte etwas entgegnen, aber Florine Engel hob wieder die Hand. »Fliedners Missbilligung ist mir gleichgültig. Soll er mich wieder zurück in die Gosse stoßen, wenn es ihm beliebt. Aber Ihnen gegenüber war mein Betragen unverzeihlich. Vergeben Sie mir trotzdem.«

So lautlos sie ins Zimmer getreten war, so leise huschte sie auch wieder hinaus in den Flur.

Erst als sich die Tür des Unterrichtsraums schon wieder hinter Florine geschlossen hatte, fand Catharine ihre Sprache wieder. »Ich vergebe Ihnen, Florine«, murmelte sie.

Ein Bretterzaun trennte die Baustelle an der Diakonissenanstalt vom Markplatz ab. Als Catharine daran vorbeiging, trat Fliedner in Begleitung eines Herrn und einer großen Dame durch einen schmalen Durchgang auf die Straße. Der Herr, der eine lange Papierrolle unter dem Arm trug, verabschiedete sich von den anderen beiden und eilte dann geschäftig in Richtung Clemensbrücke davon. Er musste der Architekt sein, der den Neubau der Anstaltserweiterung geplant hatte. Der Pastor und die Dame blieben im angeregten Gespräch zurück, und jetzt erst wurde Catharine bewusst, dass es ihre Schwester Johanne war.

Plötzlich fiel ihr wieder ein, wie Winkels am Nachmittag ihre Schwester genannt hatte. *Fliedners Vertraute.* Sie blieb einen Moment stehen, um die beiden nicht zu stören, aber Johanne hatte sie schon erblickt und winkte sie heran. »Der Herr Pastor hat mir berichtet, was heute Morgen im Asyl vorgefallen ist.«

Catharine spürte, wie ihr Gesicht heiß vor Scham wurde. Natürlich hatte Fliedner mit Johanne über die peinliche Angelegenheit gesprochen. Aber konnte sie nicht wenigstens warten, bis sie allein waren, ehe sie davon anfing?

Johanne nahm ihr Unbehagen gar nicht zur Kenntnis. »Catharine, du musst dich vor den Frauen im Asyl in Acht nehmen«, fuhr sie mit ernster Miene fort. »Sie haben vieles durchgemacht, was du in deiner Unschuld nicht einmal ermessen kannst, du bringst dich wirklich in Gefahr, wenn du dich ihnen gegenüber zu vertrauensselig zeigst. Ich bitte dich …«

Aus ihrer Beschämtheit wurde Wut. »Ich habe verstanden, Johanne«, zischte sie. »Du musst beileibe nicht mit mir sprechen, als wäre ich ein unmündiges Kind.«

Johanne öffnete schon den Mund, um sie zurechtzuweisen, aber bevor sie etwas entgegnen konnte, ergriff Fliedner das Wort.

»Wie gut, dass ich Sie hier noch einmal treffe«, sagte er, als habe er Johannes Worte gar nicht gehört. »Soeben habe ich in der Diakonie vernommen, dass Katharina Göbel auf dem Wege der Besserung ist und bereits übermorgen ihre Arbeit im Asyl wieder aufnehmen kann.«

Catharine nickte. Ihre Aushilfstätigkeit war also noch schneller beendet, als sie angenommen hatte. Nun gut, was hatte sie erwartet, schließlich hatte sie sich wie eine Närrin benommen.

»Wie ich allerdings schon zu Ihrer Schwester gesagt habe«, fuhr Fliedner fort, »wünschte ich mir, dass Sie Ihre Tätigkeit auch weiterhin für uns fortsetzten. Selbstverständlich gegen Bezahlung, wenngleich diese nicht eben üppig ausfallen wird.«

Catharine blickte ihn überrascht an. »Aber wenn Frau Göbel und Schwester Amalia wieder zurück sind, bin ich im Asyl doch schwerlich vonnöten? Drei Kräfte sind für die sieben Frauen doch wahrhaft ausreichend.«

»Das ist richtig«, nickte Fliedner. »Aber ich werde für Schwester Luise einen anderen Ort in unserer Anstalt finden, an dem sie ihre Fähigkeiten besser zum Einsatz bringen kann. Überdenken Sie Ihre Entscheidung, und übereilen Sie nichts, Catharine. Am besten, Sie beraten sich gründlich mit Ihrer Schwester.«

Johanne nickte ihr wohlwollend zu.

»Das brauche ich nicht«, sagte Catharine schnell. »Meine Entscheidung steht auch so schon fest. Ich nehme Ihr Angebot an.«

Überrascht wanderte Fliedners Blick von der einen Schwester zur anderen. Johanne hatte ihre Augenbrauen so hochgezogen, dass sie fast im Haaransatz verschwanden. Dann zuckte sie mit den Schultern und seufzte. Der Pastor lächelte und streckte Catharine seine Hand entgegen. »Gott segne Sie, Catharine«, sagte er.

»Amen«, sagte Johanne.

Eine Woche, nachdem Frau Göbel ihre Arbeit wieder aufgenommen hatte, erschien auch Schwester Amalia im Asyl. Die junge Diakonissin, die mehrere Wochen bei ihrer Familie in Münster verbracht hatte, war hübsch und rundlich, mit gesunden roten Backen und einem fröhlichen Lachen. Ein richtiges Landmädchen, dachte Catharine.

»Wie sind Sie denn darauf gekommen, Diakonisse zu werden?«, erkundigte sie sich bei der gemeinsamen Näharbeit und erwartete einen Bericht von Armut und Hunger und Frömmigkeit und dem Diakonissenberuf als letzten Ausweg.

»Ich habe gleich nach der Gründung von Pastor Fliedners Anstalt gehört«, erklärte Amalia. »Damals war ich fünfzehn, aber ich wusste sofort, dass es das Richtige für mich ist. Das und nichts anderes wollte ich. Aber meine Leute ließen mich nicht. Stellen Sie sich vor, sie wollten mich mit einem Bauernburschen verheiraten, auf dass er den Hof übernehme.«

Alles hatten ihre Eltern versucht, um ihre Tochter von ihrem bizarren Berufswunsch abzubringen. Aber Amalia hatte geweint und getobt und gekämpft und schließlich an Fliedner in Kaiserswerth geschrieben. Auf seine Vermittlung hin hatte ihre Familie letztendlich klein beigegeben. »Wenn er nicht gewesen wäre, wär ich heute bereits verheiratet«, meinte sie jetzt schaudernd.

»Aber Sie sind noch so jung«, warf Catharine ein. »Sind Sie sich denn sicher, dass Sie den Diakonissenberuf auch wirklich ein Leben lang ausüben wollen?«

Schwester Amalia wandte ihr das runde Gesicht zu und lachte. »Sie sprechen ja gerade so, als sei ich eine Nonne. Als Diakonisse steht es mir jederzeit frei, zu gehen, falls da draußen doch noch ein Ehemann auf mich wartet.« Dann wurde sie ernst. »Aber nein, nein, ich gehe nicht mehr weg. Ich will nie mehr zurück. Das hier ist mein Leben.«

Jeden Abend sah Catharine Gustav Winkels in der Kirche, dessen große Gestalt im schwarzen Talar den ganzen Altarraum auszufüllen schien. Sie hörte ihm zu, wie er die vertrauten Gebete sprach. Wenn er sie las, klangen sie neu und ungewohnt.

An einem Sonntag im Mai ging sie nach Wittlaer, um sich von ihm zu verabschieden. »Ab übermorgen sind Sie also dann Hilfspfarrer.« Nach dem Kaffee war sie mit Winkels in den Garten getreten, während Tante Nelli sich mit Kopfschmerzen auf ihr Zimmer zurückgezogen hatte und Walter mit seinem Vater verschwunden war.

Winkels nickte nur.

»Der Gedanke an Ihre Zukunft scheint sie nicht eben glücklich zu stimmen«, sagte sie.

»Vielleicht ist es verkehrt«, meinte er, ohne sie anzusehen.

»Dass Sie nach Frankfurt zurückkehren?«, fragte sie. »Wollen Sie lieber hier bei Tante Nelli bleiben?«

Er lachte und zuckte mit den Schultern.

»Oder ist es etwas anderes?«, fragte sie ernst. Er holte sein Messer aus der Tasche und schnitt einen Zweig von einem der Obstbäume ab. Gedankenverloren begann er die Rinde abzuziehen.

»Haben Sie darüber einmal mit Pastor Fliedner gesprochen?«

Winkels schleuderte den Zweig über die Obstwiese. Nach wenigen Metern blieb er in den Ästen eines Kirschbaums hängen.

»Er würde mich ohnehin nicht verstehen.«

Catharine nickte. »Was werden Sie tun?«, fragte sie dann.

»Man wird sehen«, entgegnete Winkels.

Ohne dass es irgendjemand angeordnet hätte, teilten sich die sieben Pfleglinge im Asyl in drei Gruppen auf. Die drei ältesten Frauen, Henriette, Frieda und Johanna, hielten sich an Frau Göbel. Schwester Amalia übernahm Asta und Wilhelmine. Zu Catharines Gruppe gehörten Hedwig Genter, die als Letzte ins Asyl gekommen war, und Magda, die Jüngste. Auch Florine Engel hielt sich an Catharine.

Obwohl diese keine der Frauen noch einmal nach ihrer Vergangenheit gefragt hatte, war ihr von Frau Göbel und Schwester Amalia einiges über die Schicksale zugetragen worden.

Hedwig Genter stammte aus einer Essener Arbeiterfamilie. Der Vater hatte die Familie verlassen, seine Frau und die sieben Kinder hatten nie wieder von ihm gehört. Während die Mutter Trost im Alkohol suchte, landete Hedwig in der Gosse. Mit vierzehn wurde sie das erste Mal bei einem Diebstahl ertappt, mit sechzehn in ein Besserungsheim eingewiesen, wenige Jahre später landete sie wegen wiederholten Raubes im Essener Zuchthaus.

Magda war schon mit dreizehn dem Alkohol verfallen, mit fünfzehn war sie nach einer ihrer Trinkexzesse schwanger geworden, hatte das Kind heimlich geboren und nach der Geburt in den Rhein geworfen. Nach den Jahren im Zuchthaus hatte sie sich die Trinkerei nur bedingt abgewöhnt. »Wenn sie eine Flasche sieht, wird sie schwach«, warnte Frau Göbel Catharine. »Und dann beginnt das Ganze von neuem. Der Herr helfe uns dabei, ihren Geist so zu stärken, dass sie den Verlockungen der Droge standhalten kann.«

Catharine musste oft an das denken, was sie von Johanne über ihre eigene Familie wusste. Auch ihr Vater war ein Trinker gewesen. »Ein Glück, dass du damals nicht auf die schiefe Bahn geraten bist«, sagte sie eines Abends nachdenklich zu Johanne. Sie saßen auf den abgetretenen Steinstufen, die aus der Küche in den Garten führten. In den unkrautüberwucherten Beeten zirpten die Grillen.

»Ein Glück?« Johanne drehte ihr Gesicht in die Abendsonne. »Fliedner ist es gewesen und kein anderer, der mich davon abgehalten hat, so zu werden wie eine deiner Frauen im Asyl. Bevor er kam, war ich nichts, und ohne ihn wäre ich nichts geworden.«

»Du sprichst ja von ihm wie vom Allmächtigen«, sagte Catharine unbehaglich.

Johanne lächelte versonnen, und Catharine spürte, wie ihre Brust unangenehm eng wurde. »Was?«, fragte sie. Aber ihre Schwester antwortete nicht.

Die letzte Augustwoche brachte nach Wochen der Hitze endlich Regen, die lange ersehnte Abkühlung. »Am Schwarzbach sind jetzt die Brombeeren reif«, sagte Catharine beim Frühstück. »Schon gestern sind die Frauen mit Körben losgezogen. Ich kenne eine versteckte Stelle, an der sich die saftigsten Beeren finden. Wie wäre es, wenn heute ein paar von uns losgingen, bevor uns die Vögel die Früchte vor der Nase wegschnappen?«

Katharina Göbel überlegte einen Moment lang. »Ich brauche fünf Frauen für die Wäsche. Zwei müssen mit Schwester Amalia im Garten nach dem Rechten sehen. Nach der langen Hitzeperiode ist es dafür höchste Zeit. Aber es spricht nichts dagegen, dass du mit noch einer anderen zum Beerenpflücken gehst.«

Wen sollte sie mitnehmen? Wilhelmine und Frieda hatten Anfang des Monats das Asyl verlassen, Fliedner hatte ihnen Anstellungen in Haushalten in Elberfeld und Hamm vermittelt. An ihrer Stelle waren Luise Zimmermann und Albertine Hübner aufgenommen worden.

Sie hatte sich schon fast für eine der beiden Neuen entschieden, als ihre Augen auf Florine Engel fielen, die ganz am Tischende saß. Sie wirkte in letzter Zeit so niedergeschlagen, und an den Gesprächen der Frauen beteiligte sie sich kaum noch. Catharine, die sich ihr gegenüber immer noch unsicher fühlte, vermisste dennoch die alte leidenschaftliche, spöttische Florine. Ihr respektloses Benehmen, egal ob sie Katharina Göbel vor sich hatte oder Pastor Fliedner. Als einzige der Frauen hatte sich Florine nie gescheut, ihre Meinung zu sagen, auch wenn sie damit die Ausweisung aus dem Asyl riskiert hatte.

»Ich möchte Fräulein Engel mitnehmen«, sagte sie laut. Einen Moment lang sah Katharina Göbel sie schweigend an. Dann wanderten ihre Augen zu Florine. Schließlich nickte sie. »Nehmt nur genügend große Körbe mit. Auf dass wir alle etwas haben von der Ernte.«

Johanne hätte mir vor allen anderen eine Predigt gehalten, dass ich mich vorsehen sollte, dachte Catharine, während sie und Florine in die sumpfigen Schwarzbachauen einbogen. Mitten in der moorigen Bachlandschaft gab es eine kleine Erhebung mit niedrigen Nadelgehölzen und ein paar Fichten, unter denen die Brombeeren rankten.

»Hmm«, machte Catharine, nachdem sie sich gierig ein paar der süßen Früchte in den Mund gestopft hatte. »Das erinnert mich an früher, als ich mit der alten Frieda in Wittlaer Beeren pflücken war.«

»Nun, dann werde ich am besten keine Früchte essen, denn ich möchte mich nicht erinnern. Das würde mir den Tag gar zu sehr verderben«, murmelte Florine, während sie eine Hand voll Beeren in ihren Korb warf.

Catharine dachte an Fliedners Warnung, nicht in die Frauen zu dringen. Aber dieses Mal hatte Florine das Gespräch begonnen.

»War sie denn so furchtbar, Ihre Kindheit?«, fragte sie leise.

»Furchtbar?« Florine lachte spöttisch. »Mitnichten. Es war die schönste Kindheit, die man sich vorstellen kann. Ein Leben voll Freiheit und Glück.« Sie warf wieder einige Brombeeren in den Korb. »Bis mein Vater starb und meine Mutter diesen Rohling heiratete, der mich nicht schnell genug aus dem Haus treiben konnte. Es ist vorbei, ich will nicht mehr daran denken.«

Die Böden der Körbe begannen sich mit glänzenden schwarzen Beeren zu füllen. Ihre Finger wurden dunkelrot vom Saft der Früchte. Sie pflückten und schwiegen.

»Ich stoße Sie ab«, stellte Florine schließlich mit leiser Stimme fest.

Catharine bog behutsam eine dornige Ranke zur Seite. »Das ist doch auch Ihre Absicht. Sie legen es ja darauf an, mich zu brüskieren.«

»Aber nein!« Florine klang beinahe erschrocken. Sie trat einen Schritt auf Catharine zu und stieß dabei den Beerenkorb um, den sie vor sich abgestellt hatte, sodass sich die Früchte überall auf dem sumpfigen Boden verteilten. Sie verschwendete nicht einmal einen Blick darauf. »Es ist immer und immer dasselbe. Ich zerstöre, was mir gut tut. Ich vertreibe diejenigen, die mir wohl wollen, und ziehe die an, die mich vernichten. Letztendlich werde ich mich damit selbst zugrunde richten.«

Sie brach ab, pflückte wieder ein paar Beeren und wollte sie in ihren Korb werfen, aber sie fielen daneben. Wieder machte sie keine Anstalten, sie aufzuheben.

»Florine«, sagte Catharine und ließ den Zweig, den sie bis jetzt festgehalten hatte, los, sodass er wieder in seine ursprüngliche Position zurückschnellte. »Nun vergessen Sie doch, was hinter Ihnen liegt. Für Frieda und Wilhelmine hat die Geschichte ein gutes Ende genommen, und auch für Sie wird sich etwas auftun. Was gewesen ist, ist gewesen.« Sie zögerte einen Moment lang. »Schauen Sie nach vorn. Und vertrauen Sie auf Gott …«

Florines Lachen war laut und hässlich. Ohne dass sie es bemerkte, trat sie auf die Beeren, die sie vorhin verschüttet hatte, und zerquetschte sie zu einer blauschwarzen glitschigen Masse. »Auf Gott? Auf welchen Gott?«

»Auf den Allmächtigen im Himmel«, entgegnete Catharine und versuchte dabei ihrer Stimme einen festen, sicheren Klang zu geben, obwohl ihr Unbehagen immer größer wurde. »Der alle Menschen liebt und uns von allem Bösen erlöst.«

»Das ist doch nichts als eine Lüge! Sie erzählen dir vom Herrn im Himmel, der dich nach dem Tode aus dem Elend befreit, damit du dich im Diesseits nicht gegen die Zwänge auflehnst, die dich niederdrücken.« Florine streckte ihre geballten Fäuste zum Himmel, als wollte sie Gott herausfordern. »Gefügig wollen sie dich damit machen, sonst nichts.«

Catharine sah sie hilflos an. Mit einem Mal wünschte sie sich, dass Katharina Göbel oder Pastor Fliedner oder Gustav Winkels hier wären oder wenigstens Johanne. Sie alle hätten in ihrer Art das Gespräch schnell wieder ins Gleis gebracht, hätten die richtigen Worte gefunden, um Florines Zweifel zu begegnen. Sie zurückzuführen zum Glauben.

Ihr selbst fiel nichts ein, was sie hätte erwidern können.

Später marschierten sie still und bedrückt zurück nach Kaiserswerth. Kurz bevor sie in die Neue Straße einbogen, drehte sich Florine zu Catharine um.

»Werden Sie Frau Göbel erzählen, worüber wir gesprochen haben?«, fragte sie mit gepresster Stimme.

Catharine zögerte. Frau Göbel hatte ihr vertraut, indem sie sie allein mit Florine hatte losziehen lassen. War es nun nicht auch ihre Pflicht, über alles Bericht zu erstatten?

»Wenn Fliedner erfährt, was ich zu Ihnen gesagt habe, dann lässt er mich meine Sachen packen«, erklärte Florine. Ihre dunklen Augen starrten düster in den Sommerhimmel, als sehe sie dort bereits ihr künftiges Schicksal. »Ein fauliger Apfel verdirbt den ganzen Korb, so sagt er immer. Und in seinen Augen bin ich der faulige Apfel im Asyl.«

»Nun gut«, lenkte Catharine mit einem gewissen Unbehagen

ein. »So werde ich dieses Mal nichts erzählen. Aber Florine, wenn Sie diese furchtbaren Zweifel quälen, dann sollten Sie sich jemandem anvertrauen, der Sie wieder zurück auf den richtigen Weg bringt.« Ihre Stimme zitterte. Sie räusperte sich. »Sprechen Sie mit Frau Göbel, wenn Ihnen Fliedner zu streng und moralisch erscheint.«

Mit einem Ausdruck der Überraschung schaute Florine zu ihr herunter. »Von welchen Zweifeln sprechen Sie?«

»Nun, von den Zweifeln an der Existenz Gottes«, gab Catharine verwirrt zurück.

Florines volle Lippen verzogen sich zu einem kleinen, traurigen Lächeln. »Aber das sind doch keine Zweifel, Catharine. Dass es keinen Gott und kein Jenseits gibt, dessen bin ich mir vollkommen gewiss.«

5

Magda war verschwunden. Nach dem Mittagessen waren sie mit Catharine, Hedwig und Florine zum Asylgarten aufgebrochen. Auf dem Weg dorthin hatte die Siebzehnjährige über Übelkeit und Bauchschmerzen geklagt, worauf Catharine sie allein die paar Schritte bis zum Asyl zurückgeschickt hatte. Aber dort war sie nie eingetroffen.

Ihre Abwesenheit fiel erst gegen Abend auf, als die drei Gartenarbeiterinnen wieder nach Hause kamen.

»Aber auf dem kurzen Stück Weg kann ihr doch schwerlich etwas zugestoßen sein«, meinte Catharine verwirrt.

»Catharine, es ist die eherne Regel des Asyls, dass wir unsere Schutzbefohlenen niemals ohne Aufsicht lassen. Das Böse lauert überall, und ihre Seelen sind schwach und verwundbar.« Die sonst so besonnene Frau Göbel rang die Hände. »Ich werde den Pastor informieren müssen. Oh, wenn nur die gute Frau Fliedner noch am Leben wäre, die hätte die Angelegenheit bestimmt im Guten geregelt.«

»Bitte, Frau Göbel«, flehte Catharine, die ganz bleich geworden war. »Schicken Sie noch nicht nach dem Pastor. Vielleicht gibt es ja eine natürliche Erklärung für Magdas Abwesenheit, und sie taucht gleich wieder auf.«

»Sicherlich gibt es eine natürliche Erklärung«, seufzte Frau Göbel. »Es wird der Alkohol sein, der sie fortgelockt hat.«

»Der Alkohol? Aber in dem halben Jahr, das ich nun im Hause verbracht habe, hat sie niemals auch nur einen Tropfen angerührt. Gewiss hat sie die Sucht doch inzwischen überwunden.«

»Eine solche Sucht überwindet man nicht so leicht.« Katharina Göbel lief mit großen Schritten im Esszimmer auf und ab, während ihr Blick unruhig durch den kahlen Raum flog, als hoffte sie, Magda in irgendeinem der Winkel doch noch zu entdecken. »Magda war sehr jung, als sie mit der lasterhaften Trinkerei begonnen hat. Sie wird mit dem Drang zu dem Teufelszeug ihr Leben lang zu kämpfen haben. Und ich bezweifle, dass sie heute schon stark genug ist, einer Versuchung zu widerstehen.«

»Aber wenn Fliedner von einer Verfehlung erfährt, wird sie aus dem Asyl verwiesen, so sind die Regeln«, rief Catharine erschrocken. »Und im Grunde ist es doch meine Schuld gewesen. Ich hätte Magda jemanden zur Seite stellen müssen, der sie nach Hause bringt. Warum sollte sie also die Strafe für etwas tragen, was sie nicht allein verantwortet?«

Sie schaute die Asylleiterin flehend an. »Bitte, Frau Göbel, haben Sie Erbarmen.«

Frau Göbel zögerte. »Bevor ich irgendetwas verspreche, müssen wir Magda erst einmal finden und zurück ins Asyl bringen.«

»Wir könnten von Wirtshaus zu Wirtshaus gehen, in einer der Kaschemmen werden wir sie schon aufspüren«, meldete sich jetzt Schwester Amalia zu Wort. »Ich für meinen Teil scheue mich nicht, in die Lasterhöhlen einzudringen und Magda herauszuzerren, so ich sie irgendwo entdecke«, meinte sie kampflustig, als sie Frau Göbels zweifelnden Blick bemerkte.

Catharine kam ein anderer Gedanke. »Es ist doch Kirmes in Kaiserswerth. Auf der Wiese am Rheindamm hat das fahrende Volk seine Zelte und Buden aufgeschlagen.«

»Da ist sie hin«, rief Frau Göbel und blieb abrupt stehen. »Aber schlagt es euch gleich aus dem Kopf, ohne ein Mannsbild, das euch begleitet, lasse ich keine von euch dorthin gehen.«

Catharine überlegte fieberhaft. Wer kam auf die Schnelle in Frage? Walter Hamelius hätte ihr sofort geholfen, aber er war in Wittlaer, und das dauerte zu lang. Stefan, der Sohn des Mesners, dachte sie plötzlich. Er war kräftig und gutmütig und wohnte zudem oben an der Wallstraße, er würde sie begleiten.

Sie schlang ihr Tuch um den Kopf und eilte zur Tür. »Ich frage Stefan«, rief sie den beiden anderen Frauen noch zu. »Betet zu Gott, dass wir sie finden!«

Bei den Mesnersleuten war niemand zu Hause. Verzweifelt sah sich Catharine um. Wen konnte sie sonst noch fragen? Es musste jemand sein, bei dem sie sich darauf verlassen konnte, dass er die Sache nicht gleich bei nächster Gelegenheit Fliedner berichtete.

Hinter ihr rumpelte ein Fuhrwagen die Straße entlang. »Catharine«, hörte sie eine fröhliche Männerstimme. »Was machst du denn für ein Gesicht?«

Felix Winter beugte sich vom Bock des Fuhrwerks herunter und grüßte mit der Peitsche.

»Herr Winter!«, rief Catharine, ihre Stimme überschlug sich vor Aufregung und Erleichterung. »Sie schickt der Himmel! Sie müssen mir helfen.«

Sie ließ sich von Felix nach oben helfen und erklärte ihm, was vorgefallen war. »Und nun soll ich auf den Jahrmarkt und die betrunkenen Kerle zu Mus schlagen, die eure Magda entführt haben?«, fragte er.

Sie musste trotz ihrer Nervosität lachen. »Sie sollen sich doch nicht prügeln. Aber Frau Göbel hat mir verboten, auf eigene Faust dorthin zu gehen …«

»… womit sie auch durchaus Recht hat«, fiel ihr Felix Winter ins Wort. »Natürlich helfe ich dir, Catharine. Auf, lass uns keine Zeit verlieren.«

Von der Fährgasse aus sahen sie die bunten Zelte der Kirmes vor dem Rheindamm leuchten. Musik drang zu ihnen herüber, in schwingenden Klängen, mal laut, mal leise, dazwischen Rufe und Gesang. Sie stellten das Fuhrwerk ab und schauten sich ratlos um.

»Also, worauf warten wir noch?«, meinte Catharine mit gespielter Munterkeit, ihr Herz dröhnte lauter als der Jahrmarktslärm.

Sie bahnten sich an den Buden der Schausteller und Drehorgelspieler vorbei einen Weg durch die Menge. An einer Stelle waren Holzbänke und Tische aufgestellt, hier wurde gegessen und getrunken, ein paar Musikanten spielten auf, aber gegen das Geschrei und Gegröle auf den Bänken hatten sie kaum eine Chance. Einzig die schrillen Töne einer Geige drangen durch den Lärm und schraubten sich dünn und unmelodisch in ihr Gehör.

Catharine ließ ihren Blick über die Reihen der Menschen gleiten, alle in einem mehr oder minder schweren Stadium der Trunkenheit. Wie sollten sie hier Magda finden? Wenn sie überhaupt auf der Kirmes war.

»Wir gehen die Tische nacheinander ab«, schlug Winter vor. »Reihe für Reihe.«

Sie quetschten sich zwischen den Bankreihen durch. Links und rechts von ihnen reihte sich Rücken an Rücken. Dicke und schmale, gebeugte und aufrechte. Magda war nicht darunter. »Umsonst«, murmelte Catharine enttäuscht. »Dabei war ich mir so sicher, dass es sie hierher gezogen hat.«

Sie warf Winter einen bedauernden Blick zu. »Nun hab ich Ihnen ganz nutzlos die Zeit gestohlen. Es tut mir Leid.«

Felix Winter rieb sich den Nacken. »Mir tut es Leid, dass wir deinen Schützling nicht aufspüren konnten. Meinetwegen können wir noch einen Gang durch die Kaiserswerther Wirtshäuser tun, vielleicht haben wir da mehr Glück.«

Aber Catharine schüttelte den Kopf. »Es sind derer viel zu viele, und ich darf mich so lange nicht aufhalten, sonst geraten sie im Asyl außer sich. Nein, es gibt wohl keine andere Lösung, als dass wir die Angelegenheit Fliedner melden und er dann seine Konsequenzen zieht.«

»Vielleicht hat er ja ein Einsehen und lässt Gnade vor Recht ergehen«, meinte er.

»In dieser Sache bestimmt nicht. Ich kann von Glück sagen, wenn er mich im Asyl belässt, weil ich doch die Verantwortung für Magda getragen habe. Aber Magda selbst wird wohl gehen müssen. Denn Fliedner sagt, wenn er damit anfängt und einer ein Vergehen durchgehen lässt, dann greift es auf alle über, und die gesamte Disziplin ist dahin.«

Sie senkte den Kopf, doch im selben Moment packte sie Winter so fest an der Schulter, dass sie fast aufgeschrien hätte. »Da hinten!«, stieß er atemlos hervor. »Zwischen beiden Buden da hinten, siehst du die Kleine?«

Catharine starrte in die Richtung, die er ihr zeigte. Dann riss sie die Augen auf. »Das ist sie, das ist Magda!«, rief sie, während sie schon losrannte.

Zwischen zwei Schaustellerbuden taumelte das Mädchen hervor, sie konnte sich kaum noch auf den Beinen halten. Ihren Hut hatte sie verloren, und die Haare hingen wirr und feucht um ihr aufgedunsenes Gesicht. Als Catharine näher kam, erkannte sie, dass Magdas Kleid völlig besudelt war, ihr Rock war zerrissen, und der Saum hing auf den Boden herab. Sie stank nach Schnaps und Erbrochenem.

Als Catharine sie ansprach, schien sie sie gar nicht zu erkennen. »Mir ist nicht wohl«, lallte sie unglücklich.

Catharine legte ihr fassungslos die Hand auf den Arm. »Wir bringen dich jetzt nach Hause, Magda.«

Mitte November kam Fliedner mit einer freudigen Nachricht ins Asyl. »Es hat sich eine Anstellung aufgetan für unser jüngstes Mitglied im Hause«, verkündete er den Frauen, die sich gerade zum Mittagessen niedergelassen hatten. Mit einem feierlichen Ausdruck sah er Magda an, deren Wangen sofort zu glühen begannen. »Kürschnermeister Hengstermann aus Angermund hat sich bereit erklärt, unsere Magda als Dienstmagd in sein Haus zu nehmen.« Sein Blick wurde ernst und eindringlich. »Es ist eine vorbildliche, christliche Familie und ein großes Glück für dich, Magda. An dir liegt es nun, dass du den Kürschner nicht enttäuschst. Ganz zu schweigen von der guten Frau Göbel und allen anderen, die sich so um dich bemüht haben.« Wohlwollend sah er sie an, zuerst Katharina Göbel, dann Schwester Amalia und schließlich Catharine. Eine nach der anderen senkte die Augen. Ein Glück, dass Fliedner keine Gedanken lesen kann, dachte Catharine.

Nur nach langem Zögern hatte sich Frau Göbel nach dem Vorfall auf der Kirmes überzeugen lassen, Magdas Rückfall in die Trunksucht vor Fliedner geheim zu halten. Erst als neben Catharine auch Schwester Amalia inbrünstig um Gnade vor Recht bat, gab sie nach. »Ich bete zu Gott unserem Herrn, dass es kein Fehler ist, den ich hier begehe«, murmelte sie.

»Das Fräulein Catharine hat mich aus dem Verderben errettet«, teilte Magda daraufhin allen im Asyl mit, und ihre Dankbarkeit kannte keine Grenzen. In Catharines Gegenwart benahm sie sich so demütig, so unterwürfig, dass Schwester Amalia sich schon darüber lustig machte.

»Es ist ein Jammer, dass der Pastor Fliedner nichts von der Sache weiß«, spottete sie eines Tages, als sie und Catharine außer Hörweite der anderen waren. »Sonst könnten wir ihn vielleicht davon überzeugen, am Jahrestag von Magdas Errettung den Tag der heiligen Catharine zu feiern, auch wenn wir es ansonsten gar nicht mit dem Heiligenkult haben.«

Es war die Nacht vor Weihnachten. Nach dem Gottesdienst traten die Kirchenbesucher in eine eiskalte Winternacht hinaus. Obwohl noch kein Schnee gefallen war, roch die Luft schon danach, und eine dicke Frostschicht überzog jeden Morgen die Wiesen. Der Kittelbach war seit Wochen zugefroren. Schaudernd wünschten sich die Gemeindemitglieder eine frohe Weihnacht, um sich dann schnell nach Hause in die warmen Stuben zu begeben. Auch Johanne und Catharine wollten sich gerade auf den Heimweg machen, als Felix Winter und seine junge Frau Elfriede zu ihnen traten.

»Ein gesegnetes Fest wünschen wir!«, rief Winter herzlich und schüttelte Johannes Hand so kräftig, als wolle er ihren Arm aus den Schultern reißen. »Und dir auch, Catharine!«

»Habt ihr eure Kinder nicht mitgebracht?«, fragte Johanne.

»Die sind zu Hause in den Betten«, erklärte Elfriede. »Sie sind zu klein für den nächtlichen Ausflug. Und meine Mutter hat sich ihrer erbarmt.«

»Und unsrer auch«, nickte Felix. »Denn es ist eine wahre Erholung, einmal ohne die drei Rangen zur Kirche zu gehen.«

»Wie artig die Fliedner-Kinder sich immer verhalten«, meinte Elfriede. »Wenn die unseren nur halb so aufmerksam und ruhig wären, wollt ich schon zufrieden sein.«

»Vielleicht lässt es ihr Vater ja an der nötigen Strenge mangeln«, sagte Johanne lächelnd.

»Das mag wohl wahr sein«, seufzte Winter. »Was macht die Arbeit im Asyl, Catharine?«, fragte er unvermittelt.

Catharine riss erschrocken die Augen auf. Sie hatte Johanne nichts von ihrem Kirmesabenteuer erzählt, weil ihre Schwester mit Sicherheit darauf bestanden hätte, die Angelegenheit Fliedner zu berichten. Hoffentlich fing Winter jetzt nicht mit der Sache an und verdarb ihr damit den Heiligen Abend.

Aber Winter hatte schon verstanden. »Du hast Recht«, meinte er, obwohl Catharine noch gar nichts gesagt hatte, »an einem Feiertag wie diesem sollte man nicht von den alltäglichen Pflichten reden.« Dann blies er in seine rot gefrorenen Hände. »Nehmt's uns nicht übel, aber wir müssen nach Hause. Diese Kälte ist einfach zu unbarmherzig, und der Weg ist weit.«

Während die Winters zu ihrer Kutsche gingen, schlugen die Schwestern den Heimweg über die Wallstraße ein. »Winter wird nicht übel gefordert von seiner kleinen Familie«, meinte Catharine. »Ich sehe ihn nur noch mit dunklen Ringen unter den Augen.«

»Es kommt noch besser«, lächelte Johanne. »Elfriede hat mir letzte Woche anvertraut, dass wieder ein Kleines unterwegs ist.«

»Der arme Mann«, meinte Catharine mitleidig.

»Er hat es nicht anders gewollt«, erklärte ihre Schwester. Ihre Stimme klang beinahe fröhlich.

Erst am Dreikönigstag fand Fliedner die Zeit, im Asyl zu erscheinen und den Frauen seine besten Wünsche für das neue Jahr 1843 auszusprechen. Lange redete er mit Florine Engel, aber er sprach so leise, dass niemand sonst sie hören konnte. Was Fliedner ihr wohl gesagt hatte, fragte sich Catharine, als er ihr schließlich die Hand schüttelte.

Sie machte sich Sorgen um Florine. Ihre Augen waren leer, der Ausdruck von Spott, der früher in ihnen gelegen hatte, war erloschen. Ihre einst so schöne, seidige Haut wirkte bleich, unter den Augen und an den Schläfen schimmerte sie dunkel, seltsam verbraucht.

Als sie später gemeinsam den Tisch abgeräumt hatten, entdeckte Catharine auf Florines Handinnenflächen dieselben braunroten Male, die sie schon im Sommer gesehen hatte, aber damals hatte sie die Verfärbungen für Beerensaftflecken gehalten. Jetzt hatte sie keine Erklärung dafür.

Sie beschrieb ihrer Schwester die Flecken. »Es ist wie ein böser Ausschlag. Hast du etwas Ähnliches schon gesehen?«

»Allerdings«, sagte Johanne, die gerade plättete. »Und öfter, als mir lieb ist. Wenn ich mich nicht täusche, haben die Diakonissen in der Anstalt mindestens drei akute Fälle in Behandlung.« Sie breitete ein nasses Tuch über einen Blusenkragen und stellte dann das Plätteisen darauf, das bösartig zischte. Hellgrauer Dampf quoll unter der dreieckigen Fläche hervor.

»Aber um was handelt es sich denn?«

Johanne schüttelte den Kopf. »Du weißt doch selbst, was Florine Engel getrieben hat, bevor sie ins Asyl gekommen ist. Kannst du dir denn nicht zusammenreimen, worunter sie leidet?«

»Die französische Krankheit?«, fragte Catharine betroffen. Sie nahm die fertig geplättete Bluse in Empfang, aber anstatt sie zusammenzufalten, hielt sie sie nur fest und starrte Johanne an, die bereits ein neues Kleidungsstück auf dem Plättbrett ausbreitete.

»Ganz recht. Auch Syphilis genannt. Einer ihrer sauberen Liebhaber hat sie damit angesteckt.«

»Endet die Krankheit nicht tödlich?« Das Plätteisen senkte sich wieder zischend auf den Stoff. Die Luft in der Küche war heiß und feucht. »Muss Florine sterben?«

»Wie lange ist sie denn nun schon im Asyl?«

»Seit etwa einem Jahr. Und davor war sie zwei Jahre im Zuchthaus.«

»Also trägt sie die Krankheit seit mindestens drei Jahren in sich. Lange wird sie das nicht mehr geheim halten können. Die Anzeichen werden immer schlimmer werden.«

»Wie geht es denn weiter mit ihr?«

Johanne stellte das Eisen zurück auf den Herd. »Ich bin kein Arzt, wie sollte ich so etwas wissen. Aber ich kann in der Diakonie nachfragen.« Sie schwieg einen Moment lang, während ihre Augen auf dem Korb mit den Wäschestücken ruhten. »Katharina Göbel muss natürlich sofort über die Sache informiert werden.«

Catharine hängte den Rock über eine Stuhllehne und spürte, wie sich ihre Angst von einem Moment zum anderen in Wut verwandelte, die viel leichter zu ertragen war. »Das ist nun wieder dein erster Gedanke! Aber wenn sie erfahren, dass Florine krank ist, werden sie sie nicht fortschicken?«

Johanne runzelte die Stirn. »Nun, Syphilis ist nicht ansteckend, sofern man nicht …« Sie räusperte sich und stemmte sich dabei mit beiden Armen auf das Eisen, als müsse sie den Druck noch verstärken. »Jedenfalls sehe ich keinen Grund, warum man sie aus dem Asyl werfen sollte. Ihre schlimme Vergangenheit ist ja längst bekannt. Außerdem vermute ich, dass Frau Göbel die Male bereits aufgefallen sind. Allerdings wird Florine unter diesen Umständen niemals eine Anstellung finden. Im Gegenteil, bald wird sie selbst der Pflege bedürfen.« Sie sah Catharine an. »Sprich morgen mit Frau Göbel. Sie wird wissen, was zu tun ist.«

Die ganze Nacht tanzten die braunroten Male vor ihren Augen. Aber am nächsten Morgen beschloss sie dennoch, Johannes Rat zu missachten und erst einmal selbst mit Florine zu reden, bevor sie Frau Göbel alles enthüllte. Vielleicht ist es am Ende doch nur ein harmloser Hautausschlag, und die ganze Aufregung ist umsonst, versuchte sie sich wider ihr schlechtes Gefühl zu beruhigen.

Am Nachmittag sollte Catharine einige Arzneien aus der Anstaltsapotheke besorgen, und sie bat Florine, sie zu begleiten. Schweigend ging die große Frau neben ihr her. Es war kalt, und ihr Gesicht war fast vollständig unter dem dunklen Tuch verborgen, das sie um Hals und Kopf geschlungen hatte.

Nach einigen Schritten nahm Catharine ihren ganzen Mut zusammen. »Was meinen Sie, Florine, sollen wir die Schwester in der Apotheke fragen, ob sie nicht auch ein Mittel gegen den garstigen Ausschlag an Ihren Händen hat?«, begann sie so beiläufig wie möglich. Trotz des eisigen Wetters begannen ihre Hände zu schwitzen. Sie strich sie nervös am Rock ab.

Florine setzte einen Fuß vor den anderen, mit hoch erhobenem Kopf, den Blick nach vorn gerichtet. »Florine?«, fragte Catharine nach einer Weile leise. »Haben Sie mich nicht verstanden?«

Jetzt wandte sie ihr den Kopf zu. Die Augen funkelten dunkel aus dem schmalen Spalt, den das Tuch freigab. »Sie wissen doch genau, dass es kein harmloser Hautausschlag ist.«

Die Stimme klang so kalt, dass Catharine ein Schauder über den Rücken lief. Gleich darauf wurde ihr heiß vor Scham. Warum hatte sie nicht sofort offen mit Florine gesprochen?

»Also ist es, wofür ich es hielt«, murmelte sie.

»So?«, meinte Florine spöttisch. »Wofür halten Sie es denn? Sprechen Sie es ruhig aus!«

Catharine blickte sich hastig um, ob sie jemand gehört hatte, aber die Straße war menschenleer. Sie begegnete Florines Blick, der jetzt noch verächtlicher schien.

»Wie lange zeigen sich die Anzeichen der Krankheit schon?« Catharine konnte sich einfach nicht überwinden, das Wort Syphilis in den Mund zu nehmen.

»Im Zuchthaus bildeten sich das erste Mal seltsame Knoten unter meiner Haut. Die anderen Weiber klärten mich rasch auf, was ich mir da eingefangen hatte. Aber ich wollte es nicht wahrhaben. Als die Zeichen nach einiger Zeit wieder verschwanden, hielt ich mich für geheilt. Bis die Syphilis im letzten Sommer erneut zum Ausbruch kam. Im Zuchthaus haben sie mir erklärt: Es ist die Geißel Gottes. Sie trifft dich gnadenlos, macht dich schwächer und schwächer, bis du stirbst. Was für ein erbärmlicher Widersinn, wo ich doch nicht einmal an Gott glaube.«

Catharine suchte ihren Blick, aber die andere hatte ihr Gesicht wieder nach vorn gewandt. »Aber Sie müssen sich doch einem Arzt anvertrauen. Bestimmt gibt es eine Medizin, die zumindest die Auswirkungen der Krankheit lindert, wenn sie sie auch nicht heilen kann.«

»Glauben Sie mir, Catharine, es gibt nichts, was mich von dieser Krankheit befreien könnte. Ein großer Becher Gift, das wäre vermutlich das Beste, was ein Arzt mir verschreiben könnte.«

Catharine blieb erschrocken stehen. »So etwas dürfen Sie nicht sagen, Florine!«

Die andere ging weiter, ohne sich nach ihr umzudrehen.

»Haben Sie denn schon mit Frau Göbel über Ihren Zustand gesprochen?«, fragte Catharine, als sie sie wieder eingeholt hatte.

Florine antwortete nicht. Erst als sie die Apotheke fast schon erreicht hatten, murmelte sie so leise, dass Catharine sie kaum verstehen konnte: »Noch weiß sie nichts. Aber das wird sich ja jetzt ändern.«

Am nächsten Morgen erschien nur Schwester Amalia mit den Zöglingen zur Andacht in der Kirche. Katharina Göbel war krank, schon am Tag vorher hatte sie über Kopfschmerzen geklagt. Catharine war erleichtert, so konnte sie das unangenehme Gespräch noch aufschieben. Aber dann zog Amalia sie ein Stück zur Seite, sodass die anderen Frauen sie nicht hören konnten. »Florine Engel ist weg«, sagte sie leise. »Mit Sack und Pack hat sie sich heute Nacht aus dem Staub gemacht.« Das Blut begann so laut in Catharines Ohren zu rauschen, dass sie Amalias Stimme kaum noch hörte.

Catharine antwortete nicht. Es ist meine Schuld, dachte sie, und der Gedanke hallte in ihrem Kopf wider wie ein Schrei in einem leeren Raum.

Nach dem Frühstück schickten sie Henriette ins Pfarrhaus, um Fliedner zu holen. Er rieb sich mit den Fingern über die Schläfen und schüttelte den Kopf. »Dabei schien sie in letzter Zeit so viel ruhiger und gefestigter. Was ist nur plötzlich in sie gefahren?«

Catharines Hände zitterten so heftig, dass sie sie ineinander falten musste. »Es ist mir zuzuschreiben. Ich habe das verschuldet«, bekannte sie leise.

Er drehte sich zu ihr. »Was sagen Sie da, Catharine?«

Catharine berichtete von den dunklen Malen und von Florines Verzweiflung. Während sie sprach, trat Fliedner ans Fenster.

In der Mitte der zugefrorenen Scheiben war ein kleines Loch aufgetaut, er legte seinen Zeigefinger auf die blanke Stelle wie in eine offene Wunde. »Warum haben Sie die Regelung dieser schwierigen Angelegenheit nicht Frau Göbel überlassen, die gewiss die richtigen Worte gefunden hätte?«, sagte er leise, während er den Frauen den Rücken zukehrte. »Wann werden Sie es endlich lernen, nicht auf eigene Faust zu handeln, sondern sich Ihren Vorgesetzten anzuvertrauen?« Jetzt drehte sich der Pastor um und sah sie an. »Warum sind Sie so anmaßend, Catharine?«

Catharine versuchte den durchdringenden Augen standzuhalten, aber es gelang ihr nicht.

»Was soll denn jetzt geschehen?«, durchbrach Amalias Stimme nach einer Weile die unbarmherzige Stille. »Sollen wir Florine suchen lassen?«

Fliedner schüttelte den Kopf. Wieder wandte er sich um, er starrte auf die Eisblumen am Fenster, als versuche er sich die komplizierten geometrischen Muster einzuprägen. »Dies ist ein Asyl und kein Zuchthaus. Florine Engel ist aus freien Stücken zu uns gekommen, und aus freien Stücken ist sie wieder von uns gegangen. Wenn sie in den nächsten Stunden oder Tagen auftauchen sollte, so will ich mich gerne mit ihr unterhalten und sie gegebenenfalls auch wieder aufnehmen. Mehr können wir nicht tun. Es ist ihre Entscheidung.«

6

In der ersten Märzwoche brachte eine Nachbarin Johanne abends einen Brief von Fliedner, der tagsüber bei ihr abgegeben worden war. »Er schreibt aus Hamburg«, sagte Johanne nach einem Blick auf den Absender.

»Ich dachte, Fliedner steckt in Berlin«, meinte Catharine geistesabwesend. Sie war heute noch später als üblich aus dem Asyl nach Hause gekommen. Katharina Göbel war anhaltend krank, sodass sich Catharine und Schwester Amalia allein um die Zöglinge kümmern mussten. Zu allem Überfluss waren in der letzten Woche noch zwei neue Frauen eingetroffen, die sich nur mit Mühe in den strengen Rhythmus einlebten.

Nach der Sache mit Florine hatte sie erwartet, dass Fliedner sie aus ihrer Stellung entlassen würde. Aber nichts geschah. Über Florine wurde nicht mehr gesprochen, auch im Asyl erwähnte man sie nicht mehr, als wäre sie ein ungezogenes Kind, das Schande über seine Familie gebracht hatte.

Dennoch verging kaum eine Stunde, in der Catharine nicht an sie dachte. In den ersten Nächten nach Florines Verschwinden fand sie keinen Schlaf. Stundenlang wälzte sie sich im Bett, grübelte darüber nach, wo die Kranke stecken mochte. Ob sie wieder ihrer ehemaligen lasterhaften Beschäftigung nachging? Was sollte sie anderes anfangen, sie brauchte schließlich Geld, um zu überleben. Meine Schuld, dachte sie. *Mea maxima culpa.*

Im flackernden Licht der Öllampe begann Johanne zu lesen.

»Was schreibt er denn?«, erkundigte sich Catharine. Zu Fliedners vielfältigen Pflichten und Aufgaben im vergangenen Jahr war noch eine neue Herausforderung gekommen. Der preußische König Friedrich Wilhelm IV. wollte nach dem Muster von

Kaiserswerth ein Mutterhaus für die östlichen Provinzen gründen. Im Februar hatte er den Pastor deshalb schon zum dritten Mal zu sich nach Berlin geordert, um sich von ihm beraten zu lassen.

Gleichzeitig sollten in der Charité, dem königlichen Krankenhaus, Diakonissen eingeführt werden. Schon im Juni würden fünf Kaiserswerther Pflegerinnen eine eigene Abteilung übernehmen, speziell für Frauen mit Geschlechtskrankheiten. Es war das erste Mal, dass Diakonissen in eine staatliche Anstalt gerufen wurden, und Fliedner war voller Freude über das Vertrauen, das ihm der König und seine Gemahlin entgegenbrachten.

»Er erteilt Instruktionen bezüglich des Neubaus«, erwiderte Johanne, ohne die Augen vom Blatt zu heben. »Und er schreibt, dass er nach Hamburg gereist ist, um Amalie Sieveking zu überzeugen, die Leitung der neuen Diakonissenanstalt in Berlin zu übernehmen. Aber sie hat abgelehnt. Das wundert mich wenig, schon als die Kaiserswerther Anstalt gegründet wurde, hat Fliedner ihr die Leitung vergeblich angetragen. Inzwischen sind sieben Jahre vergangen, und Amalie ist schließlich nicht jünger geworden.«

Johanne las weiter, dann faltete sie das Blatt zusammen und schob es zurück in den Umschlag. Sie stand auf, strich ihre Schürze glatt und legte den Briefumschlag, ganz behutsam, als könne er zerbrechen, oben auf das Küchenregal. Danach ging sie zum Fenster und schaute hinaus.

»Was legst du den Brief denn da zu den Tassen?«, fragte Catharine erstaunt. Aber Johanne antwortete nicht. Sie starrte in die dunkle Unendlichkeit vor dem Fenster und schwieg. Nach ein paar Minuten drehte sie sich wieder um und nickte ihrer Schwester zu. »Ich gehe schlafen«, sagte sie ruhig. »Es war ein langer Tag.«

»Was ist denn geschehen?«, fragte Catharine beunruhigt. »Was hat Fliedner denn noch geschrieben, dass du so ernst bist?«

»Nichts Schlimmes, sondern etwas durchaus Erfreuliches. Unser Pastor hat zwar keine Leiterin für die Berliner Anstalt gefunden, aber stattdessen eine neue Frau, die ihm künftig bei seinen Pflichten und Aufgaben zur Seite stehen wird. Karoline Bertheau ist ihr Name. Im Mai wird die Hochzeit sein.«

Am nächsten Morgen war Johanne ausgeglichen und ruhig wie immer. Sie stellte Teller und Tassen auf den Tisch, schnitt Brot und schenkte Kaffee ein. Fliedners Brief erwähnte sie mit keinem Wort. Als sie sich gegenübersaßen, konnte sich Catharine nicht länger zurückhalten. »Was hältst du von seinen Heiratsplänen?«, fragte sie.

»Es ist höchste Zeit, dass sich eine Nachfolgerin für Friederike gefunden hat«, sagte Johanne ruhig. »Die Kinder brauchen eine neue Mutter und die Diakonissenanstalt eine Leiterin.«

Das lässt dich doch nicht kalt, dass er sich wieder eine andere nimmt, dachte Catharine. Aber das Gesicht ihrer Schwester verriet nichts, sie hielt die Augen auf den Teller gesenkt und strich ihr Brot.

Sie war so beherrscht, es war – unmenschlich. Catharine hatte plötzlich das unwiderstehliche Bedürfnis, die kühle Fassade aufzureißen, um zu sehen, was sich dahinter verbarg.

»Danach habe ich dich nicht gefragt. *Du* – was hältst *du* davon, das wollte ich wissen.«

Johanne legte ihr Messer behutsam neben den Teller. »Hast du mit Nelli über mich und Fliedner gesprochen? Was hat sie dir erzählt?«

»Nun, vieles von dem, was du mir die ganze Zeit verschwiegen hast.«

»Dann weißt du ja, dass ich mich damals gegen eine Ehe mit Fliedner entschieden habe. Und du müsstest mich inzwischen gut genug kennen, um zu wissen, dass ich zu meinen Entscheidungen stehe.«

»Aber es macht dich nicht froh«, sagte Catharine. »Du liebst ihn noch immer. Stimmt es nicht?«

Johanne stützte die Ellbogen auf den Tisch auf und legte das Kinn in die Hände. »Wenige Wochen vor Friederikes Tod hat er ihr einen Brief zugesandt«, begann sie dann zusammenhanglos, als habe sie Catharines Frage nicht gehört. »Friederike zeigte ihn mir, weil es darin auch um die Ausbauarbeiten ging. Bei der Regelung einer Vertragssache sollte ich ihr behilflich sein, und im Zuge dessen kam ich nicht umhin, das ganze Schreiben zu lesen. Er schrieb nur von ihren Pflichten, ermahnte sie, nur ja dies und das zu bedenken, richtete die besten Grüße an die kranken Schwestern. Für sie selbst hatte er kein Wort der Zuwendung. Nicht einmal ihren Geburtstag erwähnte er. Nach allem, was sie durchgemacht hatte …« Sie brach ab und schüttelte verständnislos den Kopf.

»Natürlich liebe ich ihn«, fuhr sie dann leise fort. »Ich werde ihn immer lieben. Aber er hätte mich erdrückt, wie er Friederike erdrückt hat.«

»Weil er nicht lieben kann«, sagte Catharine, aber Johanne schüttelte den Kopf.

»Er ist erfüllt von Liebe. Von einer einzigen, übermächtigen Liebe zu Gott, hinter der alles andere zurücksteht. Friederike. Seine Kinder«, sie fegte ein paar Brotkrumen vom Tisch, fing sie in ihrer hohlen Hand auf und betrachtete sie nachdenklich. »Und auch ich.«

Am 29. Mai 1843 heiratete Theodor Fliedner in St. Georg in Hamburg Karoline Bertheau, die ehemalige Oberwärterin des Hamburger Krankenhauses. Schon zwei Tage später machten sich die frisch Vermählten auf nach Lübeck, wo Fliedner einen Vortrag halten musste. Dann ging es weiter nach Berlin, hier empfing Karoline die aus Kaiserswerth eingetroffenen Schwestern und führte sie in der Charité ein. Anschließend reisten sie nach Dresden, Frankfurt, Kreuznach, Saarbrücken. In Worms verhandelte Fliedner über die Übernahme eines neuen Hospitals, dazwischen lag ein Besuch bei Fliedners Mutter und seiner Schwester Käthe in Wiesbaden.

Diese schrieb Johanne voller Anerkennung von der starken Persönlichkeit ihrer neuen Schwägerin. »Eine starke Persönlichkeit«, spottete Catharine, nachdem Johanne ihr den Brief vorgelesen hatte. »Die wird sie auch brauchen können. Zumindest weiß die neue Frau Fliedner nach dieser Hochzeitsreise ganz genau, was sie in Kaiserswerth erwartet: Arbeit und Pflichterfüllung.«

»Käthe lädt mich ein, sie wieder einmal in Wiesbaden zu besuchen«, meinte Johanne nachdenklich.

»Und?«, fragte Catharine. »Wirst du fahren?«

»Im Juli ist es, glaube ich, eine gute Zeit«, meinte Johanne unverbindlich.

Eine gute Zeit, um dem Pastor und seinem neuen Eheglück erst einmal aus dem Weg zu gehen, dachte Catharine.

Die Diakonissen erwarteten ihre neue Mutter mit großer Neugier und noch viel größerer Skepsis. Würde die elf Jahre jüngere Karoline ihre Vorgängerin Friederike ersetzen können, die nach ihrem Tod für die Allgemeinheit zu einer Art Heiligen geworden war?

Bei der Begrüßung schlug sie sich bestens. Würdevoll stand die 31-jährige neben ihrem Ehemann, der sie an Körpergröße nur um wenige Zentimeter übertraf. Sie trug Diakonissentracht, das Sonntagskleid aus dunkelblauem Merino mit schwarzem Halstuch und Schürze und die übliche blütenweiße Rüschenhaube, ihr glattes braunes Haar teilte in der Kopfmitte eine messerscharfe Scheitellinie. Den schönen, ebenmäßigen Gesichtszügen verliehen die leicht hervorstehenden Augen etwas Inbrünstiges.

Nacheinander stellten sich die einzelnen Schwestern und

Mitarbeiter bei ihr vor, ernst und freundlich schüttelte sie die Hände. Es würde mich nicht wundern, wenn sie sich die zahlreichen Namen sogar merkt, dachte Catharine, die als Mitarbeiterin des Asyls zum offiziellen Empfang in der Diakonissenanstalt geladen worden war. Die Hamburgerin wirkte so erfahren und geschickt im Umgang mit Menschen. Nicht zu distanziert, aber auch nicht zu freundlich. Kein Zweifel, Fliedner hatte eine perfekte Wahl getroffen.

»Wie findest du sie?«, fragte sie Johanne auf dem Nachhauseweg.

»Beeindruckend«, nickte die Schwester. »Sie ist wie für das Amt der Diakonissenmutter geboren. Fliedner kann sich glücklich schätzen.«

Catharine zählte ihre Schritte. Noch zehn bis zur Ecke, fünfzig bis zum Metzgersladen, zwanzig bis zu dem Haus mit den roten Läden. Und dreißig bis nach Hause. Sie war so müde. Walter hatte sie am Abend zuvor zum Tanz ausgeführt, und sie waren erst am frühen Morgen zurückgekehrt. Aber schon nach zwei Stunden hatte sie der Wecker aus dem Schlaf gerissen, und bis jetzt hatte sie gearbeitet. Im Asyl waren sie neuerdings nur noch zu zweit, seit Katharina Göbel Kaiserswerth verlassen hatte. Ihr Gesundheitszustand war in den letzten Monaten immer schlechter geworden, sodass sie sich, wenn auch nach langem Zögern, entschlossen hatte, in ihre Heimatstadt Braunfels zurückzugehen. Schwester Amalia hatte danach die Leitung des Asyls übernommen.

Vierunddreißig, fünfunddreißig, sechsunddreißig … Ihre Füße waren schwer wie Blei, die Straße zog sich immer länger. Ein schnelles Abendbrot und dann ins Bett.

Plötzlich trat eine kleine Gestalt aus dem Schatten eines Hauseingangs und verstellte ihr den Weg. Erschrocken hielt Catharine inne.

»Verzeihen Sie mir vielmals, wenn ich Sie erschreckt habe, Fräulein Catharine. Aber ich wusste mir keinen anderen Rat, als Sie hier abzufangen.« Die Stimme klang schüchtern und ängstlich. Seltsam vertraut.

»Magda! Um Gottes willen, wissen denn deine Herrschaften, dass du hier bist?«

In den Monaten, in denen sie sie nicht gesehen hatte, war Magdas Gesicht noch runder geworden, die Backen rot und gesund, die Augen riesig. Trotz der sommerlichen Temperatur hatte sie ein riesiges Tuch um ihren Körper geschlungen, das sie fröstelnd über der Brust zusammenhielt.

»Was ist denn geschehen?«, fragte Catharine sanft. Magda brach sofort in Tränen aus.

»Ich weiß ja nun, dass es nicht richtig gewesen ist, was ich damals getan habe. Dafür hab ich ja auch im Zuchthaus gesessen und habe Buße getan. Und der Herr Pastor hat immer gesagt, dass man seine Sünden, so man sie denn begangen hat, gestehen muss, damit einem der Herr Jesus vergibt, aber wenn ich nun alles gestehe, dann schicken meine Herrschaften mich ganz gewiss fort, und es gibt dann keinen Ort mehr, an den ich gehen kann.« Magda schluchzte laut und haltlos. »Da hab ich bei mir gedacht, das Fräulein Catharine hat doch das beste Herz von allen, und bestimmt wird sie mich in ihrer Seelengüte nicht abweisen, wenn ich sie um Hilfe anflehe.«

»Wovon redest du?« Catharine verstand kein Wort.

»Von jenem Unglückstag auf der Kirmes, da ist es passiert«, stammelte Magda. »Und heute Morgen, als die Schmerzen anfingen, bin ich hinaus in den Stall, und keiner hat etwas gemerkt. Ich hab es den ganzen Tag draußen im Waschhaus versteckt, aber lange kann es doch nicht mehr geheim bleiben.«

Das Mädchen schlug ihr Umschlagtuch zurück und zeigte Catharine das winzige Neugeborene, das sie darunter verborgen hatte.

»Um Himmels willen!«

Magda wischte sich mit dem Handrücken die Tränen aus dem Gesicht. »Was soll ich denn nun damit anfangen?«, fragte sie. Ihre Stimme klang beinahe anklagend.

»Kannst du dich deinen Leuten denn nicht anvertrauen?«

Aber Magda schüttelte so entsetzt den Kopf, als habe sie ihr etwas Unsittliches vorgeschlagen. »Eher gehe ich mit dem Kind ins Wasser«, verkündete sie entschlossen. »Und auch wenn Sie dem Pastor ein Sterbenswörtchen verraten. Ich schwöre es bei Gott dem Allmächtigen. Wenn der Pastor davon erfährt, dann …«

»Er wird nichts erfahren.« Catharine fasste das Mädchen am Arm und spürte, wie sie zitterte. »Aber was hast du dir denn gedacht, was ich mit dem Kleinen machen soll?«

»Ich weiß nicht. Ich weiß es nicht.«

»Was ist es denn überhaupt? Ein Junge oder ein Mädchen?«

»Ein Mädchen, wenn ich es richtig gesehen habe«, entgegnete Magda gleichgültig. »Ich hab es in eines der alten Tücher gewickelt, die die Herrin zur Seite getan hat. Hoffentlich bemerkt sie nichts.« Wieder füllten sich ihre Augen mit Tränen.

Die Kleine muss hungrig und nass sein, wenn Magda sie den ganzen Tag unbeachtet im Waschhaus gelassen hatte, dachte Catharine. »Gib sie mir einmal«, sagte sie leise.

Erleichtert reichte ihr Magda das kleine Bündel. Das Kind war kaum schwerer als ein Laib Brot. Als Catharine das Tuch zurückschlug, um es zu betrachten, verzog sich das runzelige, rote Gesicht. Die Kleine wimmerte schwach. »Wie soll sie denn heißen?«, flüsterte Catharine.

Magda zuckte hilflos mit den Schultern. »Ich muss los, ehe der Herrschaft meine Abwesenheit auffällt«, sagte sie dann hastig. »Bitte, Fräulein Catharine, Sie wissen bestimmt, was zu tun ist. Und verraten Sie mich nicht an den Pastor, sonst ist es aus und vorbei mit mir.«

Sie warf Catharine noch einen flehenden Blick zu, dann eilte sie in Richtung Marktplatz davon.

Catharine schaute ihr nach. Das durchlöcherte Leinentuch, in das das kleine Mädchen eingewickelt war, fühlte sich kalt und nass an. Jetzt begann sich das kleine Wesen in ihren Armen schwach zu bewegen. Vorsichtig zog sie es enger an sich.

Sophie Münster, die Schwester der verstorbenen Friederike, die der Pfarrersfamilie auch nach der Ankunft der neuen Pastorin noch zur Hand ging, musterte Catharine aus kühlen grauen Augen. Sie hielt das Neugeborene unter einem großen Umschlagtuch verborgen, um sich vor neugierigen Blicken und Fragen zu schützen. Plötzlich hatte sie das Gefühl, dass sie den warmen Atem des Kindes durch ihr Kleid hindurch spüren konnte. Wie eine flaumige Feder, die ihren Leib berührte.

»Sie sind doch aus dem Asyl«, sagte Sophie. »Ist etwas geschehen dort?«

»Nein, dort ist alles in Ordnung. Ich muss mit dem Pastor sprechen. Oder mit seiner Frau. Catharine ist mein Name«, sagte Catharine leise. »Es ist wirklich von großer Wichtigkeit.«

»Bitte.« Endlich trat Sophie Münster einen Schritt zur Seite und ließ sie eintreten.

Über die kleine Diele traten sie links in einen großen Wohnraum. Vor dem Fenster zur Straße hin stand eine einfache Holzbank, davor ein kleines Tischchen mit einer Bibel und vor der weißen Wand ein abgewetzter Ohrensessel. Darüber hing ein goldgerahmtes Porträt der verstorbenen Friederike Fliedner. Auf der Zeichnung trug sie ein weißes Spitzenhäubchen, an dem ein schwarzer Flor befestigt war, und blickte ernst auf Catharine herab. Als trauerte sie um sich selbst, dachte sie. Schnell wandte sie den Blick ab.

Im hinteren Bereich des Raumes befand sich ein langer, schmaler Holztisch, auf dem zwei Öllampen standen, um ihn herum viele unterschiedliche Stühle. Das Bildnis einer älteren Dame, die recht verzagt aussah, und ein schlichtes Holzkreuz waren der einzige Wandschmuck.

Durch eine Tür, die vermutlich zur Küche führte, kam Karoline Fliedner in den Raum. Lächelnd streckte sie Catharine die Hand entgegen. »Fräulein König. Was führt sie so spät noch zu uns?«

Sie hat tatsächlich meinen Namen behalten, dachte Catharine jetzt beeindruckt. Statt auf Karolines Frage zu antworten, schlug sie einfach das Umschlagtuch zurück und zeigte ihr das Kind. Im selben Moment öffnete das Neugeborene die Augen und musterte die beiden Frauen mit einem ernsten, klugen, tiefblauen Blick.

Mit einem Mal verloren sich alle Strenge und Wachsamkeit, die sonst in Karolines Zügen lagen. Voller Verzückung beugte sie sich über die Kleine. »Es ist gerade mal ein paar Stunden alt«, flüsterte sie.

»Es ist ein Mädchen. Sie ist heute Morgen geboren«, erklärte Catharine ebenso leise.

Karolines Augen musterten Catharine, ihre schlanke Figur. »Aber nicht von Ihnen?«

Catharine musste unwillkürlich lächeln. »Nein, nein. Aber ich habe geschworen, den Namen der Mutter nicht zu verraten.«

Frau Fliedner senkte den Blick wieder auf das Neugeborene und schien zu überlegen. »Ich möchte Ihnen einen Vorschlag machen, Fräulein König«, sagte sie schließlich. »Ich werde mich jetzt um dieses kleine Würmchen kümmern. Es wird sicherlich hungrig sein und neuer Windeln bedürfen. Danach werden wir im Waisenhaus ein Bettchen finden. Und Sie reden derweilen mit meinem Mann, der sicherlich Verständnis haben wird, wenn ich ihn aus diesem Anlass in seinen Studien unterbreche.«

»Aber den Namen der Mutter kann ich nicht sagen«, beharrte Catharine.

Karoline nahm die Kleine aus Catharines Armen, hob sie hoch und küsste sie auf die winzigen, roten Wangen.

»Willkommen, du kleiner Engel«, murmelte sie so leise, dass Catharine sie kaum verstand. »Wo immer du auch herkommen magst.«

Der Pastor hatte seinen Stuhl ein Stück von seinem überladenen Schreibtisch abgerückt, sodass Catharine ihm genau gegenübersitzen konnte. Nachdem sie ihm kurz berichtet hatte, was vorgefallen war, betrachtete er sie eine ganze Zeit lang schweigend.

»Ich weiß wohl, dass Sie es missbilligen«, begann sie sich zu verteidigen, obwohl Fliedner noch gar nichts gesagt hatte. »Aber ich kann Ihnen den Namen der Mutter nicht preisgeben, denn ich habe ihr geschworen, ihr Geheimnis zu schützen. Im Übrigen ist das Kind nun in Sicherheit, und das ist nun wirklich das Wichtigste …«

Er hob eine Hand, woraufhin sie verwirrt abbrach. »Selbstverständlich können Sie mir den Namen nicht sagen, wenn Sie dies geschworen haben«, sagte er einfach.

Sie klappte ihren Mund zu. »Halten Sie mich für einen Unmenschen, Catharine?«, fragte er ernst. »Meinen Sie nicht, dass auch mir das Wohl des Kindes vor allem anderen am Herzen liegt? Hatten Sie erwartet, dass ich das Geheimnis aus Ihnen herauspressen würde?«

Gewissermaßen, dachte Catharine. Aber statt den Gedanken auszusprechen, schüttelte sie nur schweigend den Kopf.

»Nun, in jedem Falle bin ich froh, dass Sie sich mir und meiner Frau anvertraut haben, anstatt zu versuchen, das Kind heimlich und auf eigene Faust großzuziehen«, in Fliedners Stimme schwang Sarkasmus mit. »Immerhin lässt das erkennen, dass Sie zumindest mitunter Ihre eigenen Grenzen spüren und die Hilfe anderer in Anspruch nehmen.«

Sie biss sich auf die Lippen und senkte die Augen. Wie sie diese Moralpredigten hasste!

»Ich halte große Stücke auf Sie, Catharine«, fuhr Fliedner in einem milderen Ton fort. »Sie sind warmherzig, tüchtig, und darüber hinaus zeichnen Sie sich durch Klugheit aus.« Dann wurden seine Lippen wieder schmal. »Aber es mangelt Ihnen in einem, und als Ihr Seelsorger werde ich nicht müde werden, Sie wieder und wieder darauf hinzuweisen.«

Er verstummte und wartete so lange ab, bis sie den Kopf hob und ihn ansah. »Demut«, sagte er dann leise und eindringlich. »Demut vor denjenigen, die erfahrener sind als Sie, die Sie anleiten können in Ihrer Arbeit und stärken in Ihrem Glauben. Demut vor Christus dem Allmächtigen, unserem Herrn.«

Einen Moment lang brannten sich seine hellblauen Augen in ihre Haut. Dann, noch ehe sie etwas entgegnen konnte, erhob er sich. Er ging zum Fenster und blickte auf die Straße hinaus. Catharine merkte, wie die Erschöpfung wieder in ihr hochstieg, von ihr Besitz ergriff und sie dann nach unten zog. Sie rieb sich die Augen und gähnte verstohlen. Wenn er nicht bald weitersprach, würde sie hier auf dem Stuhl einschlafen.

Fliedner räusperte sich, als habe sie ihre Gedanken laut ausgesprochen. »Falls die Mutter des Kindes mit einer ansteckenden Krankheit behaftet ist, so birgt dies auch Gefahr für die Gesundheit des Neugeborenen«, sagte er wie beiläufig. »Wenn Ihnen also ein solches bekannt ist, zögern Sie bitte nicht, meiner Frau davon mitzuteilen, damit sie geeignete Vorkehrungen treffen kann.«

Seine Stimme drang durch die Nebelschwaden ihrer Müdigkeit. Einen Moment lang wusste sie nicht, was er meinte. Dann begriff sie. Fliedner sprach von Florine Engel. »Sofern ich weiß, ist die Mutter gesund«, sagte sie leise.

Er nickte kurz und setzte sich dann wieder an seinen Schreibtisch. Das Gespräch war beendet. Catharine stand erleichtert auf und ging zur Tür. »Einen Moment noch«, hielt Fliedner sie zurück, als sie den Raum fast schon verlassen hatte. »Sie haben das Kind zu uns gebracht. Also liegt es auch an Ihnen, die Patenschaft zu übernehmen, wenn Sie das möchten. Und sofern die leibliche Mutter nicht über einen anderen Namen verfügt hat, schlage ich vor, das Kind auf den Ihren zu taufen.«

Catharine lächelte. »Die Patenschaft übernehme ich von Herzen gerne«, antwortete sie. »Aber die Kleine soll nicht nach mir genannt werden. Ich möchte, dass sie Magdalena heißt.«

Er nickte wieder. Langsam und nachdenklich. »Magdalena«, wiederholte er. »So sei es.«

7

Catharine hastete über den Markt zum Asyl. Es war ein trüber, nasser Montagmorgen, und sie hatte verschlafen. Ohne Frühstück war sie aus dem Haus gerannt, aber dennoch war es zu spät, sie würde es nicht mehr rechtzeitig zur Andacht schaffen. Mit einem wenig damenhaften Sprung setzte sie über eine riesige Pfütze, die sich auf dem schadhaften Pflaster gebildet hatte, und landete so ungeschickt, dass sie auf dem glitschigen Boden ausrutschte. Im letzten Moment konnte sie sich wenigstens noch mit den Händen abfangen, trotzdem war ihr Rock voller Schneematsch und Lehm. Am liebsten hätte sie laut geflucht wie die Frauen im Asyl, wenn ihnen ein Missgeschick passierte. Stattdessen wischte sie sich die Finger an der ohnehin schon schmutzigen Schürze ab und eilte weiter.

Es war nasskalt und unerträglich im Asyl, das mit zehn Pfleglingen zurzeit so voll war wie nie zuvor. Die Kälte zwang die Frauen, den ganzen Tag in den warmen Räumen zu bleiben, Stunde um Stunde hockten sie aufeinander. Ihre Gereiztheit entlud sich in immer heftigeren Auseinandersetzungen. Am Ende der Woche war Catharine so erschöpft von den ständigen Streitereien, dass sie nur noch ihre Ruhe wollte.

Trotz aller Arbeit fand Catharine mehrmals am Tag die Zeit, ihr kleines Patenkind zu besuchen. Das Waisenhaus lag direkt neben dem Asyl, sodass sie zwischendurch immer wieder hinüberhuschen konnte. Sieben Monate war die Kleine nun schon alt, und Catharine fand, dass sie mit jedem Tag hübscher wurde. Oft fragte sie sich, ob Fliedner ahnte, dass sie das Mädchen nicht etwa nach der reuigen Sünderin im Neuen Testament benannt hatte, sondern nach ihrer unglücklichen Mutter. In jedem Falle stand er zu seinem Wort und drängte Catharine niemals, das Geheimnis um Magdalenas Herkunft preiszugeben.

Seit Weihnachten nahm sie die Kleine auch oft mit ins Asyl. Für die Frauen war das fröhliche Kind eine willkommene Abwechslung, und sie stritten sich richtiggehend darum, wer sich mit Magdalena beschäftigen durfte. Und auch die Kleine genoss die geballte Aufmerksamkeit der Erwachsenen, diesen Konkurrenzkampf um ihre Gunst. Nur Schwester Ilse, die dem Waisenhaus vorstand, sah die Ausflüge ins Nachbarhaus nicht gerne, aber Catharine ignorierte sie einfach.

Eines Sonntags nach der Kirche trat die Diakonisse zu ihr hin, gerade in dem Moment, in dem Fliedner die Treppe vor der Kirche herunterging und jedes ihrer Worte hören musste. »Es ist nicht recht, ein so kleines Kind immerzu aus seiner gewohnten Umgebung zu reißen und es dem verderblichen Einfluss so schlimmer Frauen auszusetzen«, warf sie Catharine mit ihrer lauten Stimme vor, wobei sie laut schnaufte und die Hände hob, als habe Catharine sie angegriffen. Catharine war so verblüfft über die unerwartete Attacke, dass sie keine Worte fand.

Der Pastor dagegen reagierte ohne Zögern. Mit schnellen Schritten war er bei ihnen und trat so dicht an die Schwester heran, dass sie überrascht ein Stück zurückwich.

»Jesus sprach zu den Männern, welche die Ehebrecherin zu ihm führten: Wer unter euch ohne Sünde ist, der werfe den ersten Stein«, sagte er leise und streng.

Die Schwester blinzelte verständnislos unter ihrer Diakonissenhaube hervor. »Unser Herr hat die Sünder nicht verdammt«, fuhr er fort. »Und wenn unser Herr es nicht tut, so sollten auch Sie ihnen gnädig sein, Schwester Ilse.«

Die Diakonissin nickte, während sich ihr Gesicht langsam rot färbte, vom Kinn über die Wangen bis zu den Schläfen. Mit einer fahrigen Hand fuhr sie sich über den Mund. Fliedner drehte sich ohne ein weiteres Wort um und ging hinüber zum Pfarrhaus, sein Gesicht ruhig und gefasst, als wäre nichts geschehen.

Heute war der Platz vor der Kirche leer, als Catharine die Neue Straße entlanggerannt kam. Offensichtlich hatte sie sich so verspätet, dass Schwester Amalia mit den Asylfrauen schon ohne sie hineingegangen war. Nur noch zwei Gestalten standen oben auf der Treppe vor der Kirchentür. Catharine stöhnte leise, als sie die kleinere der beiden erkannte. Fliedner. Ausgerechnet heute musste er die Andacht übernehmen, die sonst der neue Hilfsgeistliche Stricker abhielt. Ausgerechnet heute, wo sie zu spät und völlig verdreckt hier auftauchte.

Sei's drum, dachte Catharine trotzig. Mit gesenktem Blick hastete sie die Stufen hoch.

Oben angekommen, hob sie den Kopf und versuchte ein unschuldiges Lächeln. Fliedners Augen hefteten sich auf ihren lehmverschmierten Rock, dann sah er sie an. »Fräulein König«, bemerkte er, als habe er sie jetzt erst erkannt. »Wir hatten Sie schon aufgegeben.«

Wir hatten Sie schon aufgegeben! Als ob ihr die ewige Verdammnis drohte, nur weil sie einmal verschlafen hatte! Catharine biss sich auf die Lippen. »Ich wünsche gleichfalls einen guten Morgen«, sagte sie dann schnippisch.

»Sie sehen ja gerade so aus, als hätten sie schon ein erfrischendes Bad im Rhein genommen«, meldete sich nun auch der andere Mann zu Wort.

Spott war das Letzte, was sie jetzt ertragen konnte. Wütend funkelte Catharine den unverschämten Herrn an. Dann erkannte sie ihn, und ihr Zorn verwandelte sich in Überraschung. »Herr Winkels! Sind Sie wieder zu Besuch in Wittlaer?«

Gustav Winkels hatte sich nicht verändert. Er hatte noch immer die Konstitution und Gesichtsfarbe eines Landarbeiters. Sein schwarzer Talar und der weiße Kragen mit den gespaltenen

Enden standen in einem eigentümlichen Gegensatz zu seinen breiten Schultern und muskulösen Armen. Er sah aus, als habe er sich verkleidet.

Auf Catharines Frage hin zogen sich seine weißblonden Brauen zusammen. »Nein, dieses Mal waren Pastor Fliedner und seine Frau so freundlich, mir im Pfarrhaus Logis zu gewähren.«

»Da wird Tante Nelli aber traurig sein«, sagte Catharine mit gespielter Betroffenheit.

»Werden Sie heute Morgen gemeinsam die Andacht halten?«, fragte sie dann.

»Ganz richtig«, nickte Winkels.

»Wir sollten beginnen«, mischte sich nun auch Fliedner wieder ein. »Nach Fräulein Königs Erscheinen ist erfahrungsgemäß mit keinem weiteren Besucher zu rechnen.«

Nach der Andacht trat Gustav Winkels noch einmal zu Catharine. »Am nächsten Wochenende muss ich wohl oder übel nach Wittlaer, um meiner rheinischen Verwandtschaft einen Höflichkeitsbesuch abzustatten«, begann er. »Es wäre schön, wenn Sie die Zeit fänden, mich zu begleiten. Ich kann Ihnen zwar keinen Wagen anbieten, aber wir könnten den Fußmarsch nach Wittlaer gemeinsam unternehmen.«

»Und Sie würden sich dort nicht so verloren vorkommen«, ergänzte Catharine lachend. »Ja, sicher, ich komme gerne mit. Es ist ohnehin an der Zeit, dass ich mich wieder einmal bei den Hamelius blicken lasse.«

»Was macht Ihre Pfarrstelle in Frankfurt?«, erkundigte sie sich dann. Winkels kratzte sich den blonden Vollbart. »Sie ruht. Ich habe mich für ein Jahr beurlauben lassen. Bevor ich Pastor werde, möchte ich mich studienhalber noch einmal in allen deutschen Landen umtun. Pastor Fliedner hat mir dankenswerterweise angeboten, einige Wochen in Kaiserswerth zu bleiben, um sein diakonisches Werk noch gründlicher kennen zu lernen, als ich das vor zwei Jahren schon getan habe. Auch möchte ich die Gelegenheit nutzen, die Rettungsanstalt von Graf von der Recke in Düsselthal zu besuchen.«

»Wussten Sie, dass Friederike, die erste Frau des Pastors, einst dort Lehrerin gewesen ist?«, erkundigte sich Catharine.

Winkels nickte. »Und wie es die Fügung will, ist seine neue Frau Karoline mit Johann Wichern, dem Begründer des Rauhen Hauses in Hamburg, bekannt. Im Anschluss an meine Zeit in Kaiserswerth möchte ich mich dort einmal umsehen.«

»Fliedner selbst hat Wichern im vergangenen Jahr in Hamburg besucht«, wusste Catharine von Johanne. »Aber das hat er Ihnen gewiss schon selbst berichtet.«

Er nickte wieder. »Und Sie selbst sind also immer noch im Asyl tätig?«, wechselte er nun das Thema.

»Das stimmt«, sagte Catharine. »Wenn Sie die Zeit dazu finden, dann statten Sie uns in den nächsten Tagen doch einen Besuch ab. Vielleicht lässt Sie Fliedner ja sogar das eine oder andere Mal den Bibelunterricht für die Frauen übernehmen. Pastor Stricker, der die Frauen seit November an Fliedners Stelle unterweist, ist ein wackerer Mann, aber seine langsame Art macht den Unterricht zu einer recht öden Sache.«

Gustav Winkels lachte.

»Ich verstehe«, sagte er dann. »Nun, man wird sehen, was sich machen lässt.«

Am Sonntagmorgen nach dem Gottesdienst wanderten Gustav Winkels und Catharine wie verabredet nach Wittlaer. Es war ein klarer, sonniger Tag, und alles schien von innen heraus zu strahlen, die Bäume, die ihre kahlen Äste in den blauen Winterhimmel reckten, die blassgrünen Wiesen, sogar die grauschwarzen Schneereste am Straßenrand. Catharine atmete die frische Luft ein, die schon ein wenig nach Frühling roch, während Winkels von der neuen Ausbildungsstätte für männliche Diakone erzählte, die Fliedner und Wichern gemeinsam geplant hatten und die noch in diesem Jahr in Duisburg eröffnet werden sollte. »Das Haus dazu hat Fliedner schon ausgesucht, und wenn alles gut geht, so will er es Ende des Monats erwerben.«

»Noch eine neue Anstalt«, meinte Catharine beeindruckt. »Hat er denn noch nicht genug Einrichtungen ins Leben gerufen?«

»Ja, es ist kaum zu glauben«, bestätigte Winkels. »So viel Fliedner auch schon erreicht hat, er gibt sich doch nie damit zufrieden, sondern hat immer neue Pläne und Ziele. Und dennoch ...«, er brach den Satz ab und schüttelte den massigen Schädel.

Catharine betrachtete ihn von der Seite. Sein Bart verbarg die Gesichtszüge, sodass seine Miene nur schwer zu deuten war. Sie schwieg und wartete darauf, dass er weiterredete. Im Vorübergehen hatte er einen morschen Ast von einem Baum gebrochen und hieb damit auf ein paar dürre Gräser ein, die am Wegrand standen. Grassamen stoben in alle Richtungen und glitzerten in der Sonne.

Irgendwann warf er den Ast in die Büsche und schaute Catharine an. Er wirkte fast verlegen. »Ich befremde Sie«, stellte er fest.

Sie erwiderte seinen Blick. »Nein«, meinte sie dann einfach. »Ich verstehe Sie nur nicht, wenn Sie Ihre Sätze nicht beenden.«

Er zuckte wortlos mit den Schultern.

»Was wollten Sie über Fliedner sagen?« Catharine blieb hartnäckig. »Keine Sorge, ich werde nichts von unserem Gespräch an den Pastor weitergeben, so vertraut sind wir uns nicht.«

Winkels schaute an ihr vorbei über die Rheinwiesen. »Ich will gewiss nicht schlecht über den Pastor und seine guten Werke reden, aber ich komme einfach nicht umhin, mich zu fragen, ob es genug ist, was er für die Armen, Kranken und Gestrauchelten unternimmt.«

»Nun, ich meine doch. Bedenken Sie, was er alles erreicht hat.«

»Sicher. Aber muss man das Übel nicht an einer ganz anderen Stelle bekämpfen? Sollte man nicht die Ursachen für die Verelendung bekämpfen, damit es gar nicht erst so weit kommt?«

»Jedem das Seine«, meinte Catharine achselzuckend. »Fliedner bildet Pflegerinnen aus und Erzieherinnen, die er in alle Lande schickt. Er richtet Krankenhäuser ein und Asyle wie das unsere. Das ist meines Erachtens eine Menge, und wenn jeder so viel täte wie er, stünde es besser um unser Land. Das Elend der Massen kann er allein nicht schultern, wohl aber das Elend von einigen wenigen mildern.«

Er runzelte die Stirn, sodass seine Augenbrauen einen dunklen Schatten auf seine Augen warfen.

»Ich bin keine von denen, die Fliedner anbetend zu Füßen liegen«, fuhr sie fort. »Um die Wahrheit zu sagen, ist es mir in seiner Gegenwart meist recht unbehaglich zumute. Er ist so .... rechtschaffen, so überzeugt, so streng ... Ach, ich kann es gar nicht in Worte fassen. Aber was er tut, ist gut.«

Winkels sagte immer noch nichts. Hatte er verstanden, was sie ihm sagen wollte? Hatte er ihr überhaupt zugehört? Unbehaglich nestelte Catharine an ihrem Schultertuch.

Ein paar Minuten gingen sie wortlos nebeneinander her. Dann räusperte sich Gustav Winkels. Ohne sie anzusehen, entgegnete er mit seiner rauen Stimme: »Vielleicht haben Sie Recht. Vielleicht genügt es, im Kleinen Gutes zu tun, damit im Großen und Ganzen alles ins Reine kommt.«

Er machte noch größere Schritte, sodass Catharine Mühe hatte, an seiner Seite zu bleiben, und sein Blick wanderte über die Wiesen, als suche er etwas und könnte sich nicht erinnern, was es war.

Diesmal riss Nelli sich zusammen und behandelte ihren Verwandten mit der angemessenen Höflichkeit, und auch Winkels schien sich Mühe zu geben. So verlief der Besuch viel besser, als Catharine erwartet hatte.

Der alte Hamelius beteiligte sich kaum an ihrem Gespräch. Früher war er es gewesen, der den Ton angegeben und das Wort geführt hatte, heute saß er still und in sich gekehrt am Tisch und rührte in seiner Tasse, obwohl der Kaffee längst kalt geworden war.

»Ich mache mir Sorgen um ihn«, meinte Nelli zu Catharine, als die Männer nach dem Kaffee hinüber ins Raucherzimmer gegangen waren. »Seine kleine Margarete hat ihm den Laufpass gegeben, sie wird sich in Kürze verheiraten. Normalerweise lässt ihn das ja kalt, er sucht sich einfach eine Neue, aber dieses Mal scheint er ernstlich getroffen.«

»Du sprichst ja ganz so, als täte er dir Leid deswegen«, sagte Catharine verständnislos.

Nelli rieb sich grübelnd die zierliche Nase. »Man gewöhnt sich an so vieles bei einem Menschen«, erwiderte sie, ohne Catharine anzuschauen.

»Tante Nelli!«, rief Catharine empört. »Du hast ihm immer die Hölle heiß gemacht für seine Affären und Liebschaften. Und jetzt willst du dich daran gewöhnt haben?«

Sie lachte verlegen. »Ach, ich rede nur dummes Zeug. Jedenfalls gefällt mir dein Onkel nicht, und ich wünschte .... er würde nicht ständig diese Trauermiene ziehen. Aber jetzt lass uns nach draußen gehen, gewiss sind die Männer schon fertig und warten im Hof auf uns.« Angesichts der schon einsetzenden Dunkelheit hatte sich Walter angeboten, die Gäste mit der Kutsche zurück nach Kaiserswerth zu bringen.

Als Nelli schon an der Tür war, hielt Catharine sie noch einmal zurück. Sie hatte ihr die Frage schon so lange stellen wollen, aber bisher hatte sich nie die Gelegenheit geboten, oder vielleicht hatte sie es auch nicht gewagt, weil man über diese Dinge einfach nicht sprach. Jetzt siegte ihre Neugierde über alle Hemmungen. »Sag, Tante Nelli, hast du Onkel Walter eigentlich jemals … ich meine, bist du ihm jemals …?«

Sie brachte es doch nicht über die Lippen, aber Cornelia hatte schon verstanden. Eine leichte Röte überzog ihr Gesicht. Ihre Augen jedoch begegneten denen Catharines ohne eine Spur von Verlegenheit. »Schau mich an, Catharine«, sagte sie leise. »Was siehst du?«

Catharine blinzelte nervös und wusste nicht, was sie entgegnen sollte.

»Bin ich bucklig, verwachsen oder vernarbt? Bin ich aussätzig oder hässlich?« Nellis Stimme wurde deutlich lauter. »Walter hat mich kaum mehr angerührt, seit ich seinen Sohn geboren habe. Andere dagegen fanden mich weit weniger abstoßend. Das ist ganz so, als säßest du in einem goldenen Käfig und jemand öffnete die Tür und böte dir an, für eine kurze Weile hinauszutreten in eine aufregende neue Welt. Nun, ich für meinen Teil war so frei, das Angebot das eine oder andere Mal anzunehmen. Willst du mich nun dafür verurteilen?«

Nellis Gesicht glühte, nicht vor Scham, sondern vor Wut.

Catharine suchte noch nach einer Antwort, als die Tür zum Salon aufgerissen wurde. »Was ist nun mit der gnädigen Dame?«, rief der junge Hamelius in der gewohnt fröhlichen Art. »Einen Platz hätte ich noch frei in der Kutsche, aber wenn du ihn nicht willst, kann ich dir auch neben deiner Namensvetterin im Stall ein Nachtlager bereiten.«

Als sich Catharine auf dem Hof von ihrer Ziehmutter verabschiedete, war das trotzige Selbstbewusstsein von ihr abgefallen, sie wirkte auf einmal unsicher und schutzlos. Catharine umfasste ihre weiche, sorgfältig manikürte Hand. »Und dennoch bist du immer wieder zurückgekehrt in dein Gefängnis«, meinte sie nachdenklich. Nelli blickte sich nervös um, ob ihnen jemand zuhörte. Aber die Männer standen ein paar Schritte von ihnen entfernt und waren in ihr eigenes Gespräch vertieft. Sie zog ihre Hand zurück und rieb sie gedankenverloren an ihrem eleganten Rock, als sei sie durch Catharines Berührung schmutzig geworden. Einen Moment lang sahen die Frauen aneinander vorbei.

Gerade als Catharine sich abwenden wollte, um zur Kutsche zu gehen, räusperte sich Nelli. Im Halbdunkel des Hofes erschien ihr helles Gesicht glatt und faltenlos wie das einer jungen Frau: »Glaub mir, Catharine, die Welt da draußen ist immer nur für kurze Zeit neu und erregend. Dann wird sie kalt und hässlich. Wohl dem, der dann ein sicheres Nest hat, in das er zurückkehren kann.«

Sie griff nach Catharines Fingern und drückte sie kurz, immer noch, ohne ihr in die Augen zu schauen. Dann drehte sie sich um und ging ohne ein weiteres Wort des Abschieds zurück ins Haus.

Auf das kurze Tauwetter folgten erneut heftiger Frost und Schneefall. Bis Mitte März 1844 hielt das eisige Wetter an. »Gott sei's gelobt«, seufzte Schwester Amalia erleichtert, als es in der letzten Märzwoche endlich milder wurde und frische Frühlingsluft durch die Asylräume wehte. Beinahe gleichzeitig gelang es Fliedner, drei Asylfrauen an Haushalte in der Umgebung zu vermitteln, sodass es wieder mehr Freiraum im Haus gab.

Es war fast schon Mai, als Catharine mit zwei Zöglingen in den Garten an der Wallstraße ging, um die Beete umzugraben und Kürbisse und Gurken auszusäen. Catharine hängte den Umhängebeutel mit der Aussaat über das niedrige Eingangstor, dann machten sie sich an die Arbeit.

Vom Rhein her wehte ein eisiger Wind, und sie waren froh um die Röcke, die sie übereinander gezogen hatten, um die Kälte so gut es ging abzuhalten. Dennoch waren ihre Glieder schon nach einer halben Stunde steif gefroren.

»Puh«, seufzte eine der beiden Frauen, während sie in ihre klammen Fäuste blies. »Ich wollte, wir säßen in einer warmen

Stube und hätten eine gute Tasse Kaffee, das würde mir besser gefallen als diese Sklavenarbeit.«

Die andere Frau, Marianne, nickte sehnsüchtig.

»Wenn wir uns eilen, sind wir gleich mit dem Beet fertig. Ich denke, es wird niemand etwas dagegen haben, wenn wir uns das andere für morgen aufsparen, in der Hoffnung, dass das Wetter dann milder ist«, meinte Catharine, die selber erbärmlich fror.

Während sie sich wieder an die Arbeit machten, nahm Catharine plötzlich aus dem Augenwinkel eine Bewegung am Tor wahr. Eine kleine Gestalt machte sich an dem Beutel zu schaffen, den sie über das Eingangstor gehängt hatte. »He«, schrie Catharine laut, warf den Spaten zu Boden und rannte los. »Lass das sein, du Dieb!«

Auch die anderen beiden ließen ihre Geräte fallen und liefen zum Tor. Aber als sie dort ankamen, war niemand mehr zu sehen. Wer immer den Beutel hatte stehlen wollen, war längst über alle Berge.

»Er hätte wohl auch nur mäßig Freude an seinem Raub gehabt«, spottete eine von ihnen. »Einen Sack voll Kürbis- und Gurkenkerne hat er bestimmt nicht erwartet.«

Catharine nickte nur sprachlos. Was für ein dreister Versuch, dachte sie.

Catharines Schuhe waren schwer von dicken Lehmklumpen. Ihr war inzwischen so kalt, dass sie ihre Zehen nicht mehr spürte. »Mai oder nicht Mai«, meinte sie entschlossen, während sie sich die schwarze, feuchte Erde vom Rock klopfte. »Wir werden die Samen noch nicht ausbringen. Die Kürbisse werden besser austreiben, wenn es etwas milder ist. Dann sind auch sämtliche Beete umgegraben und geharkt, und wir können es alles in einem erledigen.«

In der Asylküche holte sie die Leinensäckchen mit den Samen aus dem Beutel und verstaute sie wieder im Schrank. Als sie schließlich den leeren Sack über dem Ascheeimer ausschüttelte, flatterte etwas Weißes heraus. Ein zusammengefaltetes Stück Papier. Catharine bückte sich und hob es auf. Das Blatt war mit blassblauer Tinte beschrieben. Ein Brief. Sie runzelte die Stirn. Wie um alles in der Welt war er in die Tasche gekommen?

Plötzlich fiel ihr die Gestalt am Zaun wieder ein. Hatte sie am Ende gar nicht versucht, den Beutel zu stehlen, sondern vielmehr etwas hineingetan?

»An C.« stand in großen, fahrigen Lettern oben auf dem Blatt. Neugierig begann Catharine die zittrig geschriebenen Zeilen zu lesen.

»Das Krepieren ist schwerer, als ich dachte. Der Geist ist wohl willig, aber der Körper ist noch zu stark. Wenn Sie mich suchen wollen, so finden Sie mich in der Kapuzinergasse Numero 19 zu Düsseldorf.«

Die Zeilen waren unterzeichnet mit *»F. E.«*

»Florine Engel«, murmelte Catharine erschrocken. Ihre Knie fühlten sich auf einmal weich und kraftlos an wie nach einem langen Marsch. Sie zog sich einen Stuhl heran und ließ sich darauf fallen.

Sie hatte so lange nicht mehr an Florine gedacht. Nach und nach war sie aus ihrem Bewusstsein verschwunden, langsam und unbemerkt. Nur ganz selten war die Erinnerung wieder aufgebrochen wie eine alte Wunde, und sie hatte die glänzenden mandelförmigen Augen vor sich gesehen und die spöttischen Lippen, aber sie hatte die Bilder rasch weggedrängt. Florine war fort, hatte sie gedacht, vielleicht sogar tot, sie konnte ihr nicht mehr helfen.

War es Florines Gestalt gewesen, die sie vorhin am Zaun gesehen hatte? Aber nein, die Person war viel kleiner gewesen. Warum kam Florine nicht selbst? Sie hatte das Asyl doch damals aus freien Stücken verlassen, und niemand, nicht einmal Fliedner, hätte ihr einen Vorwurf deswegen machen können. *Das Krepieren ist schwerer, als ich dachte.* Ein Geräusch an der Tür ließ Catharine zusammenfahren. »Was ist mit dir?« Schwester Amalia war unbemerkt in die Küche gekommen und betrachtete sie voller Besorgnis. »Du bist ja ganz blass!«

So diskret wie möglich ließ Catharine das Blatt Papier in ihrem Ärmel verschwinden. Dann atmete sie tief durch und spürte, wie die Kräfte langsam wieder in ihre Beine zurückkehrten.

»Es ist nichts. Nur die Erschöpfung nach der ungewohnten körperlichen Anstrengung.«

Schwester Amalia sah wenig überzeugt aus. »Ganz elend siehst du aus! Was musstet ihr auch heute bei dem eisigen Wind hinaus in den Garten. Bist du am Ende gar schon fiebrig?« Sie schaute Catharine kritisch an, als könnte sie ihre Temperatur aus den Augen ablesen.

Catharine wollte gerade abwehren, da kam ihr ein Gedanke. »Es ist mir in der Tat nicht ganz wohl«, flüsterte sie mit krächzender Stimme und hüstelte leise.

Schwester Amalias blaue Augen weiteten sich. »Du liebe Güte, Catharine, geh nur besser nach Hause und leg dich ins Bett. Soll ich deine Schwester Johanne rufen lassen, damit sie dir zu Hilfe kommt?«

»Nein, nein!« Catharine schüttelte matt den Kopf. Wie schäbig es war, die Freundin so zu täuschen. »Ich ruhe mich ein bisschen aus, dann bin ich morgen wieder auf den Beinen.«

Als Catharine das Asyl gerade verlassen wollte, erschien Gustav Winkels zum täglichen Religionsunterricht. »Sie kommen uns wie gerufen!«, rief Schwester Amalia erleichtert. »Der Unterricht muss heute ausfallen, begleiten Sie lieber meine kranke Mitstreiterin nach Hause!«

Catharine seufzte. »Es ist keineswegs notwendig …«, begann sie. Aber Schwester Amalia duldete keinen Widerspruch.

»Gehen Sie jetzt!«, drängte sie und schob die beiden förmlich hinaus auf die Straße.

»Soll ich nicht lieber eine Droschke rufen?« Winkels sah Catharine an, als befürchte er, dass sie jeden Moment ohnmächtig in sich zusammensinken könnte.

»Nicht doch!« Ihre Stimme klang gereizt. Winkels nickte.

Sie gingen die Neue Straße entlang und bogen in die Wallstraße ein, die zum Markt führte. Als sie am oberen Ende der Kuhstraße angekommen waren, räusperte sich Catharine.

»Um die Wahrheit zu sagen, geht es mir jetzt schon viel besser«, erklärte sie unbehaglich. »Ich war im Grunde gar nicht krank. Ich wollte nur ... ich muss über etwas nachdenken ... und deshalb ... Sie können also beruhigt wieder zurück ins Asyl gehen, um den Religionsunterricht doch noch abzuhalten. Ich komme schon zurecht.«

Winkels blieb stehen und schaute voller Erstaunen zu ihr herab. »Sie haben gelogen?«, fragte er. »Ich hielt Sie immer für die Tugendhaftigkeit in Person.«

War er wirklich verblüfft, oder machte er sich über sie lustig? Seine graugrünen Augen unter den hellen Wimpern wirkten so offen. Und gleichzeitig so undurchdringlich.

»Es war eine Notlüge«, meinte Catharine widerwillig.

Winkels musterte sie eindringlich und sagte nichts. Catharine merkte, wie ihr Gesicht heiß wurde.

»Nun gut.« Winkels wandte sich ab. »Dann will ich Sie nicht länger belästigen. Ich wünsche in jedem Fall alles Gute.«

Hatte ihr unfreundlicher Ton ihn gekränkt? Catharine schloss kurz die Augen. »Warten Sie!«, rief sie dann.

Winkels drehte sich um. Sein Gesicht verriet keinen Gedanken.

»Ich hoffe, ich habe Sie nicht beleidigt.« Ihre Stimme klang auf einmal unsicher.

Gustav Winkels rieb sich wortlos das bärtige Kinn. Dann zuckte er mit den Schultern.

»Wenn Sie Ihren Weg allein fortsetzen möchten, um über eine Sache in Ruhe nachzudenken, so beleidigt mich das nicht. Im Gegenteil, ich kann es nur allzu gut verstehen.«

Während Winkels sich wieder abwandte, beschloss Catharine, sich ihm anzuvertrauen. Später hätte sie nicht sagen können, was sie zu dieser Entscheidung bewegt hatte. Vielleicht war es diese unerschütterliche Ruhe, die er ausstrahlte. Vielleicht war es gerade seine Undurchschaubarkeit, die ihr das Gefühl gab, dass er sie niemals verraten würde.

»Ich habe es mir überlegt«, sagte sie laut. »Ich möchte doch nicht allein sein. Außerdem muss ich Ihnen etwas zeigen.«

Winkels trat einen Schritt näher und begutachtete sie prüfend. »Nun, wenn Sie mich so darum bitten«, nickte er schließlich. Schweigend folgte er Catharine bis zu ihrem und Johannes Haus am Ende der Kuhstraße. Vor der Tür blieb Catharine stehen und blickte zu ihm hoch.

»Ich … könnten Sie für einen Moment hereinkommen?«, fragte sie ihn nervös. »Es ist niemand sonst zu Hause, und ich weiß, es schickt sich nicht, aber was ich Ihnen zu sagen habe, kann ich Ihnen nicht auf der Straße anvertrauen.«

Winkels zog die Augenbrauen hoch. »Ich sehe keinen Grund, warum wir nicht hineingehen sollten.«

In dem niedrigen, holzvertäfelten Korridor musste er sich bücken, um nicht an der Decke anzustoßen. Catharine brachte ihn in die Küche, sie bot ihm einen Kaffee an, aber er lehnte ab. »Zeigen Sie mir lieber die Sache, von der Sie gesprochen haben, bevor Sie es sich wieder anders überlegen.«

Catharine griff in ihren Ärmel und holte den zusammengefalteten Brief hervor. Wortlos reichte sie ihn Winkels, der ihn aufschlug und aufmerksam las.

Dann legte er das Blatt auf den Tisch und musterte sie stumm.

»Was sagen Sie dazu?«, wollte Catharine wissen.

»Es klingt stolz und zugleich verzweifelt«, meinte er. »Wer schreibt Ihnen das?«

»Florine Engel. Sie war im Asyl. Sie ist … sehr krank.«

Er nickte. »Ich glaube, ich habe von der Sache gehört.«

»Ach ja? Und was?«

»Fliedner hat vor einigen Wochen von einer jungen Frau gesprochen, die das Asyl aus freien Stücken verlassen hat. Sie litt an Syphilis. Die ganze Angelegenheit schien ihn sehr zu treffen.«

»Wie kommen Sie darauf?«, fragte Catharine überrascht.

»Er sprach davon, dass sich die junge Frau in so erfreulicher Weise zum Guten gewandelt hatte. Dass sie begonnen hatte, Vertrauen zu fassen, nach vorn zu schauen anstatt immer nur nach hinten in ihre schandvolle Vergangenheit. Aber ihre Krankheit kam auf sehr unglückliche Art und Weise ans Licht, und die Scham darüber brachte sie dazu, aus dem Asyl zu fliehen.«

Catharine schwieg betroffen. Sie selbst war es gewesen. Sie hatte die Krankheit auf unglückliche Weise ans Licht gebracht. Sie allein trug die Schuld an dem ganzen Verhängnis.

»Warum wendet sie sich gerade an Sie?«, erkundigte er sich.

Catharine zuckte ausweichend mit den Schultern. »Was soll ich denn nun unternehmen? Ich muss Fliedner von der Sache unterrichten.«

Winkels lächelte. »Wenn sie das gewollt hätte, wäre sie wohl selbst zum Pastor gegangen.«

Catharine starrte an seinem Kopf vorbei auf die Becher, die unten am Küchenregal hingen. Eine der großen blauweißen Tassen hatte einen Sprung. Sie musste daran denken, sie auszusortieren, bevor sie das nächste Mal etwas Heißes einfüllte und sie auseinander platzte. Gustav Winkels verschränkte seine großen Hände hinter seinem Kopf und schaute sie fragend an.

»Warum reden Sie denn nicht einfach mit ihr? Haben Sie Angst, sich zu infizieren?«

Catharine schüttelte heftig den Kopf. »Natürlich nicht. Aber wie soll ich sie finden? Mitten in Düsseldorf.«

»Die Angaben im Brief sind eindeutig.« Winkels zog das Papier noch einmal zu sich herüber. »Kapuzinergasse 19. Sie nehmen die Postkutsche nach Düsseldorf. Wenn Sie wollen, begleite ich Sie.«

»Das würden Sie tun? Aber was sage ich im Asyl? Ich kann doch nicht einfach der Arbeit fernbleiben.«

Winkels lächelte. »Sie haben zwei Möglichkeiten. Entweder Sie schützen eine anhaltende Übelkeit vor, nach dem heutigen Theater dürfte Ihnen das ja wohl nicht schwer fallen. Oder Sie bitten um einen freien Tag.«

»Aber das ist nicht üblich«, wandte Catharine ein.

Winkels zuckte mit den Schultern und erhob sich.

»Werden Sie wirklich mit mir kommen?«, erkundigte sich Catharine rasch.

»Morgen um 10 Uhr an der Poststation?«, fragte Winkels zurück.

Catharine nickte.

8

Zusammen mit Tante Nelli war Catharine schon oft in Düsseldorf gewesen. Sie waren über die Kastanienallee geschlendert, hatten die Auslagen der Geschäfte bewundert und Stoffe und Kurzwaren gekauft. Später hatten sie in einem der vornehmen Straßencafés Tee getrunken.

Als die Postkutsche heute auf der Alleestraße einfuhr, wusste sie, dass sich ihnen dieses Mal ein anderes Düsseldorf präsentieren würde. Ob sie Florine Engel überhaupt finden würden? Gustav Winkels' Stimme riss sie aus ihren Gedanken.

»Wie sind Sie denn nun im Asyl verblieben?«, erkundigte er sich beiläufig, während seine Augen an der grünen Front aus Büschen und Bäumen entlangglitten, die den englischen Hofgarten zur Straße hin abgrenzten. »Welchen Grund haben Sie für Ihre heutige Abwesenheit angegeben?«

»Keinen«, sagte Catharine kurz. »Ich habe um Urlaub gebeten, und man hat ihn mir gewährt.«

Seine graugrünen Augen richteten sich auf sie. Trotzig erwiderte sie seinen Blick.

Nachdem sie an der Alleestraße ausgestiegen waren, fragten sie sich bis zur Kapuzinergasse durch. Von der Flinger Straße aus bogen sie in die kurze, belebte Gasse ein. Im Gegensatz zur Kastanienallee gab es hier keine eleganten Kleider oder teuren Schmuck zu kaufen. In dieser Gegend lebten und arbeiteten einfache Handwerker; Schuster, Schneider, Bäcker und Dreher. Die Häuser standen hoch und eng zusammen, Kneipen säumten ihren Weg. Über ihnen spannten sich Wäscheleinen quer über die Gasse, von einem Gebäude zum anderen, als reichten sich die Häuser die Hand. Aus den offenen Fenstern drangen Lärm und

Essengerüche, und alles vermischte sich auf unangenehme Weise mit dem Gestank, der aus der offenen Gosse am Rand der Straße kam.

Catharine versuchte die Hausnummer neunzehn zu finden. Aber an den meisten Gebäuden waren keine Schilder angebracht. Aus einer zur Straße hin offenen Kaschemme torkelte ein Betrunkener und rempelte sie an. Mit einem leisen Aufschrei sprang sie zur Seite und wäre beinahe gestürzt. Einen Augenblick später war Winkels an ihrer Seite. Wortlos bot er ihr seinen Arm an. »Danke, es geht schon wieder«, murmelte sie.

»Da vorn ist das Haus, das wir suchen«, sagte er jetzt.

Die Nummer neunzehn war in einem hässlichen blassen Gelbton gestrichen, der Catharine unwillkürlich an eine eiternde Wunde erinnerte. Sie blickte an der hohen Front empor. Die Fenster der fünf Stockwerke starrten schwarz und feindselig zurück.

Nach Winkels betrat sie den übel riechenden Hausflur, der nur von dem spärlichen Tageslicht erhellt wurde, das durch das schmutzige Gitterfenster in der Haustür hereinfiel. Das Licht warf ein trübes Streifenmuster auf die abgetretenen Treppenstufen. »Wie sollen wir Florine hier finden?«, flüsterte sie ratlos. Aber Winkels war schon auf eine der Wohnungstüren zugetreten und klopfte an.

Nach einigen Minuten wurde geöffnet. Eine alte Frau streckte ihr faltiges Gesicht heraus und starrte sie aus rot geränderten Augen an. Ihr graues Haar wirkte wie von einer dicken Staubschicht überzogen. »Florine Engel«, sagte Winkels knapp. »Wo finden wir sie?«

»Ich kenne keine, die so heißt.« Die Alte verzog das Gesicht, als habe sie auf etwas Verdorbenes gebissen, und wollte die Tür wieder schließen. Aber Winkels stellte seinen Fuß in die Öffnung. Hasserfüllt schaute sie zu ihm hoch.

»Vielleicht kennen Sie sie doch«, sagte er freundlich.

»Sie ist ungefähr fünfundzwanzig Jahre alt und recht groß für eine Frau«, meldete sich nun Catharine zu Wort. Ihre Stimme zitterte vor Aufregung. Das machte das Zittern noch schlimmer. »Und sie hat sehr schönes braunes Haar.«

Die Alte lachte meckernd. »So eine wohnt hier nicht«, krächzte sie dann. »Verzieht euch.«

Winkels schüttelte den Kopf. »Sie wohnt hier«, sagte er nachdrücklich. »Und du weißt es auch. Denk nach.« Sein Ton war plötzlich drohend.

Die Alte machte ihre Augen so schmal, dass sie beinahe in ihrem faltigen Gesicht verschwanden. »Es wird eine der Dirnen aus dem Hinterhaus sein«, meinte sie dann gleichgültig. »Über den Hof und dann die Treppe nach unten in den Keller.«

Als Winkels den Fuß zurückzog, riss die Alte die Tür so heftig zu, dass der Knall durchs ganze Haus dröhnte.

Im Keller des Hinterhauses war es so dunkel, dass man kaum die Hand vor Augen sehen konnte. Gleichzeitig stank es so sehr, dass es einem den Atem nahm. Als ob sämtliche Bewohner ihre vollen Nachttöpfe nicht draußen entsorgten, sondern einfach ins Treppenhaus kippten. Catharine spürte plötzlich ein fast unwiderstehliches Bedürfnis, Winkels zu berühren, um selber ruhig zu werden. Stattdessen faltete sie ihre Hände und führte sie wie zum Gebet dicht vors Gesicht. Wieder zog eine Welle fauliger Luft an ihr vorbei. Catharine würgte.

Gustav Winkels schien den Gestank gar nicht wahrzunehmen. Auf sein Klopfen hin wurde die rohe Holztür aufgerissen. Vom Innern der Wohnung drang schwaches Tageslicht nach draußen. In der Türöffnung stand ein Mädchen, das mühsam in die Dunkelheit des Kellerflurs blinzelte. »Matthis, bist du das?«, rief sie mit rauer Stimme. Ohne eine Antwort abzuwarten, verschwand sie wieder nach drinnen.

Winkels war schon auf der Schwelle, als er sich noch einmal zu Catharine umdrehte. Sie versuchte ein Lächeln, das er in der Finsternis ohnehin nicht sehen konnte.

Sie betrat nach Winkels den Kellerraum. Hier drinnen war die Luft abgestanden und feucht, aber es stank nicht ganz so schlimm wie im Treppenhaus. Durch ein schmales Fenster unter der Decke schien Tageslicht herein. Der Boden des Raums bestand aus schmutzigen, rohen Ziegeln. An einigen Stellen waren zerlöcherte Teppiche und Laken ausgebreitet. In einer Ecke stand ein Tisch mit zwei Stühlen, darauf einige Töpfe und Geschirr. An der linken Wand lag ein Berg Lumpen.

Das Mädchen, das die Tür geöffnet hatte, kauerte auf einem Strohsack unter der Fensteröffnung, von dem ein durchdringender fauliger Geruch ausging. Struppiges, helles Haar umrahmte ihr schmales Gesicht. Zwischen ihren hohlen Wangen ragte die Nase schroff nach vorn wie ein Schnabel. Ihre Augen glänzten schwarz und riesig.

»Wer seid ihr?«, fragte sie erschrocken. »Was wollt ihr? Verschwindet!«

»Nicht doch.« Winkels' Stimme klang noch tiefer als sonst. »Keine Angst. Wir suchen Florine Engel.«

»Hat sie was angestellt?« Das Mädchen erhob sich misstrauisch und kam zu ihnen herüber. Soweit Catharine es in dem schlechten Licht erkennen konnte, war sie sehr jung, fast noch ein Kind. »Ich hab nichts mit ihr zu schaffen. Ich bin ein ehrliches Mädchen, keine Dirne wie diese.«

Ein leises Stöhnen kam von dem Lumpenhaufen an der linken Wand. Jetzt erst wurde Catharine bewusst, dass es offensichtlich so etwas wie ein Krankenlager war. »Florine«, rief sie leise. »Sind Sie hier?«

Wieder ein Stöhnen.

Sie hastete hinüber, beugte sich über die Person auf der Erde. Ein Gestank von Fäulnis und Erbrochenem wallte zu ihr empor.

Unwillkürlich wandte sie ihr Gesicht ab, hin zu der schmalen, rechteckigen Fensteröffnung. Draußen wuchsen magere gelbliche Grasbüschel.

»Catharine«, flüsterte eine heisere Stimme. »Sie sind tatsächlich gekommen.«

»Florine.« Catharine hielt den Atem an und drehte ihr Gesicht zurück zu der Liegenden. Mühsam kämpfte sie gegen die Übelkeit an. Sie hasste sich selbst dafür.

Florines ehemals so ebenmäßiges, schönes Gesicht war von zwei hässlichen Geschwüren verunstaltet. Eines saß auf ihrer Wange, direkt unter ihrem linken Auge, ein weiteres auf ihrer Stirn. Ihre Haut schimmerte gelblich wie altes Papier. Sie lag auf einem alten Strohsack, der vom Schweiß und den Ausscheidungen der Kranken so durchdrungen war, dass er fast auseinander fiel.

»Hat der Junge Ihnen also meine Nachricht überbracht«, flüsterte Florine so schwach, dass Catharine Mühe hatte, sie zu verstehen. »Ich wusste nicht, ob ich ihm trauen konnte. Meine letzten Groschen hab ich ihm für den Botengang gegeben.«

»Du meine Güte, Florine«, flüsterte Catharine. »Sie müssen hier weg.«

»Wohin sollte ich noch gehen?«

»Zurück nach Kaiserswerth«, sagte Catharine, mehr zu sich selbst als zu der Kranken. Doch noch ehe sie den Satz ausgesprochen hatte, schoss Florines Hand unter den übel riechenden Fetzen hervor, die ihren Körper bedeckten. Ihre mageren Finger klammerten sich mit erstaunlicher Kraft um Catharines Handgelenk. Catharine schauderte. Es war, als ob ein Skelett aus dem Grab nach ihr griffe. Aber sie zog die Hand nicht zurück.

»Ich gehe nicht wieder dorthin«, flüsterte Florine. Ihre Stimme klang schwerfällig, als könne ihre Zunge die Worte nicht mehr richtig formen. »Sie dürfen mich nicht zurückbringen. Ich habe solche Angst vor ihm.«

»Vor wem haben Sie Angst?«, fragte Catharine bestürzt. »Vor Fliedner?«

Hilfe suchend schaute sie sich nach Winkels um. Er stand direkt neben ihr.

Florines hartnäckiger Griff ließ mit einem Mal nach. Sie lachte leise und heiser. Es klang wie ein verzerrtes Echo ihres früheren spöttischen Lachens.

»Nein, Fliedner ist es nicht, der mir Angst einjagt«, wisperte sie dann. »Aber der, der hinter ihm steht.«

»Was reden Sie denn da?« Catharine beugte sich dichter über die Kranke.

»Ich wollte fliehen«, flüsterte Florine. »Weg von Fliedners Asyl, von seiner ehrbaren Kirche, seinen tugendsamen Diakonissen. Und weit, weit weg von seinem grausamen Gott, an den ich nicht geglaubt habe.« Sie wandte ihr verunstaltetes Gesicht Catharine zu und verzog die blassen Lippen zu einer kraftlosen Grimasse.

»Aber Fliedners Gott hat mich gefunden. Hier in diesem elendigen Verlies. Nun quält er mich für meine Zweifel und hält mich in meinem faulenden Körper gefangen. Er lässt mich nicht einmal verrecken.«

Eine Welle von Mitleid wogte durch Catharines Körper. »Das ist bestimmt nicht Gottes Tun«, sagte sie leise. »Der Schmutz, das Elend und die Grausamkeit, das ist Menschenwerk, das haben wir geschaffen, ganz ohne Gottes Hilfe.«

»Und die Krankheit, die mich von innen heraus auffrisst? Die mich langsam verfaulen lässt? Die hat Gott über mich gebracht, um mich für meine Hurerei zu bestrafen.«

Johanne hätte entgegnen können, dass die Krankheit eine Prüfung sei, die Gott den Menschen auferlegte, damit sie daran wachsen. Aber jetzt schien ihr eine solche Antwort leer und nichtig. Sie schwieg.

Gustav Winkels ging neben ihr in die Hocke. In der kühlen

Kellerluft konnte sie die Wärme seines Körpers spüren, obwohl er sie nicht berührte.

Auch er schwieg. Ihm fällt ebenfalls nichts ein, womit er sie trösten könnte, obwohl er ein Seelsorger ist, ein Pfarrer, der es doch wissen müsste, dachte Catharine.

Doch dann begann er zu sprechen. Seine tiefe Stimme klang behutsam, als fürchtete er, dass die Kranke aufstehen und davonlaufen könnte wie ein verwundetes Tier. »Ich kann Ihnen beim besten Willen nicht sagen, warum Gott es zulässt, dass Sie so gequält werden. Aber ich kann Ihnen versichern, dass Sie in der Kaiserswerther Diakonie besser aufgehoben sind als in diesem Elendsloch. Lassen Sie sich helfen, Florine.«

Florine warf heftig den Kopf hin und her. »Ich gehe nicht zurück. Ich will nichts von ihm wissen!«, stieß sie atemlos hervor. Catharine war sich nicht sicher, ob sie von Gott sprach oder von Fliedner.

Winkels legte der Kranken eine Hand auf die Stirn. Wie Jesus in der Bibel mit dem Aussätzigen, dachte Catharine.

Unter Winkels' Berührung schien Florine ihren Widerstand aufzugeben. Sie seufzte und schloss die Augen.

Vorsichtig zog Winkels seine Hand zurück und erhob sich. Catharine stand ebenfalls auf. Sie traten einen Schritt zur Seite.

Aus dem Augenwinkel sah Catharine, dass das magere Mädchen mit den wirren Haaren wieder auf ihrer Bettstatt hockte. Feindselig starrte sie zu ihnen herüber.

»Wie bringen wir sie nach Kaiserswerth?«, flüsterte Catharine Winkels zu. »In der Postkutsche werden sie Florine nicht mitnehmen, und zu Fuß schafft sie es niemals.«

»Wir nehmen eine Droschke«, entgegnete er ruhig. »Ich habe genügend Geld bei mir. An der Poststation habe ich Kutschen gesehen. Schaffen Sie es, allein dorthin zurückzugehen und eine anzumieten?«

»Und Sie bleiben hier?«, fragte Catharine zurück.

»Ich werde Florine hier herausschaffen. Sofern Sie nicht gehen kann, muss ich sie tragen. Wenn Sie mit der Droschke zum Eingang der Gasse kommen, werden wir dort zu Ihnen stoßen.«

Ohne dass sie es bemerkt hatten, war das Mädchen näher gekommen und hatte ihre Unterhaltung mit angehört. »Sie können Florine nicht mitnehmen«, flüsterte sie jetzt. »Sie gehört Matthis. Und wenn er Sie hier findet, schlägt er Sie tot.« Drohend funkelten ihre großen, schwarzen Augen. Catharine blickte sich nervös um.

»Soll er nur kommen«, gab Gustav Winkels gleichmütig zurück. »Gehen Sie jetzt, Catharine, lassen Sie uns keine Zeit verlieren.«

Am späten Nachmittag kamen sie mit der völlig entkräfteten Florine Engel am Kaiserswerther Markt an. Winkels trug die Kranke in die Diakonissenanstalt, wo ihr in der Frauenabteilung ein Bett bereitet wurde.

Während sich zwei Schwestern um die Kranke kümmerten, verabschiedete sich Gustav Winkels von Catharine in dem leeren Vorraum der Diakonissenanstalt. »Ich weiß gar nicht, wie ich Ihnen danken soll«, sagte sie, während sie seine Hand drückte. »Ohne Sie wäre ich völlig verloren gewesen.«

Winkels lächelte. Dann nickte er kurz. »Ich hoffe, dass man Florines Zustand hier zumindest lindern kann. Jedenfalls werde ich mich morgen vor meiner Abreise noch einmal nach ihr erkundigen.«

»Vor Ihrer Abreise?«, fragte Catharine. Sie spürte eine plötzliche Beklemmung.

»Wie ich schon erwähnte, werde ich morgen nach Düsselthal abreisen, um die Anstalten des Grafen von der Recke für verwahrloste Jugendliche kennen zu lernen. Ein Bekannter Flieders wird mir dort Unterkunft gewähren.«

»Aber wenn Sie die Anstalt gesehen haben, dann kommen Sie doch zurück nach Kaiserswerth?«, fragte sie.

Er schüttelte den Kopf. »Ich werde unmittelbar nach Hamburg zu Wicherns Rauhem Haus weiterreisen.«

Ihre Brust zog sich eng zusammen.

»Das ist … bedauerlich«, flüsterte sie. Zu ihrem Entsetzen stellte sie plötzlich fest, dass ihr die Tränen kamen. Der lange anstrengende Tag, die nervenaufreibende Rettungsaktion und die Nachricht von Winkels' Abreise, all das überwältigte sie. Aber wenn sie jetzt weinte, würde Winkels das missverstehen. Reiß dich zusammen, wies sie sich in Gedanken zurecht. Doch die erste Träne rollte bereits über ihre Wange. Weitere folgten. Hastig wischte sie sie mit dem Handrücken ab.

Winkels schaute erschrocken zu ihr herab. »Nicht doch«, flüsterte er.

»Es ist nicht wegen Ihnen«, sagte Catharine schnell und atmete tief durch.

»Nein, nein«, sagte Winkels ernst.

»Es ist wegen Florine. Ich mache mir solche Sorgen um sie. Sie tut mir so Leid«, erklärte sie gefasst. Sie straffte die Schultern, hob den Kopf und versuchte, Haltung zu bewahren.

»Sicher«, nickte Winkels. »Es geht mir nicht anders als Ihnen.«

Dann beugte er sich zu ihr herunter und küsste sie.

Ihr ganzer Körper war ein einziges Beben, auch nachdem er weggegangen war. Er hatte sie geküsst. Und sie hatte seinen Kuss leidenschaftlich erwidert. Das Gefühl in Catharines Bauch war warm und unbeschreiblich angenehm.

Aber was hatte der Kuss zu bedeuten? Waren sie jetzt verlobt? Musste sie Winkels heiraten? Wollte er sie überhaupt heiraten? Und sie selbst, wollte sie seine Frau werden? Gustavs Frau.

Was für ein Tag. Mit klopfendem Herzen ließ sie sich auf die kleine Holzbank an der Wand fallen. Gleich darauf erhob sie sich hastig wieder. Besser sie ging jetzt direkt nach Hause. Legte sich ins Bett und löschte das Licht. Noch eine Überraschung würde sie heute nicht mehr überstehen.

Catharine war schon am Ausgang, als sie Karoline Fliedner mit raschen Schritten die Anstaltstreppe herunterkommen sah. Hastig drehte sie sich zur Tür und wollte hinaus, aber jetzt hatte auch Karoline sie erblickt. »Einen Moment noch, Fräulein König!«, hörte sie sie rufen.

Catharine seufzte. Aber dann blieb sie gehorsam stehen.

»Wenn ich es richtig verstanden habe, haben Sie uns die neue Patientin zugeführt?«, fragte Frau Fliedner. Die Zweiunddreißigjährige sah erschöpft aus. Ihre braunen Augen wirkten leicht verquollen, darunter zeichneten sich dunkle Ringe ab. Sie hatte vor fünf Monaten ihren ersten Sohn geboren, wahrscheinlich litt sie unter Schlafmangel wie so viele junge Mütter.

»Florine Engel ist ein ehemaliger Pflegling aus dem Asyl«, nickte Catharine. »Wir haben sie aus Düsseldorf zurückgebracht, wo sie mit Sicherheit zu Grunde gegangen wäre.«

»Wir?« Karoline Fliedners Augenbrauen hoben sich erstaunt.

»Herr Winkels war so freundlich, mir zu helfen«, sagte Catharine. Sie schlug die Augen nieder und spürte, wie sie rot wurde.

»Mein Mann hat von der Geschichte mit Fräulein Engel gesprochen«, hörte sie Frau Fliedner murmeln. Dann wurde ihr Ton sachlich. »Nun, Fräulein König, ich kann mir vorstellen, dass Sie sich nach diesem so anstrengenden und nervenaufreibenden Unterfangen gerne erholen möchten. Aber ich muss Sie bitten, vorher noch einen Gang ins Pfarrhaus zu tun. Mein Mann bricht morgen früh nach Duisburg auf, von dort wird er nach Hannover und Berlin weiterreisen. Ich bin jedoch überzeugt, dass er vorher von den Vorkommnissen des heutigen Tages erfahren sollte. Außerdem liegt es an ihm, zu entscheiden, wie es mit Fräulein Engel weitergehen soll.«

Catharine schaute Karoline Fliedner erschrocken an. »Sie meinen doch nicht, dass sie wieder aus dem Hospital entlassen wird? Das wäre ihr sicheres Todesurteil.«

Karoline begegnete ihrem Blick mit ernster Miene. »Bitte sprechen Sie mit meinem Mann über diese Angelegenheit«, wiederholte sie ruhig. Als sie Catharines ängstliches Gesicht sah, wurde ihr Ausdruck deutlich milder. »Seien Sie gewiss, dass wir uns um Fräulein Engel kümmern werden.«

»So haben Sie uns Florine Engel wieder nach Kaiserswerth zurückgebracht.« Fliedner nickte langsam, nachdem Catharine ihm von den Ereignissen des Tages berichtet hatte.

»Da vor allem ich es war, die sie damals weggetrieben hat, war ich ihr das schuldig«, murmelte sie betreten.

Fliedner ging nicht auf ihren letzten Satz ein. Stattdessen stand er von seinem Stuhl am Schreibtisch auf und trat an sein Bücherregal. Sein Blick strich über die Buchrücken, als suche er einen bestimmten Titel. Doch dann wandte er sich wieder ab, ohne ein Buch herauszunehmen. »Ich danke Ihnen, dass Sie mich von der Sache in Kenntnis gesetzt haben«, sagte er förmlich. »Ich denke, ich werde morgen vor meiner Abreise nach Duisburg noch kurz in die Anstalt hinübergehen, um ein paar Worte mit Fräulein Engel zu reden.«

»Tun Sie das nicht!« Catharine erschrak selbst über ihren lauten Ton. Fliedner schaute sie an. Sie fühlte, wie ihr das Blut in die Wangen stieg. »Ich meine, vielleicht warten Sie lieber … Geben Sie Florine doch ein wenig Zeit …« Hilflos brach sie ihren Satz ab.

»Bitte, fahren Sie fort.« Fliedners Ton war scharf. Er ließ sie nicht aus den Augen.

»Ich … Sie hat Angst vor Ihnen! Vor Ihrer Strenge und Unnachgiebigkeit. Und vor Gott fürchtet sie sich auch«, brach es jetzt aus Catharine heraus.

»Florine Engel fürchtet sich vor mir?« Fliedner lachte leise. Es war ein so ungewohntes Geräusch, dass Catharine überrascht aufsah, aber sein Gesicht war ganz ernst, die Lippen eine schmale, feste Linie. »Fräulein Engel kennt keine Angst«, fuhr er dann fort. »Vor mir nicht und vor Gott auch nicht. Sonst wäre es niemals so weit mit ihr gekommen.«

»Sie hat sich verändert«, meinte Catharine. Sie spürte Wut in sich aufsteigen. Fliedner hatte Florine seit über einem Jahr nicht gesehen und dennoch sprach er, als kenne er sie in- und auswendig. Wie selbstgerecht er war! »Im Übrigen hat sie sich die Krankheit ja nicht durch mangelnde Gottesfurcht und übermäßigen Stolz zugezogen. Sie haben selber einmal gesagt, dass es ein Teufel von einem Mann gewesen ist, der sie in den Sündenpfuhl hineingestoßen hat. Und nun soll sie auf einmal allein an allem schuld sein?«

Während sie gesprochen hatte, war Fliedner hinter seinen Stuhl getreten. Jetzt stützte er sich auf die Rückenlehne und schaute auf Catharine herab. »Wollen Sie mich absichtlich missverstehen?«, fragte er gereizt. »Natürlich gibt es nicht den geringsten Zweifel daran, dass Fräulein Engel Furchtbares durchgemacht hat. Gott der Allmächtige wird diejenigen zur Rechenschaft ziehen, die ihr das angetan haben. Nichtsdestotrotz mangelt es auch ihr selbst an Einsicht, an Reue und an dem Willen zur Umkehr.«

»An Reue worüber? Dass ihr ein verderbter Freier die Syphilis angehängt hat?« Plötzlich hatte Catharine keine Schwierigkeiten mehr, die Krankheit beim Namen zu nennen.

Fliedner schüttelte verärgert den Kopf. »Nun reden Sie doch nicht einen so erbärmlichen Unsinn. Fräulein Engel ist doch mitnichten nur das Opfer widriger Umstände. Gott erlegt uns Prüfungen auf, die wir als seine Kinder demütig annehmen müssen.«

»Aber warum?«, rief Catharine laut. »Warum tut er das? Warum ist Gott so unermesslich grausam zu uns, wenn er uns doch angeblich wie seine Kinder liebt? Warum muss Florine von innen heraus langsam verfaulen? Warum hat er Johanna und Simonette sterben lassen, Ihre eigenen Töchter! Wie kann Gott so etwas zulassen und dann noch erwarten, dass wir ihn demütig loben?«

Fliedner öffnete den Mund, um etwas zu entgegnen. Aber dann presste er die Lippen wieder aufeinander. Mit einer abrupten Bewegung zog er seinen Stuhl hinter sich, setzte sich. Dann faltete er seine Hände auf seinem Schoß und schwieg.

Catharines Herz hämmerte. Das mit seinen Töchtern hätte ich nicht sagen dürfen, dachte sie. Und doch, es stimmte alles. Jedes Wort.

Nach ein paar Minuten hob Fliedner den Kopf. Er nickte kurz, als wollte er etwas unterstreichen, was er noch gar nicht ausgesprochen hatte.

»Es ist das Prinzip der Freiheit. Gott will, dass seine Kinder sich aus freien Stücken heraus für ihn entscheiden. Und verstehen Sie, Catharine«, seine Augen wurden schmal, »damit wir uns entscheiden können, gibt es nicht nur das Gute auf Erden. Sondern auch das Böse. Krankheit, Hunger, Ungerechtigkeit, Tod, all das lässt Gott zu. Deshalb hat er Satan geschaffen und lässt ihn gewähren, im Namen der Freiheit.«

Catharine hob verwirrt die Schultern. »Sie meinen, Gott hat das Böse in die Welt gebracht, wegen eines bloßen Prinzips? Aber das ist widersinnig. Ganz gewiss würden die Menschen gerne auf die Freiheit verzichten, wenn wir dafür in einem Paradies leben könnten, ohne Leid und Bosheit.«

»Doch dann wären wir Sklaven Gottes und keine freien Geschöpfe.« Fliedner schüttelte den Kopf. »Wir müssen uns täglich, stündlich für das Gute entscheiden. Es ist schwer zu begreifen und wäre gänzlich inakzeptabel, stünde dahinter nicht die tröstliche Hoffnung auf das ewige Leben. Die Erlösung von dem Bösen.«

Er beugte seinen Oberkörper zu Catharine hinüber und schaute sie aufmerksam an. »Verstehen Sie?«, fragte er noch einmal. Seine Stimme klang sanft, fast ein wenig unsicher, ganz und gar fremd.

»Ich weiß nicht«, gab sie zu. »Ich werde darüber nachdenken müssen.«

»Das Nachdenken wird Ihnen nicht viel nützen.« Fliedner lächelte sein übliches, schmales Lächeln. Er stand auf und reichte Catharine die Hand. »Mit dem Verstand können Sie Gott nicht begreifen. Durch Vernunft allein können Sie Ihre Zweifel nicht besiegen und den Glauben nicht erringen. Das schaffen Sie nur mit dem Herzen.«

9

Florine Engel erholte sich auf erstaunliche Weise. Im Diakonissenkrankenhaus heilten die entstellenden Geschwüre in ihrem Gesicht und am ganzen Körper ab, ihre Wangen färbten sich wieder rot, und sie begann zuzunehmen. Schon nach zwei Wochen konnte sie das Krankenzimmer verlassen und kleine Spaziergänge im Garten der Anstalt unternehmen.

»Vielleicht nimmt doch alles noch ein gutes Ende, und sie wird wieder ganz gesund«, meinte Catharine eines Abends hoffnungsvoll zu Johanne.

Johanne lächelte traurig. »Das hat oft so den Anschein«, sagte sie leise.

»Vielleicht ist es in Florines Fall ja wirklich wahr«, beharrte Catharine. »Sie ist so lebensfroh und wohlgemut, so ganz anders als früher.«

Sie besuchte die Kranke, sooft es ihre Arbeit im Asyl zuließ. Manchmal nahm sie die kleine Magdalena mit, die jetzt fast ein Jahr alt war und zum Entsetzen der Diakonissen vergnügt auf Florines Bett herumturnte, während sich die beiden Frauen unterhielten. Catharine und Florine kamen sich sehr nahe in dieser Zeit.

Nur selten verlor sich Florine noch in der deprimierten Stimmung, die früher so oft Besitz von ihr ergriffen hatte. Aber mitunter tauchten die Schatten ihrer düsteren Vergangenheit unvermittelt auf und nahmen sie gefangen.

Catharine fragte sich, ob Florines neue Ausgeglichenheit mit Fliedners Besuchen an ihrem Krankenbett zu tun hatten. Zweimal war er bei der Kranken gewesen und hatte lange mit ihr gesprochen. Über den Inhalt ihrer Gespräche erzählte Florine nie etwas, obwohl Catharine nur zu gerne mehr davon gewusst hätte. Als sie sich einmal ein Herz fasste und Florine fragte, zog diese nur die Schultern hoch. »Er versucht mich wohl aufs Jenseits vorzubereiten«, meinte sie ausweichend. »Aber so schnell trete ich noch nicht ab«, fügte sie mit ihrem alten spöttischen Lächeln hinzu, als sie Catharines betroffenen Blick sah.

Weit gesprächiger wurde sie, wenn die Rede auf Gustav Winkels kam. Obwohl ihr die Errettung aus dem furchtbaren Düsseldorfer Kellerloch wie ein böser Traum schien, an den sie sich kaum erinnerte, hatte er doch einen nachhaltigen Eindruck auf sie gemacht.

»Er hat mir gut gefallen, dieser zweifelnde Pastor«, sagte sie eines Tages versonnen, als sie im Garten des Hospitals auf einer Parkbank saßen. Das Holz war warm von der Junisonne, und Florine trug eine luftige, helle Bluse, deren oberste Knöpfe offen standen. »Hast du eigentlich Nachricht von ihm?«

Unter ihrem prüfenden Blick wurde Catharine rot. Zwei Briefe hatte sie von Gustav seit seiner Abreise im April erhalten. Zwei Briefe in zwei Monaten, das war nicht wirklich viel für einen, den sie schon als ihren zukünftigen Ehemann betrachtet hatte. Er hatte ausführlich Bericht erstattet von seinen Eindrücken aus Düsselthal und aus dem Rauhen Haus in Hamburg. Den Kuss und seine Gefühle für Catharine hatte er mit keinem Wort erwähnt.

»Nun sieh mal einer an«, neckte Florine, während sie noch näher an Catharine heranrutschte. »Hat mein starker Retter etwa ganz nebenbei auch dein Herz gestohlen?«

Catharine machte eine wegwerfende Geste und wollte schnell das Thema wechseln. Stattdessen fing sie an zu weinen.

»Du liebe Güte«, sagte Florine. »Du wirst doch nicht wegen eines Mannes weinen.«

Catharine wischte sich die Tränen aus den Augen und schüttelte den Kopf. Dann erzählte sie Florine, was nach ihrer Rettung im Krankenhaus geschehen war. »Und jetzt tut er so, als sei nichts passiert. Was soll ich nur davon halten?«

Florine pflückte gedankenverloren eine Heckenrose von dem Strauch hinter der Bank. Interessiert schnupperte sie daran, dann verzog sie missbilligend das Gesicht. »Vielleicht findet er nicht die richtigen Worte«, meinte sie, während sie die Blüte in hohem Bogen ins Gebüsch schleuderte.

»Soll ich ihn in meinem Antwortbrief auf seine Gefühle ansprechen?«, fragte Catharine unsicher.

Florine riss die Augen auf. »Bist du von Sinnen!«, rief sie so laut, dass zwei Diakonissen sich tadelnd nach ihnen umdrehten. »Wenn er dich wirklich nicht liebt, dann wird ihn auch das nicht überzeugen.«

Catharine nickte schnell und pflückte ebenfalls eine Rose von dem Strauch. Als sie daran roch, stieg ihr ein süßlicher, fauliger Geruch in die Nase. Sie ließ die Blüte fallen und schob sie mit dem Fuß unter die Bank.

»Und wenn er nun aber doch etwas für mich empfindet und es nur nicht auszusprechen wagt?«, fragte sie schließlich leise.

Florines Gesichtsausdruck war amüsiert und mitleidig zugleich. »Dann lass ihn zappeln. Glaube mir, er wird schon zu dir kommen. Letztendlich kommen sie alle. Aber lass es ihn unter keinen Umständen merken, dass du darauf wartest.«

Erst in der ersten Augustwoche erhielt Catharine wieder Nachricht von Winkels. Sein Brief war zu ihren Händen ins Asyl geschickt worden, und nachdem Schwester Amalia ihn ihr überreicht hatte, war Catharine so aufgeregt, dass sie beim Abspülen fast einen Teller zerbrach. Mit klopfendem Herzen zog sie sich in eine der Schlafkammern der Frauen im ersten Stock zurück und zog den Umschlag aus ihrer Rocktasche.

Er beschrieb seine Erfahrungen im Rauhen Haus zu Hamburg, schilderte die Unterhaltungen, die er mit Wichern über dessen Idee der Inneren Mission geführt hatte, und berichtete von seinem Plan, in den nächsten Tagen nach Thüringen weiterzureisen, um dort die berühmten hallischen Erziehungsanstalten August Franckes kennen zu lernen.

Seufzend ließ Catharine das Blatt sinken. Kein Wort von Sehnsucht. Kein Wort von Liebe. »Und er denkt gar nicht daran, nach Kaiserswerth zu kommen«, murmelte sie enttäuscht, während sie den Bogen wieder aufnahm, um Winkels Abschiedsgrüße zu lesen. Unter der schwungvollen Unterschrift stand noch ein Postscriptum.

»Das Briefeschreiben ist weder meine Stärke noch meine Passion, deshalb vergeben Sie mir bitte die dürren Worte und trockenen Ausführungen, mit denen ich Sie wahrscheinlich herzlich langweile. Seien Sie jedoch versichert, dass ich Ihnen so viel mehr sagen möchte, als ich es auf diese Weise ausdrücken könnte. Leider verbieten es mir die Umstände, in den nächsten Monaten nach Kaiserswerth zu kommen. Fliedner hat mich aber zur Einweihung der neuen Hilfsdiakonissenanstalt in Duisburg geladen, die am Reformationstag stattfinden soll. Bis dahin werde ich mich gedulden müssen.«

»Was möchtest du mir mitteilen, dass du es nicht in einem Brief sagen kannst?«, flüsterte Catharine. Ihre Finger zitterten, als sie das Blatt wieder zusammenfaltete, um es zurück in den Umschlag zu schieben. Ob Gustav eine Ahnung davon hatte, wie sehr sie seine Briefe aufwühlten? Wie oft sie an ihn dachte? Er hatte ihr viel zu sagen, schrieb er, aber wenn es ihm tatsächlich so ein Anliegen war, mit ihr zu reden, warum kam er dann nicht? Warum fuhr er nach Halle und nicht zu ihr?

Am Nachmittag entschuldigte sich Catharine für eine halbe Stunde bei Schwester Amalia und lief hinüber zur Diakonissenanstalt. Sie wollte Florine den Brief zeigen. Florine würde ihn zu deuten wissen und ihr raten, wie sie sich verhalten sollte.

Ihre Gesundheit hatte sich so gebessert, dass man ihre Entlassung aus dem Hospital beschlossen und Karoline Fliedner ihr ein einfaches Zimmer bei einer protestantischen Familie vermittelt hatte. Im Gegenzug sollte Florine leichtere Arbeiten für die Diakonie übernehmen, Kranken vorlesen und Näharbeiten ausführen, soweit ihr Gesundheitszustand dies erlaubte.

In ihrem Schlafsaal war sie nicht. Auch nicht auf dem Flur oder in einem der anderen Krankensäle der weiblichen Patienten. Catharine blieb nicht mehr viel Zeit, bis sie wieder ins Asyl zurückmusste. Wo steckte Florine bloß, sie musste doch unbedingt mit ihr reden! Vielleicht unten im Garten? Als sie die Treppe zum Untergeschoss hinunterflog, prallte sie fast mit dem Pastor und seiner Frau zusammen.

»Ich suche Fräulein Engel!«, rief sie ihnen eilig zu. »Haben Sie sie vielleicht gesehen?«

Karoline Fliedner trat schnell zu ihr hin und legte ihr eine Hand auf die Schulter. »Mein liebes Kind«, sagte sie mit weicher, leiser Stimme. Catharine sah sie an, zuerst voller Ungeduld, aber dann erschrak sie. Frau Fliedners Lippen öffneten sich einen Spaltbreit, dann legten sie sich wieder aufeinander. Ihr linkes Augenlid zuckte leicht, kaum wahrnehmbar.

Johanne, dachte Catharine. Es muss etwas mit Johanne sein.

»Was ist geschehen?«, fragte sie atemlos.

»Sie ist leider von uns gegangen«, antwortete die Pastorin. Catharine konnte den Blick nicht von dem zuckenden Auge wenden, es war, als ob es ihr spöttisch zuzwinkerte. Johanne, dachte Catharine noch einmal und hörte im gleichen Moment ihre Stimme, die den Namen laut aussprach. Das Treppengeländer hinter Frau Fliedner schwankte auf und ab wie die Reling auf einem Schiff.

Frau Fliedners Stimme drang durch einen Nebel zu ihr. »Johanne?«, wiederholte sie, »nein, nein, Ihrer Schwester geht es gut. Es ist Fräulein Engel.«

Das Treppengeländer drehte sich nach oben, der ganze Raum überschlug sich. Catharine griff nach dem blauen Diakonissenrock, der doch eben noch da gewesen war, direkt vor ihr. Aber ihre Hände fanden keinen Halt. Florine kann nicht tot sein, dachte sie. Ich muss ihr doch den Brief zeigen. Dann wurde alles dunkel.

Als sie wieder zu sich kam, lag sie auf einer schmalen Pritsche in einem der Untersuchungsräume. An der kahlen, weißen Wand hing ein Holzkreuz.

Fliedner und seine Frau standen am Ende des Raumes an der Tür und unterhielten sich mit einer Pflegerin.

»Was ist mit mir?«, fragte Catharine mit belegter Stimme.

Karoline Fliedner drehte sich um und lächelte. »Sie waren ohnmächtig.«

Sie nickte verständnislos. Dann fiel ihr alles wieder ein. »Florine«, stammelte sie.

»Sie ist vor einer Stunde sanft entschlafen«, erklärte Karoline leise.

»Aber es ging ihr doch so gut.«

»Äußerlich schien sie gesund. Aber innen wütete die Krankheit ungehindert weiter. Auf einem Blutgefäß muss sich ein Geschwür gebildet haben, die Wand ist geborsten, und Fräulein Engel ist innerlich verblutet. Es ging alles sehr schnell.«

Frau Fliedner faltete die Hände und senkte die Augen. Catharine richtete sich abrupt auf. Das Kreuz an der gekälkten Wand begann gefährlich zu schwanken. Die Pastorin löste die Finger und drückte sie mit sanftem Druck zurück auf die Pritsche.

Plötzlich schwebte Fliedners bleiches Gesicht über ihr. Aber bevor er etwas sagen konnte, setzte sie sich wieder auf. Diesmal bewegte sie den Oberkörper langsam nach oben, und die Wände schaukelten nur leise. »Ich will es nicht hören«, rief sie. »Ich weiß, Florine ist nun bei Gott, und alles ist gut, und ich sollte mich freuen für sie. Aber es ist mir egal, denn ich bin hier, und ich werde sie niemals wiedersehen, niemals!« Ihre Stimme war immer lauter geworden, das letzte Wort gellte von den kahlen Wänden wider. Ihr Gesicht war mit einem Mal tränennass.

Fliedner hob eine Hand, als wollte er sie besänftigen oder schlagen, sie wusste es nicht. Dann wandte er sich unvermittelt ab und verließ den Raum.

Karoline Fliedner blickte ihrem Mann irritiert nach. Einen Moment schien es, als wollte sie ihm nachgehen. Dann schüttelte sie den Kopf. Sie setzte sich neben die weinende Catharine auf die Pritsche, legte ihr einen Arm um die Schultern und zog sie schweigend an sich.

Florine Engel wurde auf dem kleinen evangelischen Friedhof vor den Toren der Stadt begraben, auf dem auch Fliedners erste Frau Friederike bestattet worden war. Fliedner selbst übernahm die Beerdigungszeremonie, die Catharine wie durch einen Schleier hindurch erlebte.

Unmittelbar nach dem Begräbnis befiel sie ein schweres Fieber. Während ihr Körper mit Schüttelfrost und Krämpfen kämpfte, weilte ihr Geist in einer unwirklichen Schattenwelt. Florine Engel kam sie oft besuchen. Ihr Gesicht war so schön und makellos wie in der ersten Zeit im Asyl. Ernst blickte sie auf Catharine herunter. Diese streckte die Arme nach ihr aus, schaffte es aber nicht, sie zu berühren. »Kommst du mich holen?«, fragte sie leise. »So weit ist es mitnichten«, antwortete Florine streng. Seltsamerweise sprach sie mit Johannes Stimme.

Auch Fliedner erschien mehrmals täglich an ihrem Krankenbett. Einmal bemühte er sich erst gar nicht die Treppen in den ersten Stock hinauf, sondern flog einfach durchs offene Fenster herein und schwebte vom Fensterbrett aus über ihr Bett. An der einen Hand zog er seine Frau Karoline hinter sich her, an der anderen hielt er Johanne, die sanft zu ihr herunterlächelte.

Dann wachte Catharine mitten in der Nacht auf und sah eine dunkle Gestalt am Fenster stehen. Sie hörte ein leises Schluchzen. Es klang unendlich traurig und verzweifelt. Mühsam richtete sie sich ein Stückchen auf. »Johanne?«

Die Frau am Fenster drehte sich um und kam in schnellen Schritten herüber zum Bett. »Du bist bei Bewusstsein?«

»Warum weinst du?«, fragte Catharine mit schwerer Zunge.

Johanne schüttelte den Kopf und wischte sich mit einer Hand über die Augen. Wie erschöpft sie aussah. »Es ist nichts. Wie geht es dir?«

»Ich bin so …«, Catharine ließ sich wieder zurück auf ihr Kissen sinken, »… so müde. Hast du Gustav geschrieben?«, fragte sie dann. »Er wartet auf Antwort.«

»Gustav?« Die Stimme der Schwester klang verständnislos. »Von wem sprichst du?«

»Gustav Winkels«, murmelte Catharine im Fieber.

Sie wusste nicht, ob Stunden oder Tage vergangen waren. Doch irgendwann saß er an ihrem Bett und hielt ihre Hand. Sie fühlte seine kräftigen Finger. Die rauen Knöchel, die Adern, die über den Handrücken liefen. Die Hornhaut an den Fingerspitzen.

»Haben wir schon den Reformationstag?«, flüsterte sie. Sie hörte ein leises, tiefes Lachen. Die Hand bewegte sich. Sie griff fester zu, um sie nicht zu verlieren.

»Florine ist tot«, wisperte sie dann.

»Ich weiß«, gab er leise zurück. Als sie über seine Schulter zur Zimmertür sah, entdeckte sie dort die Verstorbene. In einem schlichten, schwarzen Asylkleid, das erstaunlicherweise ihre schlanken Formen aufs Vorteilhafteste zur Geltung brachte, lehnte sie an der Wand und blickte lächelnd zu ihnen herüber. Ihr dunkles Haar glänzte, ihre Lippen waren voll und rot.

»Sie ist hier. Direkt hinter dir«, murmelte Catharine.

Er sah sich ruhig um. »Da ist niemand.«

Als sie jetzt zur Tür schaute, war Florine verschwunden.

»Sie sagte, ich soll dir nicht zeigen, wie sehr ich dich liebe«, flüsterte sie dann. »Ich soll dich warten lassen. Du würdest schon kommen.«

»Ich bin gekommen«, antwortete Gustav. Dann verschwand auch er.

In einer fürchterlichen Nacht erreichte das Fieber seinen Höhepunkt. Schwitzend empfing Catharine die seltsamsten Gäste. Friederike Fliedner erschien mit ihrem schwarzen Trauerflor in den Haaren. Keusch lächelnd beugte sie sich über sie und reichte ihr den Schleier. »Mach dich bereit für Christus deinen Herrn«, ermahnte sie sie. Catharine stieß ihre Hand zurück. Friederikes sanftes Gesicht verzog sich, eine steile Falte bildete sich zwischen ihren Brauen.

»Sei doch vernünftig«, sagte sie streng mit Johannes Stimme, während sie sich noch dichter über sie beugte. Mit aller Kraft schlug Catharine nach ihren Händen. Heiße Flüssigkeit ergoss sich über ihre Finger, verbrannte ihre Brust. Irgendjemand schrie laut auf. War sie selbst es gewesen?

»Das sind die Tränen unseres lieben Herrn Jesu«, sagte Friederike Fliedner traurig. Ihre Stimme erklang jetzt aus weiter Ferne. »Er weint wegen dir, du uneinsichtiges, böses Kind.«

Als Catharine die Augen aufschlug, erhellte warmes Sonnenlicht das Zimmer. Sie hob ihre Hände und betrachtete sie befremdet. Wie bleich und dünn ihre Finger waren. Die langen Nägel schimmerten gelblich. Angewidert schob sie sie unter die Bettdecke.

Dann setzte sie sich auf und blickte sich im Zimmer um. Ihr Kopf drehte sich nicht mehr. Die bleierne Müdigkeit war wie weggeblasen. Vor dem Fenster tanzten Staubkörnchen im

Licht und sanken langsam zu Boden. Wie lange war sie krank gewesen?

Ihr Schädel juckte. Als sie sich am Hinterkopf kratzte, bemerkte sie, dass ihre Haare ganz verklebt waren vom Schweiß und Schmutz. »Ich brauche ein Bad«, murmelte sie, während sie ihre Beine über die Seite des Bettes hob und sie auf den Boden stellte. Wie dicke Knoten ragten ihre Knie in der Mitte der dünnen weißen Beine hervor. Als sie ein Geräusch an der Tür hörte, wollte sie sie schnell wieder zurück unter die Decke ziehen. Aber bevor sie das Bett aufschlagen konnte, stand Johanne im Türrahmen. Einen Moment lang hielt sie sich an der Zarge fest, dann kam sie zu ihr herüber. »Du bist wach?«

»Ich bin so schmutzig.« Catharines Stimme kratzte im Hals. Ihr Magen knurrte leise und drohend. »Und hungrig.«

»Danke, lieber Gott«, flüsterte Johanne und ließ sich neben sie aufs Bett sinken. Sie hob ihre Arme, als wollte sie Catharine umarmen, aber dann ließ sie sie wieder sinken und faltete die Hände. »Danke«, wiederholte sie noch einmal leise, ohne die Augen von ihr abzuwenden.

»Wir dachten, es wäre aus mit dir«, sagte sie dann. Ihr Tonfall war jetzt ruhig und sachlich wie immer.

»Wie lange war ich denn krank?«

»Sieben Wochen.« Johanne sah sie tadelnd an, als habe sie ihre Genesung absichtlich so lange hinausgezogen.

»Sieben Wochen?« Catharine zog ungläubig die Augenbrauen nach oben. So lange. Sie hatte das Gefühl, dass es nur Tage gewesen waren. »Waren all diese Menschen wirklich hier, oder habe ich mir das bloß zusammengeträumt?«

»Wen meinst du?«, fragte Johanne, während sie aufstand und an Catharine vorbei nach ihrem Kopfkissen griff, um es aufzuschütteln.

»Nun, Fliedner … seine Frau … Schwester Amalia … Florine Engel …«

Ihre Schwester warf ihr einen alarmierten Blick zu.

»Sie ist tot, ich weiß. Aber ich habe sie dennoch gesehen.« Sie spürte ein unangenehmes, kaltes Prickeln im Rücken, als sie sich daran erinnerte.

Johanne legte das Kissen zurück aufs Bett. »Nun, die anderen waren hier. Sowie auch Nelli und Walter und Felix Winter.«

Und Gustav?, wollte Catharine fragen. Hatte sie seinen Besuch auch nur geträumt, oder war er wirklich bei ihr gewesen? Hatte sie ihm tatsächlich im Fieberwahn ihre Liebe gestanden? Sie spürte, wie ihr heiß und kalt wurde, und plötzlich begann sich das Zimmer wieder zu drehen.

Sie schloss die Augen. Wenn sie sich nach Gustav erkundigte, würde Johanne eine Menge unangenehmer Fragen stellen.

Als sie die Augen wieder öffnete, begegnete sie Johannes misstrauischem Blick. Catharine blinzelte nervös. Ihre Schwester ergriff ihre Bettdecke, um sie ebenfalls aufzuschütteln. Dann ließ sie sie wieder sinken.

»Er war auch hier«, sagte sie.

Catharine nickte und schwieg. Ihr Herz klopfte irgendwo hoch oben in ihrem Hals.

»Was ist zwischen euch?«, fragte Johanne.

Sie holte tief Luft. »Von wem sprichst du?«, fragte sie unschuldig. Johanne seufzte.

»Ich bringe dir erst einmal etwas zu essen.«

10

Catharine hoffte, dass Johanne die Sache mit Gustav einfach auf sich beruhen lassen würde, aber sie wusste selbst, dass die Hoffnung vergeblich war. Es dauerte keine drei Tage, bis Johanne sie darauf ansprach. »Da es dir nun schon so viel besser geht, kannst du mir ja auch von der Sache mit diesem Winkels berichten«, meinte sie eines Nachmittags, als sie dabei war, im Garten Bettlaken aufzuhängen. Es war Anfang Oktober, und sie warf immer wieder kritische Blicke zum Himmel, ob es nicht doch anfangen würde zu regnen. Catharine saß auf einem Stuhl in der Herbstsonne. Sie half nicht mit, weil Johanne es ihr verboten hatte.

»Da gibt es nicht viel zu berichten.« Sie betrachtete ihre Hände, die Adern schimmerten dunkelblau durch die weiße Haut. »Er ist Nellis Neffe aus Frankfurt. Ein junger Pastor. Wie dein Fliedner«, setzte sie boshaft hinzu.

»Du hast von ihm gesprochen im Fieberkrampf.«

»Was habe ich denn gesagt?«, erkundigte sich Catharine unbehaglich. Ein Windstoß blähte das Laken hinter Johanne hoch auf und gab den Blick auf den Garten frei. Gelbe Topinamburköpfe schwebten über verdorrten Brennnesseln. Dann sank das Tuch wieder nach unten wie ein Vorhang.

Johanne schüttelte ein nasses Kopfkissen mit lautem Klatschen aus, klemmte es an der Leine fest und zuckte mit den Schultern. »Auf meine Bitte hin sandte Fliedner ihm Nachricht, und wenige Tage später traf er in Kaiserswerth ein. Ganz gleichgültig scheinst du ihm jedenfalls nicht zu sein.«

Catharines Herz klopfte so laut, dass Johanne es hören musste. Sprich doch weiter, dachte sie. Erzähl mir, was vorgefallen ist, als Gustav mich besuchte. Gewiss hast du mich nicht allein mit ihm gelassen. Was habe ich ihm gesagt? Was hat er mir geantwortet?

Ihre Schwester nahm den leeren Wäschekorb und drehte sich zu Catharine um. Ihre Blicke begegneten sich, und Johanne sah plötzlich unsicher aus. »Trinchen«, sagte sie leise, aber Catharine legte nur den Kopf zur Seite und schwieg.

Johanne presste ihre Lippen zu einem schmalen Strich zusammen. Mit schnellen, kurzen Schritten ging sie ins Haus.

Die nassen Laken auf der Leine trennten Catharine von der Sonne. Sie fröstelte.

Catharine und Johanne teilten die Kutsche nach Duisburg mit Gertrude Reichhardt und drei weiteren Diakonissen. Am Anfang versuchte Catharine noch, der Unterhaltung zu folgen, aber irgendwann gab sie es auf. Zu wirr jagte ein Gedanke den anderen in ihrem Kopf.

Es war Reformationstag, der Tag, auf den sie so lange gewartet hatte, den sie herbeigesehnt hatte, den sie fürchtete. Heute würde die Pastoralgehilfenanstalt eingeweiht werden, die unter Fliedners und Wicherns gemeinsamer Anstrengung entstanden war. Heute würde sie Gustav wiedersehen. Seit ihrer Genesung hatte sie zwei Briefe von ihm erhalten, beide höflich und zurückhaltend und recht kurz. Das konnte darauf hindeuten, dass während ihres Fiebers nichts zwischen ihnen vorgefallen war. Oder aber, dass er ihre peinliche Liebeserklärung einfach ignorierte.

Die Felder und Wiesen vor dem Fenster waren von einem eisigen Raureif bedeckt, und die Novembersonne überzog alles mit ihrem warmen, goldenen Schein. In wenigen Minuten hätte sie Gewissheit: Bedeutete sie ihm wirklich etwas? Oder war es alles nur Einbildung, bloße Illusion? Die Erwartung glitzerte wie der Raureif auf den Bäumen.

Wie so oft dachte sie an den Kuss, damals im Sommer, und fühlte seine großen Hände wieder auf ihrem Körper. Er hatte sie besucht, als sie krank war. Er war sofort gekommen.

Was würde sie antworten, wenn er ihr einen Antrag machte? Ja!, dachte sie inbrünstig. Ja, ja, ja. Er würde seine Ordination erhalten und dann seine Pfarrstelle in der Nähe Frankfurts antreten. Und sie würde als seine Frau mit ihm kommen, dann bekämen sie viele Kinder – nun, vielleicht nicht gar so viele wie die Fliedners, aber immerhin …

Catharine runzelte die Stirn. Sie konnte sich Winkels einfach nicht als Pfarrer in seiner eigenen Gemeinde vorstellen. Er hatte so oft von seinen Zweifeln gesprochen. Zweifel an seinem Glauben. An Gott. Durfte ein Pastor solche Zweifel haben?

Sie holte tief Luft und blinzelte hinaus auf die glitzernden Felder. Nun, vielleicht würde Winkels kein Pfarrer werden. Dann würde er eben etwas anderes anfangen. Nichtsdestotrotz würde sie ihm folgen. Als seine Frau.

Sie würden immer zusammenbleiben. In guten wie in schlechten Tagen.

Wie auf ein Stichwort schob sich eine vereinzelte Wolke vor die Sonne, und das glitzernde Eis auf den Feldern verwandelte sich von einem Moment auf den anderen in eine graue, schmutzige Fläche. Irgendwo da hinten regnete es schon.

Durch die kleinen Fenster fiel trübes Novemberlicht in die Kapelle, nur ganz selten noch durchbrachen Sonnenstrahlen die Wolkendecke und zeichneten für ein paar Augenblicke helle Muster auf den Steinboden. Vorne flackerten sieben hohe Kerzen in einem goldenen Leuchter. Ein paar Zweige mit roten Beeren in einer schmalen Vase auf dem Altar bildeten den einzigen Schmuck.

Eine große Anzahl geladener Gäste hatte sich in der Kapelle der neuen Anstalt versammelt. Catharine reckte den Hals und suchte Gustav. Aber sie fand ihn nicht. Rechts in der ersten Reihe erblickte sie Fliedner inmitten vieler würdevoll dreinblickender Herren in Festtagskleidung. Auf der linken Seite saß seine Frau in einer dunkelblau-weißen Masse von Diakonissen. Johanne zog sie neben sich in eine der hinteren Bänke.

Der zukünftige Hausvater der Diakonenanstalt begrüßte die Anwesenden und öffnete dann den Mund ganz weit wie unter Schmerzen. »Du meine Seele, singe«, stimmte er an, und die Diakonissen um Karoline Fliedner fielen mit ihren hohen Stimmen ein, dann auch die übrigen Anwesenden. »Ich will den Herren droben, hier preisen auf der Erd, ich will ihn herzlich loben, solang ich leben werd.« Nur Catharine sang nicht mit. Ihre Blicke durchsuchten die Kapelle. Er war nicht da, er war nicht gekommen.

Doch, jetzt entdeckte sie ihn, halb von einer Säule verdeckt saß er am äußersten rechten Rand in der zweiten Reihe. Sie richtete sich auf und fuhr über ihre Haare, aber Gustav schaute nicht zu ihr herüber, er blickte zum Altar, wo Fliedner die letzte Strophe mitsang:

Er weiß viel tausend Weisen,
zu retten aus dem Tod,
ernährt und gibet Speisen
zur Zeit der Hungersnot,
macht schöne rote Wangen
oft bei geringem Mahl,
und die da sind gefangen,
die reißt er aus der Qual.

Dann begann er seine Rede, mit der er an die Worte des Chorals anknüpfte, aber die Worte rauschten an Catharine vorbei. Sie betrachtete Gustav, ohne dass er sich dessen bewusst war. Alles an ihm war so groß. Der Kopf, die Ohren, die kräftige Nase. Seine

Hände. Sein blondes Haar war wirr und zerzaust wie trockenes Stroh, und sein Bart zu lang. Er sah müde aus. Sie hätte sich gerne neben ihn gesetzt und ihren Kopf an seine Schulter gelegt und seine Hände berührt.

Während sie ihn ansah, merkte sie, wie sich sein Gesichtsausdruck veränderte. Seine Haut verfärbte sich, erst wurden die Wangen rot, dann die Stirn, seine Augen zogen sich zusammen.

War es die Predigt, die ihn verärgerte? Worüber sprach der Pastor eigentlich? Fliedner stand neben dem Altar, seine Arme emporgestreckt, die Handflächen nach vorn, die weiten Ärmel seines Talars hingen zu Boden wie schlaffe, schwarze Flügel, und sein Gesicht war so ernst, als zelebrierte er keine Einweihungsfeier, sondern eine Totenmesse.

Dann gab sie sich einen Ruck. Wenn sie nicht endlich zuhörte, war seine Rede beendet, bevor sie überhaupt mitbekommen hatte, wovon er sprach.

»... nicht nur in England und Frankreich wächst unter den niederen Arbeiterklassen in Fabrikgegenden die Rohheit, das freche Widerstreben gegen alle Obrigkeit, der Unglaube und die Unsittlichkeit in schreckenerregendem Maße. Auch in Deutschland haben sich längst solche Sympathien entwickelt. Ist nicht auch in einer unserer preußischen Provinzen noch dieses Jahr der unter der Asche glimmende Funke zur Flamme emporgeschlagen, sengend und zerstörend?«

Fliedners Stimme wurde immer lauter. Er trat noch einen Schritt auf sein Publikum zu und reckte die Arme höher. »Wächst aber dieser böse Geist noch ein paar Jahrzehnte ungehindert so fort, dann – man braucht kein Prophet zu sein, um das mit Gewissheit vorherzusagen – dann wird der bessere, aber viel kleinere Teil des Volkes die wilde Masse nicht mehr besänftigen, sondern wird überwältigt und zertreten werden. Darum ist es höchste Zeit, einen Damm gegen das wallende Meer aufzuwerfen.«

Er machte eine kurze Pause, und sein kühler Blick wanderte über die Zuhörer. Catharine nutzte die Gelegenheit, um zu Gustav Winkels hinüberzuschauen. Sein Platz war leer. Er hatte die Kirche verlassen. Ihre Hände begannen zu schwitzen. Warum war er hinausgegangen?

Mit einem Mal hielt sie selbst nichts mehr in der Kapelle. Als Fliedner wieder zu sprechen begann, griff sie sich mit einem leisen Seufzer an die Stirn.

Johanne warf ihr einen ungehaltenen Blick zu.

»Mir ist auf einmal recht unwohl«, wisperte Catharine. »Ich denke, ich brauche etwas frische Luft.«

»Dann geh in Gottes Namen nach draußen«, gab Johanne ebenso leise zurück, ohne den Blick von Fliedner abzuwenden.

Sie musste sich schwer gegen die Kirchentür stemmen. Durch die Öffnung stob feuchtkalte Novemberluft herein, und als sie sich endlich nach draußen gezwängt hatte, fiel die Tür hinter ihr mit einem lauten Krachen ins Schloss. Der Himmel war jetzt von dunklen Wolken bedeckt, nur zwei winzige blaue Flecke waren in der grauen Decke zu sehen. Noch regnete es nicht, aber lange würde es nicht mehr dauern.

Von Winkels fehlte jede Spur. Ob er zum Anstaltsgebäude hinübergegangen war? Oder hatte er das Gelände bereits verlassen und war auf dem Heimweg?

Was würde er überhaupt von ihr halten, wenn er sie hier draußen erblickte? Sie war ihm nachgelaufen wie eine dumme Gans. Plötzlich musste sie an Florine denken. Hoffentlich konnte sie sie nicht sehen, von dem Ort aus, an dem sie jetzt war, sie hatte alles falsch gemacht. Sie wollte rasch wieder nach drinnen gehen.

Aber der Sturm drückte gegen die Kirchentür, von außen war es noch schwerer, sie aufzubekommen. Sie hängte sich mit ihrem ganzen Gewicht an den Griff und zog sie endlich einen Spaltbreit auf. Jemand packte sie an der Schulter. Sie fuhr zusammen und ließ los. Wieder knallte die Tür zu.

»Sie!«, entfuhr es ihr, als sie sich umdrehte und Gustav sah.

»Ich habe sie angerufen, aber Sie haben mich nicht gehört«, entgegnete er. Sein blondes Haar wehte im Wind und war jetzt noch zerzauster als vorhin in der Kirche.

»Mir war nicht gut, deshalb bin ich herausgekommen«, erklärte sie, ohne dass er sie danach gefragt hatte. Ihre Hände bebten, und sie versteckte sie schnell hinter ihrem Rücken. »Aber jetzt gehe ich wieder hinein.«

»Warum setzen wir uns nicht einen Augenblick auf die Bank dort drüben?«, schlug Gustav vor, als habe sie nichts gesagt. Ohne sich darum zu kümmern, ob sie ihm folgte, ging er zu einer Holzbank, die zwischen zwei großen Kastanien stand. Nach kurzem Zögern folgte sie ihm.

»Was für ein idyllisches Plätzchen«, rief sie übertrieben laut, nachdem sie Platz genommen hatten. Ihre Stimme gellte unangenehm in ihren Ohren. Die Stelle unter den Bäumen war erstaunlich windgeschützt. Obwohl über ihnen die Zweige heftig hin und her schlugen, war hier unten kaum ein Windhauch zu spüren.

»Sie müssen nicht so schreien«, sagte Gustav überflüssigerweise, und sie nickte ärgerlich. Um ihn nicht ansehen zu müssen, blickte sie voller Interesse nach oben in die Baumwipfel. Ein paar dürre Blätter hingen noch in den Kronen, auch diese würde der Wind bald mit sich reißen.

»Was hielten Sie also von Fliedners Rede?«, erkundigte sich Winkels, als griffe er ein Gespräch wieder auf, das sie schon vorher begonnen hatten.

Catharines Blick wanderte von den Baumkronen zurück zu seinem Gesicht. Kein Zweifel, dieses Mal machte er sich wirklich über sie lustig. Wie konnte er sich jetzt mit ihr über Fliedners unerhebliche Rede unterhalten, als ob zwischen ihnen beiden nicht das Geringste vorgefallen wäre.

»Und Sie? Was hielten Sie davon?«, gab sie spöttisch zurück.

Gustavs Gesicht verzog sich. »Es ist mir einfach unbegreiflich. Er ist doch ganz gewiss ein einsichtiger Mann und hat schon so viel bewegt und begonnen. Warum nur denkt er die Sache nicht weiter? Weshalb verharrt er in diesem preußischen Kadavergehorsam, als wäre es Gottes Gebot!«

»Was erwarten Sie von ihm?«, meinte sie irritiert. »Dass er eine Revolution anzettelt gegen unser Königshaus? Als Pastor ist Fliedner doch dem König unterstellt, da ist es doch nur natürlich, dass er sich mit der Obrigkeit nicht überwirft.«

Noch während sie die Worte aussprach, merkte Catharine, wie schal und falsch sie klangen. Gustav sah sie ungläubig an und schüttelte dann den Kopf. »Seine Obrigkeit ist also der König? Und ich dachte immer, es sei Gott, der über die heilige Kirche herrscht.«

Sie zuckte mit den Schultern. »Nun, zumindest muss er sich mit der irdischen Macht arrangieren, immerhin unterstützt Berlin seine Sache ja auch mit gutem Geld.«

»Begreifen Sie denn nicht, Catharine«, Gustav sprang auf und hob die Hände. Er schien fast verzweifelt darüber, dass sie ihn nicht verstand, aber dann setzte er sich wieder neben sie und packte sie bei den Schultern. »Der König und der Adel, die Unternehmer und die Mächtigen, all die, die Fliedner und seinesgleichen als die edlen Retter der Gesellschaft darstellen, sie sind nicht die Lösung unseres Problems. Sie *sind* das Problem.«

Ungehalten machte sich Catharine los. Was redete Gustav da. Sie beide hatten doch weiß Gott Wichtigeres zu bereden als diese nichtigen politischen Angelegenheiten. Wie sollte es weitergehen zwischen ihnen, das war die Frage, die sie im Moment interessierte – und nicht die Belange des Königs und der Arbeiterschaft.

»Catharine, ich habe in Hamburg furchtbare Dinge gesehen.« Gustavs Blick folgte ein paar gelben Kastanienblättern, die in schwungvollen Kreisen über die Rasenfläche vor der Kirche wirbelten. Kurz vor der Kirchentür trieb sie ein Luftstoß auseinander, einige blieben am Boden liegen, andere wurden nach oben gerissen. »Die Fabrikarbeiter, die Fliedner wegen ihrer vermeintlichen Gottlosigkeit verurteilt, werden von skrupellosen Unternehmern geknechtet und versklavt. Mit Kind und Kegel hausen sie in ähnlich erbärmlichen Löchern wie Ihre bedauernswerte Florine. Sie sind den Fabrikanten auf Gedeih und Verderb ausgeliefert. Ohne Rechte. Ohne Hoffnung. Ist es verwunderlich, dass sie sich von Gott abwenden, der ihr Flehen nicht erhört, und ihren Trost im Alkohol suchen? Ist es da erstaunlich, dass sie sich gegen ihre Unterdrücker erheben wie im Sommer die schlesischen Weber, von denen Fliedner so abfällig spricht?«

Catharine schob ein paar Haarsträhnen hinter die Ohren, die der Wind aus ihrer Frisur gerissen hatte. »Sie mögen ja Recht haben mit all dem«, gab sie dann widerwillig zu. »Aber was kann denn der König für diese schlimmen Zustände?«

Er lachte bitter. »Solange er dort oben sitzt und alles unterjocht, solange einige wenige Mächtige über das restliche Volk bestimmen, so lange wird es keine Gerechtigkeit geben und keine Freiheit.«

»Dann wollen Sie einen Umsturz?«, fragte sie.

»Reformen, die ihren Namen verdienen.« Er sah sie an, als sei sie es, die sich ihm und seinen Ideen entgegenstellte, als verkörpere sie den König und die Reaktion. »Ein Parlament, das wirklich das Sagen hat. Eine Verfassung, die gilt – für alle und für jeden. Vielleicht kann uns das noch retten vor dem entsetzlichen Chaos, das Fliedner zu Recht so fürchtet.«

Er stand auf und lehnte sich an den breiten Stamm einer Kastanie. »Fliedners Weg ist nicht der richtige und ihr Gott nicht der meine. Und deshalb kann und will ich niemals Pastor werden.«

Catharine erhob sich ebenfalls. Sie lehnte sich an den Stamm des anderen Baumes, sodass sie Gustav genau gegenüberstand. Die ersten Regentropfen fielen jetzt vom Himmel, aber unter den dicht verzweigten Ästen standen sie geschützt. »Gerade deshalb sollten Sie Pastor werden. Um den anderen Kirchenmännern Ihre eigenen Vorstellungen entgegenzusetzen«, meinte sie. Aber ihre Stimme klang nicht begeistert, sondern schwach und unsicher.

Gustav schüttelte den Kopf. Mit der Spitze seines Schuhs schob er das halb verfaulte Laub zwischen seinen Füßen zu einem Haufen zusammen. »Es geht nicht. Ich habe mich schon zu weit von allem entfernt.«

Dann blickte er wieder zu ihr herüber.

»Catharine«, sagte er. »Ich kann es nicht leugnen, dass ich viel für Sie empfinde. Und ich weiß, dass auch Sie meine Gefühle erwidern. Aber die Dinge sind, wie sie sind. Es kann nicht sein. Ich muss meinen Weg weitergehen, auch wenn ich das Ziel noch nicht kenne. Es ist die einzige Möglichkeit, meinen Glauben wiederzufinden.«

Catharine schloss die Augen. Der Wind tobte jetzt in ihrem Kopf und jagte ihre Gedanken durcheinander.

»Wenn du mich liebst, dann lass mich dich begleiten.« War das ihre Stimme, die das gesagt hatte? Gustav schüttelte langsam den Kopf.

»Ich muss den Weg alleine gehen.« Er betrachtete sie so lange, als wollte er sich jeden Zentimeter ihres Gesichtes für immer einprägen. Dann stieß er sich vom Stamm ab und ging durch den Regen davon, ohne sich noch einmal nach ihr umzudrehen.

Teil 3

Johanne

(1846–1847)

1

Johannes Nase juckte. Sie hätte sich gerne gekratzt, aber ihre Handschuhe waren von der Gartenarbeit über und über mit Lehm verschmiert. Sie verzog das Gesicht und versuchte, an etwas anderes zu denken. Vergeblich. Irgendwann gab sie dem Bedürfnis nach und rieb mit den schmutzigen Fingern über die juckende Stelle.

Dann ließ sie die Hände sinken und betrachtete ihr Werk. Die Endivienschösslinge, die sie soeben vom Unkraut befreit hatte, wuchsen kräftig und gesund heran. In wenigen Wochen konnte sie mit der Ernte beginnen. Dahinter wanden sich blühende Schminkbohnen um hohe Stangen, Rapontika und Mangold standen in Reih und Glied.

»Vortrefflich«, murmelte sie zufrieden. Die viele Gartenarbeit schien sich wirklich auszuzahlen. Die Pflanzen gediehen prächtig und versprachen eine reiche Ernte.

Wenn nur endlich Regen käme. Johanne warf einen prüfenden Blick zum Himmel. Schon der Frühling war ungewöhnlich heiß und trocken gewesen. Und im Juni hatte es bisher kein einziges Mal geregnet. In der staubigen Hitze war die schattige Lage ihres Stadtgärtchens ein wirklicher Vorteil, denn der lehmige Boden hielt die spärliche Feuchtigkeit wenigstens einigermaßen. Aber wenn sie ihre Pflanzen nicht jeden Abend mit Brunnenwasser gegossen hätte, wäre auch hier alles verdorrt wie auf den Feldern der Bauern rund um die Stadt.

Sie zog die schmutzigen Handschuhe aus, streifte die Holzpantinen von den Füßen und ging barfuß zurück ins Haus. Zum wiederholten Male fragte sie sich, warum sie sich die ganze Mühe mit dem Gemüse machte. Sie allein konnte den Salat, die

Bohnen und Beeren gar nicht aufessen. Sicherlich fanden sich in der Diakonissenanstalt dankbare Abnehmer, aber die Schwestern und ihre Pfleglinge würden auch ohne ihre Früchte nicht verhungern.

Sie legte die Gartenhandschuhe oben in den Besenschrank und trat dann zurück zur Gartentür. Durch das kleine Fenster blickte sie hinaus auf die trockenen Beete, über denen die Luft vor Hitze vibrierte. Wenn die Sonne weg war, würde sie die Pflanzen gießen.

Bis dahin konnte sie noch ein paar Schreibarbeiten für die Diakonissenanstalt erledigen.

Ihr Blick blieb an ihrem Gesicht hängen, das sich in der Scheibe spiegelte. Ihre Wangen waren lehmverschmiert, und quer über ihre Stirn zog sich ein schmutziger Streifen, als trüge sie Kriegsbemalung. Sie versuchte, den Schmutz abzureiben, verschmierte das Ganze dadurch aber nur noch mehr.

Unwillig runzelte sie die Stirn. Die düstere Spiegelung wirkte mit einem Mal geradezu furchterregend. Sie wandte sich ab. Die Briefe mussten bis zum nächsten Morgen erledigt werden.

Aber statt nach oben in ihr Studierzimmer zu gehen, öffnete sie die Tür zum Garten. Eine Hitzewelle schlug ihr entgegen. Es war schlimmer als im Hochsommer. Auf der kleinen Terrasse, die im Schatten der Hauswand lag, stand ein Stuhl. Johanne ließ sich darauf fallen und schloss die Augen.

Warum war sie so kraftlos und niedergeschlagen? Vielleicht war es die Hitze, die ihr den Kopf verdrehte. Sie würde jetzt die Schriftstücke erledigen. Die Pflanzen gießen. Und dann vor dem Schlafengehen noch eine Stunde in der Bibel lesen. Das Buch Hiob war eine gute Lektüre.

Die Nacht brachte kaum Abkühlung, und schon am frühen Morgen breitete sich wieder eine trockene Hitze aus. Kurz nach fünf wachte Johanne aus einem Traum auf, aber was immer es gewesen war, das sie geträumt hatte, starb in dem Moment, als sie die Augen öffnete, und sie erinnerte sich an nichts mehr. Sie wälzte sich noch ein paar Minuten hin und her, aber dann stellte sie fest, dass sie keinen Schlaf mehr finden würde. Sie stand auf und ging hinunter in die Küche.

Ein dünner Schweißfilm hatte ihr Gesicht überzogen, als sie sich den Kaffee aufgoss. Sie schnitt sich eine Scheibe Brot ab und wollte sie mit Pflaumenmus bestreichen, aber dann schob sie den Teller weg. Sie hatte überhaupt keinen Appetit.

Der letzte Schluck Gerstenkaffee schmeckte staubig. Auf dem runden Boden der Tasse schwappte braun glänzend der Satz. Sie stellte die leere Tasse auf die Anrichte und beschloss, ins Pfarrhaus zu gehen und die Briefe abzugeben, bevor es richtig heiß wurde. Fliedner hielt um diese Stunde zwar immer seine stille Zeit der Besinnung, aber seine Frau konnte die Schriftstücke genauso gut entgegennehmen.

Als sie das Haus verließ, nahm sie auf der anderen Straßenseite eine Bewegung wahr. Doch als sie hinschaute, war niemand zu sehen, sie hatte sich wohl getäuscht.

Aber kaum war sie losgegangen, hörte sie hinter sich ein Geräusch. Abrupt blieb sie stehen. Jetzt war alles wieder still. Wenn sie sich jetzt umwandte, würde sie niemanden sehen, so viel war sicher. Langsam ging sie weiter. Da war es wieder. Sie ging noch ein paar Schritte weiter, dann fuhr sie unvermittelt herum.

»Wer da?«, rief sie laut. Ihre Stimme hallte durch die menschenleere Gasse. Dicke Schweißperlen rannen ihren Hals entlang und sammelten sich an der Stelle, an der ihre Schlüsselbeine aufeinander trafen. Mit zusammengezogenen Augenbrauen starrte sie in die schattigen Eingänge, als könne sie damit ihren Verfolger zwingen, sein Versteckspiel aufzugeben und ans Licht zu treten.

Irgendjemand versuchte offensichtlich, ihr Angst einzujagen. Aber da hatte er sich getäuscht, sie würde dieses Spiel nicht mitspielen. Mit entschlossenen Schritten ging sie die Straße zurück und prüfte jede Nische, jede Türöffnung, jeden Treppenaufgang.

Schon nach wenigen Metern entdeckte sie in einer Toreinfahrt das Mädchen. Ängstlich drückte sie sich gegen das verblichene Holztor, als könnte sie sich auf diese Weise unsichtbar machen. Sie starrte Johanne mit weit aufgerissenen Augen an.

Unter ihrem furchtsamen Blick verwandelte sich Johannes Ärger in Verblüffung. Sie hob die Hand, um das Mädchen zu beruhigen. Aber die zuckte zusammen und duckte sich, als fürchtete sie, geschlagen zu werden.

Sie war klein gebaut und rundlich, ihr volles Gesicht mit den roten Backen, der sommersprossigen Stupsnase und den warmen braunen Augen wirkte unschuldig, kindlich. Ihre Hände waren ineinander geklammert, als wollte sie noch ein letztes Gebet zum Himmel senden, bevor sie den Geist aufgab.

»Bist du nicht eines der Mädchen aus dem Asyl?«

Das Mädchen nickte und schüttelte gleich darauf erschrocken den Kopf.

»Ich habe dich doch dort gesehen«, beharrte Johanne. »Du heißt Maria oder Marga …«

»Magda«, sagte die Kleine schnell. »Aber ich bin nicht mehr im Asyl. Ich bin jetzt bei Herrschaften in Angermund.«

»Und?«, fragte Johanne streng. »Was machst du dann hier in Kaiserswerth in aller Herrgottsfrühe? Wissen deine Leute, dass du hier bist?«

»Nicht doch.« Magda zuckte zusammen und schaute sich um, als wolle sie sich vergewissern, dass sie wirklich allein waren. »Ich will auch nicht … ich meine, ich wollte nur …« Sie presste die Lippen aufeinander und warf Johanne einen verzweifelten Blick zu.

»Was?«, fragte diese. »Was wolltest du?«

»Ich wollt nur fragen, ob das Fräulein Schwester, das gute Fräulein Catharine hier ist, und ob ich wohl mit ihr sprechen könnte.« Magda wisperte so leise, dass Johanne Mühe hatte, sie zu verstehen.

Johanne legte die Stirn in Falten. »Catharine ist nicht da«, sagte sie. »Was hast du denn mit ihr zu besprechen?« Die Kleine zog den Kopf ein. »Nichts für ungut«, flüsterte sie. Dann wandte sie sich mit hängenden Schultern ab und huschte die Straße in Richtung Kuhtor entlang.

Johanne sah ihr betroffen nach. »So warte doch!« Aber Magda beschleunigte ihren Gang nur noch.

Seufzend klemmte Johanne die Tasche mit den Briefen fester unter den Arm und begann ihr nachzulaufen. Schon nach wenigen Schritten lief ihr der Schweiß in Strömen den Rücken hinunter. Sie keuchte vor Anstrengung. Magda eilte mit einer erstaunlichen Geschwindigkeit voran. Jetzt war sie schon fast am Tor.

»In Gottes Namen, bleib doch endlich stehen! Ich wollte dich nicht erschrecken.«

»Hör mir zu«, rief Johanne. »Catharine wird so bald nicht nach Kaiserswerth zurückkommen. Wenn du dich also jemandem anvertrauen möchtest, so musst du leider Gottes mit mir vorlieb nehmen. Falls du dich dazu überwinden kannst.«

Mutlos starrte Magda auf ihre staubigen, durchlöcherten Schuhspitzen, ihre Finger so ineinander verkrampft, dass die Fingerspitzen ganz weiß wurden.

Plötzlich kam Johanne eine Idee.

»Ich habe zu Hause Brot und süßes Pflaumenmus. Hast du schon gefrühstückt?« Blitzschnell hob Magda den Kopf. Für ein paar Sekunden verlor ihr Gesicht jede Furcht, hungrig und gierig starrte sie Johanne an. Diese streckte einladend ihre Hand aus. »Dann komm mit.«

Das Mädchen trat nervös von einem Fuß auf den anderen. Dann setzte sie sich langsam in Bewegung.

Vier Brote mit Pflaumenmus verschlang Magda, bevor sie sich mit dem Ärmel ihres Kleides über den Mund wischte und den Teller von sich schob. Während sie gegessen hatte, war ihr Blick immer nur auf den Tisch gerichtet gewesen. Jetzt hob sie kurz die Augen und schaute Johanne an. Zu spät versuchte Johanne ein aufmunterndes Lächeln in ihre Züge zu legen. Magdas Lider hatten sich schon wieder gesenkt. Wieder begann sie, ihre kleinen Hände im Schoß zu kneten und zu ringen.

»Du warst hungrig«, begann Johanne vorsichtig. »Geben dir deine Herrschaften nicht genug zu essen?«

»Sie sind sehr gut zu mir. Sehr gut. Aber die Zeiten sind hart, und wir alle müssen uns einschränken.«

Johanne nickte und dachte nach. Schließlich begann Magda nervös mit den Füßen zu scharren. »Ich muss zurück nach Angermund, ehe sie merken, dass ich ausgebrochen bin.«

»Ich schreibe heute noch einen Brief an Catharine«, sagte Johanne. »Wenn du möchtest, dann kann ich eine Nachricht von dir mitsenden.«

Das Mädchen zuckte hilflos mit den Schultern. »Ich kann doch nicht schreiben. Im Asyl hat man es uns wohl gelehrt, aber ich hab es nie richtig begriffen.«

»Nun, das Briefeschreiben ist meine Profession«, lächelte Johanne. »Und du kannst meine Dienste gerne in Anspruch nehmen. Ohne Entgelt, das versteht sich.«

Magda starrte auf ihre Hände, ohne zu antworten.

»Ich hole Papier, Feder und Tinte«, sagte Johanne und erhob sich. »Derweilen kannst du dir in Ruhe überlegen, was du Catharine sagen möchtest.«

Zuerst kamen die Worte nur langsam. Aber nachdem die ersten mühsamen Sätze einmal heraus waren, war der Damm gebrochen. Die Worte sprudelten aus Magdas Mund, sodass selbst Johannes geübte Hand ihr nicht folgen konnte. Nach ein paar

Minuten legte sie die Feder beiseite und hörte einfach nur noch aufmerksam zu.

»Schreiben Sie ihr bitte: Mein hochverehrtes Fräulein Catharine, nun muss ich mich schon wieder an Sie wenden, weil Sie mich doch schon zwei Mal aus tiefster Not errettet haben, obgleich ich über die genaueren Umstände jetzt gar nichts sagen will. Auch wenn Sie vielleicht gar nichts tun können an Ihrem fernen Ort, aber beten können Sie gewiss für mich, und der Herrgott hört Ihre Worte bestimmt, denn Sie sind ja eine so reine und makellose Seele. Ich bin nur ein gefallenes Mädchen, das schon zweimal die tiefste Sünde auf sich geladen hat. Es ist so, dass ich ja geschworen habe, mich nie mehr mit einem Mannsbild einzulassen, und bei Gott, das Versprechen will ich auch halten. Aber der älteste Sohn meiner Herrschaften ist jetzt in einem Alter, in dem er Gefallen an den Frauen findet, und wann immer ich allein bin, dann kommt er zu mir, und zweimal hat er mich auch des Nachts schon besucht in unserer Gesindestube. Aber ich bin schon einmal eingesessen wegen Kindsmord und habe es gründlich bereut, und dann die Sache nach der Kirmes, die Sie in Ihrer übergroßen Gnade wieder gutgemacht haben, wobei ich weiß, dass Gott nichts vergisst und alles am Jüngsten Tag auf meinem Sündenregister erscheinen wird … Aber noch einmal darf ich nicht in die Umstände kommen, aber was soll ich tun, wenn der junge Herr mich so bedrängt? Ich flehe Sie an, beten Sie dafür, dass Gott sich meiner erbarme und mir helfe, auch wenn ich seiner Gnade nicht würdig bin.«

Eine Träne rollte über Magdas runde Backe. Doch als sie ihre braunen Augen auf Johanne richtete, wirkte sie auf eine seltsame Weise ruhig und gefasst. »Das schreiben Sie Ihrer hochverehrten Schwester bitte und schicken es recht schnell zu ihr, dafür danke ich recht schön.«

Dann erhob sie sich, zog ihre langen Ärmel über die Handgelenke und zupfte ihr Kopftuch zurecht. Johanne erhob sich ebenfalls und trat zu ihr heran. »Ich werde ihr alles berichten und den Brief noch heute absenden, das verspreche ich«, sagte sie mit brüchiger Stimme. »Aber du, Magda, du musst dich deiner Herrschaft anvertrauen. Sprich mit deiner gnädigen Frau, dass sie ihren Sohn zurückhält. Oder möchtest du, dass ich es für dich tue?«

»Um Gottes willen, nein!« Magda riss die Augen auf. »So etwas würde mir die gnädige Frau in ihrer übergroßen Unschuld gar nicht glauben. Am Ende würde sie mich für die Lügen züchtigen oder gar wegschicken. Sie dürfen ihr nichts sagen und auch keinem anderen, schwören Sie mir das, bei Gott dem Allmächtigen und Jesus Christus, seinem ...!«

»Sei ganz beruhigt«, unterbrach sie Johanne schnell. »Dein Geheimnis ist sicher.« Dann kramte sie ein paar Groschen aus ihrer Rocktasche und drückte sie in Magdas Hand. Ihre Finger zitterten. »Lauf hoch zum Markt und nimm dir eine Droschke nach Angermund, dann schaffst du es vielleicht wirklich noch, bevor sie deine Abwesenheit bemerken.«

Zu ihrem Entsetzen ließ sich Magda plötzlich auf den Boden fallen. Auf den Knien rutschte sie an sie heran, und ehe Johanne sie daran hindern konnte, hatte sie ihren Rocksaum geküsst. »Gott segne sie«, murmelte sie, während sie sich wieder aufrappelte. Dann hastete sie mit gesenktem Kopf aus dem Raum.

Die Pfarrersfamilie saß beim Frühstück, als Johanne mit großen Schritten in ihre Wohnstube trat, hinter ihr die sechzehnjährige Luise. Sie hatte ihr die Tür geöffnet und sie gebeten, in Fliedners Studierzimmer zu warten, bis der Pastor seine Mahlzeit beendet hatte. Aber Johanne war einfach an ihr vorbeigegangen. Magdas Erzählung hatte sie so aufgewühlt, dass sie nicht länger warten konnte. Dem armen Mädchen musste so schnell wie möglich geholfen werden.

Jetzt, als sie die erstaunten Blicke der ganzen Pfarrersfamilie auf sich spürte, wurde ihr bewusst, wie befremdlich ihr Auftritt wirken musste.

Fragend, fast ein wenig vorwurfsvoll starrten die drei Kinder Mina, Georg und der kleine Theodor sie an. Auch Luise nahm wieder am Tisch Platz und richtete ihre hellen Augen auf Johanne. Nur der kleine Friedrich, den Karoline Fliedner vor einem Jahr geboren hatte und der in einem Weidenkorb am Fenster schlief, beachtete sie nicht.

Die Pastorin war Johanne mit ausgestreckter Hand entgegengeeilt. »Ist ein Unglück geschehen, Johanne?«, fragte sie besorgt, doch diese schüttelte nur den Kopf. Die Pfarrersfrau ließ erleichtert ihre Hand auf den gewölbten Bauch sinken. Es war unübersehbar, dass sie schon in Kürze eine weitere Entbindung erwartete.

»Ich muss mit Fliedner reden«, sagte Johanne, viel zu laut. Sie räusperte sich. »Es tut mir Leid, wenn ich beim Frühstück störe«, fügte sie hastig hinzu.

Der Pastor, der am Kopfende des Tisches seine Hafergrütze gelöffelt hatte, schob unwillig die Schüssel beiseite. Es kam selten vor, dass die Familie die Zeit zu einer gemeinsamen Mahlzeit fand. »Hat es nicht Zeit?«

Johanne erwiderte seinen Blick, ohne zu antworten. Er stand auf und bedeutete seiner Frau mit einem kurzen Kopfnicken, das Frühstück ohne ihn fortzusetzen.

Im Studierzimmer setzten sie sich auf wackelige Holzstühle.

»Was gibt es denn?«

Johanne berichtete von Magdas plötzlichem Erscheinen vor ihrem Haus, von ihrer Verzweiflung und den ständigen Übergriffen des jungen Mannes. Von der Sache nach der Kirmes, von der Magda gesprochen hatte und die Catharine in ihrer »übergroßen Gnade« wieder gutgemacht hatte, erwähnte sie vorsichtshalber nichts. Sie war sich schließlich selbst nicht im Klaren, was es damit auf sich hatte. »Die Kleine hat mich inbrünstig gebeten, ihr Geheimnis keinem zu verraten, weil sie fürchtet, dass man ihr nicht glaubt«, schloss sie ihren Bericht. »Aber ich muss mich Ihnen anvertrauen, denn nur wir können ihr helfen.«

»Magda Krusen«, nickte Fliedner nachdenklich. »Wir haben sie ins Hause Hengstermann nach Angermund vermittelt, das Ganze muss schon an die vier Jahre her sein.« Er stützte sein Gesicht auf die Hände und schwieg einen Moment lang. Dann zuckte er mit den Schultern. »Kürschnermeister Hengstermann ist ein Mann von untadeligem Ruf. Seine Gemahlin ist der Gemeinde seit jeher aufs Engste verbunden. Und den ältesten Sohn, um den es hier wohl geht, habe ich vor zwei Jahren selbst konfirmiert. Ein aufgeweckter, wenn auch ein wenig zu lebhafter Bursche.«

Johanne öffnete den Mund, aber bevor sie etwas sagen konnte, fuhr er fort. »Gleichwohl kann man Magdas Bericht nicht ignorieren. Sie haben den Eindruck, dass ihre Ängste berechtigt sind?«

»Unbedingt!«

»Nun, so muss man mit den Eheleuten Hengstermann reden, damit sie ihren Sohn einmal ins Auge fassen. Ich selbst muss noch heute nach Duisburg und von dort weiter nach Hannover, ich werde wohl erst in der übernächsten Woche zurückkommen, aber ich werde meine Frau dahingehend beauftragen.«

»Doch was, wenn sich das Ganze am Ende gegen Magda richtet? Das Mädchen hat größte Furcht vor dem Zorn ihrer Herrschaften, sie hat Angst davor, in Schande fortgejagt zu werden, wenn herauskommt, dass sie mit jemandem über diese Angelegenheiten gesprochen hat. Hunger hat sie übrigens auch. Ich habe den Eindruck, dass man ihr in dem Haushalt nicht genug zu essen gibt.«

Fliedner zog die Augenbrauen hoch. »Nun, wenn ich mich recht erinnere, hatte das Mädchen schon immer einen äußerst gesunden Appetit. Aber ich werde auch das überprüfen.« Er richtete seine blauen Augen auf Johanne. Seine Ober- und Unterlider waren stark gerötet. Zusammen mit der scharf geformten Nase gaben sie seinem Gesicht etwas Vogelartiges. »Nun muss ich jedoch auch Sie ermahnen, Johanne, beiden Seiten gerecht zu werden. Es könnten auch durchaus andere Gründe für Magdas Anschuldigungen vorliegen. Das Mädchen war früher dem Alkohol verfallen und ist wegen Kindsmord im Zuchthaus gesessen. Vielleicht hat sie den unerfahrenen Burschen durch kokette Gesten ermuntert? In jedem Fall ist sie gewiss nicht das Unschuldslamm, für das man sie dem ersten Eindruck nach halten könnte …«

»… und ich bin mitnichten naiv«, unterbrach ihn Johanne in scharfem Ton. »Fliedner, ich habe mit ihr gesprochen und ihre Verzweiflung gespürt. Magda war nicht betrunken, sondern zutiefst verstört. Aber wenn man immer nur die Position der Stärkeren einnimmt und von oben auf die Armen und Schwachen herabblickt, dann sieht man die Dinge eben anders.«

Sie erhob sich und schob den Stuhl zurück an die Wand. Obwohl es noch nicht einmal acht Uhr war, war es in dem Zimmer bereits so heiß, dass ihr der Schweiß wie Tränen die Wangen herunterlief. Ihr kräftiges Haar, das sie am Hinterkopf zu einem Knoten zusammengesteckt hatte, fühlte sich an wie eine wollene Mütze.

»Ich möchte Sie nur noch einmal bitten, mit größter Sorgfalt vorzugehen, wenn Sie mit den Herrschaften reden. Hoffentlich habe ich keinen Fehler gemacht, indem ich Ihnen das Geheimnis preisgegeben habe. Und ich bitte nochmals um Nachsicht wegen des unterbrochenen Frühstücks.« Ihre Stimme klang kühl und sachlich, obwohl ihr Herz vor Aufregung doppelt so schnell schlug wie gewöhnlich.

Fliedner stand ebenfalls auf und trat zur Tür, als wolle er sie daran hindern, den Raum zu verlassen. Sie griff nach der Türklinke. Dadurch kam sie ihm so nahe, dass sich ihre Gesichter beinahe berührten. An seiner Schläfe pulsierte eine Ader schnell und hektisch. Unwillkürlich traten beide einen Schritt zurück und senkten den Blick.

»Bitte, nehmen Sie noch einen Augenblick Platz, Johanne.« In Fliedners Worten schwang eine Spur von Unsicherheit mit. Johanne zögerte. Das Herzklopfen überlagerte alle ihre Gedanken, sie wollte jetzt nicht mit ihm reden, sie wollte allein sein, um erst einmal zur Ruhe zu kommen. Aber sie konnte ihn jetzt nicht so zurücklassen. Sie zog den Stuhl wieder heran und setzte sich.

»Sie sind also der Meinung, dass ich von oben auf die Schwachen herabsehe?«, fragte Fliedner, nachdem auch er wieder Platz genommen hatte.

»Nun, ich meine, dass Sie so oft und innig mit den Herrschaften, den Unternehmern, der Obrigkeit verkehren, dass Sie Gefahr laufen, ganz gewöhnliche Menschen wie die kleine Magda aus dem Blick zu verlieren. Kommen Ihnen ihre Klagen, ihre Probleme zu Ohren, dann bezeichnen Sie es als armseliges Gejammer. *Das Mädchen hatte schon immer einen gesunden Appetit* sagen Sie über ein ausgehungertes Kind, nur um nicht darüber nachdenken zu müssen, ob ihre Herrschaften sie etwa darben lassen. Und zu allem Überfluss geben Sie ihr auch noch selbst die Schuld daran, dass sie ein lüsterner Bursche Tag für Tag mit seinen unsittlichen Übergriffen bedrängt.«

»Ich schiebe niemandem die Schuld zu. Ich bitte Sie nur, beide Seiten zu sehen, bevor Sie jemanden eines schweren Verbrechens bezichtigen.«

Fliedner neigte sich zu ihr, als könne er sich ihr dadurch besser begreiflich machen. »Ich frage mich, ob Sie sich im Klaren darüber sind, was ich durch meine Gespräche und Verhandlungen mit denjenigen, die Sie so verächtlich ›die Herrschaften‹ nennen, alles für die Armen und Schwachen erreiche. Denken Sie doch einmal an ihren eigenen Bruder, den ich nach dem

Zuchthaus in Lohn und Brot bringen konnte, einzig und allein aufgrund meiner Vertrautheit mit seinem heutigen Dienstherrn. Ist es ihm nicht gut ergangen seitdem?«

Johanne starrte an Fliedners Kopf vorbei ins Leere. Ihr Bruder Laurenz verdankte Fliedner alles. Durch ihn hatte er nach seiner Haftentlassung Arbeit gefunden, so war er wieder auf die Beine gekommen, und vor einigen Jahren hatte er sogar eine Familie gegründet. Einer von vielen, der es geschafft hatte. Einer von vielen, dem geholfen wurde.

»Und dennoch betrachten sie alle aus dem Blickwinkel der Stärkeren«, murmelte sie. Sie sprach mehr zu sich selbst als zu dem Pastor, aber er hörte sie dennoch.

Er stand auf und begann, mit großen Schritten in dem engen Raum auf und ab zu gehen. Dann blieb er plötzlich vor ihr stehen. »Das stimmt keineswegs, aber selbst wenn es so wäre, spielte es eine Rolle?«, fragte er erregt. »Zählt nicht zuerst das Ziel? Ist es nicht meine Pflicht, mich und meine Belange hintanzustellen, wenn es darum geht, den Bedürftigen zu helfen? Armen Burschen wie Ihrem eigenen Bruder?«

Sie atmete tief durch. »Aber glauben Sie denn nicht, dass Sie das Wohlwollen allzu teuer bezahlen?« Sie blickte ihn an, er starrte zurück. Er versteht nichts von dem, was ich ihm sagen will, er begreift nicht, worum es mir geht, dachte sie plötzlich. Ohne ein weiteres Wort stand sie auf und ging zur Tür. Dieses Mal machte Fliedner keine Anstalten, sie aufzuhalten.

Sie hatte den Raum fast verlassen, als sie noch einmal innehielt und sich umwandte. »Sie lassen Ihren Unwillen über mich gewiss nicht an der armen Magda aus?«

Fliedners Augen begegneten ihren. Ein paar Sekunden sah er sie einfach nur an, und sie spürte, wie ihr kalt wurde unter seinem Blick.

»Was denken Sie von mir, Johanne.« Seine Stimme war ganz leise, aber das Beben darin verriet seine Wut. »Meinen Sie wirklich, dass ich mich von meinem Zorn leiten ließe? Können Sie sich vorstellen, dass ich so niedrig wäre …?« Er brach mitten im Satz ab, drehte sich um und begann einige Schriftstücke auf seinem Schreibtisch zu ordnen, wobei er Johanne den Rücken zuwandte.

Sie spürte ein schmerzhaftes Ziehen in ihrem Unterleib, wie der Beginn einer Magenverstimmung. Wie sehr sich die Dinge zwischen ihnen verändert hatten.

»Verzeihen Sie mir«, flüsterte sie.

Aber als sie die Tür hinter sich geschlossen hatte, wusste sie nicht, ob sie die Worte wirklich ausgesprochen oder nur gedacht hatte.

2

Zu Hause erwartete sie ein Brief von Catharine. Sie öffnete den Umschlag, wie immer mit einer Mischung aus Unruhe und Vorfreude.

»Berlin, den 9. Juni 1846«, las sie nun Catharines schwungvolle, ein wenig unordentliche Handschrift. *»Meine liebe Johanne! Es ist eine Zeit lang her, dass Du von mir gehört hast, aber das kommt von dem geschäftigen Leben und Treiben hier. Bevor ich die Feder in die Hand nehme, ist der Tag auch schon wieder vorbei. Gerade in der letzten Zeit hatten wir viel Gesellschaft im Haus, die unterhalten werden musste.*

Aber es geht mir gut und ich bin wohlauf, mitunter erscheint mir mein Leben ein wenig nichtig in seiner plätschernden Gefälligkeit, aber das ist nichts, worüber man klagen dürfte. Ganz ohne Zweifel könnte ich diese Lebensform nicht bis ans Ende meiner Tage fortführen, ich brauche Beschäftigung – und sei es die der Hausfrau und Mutter. Nun sehe ich förmlich vor mir, wie Du kritisch die Augenbrauen nach oben hebst. Aber es besteht kein Anlass, ein solches Gesicht zu machen, denn ein Mann für mich ist weit und breit nicht in Sicht.

Ich habe in der letzten Zeit des Öfteren Unterhaltungen mit Adele, unserem Dienstmädchen, geführt, gleichwohl sie ihr starker oberschlesischer Dialekt anfangs schwer verständlich machte, aber jetzt habe ich mich daran gewöhnt. Die gute Seele ist gerade 16 Jahre alt und stammt aus einer armen Bauernfamilie, sie verzehrt sich vor Sehnsucht nach den Ihren, von denen sie so gut wie nie Nachricht hat, denn keiner kann schreiben oder lesen.

Adele bewohnt ein kleines Zimmer in unserem eleganten Mietshaus, wie übrigens fast alle Dienstboten, Köche und Küchenhelfer. Wir

Begüterten, die wir das Haus nur durch das breite Portal betreten und auf einem roten Teppich zu unseren Wohnungstüren emporschreiten, bekommen die Quartiere der Dienstboten niemals zu sehen, denn sie haben ihren eigenen Eingang und ein eigenes Treppenhaus. Gestern nun hatte ich Adele endlich davon überzeugt, dass sie mir diesen geheimen Trakt des Hauses einmal zeigt, denn ich war richtiggehend neugierig darauf. Es war eine andere Welt. Eine Welt des Elends und der Armut, die gleich neben unserem Luxus liegt. Nach dem Mittagessen, als alle ruhten, führte mich Adele durch die hintere Küchentür hinaus in ›ihren‹ Bereich. Ein schmales, dunkles Treppenhaus, dessen schmutzige Fenster auf einen Hinterhof hinausgehen, in dem die Küchenabfälle und der Dreck des ganzen Hauses lagern. Der Gestank war unbeschreiblich. Was für ein Gegensatz zu dem stillen Innenhof mit dem sprudelnden Brünnlein, auf das die Bewohner des Vorderhauses hinausblicken!

Adeles Zimmer ist gleich unter dem Dach, es ist so klein, dass sie sich darin kaum umwenden kann, und bei diesem Sommerwetter herrscht eine unvorstellbare Bruthitze darin. Im Winter dagegen muss es eiskalt sein, denn selbstredend gibt es keinen Ofen. Die Wände sind dünn wie Papier, und man kann jedes Geräusch von der Nachbarkammer hören. Adele sagt, dass es mitunter recht unsittliche Laute sind, die da zu vernehmen sind, denn einige der Dienstmägde verdienen sich ein Zubrot zu ihren paar Groschen – und auf welche Weise sie das tun, muss ich Dir wohl kaum erläutern.

Kaum ein paar Minuten, nachdem ich das alles gesehen hatte, waren wir wieder zurück in Frau Fockes traulicher Küche. Ist das gerecht, dass einige in einen Überfluss hineingeboren werden und andere im Elend gefangen bleiben, bis der Tod sie befreit? Was ist das für ein Gott, der so etwas zulässt? Manchmal scheint es mir, als haben die Mächtigen ihn nur erfunden, damit die Armen und Benachteiligten etwas haben, das sie vertröstet, damit sie schön still sind und nicht aufbegehren gegen diese Ungerechtigkeit.

Nun muss ich mein Schreiben beenden, ich höre Frau Focke rufen. Ich hoffe innigst, dass es gesundheitlich zum Besten mit Dir steht und verbleibe

Deine Dich liebende Schwester

Catharine«

Gedankenverloren faltete Johanne das Blatt zusammen. Catharine schien es gut zu gehen. Abgesehen von den ketzerischen Äußerungen über Gott, aber so war sie immer schon gewesen, dass sie Dinge sagte, ohne richtig darüber nachzudenken. Das war Nellis frivole Erziehung.

Ansonsten war der Ton des Briefes gelassen und heiter. Zwar schien sich Catharine ein wenig zu langweilen, aber alles war besser als diese furchtbare Niedergeschlagenheit, die sie beherrscht hatte, bevor sie nach Berlin gegangen war.

In jedem Fall war es auch dort nicht anders als hier – die Armut und das Elend nahmen zu. Junge Mädchen vom Lande, noch keine 15 Jahre alt, gingen als Dienstmägde in die Großstädte, wo sie von skrupellosen Herrschaften ausgebeutet wurden, weil das Land ihrer Familien sie nicht länger ernährte. Kleine Kinder zog man zum Arbeiten in den Fabriken heran, für wenige Groschen schufteten sie bis tief in die Nacht, und selbst sonntags ließ man ihnen keine Ruhe.

Plötzlich musste sie wieder an Magda denken. Auch sie war ein Opfer dieser neuen Zeit. Und nach allem, was sie über ihre Anstellung bei den Hengstermanns erzählt hatte, gab es wenig Hoffnung für sie auf eine Zukunft in Würde, auf gerechte Bezahlung, auf ein freies Leben. Was sie wohl mit der Sache nach der Kirmes gemeint hat, fragte sich Johanne plötzlich. Sie konnte sich nicht erinnern, dass Catharine jemals etwas davon erwähnt hätte. Aber ihr Verhältnis war nicht immer zum Besten gewesen, wahrscheinlich hatte ihr die Schwester den Vorfall einfach verschwiegen.

Bevor Magda ins Asyl gekommen war, hatte sie wegen Kindsmord im Gefängnis gesessen. Und jetzt fürchtete sie, durch die Übergriffe des jungen Hengstermann in eine ähnliche Zwangslage zu geraten. Was, wenn die *Sache*, von der sie gesprochen hatte, auch damit zu tun hatte?

Wie war das denn damals eigentlich mit dem kleinen Findelkind gewesen, das Catharine im Waisenhaus abgegeben und zu dem sie eine so treue Beziehung entwickelt hatte? Wie hieß die kleine Waise denn gleich?

Magdalena.

Mit einem Mal fühlten sich Johannes Knie weich und kraftlos an. Sie ließ sich auf einen der Küchenstühle fallen und stützte das Kinn auf eine Hand. Die kleine Magdalena war Magdas Tochter, und Catharine hatte Magdas Fehltritt – oder was immer es gewesen war – in ihrer übergroßen Gnade vertuscht, indem sie das Kind ins Kaiserswerther Waisenhaus gebracht hatte. Ob es irgendwelche Ähnlichkeiten zwischen Mutter und Tochter gab? Sie musste sich die Kleine unbedingt ansehen.

Es gab keinen Zweifel, Magdalena war Magdas Tochter. Dieselbe Stupsnase, die gleichen Pausbacken – sogar die Sommersprossen hatte sie von Magda. Dass keine der Asylfrauen die Ähnlichkeit bemerkt hatte, wo doch das Waisenhaus direkt neben dem Asyl lag. Aber Magda hatte Kaiserswerth schon vor Jahren verlassen, und von den Frauen, die sie gekannt hatten, war vermutlich keine mehr im Haus. Doch Fliedner selbst, hatte er niemals Verdacht geschöpft?

Nachdenklich ging Johanne nach Hause. Ob Magda wusste, was aus ihrer Tochter geworden war? Ob sie sie manchmal heimlich besuchte? Bestimmt sehnte und verzehrte sie sich in vielen Nächten nach der Kleinen. War es nicht ihre Christenpflicht, Mutter und Kind wieder zusammenzubringen? Was aber würden Magdas Herrschaften dazu sagen? Wie gerne hätte sie mit jemandem über diese Fragen gesprochen. Sonst hatte sie sich in schwierigen Dingen immer mit Fliedner beraten. Aber jetzt …

Plötzlich schreckte sie der Gedanke an ihr stilles Haus, an einen weiteren einsamen Abend. An Catharines verlassenes Zimmer, durch dessen Fenster tagsüber die Sonne und nachts der Mond schien, ohne dass es jemand wahrnahm. Das Bett unbenutzt, der Spiegel über dem kleinen Frisiertisch eine blanke Fläche, in der sich die Wand spiegelte und sonst nichts.

Dass sich Catharine damals mit einer solchen Leidenschaft ausgerechnet in einen angehenden Pfarrer verlieben musste, der sie zu allem Überfluss auch noch abwies! Was sie an dem grobschlächtigen, mürrischen Burschen wohl gefunden haben mochte? Johanne hatte es nie verstanden. Wenn dieser Mann nicht gewesen wäre, wäre Catharine noch hier, und sie selbst wäre nicht so allein … Was für nutzlose Gedanken.

Statt in die Kuhstraße einzubiegen, lenkte sie ihre Schritte in Richtung Clemensbrücke und ging einfach weiter, ohne darüber nachzudenken, wohin, bis sie plötzlich vor dem evangelischen Friedhof außerhalb der Stadtmauern stand.

Das niedrige Eisentor quietschte, als sie es aufschob. Sie würde Friederike einen Besuch abstatten, deren letzte Ruhestätte im Schatten einer riesigen Trauerweide lag. Als Johanne näher trat, erhob sich wie aus dem Nichts ein sanfter Windhauch und wehte durch die hängenden Zweige des hohen Baumes. Sie reckte ihr verschwitztes Gesicht in den kühlen Luftzug. Am hellblauen Himmel waren ein paar winzige Wölkchen aufgetaucht. Vielleicht würde ja doch bald der lang ersehnte Regen kommen.

Eine flache Steinplatte bedeckte das Grab, grau und schwer presste sie sich auf die Erde, und unter allen vier Kanten quoll dunkelgrüner Efeu hervor. Am oberen Rand waren dreizehn Sterne aus dem Stein gemeißelt, zu denen mit gerecktem Hals eine Taube emporflatterte, als ein Sinnbild der Seele, die zu Gott heimkehrt. »Hier ruht Friederike Fliedner, geb. Münster, erste Vorsteherin der Diakonissen«, war darunter eingraviert. Unter den Geburts- und Todesdaten folgte der Bibelspruch, den Fliedner für seine erste Ehefrau ausgewählt hatte: *Christus ist mein Leben, und Sterben ist mein Gewinn.*

Johanne schüttelte den Kopf, wie so oft, wenn sie diese Worte las. Zehn Kinder hatte Friederike während ihrer vierzehnjährigen Ehe geboren, und nur drei davon hatten überlebt. Und sie selbst war viel zu früh gestorben. In diesem Zusammenhang klang das Zitat geradezu zynisch. »Man kann dich nur beglückwünschen, du hast gewonnen, was es zu gewinnen gab«, murmelte sie.

Dann wanderten ihre Gedanken wieder zurück zu der unglücklichen Magda und ihrer unehelichen Tochter. Was sollte sie jetzt unternehmen, nachdem sie die Wahrheit herausgefunden hatte? »Was würdest du mir wohl raten, Friederike?«, flüsterte sie.

Ein Geräusch zu ihrer Rechten ließ sie zusammenzucken. Ihr Kopf fuhr herum, und sie sah, wie sich die tief hängenden Zweige der Trauerweide teilten. Eine weiß gekleidete Frau trat aus dem grünen Laub hervor. Friederike! Johannes Herz setzte ein paar Schläge aus.

Die Erscheinung hob die Hand: »Habe ich dich erschreckt?«

Johanne schnappte nach Luft. »Nelli!«

»Schön, dich einmal wiederzusehen«, lächelte die andere. Mit schnellen, kleinen Schritten trat sie auf Johanne zu und reichte ihr die Hand.

»Hast du auf mich gewartet?«, fragte Johanne und merkte, dass ihre Stimme zitterte. Gleichzeitig wurde ihr bewusst, wie unsinnig die Frage war. Dass sie Friederikes Grab besuchen würde, hatte sie schließlich vor einer halben Stunde selbst noch nicht gewusst.

Nelli lachte ihr fröhliches Mädchenlachen. »Nein, ich habe in Kaiserswerth Besorgungen gemacht und alles viel eher erledigt, als ich vermutet hatte. Walter holt mich aber erst in einer halben Stunde auf der Clemensbrücke ab. In der Hoffnung auf Abkühlung und Ruhe bin ich hierher gekommen. Und ich bin nicht enttäuscht worden.«

Johanne nickte geistesabwesend. Sie kam sich dumm vor. Dass sie Nelli für eine Geistererscheinung gehalten hatte wie ein abergläubisches, altes Weib! Wenigstens hatte die Freundin nichts davon gemerkt.

»Sollen wir uns nicht noch für einen Moment zusammensetzen?«, schlug Nelli jetzt vor. »Ich freue mich so, dass ich dich hier getroffen habe, wo du mich doch nie und nimmer in Wittlaer besuchst.«

»Gern.« Johanne folgte ihr unter den Weidenbaum. Hinter der Blätterwand herrschte ein geheimnisvolles, dunkelgrünes Zwielicht. Sie nahmen auf der moosbedeckten Bank Platz, Nelli schlug die Beine übereinander und wippte kokett mit dem rechten Fuß. Wie immer war sie äußerst geschmackvoll gekleidet. Auf dem Kopf eine modische Schute, deren breiter Schirm ihr Gesicht beschattete. Das rosa Seidenband der Kopfbedeckung war unter dem Kinn zu einer dekorativen Schleife gebunden, deren breite Bänder auf Nellis schneeweißen Brustansatz fielen. Wie der Hut war auch Nellis Kleid durchgehend weiß, eine malvenfarbene Schärpe über der weiten Krinoline betonte die schmal geschnürte Taille und die schöne Büste. Das Dekolleté war für ihr Alter eine Spur zu weit ausgeschnitten, aber mit ihren straffen Formen und der makellosen Haut konnte sie mühelos mit einer Dreißigjährigen konkurrieren.

Ihre Blicke trafen sich. Unwillkürlich setzte sich Johanne noch eine Spur aufrechter. Wie knochig und grau ich im Vergleich zu ihr erscheinen muss, dachte sie. Irgendwo tief in ihrer Brust spürte sie Neid auf die reife Schönheit der anderen. Dann wunderte sie sich über sich selbst. Früher hatte es sie doch auch nicht gestört, was sollte es sie jetzt kümmern.

»Hast du Nachricht von Catharine aus Berlin?«, unterbrach Cornelia sie in ihren Gedanken.

Johanne erzählte ihr von dem Brief, den sie am Morgen erhalten hatte. An den Schilderungen des Dienstbotenelends schien Nelli jedoch nicht wirklich interessiert.

»Und wie geht es dir?«, fragte sie nur, als Johanne ihren Bericht beendet hatte.

Johanne winkte ab. »Frag lieber nicht«, antwortete sie müde. »Ich hatte heute das Gefühl, als ob die Hitze uns allen langsam den Verstand raubt.«

Nelli lachte. »Das kannst du wohl laut sagen.« Dann wurde ihr hübsches Gesicht ernst. »Vermisst du sie sehr?«, erkundigte sie sich, während sie mit dem Kopf in die Richtung von Friederikes Grab wies.

»Friederike Fliedner?« Johanne zuckte mit den Schultern. »Wir waren nie so eng, wie es für manche den Anschein hatte. Kurz vor ihrem Tod hatte ich den Eindruck, dass wir einander langsam näher kamen. Aber es war schon zu spät.«

»Ich habe sie im Grunde gar nicht kennen gelernt«, meinte Nelli. Gedankenverloren blickte sie auf einen flirrenden Sonnenstrahl, der seinen Weg durch das dichte Blättergewirr gefunden hatte und jetzt auf ihrem Knie landete. »Ich hätte nie gedacht, dass ich den strengen Pastor Fliedner mit seiner eisernen Moral einmal vermissen würde«, fuhr sie dann fort. »Aber ich muss jeden Sonntag an euch denken, wenn ich in Sankt Remigius die heilige Messe feiere. Das ganze katholische Getue ist mir doch gründlich fremd geblieben. Nach all den Jahren weiß ich immer noch nicht recht, zu welcher Zeit ich mich erheben und wann ich mich niederknien soll. Und dann all diese Litaneien, bei denen ich nie die rechten Worte kenne.«

Johanne dachte an Fliedner, der Cornelia jetzt ermahnt hätte, wieder in den Schoß der einzig wahren Kirche zurückzukehren. »Gott hört dich bestimmt, ganz egal, wo du zu ihm sprichst. Wie geht es denn den Deinen zu Hause in Wittlaer?«, wechselte sie dann das Thema.

»Um Hamelius steht es nicht gut. Seit Monaten liegt er nun schon darnieder und will sich einfach nicht recht erholen. Wir machen uns große Sorgen um ihn.«

»Ist es immer noch die Grippe vom Winter?«

»Die Nachwirkungen. Ich habe manchmal das Gefühl, es fehlt ihm ganz einfach an Lebensmut.«

Zumindest betrügt er dich jetzt nicht mehr, dachte Johanne und schämte sich sofort darauf dafür.

Aber Nelli hatte offensichtlich den gleichen Gedanken: »An der Poussiererei mit seinen jungen Mädchen hat er jedenfalls gründlich den Gefallen verloren. Aber dafür klammert er sich jetzt mit einer solchen Inbrunst an mich, dass es mir fast lieber wäre, er hätte noch eine seiner kleinen Gespielinnen. Kaum dass er mich noch aus dem Haus lässt, um Besorgungen zu machen. Nelli hier, Nelli da, so geht es den ganzen Tag.«

»Zumindest hat er auf seine alten Tage entdeckt, was er an dir hat«, tröstete sie Johanne.

Cornelia legte achselzuckend ihre Knie übereinander, wodurch der kleine Sonnenstrahl abrutschte und auf den moosbedeckten Boden fiel.

»Bist du denn eigentlich nie einsam in deinem Haus, jetzt, wo Catharine so weit weg ist?«

»Mitunter«, gab Johanne zu. »Aber zumeist bin ich ganz zufrieden. So kann ich wenigstens tun und lassen, was ich will.«

Nelli zögerte einen Moment, bevor sie den nächsten Gedanken aussprach. »So hast du es also niemals bereut, dass du sowohl Winter als auch Fliedner abgewiesen hast?«

»Niemals«, sagte Johanne entschlossen, ohne auch nur eine Sekunde zu zögern. Für sich selbst hatte sie damals die richtige Entscheidung getroffen, das stand außer Zweifel. Wenn sie an Catharine dachte, war sie sich da nicht so sicher. Bestimmt wäre es für ihre Schwester besser gewesen, im Pfarrhaus aufzuwachsen als in der Obhut der leichtlebigen Nelli. Wenn Fliedner sie erzogen hätte, wäre sie sicherlich um einiges gefestigter in Fragen der Moral und des Glaubens. Aber über diese Gedanken konnte sie mit Nelli natürlich nicht reden.

»Und du?«, erkundigte sie sich stattdessen. »Würdest du Hamelius wieder nehmen, wenn sich die Entscheidung noch einmal stellen würde?«

Nelli lachte ihr glucksendes Lachen. »Niemals«, entgegnete sie dann genauso überzeugt. »Nie und nimmer. Aber ob ich es ohne ihn unbedingt besser getroffen hätte, ist eine andere Frage.«

Während Fliedner noch in Hannover war, überbrachte Karoline Johanne die Einladung zu einer kleinen Feier anlässlich der Johannisnacht. »Ich versuche es einzurichten«, versprach sie, ohne der Pastorin dabei in die Augen zu blicken. »Aber das heiße Wetter setzt mir so zu, dass ich nicht weiß, ob mir meine Gesundheit …« Seit der unschönen Auseinandersetzung in seinem Studierzimmer hatte sie Fliedner nicht mehr gesehen, und ihr war ganz und gar nicht nach einem gemeinsamen Fest.

»Johanne, ich weiß, dass die Dinge zwischen dir und Fliedner gerade nicht zum Besten stehen«, unterbrach Karoline ihr Gestammel. »Aber wenn du zu dem Fest nicht erscheinst, dann wird sich die Missstimmung zwischen euch noch verfestigen. Ich bitte dich um eurer langen, fruchtbaren Zusammenarbeit wegen, gib dir einen Ruck und komm, damit die Sache endlich wieder ins Gleis kommt.«

Johanne war sich alles andere als sicher, ob sich die Missstimmung zwischen ihr und dem Pastor durch ihr bloßes Erscheinen auf dem Fest einfach so beheben ließe. Die Gründe für ihr schlechtes Verhältnis lagen viel zu tief, als dass man sie so einfach aus der Welt schaffen konnte. Aber die Worte der Pastorin rührten sie so, dass sie einwilligte. Wie selbstlos, wie frei von Eifersucht und Eitelkeit Karoline sprach. Ob sie selbst in einer ähnlichen Situation genauso großzügig gewesen wäre?

Die Feier in der Johannisnacht begann mit einer Andacht in der kleinen Anstaltskapelle. Nach dem Gottesdienst ging man in den Pfarrgarten, wo für die Diakonissen und die übrigen Besucher einige Erfrischungen bereitstanden.

Johanne vertiefte sich sogleich in ein Gespräch mit Schwester Gertrude Reichhardt über das neue Ökonomiegebäude der Diakonie. Die kleine Landwirtschaft, die Platz für einige Kühe, Pferde und Kleinvieh bot, war vor einem Monat fertig gestellt und soeben in Betrieb genommen worden.

Danach unterhielt sie sich mit Sophie Wagner, der Hausmutter. Als die ersten Schwestern um neun Uhr nach Hause gingen, wollte sie die Gelegenheit nutzen und sich ebenfalls verabschieden. Sie bahnte sich gerade den Weg zu Karoline Fliedner, als der Pastor ihr plötzlich entgegentrat.

»Es ist gut, dass ich Sie treffe«, sagte er, als wollte er mit ihr die Schriftsätze besprechen, die sie am nächsten Tag für ihn zu erledigen hatte. Sie holte tief Luft und begegnete seinem Blick. Das eigenartige, fahle Licht der Mittsommernacht verstärkte die alles durchdringende Wirkung seiner Augen noch. In der hellblauen Iris erschienen die schwarzen Pupillen wie rätselhafte Untiefen. Die bleiche Haut wirkte noch heller als sonst, es schien, als leuchtete er von innen heraus.

»Wie war die Reise?«, erkundigte sie sich förmlich, wohl wissend, dass der Pfarrer nicht höflich plaudern wollte.

Fliedner schien die Frage gar nicht gehört zu haben.

»Lassen Sie uns ein paar Schritte gehen.« Sein Vorschlag klang wie ein Kommando.

Schweigend gingen sie nebeneinander her durch den großen Pfarrgarten, vorbei an dem kleinen Maulbeerbaum, den Friederike Fliedner noch wenige Jahre vor ihrem Tod eigenhändig gepflanzt hatte. Hinter dem Gartenhaus, in dem vor mehr als zehn Jahren die erste Insassin des Asyls gewohnt hatte, führten mehrere abgetretene Steinstufen hinauf zum Wall, auf dem eine Obstwiese mit Apfel-, Birnen- und Quittenbäumen angelegt war. Hier oben waren die fröhlichen Stimmen der Diakonissen kaum noch zu hören. Wie fernes Bienengesumm drangen ihre Gespräche und ihr Lachen zu ihnen herüber.

Fliedner ging weiter bis zum Mühlenturm, den er schon vor Jahren für die evangelische Gemeinde erworben und zu einem Pumpwerk umgebaut hatte, das nun die Wasserversorgung der Diakonissenanstalt sicherstellte.

An der Seite des Turmes führten ein paar Stufen hinauf zu einer verborgenen Terrasse. Hier stand ein grob gehauener Holztisch, ein paar Holzklötze dienten als Sitzgelegenheit. Aber anstatt sich niederzulassen, traten Fliedner und Johanne zu der niedrigen Steinbrüstung und schauten hinunter auf den Rhein.

Träge und flach lag der sonst so mächtige Strom im Flussbett. Ein einsames Dampfschiff schob sich in der Mitte der Fahrrinne voran, langsam, als befürchtete der Kapitän, auf Grund zu laufen, wenn er sich auch nur einen Zoll breit von der Mitte entfernte. Was, wenn ihm ein anderes Schiff entgegenkommt?, fragte sich Johanne.

Fliedner räusperte sich. »Ich muss Sie um Vergebung bitten«, sagte er mit ruhiger Stimme, ohne seinen Blick von dem glitzernden Fluss abzuwenden. »Ich war ungeduldig und hochfahrend in unserem letzten Gespräch.«

Johanne war so überrascht, dass sie keine Worte fand. Sie hatte mit allem Möglichen gerechnet, aber dass Fliedner sie um Verzeihung bat, kam völlig unerwartet.

»Ich war auch nicht eben freundlich zu Ihnen«, gab sie schließlich zu. »Also vergeben auch Sie mir.«

Fliedner nickte kurz. Dann wurde seine Stimme geschäftig. »Meine Frau hat gleich nach unserem Gespräch mit den Eheleuten Hengstermann gesprochen. Sie berichtete mir, dass die Vorwürfe bezüglich ihres Sohnes von beiden empört zurückgewiesen wurden. Meine Frau bestand aber darauf, auch mit dem jungen Hengstermann selbst zu sprechen, der ebenfalls mit größter Entrüstung auf die Anschuldigungen reagierte.«

»Das habe ich befürchtet«, entgegnete Johanne leise. Die arme Magda. Vermutlich hatte sie durch ihr Eingreifen alles noch viel schlimmer für sie gemacht.

Fliedner schaute weiterhin starr geradeaus. Das kleine Dampfschiff war aus ihrem Blickfeld verschwunden. Irgendwo in weiter Ferne hörten sie es noch einmal tuten. Es klang fast wie ein Hilfeschrei.

»Nun, es ist äußerst schwer abzuwägen, wer hier im Recht ist und wer im Unrecht«, fuhr er dann fort, als habe sie nichts gesagt. »Die Empörung des Jungen mag ein Anzeichen für seine Unschuld sein …«

»… oder aber es verhält sich genau andersherum«, unterbrach ihn Johanne. »Getroffene Hunde bellen bekanntermaßen.«

Fliedner zuckte mit den Schultern. »Was schlagen Sie also vor?«, erkundigte er sich dann.

»So oder so, Magda kann nicht länger dort bleiben. Wenn sie tatsächlich belästigt wird, dann wird man ihr jetzt das Leben zur Hölle machen. Und wenn sie gelogen hat, ebenfalls …«

»Wobei ihr in diesem Falle recht geschähe«, fiel ihr diesmal Fliedner ins Wort. »Nun, aber so einfach, wie Sie sich das vorstellen, ist die Angelegenheit nicht. Ich weiß auf die Schnelle keine Familie, die willens und in der Lage wäre, Magda aufzunehmen, und in der ich das Mädchen auch guten Gewissens unterbringen könnte.«

»Aber ich weiß vielleicht einen Ausweg«, meinte Johanne. Sie zögerte einen Moment lang. »Nelli. Meine Jugendfreundin Cornelia, die nach Wittlaer geheiratet hat. Sie würde Magda gewiss aufnehmen, wenn ich mit ihr rede. Im Hause Hamelius hätte sie es in jedem Falle gut.«

»Aber Frau Hamelius ist konvertiert«, sagte Fliedner. In seinem Mund klang das Wort wie eine ansteckende Krankheit. »Und ich bezweifle stark, dass Magda Krusen in ihrem Haus zum regelmäßigen Kirchgang angewiesen und zum Lesen der Bibel ermahnt würde …«

»Magda kann überhaupt nicht lesen. Und Cornelia wird sie schon in die Kirche schicken, auch wenn es vielleicht nicht jeden Sonntag ist. Catharine ist schließlich auch bei den Hamelius aufgewachsen, und dennoch ist eine gute Gläubige aus ihr geworden. Zumindest hat Magda dort nichts zu befürchten, dafür kann ich mich verbürgen.«

Fliedner sah wieder zum Fluss hinab. Inzwischen hatte sich am Himmel ein weiß-rosa Lichtschleier ausgebreitet, der auch die helle Haut des Pastors mit einem rosigen Schimmer überzog. Oder war es das Blut, das ihm Johannes Worte in die Wangen getrieben hatten?

Aber als er ihr schließlich das Gesicht zuwandte, war sein Ausdruck ganz ruhig. »Sprechen Sie also mit Frau Hamelius.«

Dann betrachteten beide den feurigen Sonnenuntergang. Erst als das Leuchten langsam verblasste, ergriff Fliedner wieder das Wort. Er sprach mit großem Nachdruck, und es lag eine ungewohnte Wärme in seiner Stimme. »Wie sehr muss ich gerade heute an die Worte unseres Evangelisten Johannes denken, der diesem Tag seinen Namen gegeben hat.« Er sah sie an. Die Lippen verzogen sich zu einem kleinen Lächeln. »Und nicht nur diesem Tag, sondern auch Ihnen.«

»Er muss wachsen, ich aber muss abnehmen«, murmelte Johanne. Es war der Spruch, den sich Fliedner für sein Leben zum

Leitwort gesetzt hatte. Die Auswahl des Bibelwortes machte deutlich, wie gut er seine größte Schwäche kannte. Wie er mit seinem Stolz kämpfte.

Aber die Worte des Evangelisten betrafen nicht nur Fliedner, sondern auch sie selbst. Hatte Fliedner sie heute Abend hierher geführt, um ihr das zu sagen?

Johanne schaute auf den immer dunkler werdenden Fluss hinunter und wurde ganz ruhig. Sie dachte an all die Menschen, die sie liebte und die ihr gleichzeitig so fern waren.

Woran Fliedner dachte, wusste sie nicht.

3

Schon zwei Wochen nach dem Johannistag verließ Magda ihre Herrschaften und zog auf den Hamelius'schen Hof nach Wittlaer. Keiner ließ sich blicken, als Walter Hamelius und Johanne das Mädchen mit der Kutsche abholten. Nur ein paar Mägde und ein Knecht unterbrachen neugierig ihre Arbeit und sahen dabei zu, wie Magda mit ihrem Bündel aus dem Gesindehaus kam. Tuschelnd steckten sie die Köpfe zusammen, machten gehässige Mienen, und eine der Frauen drohte dem unglücklichen Mädchen sogar mit der Mistgabel, als sie an ihr vorbeiging.

Magda schluchzte laut und herzzerreißend, als sie vom Hof fuhren. Vor Scham hatte sie die Hände vors Gesicht geschlagen, und unter den roten, rissigen Fingern quollen dicke Tränen hervor und rollten über ihre Wangen den Hals hinunter.

»Nun wein doch nicht, bist du von Sinnen?«, versuchte Johanne sie nach einer Weile zu trösten. Wie so oft erschrak sie über ihre eigene Stimme, die so barsch und schroff klang. Magda fuhr zusammen, ließ die Hände sinken und biss sich schuldbewusst auf die Lippen. Auch Walter, der neben ihnen auf dem Kutschbock saß, warf ihr einen erstaunten Blick zu.

»Ich meine, du solltest froh sein, dass du diesem Gefängnis endlich entkommen bist«, sagte Johanne in einem deutlich milderen Ton. »Es wird dir gut gehen bei der Frau Hamelius, da kannst du gewiss sein.«

Dann fuhr die Kutsche auf den Hof der Hamelius. Nelli kam ihnen mit großen Schritten entgegen. Sie trug ein tiefblaues Kattunkleid, die runden Schultern waren zum Schutz gegen die Sonne mit einem orientalisch gemusterten Schal bedeckt. Trotz des schwülen Wetters strahlte sie eine fast übermütige Lebensfreude aus. Johanne fühlte förmlich, wie sich das Mädchen neben ihr bei Cornelias Anblick entspannte. »Du bist also die kleine Magda«, rief ihr ihre neue Herrin freudig entgegen und hatte sie schon vom Kutschbock gezogen, ehe Magda noch etwas erwidern konnte. »Ich hab bereits eine Menge von dir gehört. Nun komm erst einmal mit, ich zeige dir deine Kammer und wo alles ist und stelle dir den Rest des Gesindes vor.«

Plaudernd und scherzend ging sie mit Magda über den Hof. Kurz bevor sie im Gesindehaus verschwanden, drehte Magda ihr rundes Kindergesicht noch einmal in Johannes Richtung. Auf ihren Zügen lag ein verzücktes Lächeln, als wäre sie gerade ins Paradies eingegangen. Mit offenem Mund starrte ihr Johanne hinterher. »Sie ist unglaublich, deine Mutter«, murmelte sie, nachdem sie die Fassung einigermaßen wiedergefunden hatte.

»Ja, sie versteht die Leute zu nehmen, das kann sie wirklich«, nickte Walter und grinste zufrieden.

»Aber tanzt euer Gesinde ihr nicht auf dem Kopf herum, wenn sie so vertraut mit ihnen ist? Achten sie Nelli denn als ihre Herrin?«

Walters Grinsen wurde noch breiter. »Ob sie sie achten? Sie beten sie an! Wer einmal bei uns angefangen hat, will nicht mehr weg. Und das ist allein ihr Verdienst.«

Johanne nickte betroffen. Sie war immer der Meinung gewesen, dass Cornelia in ihrer Oberflächlichkeit ihr Gesinde überhaupt nicht zur Kenntnis nahm. Wie Unrecht sie ihr damit getan hatte.

Ende Juli steigerte sich die Sommerhitze ins Unerträgliche. Der Boden war hart wie Stein, und kraterartige Risse zogen sich wie Narben über Äcker und Feldwege. Auf den Weiden kauten Rinder und Schafe lustlos auf dürren, gelben Grashalmen herum. Viele Bäume verloren mitten im Sommer ihre Blätter und reckten die kahlen Äste in den Himmel, warnend und drohend.

Landauf, landab klagten die Bauern über die Dürre.

Auch Catharine schilderte in ihren Briefen das wachsende Elend in Berlin. »*In unserer wohlhabenden Gegend an der Neuen Grünstraße sieht man täglich bald so viele Bettler wie normale Leute*«, schrieb sie. »*Neulich bin ich an der neuen Friedrichsgracht entlangspaziert, da habe ich innerhalb von einer Viertelstunde über zwanzig Bettler gezählt, die im Schatten von Hauseingängen und Toreinfahrten hocken und auf milde Gaben hoffen. Es sind beileibe nicht nur Greise und Kriegsversehrte, sondern immer mehr junge, kräftige Kerle in der Blüte ihrer Jahre, auch viele Frauen und Kinder, bei denen es einem schier das Herz zerreißt, wenn man sie sieht in ihrem Elend und in ihrer Hoffnungslosigkeit.*

Wenn die Obrigkeit diese Armseligen entdeckt, werden sie erbarmungslos vertrieben, aber was nutzt das schon, binnen weniger Stunden sind sie doch wieder zurück wie Motten an einer Gaslaterne.

Dabei sind die Zustände hier noch komfortabel, denn das, was beispielsweise Adele aus ihrer oberschlesischen Heimat berichtet, ist noch um vieles besorgniserregender. Darauf solltest Du Deinen Fliedner einmal ansetzen. Kann er nicht ein paar Diakonissen ins Schlesische entsenden? Das Elend dort muss grenzenlos sein. Die Menschen fangen an, das Gras von den Wiesen zu holen und anstelle von Spinat zu kochen, so groß sind Hunger und Not. Ich habe darüber mit Frau Focke gesprochen, sie will sich in dieser Sache bei Fliedner verwenden.

Und gleichzeitig gibt es so viele, die im Überfluss leben und das Geld mit vollen Händen zum Fenster hinauswerfen (wenn sie es wenigstens im wörtlichen Sinne täten, dann könnten es die Armen auf der Straße zumindest auflesen und wären besser dran). Blind und taub gehen die Reichen durch die Straßen und nehmen die wachsende Armut nicht einmal zur Kenntnis. Manchmal frage ich mich, wie lange die Elenden und Unterdrückten dies noch dulden wollen, bevor sie mit Gewalt aufbegehren. Ich wäre jedenfalls an ihrer Stelle nicht so lammfromm, wo sie doch in der Überzahl sind.

Aber was nützt das ganze Lamentieren, ich kann schließlich nichts verändern an den traurigen Zuständen. So bleibt mir nur, Gott jeden Tag zu danken für seine Gnade, dass er es uns so gut ergehen lässt. (Aber warum nicht allen?)

Amalia Focke sendet ihre herzlichen Grüße und Segenswünsche. Ich schließe mich diesem an und verbleibe

Deine Dich schmerzlich vermissende

Catharine«

Ein oder zwei Nachmittage in der Woche verbrachte Johanne für gewöhnlich im Diakonissenkrankenhaus. Sie ging von Krankenzimmer zu Krankenzimmer und bot denen, die nicht schreiben konnten oder zu schwach dazu waren, ihre Unterstützung an.

An diesem Nachmittag war sie länger als gewöhnlich in der Anstalt geblieben. Ein alter, schwer kranker Mann hatte ihr zuletzt einen Brief an seine Kinder diktiert, aber seine Stimme war so kraftlos gewesen, dass sie ihn nur mit größter Mühe hatte verstehen können. Gut eine Stunde hatte sie gebraucht, um eine halbe Seite zu füllen.

Nun machte sie sich erschöpft auf den Heimweg. Bevor sie die Treppe zur Pförtnerstube hinunterstieg, blieb sie kurz stehen, um sich mit dem Taschentuch den Schweiß von der Stirn zu wischen. Wenn diese unerträgliche schwüle Hitze nur endlich einmal nachließe.

Dabei warf sie zufällig einen Blick in einen langen Korridor, der vom Vorderhaus in den hinteren Bereich des Krankenhauses führte. Ein Teil des düsteren Gangs wurde von einem kleinen Fenster erhellt, das zum Innenhof führte. Und direkt vor diesem Fenster zeichneten sich die Umrisse einer unförmigen Gestalt ab, die in einer eigenartig verkrümmten Haltung an der Wand lehnte. »Brauchen Sie Hilfe?«, rief Johanne in den Korridor hinein. Die Person schien abzuwinken, dann aber krümmte sie sich noch stärker zusammen.

Johanne beschloss, lieber einmal nach dem Rechten zu sehen. Während sie mit großen Schritten auf die seltsam gebückte Gestalt zuging, schaute sie sich um. Sonst wimmelte es doch auf allen Fluren und Gängen vor Diakonissen, nur jetzt war weit und breit keine Schwester zu sehen.

Ein lautes Stöhnen hallte durch den Korridor, und im selben Moment erkannte Johanne die Person am Fenster. Unwillkürlich entfuhr ihr ein Schrei. Zu spät presste sie die Hand gegen den Mund. »Karoline«, flüsterte sie. Die Pastorin war kalkweiß im Gesicht. Vornübergebeugt stand sie vor dem Fenster, stemmte die Arme auf den schmalen Sims auf. Ihr riesiger Bauch hing nach unten wie ein Fremdkörper, der gar nicht zu ihr gehörte.

Als sie Johanne erkannte, versuchte sie ein Lächeln. »Es ist alles in Ordnung, nur eine kleine Übelkeit …« Aber dann verzerrte sich ihr ebenmäßiges Gesicht zu einer schmerzerfüllten Grimasse, sodass Johanne erschrocken zurückzuckte. Stöhnend beugte sich Karoline noch weiter nach vorn.

Johanne dachte an ihre Mutter, wie sie sie in der Nacht, in der Catharine geboren war, blutüberströmt im Schlafzimmer gefunden hatte. Seitdem waren über zwanzig Jahre vergangen, aber sie fühlte sich genauso hilflos wie damals. Am liebsten wäre sie weggerannt, aber sie konnte Karoline unmöglich im Stich lassen.

»Ist hier jemand, der helfen kann?«, rief sie verzweifelt. Die Worte flogen durch den kahlen Krankenhausflur und hallten lange nach. Keiner hörte sie. Johanne fühlte, wie ihr der Schweiß ausbrach. Was um alles in der Welt sollte sie tun? Neben ihr stieß die Pastorin ein unheimliches Geräusch aus. Es drang tief aus ihrem Innern, ganz so, als säße ein Ungeheuer in ihrem mächtigen Leib, das sich Platz verschaffen wollte. Ihre schmalen Finger, die sich um den Rand des Fenstersimses klammerten, wurden weiß vor Anstrengung.

Zu Johannes Entsetzen klatschte plötzlich ein Schwall Flüssigkeit unter Karoline auf den Boden. Sofort breitete sich zu ihren Füßen eine riesige Lache aus, unaufhörlich strömte Flüssigkeit nach. Johanne hörte Karoline tief atmen.

Wie dünn sie war. Der riesige Bauch sah aus, als habe sie ihn sich wie einen Panzer vor den Leib geschnallt. Behutsam legte ihr Johanne eine Hand auf die knochige Schulter. Im selben Moment durchfuhr eine neue Wehe den geschwächten Körper. Johannes sanfte Berührung schien ihr den Rest zu geben. Karolines Beine knickten ein, der schwere Bauch zog sie nach unten. Keuchend verdrehte sie die Augen.

Einen Moment lang hatte auch Johanne das Gefühl, ohnmächtig zu werden. »Zu Hilfe!«, rief sie noch einmal, während sie neben der Schwangeren in die Hocke ging. Das Fruchtwasser drang durch ihre Schuhe. Sie ergriff Karolines Hand, begann sie nervös zu streicheln. Die Finger zuckten, als führten sie ein Eigenleben. Was tue ich hier, fragte sich Johanne. Ich muss doch Hilfe holen. Sie wollte sich hochrappeln, aber die Finger der Pastorin krallten sich um ihre Hand. Ihre Fingerspitzen fühlten sich rau und hart an, wie die Hände einer Bäuerin. »Geh nicht!«, flüsterte Karoline kaum hörbar. »Bitte bleib, ich flehe dich an.« Die kurzgeschnittenen Nägel bohrten sich in ihre Handflächen.

»Ich komme doch wieder«, wisperte Johanne zurück. Doch als sie sich endlich losgemacht hatte, hörte sie Schritte. Zwei Diakonissen eilten den Korridor entlang. Wie riesige, heilbringende Vögel kamen sie aus dem Dunkel des Flures auf sie zu.

Im Gegensatz zu Johanne hielten sich die beiden Schwestern nicht lange mit Schreckensbekundungen auf. Nachdem sie Karoline in eine sitzende Position gebracht hatten, fühlte eine von ihnen ihren Puls, die andere eilte fort, um eine Tragbahre zu holen. Die erste Schwester, eine junge Frau von vielleicht fünfundzwanzig Jahren, öffnete ein paar Knöpfe an Karolines Kleid, nahm ihr die Haube ab, dann legte sie einen Arm um ihre Schultern und fächelte ihr mit der freien Hand Luft zu. »Es ist das

Kind, das kommt«, murmelte sie ihr beruhigend zu. »Aber es ist ja an der Zeit, es wird schon alles gut gehen.«

Karoline schlug die Augen auf und blickte die Diakonisse dankbar an. »Schwester Melissa«, keuchte sie, als sie die junge Frau erkannte.

»Ganz recht.« Die Schwester lächelte und zeigte dabei eine Reihe schiefer Zähne.

Johanne ließ sich gegen die Wand fallen und schloss die Augen. Ihre Beine fühlten sich weich und kraftlos an, am liebsten hätte sie sich wie Karoline auf den Boden sinken lassen. »Ist Ihnen nicht gut?«, hörte sie jetzt die Stimme der Schwester.

Hastig riss sie die Augen wieder auf. Schwester Melissa und auch Karoline starrten sie voller Besorgnis an. Dann verzerrte sich das Gesicht der Schwangeren wieder, und eine neue Wehe ergriff Besitz von ihr. Schwester Melissa wandte ihre Aufmerksamkeit Karoline zu. Johanne straffte den Rücken und spannte sämtliche Muskeln an, damit ihre Glieder endlich aufhörten zu zittern.

Jetzt kam die zweite Diakonisse mit einer Tragbahre zurück. Geschickt hoben die Schwestern die Schwangere auf das Gestell und trugen sie weg. »Kann ich helfen?«, erkundigte sich Johanne mit schwacher Stimme. Aber da waren die Schwestern schon mit ihrer Patientin verschwunden.

Fassungslos blickte Johanne ihnen nach. Wie schnell und umsichtig die beiden gehandelt hatten, und wie unglaublich dumm sie selbst sich aufgeführt hatte. Hoffentlich ging dennoch alles gut, und Karoline brachte ein gesundes Kind zur Welt. Sie faltete die Hände und schloss die Augen, um zu beten. Aber die Gedanken rasten in ihrem Kopf und fanden den Weg zu Gott nicht. »Herr, lass sie nicht sterben«, stammelte sie nur. »Und gib ihr Kraft, die Schmerzen zu ertragen.«

Wieder kam ihr Catharines Geburt in den Sinn. Obwohl das Ganze so lange zurücklag, gellten ihr heute noch die Schreie ihrer Mutter in den Ohren. Sie sah ihr bis zur Unkenntlichkeit verzerrtes Gesicht vor sich, das blutverschmierte Laken und hörte ihre Zähne knirschen. Der Albtraum einer Geburt. Gut, dass sie selber niemals geheiratet, niemals Kinder empfangen hatte, die man unter solchen Qualen zur Welt bringen musste.

Ihre durchnässten Füße brachten sie wieder zurück in die Wirklichkeit. Sie wollte das Fruchtwasser noch aufwischen, bevor sie das Krankenhaus verließ.

Langsam ging sie zu einer der Besenkammern im ersten Stock. Aber als sie endlich mit Eimer, Putzlappen und Wasser zurückkam, war alles schon sauber.

Ich muss Fliedner informieren, dass seine Frau in den Wehen liegt, fiel es ihr ein, als sie schon unten in der Vorhalle war. Im gleichen Augenblick eilte jemand von hinten auf sie zu und packte sie am Ärmel. Irritiert drehte sie sich um und sah Schwester Melissa vor sich stehen. Kleine Schweißperlen hatten sich auf ihrer hohen Stirn unter der Diakonissenhaube gebildet. Warum ist sie nicht bei Karoline?, dachte Johanne. Sie fühlte, wie ihr Mund ganz trocken wurde, ihre Brust eng, viel zu eng für ihr Herz, das immer lauter und heftiger schlug, sodass die Worte der Diakonisse wie durch einen tosenden Wasserfall zu ihr drangen.

»Bitte, ich soll Ihnen nur noch mitteilen, dass Frau Fliedner ein gesundes Kind geboren hat.« Waren das wirklich die Worte der Schwester gewesen, oder hatte Johanne sich das nur eingebildet? Vielleicht hatte die Diakonisse in Wahrheit etwas ganz anderes gesagt? Etwas, das so furchtbar war, dass ihre Ohren es einfach nicht zur Kenntnis nehmen wollten?

Die Schwester lächelte ein wenig unsicher und zeigte dabei ihre schiefen Zähne. »Es ist ein Mädchen«, sagte sie so behutsam. »Frau Fliedner bittet darum, dass Sie den Herrn Pastor davon in Kenntnis setzen. Wenn Sie so freundlich sein möchten.«

Johanne schnappte nach Luft. »Dank sei Gott«, flüsterte sie tonlos, während sie Schwester Melissa nachsah, die mit flinken, kleinen Schritten die Treppe nach oben lief.

Luise brachte sie ins Arbeitszimmer ihres Vaters. Fliedner war gerade erst nach Hause gekommen, er trug noch seinen dunklen Überrock, der an den Ärmeln schon fast durchgewetzt war, der schwarze Hut lag auf dem Tisch. Als Johanne ihm die Nachricht von der Geburt seiner Tochter überbrachte, senkte er den Kopf und faltete die Hände. Ein paar Minuten verharrte er in einem stillen Dankgebet, während Johanne den Blick auf ihren durchnässten Rocksaum richtete und abwartete.

»Gelobt sei Gott«, sagte Fliedner schließlich ruhig.

»Amen«, nickte Johanne.

»Ich will nachher gleich in die Anstalt hinübergehen, um das Kind zu begrüßen«, erklärte er dann.

»Vergessen Sie dabei nur auch die Mutter nicht«, fügte Johanne hinzu. Ihre Stimme klang gereizt. Er hob den Kopf und schaute sie irritiert an.

»Wie soll es den nun weitergehen mit Karoline?«, fragte sie und merkte, dass ihr Ton viel zu scharf war und dass sich der Ausdruck der Verständnislosigkeit auf Fliedners Gesicht noch verstärkte.

»Was meinen Sie?«

»Haben Sie es nicht bemerkt, dass sie am Ende ihrer Kräfte ist? Die Diakonissenanstalt, die wachsende Kinderschar und die Geburten, so viel kann ein Mensch allein nicht mehr bewältigen. Wenn Sie Karoline nicht endlich eine Atempause gewähren, dann wird sie enden wie die erste Pastorin.« Ihr Blick wanderte zu dem kleinen Bilderrahmen auf Fliedners Schreibtisch, von dem aus Friederike ihr einen tadelnden Blick zuzuwerfen schien.

»Nun, diese Angelegenheiten zu beurteilen, überlassen Sie doch besser meiner Frau und mir«, entgegnete Fliedner kühl. »Ich danke Ihnen für Ihre Nachricht.«

Johanne nickte und wandte sich zum Gehen. Doch dann dachte sie an Karoline, an ihre Hand, die sie gehalten hatte. »Es ist mein Ernst, Fliedner. Ich mache mir große Sorgen um die Pastorin. Dass sie diese Geburt überlebt hat, grenzt an ein Wunder. Sie bedarf jetzt der Erholung, und die findet sie gewiss nicht hier in Kaiserswerth.«

Fliedners Blick flog ziellos durch den Raum. Sein Ausdruck hatte mit einem Mal alle Gereiztheit verloren, er wirkte müde und ratlos.

»Wenn nicht hier, wo denn?«

Einen Moment lang schwiegen beide.

»Käthe.«

Sie hatten den Namen von Fliedners Schwester gleichzeitig ausgesprochen. Trotz ihrer Erschöpfung musste Johanne lächeln. Auch Fliedners Gesicht entspannte sich.

»Ich werde mit meiner Schwester reden. Und mit Karoline natürlich auch.« Dann reichte er Johanne die Hand. Seine hellblauen Augen begegneten ihren dunkelbraunen.

»Meine herzlichsten Glückwünsche«, sagte sie, »und Gottes Segen zur Geburt Ihrer Tochter.«

Während sie im Pfarrhaus gewesen war, hatten sich schwarze Gewitterwolken am Himmel zusammengeballt. Wie Untiere drängten sie sich lauernd aneinander. Am unteren Rand der Wolkenfront blitzten messerartig Sonnenstrahlen hervor.

Obwohl es schon nach sieben Uhr war, herrschte noch unerträgliche Hitze. Johanne verlangsamte ihre Schritte und blieb schließlich ganz stehen. Mit dem Ärmel wischte sie sich über das schweißnasse Gesicht. Sie kam sich vor wie eine alte Frau.

Am Markt jagte ihr ein heftiger Windstoß entgegen. Plötzlich und unvermittelt war die Böe aufgekommen. Sie stemmte sich der kalten Luft entgegen und nahm die lange ersehnte Abkühlung in sich auf. Ihr weiter, dunkler Rock blähte sich, sie spürte die kühle Luft an ihren nackten Beinen. In der Ferne hörte man Donnergrollen.

Wieder wehte Johanne ein kalter Windstoß ins Gesicht, heftiger und kühler als der erste.

Und ich sah einen starken Engel vom Himmel herabkommen, mit einer Wolke bekleidet, und sein Antlitz wie die Sonne und seine Füße wie Feuersäulen. Die Worte aus der Offenbarung hatten ihr als Kind schon Angst gemacht. Sie beschleunigte ihre Schritte.

Rasch schlossen sich die Wolken zu einer durchgehenden Mauer zusammen. Von der Sonne, die noch vor einer halben Stunde alles beherrscht hatte, war bereits nichts mehr zu sehen. Dann durchzuckte ein mächtiger Blitz den Himmel und tauchte für den Bruchteil einer Sekunde alles in ein unwirkliches, totes Licht. Fast gleichzeitig dröhnte der Donner wie ein Kanonenschlag.

Hagelkörner prasselten aus den Wolken. Die Eisklumpen hämmerten auf Johannes Kopf und schlugen auf Schultern und Arme. Sie rannte die letzten Meter, aber bis sie den Schlüssel im Schloss gedreht und die Tür geöffnet hatte, dröhnte ihr Schädel, und ihr ganzer Körper schmerzte von den gnadenlosen Schlägen.

»Gott sei uns gnädig«, stieß sie hervor, während sie ihren Rücken gegen die Tür presste und den Sturm auf der anderen Seite toben hörte. Eine Weile lang stand sie einfach nur so da und spürte das Holz vibrieren.

Es dauerte fast eine Stunde, bis das Unwetter ein wenig nachließ. Jetzt fiel nur noch Regen wie ein dichter Vorhang vom Himmel.

Johanne stellte sich an die Gartentür in der Küche und blickte durch das kleine Fenster nach draußen. Es sah aus wie auf einem Kriegsfeld. Die Sonnenblumen mit ihren großen, frohen Blütenköpfen lagen kreuz und quer über Kohlrabi und Rüben, auch die Bohnenstangen hatte der Sturm umgestoßen, eine war sogar in der Mitte durchgeknickt.

Sie dachte an all die Bauern, die in diesen Tagen ihre Ernte einbrachten. Die meisten hatten mit der Arbeit noch nicht einmal richtig begonnen. Es war ein grausamer Vernichtungsschlag des Himmels, Regen und Sturm vollendeten jetzt, was die mörderische Hitze in den Monaten vorher begonnen hatte.

4

Der Brief kam aus Berlin, aber er war nicht von Catharine. Es war eine ganz andere Handschrift, die Johanne nicht kannte, zierlich und gestochen scharf. *Amalie Focke* las Johanne, als sie den Umschlag umdrehte. Warum schrieb ihr Frau Focke? War etwas mit Catharine geschehen? Mit zitternden Fingern riss sie das Kuvert auf.

»Berlin, den 1. September 1846

Mein hochverehrtes Fräulein König!

Dieses Schreiben ist ein Eingeständnis meiner eigenen Unzulänglichkeit. Aber nach langem Zögern und reiflicher Beratung mit meinem Mann habe ich mich entschlossen, Ihre Schwester in der nächsten Woche zurück nach Kaiserswerth zu schicken. Ich weiß mir leider keinen anderen Rat, wie ich noch mit ihr umgehen soll. Das Mädchen ist mir ganz und gar entglitten, und ich kann die Verantwortung für sie nicht länger tragen.«

Die Worte begannen vor Johannes Augen zu verschwimmen. Fassungslos ließ sie sich auf einen Küchenstuhl sinken. Frau Focke schickte Catharine nach Hause? Aber sie war doch immer so außerordentlich zufrieden mit ihr gewesen.

»Von Anfang an war Catharine sehr vertraut mit den Dienstboten in unserem Haus. Sie interessierte sich weit über das übliche Maß hinaus für ihre Lebensumstände und fragte nach ihren familiären Verhältnissen und Hintergründen. Ich ließ sie wohl gewähren, denn es gefiel mir gut, dass sie sich nicht etwa über die Dienstboten stellte und sie womöglich gar herumkommandierte, sondern sie freundlich und großzügig behandelte.

In der letzten Zeit jedoch nahm das Ganze eine Wendung, die mir weniger behagte. Fast hatte ich das Gefühl, dass Catharine die Dienstboten gegen die bestehenden Verhältnisse aufbrachte, dass sie sie dazu ermutigte, Widerworte zu geben. So hatte ich in der letzten Woche eine äußerst unschöne Begegnung mit einem der Küchenmädchen, Adele, die frech auf einer Erhöhung ihrer Bezüge beharrte, obgleich sie im Vergleich zu dem, was in anderen Häusern bezahlt wird, schon äußerst großzügig entlohnt wird. Ich muss hinzufügen, dass das Mädchen gerade einmal sechzehn Jahre alt ist und Ausdrücke wie Massenelend und Ausbeutung bestimmt nicht ihrem eigenen begrenzten Geist entsprungen sind, sondern dass sie ihr vielmehr eingeflüstert wurden.

Über das allein aber hätte ich noch hinweggesehen, aber ein anderes Erlebnis setzt mich so in Besorgnis, dass ich es nicht entschuldigen kann und will. Am vergangenen Sonntag bin ich nach einem Krankenbesuch erst gegen Abend nach Hause gekommen. Als ich vor unserem Haus aus der Droschke stieg, sah ich Ihre Schwester in einer äußerst intimen Situation mit einem fremden Herrn in einem Hauseingang. (Eine Unterhaltung kann man das, was die beiden betrieben, jedenfalls nicht nennen.) Ich wollte Catharine nicht unnötig brüskieren und wartete in einiger Entfernung so lange ab, bis sich der Herr entfernt hatte, dann jedoch stellte ich sie zur Rede. Sie war sehr aufgewühlt – allerdings weniger vor Scham als vielmehr vor Wut darüber, dass ich ihr heimliches Rendezvous beobachtet hatte. Sie weigerte sich auch nachhaltig, mir den Namen des Herrn zu verraten.

Verehrtes Fräulein König, ich bin mir wohl bewusst, dass mich eine beträchtliche Schuld an der ganzen Angelegenheit trifft. Ich hätte Ihr Fräulein Schwester nicht so sehr sich selbst überlassen dürfen, hätte sie mit mehr Strenge und Härte zur Tugend anleiten sollen. Aber Catharine ist uns allen in den letzten Monaten eine solche Bereicherung geworden, dass ich ihr voll und ganz vertraut habe. So ist mir jetzt, als habe ich eine Tochter verloren. Ich bete zu Gott, dass sich zwischen ihr und dem Fremden nicht mehr zugetragen hat als der flüchtige Kuss, den ich beobachtet habe.

Catharine wird am 14. September um 10.15 Uhr am Bahnhof in Kalkum eintreffen. Bitte sprechen Sie mit ihr über den Inhalt dieses Schreibens. Ich hoffe, dass sie Ihnen mehr vertraut als Ihrer

tief betrübten und enttäuschten

Amalie Focke«

Nachdem sie zu Ende gelesen hatte, zitterten ihre Hände noch stärker als vorher. Wie konnte Catharine ihr das bloß antun? Es war ein solches Glück gewesen, dass sie die Stelle als Hausdame bei den Fockes in Berlin bekommen hatte. Fliedner hatte sie ihr vor eineinhalb Jahren vermittelt. Amalie Focke, eine gebürtige Jacobi, die aus Schloss Jägerhof in Pempelfort stammte, war nicht nur eine enge Vertraute seiner ersten Frau gewesen, sondern auch eine Freundin der Witwe Händel, der Johanne so viel zu verdanken hatte.

Die Fockes waren zwar von strenger christlicher Gesinnung, aber ganz im Gegensatz zu den Fliedners wussten sie auch die schönen Künste zu schätzen. Catharine standen alle Möglichkeiten offen, sie war mitten in Berlin, der Hauptstadt Preußens, konnte jeden Monat ins Theater, zu Konzerten oder in die Oper, sie traf interessante Leute, las die neueste Literatur. Aber statt sich darüber zu freuen, trat sie ihr Glück mit Füßen. Ließ sich auf irgendeinen Kerl ein und wurde zur Strafe dafür nach Hause geschickt.

Je länger sie darüber nachdachte, desto wütender wurde sie. Dieses unvernünftige dumme Ding. Sie warf den Brief auf den Küchentisch, ging hinüber ins Wohnzimmer und rannte in dem kleinen Raum auf und ab wie ein Tiger in seinem Käfig. Alles war falsch gelaufen bei Catharines Erziehung. In Nelli hatte sie ihr ein falsches Vorbild gegeben. Die romantischen Ideen ihrer Freundin hatten Catharine schon als Kind den Kopf verdreht, und jetzt bekam sie die Quittung dafür.

Das Zimmer wurde ihr zu eng. Sie lief zurück in die Küche, riss die Tür zum Garten auf und trat hinaus. Die Luft war frisch und kühl. Johanne atmete tief durch.

Aber dann erfasste ihr Blick die verwüsteten Beete. Seit dem Sturm war sie kaum mehr hier draußen gewesen. Sie hatte es sogar soweit es ging, vermieden, aus dem Küchenfenster zu schauen.

Die geknickten Gemüsepflanzen und Stauden lagen immer noch kreuz und quer am Boden wie tote Krieger nach einer verlorenen Schlacht, die man vergessen hatte zu begraben. Winzige Fliegen tanzten triumphierend über den Pflanzenresten.

Johanne bückte sich und zog an einem Kohlkopf. Widerstandslos löste er sich vom Boden. Catharine. Wie war sie bloß an diesen Kerl geraten, mit dem sie Frau Focke überrascht hatte? Wo hatte sie ihn kennen gelernt? Nun, diesmal würde sie nicht klein beigeben. Diesmal würde sie die ganze Geschichte aus ihrer Schwester herausholen.

Der Kohl roch faulig. Johanne merkte, dass ihr Tränen über die Wangen liefen.

Catharine hatte sich verändert. Als sie am Bahnhof Kalkum aus der Eisenbahn stieg, in der Linken ihren Koffer, in der Rechten einen eleganten Sonnenschirm, erkannte Johanne sie kaum wieder. Sie wirkte so viel älter und erwachsener.

Neunzehn Monate hatten sie sich nicht gesehen. Catharines Gesicht wirkte seltsam blass und müde. Dunkle Schatten lagen unter ihren Augen, als habe sie nächtelang nicht geschlafen, ihre Wangen und auch die Lippen waren blutleer. Sie hatte ihre kleine Schwester nach Berlin geschickt, damit sie sich dort erholte und zu Kräften kam. Und jetzt sah sie schlechter aus als vorher.

»Johanne!« Catharine lief auf sie zu, ignorierte ihre ausgestreckte Hand und fiel ihr stattdessen um den Hals.

Hinter ihnen stieß die Lokomotive einen gellenden Pfiff aus. Dann setzte sich der Zug schnaufend in Bewegung und schob sich, immer schneller werdend, aus dem Bahnhof. Die wenigen Reisenden, die in Kalkum ausgestiegen waren, zerstreuten sich. Die beiden Schwestern blieben allein auf dem Bahnsteig zurück.

»Du siehst erschöpft aus«, stellte Catharine fest.

»Du nicht minder«, meinte Johanne. Dann räusperte sie sich. »Was muss ich da für Geschichten hören über dich und dein ungehöriges Betragen? Frau Focke ist zutiefst enttäuscht über dein Verhalten, und ich bin es auch.«

Das Lächeln verschwand von Catharines Gesicht. Sie kaute auf ihrer Unterlippe.

»Nun lass uns erst einmal nach Hause gehen. Du wirst hungrig sein nach der langen Reise«, lenkte Johanne ein.

Als sie den Bahnsteig verlassen wollten, stießen sie fast mit Fliedner zusammen, der mit großen Schritten zum Gleis hastete, zu seiner Rechten Sophie Wagner, die Hausmutter der Diakonissenanstalt. Drei weitere Diakonissen hielten sich einige Schritte hinter den beiden. Aus lauter Zeitmangel ließ sich der Pastor immer von einigen Schwestern zur Eisenbahnstation begleiten, auch Johanne war oft schon mit ihm gegangen, damit sie während des Fußmarsches die wichtigsten Verwaltungsangelegenheiten besprechen konnten.

Fliedner begrüßte Johanne, Catharine dagegen musterte er mit einem leeren Blick. Erst als sie ihn anlächelte, erkannte er sie. Sein Blick erfasste ihr elegantes, hochgeschlossenes Kleid mit dem bauschigen Rock. Den kleinen Hut mit den breiten Bändern.

»Fräulein König«, sagte er. »Statten Sie Ihrer Schwester einen Besuch ab?«

»Ich bin wieder zurück aus Berlin«, erklärte Catharine rasch. »Übrigens soll ich Ihnen die besten Segenswünsche der Fockes überbringen.«

Fliedners helle Augen musterten sie. »Ich danke Ihnen.« Er schien einen Moment lang zu zögern. »Was gedenken Sie, in Kaiserswerth anzufangen?«

Catharine zuckte mit den Schultern. »Brauchen Sie meine Hilfe im Asyl?«

Er schüttelte den Kopf. »Zurzeit sind unsere Pfleglinge nicht eben zahlreich, und zwei Kräfte sind für die Betreuung ausreichend. Aber im Waisenhaus tut Unterstützung Not. Schwester Ilse ist erkrankt, und wir haben niemanden, der sie ersetzen kann.

Wenn Sie aushelfen möchten, dann sprechen Sie mit meiner Frau, sie wird alles Nötige in die Wege leiten und sie anweisen.«

Catharine nickte unverbindlich, aber Fliedner sah es gar nicht mehr, er blickte Johanne an. »Es ist gut, dass ich Sie hier treffe. Ich habe meiner Frau Instruktionen hinterlassen, bezüglich einiger Schriftsachen, die erledigt werden müssen, bis ich in circa einer Woche aus Dresden zurück bin.«

»Immer zu Ihren Diensten.« Johanne schaute ihm in die Augen, ohne zu lächeln. Fliedner runzelte die Stirn.

»Wenn Sie so freundlich sein wollen«, fügte er steif hinzu.

Catharine blickte erstaunt von einem zum anderen. »Nun denn, gute Reise«, meinte Johanne förmlich.

»Gleichfalls«, gab Fliedner zerstreut zurück, während er sich schon wieder seinen Diakonissen zuwandte.

»Frau Focke irrt sich«, sagte Catharine, als sie wenig später am Küchentisch zu Mittag aßen. Gedankenverloren ordnete sie mit der Gabel ein paar Möhren zu immer neuen Mustern auf ihrem Teller. »Der Herr, mit dem sie mich gesehen hat, war Gustav Winkels. Und wir haben uns ganz gewiss nicht geküsst, es war nur ein Gespräch.« Ihre Stimme klang gereizt und müde.

»Aber wenn das Ganze so harmlos war, warum hast du Frau Focke die Sache nicht einfach erklärt?«, wollte Johanne wissen. »Du wolltest ihr nicht einmal seinen Namen nennen.«

»Mir missfiel der Ton, in dem sie mich befragte«, erklärte Catharine, während sie ihre Möhren sternförmig anordnete. Ein paar Sekunden lang betrachtete sie das Ergebnis kritisch. Dann schob sie das Gemüse wieder mit der Gabel auseinander. Sie hob den Blick und sah Johanne angriffslustig an. »Sie sprach mit mir, als wäre sie meine … Herrin.«

»Nun, du wohntest in ihrem Haus. Sie trug die Verantwortung für dich. Zumindest hatte sie das Recht zu wissen, mit wem du dich triffst.«

»Sie trug die Verantwortung für mich?« Mit einem lauten Klirren senkte Catharine ihre Gabel auf den Teller. »Was für ein Unsinn. Ich selbst trage die Verantwortung für mich und keiner sonst. Ich bin alt genug, frei zu entscheiden, wen ich treffe und ob ich gewillt bin, darüber Auskunft zu geben …«

»Gütiger Gott, Catharine, das ist doch dummes Zeug«, unterbrach sie Johanne. »Dein Streben nach Freiheit und Selbstbestimmung ist schön und gut, aber du warst als Gesellschafterin bei den Fockes. Solange du in ihrem Haus lebtest, musstest du dich ihren Regeln unterwerfen …«

»… genau so, wie ich mich *deinen* Regeln unterwerfen muss, solange ich in *deinem* Haus lebe«, gab Catharine erbost zurück.

Johanne atmete tief ein. »Nun lass uns nicht wieder mit dem alten Gezänke anfangen, ich bitte dich darum«, sagte sie dann mit ruhiger Stimme. »Erzähl mir lieber, wie es dazu kam, dass du dich wieder mit diesem Mann getroffen hast. Ich kann nicht verstehen, dass du ihn überhaupt noch sehen magst. Oder hat am Ende eure Techtelei wieder begonnen?«

Catharines Gesicht färbte sich rot vor Wut. »Ich habe dir doch schon gesagt, dass nichts zwischen uns ist.«

»Dann verstehe ich nicht, warum er dich nicht offiziell im Focke'schen Salon aufgesucht hat. Warum habt ihr euch heimlich auf der Straße getroffen, als ob ihr etwas zu verbergen hättet?«

Statt zu antworten, begann Catharine wieder mit ihren Möhren zu spielen. Johanne stand auf, nahm ihrer Schwester die Gabel aus der Hand und stellte ihre beiden Teller zusammen.

»Gustav wollte sich bei den Fockes nicht blicken lassen«, sagte Catharine leise. »Er hat mit der Kirche gebrochen und verspürte keine Lust, sich dem Senator oder seiner Frau gegenüber rechtfertigen zu müssen. Da er gehört hatte, dass ich mich in Berlin befand, ließ er mir ein Billett zukommen, in dem er mich um dieses Treffen bat. Es war das erste und einzige Mal, dass ich ihn dort gesehen habe.«

Sie nennt ihn Gustav, als wäre er ihr Verlobter, dachte Johanne.

»Und worüber habt ihr gesprochen?«, fragte sie laut.

»Über Fragen der Politik«, erklärte Catharine.

Für einen Augenblick glaubte sie, dass sich ihre Schwester über sie lustig machte. Aber Catharines Gesichtsausdruck war ernst, beinahe finster, und ein eigenartiger Glanz lag in ihren Augen, als sie Johanne jetzt ansah.

»Die Zustände in Berlin sind so fürchterlich. Die Arbeiter und ihre Familien vegetieren förmlich vor sich hin wie Tiere, ohne Rechte, ohne Mittel, in ihren entsetzlichen Mietskasernen. Selbst in einem christlichen Haus wie bei den Fockes sind die Dienstboten erbärmlich gestellt. Es kann so nicht mehr weitergehen. Es muss etwas geschehen.«

»Und was? Hat dir das Winkels ebenfalls erklärt?«

»Er hat sich einer neuen Vereinigung angeschlossen. Sie nennen sich Kommunisten. Sie fordern …«

»… die Revolution«, ergänzte Johanne den Satz mit tonloser Stimme. Sie hatte von der Bewegung gehört, die besonders in den Großstädten immer mehr Anhänger fand. Die Anführer leugneten die Existenz Gottes, sie achteten weder König noch Obrigkeit und predigten den Umsturz. »Gustav Winkels ist offensichtlich weit einfältiger, als ich dachte, wenn er sich solch absurden und gefährlichen Ideen verschreibt.«

»Ja, das habe ich mir schon gedacht, dass du die Sache gleich von vorneherein verurteilst, ohne sie recht zu kennen.« Catharine erhob sich wütend. Sie ging zum Fenster und drehte Johanne den Rücken zu. »Aber wenn du die Situation in der preußischen Hauptstadt gesehen hättest, wie ich sie gesehen habe, dann würdest du anders reden. Die Armen und Geknechteten müssen befreit werden aus dem Joch der Unterdrückung.«

»Was redest du denn da, um Himmels willen!«, rief Johanne. Sie war ebenfalls aufgestanden und trat jetzt neben ihre so viel kleinere Schwester. Beschwörend fasste sie sie an den Schultern, drehte sie zu sich um und blickte ihr in die Augen. »Hat dir das alles dieser gottlose Mann eingeredet? O hätte ich dich doch niemals nach Berlin ziehen lassen, er hat dich ja ganz und gar verblendet, dieser Winkels. Auf keinen Fall lasse ich es zu, dass du ihn wiedersiehst.«

Catharine machte sich unwillig los. »Natürlich werde ich ihn nicht wiedersehen. Er ist ja in Berlin, und ich bin hier in Kaiserswerth. Und außerdem hat er mir gar nichts eingeredet. Ich habe mir meine eigenen Gedanken gemacht und bin zu denselben Schlüssen gekommen.«

Johanne schüttelte fassungslos den Kopf. Sie konnte ihren Unwillen über die kindischen Ansichten ihrer Schwester gar nicht in Worte fassen. »Er hat dir ganz und gar den Kopf verdreht. Wie hat es nur so weit kommen können mit ihm? Er war doch fast schon ordiniert, ein Pastor. Wie konnte er seinen christlichen Glauben aufgeben! Wegwerfen. Einfach so.« Catharine starrte auf den schwarz-weiß gesprenkelten Boden und antwortete nicht. »Und du?«, fuhr Johanne mit noch lauterer Stimme fort. »Wie steht es überhaupt mit deinem Gottvertrauen? Hast du es auch schon abgelegt wie deine alten Kleider, die dir nicht mehr modisch genug sind?«

»Gustav hat um seinen Glauben gekämpft, das kann ich dir versichern. Es ist ihm beileibe nicht leicht gefallen.«

»Es ist ihm beileibe nicht leicht gefallen«, wiederholte Johanne verständnislos. »Wie du redest! Als ob er seinen Hut verloren hätte und nicht sein Seelenheil.«

»Warum versuche ich überhaupt, dir etwas zu erklären? Ich hätte mir doch denken können, dass du nicht ein Wort von dem verstehst, was ich dir sagen will.«

Catharines Stimme zitterte vor Wut. Mit wenigen Schritten war sie an der Tür, rannte hinaus und warf sie knallend hinter sich ins Schloss. Johanne zuckte zusammen. Sie hörte Catharine die Treppe hinaufstampfen. Sie hatte sich so auf ihre Schwester gefreut. Keine Stunde war sie jetzt im Haus, und schon lagen sie sich wieder in den Haaren und zankten sich wie Waschweiber. Genau wie früher.

Sie setzte sich wieder an den Küchentisch und starrte auf das schmutzige Geschirr. Dieser Winkels, was wollte er nur von ihrer kleinen Schwester? Warum ließ er sie nicht endlich in Ruhe! Er würde sie ganz und gar zugrunde richten, mit seinen versponnenen Ideen, seinem Fanatismus. Sie sah ihn wieder vor sich, wie er damals an Catharines Krankenbett gesessen und ihre Hand gehalten hatte, so groß und blond und grob. Und sie hasste ihn so sehr, dass sie wünschte, er möge tot umfallen, wo immer er auch war.

5

Die beiden Schwestern saßen am Küchentisch und schälten Rote Bete, während es draußen langsam dunkel wurde. Ihre Finger waren blutrot von dem durchdringenden Gemüsesaft. Es würde Tage dauern, bis sie die Farbe endlich wieder von ihren Händen geschrubbt hatten.

»Vielleicht sollte ich Magdalena an meinen freien Tagen manchmal zu mir nehmen? Schließlich ist sie doch mein Patenkind«, überlegte Catharine. Noch im September hatte sie die Arbeit im Waisenhaus aufgenommen. Und obwohl Schwester Ilse längst wieder gesund war, ging sie dennoch zwei bis drei Tage in der Woche hin, um die Diakonisse in ihrer Arbeit zu unterstützen und mit den Kindern zu spielen. Die Beziehung zu der kleinen Magdalena war jetzt so innig wie nie zuvor. Die Dreijährige hing an Catharine wie an einer Mutter, oft weinte sie verzweifelt, wenn diese abends wieder nach Hause ging.

Die beiden Schwestern hatten sich ausgesprochen. Johanne erzählte Catharine, wie sie Magda von den Hengstermanns befreit und zu Nelli nach Wittlaer gebracht hatten. Und Catharine berichtete, was sich vor vier Jahren auf der Kirmes zugetragen hatte. Johanne presste die Lippen aufeinander und schluckte den Tadel herunter, der ihr auf der Zunge lag.

Jetzt warf sie nachdenklich eine geschälte Knolle in eine Schüssel. »Wenn du Magdalena hierher bringst, dann würde sie sich nur noch mehr an dich gewöhnen. Sie muss doch lernen, wohin sie gehört. Und wenn sie einen Tag hier ist und den anderen dort, dann verliert sie ganz die Orientierung und kennt sich am Ende gar nicht mehr aus.«

»Aber wenn sie nun vielleicht nicht ins Waisenhaus gehört?« Catharine betrachtete versonnen ihre blutroten Finger. »Und Schwester Ilse verdient den Namen Waisenmutter beileibe nicht. Statt die Kleine zu trösten und abzulenken, wenn ich gehe, schilt sie sie für ihr ungezogenes Benehmen.«

Johanne runzelte die Stirn. Ihr war der raue Ton der Waisenhausvorsteherin gegenüber den Kindern auch schon aufgefallen. Und sie wusste, dass auch Fliedner und seine Frau alles andere als zufrieden mit ihr waren. Aber es gab einfach zu wenig erfahrene Diakonissen, die ihre Stellung hätten übernehmen können.

Sie war so froh darüber, dass Catharine im Waisenhaus arbeitete. Die Arbeit füllte sie aus, gab ihrem Leben einen Sinn und brachte sie hoffentlich davon ab, weiter über diesen Mann und seine gefährlichen Ideen nachzudenken.

1847 hatte begonnen. Ein neues Jahr, das hoffentlich besser werden würde als das vergangene, obwohl die Vorzeichen denkbar schlecht standen. Der Wintereinbruch war früh gekommen, und die Folgen der Missernten zeigten sich jetzt in ihrer ganzen Härte. Die Brotpreise erreichten astronomische Höhen, Kartoffeln und Kohl waren für die meisten Leute unerschwinglich. Auf den Straßen rund um St. Suitbertus und am Markt tauchten immer mehr Bettler auf; das Armenhaus am Stiftsplatz war so voll, dass keine Leute mehr aufgenommen werden konnten.

Johanne hatte den ganzen Tag lang Bettelbriefe geschrieben. Fliedner gab ihr inzwischen nur noch die Adressen und die Namen der Ansprechpartner, dann formulierte sie die Schreiben mit ihren eigenen Worten, er unterzeichnete sie, und Johanne schickte sie fort.

Jetzt wartete sie darauf, dass Catharine nach Hause kam.

Gegen sieben ging endlich die Haustür. Zu ihrem Erstaunen hörte sie Catharine leise reden. Eine helle Kinderstimme antwortete. Das kann unmöglich wahr sein, dachte Johanne und stand auf.

Im Korridor begrüßte sie Catharine mit einem halb schuldbewussten, halb trotzigen Lächeln. »Es ging nicht anders, ich konnte sie nicht zurücklassen«, sagte sie leise. Neben ihr stand Magdalena, wie eine Puppe in ihrem viel zu großen Mantel, in der Hand einen Korb mit einigen Kleidungsstücken. Ihr eben noch strahlendes Gesicht wurde ernst. Angsterfüllt starrte sie Johanne an.

Sie musste an Magdalenas Mutter denken, die sie vor einem halben Jahr genauso furchtsam angesehen hatte. Gegen ihren Willen zogen sich ihre Augenbrauen zusammen.

Im Halbdunkel des Korridors sah sie, wie die Mundwinkel der Kleinen zuckten, ihre Hand griff nach Catharines Rock und verschwand in einer Stofffalte.

Johanne seufzte und ließ sich in die Hocke nieder. »Was machen wir denn bloß mit dir?«

»Sie gehört jetzt zu mir. Ich bin doch ihre Patin«, sagte Catharine sanft. »Wenn du sie wegschickst, gehe ich auch.«

Johanne richtete sich auf, sodass sie wieder aus ihrer gewohnten Höhe auf Catharine herabsah. Ein paar Sekunden lang blickten sie sich an. Dann machte Magdalena ein leises Geräusch wie ein kleines, ängstliches Tier, und beide Augenpaare bewegten sich zu ihr. »So werdet ihr euch wohl fürs Erste ein Bett teilen müssen«, sagte Johanne.

»Schwester Ilse hasst mich«, klagte Catharine später, als Magdalena schlief, »und sie lässt ihren ganzen Unmut an Magdalena aus. Heute Morgen zum Beispiel …«

Sie runzelte die Stirn und starrte auf die Dielenbretter unter dem Sofa. Johanne wartete, aber Catharine sprach nicht weiter.

»Was war heute Morgen?«, fragte Johanne schließlich.

Catharine räusperte sich und wirkte mit einem Mal verlegen. »Es war so, dass ein Wort das andere gab. Sie warf mir vor, dass ich die Kleine durch meine Affenliebe zu sehr verwöhne, ich hielt dagegen, dass sie sie quälte, um mich zu treffen. Letztendlich nannte sie mich ein unerfahrenes junges Ding …« Wieder brach Catharine mitten im Satz ab und betrachtete interessiert den Holzboden.

»… und du? Was hast du gesagt?«

»Ich hieß sie eine böswillige, alte Schachtel. Und ein paar andere Ausdrücke waren auch noch dabei, die nicht schmeichelhaft waren. Ich gebe zu, es war nicht eben fein von mir, aber im Grunde genommen war es doch alles wahr!« Catharine hob den Kopf. In ihren braunen Pupillen spiegelte sich die Flamme der Öllampe, flackernd und hell.

Johanne stöhnte leise. »Und daraufhin ist sie direkt zur Pastorin gerannt, um ihr alles zu berichten …«

»… aber nicht bevor sie sich meine Schimpfwörter noch allesamt fein säuberlich notiert hat, auf dass sie sie nur nicht vergäße. Bevor sie davonrauschte, wedelte sie mit dem Fetzen Papier vor meiner Nase herum und verkündete mir, sie würde nun Fliedner alles vorlesen, und das sei mein Ende in der christlichen Gemeinschaft.« Catharine verdrehte die Augen. »Nun, Fliedner hat sie nicht getroffen … aber Frau Fliedner. Sie kamen dann gemeinsam ins Waisenhaus zurück.«

»Hat sie dich zur Rede gestellt?«

»Sie fragte mich, ob ich die Ausdrücke auf dem Zettel tatsächlich verwendet hätte, und als ich es bestätigte, forderte sie mich auf, Schwester Ilse um Verzeihung zu bitten …«

»… was du natürlich empört von dir gewiesen hast.«

»Ganz genau. Nun, jedenfalls forderte mich Frau Fliedner daraufhin auf, das Waisenhaus zu verlassen und der Stätte so lange fernzubleiben, bis sie mit Fliedner gesprochen hätte.«

»Ach, Catharine. Warum hast du nicht eingelenkt? Dann hätte Karoline doch vermitteln können. Warum musstest du dich verweigern? Nur um deinem dummen Stolz Genüge zu tun?«

»Das war zu erwarten, dass du Ilses Partei ergreifst«, zischte Catharine aufgebracht, aber Johanne ging nicht darauf ein.

»Und dann? Was hast du danach getan?«

»Ich habe das Haus verlassen, so wie es die Pastorin angewiesen hatte. Aber ich war zu aufgewühlt, um nach Hause zu gehen. Also bin ich zuerst am Rhein entlangspaziert, bis ich mich einigermaßen beruhigt hatte. Dann bin ich zurück ins Waisenhaus, ich habe mich hineingeschlichen, während alle im Speisesaal waren. Nachdem ich Magdalenas Sachen gepackt hatte, habe ich mich so lange versteckt, bis sich eine Gelegenheit geboten hat, sie mitzunehmen. Schwester Ilse hat nichts von alldem gemerkt.«

Johanne starrte sie mit offenem Mund an. »Du hast Magdalena entführt? Schwester Ilse weiß also gar nichts davon, dass sie hier ist? Aber sie werden sich Sorgen machen …«

»Nein, nein«, wehrte Catharine ab. »Ich habe eine Notiz hinterlassen, in der ich alles erkläre.«

»Aber du hast sie widerrechtlich verschleppt!« Johanne sprang auf und ging aufgeregt im Zimmer auf und ab. »Das ist ungeheuerlich. Ich muss sofort mit Karoline sprechen, damit nicht am Ende noch ich selber …«

»… in Schwierigkeiten komme«, vollendete Catharine den Satz. Ihre Stimme klang verächtlich. »So geh und rede mit ihr. Aber inzwischen ist es fast acht, und vielleicht möchte deine Pastorin ja ihre Ruhe haben. Magdalena geht jedenfalls nicht mehr ins Waisenhaus zurück. Ich werde mich in Zukunft um sie kümmern, und wenn man mich daran zu hindern versucht, dann werde ich mit ihr fliehen.«

Johanne nickte geistesabwesend. »Ich werde mich direkt aufmachen. Für heute bleibt Magdalena hier, sie schläft ja schon, aber dann geht sie zurück, das ist keine Frage.« Noch während sie sprach, ging sie hinaus auf den Flur. Sie zog ihren dunklen Mantel vom Haken, band sich den Hut um, griff nach einem Windlicht und verließ das Haus.

Ein eisiger Wind blies ihr entgegen. Durch das vergitterte Fenster in der Haustür fiel warmer Lichtschein nach draußen und warf ein leuchtendes, von strengen Schattenlinien durchzogenes Viereck auf den schmalen Gehweg. In dem erhellten Bereich glitzerte Eis. Unmittelbar dahinter tat sich eine bodenlose Dunkelheit auf.

Zögernd machte Johanne den ersten Schritt in die Finsternis. Der flackernde Widerschein des Lichtes verlor sich nur eine Handbreit vor ihrem Fuß. Wieder jagte ein eiskalter Windstoß die Kuhstraße herunter. Sie zog den Mantel über der Brust zusammen und machte sich mit kleinen Schritten auf den Weg.

Nach ein paar Minuten hatten sich ihre Augen einigermaßen an die Dunkelheit gewöhnt. Wenn sie den Blick fest auf den Boden gerichtet hielt, konnte sie den Eisfeldern einigermaßen ausweichen.

Während sie sich langsam fortbewegte, fielen Johanne plötzlich die Geschichten wieder ein, die ihr älterer Bruder Laurenz immer erzählt hatte, früher, als sie klein waren. Schauermärchen von einem wilden Heer, das durch die nächtlichen Straßen jagte und alles mit sich riss, was sich ihm in den Weg stellte, Mensch oder Tier. Sie zerrten die Seelen in ihr Geisterreich und ließen nur die starren, toten Leiber zurück. Keine zehn Pferde hätten sie als Kind bei Dunkelheit nach draußen gebracht, so sehr hatte sie die Vorstellung von dem unheimlichen Gespensterheer geängstigt. In der Ferne heulte ein Hund. Hörte sie da Pferdegetrappel?

Unsinn, es ist nichts als dummer Aberglaube, wies sie sich selbst zurecht. Es gibt keine bösen Geister. Der Herr in seiner Güte hält seine Hand über mich, egal ob es Tag ist oder Nacht.

Aber die frommen Gedanken blieben in ihrem Kopf stecken und drangen nicht zu ihrem Herzen, das laut und aufgeregt schlug. Aus der Dunkelheit drangen seltsame Geräusche, Rascheln, Atmen, Wiehern. Sie überlegte einen Moment lang, ob sie das Licht auslöschen sollte. Vielleicht war es besser, wenn man sie nicht sah.

Es gibt keine Geister, sagte sie sich wieder und ging weiter. Vielleicht hätte sie doch bis zum Morgen warten sollen, um die Sache mit Magdalena im Pfarrhaus zu klären. Wieder hörte sie das Hundeheulen. Sie beschleunigte ihren Gang, doch plötzlich rutschte sie auf einer Eisfläche aus. Während sie sich aufzufangen versuchte, fiel ihr das Windlicht aus der Hand, und sie verlor das Gleichgewicht. Sie spürte einen reißenden Schmerz im Fuß und schrie auf.

Sie versuchte, sich aufzurichten, aber das jagte nur noch schlimmere Schmerzen durch ihren Knöchel. Wenn sie wenigstens etwas gesehen hätte, aber es war so finster.

Hatte denn niemand ihren Schrei gehört? In keinem der Häuser war Licht angegangen, kein Fenster hatte sich geöffnet. Sie musste um Hilfe rufen. Aber dann würden Leute kommen und sie hier finden, hilflos und erbärmlich wie ein Bettelweib, wie eine Betrunkene. Vielleicht konnte sie es ja doch allein schaffen. Sie biss die Zähne aufeinander, verlagerte ihr Gewicht nach vorn und versuchte den Fuß an den Körper zu ziehen. Ein Messer bohrte sich in den Knochen. Unmöglich.

Sie setzte sich wieder aufrecht hin und wartete, spürte, wie der brüllende Schmerz zu einem dumpfen Pochen wurde. Aus dem Boden drang die Kälte durch ihren Mantel, in ihren Unterleib, nach oben in die Brust und floss von dort wie ein eisiger Strom in alle Glieder. Wenn sie hier sitzen blieb, würde sie bis zum Morgen erfrieren.

Schrei doch, dass endlich Hilfe kommt, flehte eine Stimme in ihrem Innern. Sie öffnete den Mund und schloss ihn wieder. Es war so elend, so lächerlich, wie sie hier hockte, lieber wollte sie sterben, als dass man sie so sah.

Die Kälte kroch noch tiefer in ihre Gliedmaßen. Aber jetzt fühlte sie sich nicht mehr so schneidend an wie noch vor ein paar Minuten. Auch der Schmerz in ihrem Knöchel pochte nicht mehr ganz so laut. Vielleicht musste sie sich nur ein wenig ausruhen, dann konnte sie nach Hause gehen. Catharine würde den Fuß verbinden, und sie würde sich hinlegen und endlich schlafen ...

Irgendwann verwandelte sich das schmerzhafte Pochen in ein leises Klopfen, dann war alles still, sie spürte ihren Knöchel nicht mehr, und auch ihre Fingerspitzen, die vorhin vor Kälte gebrannt hatten, waren jetzt gefühllos. Ihr Körper begann sich aufzulösen, sie wurde zu Eis, zu einem Teil der Nacht.

Sie hörte Schritte, weit, weit entfernt. Sie hallten auf sie zu oder von ihr weg, sie hatte keine Ahnung.

Ruf doch um Hilfe, wimmerte die Stimme in ihrem Kopf, die jetzt ganz schwach klang. Aber ihre Zunge war gefroren, ihr Mund hatte sich aufgelöst, es ging zu Ende mit ihr, und es schreckte sie nicht.

Ihre Augen starrten blind in die Dunkelheit. Dann sah sie das Feuer, es züngelte an einer Hauswand entlang, ein kleiner gelber Punkt und ein großer, runder, roter Widerschein, rasch breitete es sich aus und wanderte auf sie zu. Und hinter dem Feuer eine Gestalt. Es ist Gevatter Tod, dachte Johanne, er sieht genauso aus, wie ich es mir immer gedacht habe, der weite Mantel und der schwarze Hut. Er geleitet mich zur ewigen Ruhe. Der Gedanke erfüllte sie mit einer tiefen Befriedigung.

Der Tod blieb direkt vor ihr stehen, sein Gesicht unter dem dunklen Hut flackernd gelb, durchzogen von schwarzen Schatten. Er beugte sich zu ihr herunter und bewegte die Lippen, aber sie verstand die Worte nicht. Sie stöhnte leise, und als sie den Klang ihrer eigenen Stimme hörte, bekam sie mit einem Mal

Angst. Sie war noch nicht bereit, das Ganze war ein Irrtum, sie wollte noch nicht sterben.

Als er seine schwarzen Hände nach ihr ausstreckte, versuchte sie sich zu wehren, aber ihre Gliedmaßen gehorchten ihr nicht mehr. Sie spürte noch, wie er sich über sie beugte und seine Arme sie umfingen. Der schwere, dunkle Mantel fiel über sie. Als er sie hochhob, ächzte er laut. Sie spürte seine Hände um ihren Leib, ein wenig unsicher, als könne er sich nicht entscheiden, ob er sie mit sich nehmen oder doch lieber zurücklassen sollte. Der Griff war warm und gut und seltsam vertraut. Ihr Körper ruhte an seinem, und sie hörte sein Herz schlagen. Also hat der Tod ein Herz, dachte sie noch. Dann ließ sie sich hineinfallen in die Dunkelheit.

Als sie die Augen aufschlug, blinzelte sie in eine blendende Öllampe. Eine Stubenfliege flog in ruhigen, regelmäßigen Kreisen um den leuchtenden Lampenschirm. Irgendetwas Schweres lastete auf ihrem Körper und presste ihr fast die Luft ab. Ihr war eiskalt. »Bin ich tot?«, fragte sie mühsam. Ihre Zunge klebte schwer und trocken an ihrem Gaumen.

Jetzt tauchte direkt über ihr Catharines Gesicht auf. Seltsamerweise stand sie auf dem Kopf. Aus dem Nichts kam ihre Hand und fühlte Johannes Stirn. Ihre Augen waren dick geschwollen, als habe sie geweint. Nun erst wurde Johanne bewusst, dass sie in ihrem eigenen Bett lag. Die Öllampe stand auf dem Nachttisch an der Wand.

Sie wollte sich aufrichten, aber sobald sie sich bewegte, bohrte sich ein Messer in ihren rechten Fußknöchel. Sie stöhnte vor Schmerzen und ließ sich wieder auf das Lager zurücksinken.

Nicht einmal die Hände konnte sie bewegen. Offensichtlich hatte Catharine sämtliche Decken, die sich im Haus befanden, über ihr ausgebreitet, um sie zu wärmen. Dennoch fühlten sich ihre Arme und Finger, ihre Beine und die Füße eisig an.

»Sie ist wieder bei Bewusstsein«, flüsterte Catharine. Warme Finger streichelten ihre kalte Wange.

»Dank sei Gott«, sagte eine Männerstimme. Johanne verdrehte den Kopf. Am Fenster stand Fliedner in einem schwarzen, weiten Mantel, den Hut in den Händen.

Er war es, dachte sie. Er hat mich dort draußen gefunden und hierher gebracht. Am liebsten wäre sie gleich wieder in Ohnmacht gefallen. Ausgerechnet Fliedner. Hoffentlich hatte er wenigstens nicht bemerkt, dass sie ihn für den Tod in Person gehalten hatte.

Sie schloss die Augen, um ihn jetzt nicht ansehen zu müssen. In der rötlichen Dunkelheit ihrer geschlossenen Lider fielen ihr seine Hände auf ihrem Leib wieder ein und sein Herzklopfen, das sie für den Herzschlag des Todes gehalten hatte. Fliedner hatte sie noch nie zuvor berührt. Es war ein schönes Gefühl gewesen. Sicher und geborgen und gut. Wie es wohl war, überlegte sie plötzlich, zwischen ihm und Karoline, wenn er sie nachts aufsuchte …

Erschrocken riss sie die Augen wieder auf und begegnete seinem Blick, der sie durchdrang und wie so oft ihre Gedanken zu lesen schien. Ihr kaltes Gesicht begann zu glühen.

»Wie geht es Ihnen?«, fragte er leise.

»Der Fuß ist gewiss gebrochen«, sagte Catharine, bevor sie etwas entgegnen konnte. »Wir müssen den Arzt holen, dass er den Bruch schient.«

Ihr rechter Knöchel begann schmerzhaft zu pulsieren, wie auf ein Stichwort. Dann schwappten die Schmerzen aus ihrem Knöchel hoch ins Bein wie heiße, rote Wellen.

Sie verzog das Gesicht.

Fliedner nickte rasch und erhob sich. »Ich werde Doktor Holstein herholen.«

Im Hinausgehen setzte er den Hut auf den Kopf, und sie sah ihn wieder vor sich, wie er in der Dunkelheit auf sie zugekommen war, mit seinem wehenden Mantel, der Laterne. »Was wollten Sie eigentlich da draußen auf der Straße?«, fragte sie mühsam. Er war schon auf der Türschwelle und drehte sich überrascht zu ihr um. »Ich wollte zu Ihnen«, sagte er, und sein Blick ging von ihr zu Catharine, die auf der anderen Seite des Bettes saß. »Sie können sich denken, in welcher Angelegenheit.«

Aus dem Augenwinkel sah sie Catharines Hände, die auf ihren Knien lagen und sich jetzt ineinander schlossen, als müssten sie sich gegenseitig festhalten.

»Ja sicher, sicher. Nun, lassen Sie uns lieber morgen darüber …«

»Aber gewiss.« Fliedner nickte schnell. Er hob die Hand zum Hut. »Ich hole Ihnen den Doktor.«

Als unten die Haustür ins Schloss fiel, beugte sich Catharine über sie, an den Wimpern ihres rechten Auges hing ein glitzernder Tropfen. »Du meine Güte, das wollte ich gewiss nicht, dass du fällst und dir dabei den Fuß brichst, es tut mir so Leid …«

»Natürlich nicht«, unterbrach sie Johanne barsch. Der Schmerz in ihrem Knöchel ebbte etwas zurück, nahm Anlauf, um sie dann mit neuem Schwung anzuspringen. Am liebsten hätte sie laut geschrien. »Mir ist so kalt«, stöhnte sie stattdessen.

»Ich mache dir eine Wärmeflasche«, flüsterte Catharine. Sie rannte aus dem Raum und die Treppen hinunter, als wäre sie auf der Flucht.

Doktor Holstein schiente den Fuß und legte ihr einen Gipsverband an. Er gab ihr noch einen Saft gegen die Schmerzen, empfahl reichlich heißen Tee gegen die Kälte in den Gliedern und ließ sie dann endlich allein. Catharine bot ihr an, ihr beim Ausziehen der schmutzigen Kleider zu helfen, aber sie winkte ab. »Lass mich nur einfach schlafen, der Dreck wird mich schon nicht umbringen.«

Ihr Schlaf war unruhig, durchzogen von auf- und abwallenden Schmerzen und seltsamen Träumen. Hände, die sie sanft berührten. Ein Herz, das klopfte. Oder war es ihr gebrochener Knöchel? Als sie erwachte, erfüllte ein seidiges Zwielicht das Zimmer. Sie blickte in den dunkelgrauen Morgenhimmel hinter dem Fenster. Ein Geräusch ließ sie zur Tür schauen, wo Magdalena stand und sie mit großen, ehrfurchtsvollen Augen musterte. Sie trug noch ihr verschlissenes, weißes Nachthemdchen und wirkte im Dämmerlicht wie ein Gespenst. Johanne fielen ihre abergläubischen Ängste vom Vorabend wieder ein, und die Erinnerung ärgerte sie.

Die Kleine zögerte einen Moment lang, dann nahm sie allen ihren Mut zusammen: »Warum schläfst du mit deinen Kleidern an?«

Aber Johanne hatte keine Lust, sich zu unterhalten. Schon gar nicht zu dieser frühen Stunde. »Daran bist allein du schuld«, gab sie unwirsch zurück. Dann drehte sie den Kopf zur Wand und schloss die Augen wieder. Sollte Catharine sich doch um die Kleine kümmern. Wo steckte sie überhaupt?

Zwei Stunden später erschien Karoline Fliedner, um nach ihr zu sehen. Inzwischen hatte Johanne die schmutzigen Kleider gegen ein frisches Nachthemd ausgetauscht und eine Tasse Tee getrunken.

»Nun haben wir aber genug über meinen erbärmlichen Zustand gesprochen«, sagte sie energisch, nachdem Karoline ihren Verband begutachtet und noch eine andere Medizin gegen die Schmerzen empfohlen hatte. »Catharine, setz dich zu uns. Und dann lasst uns bereden, was nun mit der Kleinen geschehen soll.« Magdalena, die sich in einer Ecke des Raumes mit ein paar Töpfen und Schüsseln beschäftigt hatte, unterbrach ihr Spiel und sah Catharine dabei zu, wie sie auf der Bettkante Platz nahm, als wüsste sie genau, wie entscheidend das Gespräch für ihr Schicksal war.

»Das Kind muss unverzüglich ins Waisenhaus zurückgebracht werden«, begann die Pastorin und verschränkte die Arme vor der Brust. Sie wirkte kräftiger und gesunder als im letzten Sommer, auch ihr Gesicht war nicht mehr so schmal, aber von ihrer Nase aus zogen sich zwei scharfe Falten an den Mundwinkeln vorbei, die früher nicht da gewesen waren.

»Das ist ganz meine Meinung«, nickte Johanne. »Hier kann sie nicht bleiben, wir haben keinen Raum für ein Kind, und außerdem, wer sollte sich auch um die Kleine kümmern.«

»Ich kümmere mich um sie«, meinte Catharine sofort. »Sie ist mein Patenkind. Und sie kann nicht zurück, nach allem, was geschehen ist. Schwester Ilse mag eine fromme Frau sein, mit Kindern umzugehen, versteht sie aber nicht. Ich werde nicht zulassen, dass Magdalena wieder unter ihre Fuchtel gerät.«

»Nun sei doch vernünftig«, ermahnte sie Johanne. »Wir haben nicht einmal ein Bettchen für sie und …«

»Wir teilen uns ein Bett«, unterbrach sie Catharine. Ihre Stimme klang trotzig, aber ihre Augen standen voller Tränen. »Ich bin doch für sie verantwortlich«, sagte sie verzweifelt. »Bitte, Johanne!«

Stille breitete sich im Schlafzimmer aus. Magdalena, die ihren Blick nicht abgewandt hatte, stellte ihr Geschirr behutsam ineinander, dann trat sie neben Catharine und legte ihr kleines Gesichtchen auf ihre Knie. Aus dieser Position heraus blickte sie Karoline und Johanne ernst an.

Die Miene der Pastorin wurde merklich milder. »Ich habe mit meinem Mann über den gestrigen Vorfall gesprochen«, sagte sie ruhig. »Über kurz oder lang wird eine andere Schwester die Leitung im Waisenhaus übernehmen.«

Johanne versuchte sich ein wenig höher aufzurichten. »Meinetwegen«, meinte sie schließlich widerwillig. »Die Kleine kann bleiben. Aber nur so lange, bis im Waisenhaus ein Ersatz gefunden ist.«

Frau Fliedner nickte sanft. »Ich bin ebenfalls einverstanden.«

Sie lächelte Magdalena an, aber dann hob sie die Augen zu

Catharine, und ihr Gesichtsausdruck wurde wieder streng und unnachgiebig. »Gleichwohl muss ich Ihnen nunmehr auch im Auftrag meines Mannes ein paar Dinge sagen, die weit weniger erfreulich sind.« Sie straffte die Schultern und hob den Kopf. »Ihr Verhalten gestern war unentschuldbar, Catharine. Ohne Erlaubnis haben Sie ein Kind widerrechtlich aus dem Waisenhaus entführt. Auch wenn Sie die Patin des Mädchens sind, gibt Ihnen nichts und niemand das Recht zu einem solchen Handeln. Gäbe es nicht die enge Bindung zu Ihrer Schwester, so hätten wir die Sache unter Umständen den Gendarmen überantwortet.«

Catharines Lider senkten sich über ihre Augen.

»Ganz besonders betrüblich ist die Angelegenheit, weil Sie wieder einmal klar unter Beweis gestellt haben, dass Sie weder zu meinem Mann noch zu mir das nötige Vertrauen oder den Respekt aufbringen. Wir sind zutiefst enttäuscht über Ihr eigenmächtiges Verhalten.«

»Das tut mir Leid«, sagte Catharine leise. »Aber es ging doch überhaupt nicht um Sie oder Ihren Mann. Ich habe nur an Magdalena gedacht und was das Beste für sie ist.«

Karoline erhob sich und strich den dunkelblauen Rock glatt. »Aber das ist es ja gerade«, meinte sie kühl. »Sie haben nicht bedacht, dass auch wir allein das Wohl des Kindes im Sinn haben. Sie stellen sich in einem fort über die anderen, Catharine, und das ist falsch.«

Während sie die Bänder ihrer schwarzen Schürze auf ihren Schultern zurechtzupfte, wandte sie sich Johanne zu. »Ich wünsche dir noch einmal alles Gute und recht baldige Besserung«, sagte sie herzlich. Die beiden Frauen schüttelten sich die Hände.

Von Catharine verabschiedete sich die Pastorin nur mit einem kurzen Nicken.

6

»Du kümmerst dich um das Kind, und ich habe nichts mit ihm zu schaffen«, so hatte es Johanne mit Catharine vereinbart, und Catharine hielt sich daran. Sie fütterte Magdalena, wusch ihre Kleider, spielte mit ihr, las ihr vor. Aber Johanne war durch ihren gebrochenen Fuß den ganzen Tag ans Bett gefesselt, sodass Catharine die Besorgungen und Botengänge erledigen oder Schriftsachen ins Pfarrhaus bringen musste. Am Anfang nahm sie Magdalena immer mit, aber dann sah Johanne ein, dass es besser war, die Kleine zu Hause zu lassen.

Sie war fest entschlossen, Magdalena nicht zu beachten. Am ersten Tag ließ sie sie neben ihrem Bett spielen und ermahnte sie, dabei recht ruhig zu sein. Am zweiten Tag zeigte sie ihr, wie man aus einem Taschentuch und einem Stück Schnur eine lustige kleine Puppe binden konnte. Am dritten Tag erzählte sie ihr eine Geschichte, die ihr ihre eigene Mutter immer erzählt hatte, eine Geschichte vom Schlaraffenland, in das man nur hineinkam, wenn man sich durch ein Gebirge aus süßem Brei aß, und Magdalena stellte sich ganz dicht neben sie und hörte aufmerksam zu. Und irgendwann ruhte ihr kleiner Kopf an Johannes Arm.

Magdalena eroberte sich mit jedem Tag mehr Raum im Haus, in ihrem Bewusstsein, in ihrem Herzen. Manchmal, wenn sie mit ihr alleine war, sah Johanne sie an und erschrak über ihre Ähnlichkeit zu Magda. Die dunklen Augen, die runden Wangen. Magda hatte ihre Tochter nie kennen gelernt, sie hatte sie geboren und verloren, es war nicht gerecht.

»Es ist an der Zeit, dass wir Nelli wieder einmal besuchen«, sagte sie zu Catharine. Ihre Schwester ließ das Buch sinken, in dem sie gerade gelesen hatte. »Wie willst du denn mit deinem Fuß nach Wittlaer kommen?«

»Felix bringt uns am Sonntag hin. Ich habe ihn gefragt, als er vorgestern hier war. Ich denke, er freut sich über eine ruhige halbe Stunde ohne seine Rangen. Und Walter wird uns sicherlich gerne nach Hause fahren.«

Catharine zuckte mit den Schultern. »Was ist?«, fragte Johanne unschuldig. »Hast du etwas anderes geplant?«

Catharine schüttelte schnell den Kopf und nahm dann ihr Buch wieder auf. »Nein, natürlich komme ich mit. Ich muss Nelli unsere Magdalena doch auch endlich einmal zeigen.«

»Und was ist mit Magda?«, erkundigte sich Johanne. »Willst du ihr *unsere* Magdalena auch vorstellen?«

Unbehaglich zog Catharine eine Haarsträhne zwischen ihre Lippen und begann darauf herumzukauen. Mit einem Mal wirkte sie jung und unsicher wie eine Vierzehnjährige. »Was meinst du?«, fragte sie, ohne aufzublicken.

»Es ist Magdas gutes Recht, Magdalena endlich kennen zu lernen«, meinte Johanne mit mehr Überzeugung, als sie wirklich fühlte. »Immerhin ist sie ihr Kind.«

Catharine sagte eine Weile gar nichts, sie starrte in ihr Buch, aber Johanne wusste, dass sie nicht las.

»Und wenn sie sie gleich ins Herz schließt und bei sich behalten will?«, meinte sie schließlich.

»Dann ist das der natürliche Lauf der Dinge.«

»Aber das kann nicht angehen. Magda kann sich doch nicht um die Kleine kümmern. Jedenfalls nicht so gut wie …«

»… du?«, beendete Johanne spöttisch den Satz. Catharine zuckte mit den Schultern.

»Nun warte doch erst einmal ab«, fuhr Johanne in einem versöhnlicheren Ton fort. »Behalten können wir Magdalena ohnehin nicht. Du hast Frau Fliedner schließlich versprochen, dass sie zurück ins Waisenhaus kommt, sobald ein Ersatz für Schwester

Ilse gefunden ist. Wenn sich Magda nun für ihr Kind entscheidet und wenn auch Nelli damit einverstanden ist, denn ohne ihre Einwilligung geht es natürlich keinesfalls, dann kannst du sie zumindest jederzeit besuchen, und sie kann hierher zu uns kommen, wann immer es ihr beliebt.«

Dann stand sie auf und humpelte zum Fenster. Auf dem Fensterbrett stand ein kleiner, kugeliger Kaktus, den ihr Catharine vor ein paar Monaten geschenkt hatte. In dem weißen Stachelkranz auf der Oberseite hatten sich vier winzige rosa Blüten geöffnet.

In der Nacht auf Sonntag fand sie keinen Schlaf. Im Nebenzimmer hörte sie Catharines Bettrost quietschen. Offenbar ging es ihrer Schwester nicht anders als ihr.

Zwei Wochen war Magdalena bei ihnen. Sie versuchte sich vorzustellen, wie es gewesen war, bevor sie bei ihnen gewohnt hatte. Das Haus war still gewesen und ordentlich. Wie ausgestorben.

Es wäre für alle besser gewesen, wenn sie im Waisenhaus geblieben wäre. Denn irgendwann musste sie schließlich wieder zurück, zu den Kindern, an die sie sich jetzt schon kaum erinnerte, zu einer Waisenmutter, die sie nicht kannte.

Es sei denn, Magda würde sie nehmen. Wenn sie ihre Tochter wiederhaben wollte, könnte auch Fliedner keinen Einspruch erheben. Mutterrechte übertrafen schließlich alles andere. Aber war Magda wirklich in der Lage, ein Kind aufzuziehen?

Das Nachdenken und Grübeln war sinnlos. Magdalenas weiteres Schicksal lag allein in Gottes Hand. Er würde alles zum Besten wenden. Johanne faltete die Hände, aber ihre unruhigen Gedanken schoben sich wie eine Mauer zwischen sie und Gott.

Ob Er sie hörte? Sie jedenfalls spürte nichts von seiner göttlichen Kraft.

Sie seufzte und verschränkte die Hände hinter dem Kopf. In ihrem Knöchel bohrte ein feiner, nadeldünner Schmerz. Wie es wohl gewesen wäre, wenn sie selbst ein Kind gehabt hätte, überlegte sie. Als Friederike Fliedner damals ein Kind nach dem anderen gebar, hatte sie sich auch manchmal so ein winziges Etwas gewünscht, das ihr ganz und gar vertraute. Für das sie alles war. Aber allein der Gedanke an die blutige Niederkunft, an die Schmerzen reichte aus, dass die Sehnsucht in ihr nicht zu groß wurde. »Ich könnte die Qualen einfach nicht überstehen«, hatte sie Friederike einmal anvertraut, kurz nachdem diese ihre Tochter Johanna geboren hatte.

Friederike hatte sie gar nicht ernst genommen. »Aber natürlich könntest du das«, hatte sie kopfschüttelnd erwidert. »Dir würde gar nichts anderes übrig bleiben. Ich denke mir jedes Mal, dass ich es diesmal ganz gewiss nicht überleben werde, aber mit Gottes Gnade geht es dann doch vorüber. Und hinterher sind die Schmerzen vergessen.« Wie liebevoll sie die kleine Hanna dabei betrachtet hatte. Hanna, die gerade einmal fünf Jahre später am Typhus sterben sollte.

Nein, dachte Johanne, ich könnte es nicht ertragen. Die Geburt nicht und den Tod eines Kindes noch viel weniger. Ich würde daran zugrunde gehen.

Vor ihr breitete sich ein unendliches Meer aus. Weit in der Ferne flatterten kreischende Möwen über hohe Wellen. Als sie nach unten blickte, sah sie, dass sie im Wasser stand, kleine Wellen brachen sich an ihren nackten Füßen.

»Du solltest zurückgehen«, hörte sie eine weibliche Stimme. »Die Flut kommt.« Johanne blickte auf und sah Karoline Fliedner auf einem Felsen mitten in der Brandung sitzen. Die Pastorin hatte ihre Diakonissenhaube abgenommen, ihr langes Haar wallte glänzend dunkelbraun auf ihre schmalen Schultern.

Kaum hatte sie die Warnung ausgesprochen, wurden die Wellen heftiger, die Strömung begann an Johannes Füßen zu reißen und zu zerren. Sie wollte sich umdrehen, aber eine unerklärliche Macht hielt sie im Wasser.

»Ich kann nicht«, rief sie der Pastorin angsterfüllt zu. Zu ihrem Entsetzen bemerkte sie jetzt, dass der Felsen, auf dem Karoline saß, von noch viel höheren Wogen umspült wurde. Aber diese blickte ungerührt in das tosende Inferno. »Du musst ans Ufer, sonst reißt dich die Flut aufs offene Meer hinaus!«

»Der Herr beschützt mich.« Obwohl Karoline in einem leisen Singsang sprach, drang jedes Wort durch die wilde Brandung zu ihr. Johanne dagegen musste aus Leibeskräften schreien, um sich verständlich zu machen.

»Sei doch nicht so unvernünftig, bring dich in Sicherheit, Karoline!«

Ein leises perlendes Lachen drang an ihr Ohr.

»Aber ich bin doch Friederike!«

Als Johanne wieder zu dem Felsen blickte, saß dort tatsächlich die erste Frau des Pastors. Ihr Bauch wölbte sich unter ihrer Brust, sie war schwanger. Wie um alles in der Welt hatte sie sie mit Karoline verwechseln können? Friederike sah freundlich zu ihr herüber. »Du musst dich retten, bevor es zu spät ist.«

Entsetzt schaute Johanne an sich herunter, die Flut war inzwischen bis zu ihrer Taille angestiegen. Wieder versuchte sie vergeblich, sich zu bewegen.

»Wir werden beide sterben«, schrie sie verzweifelt.

»Du wirst sterben«, lächelte Friederike. »Ich bin schon tot.« Die Wogen schlugen über ihr zusammen, spülten sie von ihrem Felsen. Stumm und klaglos ging sie unter. Zuletzt verschwand ihr geschwollener Leib in den Fluten.

Jetzt hatten die Wellen Johannes Schultern erreicht. Verzweifelt begann sie um sich zu schlagen und schnappte nach Luft. Plötzlich erblickte sie in der Ferne eine schwarze Gestalt, die schnell übers Wasser schritt. Als sie fast bei ihr war, erkannte sie Fliedner.

»Ich ertrinke«, rief sie in Todesangst. Er reichte ihr seine Hand und zog sie mühelos aus der Brandung. Im selben Moment fühlte sie sich warm und trocken. »Sei getrost, ich bin es«, sagte er leise. Dann erwachte sie.

Johanne gähnte, als Felix Winter ihr den Arm reichte, um ihr in die Kutsche zu helfen. »Was habt ihr nur in der letzten Nacht gemacht?«, fragte er neugierig. »Ihr seht aus, als hättet ihr euch die Zeit auf einem Fest vertrieben, anstatt zu schlafen.« Johanne schaute zu Catharine, die ihrem Blick mit rot geränderten Augen begegnete.

»Tanzen waren wir nicht«, murmelte sie und dachte an ihren wirren Traum mit den zwei Pfarrersfrauen. »Es muss der Vollmond gewesen sein.«

»Vollmond hatten wir vor zwei Wochen«, erklärte Felix. »Es war wohl eher euer schlechtes Gewissen, das euch nicht zur Ruhe hat kommen lassen. Einzig eure kleine Magdalena scheint gut geschlafen zu haben.«

Johanne musste lachen. Tatsächlich sprühte Magdalena, die zwischen ihnen saß, vor Lebenslust. Ihre Augen funkelten, so sehr freute sie sich auf die Kutschfahrt. Vorhin im Gottesdienst war sie die ganze Zeit auf der Kirchenbank auf- und abgehüpft. Fliedner hatte sie mehrmals missbilligend angesehen, aber sie hatte seine Blicke gar nicht bemerkt, nur Johanne hatte einen nach dem anderen aufgefangen.

»Hüa, Hü!«, rief Magdalena jetzt und knallte mit einer imaginären Peitsche. Wenn du wüsstest, was dich erwartet, dachte Johanne plötzlich. Das Lächeln verschwand wieder von ihrem Gesicht.

»Na, das kann ja ein unterhaltsamer Ausflug werden!«, sagte Felix trocken. »Willst du nicht mit mir nach vorn auf den

Kutschbock kommen, Magdalena, und die übellaunigen Tanten sich selbst überlassen?« Strahlend kletterte die Kleine über Johanne hinweg, auf seinen Arm und schlug von draußen den Wagenschlag zu.

An den Obstbäumen und von den Dachrinnen des Gutshofes hingen lange, spitze Eiszapfen, die wie gläserne Dolche in der Wintersonne glänzten. Auch die Schlammpfützen auf dem Hof waren von einer weißen Eisschicht überzogen, Millionen winziger Kristalle glitzerten auf der Oberfläche. Nachdem Felix Johanne aus der Kutsche geholfen hatte, klammerte sie sich an Catharines Arm.

Nelli dagegen kam in großen Schritten über den Hof gelaufen, als gäbe es keine glatten Eisflächen, auf denen man ausrutschen konnte. Sie trug ein elegantes dunkles Pelzcape mit weißem Hermelinbesatz an den Kanten. Auf ihren Locken schwebte ein kleiner grüner Turban, wie ihn Johanne noch nie an einer Dame gesehen hatte. Aber sie war sich ganz sicher, dass die Kopfbedeckung der neuesten Pariser Mode entsprach.

»Du armes Ding«, begrüßte Cornelia sie. »Macht dir dein Fuß sehr zu schaffen?«

»Reden wir nicht davon«, meinte Johanne, während sie sich die Hände schüttelten.

Als Nelli mit ausgebreiteten Armen auf Catharine zuging, sah sie auch Magdalena, die Felix gerade vom Kutschbock herunterhob. »Wen haben wir denn da? Du bist also die kleine Prinzessin, von der ich schon so viel zu hören bekommen habe?«

»Ich bin aber keine Prinzessin, sondern ein Waisenkind«, entgegnete Magdalena ernst.

Nelli bot Felix Kaffee an, aber er lehnte ab. So blickten sie ihm nach, bis seine Kutsche vom Hof gerumpelt war.

»Wo ist eigentlich Magda?«, fragte Catharine zusammenhanglos.

»Magda? Wo mag sie stecken? Im Stall wird sie sein, oder sie ist mit den andern im Gesindehaus.«

Die Schwestern warfen sich einen bedeutungsschweren Blick zu. »Würdest du sie uns rufen lassen«, sagte Catharine dann, ohne am Ende des Satzes die Stimme zu heben.

»Sicher, gerne, aber was ist denn eigentlich los?«, fragte Nelli. »Was schaut ihr euch so an, als ob gerade einer gestorben ist?«

Johanne vergrub ihre Fußspitze in den feinen Kieseln, die den Hof bedeckten. »Ich wette, du findest dort drüben beim Hühnerstall eine schöne Feder«, sagte Catharine zu Magdalena, die gespannt davonsprang. »Es ist ihr Kind, Tante Nelli«, meinte sie dann leise. »Ich habe Magda geschworen, niemandem auch nur ein Sterbenswörtchen zu verraten, als sie Hilfe suchend zu mir kam. Sie war so verzweifelt, damals nach der Geburt. Und wenn es herausgekommen wäre, dass sie zum zweiten Mal ein uneheliches Kind geboren hat, hätte es bestimmt ihr Leben zerstört.«

Nelli zog die Brauen zusammen. »Redest du von der Kleinen? Eurem Waisenkind?« Sie drehte sich um und starrte der Kleinen nach. »Tatsächlich«, murmelte sie. »Die Ähnlichkeit ist frappierend.«

Dann stemmte sie die Hände in die Hüften. »Dass ihr mir nie etwas davon gesagt habt. Ich hätte es gewiss für mich behalten. Oder dachtet ihr etwa, ich hätte sie nicht genommen, wenn ich die ganze Wahrheit gekannt hätte?«

»Nein, natürlich nicht.« Johanne zuckte mit den Schultern. »Es erschien mir so unwesentlich damals. Magdalena war gut im Waisenhaus untergebracht, und Magda war mitnichten in der Lage, sich um ein Kind zu kümmern.«

»Das ist wohl wahr«, meinte Nelli. »Sie ist ein liebes Ding, aber so kindlich und naiv … Ihr wollt ihr die Kleine doch wohl nicht etwa anvertrauen?«

Ratlos sahen sich die beiden Schwestern an. »Nun, wir wollten ihr die Kleine zumindest einmal zeigen. Es ist doch ihr gutes

Recht als Mutter«, meinte Johanne schließlich. Ihre Stimme klang ein wenig unsicher.

»Ich weiß nicht …« Nelli schaute wieder zu Magdalena, die keine Feder gefunden hatte und offensichtlich entschlossen war, sich nun direkt bei einem der Hühner zu bedienen. Immer wenn sie eines fast gefangen hatte, flatterte es ein Stück in die Luft oder beschleunigte einfach seine Schritte. Das Mädchen kreischte jedes Mal laut auf vor Schreck und Entzücken.

»Ich bin auch der Meinung, wir sollten alles so lassen, wie es ist«, sagte Catharine hastig. »Magdalena hat es doch gut bei uns …«

»… jedenfalls so lange, bis sie wieder zurück ins Waisenhaus geht«, vollendete Johanne den Satz. »Nun, Nelli, wenn du Magdalena hier nicht aufnehmen kannst und willst, dann ist das eine andere Sache.«

»Aber wer redet denn von mir«, wehrte Cornelia ab. In einer anmutigen Geste hob sie ihre Arme, um den grün schillernden Seidenturban auf dem hochgesteckten Haar ein Stückchen weiter nach vorn zu rücken. »Meinetwegen kann die Kleine schon bleiben. Aber was reden wir lange um die Sache herum, da drüben kommt Magda gerade. Fragt sie doch einfach selbst.«

Kichernd und tuschelnd kamen drei Dienstmädchen aus dem Stall und gingen hinüber zu den Gesinderäumen. Erst auf den zweiten Blick erkannte Johanne Magda. Das pummelige Mädchen hielt sich jetzt viel aufrechter als früher, sie lachte laut und fröhlich, ohne ihren Mund hinter ihrer Hand zu verstecken. Winzige goldene Sonnenflecken tanzten auf ihrem braunen Haar. Sie sah beinahe hübsch aus.

Als Cornelia sie heranwinkte, nickte sie ihren Begleiterinnen fröhlich zu und eilte zu ihnen herüber. Dann erkannte sie Johanne und sank sofort ein Stück in sich zusammen.

»Ich lasse euch allein mit ihr«, sagte Nelli ruhig. »Wenn ihr fertig seid, kommt in den Salon.«

Ehe die Schwestern widersprechen konnten, hatte sie sich umgedreht und ging zurück ins Haus.

Als Magda sie erreicht hatte, war ihr rundes Gesicht hellrot angelaufen. Mit zitternden Fingern ergriff sie zuerst Johannes und dann Catharines Hände. »Das Fräulein Johanne«, sagte sie aufgeregt. »Und das Fräulein Catharine. Der Herr segne Sie.« Sie blinzelte schnell und aufgeregt.

»Wie geht es dir, Magda?«, fragte Johanne freundlich.

»Oh, Fräulein Johanne, besser hätte ich es ja gar nicht treffen können, als bei der guten Frau Hamelius. Sie sind doch wohl nicht gekommen, um mich wegzuholen und zu einer anderen Herrschaft zu bringen?« Die dunkle Iris ihrer Augen glänzte feucht, als füllten sich ihre Augen mit Tränen.

»Aber Magda, mit welchem Recht sollten wir so etwas tun? Du bist doch nicht unsere Leibeigene, die wir nach Belieben von einer Herrschaft zur anderen bringen könnten. Wenn es dir hier gefällt, kannst du bleiben. Und wenn man dich schlecht behandelt, steht es dir frei, deine Sachen zu packen und eine neue Beschäftigung zu suchen.«

Magda nickte panisch. Die langen Wimpern flatterten jetzt noch hektischer über die braunen Augen. Offensichtlich hatte sie kein Wort von dem verstanden, was Johanne gesagt hatte.

»Natürlich kannst du hier bleiben, Magda«, sagte Catharine leise. »Wir freuen uns doch, wenn es dir gut geht.«

Für einen Augenblick sah es so aus, als wollte sich Magda vor Catharine auf den Boden werfen. Aber im letzten Moment hielt sie Johannes strenger Blick zurück. »Dann danke ich recht schön«, flüsterte sie stattdessen voller Erleichterung. »Und beten werde ich für Sie beide beim Herrgott, das heißt, wenn Sie das wünschen, dass eine Sünderin für Sie bittet.«

»Ach, Magda, nun lass das doch gut sein«, sagte Johanne schnell. Magda schwieg und senkte den Kopf. Die Schwestern blickten sich ein wenig unsicher an.

Wir sollten einfach wieder nach Hause fahren mit Magdalena, dachte Johanne plötzlich. Es ist vollkommen undenkbar, dass sich dieses Mädchen um die Kleine kümmert und sie aufzieht. Plötzlich bemerkte sie, dass die Dreijährige neben sie getreten war. Wie so oft schien Magdalena sofort zu spüren, wie angespannt die Stimmung unter den Erwachsenen war. Ängstlich schob sich ihre kleine Hand in Catharines Rechte, dabei trat sie von einem Fuß auf den anderen.

Als Magda das kleine Mädchen bemerkte, veränderte sich ihr Gesichtsausdruck von einer Sekunde zur anderen. Ein glückliches Lächeln breitete sich auf ihren Zügen aus. Alle Hemmungen und Ängste schienen plötzlich wie weggeblasen. Mit strahlenden Augen sah sie Magdalena an, während Johanne vor Schreck fast das Herz stehen blieb.

Nun hat sie sie als ihre Tochter erkannt, dachte sie. Wären wir nur bloß nie hierher gekommen.

Aber dann hörte sie Magdas begeisterte Stimme. »Ach, ich Dumme!«, rief sie laut. »Ich habe gar nicht mehr daran gedacht, dass das Fräulein Catharine ja nun in Berlin lebt. So haben Sie sich verheiratet und ein Kind bekommen. Gottes Segen wünsche ich Ihnen und alles Gute. Und wie aus dem Gesicht geschnitten ist Ihnen die Kleine! Wie heißt du denn, mein Engel?«

»Magdalena«, antwortete Magdalena klar und hell. Ihre runden braunen Augen wanderten erstaunt zwischen den beiden vertrauten Gesichtern und der so fremden Mutter hin und her.

Magda zwinkerte. »Magdalena«, wiederholte sie und nickte langsam. »Aber dann heißt du ja ganz wie ich.«

Ein paar endlose Sekunden lang herrschte Stille. Magdalenas Köpfchen drängte sich an Catharines Rock.

»Magda«, sagte Catharine tonlos. »Die Kleine ist nicht mein Kind. Sie ist …«

»… das Kind einer guten Bekannten«, fiel ihr Johanne mit lauter Stimme ins Wort. »Wir haben sie nur für diesen Tag, da die

Mutter zurzeit … kränkelt.« Zur Bekräftigung nickte sie zwei Mal entschlossen.

Catharine öffnete den Mund, um etwas zu sagen. Magda starrte sie an. In ihrem Blick lag das blanke Entsetzen. Dann schloss Catharine den Mund wieder.

»Also, Magda«, sagte Johanne energisch. »Nun haben wir ja gesehen, dass alles zum Besten steht mit dir. Da wollen wir dich nicht länger behelligen.«

»Danke«, stammelte Magda, ohne ihrem Blick zu begegnen. »Ich muss denn auch wieder …« Ohne ein Wort des Abschieds drehte sie sich weg und hastete zurück zu den Gesindestuben.

»Das hätte ich euch gleich sagen können, dass es so endet«, meinte Nelli kopfschüttelnd, als sie kurz darauf am Kaffeetisch saßen. Die kleine Magdalena war mit Walter in den Stall gegangen, um die Kühe, Pferde und Schweine anzuschauen. »Was habt ihr denn erwartet? Dass sie Magdalena in die Arme schließt wie der Vater in der Bibel seinen verlorenen Sohn? Magda hofft doch wie alle anderen darauf, dass sie recht bald einen Mann findet, der sie heiratet und ernähren kann. Dabei wäre ihr ein uneheliches Kind wahrlich keine Hilfe.«

Johanne zuckte mit den Schultern. »Ach, es war töricht. Aber ich habe mir vorgestellt, dass die Stimme des Blutes stärker ist als alle Überlegungen.«

Nelli schnaubte leise, während sie den beiden Schwestern Kuchen auf die Teller legte. »Die Stimme des Blutes«, wiederholte sie spöttisch. »Du bist die Richtige, davon zu reden. Hat etwa aus deiner eigenen Mutter die Stimme des Blutes gesprochen? Denk doch nur daran, wie lieblos sie dich oft behandelt hat. Und wie sie Catharine links liegen ließ. Nicht auszudenken, was aus dem kleinen Wurm damals geworden wäre, wenn du nicht gewesen wärest. Vermutlich hätte deine Mutter sie einfach verhungern lassen.«

»Mutter war unglücklich und unzufrieden«, meinte Johanne nachdenklich. »Und wirklich schlimm wurde es erst in den letzten Jahren in Kaiserswerth, als ich klein war, konnte sie durchaus liebevoll sein. Sie hat mir Lieder vorgesungen, könnt ihr euch das vorstellen? Magda dagegen geht es doch gut hier.«

»Aber ein uneheliches Kind ist eine Schande, es würde ihr das ganze Leben zerstören, das kleine bisschen Glück, das sie sich so mühsam zusammengestückelt hat.«

»Ach, was ist es doch für ein bitteres Los, ein Frauenzimmer zu sein!«, platzte Catharine auf ein Mal heraus. Sie stemmte ihre Ellenbogen auf den Tisch und blickte voller Abscheu in ihre Tasse. Auf der schwarz glänzenden Oberfläche des Kaffees schwammen bunt schillernde Ölflecken. »Egal, ob arm oder begütert, ob Dienstmädchen oder Adelsfräulein. Es ist überall dasselbe.«

Die beiden anderen musterten sie überrascht, erstaunt über den unvermittelten Gefühlsausbruch, aber Catharine beachtete sie gar nicht, sondern starrte weiterhin in ihren Kaffee.

»Ich bin gewiss die Letzte, die die Mannsbilder verteidigen will«, meinte Nelli schließlich. »Aber im Grunde erfüllen sie mich nur mit Mitleid. Ständig müssen sie sich beweisen in endlosen Hahnenkämpfen. Andauernd geht es nur darum, um jeden Fall stärker und eindrucksvoller und mächtiger zu sein als andere. Schau dir deinen Onkel Walter an. Weit hat er es gebracht in seinem Leben. Ein junges Ding nach dem anderen hat er verführt, ja, darin war er groß. Ein Glück, dass er sich wenigstens nicht an wehrlosen Untergebenen vergriffen hat wie der armen Magda. Aber seit ihm die Eroberungen nicht mehr glücken wollen, seit ihm seine letzte kleine Gespielin den Laufpass gegeben hat, ist er am Boden zerstört.«

»Wie steht es denn um ihn, Nelli?« Johanne war bestürzt, dass sie ganz vergessen hatte, sich nach Hamelius zu erkundigen.

Nelli schüttelte bedauernd den Kopf. »Alles andere als gut«, meinte sie achselzuckend. »Schon zwei Mal hatten wir den Pfarrer im Haus, der ihm die Beichte abgenommen und die Letzte Ölung erteilt hat. Aber dann ging es doch wieder aufwärts, auf wundersame Weise. Allein, ich habe dennoch keine Hoffnung mehr, sein Lebensmut ist dahin. Er hat sich selbst aufgegeben. Du musst ihn nachher unbedingt aufsuchen«, wandte sie sich an Catharine. »Es wird ihn gewiss aufbauen, dich zu sehen.«

Catharine nickte geistesabwesend. »Aber Hahnenkämpfe hin oder her«, meinte sie. »Zumindest können die Männer tun, wonach ihnen der Sinn steht. Für uns Weibsbilder gibt es dagegen nur eine Aussicht: zu heiraten. Sofern wir nicht ins Kloster gehen oder beim Pastor Fliedner Diakonissen werden.«

»Aber wovon träumst du denn?«, erkundigte sich Cornelia lächelnd. »Würdest du deinen ganzen Tag von morgens bis abends in einem staubigen Handelskontor verbringen wollen? Möchtest du in die Politik gehen und große Reden schwingen? Oder wolltest du dir die Finger in der Landwirtschaft schmutzig machen wie meine Männer? Glaube mir, das Los der Freiheit, das du anstrebst, ist wenig begehrenswert. Gut, wenn ich richtiggehend reich wäre und mir um das Geldverdienen keine Gedanken machen müsste, dann wollte ich mir das Männerleben noch gefallen lassen. Aber wenn wir ehrlich sind: In unseren Schichten haben wir Frauen es doch um so vieles besser, sofern wir den richtigen Mann gewählt haben. Die Herren der Schöpfung müssen sich um alles kümmern, und wir können das Leben genießen.«

Johanne sah sie an, ihre immer noch so schöne Freundin, und fühlte Befremdung, aber auch eine gewisse Bewunderung. Seit Jahrzehnten lebte Nelli mit einem Mann, den sie nicht liebte, der sie ständig betrog. Sie spielte die zufriedene Hausfrau, die glückliche Mutter, die perfekte Gutsherrin. Und sie spielte ihre Rolle mit einer solchen Vollkommenheit und Hingabe, dass sie alle davon überzeugt hatte, sogar sich selbst.

»Du magst zufrieden sein mit deinem Leben«, sagte sie, während Nelli ein kleines Stück von ihrem Kuchen in den Mund schob. »Aber dennoch lässt es sich nicht abstreiten, dass du ganz und gar abhängig bist von deinem Hamelius. Denn wenn du ihn verlassen hättest, wenn er dich fortgejagt hätte, wärest du schlimmer dagestanden als je zuvor in deinem Leben. Mittellos, verachtet und allein.«

Nelli zuckte mit den Schultern und biss ihre Zähne dabei fest aufeinander, sodass ihr sanftes Gesicht einen fremden, harten Ausdruck gewann. Aber als sie antwortete, klang ihre Stimme so unbeschwert und fröhlich wie immer. »So sind nun einmal die Spielregeln. Wer sich nicht daran halten will, kann nicht mittun. *Dein* Leben hätte mir gewiss auch nicht gefallen. Immer deinem Fliedner zu Diensten, und was erhältst du als Gegenleistung? Hättest du das Erbe der Witwe nicht bekommen, du bekämest nicht einmal genügend Geld heraus zum Überleben.«

»Aber das ist es ja, was ich beklage«, rief Catharine laut. »Außerhalb der Ehe gibt es nichts für uns Frauen. Wir können nicht einmal das Geld verdienen, das wir zum Leben brauchen. Du sagst, so geht das Spiel, Nelli. Aber was wäre, wenn wir es alle auf einmal nicht mehr mitspielten? Wenn wir die Regeln einfach änderten?«

»Aber das sind doch Hirngespinste.« Nelli schüttelte den Kopf. »Die Verhältnisse zwischen Mann und Weib waren schon immer so, seit Anbeginn der Welt. So steht es ja sogar in der Bibel, frag doch deine gottesfürchtige Schwester. Der Mann entscheidet, die Frau hat zu folgen. Aber insgeheim macht sie dann doch alles so, wie sie es will. Wir Weiber haben so viel Freiheit, wenn wir es nur geschickt anstellen.«

»Aber es ist und bleibt nur eine falsche Freiheit. Der Mann tritt hinaus ins Leben. Die Frau sitzt zu Hause und genießt das Glück im Winkel. Der Mann hat die Macht. Die Frau bekommt die Kinder.« Catharines Stimme überschlug sich fast vor Erregung.

Wie ähnlich sie mir ist, dachte Johanne. Der Gedanke beglückte und erschreckte sie zugleich. Catharine war in allem so viel entschlossener als sie selbst, so wenig kompromissbereit. Was sollte in dieser Welt nur aus ihr werden? Was sollte sie anfangen, mit all ihrer Leidenschaft, ihrer Begeisterung, ihrem Tatendrang?

Catharine schob ihren Kuchenteller von sich und verschränkte die Arme vor der Brust. »Ach, was seid ihr beiden doch selbstzufrieden!«, stieß sie dann wütend hervor. »Wie habt ihr euch behaglich eingerichtet auf dieser Welt! Du, Tante Nelli, hast einfach die Augen zugemacht, wenn du einmal wieder betrogen wurdest. Und hast dir zum Ausgleich etwas Hübsches zum Anziehen geordert. Und du, Johanne, du hast deinen Gott und deinen Fliedner, und die beiden zusammen werden schon alles richten. Aber ich, ich bin unzufrieden.«

»Was meinst du damit?«, fragte Nelli. Ihre Augen wurden schmal und hell vor Verständnislosigkeit. »Du kannst nun weiß Gott zufrieden sein. Es ist doch alles halb so schlimm. Uns geht es gut, von dem einen oder anderen Missstand einmal abgesehen.«

»Dem einen oder anderen Missstand?« Catharine sprang auf und breitete die Hände aus wie auf einem Rednerpodest. »Die Reichen werden immer reicher, die Armen verlieren das letzte bisschen Hoffnung. In Schlesien fressen die Menschen Gras, um ihren Hunger zu stillen. Und damit soll ich mich abfinden? Damit soll ich zufrieden sein?«

»Du liebe Zeit, Catharine.« Nelli hatte sich ebenfalls erhoben und stellte die Teller zusammen. »Nun echauffiere dich bitte nicht so. Erst ist es die Unterdrückung der Weiber, die du beklagst, und nun das Elend der Armen. Es ist eine schlimme Sache, das gebe ich ja zu, weswegen wir ja auch jedes Jahr eine beträchtliche Summe für wohltätige Zwecke spenden. Aber ganz gewiss ist es falsch, sich wegen der widrigen Umstände gleich wie ein Rebell zu gebärden. Was könnten wir damit auch erreichen? Sollen unser König und seine Minister zurücktreten und stattdessen Magda und ihresgleichen das Szepter schwingen?

Meinst du, dann herrscht Gerechtigkeit? Nun, ich bin nicht so naiv. Wenn wir dem Pöbel zu viele Zugeständnisse machen, zu viele Rechte einräumen, dann herrscht am Ende das vollkommene Chaos, und damit ist keinem geholfen. Die Revolution in Frankreich hat es doch gezeigt.«

Catharine öffnete den Mund, um etwas zu sagen, aber Nelli drehte ihr den Rücken zu und griff nach einer kleinen Glocke auf dem Büffet. Auf ihr Läuten betrat ein Dienstmädchen mit einem Tablett den Raum und knickste nervös. »Die Teller kannst du abräumen«, meinte Nelli. Ihre Stimme war zu laut. »Möchte eine von euch beiden noch Kaffee?«

Johanne schüttelte den Kopf. »Geht dir die Unterhaltung zu sehr an die Nieren?«, fragte sie dann lächelnd. »Ach, Nelli, es geht doch nicht gegen dich und dein Leben. Und ich will auch ganz gewiss den Kommunisten nicht das Wort reden«, sie warf einen schnellen, wachsamen Blick zu Catharine, die ihre Brauen verächtlich hochzog, »aber wenn wir hinter jeder Reform, jeder Kritik gleich Aufruhr und Revolte wittern, dann ist es auch verkehrt.«

Nelli ließ sich wieder auf ihren Stuhl sinken. Dann gab sie ihrer Dienstmagd einen schnellen Wink, dass sie sich wieder entfernen sollte. Einen Moment lang stand das Mädchen ratlos da, bevor sie unverrichteter Dinge wieder aus dem Zimmer ging.

»Ihr beiden macht es euch so einfach«, sagte Cornelia leise. »Ihr habt keine Männer, keine Kinder, kein Eigentum, keine Verantwortung. Ihr denkt, redet und handelt nur für euch allein. Ich hingegen kann mir eure Skrupel einfach nicht leisten. Die Knechte, die Mägde, sie würden mich zum Narren halten, wenn ich ihnen zu viele Zugeständnisse machte. Nein, ein jeder hat seine Position in der Gesellschaft, ob Adliger oder Bürger, Handwerker oder Arbeiter. Und jede Stellung hat ihre Nachteile, aber auch ihre Vorzüge. Und wenn auch vieles im Argen ist in unserer Welt, so braucht es keine Revolution, um die Dinge zu richten, und auch keine Reformen. Sondern mehr Nächstenliebe und Barmherzigkeit. Mehr Männer wie den guten Fliedner, auch wenn ich oft über ihn spotte.«

Sie hob den Kopf und sah Johanne und Catharine herausfordernd an. »Gerechtigkeit für alle! Freiheit für die Massen! Wenn ich das nur höre. Stellt euch doch einmal vor, was geschähe, wenn der Mob wirklich frei wäre, das zu tun, was ihm beliebt. Dann gnade uns Gott.«

7

Johanne betrachtete ihre Beine, die sich durch den Stoff ihres Rockes abzeichneten. Das rechte Bein kam ihr merklich dünner vor. Vor vier Tagen hatte man den Gips abgenommen, endlich konnte sie sich wieder ungehindert fortbewegen, aber sie musste das Gehen regelrecht neu erlernen, so geschwächt waren ihre Muskeln.

Am frühen Nachmittag war sie im Krankenhaus gewesen und hatte dem Arzt den Fuß gezeigt, er war zufrieden, alles war bestens zusammengewachsen. Dann hatte sie die Hausmutter Sophie Wagner getroffen, und von ihr hatte sie etwas gehört, das sie auf direktem Weg hierher gebracht hatte, ins Pfarrhaus, wo sie nun neben Fliedner im Garten saß und überlegte, wie sie das Gespräch beginnen konnte.

»Gleich drei neue Lernschwestern kommen im April nach Kaiserswerth. Da wird sich die Lage im Krankenhaus gewiss entspannen«, fing sie schließlich an.

Fliedner seufzte. »Es ist ein Tropfen auf den heißem Stein. Drei neue Schwestern, aber wir bräuchten mindestens ein Dutzend. In der letzten Woche erreichte mich sogar ein Gesuch aus Nordamerika. Ein lutherischer Pfarrer, den ich in England kennen gelernt habe, erbittet Schwestern zur Gründung eines Hospitals in Pittsburg.«

»Bis nach Amerika ist der Ruf der Kaiserswerther Diakonissen also schon gedrungen!«

»Ja, aber was nützt der beste Ruf, wenn wir keine willigen Kräfte haben?«

Das Problem war seit jeher das gleiche. An Patienten hatte es der Diakonissenanstalt nie gefehlt. Es hatte sich längst herumgesprochen, dass man in Kaiserswerth gut gepflegt wurde.

Kranke gab es genug, aber zu wenig Schwestern.

»Sie haben es ja selbst erfahren, dass diejenigen, die hier vorsprechen und eingesegnet werden wollen, oft schlichtweg nicht infrage kommen. Manche von ihnen können weder lesen noch schreiben und rechnen«, meinte Fliedner jetzt. »Wir bräuchten mehr Mädchen und junge Frauen aus den gehobenen Schichten. Aber die wiederum lassen ihre Familien nicht gehen.«

Johanne dachte an Nelli, die schon die Arbeit in einem Handelskontor als Zumutung betrachtete, und konnte ein Lächeln nicht unterdrücken. Nelli hätte ihrer eigenen Tochter niemals gestattet, Diakonisse zu werden. Wenn sie denn eine Tochter gehabt hätte. Der Gedanke brachte sie zurück zu Magdalena, und ihr fiel plötzlich wieder ein, warum sie eigentlich hierher gekommen war.

»Ich habe vorhin erfahren, dass nun endlich eine Nachfolgerin für Schwester Ilse gefunden ist«, sagte sie. Schwester Dorothea sollte von der Entbindungsstation ins Waisenhaus wechseln, hatte Sophie Wagner ihr erzählt. Fliedner, der immer noch über die fehlenden Schwestern nachgrübelte, wirkte irritiert.

»Es ist wegen Magdalena«, erklärte Johanne. »Es war verabredet, dass sie ins Waisenhaus zurückgehen soll, wenn Schwester Ilse ersetzt wird. Aber nun haben wir sie so lieb gewonnen …« Sie brach ab und starrte wieder auf ihre Beine. Die Vereinbarung hatten sie vor so langer Zeit getroffen, heute, fast sieben Wochen später, war alles anders. Jetzt war ein Abschied von Magdalena unvorstellbar. Alles wäre leer und still und furchtbar ohne das Kind. Nein, sie gehörte zu ihnen. Zu ihr. Sie würde sie nicht wieder hergeben.

»Ich sehe keinen Grund, warum Magdalena nicht noch länger in Ihrem Haus bleiben sollte«, meinte Fliedner sofort, und sie fühlte, wie sich der Knoten in ihrem Magen löste. »Die leibliche Mutter hat bis heute keinen Anspruch auf ihr Kind erhoben …«

»… und wird dies gewiss auch in Zukunft nicht tun«, ergänzte sie seinen Satz ein wenig unbedacht. Fliedners helle Augen bohrten sich in ihre. Unwillkürlich setzte sich Johanne aufrechter. »Ich wollte sagen«, stotterte sie, »es ist jedenfalls nicht zu erwarten, dass sie sich jetzt noch meldet, nach so langer Zeit …«

Seine Augen waren harte Diamanten. Aber sie erwiderte seinen Blick, ohne zu blinzeln.

»Wie gesagt, ich bin damit einverstanden, dass Magdalena bei Ihnen bleibt«, meinte er schließlich. »Ich selbst bleibe natürlich weiterhin der gesetzliche Vormund und trage die Verantwortung …«

»Damit bin ich aber keinesfalls einverstanden«, unterbrach ihn Johanne zum zweiten Mal. Als sie weiterredete, versuchte sie ihrer Stimme einen möglichst milden Klang zu geben. »Warum sollte die Vormundschaft nicht dauerhaft auf mich übergehen? Zweifeln Sie daran, dass ich für Magdalena sorgen kann?«

Fliedner schüttelte erneut den Kopf, wobei ihm eine rotblonde Haarsträhne in die Stirn rutschte, die er ungehalten über seinen Hinterkopf strich. »Sie sind nicht verheiratet, Johanne«, erklärte er dann.

»Dessen bin ich mir bewusst«, erwiderte sie spitz.

»Als alleinstehende Frau können Sie nicht die Vormundschaft für eine Waise übernehmen.«

»Aber natürlich kann ich das«, widersprach sie sofort. »Nach dem Tod meiner Eltern war ich Catharines Vormund, bis zu ihrer Volljährigkeit.«

»Catharine ist Ihre Schwester.«

»Ich weiß, dass sie meine Schwester ist.«

Mit jedem Satz, den sie wechselten, wurde der Ton schärfer und unfreundlicher.

»Mit Magdalena ist es ein ganz anderer Fall. Sie ist ein Findelkind …« Fliedner brach den Satz ab und legte seine Hände auf die Oberschenkel und rieb sie nervös auf und ab. Mit einem Mal wirkte er ratlos.

»Wie sieht die Rechtslage denn aus?«, hakte sie schnell nach. »Ist es mir als Frau ausdrücklich verboten, die Vormundschaft zu übernehmen?«

Er zuckte mit den Schultern. »Es ist ganz und gar unüblich, aber ich glaube nicht, dass es gesetzeswidrig ist.«

»Wenn es nicht verboten ist, ist es möglich«, beharrte Johanne. »Bitte, Fliedner«, sagte sie dann mit einer sehr viel weicheren Stimme. »Ich möchte für Magdalena sorgen, nicht nur vorübergehend, sondern so lange sie mich braucht. Mit aller Konsequenz. Wie eine Mutter.«

Fliedner stand auf und ging hinüber zur Kirchenmauer, an der eine uralte Kletterrose ihre dornigen Äste ausbreitete. Im vergangenen Sommer hatte sie über und über geblüht, hatte die Wand mit einem Meer aus duftenden dunkelroten Rosen bedeckt. Jetzt waren die Zweige noch blattlos und kahl. Er trat ganz nahe an die Ranken heran und betrachtete die dicken Triebe so kritisch, als wolle er prüfen, ob die Dornen noch spitz genug waren.

Johanne starrte auf seinen kerzengeraden Rücken. Ob sie zu ihm hinübergehen sollte? Vermutlich war es besser, wenn sie ihn in Ruhe nachdenken ließ. Ungeduldig legte sie das dünnere über das dickere Bein und verschränkte die Finger ineinander. Sie wartete.

Nach einer halben Ewigkeit drehte er sich endlich um.

»Sie sind sich natürlich über die Bedeutung dieses Schrittes im Klaren. Sie wissen, welche Verantwortung Sie mit der Vormundschaft auf sich nehmen.«

»Selbstverständlich bin ich mir darüber im Klaren«, gab Johanne ein wenig brüsk zurück. »Meinen Sie denn, ich habe die Sache nicht gründlich bedacht, bevor ich hierher gekommen bin?«

»Wollen Sie dann Ihre Tätigkeit für mich und die Diakonissenanstalt einschränken, um sich ganz der Mutterrolle zu widmen?«

»Alles soll laufen wie bisher. Ich werde mich gemeinsam mit Catharine um Magdalena kümmern. Sie ist schließlich auch die Patin der Kleinen. Es wäre natürlich von großem Vorteil, wenn sich in der Kleinkinderschule ein Platz für sie fände.«

»Das lässt sich sicherlich einrichten.«

Ein winziger Vogel, der in den kahlen Ästen von Friederikes kleinem Maulbeerbaum saß, begann wie auf Kommando triumphierend zu trillern. Am liebsten hätte Johanne in seinen Freudengesang mit eingestimmt. Stattdessen reckte sie ihr Gesicht in die Frühlingssonne und lächelte. Jetzt war Magdalena wirklich ihr Kind. Meine Tochter, dachte sie stolz.

»Wir wollen die neue Regelung gleich in meinem Büro zu Papier bringen«, erklärte Fliedner. Aber anstatt ins Haus zu gehen, setzte er sich wieder neben sie auf die Bank, streckte seine Beine lang von sich und verschränkte die Hände hinter dem Kopf.

»Wie geht es Ihrer Schwester Catharine?«, erkundigte er sich dann beiläufig.

Johanne zuckte mit den Schultern. »Gut geht es ihr.« Catharine ließ sich zurzeit nur selten zu Hause blicken. Walter Hamelius, Nellis Mann, war Anfang des Monats gestorben, und Catharine verbrachte so viel Zeit wie möglich mit ihrer Ziehmutter. Oft blieb sie über Nacht in Wittlaer und kehrte dann am Morgen nach Kaiserswerth zurück, um Magdalena zu betreuen, wenn Johanne zur Arbeit ging.

»Ich gebe Ihnen den guten Rat, über der Erziehung der Jüngeren die Ältere nicht ganz zu vergessen«, meinte Fliedner.

Fast widerwillig wandte sie die Gedanken von Magdalena ab und sah ihn an. »Was meinen Sie damit? Catharine ist volljährig. Was in ihrer Erziehung versäumt wurde, ist nicht mehr aufzuholen. Aber sie wird ihren Weg schon finden.«

»Catharine ist voller Zweifel und Unsicherheit.« Seine Augen wanderten über ihre Schulter hinweg und fokussierten irgendeinen Punkt im Garten, als stünde da jemand und hörte ihnen zu. »Achten Sie darauf, dass sie sich nicht von den falschen Menschen beeinflussen lässt.«

»Sprechen Sie von Cornelia Hamelius, ihrer Ziehmutter?«, fragte Johanne irritiert. Sie hatte das fast unwiderstehliche Bedürfnis, den Kopf zu wenden, in die Richtung, in die Fliedner starrte, obwohl sie wusste, dass niemand da war.

»Es ist dieser Winkels, den ich fürchte. Er hat mich vor zwei Wochen in Kaiserswerth besucht. Dieser Mann ist gefährlich, Johanne.« Fliedner nahm die Hände aus dem Nacken, setzte sich ganz aufrecht und faltete die Finger in seinem Schoß. Unter seinen Nägeln saßen schwarze Halbmonde, Erde von der Gartenarbeit. Sie fühlte, wie ihr Herz schneller schlug. Die geheimnisvollen Worte, der leise Ton, jagten ihr Angst ein.

»Winkels war hier in Kaiserswerth?«

»Unser Zusammentreffen war alles andere als erfreulich. Er hat sich von der Kirche abgewandt. Alles, was heilig und wertvoll ist, tritt er mit Füßen: Gott und die Kirche, den Glauben, den König, die ganze heilige Ordnung der Dinge.«

»Ich habe gehört, dass er sich den Kommunisten angeschlossen hat. Was um alles in der Welt wollte er denn von Ihnen?«, fragte sie.

»Ich bin mir darüber nicht im Klaren.« Fliedners Blick begann wieder zu wandern, seine Augen durchforschten den Garten, als suchten sie den Unsichtbaren von vorhin. »Anfänglich dachte ich, er wollte mich … in seinen Bann ziehen. Von seinen absurden Ideen überzeugen. Aber nach einiger Überlegung glaube ich, dass es vielmehr ein Hilferuf war. Ein letzter verzweifelter Versuch, Halt zu finden. Einen Widerpart, der sich ihm entgegenstellt in dem reißenden Sog seines Irrglaubens.« Er beugte den Kopf über seine gefalteten Hände und senkte die Lider. »Ich konnte ihm nichts dergleichen bieten. Die unseligen

Kräfte, denen er sich ausgesetzt hat, haben ihn schon viel zu weit mit sich hinweggerissen.«

»Wer sich in Gefahr begibt, kommt darin um«, murmelte er.

Obwohl die warme Märzsonne immer noch mit derselben Kraft auf sie herunterstrahlte, begann Johanne auf ein Mal zu frösteln. Kälte floss aus ihrem Rückgrat in alle Gliedmaßen, und ihr rechter Fußknöchel begann schmerzhaft zu ziehen. Unwillkürlich kreuzte sie die Arme vor der Brust.

Vielleicht ging Catharine ja gar nicht zu Nelli. Vielleicht traf sie sich in Wirklichkeit längst mit diesem Winkels. Johanne war in letzter Zeit so mit Magdalena beschäftigt gewesen, dass sie keinen Gedanken für ihre Schwester übrig gehabt hatte. Zum ersten Mal, seit Catharine auf der Welt war, hatte sie sich keine Sorgen um sie gemacht, stellte sie überrascht fest. Sie dachte an die harten Worte ihrer Schwester, damals, als sie aus Berlin zurückgekommen war, und vor einigen Wochen bei Nelli in Wittlaer. War Catharine etwa auch schon hinweggerissen worden in dem Sog des Irrglaubens, wie Fliedner es ausgedrückt hatte?

Jetzt erst merkte sie, dass Fliedner aufgestanden war. Er trat vor sie. Johanne erhob sich ebenfalls. Sie schwankte leicht.

»Sie haben den stärksten Einfluss auf Ihre Schwester.« Fliedner bot ihr seinen Arm an, aber sie stützte sich stattdessen auf die Lehne der Bank. »Sie müssen sie schützen. Sie darf nicht in Winkels' Fänge geraten. Wenn das geschieht, ist sie ihm hilflos ausgeliefert.«

»Aber auf mich hört Catharine am allerwenigsten. Sie tut genau das Gegenteil von dem, was ich ihr sage. Sie ist so … uneinsichtig und dickköpfig.«

»Sie ist wie Sie«, sagte Fliedner.

Die Sonne war inzwischen hinter der Kirche verschwunden. Auf einmal war es kühl, es wurde Abend. Der kleine Vogel auf Friederikes Maulbeerbaum hatte aufgehört zu singen. Jetzt breitete er seine Flügel aus und flog über die Obstwiese in Richtung Rhein davon.

Wie konnte ich nur so vernagelt sein?, dachte Johanne, während sie nach Hause ging. Es war doch offensichtlich, dass sich ihre kleine Schwester in der letzten Zeit mehr und mehr von ihrer Ziehmutter entfernt hatte. In allen Dingen waren sie sich so fremd geworden. Und trotzdem hatte sie Catharine einfach so abgenommen, dass sie Nelli ständig besuchte. Als wären sie ein Herz und eine Seele.

Ich habe es geglaubt, weil ich es glauben wollte, dachte sie mit schlechtem Gewissen. Catharines Besuche hatten Johanne von der lästigen Pflicht befreit, sich selbst auf den Weg nach Wittlaer zu machen und sich um die verwitwete Freundin zu kümmern. Stattdessen hatte sie mit der kleinen Magdalena gespielt, gesungen und gelesen.

Hoffentlich war inzwischen nicht alles schon zu spät. Als könne sie das Unglück dadurch noch aufhalten, beschleunigte Johanne ihre Schritte.

Im Hausflur kam ihr Catharine entgegen, an der Hand die kleine Magdalena. Das Gesicht ihrer Schwester war so blass, dass es in dem dunklen Korridor förmlich leuchtete. Die Augen waren große schwarze Steine auf hellem Grund.

»Wie ist es gegangen?«

»Wovon sprichst du?«, Johanne hängte ihren Mantel an den Haken neben der Tür. Geistesabwesend strich sie der Kleinen über den Kopf.

»Du warst so lange im Krankenhaus. Gibt es Komplikationen mit dem Fuß?«

»Nein, es ist bestens.« Johanne versuchte ein Lächeln, aber plötzlich sah sie Winkels hinter Catharine stehen, seine mächtigen Pranken umklammerten ihre zierlichen Schultern, stützten sich auf sie. Sie schüttelte unwillig den Kopf. Winkels verschwand wieder.

»Ich war bei Fliedner. Ich habe mit ihm über Magdalena gesprochen. Ich … ich meine: *Wir* dürfen Magdalena behalten.

Fliedner hat mir sogar die Vormundschaft übertragen, am nächsten Montag wird es amtlich gemacht.«

»Aber das ist himmlisch!« Catharines Augen wurden groß vor Freude. »Hast du das gehört, Magdalena? Du kannst nun für immer bei uns bleiben und musst nie wieder in dieses grässliche Waisenhaus zurück!« Sie hob die Kleine so schwungvoll hoch, dass diese vor Freude aufjuchzte. »Warum siehst du denn so bedrückt aus, Johanne! Freust du dich nicht darüber?«

»Doch, ich freue mich sehr.« Johanne ging an Catharine vorbei in die Küche. Sie nahm den Wasserkessel und setzte ihn auf den heißen Ofen. »Hat Lenchen schon gegessen?«

»Nein, wir haben mit dem Nachtmahl auf dich gewartet. Ach, hätte ich es nur gewusst, ich hätte zur Feier etwas Besonderes geholt!«

Johanne warf einen Blick auf Magdalena, die ihre Lumpenpuppe hin und her drehte und die beiden Erwachsenen aufmerksam beobachtete. »Lauf, stell schon mal dein Becherchen und dein Tellerchen auf den Tisch. Du musst doch hungrig sein.«

»Und du isst heute auch mit uns?«, fragte sie Catharine, die inzwischen das Brot aus dem Kasten geholt hatte und aufschnitt, »musst du nicht zu Tante Nelli?«

»Nein, ich war doch erst gestern dort. Heute bleibe ich zu Hause.«

Wie sie sich verstellt, dachte Johanne. Wie sie lügt, ohne zu erröten.

»Da wird sich die Arme aber grämen«, meinte sie scharf, ohne aufzusehen.

Catharine ließ das Messer sinken. »Was ist denn bloß los mit dir, Johanne? Was bist du so übellaunig und missmutig? Tut es dir plötzlich Leid, dass Lenchen bei uns bleibt? Hast du deine Meinung geändert?«

»Ach, Unsinn.« Johanne bückte sich schnell zu Magdalena hinunter und drückte sie an sich. »Ich bin so froh, dass du bei uns bist, mein Lenchen. Und niemand wird dich uns mehr wegnehmen.« Die Kleine lächelte ein wenig verunsichert. Sie begriff so gar nicht, was heute Abend vor sich ging, aber sie spürte die Missstimmung zwischen den beiden Frauen, die sie liebte.

Als Johanne sich wieder aufrichtete, begegnete sie Catharines Blick. Sie sah ratlos aus.

Ja, nun wunderst du dich, wie ich dir so schnell auf die Schliche kommen konnte, dachte Johanne.

Nachdem sie Magdalena zu Bett gebracht hatten, fand Johanna Catharine im Wohnzimmer. Sie las in einem schmuddelig wirkenden Heft, das Johanne noch nie zuvor gesehen hatte. Wieder ärgerte sie sich über sich selbst. Wie hatte sie ihre Schwester nur so aus den Augen verlieren können?

»Was hast du denn da?«, fragte sie schroff. Catharine legte den Finger auf die Stelle, die sie zuletzt gelesen hatte, und blickte auf.

»Deutschland. Ein Wintermärchen«, gab sie zurück. »Von Heinrich Heine. Du hast gewiss schon davon reden gehört.«

»Natürlich habe ich das.« Die Gedichtsammlung, eine scharfzüngige Kritik an den politischen und gesellschaftlichen Verhältnissen in Deutschland, war bereits vor etwa drei Jahren erschienen. Aber wie alle Werke des Dichters war sie im ganzen Deutschen Bund sofort verboten worden.

Johanne, die vor vielen Jahren bei der Witwe Händel Heines Harzreise und sein Buch der Lieder kennen und lieben gelernt hatte, brannte darauf, auch die Winterreise zu lesen. Aber sie kannte niemanden, der ihr das verbotene Buch hätte besorgen können. Es ärgerte sie, dass ihre Schwester das Werk vor ihr in den Händen hielt. Und von wem sie es hat, ist ja nun auch keine Frage mehr, dachte sie erbost.

»Wie konnte ich nur so blind sein«, sagte sie laut. »Du musst mich für vollkommen blöde halten.«

Catharine legte ihre Lektüre zur Seite und strich sich betont gleichmütig die Haare aus dem Gesicht. »Willst du mir nicht endlich sagen, was dich so aufwühlt?«, fragte sie dann. »Bist du jetzt schon so bigott, dass du keine verbotene Literatur mehr im Hause duldest?«

»Um das Buch geht es ja gar nicht«, zischte Johanne. »Sondern um den, der es dir gegeben hat.«

»Walter? Was hat er mit deiner üblen Laune zu tun?«

»Um des Himmels willen, Catharine, erspare mir bitte das Theater.« Johanne ließ sich neben ihrer Schwester aufs Sofa sinken. Ihr Knöchel schmerzte, aber sobald sie saß, merkte sie, dass sie Abstand zu Catharine brauchte. Sie stand wieder auf und hinkte zum Sessel.

»Du willst mir doch wohl nicht weismachen, dass Walter dir ein verbotenes literarisches Werk besorgt hat. Der gute, biedere Walter, dieser Bauer, der so durch und durch loyal ist.«

»So loyal nun auch wieder nicht. Er wollte mir etwas schenken, weil ich mich so um Nelli gekümmert habe in der letzten Zeit. Es sollte eigentlich ein Schmuckstück sein, aber mehr im Spaß als im Ernst bemerkte ich, dass mir das Wintermärchen lieber wäre. Es war nur so dahergesagt, aber er hat es tatsächlich aufgetrieben, Gott weiß wo.«

Catharine seufzte laut. »Ehrlich gesagt, dachte ich, du würdest dich darüber freuen. Du warst es doch, die mir immer so von Heine vorgeschwärmt hat.«

Johanne zögerte einen Moment lang. Catharines Erklärung klang so plausibel, so wahrhaftig. Und dennoch war es gelogen. Nein, sie würde sich nicht einwickeln lassen!

»Ich glaube dir kein Wort. Das Buch ist nicht von Walter. Du hast es von Winkels, den du heimlich triffst, während du vorgibst, Nelli zu besuchen. Ich weiß alles. Und es wäre auch alles einigermaßen verzeihbar, wenn du mich nur nicht so schändlich belogen hättest. Oh, es tut so unendlich weh, dass du nicht eine Spur von Vertrauen zu mir hast!«

»Wovon redest du denn um alles in der Welt? Gustav Winkels ist in Berlin. Ja, es zerreißt mir das Herz, wenn ich an ihn denke. Nein, ich kann mir nicht vorstellen, jemals einen anderen zu lieben als ihn. Aber es war ohnehin alles zu Ende, bevor es richtig begonnen hat. Und wenn du mir nicht glaubst, dann lässt du es eben sein. Ich kann dein Vertrauen nicht erzwingen.«

Ihre Stimme klang belegt, und Johanne sah aus dem Augenwinkel, dass sie sich mit der Faust über die Augen wischte, schnell und verstohlen. Catharine sprach die Wahrheit, sie hatte sie nicht angelogen. Die ganze unselige Beziehung zwischen diesem Kommunisten und ihrer Schwester war tatsächlich aus und vorbei. Sie fühlte sich mit einem Mal fast schwerelos vor Erleichterung, am liebsten wäre sie auf der Stelle zurück ins Pfarrhaus gehumpelt, um Fliedner zu sagen, dass er sich geirrt hatte. Sie sah Catharine an und lächelte, aber diese lächelte nicht zurück. »Was weißt du von Gustav?«, fragte sie tonlos.

Johanne zögerte. »Er ist hier in Kaiserswerth. Oder zumindest war er das noch vor ein paar Wochen«, gab sie dann zu.

»Er ist hier?«, wiederholte Catharine, als habe sie die Worte nicht richtig verstanden. »Wer sagt das?«

»Er war bei Fliedner.«

»Das ist nicht wahr! Was sollte er bei Fliedner?«

»Ich weiß es nicht. Fliedner konnte es sich selbst nicht recht erklären. Ausgerechnet bei ihm. Vielleicht suchte er … Halt?«

Die Auskunft schien Catharine zu genügen. Sie nickte und stand auf und ging zur Tür. Auf der Schwelle blieb sie stehen, als habe sie vergessen, wohin sie wollte.

»Er suchte Halt«, sagte sie leise. Johanne erhob sich ebenfalls und ging zu ihr hinüber, aber als sie sie fast erreicht hatte, hob Catharine eine Hand, abweisend und drohend.

Johanne suchte nach Worten und fand keine. »Er war nicht bei mir«, sagte Catharine leise, nicht zu ihr, sondern zu sich selbst. »Er ist nicht zu mir gekommen.«

8

Im Krankensaal schlug Johanne ein unangenehmer Geruch entgegen, eine Mischung aus Medizin, kaltem Schweiß und Kräutertee. Am liebsten hätte sie direkt wieder kehrtgemacht.

Stattdessen glitt ihr Blick über die zwei Bettreihen, in denen Frauen lagen, einige schliefen, andere schauten sie neugierig an, in der Hoffnung auf Ablenkung. Frau Wacker lag im letzten Bett an der rechten Wand.

Verzweifelt krampften sich die knotigen Hände um einen kleinen Bleistiftstumpen. »Es will mir einfach nicht glücken, die richtigen Worte zu finden«, nuschelte sie aus einem fast zahnlosen Mund, als Johanne neben ihr Platz genommen hatte. »Aber ich muss den Meinen doch Nachricht zukommen lassen, wie es um mich steht.«

Johanne zog ihr eigenes Schreibwerkzeug, Papier und das Holzbrett aus der Tasche, das ihr in den Krankenzimmern als Schreibunterlage diente. »Dafür bin ich ja jetzt da, dass wir das gemeinsam erledigen, Frau Wacker«, meinte sie aufmunternd. Sie hoffte, dass die alte Frau einen nicht allzu ausführlichen Bericht an die Heimat plante. Sie hatte an diesem Morgen bereits vier Briefe für Patienten formuliert.

»Ich möchte an meine älteste Tochter Jette schreiben«, murmelte Frau Wacker. »Sie wird es den anderen dann berichten, was ich geschrieben habe.« Johanne nickte und vermied es, sich zu erkundigen, wie viele Kinder die Alte hatte. Aus Erfahrung wusste sie, dass solche Fragen meist zu langatmigen Beschreibungen der ganzen Familiengeschichte führten.

Die alte Frau atmete tief ein und ließ dabei ein ungesundes, rasselndes Geräusch in ihrer Brust hören. »Dann will ich das

Ganze aber auch bezahlen«, stieß sie hastig hervor, als habe Johanne ihre Arbeit für sie schon beendet. »Wenn meine paar Groschen dafür überhaupt ausreichen.«

»Das ist doch nicht wichtig«, sagte Johanne schnell. »Wir wollen den Brief erst einmal zu Papier bringen. Was möchten Sie Ihrer Jette denn nun mitteilen?«

Frau Wacker ließ ihre zitternden Finger mit dem Geld noch einen Moment lang in der Luft schweben. Schließlich holte sie wieder mühsam Luft und steckte die Münzen zurück in die Brusttasche. »Dann schreiben Sie ihr in Gottes Namen, dass alles zum Besten steht mit mir«, nuschelte sie. »Gleichwohl will der Doktor mich noch eine Woche länger hier behalten, auf dass ich wieder ganz hergestellt bin, wenn es denn nach Hause geht. Aber dennoch soll es sich Jette nicht in den Kopf setzen, mich hier zu besuchen, und auch den Peter soll sie nicht dafür herschicken, mir geht es ja gut, und die Schwestern sorgen sich bestens um mich.« Johannes Stift flog über das Papier. Sie hatte schon so viele von diesen Briefen geschrieben, dass ihr die Formulierungen auch im Schlaf eingefallen wären. »Und fragen Sie sie, wie die Kartoffeln stehen. Sie soll mir unbedingt Nachricht kommen lassen, ob sie schon blühen. Und dann wünsche ich allen Gottes Segen, und meinen Namen kann ich ja selbst darunter setzen.« Überrascht blickte Johanne auf. Sie hätte erwartet, dass sich die alte Frau nach ihren Enkeln erkundigte oder zumindest nach den anderen Kindern. Die Frage nach den Kartoffeln erschien ihr seltsam kalt und gefühllos.

»Die Kartoffeln werden schon ordentlich blühen«, gab sie vorsichtig zu bedenken. »Und wenn sie es jetzt noch nicht tun, dann ist es gewiss in den nächsten Tagen so weit.«

»Ja, blühen werden sie, denn geblüht haben sie auch im letzten Jahr, aber an den Blüten konnte man schon erkennen, dass nichts daraus würde, und so ist es denn ja auch gekommen …«

Die Stimme der alten Frau klang mit einem Mal schroff. Ihre weißlichen Augäpfel richteten sich erbost auf Johanne, als habe sie sie angegriffen. Dann aber durchfuhr ihren mageren Körper ein mächtiger Hustenanfall. Sie keuchte und rang nach Luft, bis ihr bleiches Gesicht rot vor Anstrengung war.

»Frau Wacker, so beruhigen Sie sich doch!« Erschrocken legte Johanne ihr Holzbrett zur Seite und beugte sich zu der alten Frau hinüber. Sie schien sie gar nicht zu hören, rieb sich mit ihren von wülstigen Adern bedeckten Händen über die Brust und schnappte so verzweifelt nach Atem, dass sich Johannes eigene Brust schmerzvoll zusammenzog.

»Es ist doch das Wichtigste«, brachte sie schließlich röchelnd hervor. »Verstehen Sie denn nicht, wenn es in diesem Jahr wieder eine solche Kartoffelfäule gibt wie in den beiden letzten, dann ist es gänzlich aus mit uns, dann sind wir verloren.«

Wieder musste sie eine Pause machen, um rasselnd Luft zu holen. Durch ihre Erregung schien sich die Atemnot mit jeder Sekunde zu verschlimmern. Johanne blickte sich unruhig um. Sie musste sofort eine Diakonisse rufen, dass sie der Kranken ein paar Tropfen gab, die sie wieder beruhigten. Aber im Schlafsaal war keine Schwester zu sehen.

Johanne versuchte sich zu erheben, aber im selben Moment krallten sich die Hände der Alten um ihre Knie. Eine Welle übel riechender Luft wallte aus dem Nachthemd zu ihr hoch. Johanne wandte unwillkürlich den Kopf zur Seite und unterdrückte ein Würgen. »Bleiben Sie«, zischelte Frau Wacker. »Ich muss es Ihnen doch erklären, damit Sie es verstehen.«

Widerwillig ließ sich Johanne wieder auf den Stuhl zurückfallen. Sie blickte Hilfe suchend zu den Betten der anderen Patientinnen. Vielleicht konnte eine von ihnen eine Pflegerin rufen? Aber die Frau im Nachbarbett dämmerte mit geschlossenen Augen vor sich hin, die nächste hatte den Kopf weggedreht und schien ebenfalls zu schlafen.

»Vor zwei Jahren im Sommer hat es begonnen«, flüsterte Frau Wacker. Sie sprach jetzt so leise und undeutlich, dass Johanne Mühe hatte, sie zu verstehen. »Es war kein schöner Sommer, Regen, Regen, nichts als Regen. Jette hatte gerade ihr neues Mädchen bekommen. Und der kleine Georg war zwei und Henriette vier. Dann kam die Ernte, aber die Kartoffeln waren schlecht. Allesamt, schwarz und faul bis in die Mitte. Ungenießbar.« Vor Abscheu verzogen sich ihre schmalen Lippen. Sie schmatzte leise. »Aber es gab ja Rüben und Mais, damals, es war besser, die Großen hatten wohl Hunger, aber für die Kleinen reichte es noch, damals. Wir haben alles verbrannt, alle Pflanzen, alle Kartoffeln, noch bis auf die letzte Schale. Und die dummen Kinder tanzten um das Feuer, als gäbe es etwas zu feiern.« Frau Wacker stieß ein so lautes, krächzendes Lachen aus, dass Johanne zurückfuhr. Die Finger der Alten schlossen sich noch fester um ihre Knie. »Bleiben Sie«, beschwor sie sie aufs Neue. »Ich habe noch nicht alles erzählt. Im nächsten Frühjahr haben wir die Felder umgegraben. So tief und so gründlich wie noch nie. Und der Pfarrer hat sie gesegnet mit Weihwasser. Aber schon als die Blüten im Mai zum Vorschein kamen, da wusste ich, dass nichts gut ist und alles noch schlimmer kommen würde, obwohl der Sommer in diesem Jahr anders war, heiß und trocken. Aber sie wollten mir nicht glauben, Jette nicht und die anderen auch nicht. Ich weiß noch, wie sie die ersten Kartoffeln aus der Erde geholt haben. Schau, Mutter, haben sie gerufen. Dieses Mal sind sie doch etwas geworden, auch wenn du es anders gesagt hast. Und ich habe die erste aufgeschnitten, und sie war schwarz. Und die nächste und alle anderen auch. Schwarz und weich. Durch und durch.« Als die Alte einatmete, klang es, als drücke ihr jemand die Kehle zusammen. Ein paar Minuten lang röchelte sie mit halb offenen Lippen. Diesmal blieb Johanne wie versteinert sitzen.

»Aber in diesem Jahr waren auch die Ähren taub und die Rüben verdorrt. Es war diese Satanshitze, die alles ausgetrocknet und vernichtet hat. Und wir hatten nichts mehr. Nichts mehr zu essen. Und nichts mehr, um die Pacht zu bezahlen. Mehr als das halbe Land haben sie Peter daraufhin abgenommen, und alle drei Kühe, und alles Weinen und Wehklagen haben nichts genützt. Und als sie die Kühe weggebracht hatten, fehlte die Milch. Und als die kleine Marie krank wurde, weigerte sich der Doktor, zu uns zu kommen, weil er wusste, dass wir das Geld nicht aufbringen konnten. Sieben Nächte lang hat sie geschrien, sieben Nächte, bis der Herrgott endlich ein Einsehen hatte und sie hat sterben lassen. Meine Jette hat es bis heute nicht verwunden, bis heute nicht, obwohl sie doch noch die anderen beiden hat, und noch eines ist unterwegs. Aber wenn in diesem Jahr die Fäule anhält, dann will uns der Herrgott wahrlich strafen, dann gibt es keine Hoffnung mehr. Dann kommen sie und reißen uns das Dach über dem Kopf weg und treiben uns fort, wie sie die Kärchers fortgetrieben haben und die Hüllekremers und all die anderen. Aber ich gehe mein Lebtag nicht ins Armenhaus, ich nicht. Lieber nehme ich mir den Strick, und wenn ich bis in alle Ewigkeit in der Hölle schmoren muss dafür, dann ist es mir gleich …« Sie brach ab, riss den zahnlosen Mund auf, und ihre Augen wurden so groß, dass sie fast aus den Höhlen zu treten schienen. Sie fasste sich mit beiden Händen an den Hals, als könne sie sich dadurch Luft verschaffen. Johanne sprang auf und floh auf den Korridor. Fast prallte sie mit einer Schwester zusammen, die gerade aus dem Nachbarsaal kam. »Zu Hilfe! Schnell! Sie erstickt!«

Die Diakonisse eilte mit ihr zurück in den Saal. Die Alte war inzwischen in sich zusammengesunken, halb ohnmächtig hing sie auf ihrem Kissen. Die Schwester griff eine Flasche vom Nachttisch und flößte ihr ein paar Tropfen ein. Sie brachte sie in eine aufrechte Haltung, massierte ihr den Rücken. Langsam begann sich Frau Wacker zu erholen. Ihr Atem kehrte wieder, auch wenn sie um jeden Luftzug kämpfen musste. Johanne spürte, wie ihr schlecht wurde. Keine Sekunde länger konnte sie die Luft in diesem Raum ertragen. Sie packte ihre Tasche, das Schreibzeug und die Holzunterlage und hastete nach draußen, ohne sich noch einmal nach der alten Frau umzusehen.

Ihre Knie zitterten, als sie die breite Treppe nach unten ging. Langsam und vorsichtig setzte sie einen Fuß vor den anderen und hielt sich dabei am Geländer an der Wand fest. Es war, als wäre ihr das Grauen über den Bericht der alten Frau in die Glieder gekrochen. Zum ersten Mal seit Wochen spürte sie wieder ihren Knöchel.

Auf dem Weg zum Ausgang kam sie an Karolines Büro vorbei. Die Tür stand halb offen, und sie sah Fliedner im Gespräch mit seiner Frau. Er trug seinen langen dunklen Reisemantel und hielt den hohen schwarzen Hut in den Händen.

Sie wollte rasch weitergehen, aber da drehte sich der Pastor schon zu ihr um. »Johanne.«

Sie trat näher. Sein Gesicht sah müde aus. Grau vom Straßenstaub.

Einen Moment lang stand sie unschlüssig da. Karoline lächelte, aber Johanne hatte plötzlich das Gefühl, dass sie lieber mit ihrem Mann allein gewesen wäre. Das Gefühl machte sie ungehalten, als ob sie selbst es wäre, die gestört worden war.

»Ich dachte, Sie wären in Berlin«, sagte sie zu Fliedner und überlegte dabei, wie sie sich am schnellsten zurückziehen konnte.

»Ich bin einen Tag früher zurückgekehrt«, erklärte er. »Haben Sie das Schreiben für den Gefängnisverein erledigt, um das ich Sie gebeten habe?«

»Ich lasse es Ihnen nachher bringen.«

Er nickte, und sie nickte, und Karoline nickte auch. »Nun, dann wünsche ich noch einen guten Abend«, verabschiedete sie sich schließlich. Sie war schon fast an der Tür, als sie mit dem rechten Fuß umknickte. Ein spitzer Schmerz bohrte sich in ihren Knöchel. Oh nein, gütiger Gott, nein, dachte sie entsetzt. Im selben Moment war Karoline an ihrer Seite, fasste sie am Ellenbogen, schob einen Stuhl unter sie und legte ihren Fuß auf einen Schemel, während ihr Johanne kraftlos dabei zusah. Der Schmerz zog sich lauernd zurück wie ein bösartiges Tier.

»Ich hole Doktor Holstein, dass er einen Blick darauf wirft«, sagte Karoline.

»Nicht doch, bitte warte. Es war nur ein kleiner Fehltritt. Es geht schon wieder.«

Die Eheleute musterten sie voller Besorgnis. Johanne kam sich vor wie ein ungehorsames Kind, das seinen Eltern durch seine Wildheit nichts als Kummer bereitete.

Sie räusperte sich. »Ich war soeben bei der armen Frau Wacker«, sagte sie, um sie von ihrem Missgeschick abzulenken und dem Gespräch eine neue Wendung zu geben. »Sie hat mich ganz durcheinander gebracht mit dem Schrecklichen, das sie erlebt hat.«

»Die alte Frau aus Hösel«, nickte Fliedner, während er den Blick nicht von ihrem Knöchel wandte. »Ich kenne ihre Geschichte. Gleichwohl haben sie und die Ihren noch Glück gehabt. Andere hat die Kartoffelfäule um alles Hab und Gut gebracht. Viele, die noch vor ein paar Jahren wohl begütert waren, stehen jetzt vor dem Nichts.«

»Ob Stadt oder Land, überall wächst das Elend.« Seufzend streckte Karoline die Schultern nach hinten und massierte mit den Händen ihren Rücken. Ihr Bauch war eine große, dunkelblaue Kugel, direkt vor Johannes Gesicht. So weit ist es schon wieder, und Friederike ist noch nicht einmal ein Jahr alt, dachte sie.

Karolines Schultern fielen wieder nach unten. Hatte sie den Widerwillen in ihrem Gesicht bemerkt? Johanne senkte betroffen den Blick. Aber die Stimme der Pastorin klang ruhig und gelassen wie immer: »Aus Oberschlesien vermelden sie nach den

Missernten der letzten Jahre furchtbare Fälle von Hungertyphus. Und wir können keine Schwestern entbehren, um sie dorthin zu senden. Wir werden ja selbst der Arbeit hier kaum noch Herr.«

»Vertrauen wir auf den Allmächtigen«, sagte Fliedner laut und drehte dabei den Hut in seinen Händen. »In seiner väterlichen Güte gibt er seinen Kindern die Kraft, seine Prüfungen zu ertragen. Und beten wir auch, dass er uns die Stärke gibt, den Bedürftigen zu helfen.«

»Amen«, nickte Karoline.

Johanne starrte den Pastor sprachlos an. Warum fragte er sich nie, wer wirklich die Schuld an den erbärmlichen Verhältnissen der unteren Schichten trug? Und ob man die Dinge nicht ändern konnte? Warum war er so kritiklos, so uneinsichtig, so grenzenlos obrigkeitsgläubig?

Was war aus dem Mann geworden, der den Duisburger Fabrikanten einst schonungslos seine Meinung zur Sonntagsarbeit ins Gesicht sagte, ohne sich darum zu kümmern, ob sie ihm deswegen ihre Spenden verweigern würden?

Der Mann, der gegen den König selbst aufbegehrte, als den evangelischen Kirchen in ganz Preußen eine neue Gottesdienstordnung aufoktroyiert werden sollte? Im Kampf um die so genannte Kirchenagende, die Friedrich Wilhelm III. 1835 selbst entworfen hatte und die in vielem katholische Liturgieformen und Bräuche aufgriff, hatte sich Fliedner wie zahllose andere Pastoren offen gegen den königlichen Wunsch und Befehl aufgelehnt. Letztendlich hatten sogar der damalige Oberpräsident von Bodelschwingh und der Regierungspräsident Stolberg den widerspenstigen Pfarrer persönlich aufgesucht, um ihn zum Einlenken zu bewegen. Damals hatte er nicht nachgegeben, und die Sache war letztendlich im Sande verlaufen.

Und heute? War Fliedners Kritiklosigkeit bloße Taktik, um möglichst viel für seine Sache zu erreichen?

Nein, Fliedner war kein Taktierer.

Es war viel schlimmer. Er verschonte die Mächtigen nicht deshalb mit seiner Kritik, damit sie seine Sache unterstützten, sondern weil er gar keinen Anlass dafür sah. Von kleinen Verfehlungen abgesehen, die er, ohne zu zögern, ansprach, war er durch und durch überzeugt, dass das eigentliche Problem bei den niederen Schichten lag, bei den Arbeitern und Handwerkern, die Gott nicht mehr genügend ehrten. An den grundsätzlichen Verhältnissen hatte er jedoch nichts auszusetzen. Fliedner war durch und durch loyal. Seinem König wie seinem Gott.

Sie sog Luft durch ihre Nasenflügel ein. »Wenn sich die Dinge so weiterentwickeln, dann werden sich die Bedürftigen bald selbst helfen.«

Fliedners Augen verengten sich. Johanne zog ihren rechten Fuß vorsichtig ein kleines Stück an ihren Körper und setzte ihn dann behutsam auf den Boden. Ein leichter Schmerz pulsierte in ihrem Knöchel. Als sie den Fuß belastete, biss das Tier wieder zu. Sie presste die Lippen aufeinander und stand auf.

Besorgt trat Karoline neben sie und bot ihr ihren Arm als Stütze. »Wir sollten den Knöchel kühlen.«

»Lass nur.« Johanne tat, als habe sie ihre Hand nicht gesehen. »Ich werde eben ein bisschen beten, dann wird es gleich wieder gut.«

Am Marktplatz nahm sie eine Droschke, der Schmerz in ihrem Knöchel wütete so stark, dass sie unmöglich zu Fuß nach Hause gehen konnte. Als sie am Kuhtor aus dem Wagen stieg, sah sie einen Mann von ihrer Haustür weggehen.

»Felix«, rief sie ihn an. »Wolltest du mich besuchen?«

»Lässt du dich jetzt schon nach Hause kutschieren wie eine Dame?« Als er ihr schmerzverzerrtes Gesicht sah, wurde er ernst. Mit schnellen Schritten kam er zu ihr herüber und bot ihr seinen Arm.

»Schau mich nicht gar so besorgt an«, murmelte sie mit zusammengebissenen Zähnen. »Auch wenn es schmerzt, werde ich die Sache aller Voraussicht nach überleben.«

In ihrer Wohnstube ließ sie sich aufs Sofa fallen und legte den Fuß hoch auf die zierliche Armlehne. Sie schloss die Augen und öffnete sie erst wieder, als sie Felix hereinkommen hörte. Ihr Blick fiel auf ihr Bein, der Rocksaum war bis über die Knie gerutscht, und eine dicke blaue Ader schlängelte sich an ihrem rechten Schienbein entlang wie ein hässlicher Wurm. Hastig beugte sie sich nach vorne, um den Rock nach unten zu zerren, dass sie rot wurde. Felix setzte sich neben sie und wickelte mit gleichmütiger Miene einen nassen Lappen um ihren Knöchel, als beschäftige er sich jeden Tag mit Frauenbeinen.

Johanne drehte die Augen zur Decke und wünschte sich ans andere Ende der Welt.

»So schlimm?«, hörte sie seine besorgte Stimme.

»Nein, nicht doch. Es ist nur die Angst, dass das ganze Elend wieder von vorne beginnt. Ich war so froh, dass ich mich endlich wieder frei bewegen konnte.«

»Du musst den Fuß jetzt vor allen Dingen ganz ruhig halten. Dann wird es sich schon wieder geben.«

Er ließ sich auf dem Sessel am Fenster nieder. Nachdenklich zupften seine langen Finger an einer Ledertroddel vorne an der Armlehne. Seine Stirn war in den letzten Jahren noch höher geworden, und seine Augen wirkten kleiner als früher. Ansonsten hat er sich kaum verändert, dachte Johanne. Wie Nelli. Nur ich bin alt geworden.

Unwillig verzog sie den Mund.

»Du arbeitest zu viel, das ist es«, sagte Felix, als könne er Gedanken lesen.

»Ach was, ich führe doch wahrlich ein Luxusleben!« Johanne winkte müde ab. Dann erzählte sie Felix von dem Erlebnis mit der alten Frau Wacker. »Sie hat wirklich Grund zu klagen, auch wenn Fliedner offensichtlich der Meinung ist, dass sie es noch gut getroffen hat im Vergleich zu anderen«, schloss sie ihren Bericht.

»So hat er es gewiss nicht gemeint«, verteidigte Felix den Pastor.

Johanne griff sich ein Kissen vom anderen Ende des Sofas und stopfte es sich in den Rücken. Das Tier in ihrem Knöchel knurrte leise, aber sie beachtete es nicht.

Felix stand auf und ging zum Fenster, schaute hinaus. »Es ist ein Elend«, murmelte er, » überall, wohin man auch schaut, die gleichen üblen Zustände. Man möchte wirklich zum Rebellen werden und auf die Barrikaden gehen.«

»Steht es bei euch auf dem Hof denn auch so übel?« Johanne war immer der Meinung gewesen, dass die Winters von der schwierigen Lage der Kleinbauern und Pächter eher profitierten.

»Wir kommen schon zurecht. Aber ich kann mich schon nicht mehr erinnern, wann unsere Pächter zum letzten Mal ihre Schuld bezahlt haben. Von Monat zu Monat schieben wir es ihnen auf, aber irgendwann geht es nicht mehr. Ich bin schließlich kein Großbauer wie der alte Hamelius, Gott hab ihn selig. Und auf unserem Hof gibt es inzwischen genug Mäuler zu stopfen.«

Er rieb sich müde über die Augen, während er sich wieder zu Johanne umdrehte. »Aber du hast Recht, wir dürfen nicht klagen. Wir leben in Saus und Braus. Die meisten unserer Pächter schlafen auf dem nackten Boden, mit nichts als einer Lage Stroh unter den Leibern. Zumindest sind wir frei, unser Leben selbst zu bestimmen.«

»Was also ist zu unternehmen, damit sich die Verhältnisse ändern?«, murmelte Johanne mehr zu sich selbst als zu Felix.

Dieser hob ratlos die Schultern. »Barmherzigkeit üben gegen diejenigen, die von uns abhängen. Helfen, wo wir helfen können.«

Er schien noch etwas sagen zu wollen, aber dann hörten sie die Haustür gehen. Catharine und Magdalena waren nach Hause gekommen.

Sie sahen sich an und lächelten. Wie Verschwörer, dachte Johanne.

9

Johanne hängte sich mit ihrem ganzen Gewicht an das Seil, woraufhin das voll bepackte Holzregal sich langsam in Bewegung setzte. Zoll für Zoll hievte sie es nach oben. Dann klemmte sie das Tau in den dafür vorgesehenen Haken an der Wand und sicherte es mit mehreren Knoten.

Leise ächzend schwankte der Holzkasten mit den Drahtgittern, hinter denen Speck, Würste, Käse, Butter und frisches Stachelbeermus lagerten, unter der Kellerdecke des Pfarrhauses. Im kühlen Keller blieben die Lebensmittel lange frisch, und in der Luft schwebend waren sie sicher vor Ratten und Mäusen.

Johanne zog fröstelnd ihre Bluse über der Brust zusammen. Hoffentlich erkältete sie sich nicht hier unten. Draußen war ihr der Schweiß noch in Strömen übers Gesicht geflossen. Die Hochsommerhitze hatte in diesem Jahr lange auf sich warten lassen, aber jetzt ließ es sich im Freien kaum noch aushalten.

In der letzten Zeit hatte Johanne die Pastorin immer gemieden. Erst an diesem Morgen war ihr bewusst geworden, warum sie kaum noch ins Pfarrhaus ging und sogar den Gang ins Diakonissenkrankenhaus nach Möglichkeit vermied. Karoline Fliedner stand kurz vor der Entbindung ihres vierten Kindes, und Johanne hatte Angst. Angst, dass sie noch einmal Zeugin einer blutigen Entbindung werden könnte. Ich benehme mich wie ein unvernünftiges Kind, dachte sie. Die arme Karoline, wenn ich schon eine solche Furcht vor ihrer Niederkunft habe, wie muss sie sich erst selber fühlen.

Direkt nach dem Frühstück war sie ins Pfarrhaus gegangen und hatte der Pastorin angeboten, sie bei einer Arbeit im Haus oder im Garten zu unterstützen.

Karoline nahm ihr Angebot dankbar an, denn die Stachelbeeren waren reif und mussten gepflückt werden. Fliedner war mit einer Diakonisse unterwegs in die bayrische Pfalz, wo eine kleine Nervenfieberepidemie zu bekämpfen war. Luise, seine älteste Tochter, hatte er zuvor nach Straßburg gebracht, sie sollte dort Französisch lernen. Mina und Georg waren in der Schule, Theodor und Friedrich in der Kleinkinderschule. Nur Friederike, die inzwischen fast ein Jahr alt war, war bei der Mutter zu Hause.

Ausgerechnet jetzt muss Fliedner seine Frau allein lassen, dachte Johanne, als sie sah, wie sich Karoline kurzatmig und schwerfällig nach den prallen Früchten streckte.

Der Pastorin jedoch schien ihre baldige Niederkunft kein Kopfzerbrechen zu bereiten. »Es ist eine wahre Freude, wie in diesem Jahr alles wächst und gedeiht«, meinte sie zufrieden. »So wie es aussieht, werden die Bauern diesmal eine Rekordernte einfahren.«

Johanne ließ eine Hand voll Beeren in ihre noch halb leere Kanne fallen und runzelte die Stirn. »Auf den Feldern sieht es gut aus. Aber dafür liegt die Wirtschaft am Boden wie nie zuvor. Die Preise für Lebensmittel und Kleidung sind noch weiter angestiegen, obgleich sie im Vorjahr schon fast unbezahlbar waren.«

Im Gegensatz zu Johanne hatte die Pastorin ihre Kanne schon fast gefüllt. Jetzt hielt sie einen Moment lang inne, machte ein Hohlkreuz und presste den runden Bauch nach vorn. Ängstlich wartete Johanne darauf, dass sie keuchend in sich zusammenbrach. Aber Karoline holte nur ein paar Mal tief Luft und arbeitete dann ungerührt weiter, als ob nichts gewesen wäre. »Hast du denn keine Angst?«, fragte Johanne leise.

»Vor der Wirtschaftskrise?«

Johanne musste lachen. »Vor der Niederkunft.«

Karoline hob den Kopf und sah sie ruhig an. Ihr schmales, ein wenig eingefallenes Gesicht stand in einem eigenartigen Gegensatz zu ihrem prallen Leib. »Jedes Mal denke ich, dass Gott in seiner unergründlichen Weisheit vielleicht beschlossen hat, mich zu sich zu rufen. Und ich bete zu ihm, dass er gnädig ist und mich noch ein paar Jahre hier belässt, Fliedners wegen und der Kinder. Aber wenn es ihm gefällt und er mich jetzt schon befreien will von aller irdischen Last, dann wird es auch ohne mich weitergehen, dann wird sich Hilfe finden, denn Er hält seine Hand über uns.«

Nun, da Johanne das Stachelbeermus in den Keller gebracht hatte, kamen ihr die Worte wieder in den Sinn. Sie hatte den Fuß schon auf die unterste Treppenstufe gesetzt, als sie noch einmal stehen blieb.

Ihre Hand glitt über das rostige Treppengeländer. Wie groß war doch Karolines Glaube, wie unerschütterlich ihr Vertrauen in Gott. Statt vor Angst zu verzweifeln, wie Johanne es an ihrer Stelle sicher getan hätte, erwartete sie demütig Seine Entscheidungen. Um sie anzunehmen, wie immer sie auch aussehen mochten. Diesseits und Jenseits waren für Karoline eine Einheit, der Tod die Brücke, die das eine mit dem anderen verband. Ein Tor, das sie aus der Bedrückung in die ewige Freiheit führte. Es wird auch ohne mich weitergehen, hatte sie gesagt, als ob sie selber nichts wäre. Und sie hat Recht, dachte Johanne. Es ist auch ohne Friederike weitergegangen. Irgendwie würde es auch ohne Karoline weitergehen. Irgendwie ging es immer weiter, und wenn es ohne diese beiden ging, dann erst recht ohne sie selbst, und dennoch zitterte sie vor Angst, wenn sie nur daran dachte, dass auch sie in nicht allzu ferner Zeit gehen musste. Vielleicht lag es daran, dass sie im Gegensatz zu Karoline bei weitem nicht so sicher war, dass sich hinter der Tür des Todes wirklich die göttliche Freiheit befand. Vielleicht war es nur eine unendliche schwarze Leere, die sich dort auftat. Oder vielleicht, dachte Johanne, ist ja beides dasselbe.

Der 22. Juli 1847 war ein Sonntag, und nach dem Gottesdienst trat Felix auf Johanne zu. Er zog sie ein bisschen weg von den übrigen Kirchenbesuchern. »Hast du dir für den heutigen Tag schon etwas vorgenommen?«, fragte er leise.

Johanne blinzelte überrascht in das grelle Licht der Hochsommersonne. Catharine war noch vor dem Gottesdienst mit Magdalena nach Wittlaer aufgebrochen, um Nelli zu besuchen. Sie wollte auch die Nacht dort bleiben, sodass Johanne bis zum nächsten Morgen frei von allen Pflichten war. »Nichts, das sich nicht aufschieben ließe.«

»Wie geht es deinem Fuß?«

»Bestens, danke der Nachfrage.«

Felix kämmte sich nervös mit den Fingern durchs lichte Haar. Dann warf er einen schnellen Blick zu seiner Frau hinüber. Aber Elfriede war so ins Gespräch mit einer Nachbarin vertieft, dass sie ihren Mann gar nicht beachtete.

»Ich fahre am Nachmittag nach Düsseldorf.« Seine Stimme klang verschwörerisch. Johanne konnte einen spöttischen Unterton nicht unterdrücken.

»Ach ja? Und was planst du dort zu unternehmen? Hast du am Ende gar etwas Ungesetzliches vor, weil du gar so heimlich tust?«

Felix lachte ein wenig verlegen.

»Unsinn«, sagte er schnell. »Aber Elfriede muss es dennoch nicht wissen.«

»Was also ist es?«, fragte Johanne leiser.

»Lassalle.« Felix' braune Augen mit den goldgelben Sprenkeln versenkten sich in ihre. »Er spricht heute in einem Lokal in der Poststraße.«

»Lassalle?« Von dem jungen ehrgeizigen Anwalt, der die Kalkumer Gräfin von Hatzfeld in einem spektakulären Scheidungsprozess gegen ihren Mann vertrat, hatte Johanne schon gehört. Immer öfter fiel sein Name im Zusammenhang mit der freiheitlichen Bewegung.

Auch Fliedner hatte ihn bereits mehrmals erwähnt. Für ihn war der junge Agitator eine Ausgeburt dämonischer, antichristlicher Mächte. Seine Verbindung zu den Kommunisten, vor allem aber die so unverschämt zur Schau getragene ehebrecherische Beziehung zu der zwanzig Jahre älteren Gräfin machten ihn Fliedner so verhasst, dass sich sein Gesicht zu einer starren Maske des Abscheus verzog, wenn die Rede auf ihn kam.

»Ich begleite dich«, entschied Johanne, ohne zu zögern.

»Damen werden in dem betreffenden Lokal allerdings nicht eben viele anzutreffen sein«, gab Felix zu bedenken. »Auch dürfte der allgemeine Umgangston dort ziemlich rau sein …«

»Wann gedenkst du mich abzuholen?«

Kurz vor vier Uhr holperte Felix' Einspänner über das Pflaster der Düsseldorfer Kasernenstraße. Die Sonne brannte unbarmherzig auf die breiten, menschenleeren Trottoirs.

Außer ihrer Kutsche war kaum ein Fahrzeug in der Stadt unterwegs. »Woher weißt du überhaupt von dem Treffen?«, erkundigte sich Johanne ein wenig zweifelnd. Vielleicht war das Ganze ja ein Irrtum, und sie waren ganz umsonst hierher gekommen.

»Ich habe es aus sicherer Quelle«, meinte Felix ausweichend, während er den Gaul rechts in die Bastionsstraße einbiegen ließ. Wenige Minuten später erreichten sie die Poststraße, die an Spees Graben entlang zum Schwanenmarkt führte. Großzügige Bürgerhäuser mit stuckverzierten, bunten Fassaden bestimmten hier das Straßenbild. Ein paar vereinzelte, elegant gekleidete Bürger flanierten die Straße entlang.

»Bist du sicher, dass wir hier an der richtigen Adresse sind?«, erkundigte sich Johanne noch einmal, während sie einer Dame mit einem lindgrünen Sonnenschirm nachsah, die mit ihrem schwarzen Pudel an der Leine den Bürgersteig entlangstolzierte.

Ihre ausladende Krinoline betonte ihr Hinterteil auf fast obszöne Weise.

Felix zog die Zügel an und lenkte das Fuhrwerk in den Vorhof einer Bierschänke, die ein wenig abgelegen von der Straße mitten in einer kleinen Grünfläche lag. »Zur Bockhalle«, las Johanne auf dem Metallschild über der Tür. Der Platz hinter der Brauerei quoll über vor Fuhrwerken.

»Hoffentlich finden wir überhaupt noch ein Plätzchen für dich, Anton«, murmelte Felix. Der Gaul drehte die Ohren nach hinten, als habe er ihn verstanden.

Sie quetschten das Fahrzeug zwischen zwei Fuhrwerke. Nachdem Felix Anton den Futtersack umgehängt und einem Pferdeburschen ein paar Münzen in die Hand gedrückt hatte, gingen sie hinüber zur Schänke.

Die romanischen Rundbögen der Fenster und das halb runde Facettenfenster über dem Eingangsportal verliehen dem Gebäude einen eigenartig sakralen Charakter. Auf dem hohen Dach flatterte an einem Fahnenmast ein schwarz-rot-goldener Wimpel. »Die republikanischen Farben«, erklärte Felix, der Johannes Blick gefolgt war.

Von überall her strömten jetzt plötzlich Menschen auf den Eingang zu. Männer und Frauen mit geflickter Kleidung, abgetretenen Schuhen und müden abgearbeiteten Gesichtern, denen man die einfache Herkunft ansah. Von einem Moment zum anderen war die Luft erfüllt von Stimmen. Frauen riefen sich in dem singenden Düsseldorfer Platt den neuesten Tratsch zu. Hinter Johanne stimmten ein paar junge Burschen ein Lied an. »Freiheit und Republik, wär'n wir nur die Preußen quitt«, sangen sie laut.

Ein großer Kerl blies Johanne seinen Bieratem ins Gesicht. Unwillkürlich musste sie an ihren Vater denken. Wie oft war er so nach Hause gekommen, torkelnd und nach Bier stinkend.

Ihre Eltern waren genau wie diese Leute hier gewesen. Laut und grob. Und sie wäre geworden wie sie, wenn Fliedner nicht gewesen wäre. Plötzlich sah sie ihn wieder vor sich, wie er damals nach Kaiserswerth gekommen war, als junger Pfarrer, ehrgeizig und begeistert. Nie mehr hatte sie einen Mann so geliebt wie ihn.

Und nun hatten sie sich so weit voneinander entfernt. Wenn Fliedner wüsste, dass sie hier war, in dieser lärmenden Hölle der Sittenlosigkeit, wäre er fassungslos.

Aber dann schob sie die Schuldgefühle entschlossen beiseite wie einen alten Vorhang, der einem die Sicht ins Freie verhängte. Er ist seinen Weg gegangen, ohne sich nach mir umzudrehen, dachte sie. Und ich gehe meinen. Vielleicht treffen wir irgendwo wieder zusammen, so unterschiedlich die Richtungen auch sein mögen. Vielleicht auch nicht.

Ich verdanke ihm vieles, aber ich schulde ihm nichts.

Plötzlich fühlte sie sich ungeheuer leicht und frei, als ob sich vor ihr ein weites Feld auftat. Felix fasste sie am Arm und brachte sie durch seine Berührung plötzlich wieder zurück in die laute Bierhalle. »Da vorn ist ein einigermaßen ruhiger Platz, von dem aus wir eine gute Sicht auf die Bühne haben«, rief er ihr über den Lärm der Menschenmenge zu.

Er ließ sie nicht los, bis sie einen Stehtisch an der rechten Seite des Saales erreicht hatten, wo sich das Publikum nicht ganz so dicht drängte.

Während sie auf den ersten Redner warteten, wanderten Johannes Augen durch die Bockhalle. Erst jetzt wurde ihr bewusst, dass sich die Zuhörer in der Schänke klar in zwei unterschiedliche Schichten gliederten. Vorne am Eingang stand das einfache Volk. Die Arbeiter, Tagelöhner und Handwerker mit ihren Kitteln und Lederschürzen, den roten Gesichtern und rauen Händen. Die Weiber mit den lauten Stimmen in der besten Sonntagskleidung, als ginge es zur Kirche.

Weiter vorne, wo sie und Felix jetzt waren, drängte sich ein ganz anderes Publikum. Hier warteten junge Männer mit Bärten und kurz geschnittenen Haaren. Dicke, lockige Koteletten über zarter, weißer Haut. Keiner sah aus, als habe er je harte körperliche Arbeit verrichtet. Oder gar Hunger gelitten. Studenten, Künstler, Doktoren, vielleicht auch Kaufleute und Juristen, dachte Johanne. Nur wenige Frauen und Mädchen befanden sich unter ihnen.

Felix' Hand schloss sich fest um ihren Arm. »Da kommt die Hatzfeld.« Gespannt blickte Johanne in die Richtung, die er anzeigte. Die Frau trat aus einem Seiteneingang auf der anderen Seite des Saales, drei Männer bahnten ihr einen Weg bis direkt vor die Bühne. Zu Johannes Überraschung sah die Gräfin keineswegs aufsehenerregend aus. Ihr sorgfältig gelocktes Haar hatte sie im Nacken zu einem Zopf zusammengebunden. Die schlichte Frisur gab ihr etwas Frisches und Jugendliches, obwohl sie in Johannes Alter sein musste. Jetzt war sie nur noch wenige Schritte von ihnen entfernt. Ihre hohe Stirn und die Wangen waren von einer dicken Puderschicht bedeckt, und sie neigte zu einer sinnlichen Fülle. Ein breiter, V-förmiger Ausschnitt betonte ihre üppigen Brüste. Und doch, dachte Johanne, wenn man sie so betrachtet, ist es einfach unerklärlich, wie ihr ein junger Kerl wie Lassalle verfallen kann. Es musste wohl ihr Geist sein, der ihn so faszinierte. Oder ihr Geld.

»Der Mann an ihrer Seite ist übrigens Cantador.« Felix zeigte auf einen jungen Mann mit kinnlangem lockigem Haar und fliehendem Kinn, der gemeinsam mit der Gräfin den Raum betreten hatte. Überrascht wandte sich Johanne ihrem alten Freund zu. »Woher kennst du die ganzen Gesichter? Warst du schon öfter auf solchen Versammlungen?«, fragte sie ihn neugierig.

Felix lächelte halb verlegen, halb geheimnisvoll. »Die Sache bewegt mich eben schon länger«, gab er zu. »Aber schau, der Sohn der Gräfin von Hatzfeld macht den ersten Sprecher!«

Der dürre, junge Mann in seinem eleganten Anzug, der nun das Rednerpodest erklomm, konnte Johanne nicht begeistern. Seine blasierte Stimme drang nur mit Mühe über das Stimmengewirr im Saal. Während er von Gerechtigkeit und Pressefreiheit sprach, zupfte er immer wieder nervös seine langen Haare zurecht, als stünde er vor einem unsichtbaren Spiegel.

»Er gefällt mir nicht«, raunte Johanne Felix zu.

Dieser grinste. »Dafür gefällt er sich selbst umso mehr.«

Nach Paul von Hatzfeld sprach Cantador über die Forderung nach freier Volksbewaffnung. »Wir wollen dem König keineswegs das Recht streitig machen, über seine Soldaten zu befehligen. Aber wir fordern eine freie Bürgergarde, die vom Volke bestimmt wird und allein dem Volke verpflichtet ist.«

Die Männer und Frauen am Eingang jubelten und prosteten dem Redner mit ihren Bierkrügen zu. Obwohl die Versammlung eben erst begonnen hatte, schienen einige der Kerle jetzt schon mehr getrunken zu haben, als ihnen gut tat. Diese Männer möchte ich lieber nicht bewaffnet sehen, dachte Johanne. Plötzlich fiel ihr ein, was Fliedner einmal über die revolutionären Bestrebungen in der Gesellschaft gesagt hatte: *Wächst dieser böse Geist ungehindert fort, dann wird der bessere Teil des Volkes von der wilden Masse überwältigt und zertreten werden.*

»Dieser Cantador ist jedenfalls gewiss kein Arbeiter«, rief sie Felix über den Lärm hinweg zu. Felix schüttelte den Kopf. »Er entstammt einer alten Düsseldorfer Kaufmannsfamilie«, rief er, »recht wohlhabend, wenn es stimmt, was man sich über ihn erzählt.«

Wieder wunderte sich Johanne über sein Wissen. Sie hätte es nie für möglich gehalten, dass sich der brave Felix über Freiheit und Gerechtigkeit den Kopf zerbrach. Dass er sogar Revolutionsgedanken hegte. Warum hatte er sich ihr nicht schon früher anvertraut?

Die Rede Cantadors hatte das Publikum in Stimmung gebracht. Begeistert reckten die Männer ihre Fäuste gegen die Decke. Kampflieder gegen die Preußen wurden angestimmt, die Johanne noch nie gehört hatte, die aber außer ihr jeder im Saal zu kennen schien. Das Gesicht des Redners glühte jetzt vor Begeisterung. »Es lebe die Freiheit!«, schrie er mehrmals, bis sich seine Stimme überschlug und der Jubel im Saal sie übertönte.

Das Bier floss in Strömen, die Backen röteten sich, der Lärm steigerte sich ins Unbeschreibliche. Es war wie auf einem Volksfest. Wieder deutete Felix auf die gegenüberliegende Tür, durch die nun ein schmalschultriger, kleiner Herr trat. Fragend blickte Johanne ihn an. »Lassalle«, formten seine Lippen lautlos über das Toben der Masse hinweg.

Dieses Bürschchen in seinem eleganten Gehrock, mit seiner seidenen Fliege, den glänzenden Lackschuhen sollte Ferdinand Lassalle sein? Lassalle, der Agitator, der Volksverhetzer, der jetzt zu der aufgeheizten Menge sprechen wollte? Johanne schüttelte den Kopf. Felix musste sich irren. Es war undenkbar, dass dieser Lackaffe revolutionäre Reden schwang und seine Zuhörer zu Begeisterungsstürmen riss.

Aber der Junge mit den dichten schwarzen Locken hatte schon die Tribüne bestiegen. Er stand einfach nur da und musterte sein grölendes Publikum. Ruhig, fast ein wenig gelangweilt schien sein Blick.

Dann öffnete er den Mund und begann zu sprechen. Laut, aber nicht zu laut. Seine Worte drangen nicht einmal bis zur allerersten Reihe. Er ist verloren, dachte Johanne. Aber Lassalle sprach einfach weiter. Ungerührt, ob man ihn hörte. Gleichgültig, ob man ihm Beachtung schenkte.

Nach und nach wurde es ruhig. Die Gesichter richteten sich nach vorn. Die letzten Störer wurden niedergezischt.

Lassalles Stimme durchdrang jetzt den Saal.

»Und darum«, folgerte er, obwohl kaum einer in der Halle wusste, wovon er bisher gesprochen hatte, »brauchen wir den geeinigten deutschen Nationalstaat. Wir brauchen eine Verfassung, die alle bindet, Obrigkeit wie Volk. Wir brauchen ein demokratisches Parlament, vom ganzen Volke bestimmt.« Die Studenten, Doktoren und Bürger vorne im Saal klatschten Beifall. Auch die Gräfin schlug lautlos ihre behandschuhten Hände aufeinander.

»Schauen wir auf das schreckliche Elend der unteren Klassen, wo Kinder dem Schulunterricht entzogen und zur Fabrikarbeit genötigt werden, bloß damit der Fabrikherr nicht einem Erwachsenen das Doppelte des erbärmlichen Lohnes zu geben braucht. Denn die Fabrikanten haben ein weites Gewissen, und *ein* Kind mehr oder weniger verkommen zu lassen bringt sie nicht in die Hölle, besonders wenn sie alle Sonntage zweimal in die Kirche gehen.« Lassalle machte eine kleine Pause. Dieses Mal applaudierten schon mehr. Einige Handwerker und Arbeiter warfen ihre Mützen in die Luft. Mit gleichmütiger Miene lauschte Lassalle dem Beifall. Der dunkle, schräg verlaufende Schnurrbart verlieh seinem schmalen Gesicht einen melancholischen Ausdruck. Nach ein paar Minuten brachte er sein Publikum mit einer kurzen Geste wieder zum Schweigen.

»An diesen schändlichen Zuständen wird sich niemals etwas ändern, solange das Dreiklassenwahlrecht den oberen Schichten, den Aristokraten und Großbürgern, die ganze Entscheidungsgewalt zugesteht. Solange das Parlament eine Versammlung von Reichen und Wohlhabenden bleibt, die alles beim Alten lassen, damit ihre Besitzstände gewahrt bleiben, so lange werden Gerechtigkeit, Gleichheit und Freiheit Fremdwörter bleiben für das deutsche Volk.« Wieder machte Lassalle eine Pause, um den Zuhörern Gelegenheit zum Jubel zu geben. »Oder glaubt ihr, dass eine nach dem alten Recht gewählte Kammer je die enormen Gelder bewilligen würde, die zur Lösung der sozialen Frage notwendig sind? Niemals, niemals, sage ich euch, würden diese Herren gegen ihre ureigensten Interessen verstoßen. Und deshalb muss ein freies, allgemeines und gleiches Wahlrecht eingeführt werden, das auch den Armen, den Entrechteten, den Elenden eine Stimme gibt. Dafür werden wir kämpfen. Dafür müssen wir kämpfen! Nehmt euch in Acht, ihr Herren Fürsten, Minister, Gutsherren, Fabrikanten, nimm dich in Acht, König von Preußen. Erzittert vor der Macht des Volkes, denn unsere Geduld ist am Ende!«

Die Begeisterung im Saal war jetzt grenzenlos. Ob Arbeiter oder Student, Handwerker oder Tagelöhner, Mann oder Frau, alle schienen sie sich einig zu sein, alle klatschten und lachten, sangen und grölten sie einmütig. Wieder stimmten einige das Lied an, das Johanne schon beim Hereinkommen gehört hatte. »Freiheit, Freiheit, Republik, wär'n wir doch den König quitt! Haben wir keinen König mehr, dann zahl'n wir auch keine Steuern mehr.« Immer mehr Stimmen fielen ein.

Johanne warf einen nervösen Blick zu Felix. Würde auch er in den Gesang mit einstimmen? Aber seine Lippen blieben geschlossen. Seine Augen durchwanderten die Halle, neugierig, unbeteiligt. Er war keiner dieser Leute, jedenfalls noch nicht.

Und sie selbst, wie stand sie zu der Sache? Sicher, in vielem hatte Lassalle Recht. Die Ungerechtigkeit der Zustände schrie zum Himmel. Die geknechteten Massen mussten befreit werden. Aber konnte man von ungebildeten Arbeitern, Handwerkern und Tagelöhnern wirklich erwarten, dass sie über die Zukunft der ganzen Gesellschaft entschieden? Die meisten von ihnen konnten nicht einmal für sich selbst sorgen. Versoffen ihr ganzes armseliges Gehalt, sobald sie es in den Händen hielten. Wenn man ihnen ein gleichberechtigtes, freies Wahlrecht zugestand, würden sie sich unweigerlich für den erstbesten lauten Schreihals entscheiden. Wer ihnen am meisten versprach, der sollte sie regieren.

Plötzlich packte Felix sie am Arm. Zuerst begriff sie nicht, was er von ihr wollte. Da standen junge Männer mit Bärten und wild wuchernden Koteletten, die begeistert Beifall klatschten. Einer von ihnen kam ihr seltsam bekannt vor. Ein Hüne mit blondem Haar und sonnenverbranntem Gesicht. Er hielt ein schmales, dunkelhaariges Mädchen im Arm, die gerade einmal bis zu seiner breiten Brust reichte.

Im selben Moment explodierte ihr Herz in Millionen winziger Teile. Hilflos klammerte sie sich an die klebrige Kante des Stehtisches. Ein stechender Schmerz durchfuhr ihren Knöchel.

Das Mädchen mit den dunklen Haaren war Catharine.

Sie fuhren zurück, ohne mit ihr zu sprechen. In dem Gedränge der Bockhalle hätten sie sie vermutlich ohnehin nicht erreicht. Und was sollte ich ihr auch sagen, dachte Johanne, während das Fuhrwerk zurück nach Kaiserswerth holperte.

Ob Catharine sie doch belogen hatte, als sie vor ein paar Monaten abgestritten hatte, sich heimlich mit Winkels zu treffen? Wie eine Erscheinung sah Johanne wieder Catharines verstörtes Gesicht vor sich, ihre Augen wie schwarze Löcher, als sie gehört hatte, dass Winkels in Kaiserswerth gewesen war, ohne sie aufzusuchen. Niemand kann so etwas spielen, dachte Johanne. Also waren ihre Anschuldigungen der Auslöser gewesen, sie selbst hatte ihre Schwester zurück in Winkels' Arme getrieben.

Und Nelli wusste von dem Ganzen und spielte das Spiel mit, indem sie Magdalena zu sich nahm, wenn Catharine sich mit ihrem Liebhaber traf. Nein, dachte Johanne, nein, das konnte nicht sein. Cornelia hasste Winkels und lehnte seine politischen Ziele ab. Vermutlich hatte Catharine also auch sie belogen.

Johanne konnte ein bitteres Lachen nicht unterdrücken.

»Sieh die Dinge doch einmal aus ihrer Sicht.« Felix wandte ihr das Gesicht nicht zu, schaute starr nach vorn, als spräche er mit Anton, dem Gaul.

»Nichts anderes versuche ich ja.« Johannes Stimme klang verächtlich. »Aber es will mir einfach nicht gelingen, ihre Beweggründe zu begreifen.«

Er ließ die abgewetzten Zügel durch seine schwieligen Finger gleiten. »Ich hingegen habe keine Probleme damit.«

»Womit?« Johanne hatte keine Lust, mit Felix über Catharine zu debattieren. Er kannte ihre Schwester doch kaum, er hatte nur so wenig von der verhängnisvollen Geschichte zwischen ihr und diesem Winkels mitbekommen.

»Nun, ich kann Catharine gut verstehen. Dass sie sich dir nicht anvertraut hat, meine ich.«

»Ach ja?« Sie merkte, wie sich ihr Gesicht verfinsterte. Wollte Felix ihr jetzt auch noch Vorhaltungen machen? Unwillig starrte sie nach vorn, auf einen Punkt zwischen Antons wippenden Ohren. Auch Felix schaute weiterhin geradeaus. Er zog die Brauen leicht über den dunklen Augen zusammen und schwieg.

Sie räusperte sich. »Und warum?«, fragte sie mit etwas sanfterer Stimme. »Warum kannst du sie verstehen?«

Felix' Kieferknochen malmten nachdenklich, als müsse er seine Antwort erst gründlich durchkauen, bevor er sie ausspuckte.

»Du bist so überzeugt, so fest in deinen Ansichten, so streng in deiner Haltung«, meinte er schließlich. »So starrsinnig.«

Johanne schnappte nach Luft.

»Was sagst du da?«

»In all den Jahren, die wir uns nun schon kennen, habe ich dich nie zweifeln sehen. Immer kennst du den richtigen Weg. Betrachtest alle, die eine andere Richtung wählen, mit Missbilligung.«

»Das ist doch Unsinn!« Ihre Stimme wurde hell vor Empörung. So hatte Felix sie also die ganze Zeit über gesehen.

»Ich habe es ja selbst nicht gewagt, offen mit dir zu sprechen. Schon so viele Monate lang quälen mich die schlimmen Verhältnisse hierzulande. Mit Elfriede kann ich über die politischen

Zusammenhänge nicht sprechen, die Arbeit mit den Kindern, in Haus und Hof, lässt ihr keine Zeit für derartige Grübeleien. Und doch führt die Ungerechtigkeit unser Land geradewegs in den Abgrund, wenn wir nichts unternehmen. Wie gerne hätte ich dich schon früher in meine Gedanken mit einbezogen. Aber du schienst so christlich königstreu, dass ich im letzten Moment immer wieder davor zurückschreckte.«

»So christlich königstreu«, wiederholte sie ungläubig. »Fliedner vielleicht, aber nicht ich.«

»Nun, diesbezüglich schient ihr mir beide aus demselben Holz geschnitzt zu sein. Ihr wart doch immer ein Herz und eine Seele.« Jetzt wandte er ihr doch das Gesicht zu. »Es ist gewiss keine Eifersucht, die aus mir spricht«, nahm er ihre Gedanken vorweg. »Dem Pastor gehört meine Hochachtung, er hat so vieles getan und Unglaubliches erreicht. Aber in seinem Denken und Handeln geht er nur bis zu einem gewissen Punkt, und dort bleibt er stehen und bewegt sich nie darüber hinaus.«

Johanne nickte nachdenklich. »Ich jedoch bin schon längst weitergegangen«, meinte sie dann leise. »Aber so etwas muss man doch erst für sich selbst bedenken, abwägen, bevor man es hinausträgt. Ich für meinen Teil jedenfalls.«

»Du hast deine Gedanken so gut für dich behalten, dass ich nichts davon mitbekommen habe. Und Catharine ist es gewiss ebenso gegangen.«

Sie kaute missmutig auf ihrer Unterlippe. Es gefiel ihr nicht, dass Felix ihr die Schuld an der Entfremdung mit ihrer Schwester zuwies.

»Und warum hast du letztendlich doch beschlossen, dich mir anzuvertrauen?«

Er lächelte. »Es war dieser Gesichtsausdruck, mit dem du mich damals begrüßt hast, als du mit dem schmerzenden Fuß aus der Droschke gestiegen bist. Diese alte Frau im Krankenhaus hatte dir ihr Herz ausgeschüttet, und du schienst so … erschüttert. So verloren. Als seiest auch du auf der Suche nach einer neuen Wahrheit. Wie so viele. Wie ich.«

Sie verschränkte die Hände im Nacken, legte den Kopf zurück und schaute nachdenklich hinauf in den Sommerhimmel, an dem sich ein paar dünne Wolkenstreifen wie weiße Schlieren in einem blauen Farbeimer entlangzogen.

»Ihr würdet euch gut verstehen, du und Catharine«, sagte Felix neben ihr. »Wenn ihr euch nur endlich dazu bewegen könntet, einander kennen zu lernen.«

10

An der Clemensbrücke stieg Johanne vom Kutschbock. »Ich will die letzten Schritte zu Fuß gehen«, hatte sie Felix erklärt. »Die Bewegung wird mir gut tun.«

Viele Leute waren an diesem lauen Sommerabend noch auf der Straße, Kinder spielten auf dem warmen Pflaster, während die Alten Stühle nach draußen getragen hatten und vor den Häusern die letzten Sonnenstrahlen genossen. Man möchte meinen, es gäbe kein Elend und keinen Hunger, dachte Johanne, während sie die Straße zum Markt entlangging. Sie beschloss, noch einen kleinen Abstecher zum Rhein zu machen.

Mit Catharine war vor morgen früh ohnehin nicht mehr zu rechnen, das hatte sie ja schon angekündigt. Wo sie die Nacht wohl verbringen mochte? Bestimmt nicht bei Nelli in Wittlaer.

Ihre Füße fielen in einen schnellen, entschlossenen Gang. Wie gut es war, sich frei zu bewegen. Die warme Sommerluft zu atmen, die Stille zu genießen, nach dem Bierdunst, dem Lärm in der Bockhalle. Mit jedem Schritt merkte sie, wie sie ruhiger wurde. Catharine war erwachsen. Sie wollte sich nicht mehr mit ihr streiten.

Trotz des herrlichen Abends waren nur wenige Menschen am Rhein. Johanne ging hinunter zum Anleger und blickte über den Fluss. Die Bäume am anderen Ufer zeichneten sich dunkel gegen einen leuchtend blauen Streifen am Himmel ab. Am Horizont waren schon die ersten Spuren von Abendrot zu sehen. Nicht kraftvoll und strahlend, es war nur ein zartes Leuchten aus mattem Rosa und hellem Orange, durchzogen von hellgrauen Wolkenschlieren. Oben leuchtete der Himmel in sonnigem Hellblau, als wäre die Nacht noch unendlich fern.

Und doch würde die Sonne in einer Stunde untergehen. Johanne ließ ihren Blick auf den bedächtig fließenden Strom sinken und merkte, wie sie die Ruhe der Strömung in sich aufnahm. Dann wandte sie sich ab, um rheinaufwärts nach Hause zu gehen. Als sie sich umdrehte, nahm sie eine schwarze Gestalt auf einer der Bänke wahr, die ein Stück weiter oben am Ufer standen. Es ist Fliedner, durchfuhr es sie. Wenn er sie nur nicht schon erkannt hatte und zu sich rief. Nichts lag ihr jetzt ferner als ein Streitgespräch über Armut, Moral und Königstreue.

Aber warum saß er hier so alleine am Flussufer, warum war er um diese Zeit nicht bei seiner Familie? Vorsichtig warf sie einen Blick zurück auf die einsame Gestalt. Fliedner hatte den Kopf in die Hände gestützt und schaute nachdenklich auf den Fluss. Betete er? Zögernd ging sie einige Schritte auf ihn zu. Er schien sie nicht zu bemerken.

Vielleicht war er einfach nur hierher gekommen, um in Ruhe nachzudenken, so wie sie selbst auch. Sollte sie zurückgehen, als ob sie ihn nicht gesehen hätte? Irgendetwas hinderte sie daran. Langsam, als triebe sie ein fremder Wille, stieg sie hinunter zu der Bank unter den Bäumen. Hier hatten sie damals auch gesessen, als er ihr den Antrag gemacht hatte. Sie schob die Erinnerung beiseite wie einen unzüchtigen Gedanken. Ihre Schritte waren lautlos auf dem weichen Gras der Uferböschung. Erst als sie neben ihm Platz nahm, wandte ihr Fliedner den Kopf zu.

Sein Gesicht war grau und leer. Sie erschrak. Karoline, es ist etwas mit Karoline. Sie ist … Sie dachte den Gedanken nicht zu Ende. Ihr fiel nichts ein, was sie hätte sagen können. Hilflos sah sie ihn an.

»Haben Sie es schon gehört?«, fragte er müde.

»Oh, nein«, flüsterte sie. »Oh, bitte nein, nein …«

Er schüttelte den Kopf. »Karoline lebt. Es geht ihr – nun, den Umständen gemäß. Das Kind ist tot. Eine Stunde nach der Geburt ist es … seinem Herrn entschlafen. Ein Junge.«

Sein Kopf sank wieder in seine Hände.

»Es tut mir so Leid«, flüsterte Johanne.

Eine ganze Weile saßen sie so. Sie starrten stumm auf den dunklen Streifen über dem Fluss, der immer breiter wurde. Das zarte rosa-orange Leuchten war jetzt von vielen grauen Wolken durchzogen. Mit jeder Minute nahm das Grau zu, wurde stärker und verdrängte ganz die lichten Töne.

Irgendwann hob Fliedner den Kopf und nickte langsam, als habe sie etwas Wichtiges gesagt. »Denn wenn wir glauben, dass Jesus auferstanden ist, so wird Gott auch die, die entschlafen sind, durch Jesus mit ihm einherführen«, murmelte er, ohne seine Augen vom Fluss zu wenden.

»Wie haben Sie ihn denn getauft?«, stieß Johanne unvermittelt hervor, sie wusste selbst nicht, warum sie es fragte.

Fliedner sah sie an. Das Weiße seiner Augen war von winzigen roten Linien durchzogen, seine Iris waren blassblaue Murmeln. »Gustav hieß er«, sagte er dann leise. »Gustav.«

Teil 4

Catharine

(1847–1849)

1

Als sie ihre Schwester Johanne in der lärmenden Menschenmenge erblickte, setzte Catharines Herz aus. Ein, zwei, drei Schläge lang. Nein, dachte sie, Johanne ist nicht hier, sie kann gar nicht hier sein. Es musste ihr schlechtes Gewissen sein, das sie täuschte. Sie warf einen prüfenden Blick hoch zu Gustav, der hinter ihr stand, seine Hände auf ihren Schultern. Aber der hatte nur Augen für Lassalle, er bemerkte nicht einmal, dass sie ihn anschaute.

Wieder blickte sie zu der Stelle auf der anderen Seite der Bühne, wo sie Johanne entdeckt hatte. Jetzt war sie nicht mehr zu sehen. Also hatte sie sich geirrt. Es war jemand anderes gewesen, eine Frau, die ihrer Schwester auf geradezu verblüffende Weise ähnlich sah.

Suchend glitten ihre Augen durch die überfüllte Halle. Wo war sie jetzt, diese Frau? Unwillkürlich versteiften sich ihre Schultern, Gustavs Hände auf ihr fühlten sich auf einmal störend an.

Dabei hatte sie sich vor ein paar Minuten ganz und gar eins mit ihm gefühlt. Ihr Kopf an seinem Körper. Sein Atem über ihrem Haar. Sie gehörten zusammen. Jetzt hatte sie plötzlich das Bedürfnis, den stickigen, übelriechenden Saal zu verlassen. Wenn dieser Mann auf dem Podest seine Rede doch nur zu Ende brächte. Sie musste nach draußen, sie brauchte frische Luft.

Wenn es wirklich Johanne gewesen war, warum war sie dann nicht zu ihr herübergekommen? Hatte sie sie nicht gesehen? Aber was suchte sie hier unter all den Aufwieglern, Unruhestiftern, Revolutionären, wenn nicht sie, Catharine?

Sie spürte, wie ihr Mund vor Nervosität ganz trocken wurde. Es konnte einfach nicht wahr sein. Ihr graute es vor einer erneuten Auseinandersetzung mit ihrer Schwester über Gustav und seine verbrecherischen Ideen, die Gefahr, die von ihm ausging, sein verderblicher Einfluss. Ihr graute es vor ihrer Enttäuschung. *Nun hast du mich also doch belogen, wie ich es immer vermutet habe.*

Dieses Mal hätte ihre Schwester Recht mit ihrer Anschuldigung. Jetzt hinterging sie sie wirklich, traf sich heimlich mit ihrem Liebhaber, unterstützte revolutionäre Umtriebe und genoss es noch.

Den Brief hatte sie nach einem Gang zum Markt entdeckt. Er steckte unter den Zwiebeln und Möhren in ihrem Korb, jemand musste ihn ihr in dem Gedränge auf dem Markt zugesteckt haben, ohne dass sie es bemerkt hatte.

Als sie die kurze Nachricht las, begannen ihre Finger zu zittern und ihr Puls zu rasen. »Verehrte Catharine, würden Sie mich treffen wollen? Ich erwarte Sie morgen Abend an der Ruine der Kaiserpfalz. G.«

G. Gustav. Morgen Abend. Wann sollte sie dort sein? Denn dass sie kommen würde, daran bestand kein Zweifel.

Sie durfte nicht zu spät kommen. Aber wenn sie zu früh erschien, würde sie übereifrig wirken. Plötzlich fielen ihr Florines Worte wieder ein. Lass ihn zappeln. Er wird schon zu dir kommen, hatte sie ihr geraten, damals vor so unendlich langer Zeit. Und er war ja auch gekommen. Er war nur nicht geblieben.

Um acht hielt sie es nicht mehr aus. Als Magdalena gerade eingeschlafen war, schlich sie lautlos aus dem Haus.

Die alte Kaiserpfalz lag so einsam und verlassen da, als wäre seit Jahrhunderten kein Mensch mehr dort gewesen. Er ist nicht hier, dachte sie. Natürlich nicht. Aber als sie sich umdrehte, um wieder zu gehen, fiel sein langer Schatten über ihren. Er nahm ihre Hand und führte sie zu einer Mauer. Durch ihren Rock konnte sie die warmen Steine spüren, die die Sonne den ganzen Tag beschienen hatte.

Gustav war jetzt Kommunist mit Leib und Seele. Voller Leidenschaft berichtete er von seinem Kampf für Freiheit und Gerechtigkeit. Damals, als sie sich in Berlin getroffen hatten und gleich von Amalie Focke erwischt worden waren, da war er unsicher gewesen, ob ihm die politische Überzeugung wirklich den Glauben an Gott ersetzen konnte. Jetzt schienen seine Zweifel wie weggeblasen. Begeistert sprach er vom Himmel auf Erden, den es zu errichten galt, statt auf die Erlösung von dem Bösen im Jenseits zu warten. Und dann, als sie sich schon fragte, warum er ihr das alles erzählte, warum er nur von seinen revolutionären Ideen sprach und nicht von dem, was zwischen ihnen war und ist, unterbrach er sich plötzlich und wurde ganz still. Seine Augen glitten suchend über ihr Gesicht, als fände er dort die richtigen Worte. Ganz heiß war ihr mit einem Mal geworden, obwohl die Sonne inzwischen fast schon untergegangen war.

»Damals konnte ich nicht bei Ihnen bleiben, weil ich meinen Weg finden musste. Jetzt weiß ich …« Wieder brach er mitten im Satz ab. Seine Schultern hoben und senkten sich.

»Jetzt wissen Sie was? Dass ich Sie mit offenen Armen erwarte?«

Seine blauen Augen unter der breiten Stirn wirkten ratlos. Dann verschwanden sie hinter den rötlichen Lidern. »Vergeben Sie mir, ich konnte nicht anders.«

Sie vergab ihm. Seitdem war sie wie besessen. Sie dachte an ihn bei allem, was sie tat – ob sie mit Magdalena spielte oder Strümpfe stopfte, ob sie Essen kochte oder den Fußboden schrubbte. Selbst wenn sie las, saß Gustav neben ihr, schaute ihr über die Schulter und teilte jeden ihrer Gedanken.

Manchmal, viel zu selten, trafen sie sich heimlich. Gustav war fast immer auf Reisen, in Frankfurt und Berlin, Baden und Köln traf er Gleichgesinnte, mit denen er die Sache der Revolution vorantreiben wollte.

Vor einigen Wochen erst hatte er in Brüssel den führenden Kopf der kommunistischen Bewegung kennen gelernt. »Der Mann ist seit Jahren auf der Flucht, erst von Köln nach Paris, und jetzt haben ihn auch die Franzosen davongejagt. Sie wollen ihn nicht im Land haben, weil sie ihn fürchten«, berichtete er Catharine mit glänzenden Augen. »Seine Ideen sind so stark und mutig. Sie werden die Welt verändern.«

»Was ist er denn für ein Mensch, dieser Karl Marx? Ein Arbeiter, wenn er sich so für die Belange der unteren Schichten einsetzt?«

Gustav rieb sich nachdenklich die Schläfen. »Mitnichten. Er schien mir eher wie ein studierter Sohn reicher Eltern. Obgleich er mit Frau und drei Kindern in äußerst bescheidenen Verhältnissen leben soll. Aber er wirkt nicht wie ein Revolutionär, er macht einen fast weltfremden Eindruck. Jedenfalls sind seine Gedanken umwerfend.« Lassalle entstammt auch keiner Arbeiter- oder Bauernfamilie, dachte Catharine, während sie sich an Gustav lehnte, seinen Körper in ihrem Rücken spürte.

Der elegante Redner hatte inzwischen seinen Vortrag beendet, unter dem frenetischen Applaus seiner Anhänger schwenkte er seinen glänzenden Zylinder und verließ die Bühne. Auch Gustav begann begeistert zu klatschen, seine Hände schlugen direkt über Catharines Kopf aneinander. Sie tauchte unter seinen Armen weg, begann selbst zu applaudieren, während sie die Blicke wieder nervös durch den Saal wandern ließ. Aber die Frau, die wie Johanne ausgesehen hatte, blieb verschwunden.

»Er ist sehr überzeugend!« Gustavs Hände umklammerten Catharines Schultern, dass es schmerzte. »Er spricht mit einer solchen Überzeugungskraft, er versteht es, die Leute mitzureißen.« Sie standen auf dem Vorplatz vor der Bockhalle, und neben ihnen strömten die Zuhörer in Scharen aus dem Saal.

»Mit solchen Männern können wir es schaffen. Die Revolution ist nah!« Er hatte so laut gesprochen, dass ein paar junge

Männer, die gerade vorübergingen, ihre Mützen vom Kopf nahmen und in die Luft warfen. »Es lebe die Republik!«, riefen sie laut. »Es lebe die Freiheit!«, gab Gustav zurück. »Es lebe die Freiheit!«, wiederholten die anderen.

Catharine fühlte sich unwillkürlich an die Litaneien erinnert, die sie als Kind in der katholischen Messe gehört hatte. Gustav wollte etwas sagen, aber sie unterbrach ihn.

»Ich habe Johanne gesehen. Dort drinnen.«

»Deine Schwester? Im Saal?« Gustav zog die Augenbrauen zusammen. Er trug sein blondes Haar jetzt in die Stirn gekämmt, lange Koteletten gingen in einen kräftigen Backenbart über. »Was sollte sie dort gesucht haben?«

»Mich?«

Er schüttelte den Kopf. »Warum ist sie dann nicht zu uns gekommen?«

»Ich weiß es nicht.« Catharine starrte auf ihre Füße. In dem Gewühl im Saal hatte sie eine der beiden Schnallen auf ihrem rechten Schuh verloren. Ärgerlich zog sie den Schuh unter ihren Rock, außer Sicht.

»Vielleicht habe ich mich ja getäuscht.«

Gustav legte ihr eine Hand auf die Schulter. »Bereust du es, dass du mitgekommen bist?« Die Frage klang beiläufig, aber seine Haltung wirkte mit einem Mal angespannt.

»Nicht doch.« Catharine hob die Schulter, auf der seine Hand lag, und senkte gleichzeitig ihren Kopf zur Seite. Ihre Wange lag auf seinem Handrücken. »Ich bin froh, dass ich Lassalle gehört habe. Es war äußerst beeindruckend.«

Gustav lächelte. »Soll ich dich nach Kaiserswerth zurückbringen?«

»Nein!« Ihre Stimme war viel zu laut. Eine paar Arbeitermädchen, die in der Nähe schwatzten, drehten sich nach ihr um und kicherten. Als ob sie wüssten, um was es geht, dachte Catharine.

Sie hatten vereinbart, dass sie die Nacht in Düsseldorf verbringen würden. Ein Freund, mit dem Gustav einige Angelegenheiten zu besprechen hatte, würde sie in seinem Haus aufnehmen.

Immer wenn sie an die bevorstehende Nacht dachte, wurde ihr Körper steif vor Angst. Würden sie in dem Haus dieses Unbekannten ein Zimmer teilen müssen, womöglich sogar ein Bett? Was erwartete Gustav von ihr? Dass sie sich ihm hingab? Wenn sie wenigstens genau wüsste, wie das vor sich ging zwischen Mann und Frau.

Vor einigen Jahren hatte sie Nelli einmal gefragt, ob sie traurig darüber sei, dass sie nur ein einziges Kind geboren hatte. »Gott bewahre«, hatte die Tante entgegnet. »Ich wollte nie ein zweites. Also hab ich es auch nicht dazu kommen lassen.« Aber Kinder waren doch Geschenke Gottes. Wie konnte man sie dann verhindern? Als sie nachfragte, hatte sich sofort wieder dieser abweisende Schleier der Prüderie über das Gesicht ihrer Ziehmutter gelegt. Trotz ihrer offenen Art sprach sie nicht gerne über solche Dinge. »Nun, an den entsprechenden Tagen übt man sich eben in Enthaltsamkeit. Du wirst es früh genug lernen.«

Catharine seufzte. Nichts hatte sie gelernt. Von wem auch? Florine war tot, die Einzige, die ihr bestimmt bereitwillig Auskunft gegeben hätte. Und nun hatte sie keine Ahnung, ob heute so ein Tag war, an dem man sich besser in Enthaltsamkeit übte.

Mit einem Mal wurde sie sich bewusst, dass sie Gustav die ganze Zeit über ansah. »Worüber denkst du nach?«, fragte er jetzt.

Catharine merkte, wie ihr das Blut in den Kopf stieg. »Über den Vortrag«, sagte sie schnell.

Er beugte sich zu ihr herab und strich ihr zart mit dem Finger über die Wange.

Das Haus befand sich an der Ecke, an der die Eisenbahnschienen die staubige Landstraße kreuzten, die nach Bilk hinausführte. Die einst weiß verputzte Fassade war schwarz vom Ruß der Lokomotiven, die Fenster waren finstere Löcher ohne Scheiben, nur von schmutzigem Sackleinen verhängt. »Wie heißt denn dein Freund?« Catharines Stimme zitterte, obwohl sie versucht hatte, ihr einen forschen Ton zu geben.

»Gutermann.« Gustav klang unsicher, als müsse er sich den Namen erst ins Gedächtnis rufen. »Jakob Gutermann. Es gibt keine Glocke, aber wir sollen drei Mal anklopfen, dann öffnet er uns.«

Wie bei einer Verschwörung, dachte Catharine. Während Gustavs Fäuste gegen die Tür hämmerten, versuchte sie ihre Angst zu vergessen. Sie blickte in die enge Gasse. Ein paar zerlumpte Jungen hockten vor dem Haus nebenan und spielten mit Lehm. »Lebt er allein?«

Gustav zuckte nur mit den Schultern. Im selben Moment öffnete sich die Haustür einen Spaltbreit. Ein mageres Gesicht mit großen schwarzen Augen starrte sie aus der Dunkelheit des Treppenhauses heraus an. Ein Kind. »Guten Tag.« Nach kurzem Zögern hob Gustav seine Mütze. »Salomon lässt grüßen.«

»Kommt herein«, sagte das Kind mit tiefer, rauchiger Stimme. Die Tür ging weiter auf. Der Kopf verschwand.

Gustav ergriff Catharines Hand. Ohne sie anzusehen, strich er behutsam über die Innenfläche. Wie so oft spürte sie die Berührung im ganzen Körper.

Im Treppenhaus roch es nach Kloake. Das Kind war vorausgelaufen, sie sahen gerade noch die Füße hinter dem Treppengeländer. Wie Hammerschläge hallten seine klobigen Holzpantoffeln auf den Stufen.

Zuerst hielt Catharine den Atem an, aber irgendwann musste sie doch Luft holen. Der Abortgestank vermischte sich auf abscheuliche Weise mit dem Geruch von gekochtem Kohl. Die

Treppenstufen glänzten feucht in dem spärlichen Licht, das durch das halb verhängte Fenster hereinfiel.

An vielen Stellen schien das Holz morsch zu sein. Aber Gustav kümmerte sich nicht darum und stieg mit großen Schritten voran. Catharine folgte ihm und versuchte ihre Füße immer genau an die Stellen zu setzen, auf die auch er getreten war.

Im ersten Stock stand die Wohnungstüre offen. Gustav trat ein, als ginge er hier täglich ein und aus.

Catharine folgte ihm zögernd, dann schloss sie die Tür hinter sich. Augenblicklich wurde die Luft besser. Durch einen dunklen Vorraum traten sie in ein langgezogenes Zimmer.

Das Mädchen mit dem Lockenkopf, das sie eingelassen hatte, blickte ihnen entgegen. Sie war viel älter, als es Catharine auf den ersten Blick erschienen war, kein Kind, eine erwachsene Frau. Ihre zierliche Gestalt, das schmale, magere Gesicht hatten sie getäuscht.

»Jakob kommt gleich«, sagte sie wieder mit ihrer tiefen Stimme, die so gar nicht zu ihrem zarten Körper passen wollte. Die Augen lagen dunkel und glänzend in tiefen Höhlen, ihre Nase war schmal, die Haut zart und hell.

»Ich bin Esther.« Die Frau kam näher und reichte ihnen ihre kleine Hand.

»Die kluge Esther«, sagte Catharine, ohne recht zu wissen, warum. Gustavs Augen verengten sich. Aber die junge Frau lächelte und nickte.

»Ich mache uns Tee.« Es klang nicht wie ein Angebot, eher wie eine Feststellung. Während sie sich am Herd zu schaffen machte, nahmen Gustav und Catharine an einem wackligen Tisch am Fenster Platz. Wir haben uns gar nicht vorgestellt, dachte Catharine.

Unbehaglich wanderten ihre Blicke durch den Raum. Er war voll gestopft mit Kisten, Koffern, Möbeln und Regalen, an die hintere Wand drängte sich ein schwarzer Kohlenherd, links neben ihnen stand ein breites Ehebett. Es schien der einzige Raum zu sein, Catharine konnte nirgendwo eine Tür entdecken.

Wo sollten sie hier überhaupt schlafen? Zu viert in einem Bett?

Dann hörten sie die Tür zum Treppenhaus gehen. Der Mann, der hereinkam, war schlank und nicht besonders groß. »Du musst Winkels sein.« Mit energischen Schritten kam er zu ihnen herüber. Gustav erhob sich. Sein mächtiger Körper wirkte bedrohlich neben der zierlichen Gestalt des anderen. Auch Catharine stand auf. »Jakob Gutermann«, stellte sich der Fremde vor. Sein Händedruck war so kraftvoll, dass es wehtat. »Ich heiße Catharine«, sagte sie, während sie die schmerzende Hand zurückzog.

Die helle Haut, die dunklen Vogelaugen, die schlanke Statur – Jakob und Esther mussten Geschwister sein, sie glichen sich so sehr.

»Drüben können wir reden.« Jakob bedeutete Gustav, ihm zu folgen. An der Längswand des Raumes zog er zwischen zwei Regalen einen schmalen Vorhang zur Seite, dahinter verbarg sich ein Durchgang. Catharine blieb ein wenig unschlüssig stehen. Sollte sie mit den Männern gehen? Warum stand Gustav ihr nicht bei?

Mit lautem Knall setzte Esther zwei angeschlagene Becher auf den Tisch. Ein aromatischer Duft stieg ihr in die Nase. »Setz dich«, forderte sie Catharine auf. »Trink.«

Schweigend schlürften sie die heiße, würzige Flüssigkeit. Catharine starrte auf einen seltsam geformten Fleck auf dem Tisch. Der Umriss erinnerte an einen Teufelskopf, der sie hämisch angrinste. Ihr fiel nichts ein, was sie hätte sagen können.

Schließlich brach Esther das Schweigen. »Dein Mann legt sich ja mächtig ins Zeug im Kampf gegen die Reaktionäre. Hab in der letzten Zeit eine Menge von ihm gehört.«

Catharine nahm einen zu großen Schluck Tee, verbrannte sich die Zunge und hustete. »Er ist nicht mein Mann.«

Esther zuckte mit den Schultern. »Was ist er dann? Dein Bruder?«

»Wir sind nicht verheiratet.« Catharines Stimme klang belegt.

»Wie lange kennst du ihn schon?« Esther richtete die Vogelaugen auf Catharine.

»Ich ... wir kennen uns schon seit ein paar Jahren. Aber wir sind erst seit ein paar Wochen ...« Ihr fehlten die Worte. Hilflos brach sie ab.

»... ein Liebespaar«, ergänzte Esther gleichmütig. »Nun, du hast keinen einfachen Weg gewählt, das kann ich dir verraten, auch wenn ich deinen Kerl soeben das erste Mal zu Gesicht bekommen habe.«

Catharine seufzte. »»Dieser Jakob ... ist er dein Bruder?«

Esther grinste. »Nein, nein, um des Himmels willen. Aber du bist nicht die Erste, die mich das fragt.«

»Ihr seid also verheiratet?«

»Nein.« Esther schüttelte verächtlich den Kopf. »Die Zeiten sind hart. Was ein echter Revolutionär ist, der schert sich nicht um Konventionen.«

»Was meinst du damit?« Catharine hob vorsichtig den Kopf. Esthers Gesicht war ganz ruhig, nur ihre schön geschwungenen Lippen zuckten leicht, als suchte sie nach den richtigen Worten. Nachdenklich drehte sie ihre Teetasse in den Händen.

»Nun, mein Mann meint, dass er es nicht mit seiner freiheitlich-demokratischen Gesinnung vereinbaren kann, vor den Rabbi zu treten. Dass er als Kommunist auf seinen Segen pfeift. Er trägt seinen Kopf hoch und ist stolz auf sich. Und mich beschimpfen sie auf der Straße als jüdische Hure. Vielleicht sollte ich ihn wirklich als meinen Bruder ausgeben. Das würde mein Leben erleichtern.«

Catharine zog eine Grimasse. »Das ginge bei mir und Gustav jedenfalls nicht. Ein ungleicheres Paar als uns hat die Welt noch nicht gesehen.«

Esther lachte.

»Wie lange bist du schon mit Jakob …?«, fragte Catharine.

»Mehr als fünf Jahre leben wir jetzt schon zusammen wie Mann und Frau. Es war eine gute Zeit, alles in allem. Und er ist ein guter Mann, das muss man sagen, er sorgt für mich, er schlägt mich nicht. Auch wenn ich ihn kaum zu Gesicht bekomme, weil er ständig unterwegs ist, heute hier, morgen dort.«

»Womit verdient er denn sein Geld?«

»Er schreibt. Für alle möglichen Blätter. Geld kriegt er allerdings nur für Berichte, in denen er seine kommunistische Gesinnung nicht zur Schau stellt.« Esther rümpfte die schmale Nase. »Er war Redakteur für die Neue Rheinische Zeitung, daher kennt er Marx und die ganze Mischpoke – Hansemann, Oppenheim, Camphausen, und natürlich Moses Heß …« Sie brach achselzuckend ab. Catharine, die diese Namen zum ersten Mal hörte, nickte beeindruckt.

»Genug zu tun gibt es immer«, fuhr Esther fort. »Die Zeitungen schießen schließlich wie Pilze aus dem Boden. Das Dumme ist nur, dass die Verleger so wenig zahlen. Aber irgendwie kommen wir schon zurecht.«

Catharine trank ihre Tasse aus. Jetzt, da der Tee kalt geworden war, schmeckte er plötzlich bitter. Wie Gustav wohl sein Geld verdiente, überlegte sie plötzlich. Seine Eltern hatten ihm ein kleines Erbe hinterlassen, aber ob das zum Leben ausreichte?

»Wo sollen wir heute Nacht eigentlich schlafen?«, fragte sie laut.

Esther zog ihre schön geschwungenen Augenbrauen hoch. »Seit ein paar Wochen seid ihr ein Paar, sagst du? Möchtest du mit ihm allein sein?«

Catharines Gesicht begann zu glühen.

»Möchtest du, ja oder nein?«

»Ich …«

Der Vorhang vom Nachbarzimmer wurde wieder aufgeschoben. Plaudernd und scherzend wie alte Freunde kamen Gustav und Jakob zurück zu den Frauen.

Esther nahm keine Notiz von ihnen. Die Vogelaugen bohrten sich in Catharines Gesicht.

»Es ist alles geregelt«, rief Gutermann laut und klatschte in die Hände. »Jetzt wollen wir essen.«

»Nein«, flüsterte Catharine atemlos.

Während Esther Brot, Wurst und Schmalz aus einem Kasten holte, stellte Jakob einen Krug mit Bier auf den Tisch. »Es ist nicht eben üppig, aber mehr haben wir nicht.«

Hungrig griffen sie zu. »Sobald die Flugblätter gedruckt sind, trage ich sie zu Colstein, auf dass er sie unters Volk bringt.« Mit vollem Mund nahm Gustav sein Gespräch mit Jakob wieder auf. Dessen Augen schreckten nervös zu Catharine. Gustav nickte beruhigend. »Sie kann es ruhig hören, mach dir keine Gedanken.«

»Es ist ein Jammer, dass ich Lassalles Vortrag nicht anhören konnte«, wechselte Gutermann dennoch das Thema. »Er muss ein mitreißender Redner sein.«

»Äußerst beeindruckend. Wenngleich seine Forderungen in ihrer Härte vielfach hinter Marx zurückbleiben. Er setzt vornehmlich auf die Durchsetzung eines allgemeinen Wahlrechts, der Pressefreiheit. Zur Volkssouveränität machte er jedoch keine klare Aussage, ich frage mich, wie er es mit der Treue zum König hält. In vielem schien es mir, als wolle er die Mächtigen nicht zu sehr verärgern, als wolle er sich vielmehr …«

»… arrangieren.« Gutermann nickte. »Das hab ich auch schon gehört. Er ist kein Umstürzler, aber er sitzt auch nicht im Elfenbeinturm wie Marx und Engels. Er kennt das einfache Volk, weiß, wie die Leute denken, was sie bewegt.«

»… und redet ihnen für meinen Geschmack mitunter gar zu sehr nach dem Maul.«

»Nun ja, er ist noch jung. Und die Gräfin nimmt ihn stark in Beschlag.« Die Männer grinsten. Catharine senkte den Blick.

»Er ist Jude, wusstet ihr das?« Esther nahm einen Schluck Bier und wischte sich mit dem Handrücken den Schaum vom Mund. »Lassel heißt er eigentlich, Ferdinand Lassel. War ihm wohl nicht fein genug. Lassalle, das ist natürlich was anderes, das klingt eleganter.«

»Ach, Weib, was tut das jetzt zur Sache?« Gutermann zog den Bierkrug zu sich herüber.

»Es macht mich misstrauisch, das ist alles. Er spielt immer den einfachen Mann, den Freund der unterdrückten Schichten. Und dann schämt er sich seiner eigenen Herkunft.«

»Weil er mit der Religion seiner Väter nichts mehr zu tun haben will. Er hat sich losgesagt davon. Gott ist tot, was spielt es da für eine Rolle, ob einer Jude ist oder Christ?«

Esther stieß ein spöttisches Lachen aus. »Das glaube ich nicht, das nehme ich ihm nicht ab. Seine jüdische Herkunft hat ihm die Karriere behindert, deshalb hat er seinen Namen geändert.«

»Ich begreife nicht, warum du dem Ganzen eine solche Bedeutung beimisst.« Ihr Mann legte ihr beschwichtigend eine Hand auf den Arm. »Warum sollte er auch darunter leiden, dass seine Eltern zufällig Juden sind und ihn so erzogen haben? Die Religion hat ihre Bedeutung verloren.«

Für dich vielleicht, dachte Catharine, während sie beobachtete, wie Esther ihren Arm unter der Hand ihres Mannes wegzog.

Gutermann musste ein ganzes Stück älter sein als seine Frau. Sein schlanker Körperbau und das volle dunkle Haar ließen ihn jung erscheinen, aber jetzt, im hellen Licht der Öllampe, bemerkte Catharine die vielen Falten, die um seine Augen spielten.

Er schien zu spüren, dass sie ihn ansah, und begegnete ihrem Blick. Schnell ließ sie die Augen sinken. Im letzten Moment nahm sie das amüsierte Lächeln wahr, das sich über seine Züge breitete. Es ärgerte sie, dieses Lächeln.

»Wen also wirst du übermorgen in Amsterdam treffen?«, hörte sie ihn Gustav fragen.

»Ich habe von Herschel einige Namen bekommen. Liberale Bürger, die unsere Sache womöglich unterstützen. Ich hoffe, dass ich den einen oder anderen zu einer Spende bewegen kann.«

»Bürger willst du zu einer Spende für die Kommunisten bewegen?« Jakob lachte. »Das ist wahrlich optimistisch. Den Weg kannst du dir sparen.«

»Nun, auch in Deutschland gibt es etliche aus dem Bürgertum, die die kommunistischen Ideen wohlwollend beurteilen und unterstützen. Bei Handwerkern muss ich gar nicht erst anklopfen, die können uns nichts geben, sie haben ja selbst nicht genug zu nagen.«

Jakob zuckte mit den Schultern. »Versuch's. Meiner Meinung nach ist das Fahrgeld schon verloren.«

»Wart's ab. Wer nicht wagt, der nicht gewinnt.« Gustav wischte mit einem Stück Brot das letzte bisschen Schmalz vom Teller.

»Die Liberalen.« Gutermann holte eine Zigarette aus der flachen Holzschachtel auf dem Tisch, zündete sie an und nahm einen tiefen Zug. Verdrossen blickte er dem weißen Rauch nach, der in Richtung Fenster davonschwebte. »Ja, ein Parlament muss her, das unterschreiben sie dir sofort. Handelsfreiheit, dafür sind sie auch. Und dem Adel soll man die Rechte gründlich beschneiden. Sozialreformen, akzeptiert. Aber alles in Maßen und bloß nicht zu viel des Guten. Denn wenn man dem Volk zu viel Macht zugesteht, dann könnte es gierig werden. All die Handwerker, Bauern und Arbeiter könnten ihre Hände ausstrecken nach dem Besitz der Reichen, anstatt sich nur mit Brosamen zufrieden zu geben.« Wütend stach er mit der glühenden Zigarette in der Luft herum, als wäre es ein Dolch. »Aber nein, ihr Herren Unternehmer, ihr Bankiers und Kaufleute! Ihr ach so liberal Gesinnten! Freiheit gibt es nicht in kleinen Portionen. Wer einmal davon gekostet hat, der will mehr und immer mehr.« So schnell er sich in Rage geredet hatte, so plötzlich beruhigte er sich auch wieder. Er drückte die Zigarette aus und rieb sich die Augen. »Ich weiß nicht, wie es um euch steht, aber ich bin verteufelt müde.«

»Lasst uns schlafen gehen.« Gustav lehnte sich in seinem Stuhl zurück, streckte die Arme über dem Kopf aus und gähnte.

Esther erhob sich und stellte die Teller zusammen. Catharines Herz begann schneller zu schlagen, als sie ebenfalls aufstand, um den Tisch abzuräumen.

»Ihr könnt die Kammer haben«, nickte Jakob. »Esther gibt euch alles Nötige.«

»Sie sind nicht verheiratet.« Mit lautem Scheppern stellte Esther die Teller in die Waschschüssel. »Das Mädchen schläft bei mir, du kannst die Kammer mit deinem Freund teilen.«

Gutermann lachte laut, als habe sie einen Scherz gemacht. Catharine blickte verstohlen zu Esther hinüber, die mit regungslosem Gesicht Wasser über das schmutzige Geschirr goss. Irgendwann hörte ihr Mann auf zu lachen.

»Esther«, sagte er verständnislos.

»Es ist, wie es ist.« Sie zuckte mit den Schultern und reichte Catharine einen tropfenden Teller.

»Lass nur.« Gustav erhob sich und klopfte dem anderen auf die Schulter. »Es ist schon recht so.«

Dann trat er hinter Catharine, umfasste sie mit beiden Armen und beugte sich zu ihr hinunter, bis sein Mund ganz dicht an ihrem Ohr war. »Es ist schon recht so«, wiederholte er leise.

Die Räder der Postkutsche rasselten über das Pflaster der Holländischen Straße. Gerade hatten sie Kaiserswerth passiert, und in wenigen Minuten würden sie Wittlaer erreichen. Catharines Finger schlossen sich enger um Gustavs Hand. Ein wenig verstohlen hielten sie sich fest, aber die dicke Frau mit den vielen Taschen, die ihnen gegenübersaß, hatte es dennoch bemerkt. Als Catharine ihrem Blick begegnete, zwinkerte sie ihr verschwörerisch zu. Catharine überlegte, ob sie zurückzwinkern sollte, aber sie entschied sich dagegen. Stattdessen lächelte sie nur kurz und wandte ihr Gesicht zum Fenster.

Ob Gustav enttäuscht war, dass er die Nacht mit dem schnarchenden Jakob verbringen musste anstatt mit ihr? Er hatte sich jedenfalls nichts anmerken lassen heute Morgen, er war freundlich und zärtlich wie immer. Vielleicht hat er ja irgendwo in den vielen Städten, in die er immer reist, eine andere, die sich nicht so ziert, dachte sie plötzlich. Bei der er seine Bedürfnisse stillen kann. Vielleicht ist er nur deshalb so großzügig zu mir.

Ihr Gesicht spiegelte sich im Glas der Fensterscheibe. Die Reflexion war so unscharf, dass sie zwei Nasen hatte, vier Augen, zwei Münder. Wie eine Figur aus einem Gruselkabinett. Sie zog eine Grimasse. Die Fratze in der Fensterscheibe machte es ihr gleich zweimal nach.

Sie dachte an die letzte Nacht, in der sie so lange keinen Schlaf gefunden hatte. Die Luft war so stickig gewesen in dem vollen, engen Raum, aber als sie vorgeschlagen hatte, das Fenster zu öffnen, hatte Esther entsetzt abgewehrt. »Im Hinterhof sind die Latrinen. Der Gestank ist unerträglich!«

Starr und steif lag sie auf dem engen Lager, um die andere nicht zu stören, und versuchte so gleichmäßig wie möglich zu atmen, die Minuten zählend. So vieles ging ihr durch den Kopf, Lassalles Rede, Jakobs erregte Worte. Gustavs Hände. Wie es wohl wäre, wenn sie jetzt bei ihm läge?

»Du kannst auch nicht schlafen«, hörte sie endlich die dunkle Stimme der anderen Frau.

»Bist du auch noch wach?« Was für eine törichte Frage.

»Tut es dir Leid?«

»Was?« Dabei wusste sie genau, was Esther meinte.

»Dass du nicht bei ihm bist.«

»Nein. Vielleicht … ich weiß nicht.«

Esther lachte ihr raues Lachen. »Ich verstehe. Du hast es noch nie getan.«

»Was meinst du?«

»Nun, du weißt schon.«

»Nichts weiß ich. Nichts weiß ich, woher sollte ich denn etwas wissen, wenn niemand es einem erklärt? Wenn ihr alle immer nur schweigt und errötet! *Du weißt schon, wenn es so weit ist, wirst du es schon verstehen, du wirst es früh genug lernen* – ich kann diese Sätze einfach nicht mehr hören!«

Einige Sekunden lang herrschte Schweigen. Sie hörte Esther neben sich atmen. Hatte ihr Ausbruch sie brüskiert? Aber vorhin hatte sie nicht den Eindruck erweckt, als sei sie besonders prüde.

»In eurem Kaiserswerth gibt es doch bestimmt auch Bauern. Hast du denn nie beobachtet, wie es die Tiere treiben?«

»Du meinst die Stiere, die die Kühe bespringen? Die läufigen Hündinnen und all so was?«, meinte Catharine ungläubig. »Natürlich habe ich das gesehen. Aber das ist doch … Du meinst, das ist das ganze Geheimnis? So geht es auch zwischen Mann und Frau?«

»Nicht ganz genauso, aber im Grunde ist es der gleiche Vorgang.«

»Das ist ja abscheulich.«

Esther schwieg wieder.

»Das ist ganz und gar widerwärtig.« Catharine richtete sich auf den Ellenbogen auf und starrte in die Dunkelheit. Schemenhaft konnte sie das Gesicht der anderen erkennen. Wie ein schwarzer Fleck vor dem hellgrauen Hintergrund des Kissens. »Oder bist du etwa anderer Meinung?«

»Nun«, der Fleck bewegte sich langsam nach oben, »ich kann natürlich nur aus meiner Empfindung heraus sprechen. Ich meine, ich kenne nur Jakob …«

»Natürlich«, sagte Catharine hastig.

»Das erste Mal war es … recht schmerzhaft. Aber wenn man sich einmal ein wenig daran gewöhnt hat, ist es durchaus … angenehm.«

Sollte das ein Scherz sein?

»Es ist schön. Jedenfalls mit Jakob.«

Catharines Herz schlug irgendwo in ihrem Hals. Sie schluckte mühsam, aber es wanderte nicht wieder nach unten. »Und gibt es etwas … ich meine, was muss man unternehmen … was kann man tun, um nicht zu empfangen?«

Der Fleck stieß ein kurzes, bitteres Lachen aus. »Gustav wird gewiss wissen, was zu tun ist!«

Catharine dachte an Magda, die zweimal gegen ihren Willen geschwängert worden war.

»Und wenn nicht?«

»Er wird sich in Acht nehmen, ein Kind ist bestimmt nicht in seinem Sinne. Man belastet sich nicht mit einer Familie, wenn man den Umsturz plant.« Mit einem Mal veränderte sich ihr Ton, wurde leiser, dringlicher. »Aber hör zu, Catharine, eines darfst du keinesfalls vergessen!«

Catharine beugte sich näher zu ihr hin. Sie spürte Esthers warmen Atem auf ihrer Wange.

»Überleg es dir gut. Du musst es nicht tun, hörst du? Du musst es nicht tun.«

2

Magdalenas rundes Gesicht war über und über beschmiert von braunem Rübenmus. Auch die Hände, die das Brot umklammerten, klebten bereits von dem dickflüssigen Sirup. Mit vollem Mund erzählte sie Catharine von den jungen Kätzchen, die sie bei Nelli gesehen hatte. Ein kleines weißes mit schwarzen Öhrchen hatte es ihr besonders angetan. »Tante Nelli sagt, wir dürfen es wohl haben, wenn es ein bisschen größer ist. Dann kann es hier wohnen und unsere Katze sein.«

»Ach, ich weiß nicht, ob Tante Johanne eine Katze haben will«, gab Catharine zu bedenken.

»Aber es ist keine normale Katze«, erklärte Magdalena zum wiederholten Mal. »Sie ist nämlich weiß mit schwarzen Öhrchen. Bitte, bitte, lass mich sie haben.«

»An mir soll es nicht liegen, Magdalena. Wir fragen Tante Johanne. Aber sie wird bestimmt nicht begeistert sein von der Idee.«

»Nein, das wird sie nicht«, meinte Magdalena ernst. »Aber bestimmt lässt sie das Kätzchen hier wohnen. Mich wollte sie am Anfang doch auch nicht haben.«

Catharine musste lachen. »Das ist wohl wahr.«

Johanne war nicht zu Hause gewesen, als sie abends aus Wittlaer zurückgekommen waren. Erleichtert hatte Catharine ein Abendbrot für sich und Magdalena zubereitet. Mit etwas Glück kam ihre Schwester erst nach Hause, wenn sie selbst schon zu Bett gegangen war. Sie hatte den Gedanken noch nicht zu Ende gedacht, als sie den Schlüssel in der Haustüre hörte.

»Tante Johanne!«, rief Magdalena aufgeregt. Sie ließ ihr Brot fallen und rannte, klebrig wie sie war, in den Korridor, ehe Catharine sie daran hindern konnte. »Es ist etwas geschehen in Wittlaer. Wir dürfen nämlich ein Kätzchen haben, wenn du es nur erlaubst.«

Johannes müdes Gesicht hellte sich auf, als die Kleine auf sie zurannte. Lächelnd beugte sie sich zu ihr hinunter. Als sie die Spuren des klebrigen Gesichts und der braunen Hände auf ihrem Rock sah, verschwand das Lächeln aus ihren Zügen.

»Komm, Lenchen, wir machen dich erst einmal sauber«, meinte Catharine hastig, die ebenfalls aus der Küche getreten war. »Und dann kannst du Tante Johanne alles erzählen.« Sie zog die Kleine am Ärmel zurück. »Wo bist du gewesen?«

»Im Pfarrhaus. Frau Fliedner hat frühzeitig entbunden, das Kind ist tot.« Johanne setzte sich auf die unterste Treppenstufe, zog ihre Schuhe aus und rieb sich ächzend die geschwollenen Füße. »Fliedner wird sie wohl für ein paar Wochen nach Wiesbaden bringen, zu seiner Mutter. Er überlegt, Luise wieder aus Straßburg zurückzuholen, dass sie sich um den Haushalt und die Geschwister kümmern kann. Aber vielleicht kann ja auch Sophie Münster wieder einmal einspringen.«

»Das alte Spiel«, murmelte Catharine.

»Wohl wahr. Nächstes Jahr um dieselbe Zeit wird sie wieder niederkommen und wieder ein Jahr weiter erneut. Und das geht so lange, bis sie die Fruchtbarkeit verliert oder …«

Johanne unterbrach sich selbst und schüttelte fast angewidert den Kopf. Dann stand sie auf und stellte die Schuhe an ihren Platz an die Wand.

»Ich wollte dir doch das von den Kätzchen sagen.« Magdalena hatte sich inzwischen mit einem Tuch notdürftig das Gesicht abgewischt. Die klebrigen Hände versteckte sie vorsorglich hinter dem Rücken.

»Lass Tante Johanne doch erst einmal hereinkommen. Wir beide gehen nach oben, und wenn du dein Nachtgewand anhast, kannst du dein Anliegen vortragen.«

Magdalena ließ sich etwas widerwillig auf den Arm nehmen. »Ich will nämlich das weiße Kätzchen mit den schwarzen Öhrchen haben«, rief sie Johanne über Catharines Schulter hinweg zu. »Tante Nelli sagt, ich darf es nehmen, sobald ihm Augen gewachsen sind!«

Zärtlich betrachtete Catharine das Gesicht des schlafenden Kindes. In dem gedämpften Licht, das durch die blauen Vorhänge ins Zimmer fiel, zuckten Magdalenas Lider, und sie seufzte angestrengt, als wolle sie noch etwas sagen. Wahrscheinlich träumte sie bereits von der kleinen Katze mit den schwarzen Ohren.

Catharine beugte sich zu ihr hinunter und küsste sie auf die runde, rote Wange.

Sie fand Johanne auf der Bank im Garten, ganz in ihr Buch versunken. Jetzt im Sommer blieb es so lange hell, dass die Schwestern oft bis weit nach zehn Uhr mit ihren Büchern im Freien saßen. Wie vernachlässigt der Garten war, dachte Catharine, während sie sich ebenfalls auf der Bank niederließ. Nicht einen Salatkopf, nicht eine Möhre hatten sie in diesem Sommer geerntet. Doch im Licht der Abendsonne sahen die unkrautüberwucherten Beete geradezu bezaubernd aus. Zwischen fetten Brennnesselstauden rankten weiß-gelbe Kamilleblüten und roter Mohn. Zartblaue Nigella-Köpfe schwammen wie fantastische Boote im grünen Meer. Eine verspätete Biene tauchte summend in eine kugelige Distelblüte.

»Wie hat dir Lassalles Rede gefallen?« Das Unkraut verschwamm vor Catharines Augen. Ihr Herz begann laut und dröhnend zu schlagen. Johanne neben ihr hob den Kopf nicht von ihrem Buch. Vielleicht hatte sie sie nicht richtig verstanden? Sie war so müde nach der letzten Nacht, in der sie kaum die Augen zugemacht hatte. Nein, dachte sie dann, natürlich hatte sie richtig gehört. Sie hatte Johanne doch dort gesehen, auf der anderen Seite des Saales.

»Du warst also doch da! Bist du mir nachgegangen?«

»Unsinn. Ich wollte Lassalle selber hören.«

Catharine riss die Augen auf.

»Das ist nicht dein Ernst!«

»Doch, Catharine. Und ich mache dir auch keinen Vorwurf. Jedenfalls nicht deswegen. Felix Winter war so freundlich, mich zu der Versammlung zu begleiten. Und du hast ja auch jemanden gefunden, der dich mitgenommen hat.«

Catharine tat, als habe sie den letzten Satz nicht gehört.

»Und? Was hältst du von Lassalle?«

»Er ist durchaus beeindruckend. Vieles von dem, was er sagt und fordert, verdient Beachtung, vieles ist richtig …«

»Aber?«

»Nun, ich frage mich …«, Johanne ließ ihr Buch sinken, ihr Blick streifte über die verwilderten Beete auf der Suche nach den richtigen Worten, »… ich frage mich, ob das Volk wirklich imstande ist, seine hehren Ziele durchzusetzen.«

»Wie meinst du das?«

»Die Freiheit, die er durchsetzen will, erfordert so viel Verantwortung, so viel Güte und Gemeinsinn von jedem Einzelnen. Aber den meisten Menschen gehen diese Tugenden gänzlich ab.«

»Das sagst ausgerechnet du, fromm, wie du bist.«

»*Gerade* deshalb sage ich das. Weil ich weiß, dass es nicht nur das Gute im Menschen gibt.«

»Nun, es bräuchte schon einen starken Mann an der Spitze wie Lassalle, der das Ganze leitet. In die richtigen Bahnen bringt. Und die Massen kontrolliert.«

»Ein demokratischer Imperator?« Johannes Stimme klang spöttisch.

»Nun, zumindest für die erste Zeit …«

»Glaube mir, Catharine, wenn Lassalle oder irgendein anderer erst einmal die geballte Macht über ein geeinigtes Deutsches Reich in den Händen hielte, dann würde er sie ebenso wenig wieder hergeben oder teilen wie Friedrich Wilhelm IV. seine Regentschaft über Preußen. Der Anfang der Demokratie wäre dann auch ihr Ende.«

Catharine schwieg verdrossen. Der kleine Funke Hoffnung, dass Johanne ihre Begeisterung für Lassalle und den Freiheitskampf teilen könnte, war erloschen. Sie fühlte sich wieder wie ein dummes, kleines Kind, wie meistens, wenn sie mit Johanne sprach. Wie schaffte ihre Schwester es bloß jedes Mal, dass ihre Gedanken wie Bauklötze zusammenfielen, wenn sie nur ganz sacht mit ihren Argumenten dagegenstieß? Wenn Gustav hier gewesen wäre, er hätte leicht die richtigen Worte gefunden, um Johanne zu überzeugen.

»Übrigens wirst du ja nun nicht mehr abstreiten wollen, dass du deine Liebschaft mit diesem Winkels wieder aufgenommen hast«, sagte Johanne, als könne sie Gedanken lesen.

»Ja, aber erst kürzlich.« Catharine winselte innerlich. Wie erbärmlich sie klang.

»Hat er denn diesmal wenigstens ehrliche Absichten?« Johannes Blick bohrte sich in ihre Schläfen. Catharine hielt die Augen starr auf die Brennnesseln gerichtet. »Immerhin hast du die Nacht mit ihm verbracht. Unterstützt dich Nelli eigentlich bei diesem ruchlosen Versteckspiel?«

»Nein, sie weiß nichts von alledem. Im Übrigen war es nicht so, wie du denkst …«

»Ach. Wie war es dann?«

»Ich habe nicht … Er hat mich nicht …« Sie fühlte, wie ihr das Blut in den Kopf stieg, senkte den Kopf und starrte zornig auf die moosbedeckten Steine zu ihren Füßen.

Johanne schwieg ebenfalls.

»Werdet ihr heiraten?«, fragte sie nach einer Weile streng.

Catharine schüttelte den Kopf. Tränen stiegen ihr in die Augen, aber sie wollte nicht weinen, nicht vor Johanne. Sie stand auf und ging mit großen Schritten ins Haus.

Als Catharine die Augen aufschlug, fiel ein greller Sonnenstrahl durch einen Spalt im Vorhang direkt auf ihr Gesicht. Geblendet schloss sie die Lider wieder. Ausgerechnet heute muss die Sonne scheinen, dachte sie schlecht gelaunt, während sie den Kopf zur Wand drehte.

Der preußische König Friedrich Wilhelm IV. hatte für den 25. September 1847 seinen Besuch in Kaiserswerth angekündigt. Er war zur Einweihung des wiederhergestellten Altenberger Doms ins Bergische Land gekommen und nutzte die Gelegenheit zu einer Stippvisite, um Fliedners Diakonissenanstalt wieder einmal zu inspizieren, die Anstalt, deren Aufbau er in den letzten Jahren mit so viel finanzieller Unterstützung gefördert hatte.

Catharine schwang die Beine aus dem Bett und schob ihre nackten Füße in Holzpantinen. Gähnend angelte sie sich den blauen Rock und die weiße Bluse vom Bügel an der Wand und schlüpfte widerwillig in die Sonntagskleidung. »Dass es dir nicht einfällt, in schäbiger Alltagskleidung zum Empfang zu erscheinen, nur um so deinen Protest gegen Seine Majestät kundzutun«, hatte Johanne sie am Tag zuvor noch ermahnt. Es widerstrebte ihr, sich ausgerechnet für den König fein zu machen, aber Johanne hatte sich so bemüht, damit auch sie eine Einladung zum offiziellen Empfang in der Diakonissenanstalt erhalten hatte.

»Heissa, heut kommt der König!«, krähte Magdalena ihr aus der Küche entgegen, als sie die Treppe herunterkam. Sie trug das blau karierte Kattunkleidchen mit den weiten Ärmeln, das Nelli ihr im letzten Frühjahr genäht hatte, und schwenkte ein schwarz-rot-weißes Fähnchen. »Hurra«, gab Catharine mürrisch zurück. Johanne reichte ihr eine Tasse Gerstenkaffee.

»Eil dich, wenn du noch etwas essen möchtest«, ermahnte sie sie. »Wir müssen uns bald aufmachen, es wird einen großen Tumult auf den Straßen geben, und ich möchte keinesfalls zu spät kommen.«

Catharine nahm am Küchentisch Platz und griff nach einer Scheibe Brot, um sie mit Butter zu bestreichen. »Ich wette mit dir, dass er nicht vor Mittag in Kaiserswerth eintreffen wird. Aber ganz bestimmt wird die halbe Stadt ab neun Uhr morgens in Bereitschaft stehen, um eventuell einen Blick auf den hohen Herrn zu erhaschen.«

»Nun, es steht dir frei, zu Hause zu bleiben und die Fensterläden zu schließen«, meinte Johanne spitz. »Aber ich werde meinen Platz unter den Gästen rechtzeitig einnehmen.« Sie stand auf und trug die beiden benutzten Teller zur Waschschüssel.

»Und ich komme mit. Denn wir Kinder wollen ja singen für unseren lie-hi-hi-ben Kö-hö-nig!« Magdalenas letzte Worte gingen in ein recht unmelodisches Gepiepse über, während sie ebenfalls vom Stuhl sprang und nach dem Marmeladentopf griff, um beim Abräumen zu helfen.

»Lass es für heute lieber gut sein.« Johanne nahm ihr den Topf schnell aus der Hand. »Sonst machst du dich am Ende schmutzig und …«

»… das würde dem lie-hi-ben König ganz und gar nicht gefallen«, beendete Catharine den Satz.

»Geh und spiel noch ein bisschen mit deiner Tinka.« Johanne schob die Kleine in den Korridor, wo der Korb des neuen Kätzchens stand. Trotz Magdalenas Flehen hatte es Johanne nicht zugelassen, dass das Tier in ihrem Zimmer, womöglich sogar in ihrem Bett schlief.

Catharine biss in ein Marmeladenbrot und überlegte dabei, ob sie nicht tatsächlich Johannes Rat befolgen und zu Hause bleiben sollte. Sollte sie sich wirklich damit quälen, den ganzen Tag den Lobeshymnen auf Seine Majestät, den allerbarmherzigsten König, zu lauschen? Was hätte Gustav an ihrer Stelle getan? Gustav, von dem sie seit über drei Wochen keine Nachricht erhalten hatte. Einmal hatte er sich noch aus Amsterdam gemeldet, ein paar dürre, hastig hingekritzelte Zeilen über die freundliche Aufnahme dort, dann die Ankündigung der Weiterreise nach Leipzig. Leipzig, dachte Catharine missmutig, das lag im Osten, in Sachsen. Hätte Gustav auf dem Weg dorthin nicht hier vorbeikommen können? Ach, verwünschte Besessenheit, immer dachte sie an ihn, grübelte darüber nach, wo er jetzt war, was er gerade machte. Ob er auch nur einen Gedanken am Tag an sie verschwendete?

Nein, sie wollte sich einfach nicht länger den Kopf darüber zerbrechen, was er an ihrer Stelle getan hätte. Dieses ständige Abwägen lähmte sie. Was spielte es für eine Rolle, ob er zum Empfang gehen würde oder nicht? *Sie* würde Johanne und Magdalena ganz einfach begleiten, weil … weil sie neugierig war wie alle anderen auch.

Kurz vor ein Uhr Mittag trafen die beiden Kutschen am Marktplatz ein. Beim Anblick der behandschuhten Hand, die huldvoll aus dem mit rotem Samt verhängten Fenster der Königskutsche herauswinkte, brachen die Zuschauer auf den Straßen, an den Fenstern und auf den Balkonen in einen frenetischen Jubel aus. Mädchen warfen Blumensträuße und Kusshändchen, Frauen versanken in Hofknicksen, junge Burschen johlten und schleuderten ihre Mützen in die Luft.

Von einem Fenster im ersten Stock der Anstalt beobachteten Catharine und Johanne, wie die Kutsche unmittelbar vor dem Haupteingang Halt machte. Neben dem König stiegen die Minister Bodelschwingh und Eichmann, mehrere Beamte und Bedienstete aus. Auf dem Bürgersteig, der von behelmten Polizeibeamten gesichert wurde, wandte der Monarch sich seinen Untertanen zu, hob grüßend die Hand und lächelte väterlich.

»Es lebe der König!«, schrien die Leute.

»Es lebe die Freiheit«, hörte man plötzlich eine vereinzelte Männerstimme aus der Masse. »Es lebe die Demokratie!«, grölte ein anderer. »Gebt uns lieber Brot, wir haben nichts zu fressen!«, übertönte eine schrille Frauenstimme alle anderen.

Catharine beugte sich weiter nach vorn, um einen Blick auf das Gesicht Friedrich Wilhelms zu erhaschen. Aber sie sah nur seine in der Sonne glänzende Halbglatze, die Tressen auf den Schultern seiner Uniform, die Stiefelspitzen. Er winkte noch einmal würdevoll, dann machte er auf den Fersen kehrt und war mit wenigen Schritten in der Diakonissenanstalt verschwunden. Seine Begleiter folgten auf dem Fuße.

Fliedner und seine Frau führten die Herrschaften in den Anstaltsgarten, wo die Seminaristinnen und Kinder bereits warteten. Johanne und Catharine standen etwas abseits, während Magdalena und die anderen voller Inbrunst von ihrer Verehrung für den »Allerhöchstderselben« sangen, ein schwarz-rot-weißes Fähnchen in der einen und ein kleines Blumensträußchen in der anderen Hand.

Mit unbewegter Miene nahm der König die Huldigung entgegen. Sein fleischiges, bartloses Gesicht mit der hohen Stirn war schweißbedeckt. Während der Darbietung reckte er mehrmals das Kinn nach oben, als säße der Stehkragen der preußischen Uniform zu eng, als müsse er sich Luft verschaffen. Kaum dass die Kinder ihren Gesang beendet hatten, hob er die großen Hände und begann langsam zu applaudieren. Sofort fielen auch die Minister, die Beamten und die übrigen Umstehenden in seinen Beifall ein. Einzeln traten nun einige Kinder vor, um Gedichte und Segenswünsche vorzubringen und ihre Blümchen zu überreichen. Doch der Hall ihrer dünnen Stimmen verlor sich in der Luft, wahrscheinlich verstand auch Friedrich Wilhelm nur die Hälfte. Dennoch nickte er nach jedem Auftritt. Gnädig. Hoheitsvoll. Ein wenig gelangweilt.

Catharines Blick schweifte von den Kindern zu der nervösen Henriette Frickenhaus, der Leiterin der Kleinkinderschule, deren Lippen lautlos alle Gedichte mitsprachen, bereit einzuspringen, falls einer der kleinen Rezitatoren in seinem Vortrag stecken blieb. Neben ihr standen der Pastor und seine Frau, bleich und ernst alle beide. Karoline hatte nach der Schwangerschaft deutlich an Gewicht verloren, das Oberteil ihrer Festtracht hing in üppigen Falten um ihre mageren Schultern, die gesmokte Verzierung auf den Ärmeln, die sonst in Höhe der Oberarme saß, war auf den Ellenbogen gerutscht. Ihr Gesicht war so schmal, dass ihr Mund fast die gesamte Breite einnahm, vor allem jetzt, wo sie lächelte, weil ihr dreijähriger Theodor schüchtern ein fast unverständliches Gebet vortrug.

Ihr Mann dagegen folgte dem Vortrag seines Sohnes mit unbeteiligter Miene. Als Theodor schließlich wieder in die Menge der anderen Kinder zurücktrat, schritt Fliedner vor und ergriff nach einer kurzen Verbeugung das Wort. »Gnädigster, teurer König, hochverehrte Anwesende! Übergroß ist meine Freude und Dankbarkeit, den edlen Gönner und Förderer unserer Diakonissenanstalt heute allhier begrüßen zu dürfen. Eurer Freundlichkeit ist es zu verdanken, dass wir auch in dieser schweren Zeit Großes und Barmherziges vollbringen können.«

Über eine halbe Stunde lang pries er die Wohltaten des Königs, lobte seine herablassende Güte und berichtete von den Fortschritten des diakonischen Werks in aller Welt.

Er spricht von seinem König wie von Gott, dachte Catharine plötzlich. Ob sie die Einzige war, der das auffiel? Die Gesichter der Zuhörer waren allesamt ruhig, einige wirkten ergriffen, andere eher teilnahmslos. Johanne neben ihr blickte mit regungsloser Miene nach vorn, ihre Miene verriet nichts von dem, was in ihrem Kopf vor sich ging.

»So möchte ich nun Seine hochverehrte Majestät zu einem Rundgang durch die Anstalt einladen, auf dass Sie sich selbst von den Fortschritten überzeugen können, die wir Ihrer Güte und Wohltätigkeit zu verdanken haben.« Friedrich Wilhelm legte den Kopf ein wenig schief und betrachtete den Pastor, als müsse er sich das erst einmal gründlich überlegen.

»Gott segne, Gott erhalte unseren König!«, rief Fliedner begeistert. Der König senkte gnädig sein Haupt. Frau Frickenhaus hob die Arme, worauf die Kinder, die während Fliedners Rede unruhig mit den Füßen gescharrt hatten, Haltung annahmen. »Gott, deiner Hilfe freue sich der König jederzeit«, sangen sie. Die hellen Stimmen klangen laut und erleichtert.

3

Wie fremd er ihr doch jedes Mal war, wenn sie sich wiedersahen. Sie musste sich erst wieder an sein Gesicht gewöhnen, das stets kleine Spuren der Veränderung aufwies. Eine Falte dort, die früher nicht da gewesen war, ein kleiner brauner Fleck am Ohr, der ihr noch nie aufgefallen war. Ihre Finger glitten über die raue Haut seiner Wangen und folgten der Form seiner Ohrmuschel. Sie schloss die Augen, als er sie berührte.

Heute Morgen war Gustav in Kaiserswerth erschienen. Als sie aus dem Haus trat, um Magdalena zur Kinderschule zur bringen, hatte er dagestanden, gegen eine Hauswand gelehnt, die Schirmmütze tief ins Gesicht gezogen. Misstrauisch hatte Magdalena dabei zugesehen, wie der fremde Herr ihre Tante begrüßte. Soeben hatte Catharine noch mit ihr gescherzt und gelacht, aber kaum hatte sie den großen Mann gesehen, wurde sie ganz fahrig und nervös.

Sie hatten eine einsame Stelle am Schwarzbach vereinbart, an der sie sich nachmittags treffen wollten. Bevor sie losging, erzählte sie Johanne, was sie vorhatte. Die Schwester hob den Kopf von dem Schreiben, an dem sie gerade saß, und musterte sie mit einem ungläubigen Lächeln. »Warum sagst du mir das?«, fragte sie erstaunt.

»Ich dachte, es interessiert dich.«

»Natürlich interessiert es mich. Ich frage mich nur, warum du mir plötzlich vertraust.«

Weil Magdalena es früher oder später ohnehin ausgeplaudert hätte, dachte Catharine. Aber sie sagte nichts und zuckte nur mit den Schultern.

»Wenn ich dir verbiete, ihn zu sehen, wirst du auf mich hören?«, erkundigte sich Johanne beiläufig, während sie die Feder wieder ins Tintenfass tauchte.

Catharine sah über ihren Kopf hinweg zum Fenster und antwortete nicht.

»Und wenn ich dich darum bitte?«, fragte Johanne. Die Feder schwebte über dem Tintenfass, ein dicker Tropfen fiel von der Spitze nach unten. Wie blaues Blut.

»Warum solltest du das tun?«, fragte Catharine. »Warum sollte ich Gustav nicht treffen? Ich bin volljährig, schon seit etlichen Jahren.«

»Ich fühle mich für dich verantwortlich.«

»Aber du bist es nicht. Ich allein bin für mich verantwortlich.« Catharine wandte sich zum Gehen und legte die Hand auf die Türklinke.

»Catharine!« Johannes Stimme klang so eindringlich, dass die Schwester sich noch einmal halb zu ihr umdrehte.

»Sei vorsichtig, hörst du?«

Sei vorsichtig. Die Worte der Schwester kamen ihr wieder in den Sinn, als sie Gustavs Hände an ihrem Hals fühlte. Wenn sie über seine Schulter schaute, sah sie die wilden Brombeerranken am Bachufer, die Blätter blutrot in der Oktobersonne, die dornigen Zweige abgeerntet von hungrigen Händen bis auf die letzte Beere. Gustavs Finger lösten ihr Haar, das sie am Hinterkopf zu einem Knoten aufgesteckt hatte. Etwas raschelte im Laub. Sie zuckte zusammen. »Schsch«, machte Gustav. »Es ist nur ein Vogel.« Aber sie hatte sich schon losgemacht. Mit geübtem Griff band sie die Haare zusammen. Plötzlich spürte sie, dass sie wütend wurde.

»Was ist mit dir?«

Sie starrte auf das Herbstlaub zu ihren Füßen. »Ich will mich nicht länger verstecken, das ist es. Ich habe es einfach satt, mich mit dir an geheimen Orten zu treffen. Wir lieben uns, warum darf das keiner wissen?«

Gustav zuckte mit den Schultern. Er lehnte sich an den Stamm einer knorrigen Weide und stemmte die Füße ins dornige Gestrüpp am Boden. »Jeder darf es wissen, soweit es mich betrifft.«

»Du weißt genau, was ich meine.«

»Wie sollte ich? Wenn du es mir nicht erklärst.«

»Es gelten andere Regeln für Männer und für Frauen. Hast du das etwa noch nicht bemerkt? Du als Mann kannst es dir wohl erlauben, mit einem Mädchen anzubandeln und sie dann fallen zu lassen, wenn sie dir nicht mehr gefällt. Du ziehst deiner Wege, und das arme Mädchen wird für deine Untreue schief angesehen.«

Gustav lächelte. »Ich werde dich nicht fallen lassen, wenn es das ist, was dir Angst macht.«

»Ach ja?« Ihre Stimme wurde noch kühler. »Und warum sollte ich dir glauben? Irgendwann hast du doch genug von mir, dann stehe ich da.«

»Was schlägst du also vor, Catharine?« Gustav holte eine flache Blechdose aus der Westentasche, in der er seine Zigaretten aufbewahrte. Aber bevor er sie öffnete, überlegte er es sich anders und steckte sie wieder weg. »Soll ich dich heiraten?«

Direkt hinter ihm spannte sich ein Spinnennetz weiß glitzernd von einer Brombeerranke zur andern. Regentropfen hingen darin, schillernd im warmen Herbstlicht. Ihr Blick verfing sich in den klebrigen, feinen Fäden. Gustavs Ton war so spöttisch, so verächtlich, als gäbe es nichts Absurderes als diese Vorstellung – dass er sie heiraten könnte. Dass sie es überhaupt in Erwägung ziehen könnte, seine Frau zu werden. Fast gewaltsam riss sie die Augen los und richtete sie auf ihn.

»Und was schlägst *du* vor, Gustav?«, fragte sie zurück. »Willst du mich zu deiner Hure machen?«

Seine Lider senkten sich über die Augen. Hellrotes Blut stieg ihm in die Wangen. War es Verlegenheit oder Wut? Es war ihr gleichgültig.

»Catharine«, sagte er schließlich leise. »Du weißt, dass es nicht so ist.«

»Ich weiß nichts, Gustav. Ich kenne mich in diesen Dingen nicht aus.«

Er nickte. Wieder tasteten seine Finger nach der Blechschachtel. Diesmal holte er eine Zigarette heraus und steckte sie zwischen die Lippen. Dann angelte er Streichhölzer aus der Hosentasche und zündete sie an. Der weiße Rauch zog in einer kerzengeraden Fahne in den blauen Oktoberhimmel.

Seine Blicke folgten ihm, bis er sich hoch oben auflöste.

»Ich kann es einfach nicht«, sagte er. »Ich würde es gerne tun, aber ich schaffe es nicht, nach allem, was ich war, nach allem, was ich geworden bin.«

»Was? Wovon sprichst du?«

»Ich kann nicht mit dir vor den Altar treten und die Worte eines Pfaffen nachsprechen, ohne an ihre Bedeutung zu glauben. Ich kann auch zu keinem königstreuen Bürgermeister gehen, auf dass er es in preußischem Pflichtbewusstsein beurkundet. Gott, der König, sie bedeuten mir nichts, also wäre es eine Lüge. Wenn ich es täte, ich würde unsere Liebe mit Füßen treten, verstehst du?«

Sie verstand. Aber ihr fiel nichts ein, was sie darauf erwidern könnte.

»Alles, was ich tun kann, ist dir zu versichern, dass ich dich niemals verlassen werde. Und dass es auch keine andere geben wird für mich. Du bist es, die ich will. Und ich will bei dir bleiben, bis der Tod uns scheidet.«

Er zog an seiner Zigarette und stieß den Rauch langsam aus der Nase. Dann schaute er sie an. »Ich liebe dich, Catharine«, sagte er. »Mehr kann ich dir nicht bieten.«

Sie trat einen Schritt auf ihn zu. Er ließ die Zigarette fallen.

Auf dem Messingleuchter neben dem Sofa brannten vier Kerzen und füllten das kleine Zimmer mit warmem Licht. Catharine hielt die Zeitung vor sich ausgebreitet wie einen Schutzschild. Johanne saß im Lehnstuhl vor dem Fenster, auf der anderen Seite der Zeitung. Schwarz verschmierte Buchstaben auf grobem Papier tanzten vor Catharines Augen. Anstatt zu lesen, dachte sie an Gustav. Bis Weihnachten würde sie ihn nicht wiedersehen.

Nach jenem Nachmittag am Schwarzbach war sie mit ihm nach Düsseldorf gegangen. Zunächst hatten sie eine Woche in Esthers und Jakobs Kammer gewohnt. Dann hatte ihnen ein Student für ein paar Tage seine Dachkammer überlassen, die so schmutzig war, dass selbst Gustav schauderte. Letztendlich fanden sie Unterkunft in einer schäbigen Pension, deren Wirtin es nicht kümmerte, ob sie einen Trauschein hatten oder nicht.

Tag für Tag kämpfte Gustav für die Sache der Revolution, und sie begleitete ihn dabei. Man traf sich in verrauchten Wohnungen und in den Hinterzimmern dunkler Spelunken, diskutierte Flugschriften und Proklamationen und entwarf Pläne. Meist war sie die einzige Frau bei diesen Treffen, als stumme Beobachterin saß sie inmitten der rauchenden Männer und versuchte nachzuvollziehen, worüber sie sprachen.

Hin und wieder erschien auch Esther auf den Versammlungen, dann saßen sie nebeneinander und hörten schweigend zu. Wie Catharine blieb Esther völlig im Hintergrund, niemals meldete sie sich zu Wort, niemals fragte einer der Männer sie nach ihrer Meinung. Auch Gustav und Jakob beachteten die Frauen nicht, es war, als wären sie gar nicht anwesend.

In der Dunkelheit der jeweiligen Unterkünfte schenkte Gustav Catharine dagegen umso mehr Beachtung. Nachts gehörte er nur ihr allein und beschäftigte sich ausschließlich mit ihr, ihre Körper wurden eins, sodass keine Revolution, keine Reaktion zwischen sie treten konnte.

»Du hast Recht gehabt«, flüsterte Catharine Esther zu, als sie sich wieder einmal im stickigen Nebenzimmer einer Düsseldorfer Schänke trafen: »Wenn man sich einmal an die Sache gewöhnt hat, ist sie doch äußerst angenehm.«

Einen Moment lang musterten sie die Vogelaugen irritiert. Dann lächelte sie und berührte sie sanft am Arm.

Anfang November merkte sie, dass Gustav unruhig wurde. Manchmal hörte er ihr nicht mehr richtig zu, wenn sie mit ihm sprach. Bei nichtigen Anlässen verlor er die Geduld und wurde laut, beruhigte sich dann aber genauso schnell auch wieder, als habe er plötzlich kein Interesse mehr an einer Auseinandersetzung. Vielleicht liegt es an mir, dachte sie. Vielleicht hat er genug von mir. Aber ihr fehlte der Mut, ihn darauf anzusprechen.

»Übermorgen fahre ich nach Leipzig«, kündigte er eines Abends unvermittelt an. Er stand am Fenster des kleinen Pensionszimmers, der Rauch seiner Zigarette zog nach draußen, während sie den Tisch abräumte. Sie hatte damit gerechnet, aber jetzt, als er es aussprach, breitete sich eine lähmende Verzweiflung in ihrem Körper aus. Sie hielt inne und stützte sich mit den Armen auf eine Stuhllehne.

»Wir kommen hier einfach nicht weiter«, hörte sie ihn sagen. »Es dauert zu lange, wir müssen die Sache der Revolution zu einer nationalen Bewegung machen, wenn sie eine Zukunft haben soll.«

Und ich, dachte sie, wo bleibe ich in dieser Zukunft? Warum fragte er sie nicht, ob sie mit ihm kommen wollte? Als spürte er ihren Gedanken, warf er seinen Zigarettenstummel aus dem Fenster und trat von hinten an sie heran. Sie lehnte sich an ihn, sein Atem roch nach Rauch. »Ich würde dich gerne mitnehmen, aber es geht nicht. Es ist zu gefährlich, die Repressalien in Preußen nehmen immer weiter zu. Robert Blum schrieb mir, dass eine Versammlung der Sozialisten in Leipzig mit Polizeigewalt aufgelöst wurde, die Mitglieder haben sie mit Stockhieben auseinander getrieben wie Tiere, obgleich sie nichts anderes getan haben, als zu reden.«

Robert Blum. Karl Marx. Friedrich Engels. Ferdinand Freiligrath. Diese Namen hörte sie immer häufiger, die Männer drängten sich in ihr Leben, ohne dass sie sie jemals zu Gesicht bekommen hatte.

»Ich habe keine Angst«, sagte sie leise.

»Es geht nicht«, wiederholte er. »So viele von uns sind schon im Gefängnis. Was würde aus dir, wenn man mich verhaftet?«

Aber als sie sich zu ihm umdrehte, las sie etwas anderes in seinen Augen. Halt mich nicht auf, sagten sie. Es geht besser ohne dich.

Also war er in der letzten Woche nach Leipzig aufgebrochen, und sie war zurück nach Kaiserswerth gefahren.

»Gedenkst du, nun hier zu bleiben?«, klang jetzt Johannes Stimme durch die Zeitung.

»Ich bleibe hier. Wenn du nichts dagegen hast.« Ihre Schwester schwieg so lange, bis sie es nicht mehr aushielt und die Zeitung sinken ließ. Johanne erwiderte ihren Blick nicht. Sie hatte die Augen auf ihre Teetasse gesenkt, rührte in der durchsichtigen Flüssigkeit und schwieg. Die Kerzen ließen ihr braunes Haar glänzen, ihre Haut schimmerte glatt golden. Sie sieht aus wie eine Heilige auf einem alten Gemälde, dachte Catharine.

»In diesem Fall gibt es einige Dinge zu bereden.« Der Ton der Heiligen war sachlich und streng. Catharine zog die Augenbrauen zusammen.

Johanne hob eine Hand, als wolle sie sie zum Schweigen bringen, dabei hatte sie noch gar nichts gesagt. »Du weißt, was ich von dieser Affäre mit Winkels halte«, begann sie kühl. »Aber ich kann dich nun einmal nicht von ihm abbringen, so will ich es auch gar nicht versuchen. Ich bitte dich nur, die Sache, soweit es geht, von Kaiserswerth fern zu halten, damit sich die Leute nicht noch mehr das Maul über uns zerreißen.«

Catharine holte Luft, aber Johanne schüttelte nur den Kopf. »Lass mich ausreden«, fuhr sie fort. »Es geht nicht um mich, mir ist es längst egal, was über mich getratscht wird. Ich bitte dich um Magdalenas willen.« Sie musterte Catharine durchdringend. »Und es gibt noch etwas anderes. Wenn du hier bleibst, musst auch du etwas zu unserem Lebensunterhalt beitragen. Magdalena wird immer größer, es wird teurer, sie einzukleiden und zu ernähren. Auf Dauer wird das Ersparte zur Neige gehen, es reicht nicht für drei.«

Einen Moment lang fand Catharine keine Worte. Über Geldangelegenheiten hatten sie und ihre Schwester sich nie den Kopf zerbrochen. Ihre finanziellen Mittel waren zwar keinesfalls üppig, aber zum Leben hatte es immer gereicht. Gab es tatsächlich Grund zur Beunruhigung? Es würde zu Johanne passen, dass sie eine finanzielle Notlage vorschob, um Catharine durch regelmäßige Arbeit wieder zur Ordnung zu bringen.

»Was stellst du dir vor?«, erkundigte sie sich. »Soll ich mich als Dienstmagd verdingen? Ich weiß nicht, ob uns die paar Pfennige unbedingt weiterhelfen …«

»Unsinn. Als Magd würdest du keine Woche überstehen.« Johanne schüttelte den Kopf. »Die von Leysens in Wittlaer suchen eine Hauslehrerin für ihre drei Töchter. Nelli hat mir davon erzählt …«

»Ach, so habt ihr euch die Sache also gemeinsam ausgedacht, um mich wieder auf den Pfad der Tugend zurückzubringen? Ich eigne mich nicht zur Hausdame, das hat doch die Sache in Berlin schon gezeigt. Nicht einmal Frau Focke wollte mich behalten, trotz ihrer mütterlich-christlichen Gesinnung.«

»Du meine Güte, Catharine, du weißt genau, weshalb Frau Focke dich nach Hause geschickt hat.« Johanne trank ihren Tee in kleinen Schlucken, langsam, als berührte sie das Gespräch nicht wirklich. »Du kannst es dir ja überlegen, ob du die Stellung in Wittlaer annehmen möchtest. Du würdest die Mädchen in Lesen, Schreiben, Rechnen und biblischer Geschichte unterrichten, des Weiteren natürlich in Handarbeiten …«

»Aber ich habe doch selbst mitnichten die Kenntnisse, diese Fähigkeiten zu vermitteln.«

»Wenn du es willst, kannst du es auch.«

»Und was würde aus Magdalena? Wenn ich von morgens bis abends in Wittlaer arbeite, dann bleibt mir keine Zeit mehr, mich um sie zu kümmern. Immerhin ist sie mein Patenkind, ihre Erziehung liegt auch in meiner Verantwortung.«

»In den letzten Wochen hattest du auch keine Zeit für sie. Also wird sie auch in Zukunft auf dich verzichten können. Immerhin blieben dir noch die Sonntage. Denk darüber nach. Anderenfalls …«

Catharine hob den Kopf. »Anderenfalls …?«, wiederholte sie fassungslos.

»… wirst du dir selber überlegen müssen, was du zu tun gedenkst, um dein Auskommen zu sichern. Schließlich bist du ja volljährig.«

Sie trug das Geschirr in die Küche. Das Gespräch war beendet.

4

Catharine hämmerte gegen die Tür des Hauses am Bahndamm. Stetiger Nieselregen hatte ihr Haar in eine nasse Masse verwandelt, die winzigen Wassertropfen waren durch ihr Umhängetuch gedrungen, durch ihre Bluse und ihr Hemd bis auf ihre bloße Haut. Selbst an ihren Wimpern hingen Regentropfen. Sie wischte sich mit dem Handrücken über die Augen und spähte hinauf zum Himmel. Die Wolkenschicht spannte sich wie ein dunkelgrauer Schirm von einem Dach zum anderen. Undurchdringlich. Ihr war kalt.

Noch einmal schlug sie mit der Faust gegen die Tür. Dann ließ sie die Hände sinken. Offensichtlich war Esther nicht zu Hause. Catharine beschloss zu warten, doch im selben Moment, als sie sich mit dem Rücken gegen die Tür lehnte, spürte sie, wie sie aufging.

Sie drehte sich um und sah Esther. »Catharine.« Ihre Augen schienen seltsam verquollen, als habe sie geschlafen. »Was willst du hier in Düsseldorf?«

»Habe ich dich geweckt? Bist du krank?« Immerhin war es elf Uhr morgens.

»Nun komm erst einmal herein.«

Oben in der Wohnung reichte ihr Esther ein steifes Stück Leinen. Ihre Bewegungen waren seltsam schleppend, und sie vermied Catharines Blick. Das Tuch roch modrig und alt. Nach kurzem Zögern schlang sie es sich um die nassen Haare. »Du musst die Kleider ausziehen«, sagte Esther, ohne sie anzusehen.

Sie reichte ihr einen Rock und eine Bluse, Catharine erkannte auf den ersten Blick, dass die Kleider nicht passen würden, Esther war so viel zierlicher als sie selbst. Sie schlüpfte dennoch hinein, zumindest waren sie trocken und warm.

Esther nahm keine Notiz von ihrem neuen Aufzug. Während Catharine ihren eigenen Rock über zwei Stühle hängte, zwischen denen er lautlos vor sich hin tropfte, stand sie einfach nur da und starrte durch sie hindurch. »Ich würde Feuer machen, aber es gibt kein Holz«, sagte sie endlich. Es klang, als wäre ihre Zunge angeschwollen. Catharine setzte sich auf einem Stuhl nieder. »Was ist mit dir, Esther?«

»Nichts, nichts.« Die andere ließ sich ebenfalls auf einen Stuhl fallen. Sie stützte die Ellenbogen auf den Tisch, legte das Gesicht in die Hände und schloss die Augen.

Catharine stand wieder auf und trat neben sie. »Hast du Fieber?« Als sie eine Strähne des lockigen Haares zur Seite schob, um die Stirn zu fühlen, stieg ihr der Geruch von Alkohol in die Nase. Nein, sie musste sich täuschen, das war doch unmöglich. Sie beugte sich noch näher zu ihr. Es war unverkennbar. Esther hatte getrunken.

Mühsam bewegte Esther den Kopf zur Seite und begegnete Catharines Blick. Die sonst so glänzenden Augen waren trüb wie schmutziges Glas. »Warum schaust du so?«, fragte sie gereizt. »Kommst hierher und störst mich. Und dann schaust du mich auch noch so an.« Dann legte sie die Unterarme wie ein Kissen auf die Tischplatte, ihr Kopf ruhte auf den Händen, die Schultern hoben und senkten sich langsam. Sie schlief.

Seufzend lehnte sich Catharine über sie, packte sie unter den Achseln und zog sie hoch. »Lass mich, ich will nicht!«, wehrte Esther ab. Aber dann gab sie nach und ließ sich von Catharine zum Bett führen. Willenlos brach sie dort zusammen und schlief sofort wieder ein, mit geöffnetem Mund, das Kinn zur Zimmerdecke gereckt. Catharine zog ihr die Holzpantinen aus und setzte sich dann auf die Bettkante.

Die kluge Esther. Sie hatte so darauf gehofft, dass sie ihr helfen könnte, dass sie vielleicht einen Ausweg wüsste, sodass sie nicht als Hauslehrerin nach Wittlaer musste. Eine Unterkunft in Düsseldorf, eine Arbeit, es konnte doch nicht so schwer sein.

Aber so wie die Dinge nun aussahen, brauchte Esther selber Hilfe.

Wie voll gestopft das Zimmer war. Auf dem windschiefen Regal, der Kommode und dem Küchenbüffet stapelten sich Bücher und Schriftsachen, Kleidungsstücke, Lumpen und Geschirr. Nichts war an dem Ort, an den es gehörte. Ein Paar abgetretene Männerschuhe mit durchlöcherten Sohlen in einem Korb mit Kartoffeln, eine Bürste mit schwarzer Schuhwichse auf einem Stapel Papier.

Ihr Blick fiel auf das oberste Blatt. »Flugblatt 1« las sie. »Sonntag, den 18. September, 4 Uhr:« Darunter schwungvoll unterstrichen in großen Lettern »Volks-Versammlung«. Dann ging es wieder in kleinerer Schrift weiter: »Arbeiter! Handwerker! Kleinbürger! In den deutschen Landen schlägt die Idee des Kommunismus hohe Wogen! Die Losung *Brot und Freiheit* holt an allen Orten die tatkräftigen Männer zusammen. Die sozialistische Bewegung gewinnt tagtäglich an Boden. Darum rufen wir allen zu, die Interesse an politischer und sozialer Freiheit haben: Besucht diese Versammlung, in der bewährte Kämpfer der kommunistischen Sache die große Frage der Zeit erläutern werden. Vereint können wir die Unterdrücker besiegen, vereint können wir die Ausbeuter schlagen, vereint wird der Kommunismus gewinnen!«

Neugierig blätterte sie weiter durch den Stapel. Sie fand noch weitere Entwürfe für Plakate und Flugschriften, andere Blätter waren von oben bis unten eng beschrieben wie Manuskriptseiten für eine Druckschrift. Die Handschrift war jedes Mal die gleiche. Zierliche, scharfe Buchstaben mit schwungvollen Ober-

und Unterlängen. Eine Frauenhandschrift. Ob Esther das geschrieben hatte? Formulierte sie etwa den Herren Revolutionären ihre Proklamationen und Ankündigungen? Esther, die bei den Versammlungen immer so schweigsam und stumm dabeisaß, als ginge sie das Ganze nichts an? Nein, dachte Catharine, während sie die Blätter wieder zusammenschob, Gutermann wird das zu Papier gebracht haben. So etwas schrieb doch keine Frau.

Aber von wem auch immer die Texte stammten; wenn diese Manuskripte in die falschen Hände gerieten, würden sowohl Jakob als auch Esther umgehend im Zuchthaus landen. Jedes einzelne Blatt war ein Aufruf zur Rebellion, eine Aufforderung zum Aufruhr. Warum vernichteten sie nicht wenigstens die alten Entwürfe?

Kopfschüttelnd ließ sich Catharine wieder auf die Bettkante sinken. Wahrscheinlich hatten die beiden die Blätter ganz einfach vergessen, sie hatten sie liegen lassen, wie sie alles liegen ließen.

Eine Woche lang hatte sie mit Gustav bei Esther und Jakob gewohnt. Damals war ihr gar nicht aufgefallen, wie verwahrlost die Wohnung war. Liebe macht blind, pflegte Johanne immer mit einer gewissen Verachtung in der Stimme zu sagen. Bei dem Gedanken an ihre Schwester begannen Catharines Schläfen zu pochen. Sie stand auf, um ein Fenster zu öffnen, aber dann erinnerte sie sich wieder an Esthers Warnung vor dem Latrinengestank. Sie blieb mitten im Zimmer stehen.

Als spürte sie ihre Unschlüssigkeit, regte sich Esther plötzlich. Sie stöhnte leise und warf den Kopf hin und her. Mit einem Mal richtete sie sich abrupt auf und starrte Catharine an wie ein Gespenst. »Was tust du hier?«

»Ich … du hast mich eingelassen vorhin.«

Esther nickte, das Gesicht kalkweiß. Dann senkten sich die Lider langsam wieder über die Augäpfel, gräulich und dünn wie

Pergament. Ihre Hände pressten sich auf die Schläfen, als wolle sie irgendetwas in ihren Kopf zurückschieben, das nach außen drängte. Kraftlos ließ sie sich wieder fallen, starrte zur Decke und seufzte. »Verfluchter Schnaps.«

Catharine widersprach ihr nicht.

»Was gäbe ich jetzt um einen Kaffee«, krächzte Esther. »Aber es ist nichts im Haus als getrocknete Lindenblüten, pfui Teufel. Und Schnaps natürlich.« Sie lachte kurz und rau. Aber dann fuhr sie wieder hoch, ihr Kopf machte eine ruckartige Bewegung, eine Hand klammerte sich vor den Mund. Die Augen traten fast aus den Höhlen, während sie sich aufrappelte und in Strümpfen zur Tür stürzte.

Catharine holte ihre Jacke vom Haken und tastete in der Tasche nach ihren letzten Groschen. Vielleicht bekam sie dafür im Krämerladen an der Ecke ein paar Kaffeebohnen. Flüchtig überlegte sie, ob sie Esthers viel zu kurzen Rock gegen ihren eigenen eintauschen sollte. Aber dann zog sie sich nur das Handtuch vom Haar und schlüpfte in die nasse Jacke. In dieser Gegend war der Krämer vermutlich ganz andere Anblicke gewohnt.

Unten im Treppenhaus stand die Tür, die zum Hinterhof und zu den Aborten führte, offen. Sie hörte Esther im Hof würgen. Ob sie zu ihr gehen sollte?

Nein, dachte sie, ein starker Kaffee war jetzt mit Sicherheit mehr wert als mitleidige Worte.

Esther hatte die heiße Tasse Kaffee in einem Zug geleert wie ein Glas Wasser. Catharine schenkte ihr nach und nahm dann selbst den ersten Schluck. Sie verzog das Gesicht, als das bittere Getränk ihren Gaumen berührte.

»Warum hast du dich betrunken?«, fragte sie dann.

Esther starrte an ihr vorbei auf die verschmierte Fensterscheibe. Hatte sie sie nicht gehört?

»Esther?«

Sie wandte die Augen nicht vom Fenster. In ihrem Blick lag auf einmal eine solche Sehnsucht, dass Catharine unwillkürlich den Kopf drehte, um zu sehen, was Esther sah. Aber da war nur die Fensterscheibe, blind und leer.

»Manchmal ist es so einsam, dass ich die Wände hören kann«, flüsterte Esther. Ihre schmalen Hände umklammerten die Kaffeetasse, als hielte sie sich daran fest. »Zuerst klingen sie ganz leise, und dann werden sie immer lauter und lauter. Am Ende dröhnen sie so fürchterlich, dass ich Angst bekomme, mir könnte der Kopf zerspringen vor lauter Lärm.«

»Die Wände dröhnen? Was redest du denn da?«

»Man hört es erst, wenn man lange allein ist. Viele Tage, ohne die Stimme eines anderen. Dann passiert es.«

»Aber Esther. Wenn du so einsam und verlassen bist, warum gehst du denn nicht aus? Warum suchst du dir nicht einen Menschen, mit dem du reden kannst?«

»Wer sollte das sein?« Esther lächelte sanft und zuckte mit den Schultern. »Der Krämer an der Ecke? Wir schulden ihm so viel Geld, er redet schon lange nicht mehr mit uns. Oder die Huren am Bahndamm? Glaub mir, auch das habe ich schon versucht in meiner Verzweiflung, aber sie wollen nichts mit mir zu tun haben. Nicht einmal die.«

»Und deine Familie? Hast du keine Eltern, an die du dich wenden kannst, Geschwister oder irgendjemand?«

Esther schüttelte kurz und heftig den Kopf, wie um eine lästige Fliege zu verscheuchen. »Es gibt keine Familie. Sie sind alle … tot.« Sie verschränkte die Arme vor der Brust. Catharine biss sich auf die Lippen.

»Aber ihr habt doch so viele Freunde«, meinte sie dann, »so viele Vertraute, du und Jakob. Warum wendest du dich nicht an sie?«

»*Wir* haben Freunde?« Esthers Lachen klang überrascht. »Es sind Jakobs Freunde, seine Vertrauten, nicht die meinen. Wenn er nicht da ist, gibt es keinen Grund für mich, sie aufzusuchen. Mit Jakob verbindet sie die gemeinsame Sache, die Revolution …«

»… aber das ist doch auch deine Sache! Du verfasst ihnen doch sogar die Schriftstücke. Ist es nicht so?« Mit einem Mal war sich Catharine ganz sicher, dass die Entwürfe neben dem Bett von Esther stammten.

»Woher weißt du das?« Das ohnehin schon bleiche Gesicht verlor den letzten Rest von Farbe.

»Ich weiß es nicht. Aber es stimmt, oder etwa nicht?«

Wieder starrte Esther über ihre Schulter ins Nichts. Endlich senkte sie die Lider über die Augen, nahm noch einen Schluck Kaffee und nickte. »Jakob tut sich schwer mit dem Ausformulieren, und mir geht es leicht von der Hand. Aber dass es meine Worte sind, dass ich das Ganze geschrieben habe, das weiß keiner. Es wäre Jakob nicht recht und übrigens – wenn sie es wüssten, dass es von mir ist, würden sie es gar nicht akzeptieren.« Sie fuhr mit dem Finger über den Rand der Kaffeetasse.

»Woher willst du das wissen, dass es so wäre?«, meinte Catharine. Esthers Mundwinkel zogen sich in einem verächtlichen Lächeln nach oben. Sie hat Recht, dachte Catharine plötzlich betroffen, natürlich würde man ihre Vorschläge ablehnen, einzig und allein deshalb, weil sie von einer Frau stammten. Darin unterschieden sich die Revolutionäre nicht von den Reaktionären, sie alle duldeten ihre Frauen nur als stille Beisitzer am Rande, als Zuhörerinnen, deren Meinung nicht gefragt war. Die Herren stritten für das allgemeine Wahlrecht, aber dass es auch für Frauen gelten könnte, diese Idee erschien allen so widersinnig, dass nicht einmal darüber diskutiert wurde.

Wie viel hätte Esther mit ihrem klaren Verstand und ihrer scharfen Zunge dazu beitragen können, die kommunistische Bewegung weiterzubringen. Stattdessen zwang man sie, sich hinter dem Rücken ihres Mannes zu verstecken.

Und ihr selbst, Catharine, würde es nicht anders gehen. Nur als Begleiterin von Gustav wurde sie auf den Versammlungen geduldet, ohne ihn war sie nichts.

War das ihre Zukunft?, dachte sie plötzlich angsterfüllt. Würde auch sie in irgendeinem Dreckloch von Wohnung herumsitzen und warten, bis er wieder nach Hause käme und dann wenige Tage später wieder abreiste, ganz wie es ihm gefiel? Würde auch sie irgendwann einmal den Klang der Wände hören? Um schließlich den Lärm im Schnaps zu ertränken?

Aber Gustav war nicht Jakob, er würde sie doch nicht so sitzen lassen in ihrem Elend … Würde er nicht? Er verließ sie ja jetzt schon, ohne sich wirklich darum zu sorgen, was in der Zwischenzeit aus ihr wurde.

»Worüber denkst du nach?«, fragte Esther. Catharine nahm geistesabwesend einen Schluck von dem Kaffee, der inzwischen ganz kalt geworden war. Am liebsten hätte sie ihn wieder zurück in die Tasse gespuckt, stattdessen schluckte sie ihn hinunter. Gleichzeitig fühlte sie Wut in sich aufsteigen. Es war immer und immer dasselbe. Den Männern standen alle Wege offen, die Frauen waren verdammt zum Stillsitzen. Abwarten. Klagen.

Sie sah Esther an. »Was können wir tun?«

»Wie meinst du das? Nichts können wir tun, wir werden die Dinge so nehmen müssen, wie sie sind.«

»Nein, Esther, das stimmt nicht, sonst bräuchten wir uns auch keine Gedanken über die Revolution zu machen, dann wäre das auch vergebens. So wie es uns geht, ergeht es unzähligen Frauen in Deutschland, wir müssen uns nur zusammentun und gemeinsam dafür sorgen, dass die Freiheit, für die wir kämpfen, für alle gilt, Männer und Frauen gleichermaßen.«

Esther musterte sie halb spöttisch, halb beeindruckt. »So wie es den Anschein hat, hast du dir ja schon etliche Gedanken darüber gemacht.«

Catharine stützte ihr Gesicht in die Hände. Was sie soeben gesagt hatte, überraschte sie selbst. Bisher hatte sie ihr Schicksal immer einfach so hingenommen, als gottgegeben, unabänderlich. Aber es stimmte, vermutlich litt nicht nur sie selbst unter der Ungerechtigkeit der Zustände. Und wenn sie etwas verändern wollten, dann mussten sie sich zusammentun. Denn nur, wer organisiert war, konnte etwas erreichen – das galt nicht nur für unterdrückte Handwerker, Bauern und Arbeiter, sondern auch für die Frauen.

Langsam senkte sie den Kopf zur Brust, hob ihn dann wieder und sah Esther lächelnd an. »Natürlich habe ich das. Du etwa nicht?«

5

Der sommersprossige Junge hatte ihr die Blätter aus der Hand genommen und war mit ihnen in der Tür am Ende des Korridors verschwunden. Gut eine halbe Stunde war das jetzt schon her. Der Empfangsraum der Düsseldorfer Zeitung war unbeheizt und zugig. Catharine zog fröstelnd die Schultern hoch. Vielleicht hatte der Bursche sie ja einfach vergessen.

Vermutlich war es eine Schnapsidee gewesen, überhaupt hierher zu kommen.

Gestern hatte sie Johanne mitgeteilt, dass sie die Stellung in Wittlaer nicht annehmen wollte und stattdessen nach Düsseldorf ziehen würde. »Du musst vollkommen von Sinnen sein«, meinte Esther kopfschüttelnd, als sie ein paar Stunden später mit ihren beiden Taschen vor ihrer Haustür stand. »Als Hauslehrerin wärest du um so vieles besser gestellt. Warum hast du dich dagegen entschieden?«

»Schickst du mich also wieder zurück?«, fragte Catharine. Aber Esther hatte schon eine der beiden Taschen ergriffen und trug sie nach oben.

»Wenn ihr mich hier wohnen lasst, werde ich euch auch gewiss nicht zur Last fallen«, erklärte Catharine.

Die andere lachte kurz und trocken. »Mir bist du keine Last, und Jakob ist ohnehin kaum anwesend. Aber ich werde dir nicht eben viel bieten können, unser Geld reicht schon kaum für Jakob und mich.«

»Ich werde euch nicht auf der Tasche liegen«, versicherte sie hastig. Esthers Augen schimmerten spöttisch, ihre Lippen zuckten kaum merklich, aber sie sagte nichts. Es war auch nicht nötig, Catharine lagen Johannes Worte noch in den Ohren. »Du wirst schon bald merken, wie mühsam es ist, sein Brot selbst zu verdienen.« Sie schüttelte den Kopf, um die Erinnerung zu vertreiben. »Ich werde Arbeit für uns beide finden. Du wirst schon sehen.«

Die Schriftstücke neben dem Bett hatten sie auf die Idee gebracht. Und nun saß sie hier im Zeitungsbüro und fror. Manchmal kamen Männer aus der Tür, hinter der der Junge verschwunden war. Jedes Mal hob sie hoffnungsvoll den Kopf. Aber dann gingen sie doch nur an ihr vorbei, ohne sie zu beachten. Irgendwann ließ sie den Kopf sinken und starrte mutlos auf die abgetretenen Bretter zu ihren Füßen.

»Der Herr Becker wünscht Sie zu sehen.« Ihr Kopf schoss nach oben. Der junge Bursche mit den Sommersprossen stand wieder vor ihr. Jetzt drehte er sich um und ging den Korridor zurück zu der Tür. Hastig rappelte sie sich hoch und folgte ihm.

Grauer Rauch quoll ihr entgegen, als sie den Schreibsaal betrat. Im selben Moment wurde Catharines Kehle trocken, und ihre Augen begannen von dem Qualm zu tränen, sodass sie die lange Reihe der Schreibtische, an der ihr Begleiter sie vorüberführte, nur schemenhaft wahrnahm. Vor einem der Tische blieben sie stehen. Hinter Stapeln von Papier saß ein kräftiger Mann mit gesunden roten Backen, neben ihm eine Schale voll dampfender Zigarettenstummel. Offensichtlich war das Rauchen eine der Grundbedingungen für die Schreiberzunft. Der Reporter wedelte nachlässig mit Esthers Manuskript, während er eine neue Zigarette aus der Westentasche angelte. »Durchaus ordentlich formuliert«, meinte er, ohne sich vorzustellen. »Das hast aber nicht du geschrieben.«

»Mein Mann«, log Catharine mit kratziger Stimme. Es gefiel ihr nicht, dass der Kerl sie duzte. Ob das unter Zeitungsleuten so üblich war? Sie musste husten.

Der Zeitungsmann zündete seine Zigarette an und nahm einen tiefen Zug. »Warum kommt er nicht selbst?«

Catharine tat, als habe sie die Frage nicht gehört. »Wenn euch die Sache gefällt, werde ich den Artikel gerne verkaufen«, meinte sie so forsch wie möglich.

Der Zeitungsmann lehnte sich in seinem Stuhl zurück und reckte den dicken Bauch zur Zimmerdecke. »Nicht diesen«, lächelte er herablassend. »Wer interessiert sich schon für solche Dinge. Kleinbürgerelend, Arbeitslosigkeit, das kennen die Leser zur Genüge, darüber müssen sie nicht auch in der Zeitung lesen. Sag deinem Mann, wenn er mir etwas über Schadows neue Bilder in der Akademie liefert, bringen wir's vielleicht, sofern es gut geschrieben ist.«

Wer um alles in der Welt war Schadow? Catharine hatte den Namen noch nie gehört. »Ich werde es ihm vorschlagen.« Catharine nickte energisch. »Wann wollen S… wann willst du den Artikel?«

Der Zeitungsmann grinste breit. Sie spürte, dass sie rot wurde. »Morgen. Morgen wäre gut.«

Zuerst hatte Esther die Idee empört von sich gewiesen, einen Bericht über Wilhelm Schadows Ausstellung in der Kunstakademie zu schreiben. »Es gibt beileibe genügend Künstler in Düsseldorf, über die sich das Schreiben lohnte. Können wir nicht etwas über Clasen schreiben oder Leutze? Aber dieser Schadow mit seinen biederen Heiligenbildchen im Stil der Alten ist mir wirklich zuwider.«

»Ich kenne ihn nicht einmal«, meinte Catharine achselzuckend. »Lass uns die Gemälde doch wenigstens einmal betrachten, wenn es am Ende auch nur meiner Bildung dient.«

Hinterher hatte ihr Esther den Bericht in die Feder diktiert, und am nächsten Morgen wurden Catharine im Zeitungsbüro vierzig Silbergroschen ausbezahlt.

Danach schrieb Esther über die Eröffnung eines neuen Geschäfts für Hutmoden auf der Kastanienallee und von einem

Pferderennen auf der Golzheimer Heide. Nach dem fünften Artikel erhöhte Catharine den Preis auf fünfzig Groschen, eine Forderung, die ihr so bereitwillig gewährt wurde, dass sich ihr Verdacht bestärkte, dass den anderen Schreibern vermutlich das Doppelte bezahlt wurde. Neben der Arbeit für die Düsseldorfer Zeitung schrieb Esther bald auch für Blätter in Ratingen und Elberfeld. Catharine holte die Aufträge in den Redaktionen ein und übernahm die Auslieferung der Artikel. Sie lieferten pünktlich, zuverlässig und offensichtlich weit billiger als die männliche Konkurrenz. »Sei's drum«, meinte sie zu Esther. »Für uns reicht es aus, was wollen wir mehr.« Dabei ließ sie die Silbermünzen so genüsslich durch die Finger gleiten, dass ihre Freundin den Kopf schüttelte. »Da schau sich einer diesen Christenmenschen an. Und uns Juden sagt man nach, wir seien geldgierig.« Sie stand auf, trat hinter Catharine und legte ihr sacht die Hände auf die Schulter. »Du hast mir das Leben gerettet, weißt du das?«, sagte sie leise.

Catharine drehte lächelnd den Kopf nach hinten. Aber Esthers Gesicht blieb ernst.

Im Dezember 1847 erschienen Gustav und Jakob in Düsseldorf. Eines Abends standen sie in der Tür, groß und kraftvoll der eine, zierlich und schmal der andere. Catharine fühlte die vertraute Erschütterung in ihrem Magen, ihr Herz explodierte. Ihre Hände ließen eine halb geschälte Kartoffel sinken. Wenn sie doch nur nicht den verblichenen grauen Rock angezogen hätte.

Sie hatte sich fest vorgenommen, sich nicht wieder ganz in Gustav zu verlieren. Nach kurzer Zeit würde er weggehen und sie zurücklassen, leer und verbraucht. Diesmal wollte sie Kraft zurückbehalten, eine Reserve für später. Nervös begannen ihre Finger mit der langen, dünnen Schlange einer Kartoffelschale zu spielen. Die gelbliche Innenseite war kühl und feucht. Gustav kam zu ihr herüber und umarmte sie, als wären sie allein.

Sie erwiderte seine Umarmung, und als sie wirklich allein waren, vergaß sie alles, was sie sich vorgenommen hatte.

»Es ist gut, dass ihr Frauen euch zusammengetan habt.« Gustav schob seinen Teller von sich und holte das Zigarettenetui aus der Tasche. Er hatte kaum etwas gegessen. Gelblich spannte sich die Haut über seine Wangenknochen, die blonden Haare seines Bartes kräuselten sich wirr ineinander wie ungepflegtes Gestrüpp.

»Was bleibt uns auch anderes übrig, wenn ihr uns so lange allein lasst?« Esther nahm sich noch einen Löffel Suppe. Sie und Jakob hatten sich nicht berührt, seit die beiden Männer nach Hause gekommen waren, nicht einmal die Hand hatten sie sich gereicht.

»Fleisch in der Suppe und Butter auf dem Tisch.« Jakob ließ seine dunklen Augen durch die Küche gleiten, als suche er etwas Bestimmtes. »Seid ihr in unserer Abwesenheit zu Geld gekommen, oder warum geht es uns mit einem Mal so gut?« Sein Gesicht war freundlich und ruhig, aber in seiner Stimme schwang Misstrauen mit.

Catharine öffnete gerade den Mund, um von Esthers Schreibarbeiten zu berichten, als die Freundin sie unterbrach. »Catharine wird von ihrer Schwester unterstützt, das kommt uns allen zugute.«

Catharine schloss den Mund wieder. Warum sagte Esther nicht die Wahrheit? War sie denn nicht stolz darauf, für ihren eigenen Lebensunterhalt aufzukommen? Sie hätte die Sache zu gerne zurechtgerückt, aber irgendetwas in Esthers Blick hielt sie davon ab.

Gustav schien ohnehin nichts mitbekommen zu haben. »In Leipzig haben sich die Dinge in den letzten Monaten erheblich zugespitzt«, berichtete er. »Dieser Robert Blum ist ein Teufelskerl. Er wird noch von sich reden machen, da könnt ihr gewiss sein.«

»Aber er steht nicht hinter der kommunistischen Idee«, sagte Jakob. »Demokratie ja, aber Sozialismus – wenn es nach ihm ginge, würde er auf dem halben Weg anhalten, so schätze ich ihn ein.«

»Wenn wir den halben Weg schon hinter uns hätten, wollt' ich zufrieden sein«, meinte Gustav lachend. »Dann können andere übernehmen, und Blum darf sich ruhig zurückziehen. Aber so weit sind wir leider noch lange nicht.«

»In den süddeutschen Landen sind sie uns ein ganzes Stück voraus«, erklärte Gutermann. »Die Versammlungen in Offenburg und Heppenheim haben viele Leute aufgerüttelt. Daran sollten wir uns in Preußen ein Beispiel nehmen.«

»Nun, hier in Düsseldorf ist in jedem Fall von einer nahenden Revolution nichts zu spüren. Die Wirtschaftskrise wird immer schlimmer, aber die Leute schnallen den Gürtel enger und ziehen die Köpfe ein und hoffen, dass das Elend irgendwann auch wieder vorüberzieht«, meinte Esther.

»Hier müsstet ihr agitieren, anstatt ständig in aller Welt herumzufahren«, nickte Catharine.

Jakob warf ihr einen amüsierten Blick zu. »Und ganz nebenbei hättest du auch deinen Geliebten wieder bei dir, nicht wahr, das wäre doch auch keine schlechte Sache.«

Catharine ärgerte sich. »Glaubst du denn nicht, dass ich zu trennen vermag zwischen meinen persönlichen Wünschen und den Zielen der Revolution? Meinst du, wir Frauen sind unfähig zum politischen Denken und Handeln?«

Das Lächeln in Jakobs Gesicht wurde schmaler. »Frauen sind gefühlsbetonte Wesen, das ist hinlänglich bekannt, und Gefühle und Politik gehen nun einmal schlecht zusammen.«

»Aber was wären eure politischen Bestrebungen ohne Gefühle? Ohne die Empörung der Entrechteten, ohne den Groll der Unterdrückten, ohne das Bedürfnis nach Freiheit, das uns alle vorantreibt, Männer wie Frauen?«

»Sicher«, meinte Jakob lahm. Er schien keine Lust auf diese Auseinandersetzung zu haben. Seine schmalen Finger griffen nach Tabak und Papier. »Aber um diese Gefühle zum Erfolg zu bringen, braucht es eine Strategie, braucht es Räson …«

»… und die geht uns Frauen ab? Das sagt ausgerechnet der Mann, der sich seine Schriftsachen von seiner Geliebten formulieren lässt.«

Jakobs Augen weiteten sich. Esthers Löffel klirrte gegen den Tellerrand. Catharine stand auf. »Es tut mir Leid, Esther, aber einmal muss es doch angesprochen werden. Wie wollen wir eine ehrlichere Gesellschaft begründen, wenn wir miteinander schon nicht aufrichtig sind.«

Aber Gutermann beachtete sie gar nicht. Er schaute Esther an, die ihrerseits in ihren Teller starrte, als gäbe es zwischen den Möhren, Kartoffeln und Kohlstücken etwas Wichtiges zu entdecken.

»Hast du es ihr also erzählt«, sagte er tonlos. Dann stand er auf, zog seine Jacke von der Rückenlehne des Stuhls und verließ ohne ein weiteres Wort die Wohnung.

Esther starrte weiter in ihre Suppe. Gustav räusperte sich. »Was geht hier eigentlich vor?«, fragte er irritiert. »Kann mir vielleicht jemand erklären, worüber ihr euch streitet?«

»Er kann nicht lesen und schreiben«, flüsterte Esther. »Er hat es einfach nicht gelernt, weil er nie zur Schule gegangen ist. Ich habe ihm geschworen, es niemandem zu verraten, er schämt sich dessen so, aber jetzt ist es doch heraus.«

»Gutermann kann nicht lesen?« Gustav schüttelte den Kopf. »Das hat er bisher wahrlich gut verborgen. Das ist ja ein starkes Stück. Aber warum lernt er es nicht einfach?«

»Es ist schwieriger, als man glaubt.« Esthers Finger krampften sich um ihren Löffel. »Vielleicht war ich auch nicht die richtige Lehrmeisterin. Er wird mich dafür hassen, dass ich ihn so bloßgestellt habe.«

»Ach, Unsinn, du hast ihn doch gar nicht bloßgestellt. Ich war es, die die Sache durch Zufall ans Licht gebracht hat!«, rief Catharine mit mehr Zuversicht, als sie wirklich fühlte. »Er ist nicht zur Schule gegangen, das ist traurig, aber dafür muss er sich doch nicht schämen.«

»Er wird es mir ewig nachtragen.« Esthers Stimme klang, als drückte ihr jemand die Kehle zu. »Das vergibt er mir nicht.«

Die vergoldeten Äpfel und Kartoffeln, mit denen sie den Baum geschmückt hatten, glitzerten wie kostbare Schmuckstücke. Im Ofen knisterte Feuer. »Wie gut ihr es hier habt«, sagte Esther ernst. Blass und schmal saß sie in dem großen Lehnstuhl am Fenster, den Kopf gesenkt, die weißen Hände auf dem Schoß gefaltet.

Sie war am Vortag gemeinsam mit Esther nach Kaiserswerth gekommen, um das Weihnachtsfest mit Johanne und Magdalena zu feiern. Zuerst hatte sie sich noch dagegen gewehrt. »Es ist doch ein christliches Fest, dabei störe ich nur.« Aber Catharine wollte sie nicht allein in dem kalten Zimmer am Bahndamm zurücklassen. Das Verhältnis zwischen Gutermann und Esther hatte sich seit jenem Abend nicht mehr gebessert. Jakob tauchte wohl gelegentlich auf, bediente sich mit Brot und Fleisch und teilte dann sein Bett mit Esther, aber er richtete kaum ein Wort an sie. Auch Catharine und Gustav beachtete er nicht. Sobald er eine neue Bleibe gefunden hat, verlässt er Esther, dachte Catharine.

»Wenn du nicht gehst, dann gehe ich auch nicht. Und du musst ja nicht mit zur Kirche kommen. Aber wenn du mich begleitest, lernst du endlich einmal unsere Magdalena kennen.«

»Und deine Schwester? Sie wird bestimmt nicht begeistert sein, mich zu empfangen.«

»Ach was. Weihnachten ist doch das Fest der Liebe. Sie wird sich freuen.«

Aber ganz so sicher war Catharine sich nicht. Sie hatte Johanne seit über einem Monat nicht mehr gesehen, und beim letzten Mal hatten sie sich im Streit getrennt.

Zu ihrer Erleichterung empfing sie ihre Schwester jedoch mit ungewohnter Herzlichkeit. Als Catharine Esther vorstellte, sah sie sie lange an, kritisch und neugierig, und Esther erwiderte ihren Blick. Dann schüttelten sie einander die Hand.

Später hatten sie vor dem Baum Weihnachtslieder gesungen, Johanne, Catharine und Magdalena. »Nun kommt der Heiden Heiland«, sangen sie, und Esther hörte ihnen zu.

»Ihr feiert eure Feste zusammen und lebt euren Glauben, ihr könnt euch wirklich glücklich schätzen«, sagte sie jetzt.

Catharine dachte an ihre Zweifel an Gott und an der Kirche. Sie lebten die alten Bräuche, das war wohl wahr, aber glaubte sie im Innersten ihres Herzens wirklich daran, dass damals in diesem Stall der Heiden Heiland geboren worden war? Vielleicht war das Ganze nur eine Fantasie betrunkener Hirten gewesen, das Kind in der Krippe, die Engel am Himmel. Vielleicht war der Heiland noch gar nicht erschienen, und die Juden hatten Recht, die seine Ankunft noch immer erwarteten. Oder vielleicht irrten sie alle, weil es keinen Gott gab, auf Erden nicht und nicht im Himmel.

Neben ihr starrte Johanne ins Leere und schwieg ebenfalls.

Irgendwann räusperte sie sich und schüttelte langsam den Kopf. »Es ist das Kind, das alles zusammenhält«, sagte sie leise. Catharine warf ihr einen unsicheren Blick zu. Wen meinte sie mit dem Kind? Jesus?

»Magdalena«, erklärte Johanne ruhig, als habe sie ihre Gedanken gelesen. »Als ich sie vorhin beobachtet habe, wie sie an der Krippe stand und mit ihrem kindlichen Glauben das neugeborene Christkind anbetete und sich freute, da wurde mit einem Mal alles wieder so einfach. Das muss Jesus gemeint haben, als er sagte, dass wir das Reich Gottes wie die Kinder empfangen sollen.«

»Aber Sie? Was glauben Sie?«, fragte Esther. Sie hatte den Oberkörper leicht nach vorn gebeugt, hin zu Johanne, und ihre runden Augen glitzerten golden wie die Äpfel am Baum.

Johanne starrte auf ihre Hände im Schoß. »Ich glaube, dass ich es nicht verstehen kann. Dass ich es nie verstehen werde. Wir Menschen sind zu klein, um zu begreifen. Da ist kein Unterschied zwischen Magdalena oder mir oder dem Pastor, der Theologie studiert hat, oder dem König selbst. Wir sind zu klein. Wenn wir glücklich sind, können wir Ihn spüren.«

»Und spüren Sie ihn?«

Johannes Augen schweiften wieder ins Leere. »Manchmal. Selten. Was ist mit Ihrer Familie?«, fragte sie.

Mit einem Ruck setzte sich Esther aufrecht. Lange, schwarze Wimpern flatterten über brauner Iris.

»Ich spreche nicht gerne darüber.«

»Warum nicht?«

»Sie sind alle tot«, erklärte Catharine leise.

»Unsinn!« Esthers Stimme klang wie rostiges Metall. Ihre Kinderfinger schlangen sich noch fester ineinander, eine Hand klammerte sich an die andere.

Catharine hob den Kopf. »Aber du hast doch gesagt …«

»Für mich sind sie tot, das habe ich damit gemeint. Sie haben mich vor die Tür gesetzt. Wie eine räudige Katze haben sie mich vertrieben, deshalb sind sie für mich gestorben.«

Johanne öffnete den Mund, um etwas zu fragen, aber Esther brachte sie mit einer schnellen Handbewegung zum Schweigen. »Sie sind strenggläubig, meine Eltern. Mein Vater ist Rabbi in der Synagoge zu Ratingen. Die Halacha hat unser Leben bestimmt, wir haben den Sabbat geheiligt, die jüdischen Feste gefeiert. Ich war einst so gläubig wie meine Geschwister, so gläubig, wie es eure kleine Magdalena heute ist. Aber dann …« Sie verstummte. Ihre Finger wurden weiß, so sehr krampften sie sich zusammen.

»Jakob«, sagte Catharine.

Esther nickte und schüttelte gleich darauf den Kopf. »Es begann schon vorher. Aber er gab mir den Mut, es offen auszusprechen, mich loszulösen.«

»Und dann hat Ihr Vater Sie einfach aus dem Haus gejagt?«, fragte Johanne.

Esther zuckte mit den Schultern. »Am Anfang hat er natürlich versucht mich aufzuhalten, mich für seinen Glauben zurückzugewinnen. Als er sah, dass meine Abkehr von Gott unabwendbar war, war ich nicht mehr seine Tochter.«

Johanne lachte plötzlich. Es war ein kurzes, fröhliches Lachen, und die Reaktion war so unpassend, dass Catharine sie fassungslos anblickte. Hatte ihre Schwester den Verstand verloren? Auch Esther schien irritiert über den unvermittelten Heiterkeitsausbruch. Aber Johanne zuckte nur mit den Schultern.

»Es ist so widersinnig«, erklärte sie. »All dieses Gerede von der Abkehr von Gott, die Vorwürfe, die sich die Menschen gegenseitig machen, ob Juden oder Christen. Wie sollten wir uns denn von Gott entfernen können, wie sollten wir uns von ihm abwenden, wenn er doch überall ist?«

Im Weihnachtsgottesdienst saßen sie in der dritten Reihe. Catharine sah zum Altar mit dem schlichten weißen Tuch und dachte an Gustav. Wie oft hatte sie ihn dort vorne gesehen, damals, als er noch auf der Suche nach dem gerechten Gott gewesen war. Kurz vor Weihnachten war er wieder nach Leipzig aufgebrochen. »Es ist nur für zwei Wochen«, hatte er ihr versprochen. »Geh du nach Kaiserswerth und feiere das Christfest. Wenn wir es hier gemeinsam begingen, wäre es eine gar zu traurige Angelegenheit.«

Sie schloss die Augen und versuchte, ihn sich in Erinnerung zu rufen, wie er gewesen war, seinen großen Körper in dem schwarzen Talar. Als sie sie wieder öffnete, kam der Pastor aus der Sakristei. Aber es war nicht Fliedner, sondern Stricker. »Heute am Weihnachtstag wird Fliedner doch nicht verreist sein«, flüsterte sie Johanne zu. Ihre Schwester zuckte wortlos mit den Schultern, ihr Gesicht war plötzlich leichenblass, nur die rot gefrorene Nase hob sich leuchtend von der weißen Haut ab.

»Wenn er sich ausgerechnet an Weihnachten ins Bett legt, dann muss es etwas Ernstes sein. Lass uns gleich beim Pfarrhaus anklopfen, ich muss wissen, wie es um ihn steht«, meinte sie hinterher, als sie auf der Straße vor der Kirche standen.

»Hast du denn keine Sorge zu stören?«

»Ich hab ein Päckchen Kaffee dabei, den wollte ich Karoline ohnehin vorbeibringen.«

»Nun, ich werde mich lieber nach Hause begeben. So vertraut bin ich nicht mit den Fliedners.« Catharine wandte sich zum Gehen, aber Johanne hielt sie zurück.

»Wo denkst du hin, natürlich kommst du mit, es ist doch nur ein kurzer Besuch!«

Der siebenjährige Georg öffnete die Tür. »Mutter hat gesagt, ich soll niemand einlassen, weil der Doktor gerade da ist und sie sich nicht kümmern kann«, erklärte er, bevor Johanne etwas sagen konnte.

»So wollen wir auch nicht stören.« Zu Catharines großer Erleichterung lenkte Johanne sofort ein. In ihrer Handtasche suchte sie nach dem Kaffee, fand das Päckchen schließlich und drückte es dem Jungen in die Hand. »Hier, gib das deiner Mutter und sag ihr, wir wünschen eine frohe .... nun, gute Besserung wünschen wir deinem Vater. Ich werde mich morgen nach ihm ...«

»Wer ist es denn, Georg?« Eine Frauenstimme drang durch die halb geöffnete Tür, die den Korridor vom Treppenhaus trennte.

Johanne machte eine schnelle Handbewegung und wandte sich zum Gehen, aber im selben Moment erschien Karoline Fliedners schmale Gestalt hinter der Türöffnung.

»Johanne«, rief sie erfreut. »Ja, Georg, warum lässt du denn das Fräulein König nicht ein, du Bengel!«

»Du hast doch …« Aber die Mutter hörte die Verteidigung des Jungen gar nicht an. »So tretet doch ein. Die Eiseskälte geht einem ja durch Mark und Bein. Fräulein Catharine, Sie habe ich gar nicht erkannt!«

Die warmen Hände der Pastorin schlossen sich um Catharines blau gefrorene Finger.

»Wie geht es ihm?«, fragte Johanne leise, während sie Karoline ebenfalls die Hand reichte.

»Es steht nicht gut um Fliedner. Ich bitte euch, betet für ihn, dass der Herr ihn die nächsten Tage überleben lässt.«

»So schlimm? Aber was fehlt ihm denn?«

»Der Doktor sagt, der schlimme Husten ist ihm auf die Lunge geschlagen, in der kalten Winterluft hat sie sich entzündet.«

Karolines Augen glänzten feucht. Aber dann blinzelte sie ein Mal, zwei Mal, und die Tränen waren wieder verschwunden. »Vertrauen wir auf Seine Güte, dass Er alles zum Besten wendet«, sagte sie im gewohnt sachlichen Ton.

»Amen.« Johanne faltete fromm die Hände, und Catharine tat es ihr schnell nach.

»So danke ich euch allerherzlichst, dass ihr euch hierher bemüht habt. Und für den Kaffee gleichfalls, den werde ich gleich hinüber ins Krankenhaus bringen …«

»Aber nicht, bevor du nicht selbst eine gute Tasse davon getrunken hast. Denn wenn ich ihn den Schwestern und Kranken hätte schenken wollen, hätte ich ihn gleich dorthin gebracht. Er war für euch bestimmt.«

Karoline senkte das Gesicht. Die dünne weiße Scheitellinie in ihrem Haar machte auf der Mitte des Kopfes einen leichten

Knick nach links, dann zog sie schnurgerade weiter bis zum Hinterkopf. »Es ist schon recht, Johanne«, sagte sie milde. »Aber drüben in der Anstalt schicken sie schon die Wärter mit den halbwegs Gesunden in die Wiesen und Felder, dass sie die letzten Brennnesseln und Löwenzahnblätter zusammenraffen, die dort noch zu finden sind. Dieses Jahr ist das Elend so groß, und die Spenden sind so gering, dass wir einfach nicht mehr wissen, wie wir über den Winter kommen sollen. Es fehlt am Nötigsten. Wie sollte ich da ruhigen Gewissens Kaffee trinken, wissend, dass die anderen darben?«

Sie hob den Kopf wieder, ihre Augen weiteten sich. »Ach, vergebt mir meine Unhöflichkeit. Ich habe euch gar nicht gebeten einzutreten.«

»Nicht doch.« Johanne winkte ab. »Wir wollten uns nur kurz nach Fliedners Befinden erkundigen. Und ob es etwas gibt, womit wir dir helfen können.«

»Nun, ihr tätet mir einen großen Gefallen, wenn ihr mir die beiden Kleinen für den heutigen Tag abnehmen würdet«, sagte Karoline schnell. »Sie sind so wild und ausgelassen, und Fliedner braucht doch Ruhe. Ich weiß, es ist eine Schande, ausgerechnet am Weihnachtstag, aber ich weiß nicht mehr, wo mir der Kopf steht …«

»Ich bitte dich, Karoline«, sagte Johanne, »Friedrich und Friederike kommen mit uns, das ist doch keine Frage, Magdalena wird sich herzlich über die Gesellschaft freuen.«

Karoline rief die Kinder nach unten, und während sie warteten, fiel ihr Blick auf Catharine. Einen Moment lang wirkte es, als wolle sie sie etwas fragen und fände nicht die richtigen Worte. Unbehaglich wich Catharine ihrem Blick aus und schaute nach der Tür. Wenn die beiden Kleinen doch nur endlich herunterkämen, damit sie hier verschwinden konnten.

»Wie geht es Ihnen in Düsseldorf, Fräulein Catharine?«, erkundigte sich Karoline schließlich.

»Nun, es ist dort wie hier.« Catharine zuckte mit den Schultern. »Eine um die andere Fabrik schließt ihre Pforten und meldet den Bankrott. Die Arbeitslosen werden immer zahlreicher. Und die, die noch in Lohn und Brot stehen, erhalten ein so kümmerliches Entgelt für ihre Mühe, dass sie ihre Familien nicht damit ernähren können.«

Karoline Fliedner nickte kaum merklich. »Aber wie geht es Ihnen?«, fragte sie dann mit leiser, eindringlicher Stimme. »Wie steht es um Sie?«

Wie ging es ihr? Vorzüglich, dachte Catharine. Im Vergleich zu den meisten anderen lebten sie nur zu gut, dank der Einkünfte durch die Zeitungsartikel. Sie liebte Gustav, er liebte sie. Aber all das konnte sie der Pastorin schlecht erzählen. Also starrte sie sie nur hilflos an.

Glücklicherweise kam nun Luise mit den beiden jüngsten Kindern herunter. Der zweijährige Friedrich war auf der Treppe gestürzt, schluchzend drängte er sich an seine Mutter, damit sie ihn tröstete. Aber sie strich ihm nur geistesabwesend über den Kopf, während sie die Augen nicht von Catharine ließ.

»Es ist nur, mein Mann macht sich große Sorgen um Sie«, fuhr sie mit sanfter Stimme fort. »Er spricht so oft von Ihnen, auch jetzt in den Zeiten der Unruhe und der harten Prüfungen, und wir alle schließen Sie in unsere Gebete ein.«

Catharine fühlte, wie sich ihre Miene versteinerte. Ich will es aber nicht, dass ihr für mich betet, ich will nicht, dass sich Fliedner um mich sorgt, als wäre er mein Vater, ich will das alles nicht!, schrie eine Stimme in ihrem Innern. Und ich bin so froh, dass ich das alles hier hinter mir gelassen habe, dass ich mit Gustav bin und frei.

Aber sie sagte nichts, sondern sah der Pastorin nur dabei zu, wie sie über eine widerspenstige Locke auf Friedrichs Kopf strich. Immer wieder glitten ihre Finger über die dunklen Haare, immer wieder sprang die Locke störrisch nach oben.

Endlich legte sie die Hände auf seine Schultern und nickte, als habe Catharine ihre Frage zu ihrer Zufriedenheit beantwortet. »Vergessen Sie nur über Ihrem Kampf für die irdische Gerechtigkeit nicht, dass über uns allen noch eine höhere Macht steht und die Aussicht auf ein ewiges Leben.«

»Nein«, sagte Catharine mit fester Stimme. »Aber die Hungernden und Elenden wollen *jetzt* Brot, und die Geknechteten verlangen *heute* nach Freiheit. Sie glauben an das Jenseits, ich jedoch glaube an die Gegenwart, ich glaube daran, dass es an der Zeit ist, den Himmel auf Erden zu errichten.«

»Den Himmel auf Erden errichten, wie sollte das gehen, Catharine?«

Bevor Catharine etwas entgegnen konnte, schob sich Johanne zwischen sie und die Pastorin. »Nun hast du gewiss anderes im Kopf, als dich ausgerechnet heute am Weihnachtstag mit dem ganzen Weltelend auseinander zu setzen, wo du doch genug Sorgen unter dem eigenen Dach hast«, sagte sie, während sie Catharine einen ärgerlichen Blick zuwarf. »Lass uns die Diskussion um das Himmelreich auf eine andere Gelegenheit vertagen, nun wollen wir lieber deine Kinder nehmen und uns auf den Weg zu Magdalena machen, damit hier ein wenig Ruhe einkehrt. Und deinem Mann wünschen wir eine gute Genesung und trotz allem eine gesegnete Weihnacht.« Karoline sah sie ruhig an, als überlegte sie, ob Johanne nur einer lästigen Auseinandersetzung auswich oder ob sie sie wirklich schonen wollte. Schließlich rieb sie sich müde über die Stirn.

»Gott möge dich schützen, Johanne«, sagte sie langsam. »Und er schütze auch Sie, Fräulein Catharine.«

6

Ein ganzes Blatt hatte Esther schon mit ihrer schwungvollen Handschrift gefüllt. Jetzt legte sie die Feder beiseite und kratzte sich hinter dem Ohr. »Wie nannte Madame Courbier doch gleich diese Spitze am Armausschnitt?«

Catharine ließ die Zeitung sinken, in der sie gerade gelesen hatte. »Madame wer?«

»Courbier. Diese Dame in dem Modegeschäft auf der Kastanienallee, die uns gestern ihre neue Kollektion vorgeführt hat. Du warst doch auch dabei. Erinnerst du dich noch an die Bezeichnung für die Spitze an den Armausschnitten?«

Catharine zuckte ratlos mit den Schultern. »Ich erinnere mich nicht einmal mehr an die Kleider, geschweige denn an die Details. Aber du hast dir doch Notizen gemacht.«

Esther nickte. »Ich dachte nur, du hättest es vielleicht behalten.« Sie blätterte in ihrem kleinen Notizblock, in dem sie alles niederschrieb, was ihr für ihre Artikel nutzen konnte. »Berthe«, murmelte sie nach ein paar Sekunden zufrieden, während sie den Griffel wieder aufnahm. »Ja, richtig, eine Berthe hieß sie die Verzierung.«

Aber anstatt weiterzuschreiben, ließ sie die Feder wieder sinken. »Es ist lächerlich, nicht wahr?«

Catharine faltete die Zeitung zusammen und stand auf. »Sicher, es ist durch und durch lächerlich. Aber es bringt so viel Geld ein, dass wir Brot im Haus haben und die Miete zahlen können.«

»Dennoch ist es so nichtig.«

»Ich weiß.« Catharine trat ans Fenster und blickte hinunter auf den trostlosen Hinterhof. Den Boden vor den Latrinen hatten die Regenfälle der vergangenen Wochen in eine durchgehende Schlammfläche verwandelt. Hier und dort streckten sich gelbliche Grashalme nach oben wie die Arme von Ertrinkenden. »Der Metzger in der Bilker Straße hat seinen Laden zugemacht, hast du das schon gehört? Er hatte kaum noch Kundschaft, weil die Leute das Fleisch nicht mehr bezahlen können.«

»Siehst du!« Esther ließ die Feder fallen und stand ebenfalls auf. »In Frankreich haben sie sich diese Ungerechtigkeit nicht länger gefallen lassen. Auf die Barrikaden sind sie gegangen, tapfer und rücksichtslos. Und wie reich sind die Menschen dort für ihren Mut belohnt worden!«

Vor ein paar Tagen war die Nachricht vom erfolgreichen Volksaufstand der Franzosen nach Düsseldorf gedrungen. Die ganze Stadt sprach nur noch von der *Februarrevolution,* und wie ein Lauffeuer hatte sich die Botschaft ausgebreitet, dass in Paris Louis Philippe gestürzt und die Republik ausgerufen worden war. Bevor es in den Zeitungen stand, erzählte man sich bereits in den Hinterzimmern der Schänken davon, in den geheimen Versammlungsstuben und Vereinslokalen.

»Die Franzosen machen ganze Sachen«, fuhr Esther fort. »Wir in Deutschland dagegen klagen nur und jammern und ertragen ansonsten unser Schicksal geduldig. Schlimmer noch, wir sitzen hier, trinken Tee und preisen Madame Courbiers neue Kollektion an.«

Bevor Catharine etwas entgegnen konnte, hörten sie Schritte auf der Treppe, dann wurde ein Schlüssel ins Schloss gesteckt. In wenigen Schritten war Esther am Tisch. Hastig schob sie das beschriebene Blatt unter einen Stapel weißes Papier und nahm die Feder aus dem Tintenfass. Sie hatten den Männern immer noch nicht erzählt, woher die neuen Einkünfte wirklich stammten. Ängstlich verbarg Esther jede Spur ihrer Arbeit vor Gutermann. Auch Gustav glaubte immer noch, sie lebten von Johannes großzügiger Unterstützung. Nicht, dass es ihn sonderlich zu kümmern schien, mit welchem Geld sie den Hauswirt und den Krämer bezahlten.

Während Esther das Tintenfass zuschraubte, hörten sie Jakob im Vorraum. Ohne die Frauen zu grüßen, zog er seine Jacke von den Schultern und warf sie aufs Bett. Dann wandte er sich wieder zur Tür. »Komm herein, worauf wartest du.« Er winkte jemanden näher.

Mit ein paar zögerlichen Schritten kam eine Frau ins Zimmer. Sie blieb neben Jakob stehen, der jetzt auch seinen Hut aufs Bett warf, die Handschuhe hinterher. Catharine sah Esther an, kannte sie die andere? Aber ihre Freundin wirkte genauso überrascht wie sie selbst.

Dann kamen sie zu ihnen herüber. »Das ist Veronika von Bonnekamp«, sagte Jakob, ohne Esther in die Augen zu schauen. »Die beiden sind Esther Lewy und Catharine König, von denen ich dir erzählt habe.«

Die Fremde war ein gutes Stück größer als Jakob. Während sie zuerst Esther, dann Catharine prüfend betrachtete, zog sie langsam die Schleife der Hutbänder unter dem Kinn auf. »Angenehm«, sagte sie mit einer rauchigen Stimme.

Einen Moment lang starrte Esther sie mit offenem Mund an. Dann presste sie die Lippen zusammen, stapelte die Blätter auf dem Tisch aufeinander und legte sie auf den Brotkasten.

»Bitte«, sagte Gutermann ruhig. »Nehmt doch Platz. Was steht ihr hier alle so herum.«

Er zog einen Stuhl nach hinten, die Frau ließ sich darauf nieder, dann setzte er sich neben sie. Esther trat neben Catharine ans Fenster, ihr magerer Brustkorb hob und senkte sich schnell.

»Fräulein von Bonnekamp ist auf der Durchreise nach Berlin«, erklärte Jakob. »Ich werde sie heute Abend zum Zug bringen. Bis dahin …«

»Ich werde Ihnen gewiss nicht zur Last fallen«, unterbrach ihn die Frau. Ihr hübsches, rundes Gesicht saß auf einem erstaunlich langen und dünnen Hals. Sie verzog die vollen Lippen zu einem Lächeln. »Bitte, schauen Sie mich nicht gar so feindselig an, ich will Ihnen nichts wegnehmen. Ich brauche nur für ein paar Stunden eine Unterkunft, auf dem Bahnhof ist es für eine allein reisende Frau äußerst ungemütlich.«

Esther stieß sich mit einem Ruck vom Fensterbrett ab und ging hinüber zum Tisch. »Möchten Sie Tee?«, fragte sie unwirsch.

»Das wäre himmlisch«, erwiderte sie lächelnd.

Als sie beim Essen saßen, hörten sie polternde Schritte auf der Treppe, dann stürmte Gustav herein. »Hier sitzt ihr also herum, als ob nichts wäre!«, dröhnte er. »Draußen ist die Revolution in vollem Gange, endlich geht es zur Sache, und ihr hockt in der Stube und bekommt von alledem nichts mit!«

Jakob sprang so ungestüm auf, dass sein Stuhl zu Boden kippte. »Was sagst du da?«, rief er aufgeregt. »Ist es wirklich so weit, oder treibst du einen Scherz mit uns?«

»Würde ich über so etwas scherzen, mein Freund?« Gustav hieb dem anderen begeistert auf die Schulter. »Vor dem Rathaus ist ein Volksauflauf, wie ihn diese Stadt noch nie gesehen hat. Die Leute sind außer sich.« Auch Catharine war inzwischen aufgestanden. Gustav kam zu ihr herüber, umfasste ihre Taille und hob sie hoch.

»Ist es wirklich wahr?«, keuchte sie atemlos, als sie endlich wieder Boden unter den Füßen hatte. »Worauf warten wir dann noch? Ich will es mit eigenen Augen sehen, was dort vor sich geht.«

»Wartet!«, rief Gustav und hob seine großen Hände, als müsse er eine ganze Menschenmenge aufhalten. »Bevor wir gehen, muss ich euch noch etwas zeigen, was mir Herschel soeben zugesteckt hat!« Er zog ein dünnes Heft aus seinem Beutel und knallte es auf den Tisch. »Druckfrisch aus London!« *Das Manifest der Kommunistischen Partei*, las Catharine. Und darunter in kleineren Lettern: *Veröffentlicht im Februar 1848.*

»Marx und Engels haben den ganzen Winter darüber gesessen. Und rechtzeitig zur Revolution ist es fertig gestellt! Wenn das kein Zeichen ist!« Gustavs Arme umfassten wieder ihre Schultern, und er zog sie mit einer solchen Gewalt an sich, dass ihr die Luft wegblieb. Sein Mund vergrub sich in ihrem Haar. »Ich bin so froh, so froh«, hörte sie ihn murmeln. Sie hob die Hände, legte die Finger auf seine Schulterblätter und lehnte den Kopf gegen seine Brust.

Plötzlich fiel ihr Blick auf die fremde Frau, Veronika von Bonnekamp, die ebenfalls aufgesprungen war. Ihre Hand hielt die von Jakob, ihre Augen ruhten in seinen. Die beiden schienen so ineinander versunken, als wären sie ganz allein im Raum. Allein auf der Welt.

Nur Esther saß noch am Tisch. Sie hatte die Knie unters Kinn gezogen, die Hände umklammerten die Unterschenkel, ihr weiter Rock fiel über den Stuhl. Mit ruhiger Miene starrte sie auf ihren Teller. Blass und mager wie ein Kind.

Der Düsseldorfer Rathausplatz war eine wogende, tobende Menschenmasse. Tagelöhner in abgerissenen Hosen drängten sich an Bürger im schwarzen Gehrock. Viele schwenkten Fahnen und Wimpel in den Farben der Patrioten, Schwarz, Rot, Gold. Die Luft war erfüllt von ihrem Jubel, Schreien und lautem Gesang.

Selbst der eingezäunte Platz vor dem Reiterdenkmal Jan Wellems war voller Menschen. Einige junge Burschen waren auf das Denkmal gestiegen und drängten sich feixend um das weiße Pferd herum, auf dem der ehemalige Landesfürst mit versteinerter Miene saß, als habe er sich entschlossen, das ungehörige Treiben seiner Untertanen einfach zu ignorieren.

An den Seiten des Platzes standen Polizisten in kleinen Gruppen und beobachteten das Geschehen mit verschränkten Armen.

Die Tressen auf den Schultern ihrer Waffenröcke blitzten gefährlich in der Frühlingssonne, aber sie griffen nicht ein, um die Menge zu zerstreuen.

Vor dem Rathaus hatten ein paar Männer aus Obstkisten und Brettern eine Art Bühne errichtet, wo Catharine Cantador und den jungen Grafen von Hatzfeld erkannte. Letzterer unterhielt sich mit einem Mann mit hoher Stirn und kräftigem Schnurrbart, der ihr irgendwie bekannt vorkam.

»Das ist Wulff«, rief Gustav ihr zu, während er sie immer weiter in die tobende Menge hineinzog. Als sie den Namen hörte, fiel Catharine wieder ein, woher sie das Gesicht kannte. Sie hatten Julius Wulff öfters in den Redaktionsräumen der Düsseldorfer Zeitung gesehen, wenn sie eine von Esthers Arbeiten auslieferte. Wulff schrieb ebenfalls für die Zeitung, allerdings keine Berichte über Modegeschäfte und Reitveranstaltungen. Seine Artikel waren flammende Appelle für die freie Volksbewaffnung und mehr Bürgerbeteiligung. Wie er es wohl schaffte, dass diese Berichte von den Reportern akzeptiert und gedruckt wurden, fragte sich Catharine jedes Mal. Wann immer sie der Redaktion ein etwas ernsteres Thema vorgeschlagen hatte, war die Idee herablassend zurückgewiesen worden.

Gustav bahnte sich unbeirrt seinen Weg, ihre Hand fest in der seinen. Sie blickte sich besorgt nach Esther um, aber die war nirgendwo zu sehen, und auch von Jakob und seiner neuen Geliebten fehlte jede Spur. Neben Julius Wulff tauchte jetzt Hugo Wesendonk auf der Bühne auf, den sie häufig auf den geheimen Versammlungen in den Düsseldorfer Hinterzimmern gesehen hatte, und ergriff das Wort. Von seiner lauten Stimme drangen nur einige Wortfetzen zu Catharine und Gustav herüber.

»Jetzt geht es euch an den Kragen, ihr elendigen preußischen Dreckskerle!«, grölte ein Mann neben ihr, und seine Fäuste umklammerten die Hosenträger, die sich über sein schmutziges Hemd spannten, als wolle er sich daran festhalten.

»Seine Majestät kann sich zum Teufel scheren, wir lassen uns nicht länger unterdrücken!«, gellte eine kämpferische Frauenstimme. »Jetzt gibt es Krieg!«

»Es lebe die Freiheit!«

»Nieder mit den Unterdrückern!«

Alle schrien und drohten, reckten die Fäuste in die Höhe oder brüllten Parolen. Keiner hörte auf den anderen, jeder schien für sich allein zu lärmen.

Wo steckt Esther?, dachte Catharine, während Gustav sie hinter sich herzog. Auf dem Weg zum Rathaus waren sie noch alle fünf beisammen gewesen, erst hier am Rathaus hatten sie sich verloren. Ob sie nach Hause gegangen war? Im selben Moment erblickte sie die Freundin auf der gegenüberliegenden Seite des Platzes. Sie lehnte an einer mächtigen Steinsäule am Portal des Stadttheaters. Vor der riesigen Stele wirkte sie noch zierlicher, noch zerbrechlicher als sonst. Aber ihr Gesichtsausdruck war ruhig, völlig ungerührt.

Catharine winkte der Freundin zu, aber diese blickte mit leerem Blick durch sie hindurch. Wie elend sie sich fühlen muss, dachte Catharine. Wut kochte in ihr hoch. Dieser Schuft von Jakob, wie konnte er es wagen, seine neue Geliebte in ihr Haus zu bringen, in die Wohnung, deren Miete Esther für ihn verdiente.

Jetzt hatten sie die Menge fast durchquert und waren nur noch wenige Schritte vom Rathaus entfernt. Gustavs große Hände zogen Catharine an sich wie eine willenlose Puppe und legten sich auf ihre Schultern. Die selbstverständliche Art, mit der er ihre Bewegungen dirigierte, ärgerte sie plötzlich. Sie entzog sich seinem Griff und stellte sich neben ihn. Gustav bemerkte es nicht einmal.

»... unsere französischen Brüder es uns vorgemacht haben. Deshalb fordere ich alle aufrechten Patrioten auf, sich unserer Sache anzuschließen, denn nur wenn wir gemeinsam losschlagen, können wir gewinnen …«, dröhnte Wesendonk auf seiner Obstkiste. Seine markigen Worte flatterten über die Köpfe der Leute hinweg und verflüchtigten sich im blauen Himmel. Die Menge applaudierte dennoch begeistert, wie sie jedem applaudiert hätte, der sich in dieser Situation vor sie gestellt hätte. Was sie jetzt wohl unternehmen wollen, die Düsseldorfer Demokraten?, fragte sich Catharine unwillkürlich. Gerade der besonnene Wesendonk war in den Versammlungen immer so zögerlich und unentschieden gewesen. Oft war er mit Gustav aneinander geraten, der für drastischere Schritte plädiert hatte, um schneller voranzukommen.

Ein großer Kerl mit Schiebermütze stellte sich direkt vor sie und versperrte ihr den Blick auf das Podest. Catharine stellte sich auf die Zehenspitzen. Vergeblich. Wesendonks Stimme tönte schwach über die Schultern des Mannes.

»… eine Volksversammlung am heutigen 3. März abhalten wollen, zur Verabschiedung einer Adresse an die preußische Regierung …«

Eine Adresse an den König wollen sie verabschieden und ihm zusenden, dachte Catharine. Das wird ihn beeindrucken, da wird er Angst bekommen, vor dem Zorn seiner Untertanen.

Sie warf einen Blick hoch zu Gustav und sah, wie er missmutig an seinem Bart kaute und den Mund öffnete, als wolle er Wesendonk etwas zurufen. Als er ihren Blick auffing, zuckte er mit den Schultern. »Sie treffen sich nachher am Wehrhahn«, erklärte er, als habe sie nicht selbst gehört, was Wesendonk gesagt hatte. »Um die nächsten Schritte zu diskutieren. Ich bin natürlich dabei. Kommst du mit?«

Catharine schaute wieder zu der Stelle, an der sie vorhin Esther gesehen hatte. Aber die Stufen vor dem Portal waren leer. »Geh du nur einstweilen vor«, meinte sie. »Ich suche Esther. Später stoßen wir dann zu euch.«

Während sich die Leute langsam zu zerstreuen begannen, suchte sie den Rathausplatz nach der Freundin ab. Irgendwann war der Platz fast menschenleer. Esther war nicht da.

Eine Kirchturmuhr schlug drei Mal. In einer halben Stunde würde die Versammlung beginnen. Sei's drum, dachte Catharine.

Sie ging zurück zum Bahndamm und war sich plötzlich sicher, dass sie sie zu Hause finden würde. Als sie die abgetretenen Holzstufen hochstieg, hörte sie ein Geräusch aus der Wohnung. Natürlich, dachte sie erleichtert. Die Tür war nur angelehnt, sie schob sie auf und trat durch den dunklen Flur ins Zimmer. Im selben Moment fuhren Gutermann und Veronika von Bonnekamp auseinander wie aufgeschreckte Tauben. Sie hatte auf seinem Schoß gesessen, jetzt ging sie schnell zum Fenster und lehnte sich mit dem Rücken an den Sims. Gutermann dagegen blieb sitzen. Ruhig erwiderte er ihren Blick, auf seinen Lippen ein kleines spöttisches Lächeln.

Sie wandte die Augen ab, wollte ihn nicht mehr ansehen. Warum hatte er sich ausgerechnet diese ausgesucht?, dachte sie, während sie Veronika betrachtete. Was fand er an ihr, sie war doch viel zu groß für ihn. Der Knoten, zu dem Veronika ihr rotbraunes Haar zusammengeschlungen hatte, hatte sich gelöst, dicke Strähnen fielen neben ihren Ohren auf die Schultern, eine Locke kringelte sich über den Brauen. Das Dekolleté ihres Kleides war verrutscht, am Ausschnitt blitzte die weiße Spitze ihres Mieders hervor. Als ihre grünlichen Augen Catharines Blick folgten, schob sie hastig das Oberteil wieder zurecht.

Catharine drehte den Kopf weg, zurück zu Jakob. »Hast du denn keinen Funken Anstand im Leib, dass du deine Metze ausgerechnet hierher bringst? Kannst du dir keine Absteige mehr leisten, ist es das? Oder willst du Esther dafür bestrafen, dass sie so viel gescheiter ist als du?«

Sollte sie der anderen davon erzählen, dass Jakob nicht lesen konnte? Der Kleidung nach zu urteilen, kam diese Veronika aus gutem Haus, vielleicht würde es sie abstoßen, dass ihr neuer Liebhaber ein Analphabet war. Nein, dachte Catharine dann, es war zu billig, ihm seine Schäbigkeit mit gleicher Münze heimzuzahlen.

»Einen schönen Galan haben Sie sich da ausgesucht«, warf sie der Frau am Fenster noch spöttisch zu. »Meinen herzlichsten Glückwunsch auch.«

Veronika sah irritiert aus. Sie räusperte sich, als wolle sie etwas sagen. Was immer es war, Catharine wollte es nicht hören. Sie drehte sich um und ging.

Wo war Esther?, dachte sie, als sie wieder auf der Straße stand. Bei der Versammlung war sie bestimmt nicht, sie war auch früher nur in Jakobs Begleitung zu den Treffen gekommen.

Ihr Blick war so ruhig und besonnen gewesen vorhin auf dem Rathausplatz. Aber Esther wirkte immer ruhig und besonnen, und dennoch hatte sie zur Flasche gegriffen, damals, als Catharine sie gefunden hatte. Ob sie in einer der Schänken saß und sich betrank? Aber das passte nicht zu ihr, dass sie sich in ihrer Verzweiflung unter das lärmende Volk mischte.

Wohin würde sie selbst gehen in einer ähnlichen Situation? An einen ruhigen Ort. Hinaus in die Natur, und wenn das nicht ginge … vielleicht in eine Kirche. Esther war Jüdin, sie würde bestimmt kein christliches Gotteshaus aufsuchen. Aber vielleicht war sie in die Synagoge gegangen.

Das jüdische Zentrum lag unweit vom Rathausplatz auf der Kasernenstraße. Catharine sog die winterlich kühle Luft durch die Nase ein und blies sie dann als warmen Atem wieder durch den Mund. Einen Versuch war die Sache auf jeden Fall wert.

Seite an Seite schlossen sich die Miets- und Geschäftshäuser auf der Kasernenstraße aneinander, als müsste ein Gebäude das andere stützen. Nur die Synagoge stand frei und selbstbewusst, höher als die anderen Häuser und in gebührendem Abstand. Catharine war schon oft an dem Gebäude vorübergegangen, das mit seinem großzügigen Eingangsportal und den Seitenflügeln einer christlichen Kirche glich. Eingetreten war sie noch nie.

Zögernd blieb sie vor dem Eingang stehen. Von Esther wusste sie, dass Frauen den Hauptraum der Synagoge nicht betreten durften. Aber ansonsten war sie sich über die jüdischen Sitten und Bräuche im Unklaren. Musste man sein Haupt bedecken, wenn man in den Gebetsraum kam? Oder gab es bestimmte Gesten, die man auszuführen hatte, wie das Kreuzzeichen bei den Katholiken?

Während sie noch darüber nachdachte, sah sie ein jüdisches Paar auf den Eingang zugehen. Der Mann trug ein schwarzes Käppchen auf dem Kopf, um seine Schultern hatte er einen dunklen Schal gelegt, dessen Kanten mit vielen kleinen Quasten versehen waren. Die Frau trug normale Alltagskleidung, ihr Haar war unbedeckt.

Die Kleidungsvorschriften scheinen also nur für die männlichen Gemeindemitglieder zu gelten, dachte Catharine, während sie den beiden in den Vorraum der Synagoge folgte. Von hier führte eine Tür in den Hauptsaal, und der Mann ging hindurch, ohne sich noch einmal nach seiner Begleiterin umzudrehen. Die Frau verschwand durch einen schmalen Durchgang in einen Seitentrakt.

Muffige Luft schlug ihr entgegen, als sie die Tür öffnete. Der enge, fensterlose Raum lag im Halbdunkel, nur drei müde Kerzen flackerten in einem Leuchter an der Wand. Durch einen Vorhang an der vorderen Wand fiel ein magerer Streifen hellgrauen Lichts herein.

Catharine erkannte schemenhaft die Umrisse von drei Gestalten, die in den Bänken hockten. Ganz vorne nahm soeben die Frau Platz, die vor ihr eingetreten war. Die Person dahinter war zu groß, aber die Gestalt, die ihr am nächsten war, konnte Esther sein.

Ihre Füße machten kein Geräusch, als sie zu der Bank ging, so behutsam trat sie auf. Lautlos rutschte sie zu der Betenden hinüber.

Mit einem kleinen Aufschrei fuhr Esther aus ihren Gedanken, als Catharine sie am Arm berührte. Die beiden anderen Frauen sahen sich unwillig nach ihnen um. Esthers Augen waren schwarze Krater im hellen Oval ihres Gesichts. War sie wütend darüber, dass Catharine sie hier störte? Es war zu finster, um ihre Miene zu deuten.

Jetzt machte ihr Kopf eine kleine, heftige Bewegung in Richtung Ausgang.

Dann saßen sie im Café im Breidenbacher Hof und tranken heiße Schokolade. Der Kontrast zu dem düsteren Frauenbereich der Synagoge hätte kaum größer sein können. Durch die großen Fenster zur Alleestraße drang sanftes Tageslicht, an runden Tischen saßen elegante Damen und Herren. Man unterhielt sich leise, hin und wieder klirrte ein Löffel gegen das Porzellan einer Tasse. Irgendwo spielte jemand Klavier.

Catharine sah der Dame am Nachbartisch dabei zu, wie sie einen winzigen Bissen Gebäck in den perfekt geschminkten Mund schob. Ihr federgeschmückter Hut nickte zufrieden.

»Wie um alles in der Welt hast du mich gefunden«, sagte Esther.

»Vergiss ihn«, antwortete Catharine zusammenhanglos. Esther lachte ihr raues, lautes Lachen. Die Dame am Nebentisch bewegte ihren Kopf in ihre Richtung, drehte ihn aber im letzten Moment wieder zurück zu ihrem Mann.

»Nein, wirklich, er ist nicht einer Träne wert«, beharrte Catharine. »Er hat sich soeben mit dieser … dieser Frau in deiner Wohnung getroffen.«

»In seiner Wohnung«, sagte Esther. »Er hat den Vertrag unterschrieben …«

»… und du zahlst die Miete. Schick ihn zum Teufel.«

»Ich liebe ihn.«

Die drei Worte hingen in der Luft und vermischten sich mit dem bittersüßen Geruch der Schokolade, der aus ihren Tassen aufstieg.

»Esther«, sagte Catharine nach einiger Weile. »Ich kenne niemanden, der so klug ist wie du und gleichzeitig so durch und durch unvernünftig. Du siehst, dass er dich ungerecht behandelt, und kannst dennoch nicht von ihm lassen. Ich begreife dich einfach nicht.«

»Es war schon immer so. Auch mein Vater hat mich ungerecht behandelt, ständig hat er mich gegenüber den Brüdern zurückgesetzt, weil ein Mädchen eben nicht so viel wert ist. Und als er mir die Türe gewiesen hat, habe ich mir eben einen neuen Herrn gesucht. Auch wenn Jakob zuerst so ganz wie das Gegenteil meines Vaters wirkte, im Grunde genommen gleicht er ihm doch in ganz erstaunlichem Maße.«

»So klar erkennst du das, und dennoch kannst du dich nicht dagegen auflehnen?«, fragte Catharine ungläubig.

Ihre Stimme war laut geworden vor Erregung, und das elegante Paar am Nachbartisch hatte sich schon mehrmals indigniert nach ihnen umgedreht. Esther hatte sie gar nicht bemerkt, und Catharine beachtete sie nicht.

»Du kannst von Glück sagen«, fuhr Esther fort, »dass du bei dieser wunderbaren Frau aufgewachsen bist, die dir so viel Freiheit mit auf den Weg gegeben hat. Dass dich die Zwänge nie gefangen genommen haben, die ich von Kindesbeinen an gewohnt bin. An die ich mich so gewöhnt habe, dass ich sie heute gar nicht mehr missen will und einem Nichtsnutz wie Jakob nachlaufe, auch wenn er mich mit Füßen tritt.«

Von welcher wunderbaren Frau sprach Esther? Sie hatte Tante Nelli doch nie kennen gelernt. Oder meinte sie am Ende Johanne?

Catharine konnte von Glück sagen, dass sie eben nicht bei ihr aufgewachsen war, dass sie zumindest die ersten zehn Lebensjahre in Wittlaer verbracht hatte und nicht unter der Fuchtel ihrer moralischen, frommen Schwester. Und dennoch, dachte sie dann. Es hatte keinen Mann in ihrem Haus gegeben, dem sie sich untergeordnet hatte. Beide Schwestern hatten ihre Entscheidungen selbstständig getroffen, in eigener Verantwortung und frei. Das Vertrauen in ihre eigene Kraft, das hatte Tante Nelli vielleicht in ihr angelegt, aber richtig gewachsen war es erst in den Jahren bei Johanne. Nur der Glaube an Gott war nicht so stark in ihr geworden, wie ihre Schwester sich das gewünscht hatte.

»Wenn du dich bisher nicht aufgelehnt hast gegen die Vorherrschaft der Männer in allen Belangen – nun gut – oder vielmehr schlecht. Aber heute ist ein anderer Tag. Und es gibt nichts, was wir Frauen nicht ändern könnten, wenn wir uns nur zusammentun.«

Esthers Vogelaugen blickten sie nachdenklich an. »Seit ich dich getroffen habe, glaube auch ich manchmal daran.«

»Natürlich glaubst du daran«, meinte Catharine hitzig. »Und auch wenn wir erst noch wenige sind, an die Revolution hat am Anfang auch kaum einer geglaubt, und nun haben wir es doch geschafft. So wie vor Jahren die ersten Männer sich mutig zusammengetan haben, um die Dinge vorzubereiten, den Umschwung ins Rollen zu bringen, so müssen nun wir Frauen uns zusammentun, um unsere Freiheit zu erkämpfen.«

Neben ihnen stand die Dame mit dem Federhut auf und hakte ihren Arm nachdrücklich unter den ihres Mannes. Die Lippen zu einem schmalen Strich zusammengepresst, verließ sie das Café. Esther sah ihr nach, dann lächelte sie.

»Ich denke, *sie* wird nicht mit von der Partie sein. Jedenfalls nicht von Anfang an«, meinte sie spöttisch. »Aber ganz im Ernst, wie sollten wir Gleichgesinnte finden für unseren Kampf? Ich kenne kaum andere Frauen, und wir können schwerlich wildfremde Menschen auf der Straße ansprechen.«

»Du schreibst eine Proklamation, die wir überall dort aufhängen, wo Frauen verkehren. Vor Krämerläden, an Marktplätzen, bei Kirchen oder Kinderschulen. Und dann laden wir für einen bestimmten Tag zu einer Versammlung ein. Und wenn sich genügend einfinden ... gründen wir einen Frauenverein.«

»Einen Frauenverein«, wiederholte Esther. »Und was fangen wir dann an in unserem Frauenverein? Stricken, nähen und kochen?«

Catharine lachte. »Kämpfen«, antwortete sie dann. »Wir fangen an zu kämpfen.«

7

Am Rande des Kittelbachs blühten Buschwindröschen, so zahlreich, dass es aussah, als hätte der Bach weißen Schaum ans Ufer gespült. Catharine stützte sich auf die breite Steinmauer der Klemensbrücke und beugte sich so weit wie möglich nach vorne, um den süßen Duft der Frühlingsblüher einzusaugen. Da hinten standen Himmelschlüssel, hellgelb, der Inbegriff des Frühlings. Büschelweise hatte sie sie früher gepflückt und dann zu Nelli gebracht, die sich über jeden Strauß aufs neue freute, obwohl ihre Vasen schon überquollen. Catharine schnupperte. Aber die Entfernung war zu groß, hier oben, wo sie stand, war nichts zu riechen. Ob sie hinuntergehen sollte, um Johanne ein paar Blumen zu pflücken? Ach nein, dachte sie dann, Magdalena würde sie schon mit genügend Sträußen versorgen, da musste sie selber nicht auch noch welche bringen.

Sie richtete sich wieder auf und blinzelte in die Frühlingssonne. Kaiserswerth lag ruhig und friedlich da, als gäbe es kein Massenelend und keine Unterdrückung und keine Revolution.

Vor zwei Wochen hatte sie Esther hierher gebracht, damit sie bei Johanne Abstand gewinnen konnte von ihrer Beziehung mit Gutermann. Sie selbst jedoch war gleich wieder nach Düsseldorf zurückgekehrt zu Gustav und zum Freiheitskampf.

Die Revolution riss sie mit sich. Seite an Seite mit Gustav lief sie auf Protestmärschen und Demonstrationen und schwenkte auf Volksversammlungen die schwarz-rot-goldene Fahne. Sie lernte Julius Wulff kennen, der mit seinen radikalen republikanischen Ansichten mehr und mehr zum Gegenspieler des gemäßigten Wesendonk wurde, und war erleichtert, dass er sich offensichtlich nicht an ihr Gesicht erinnerte. Es hätte ihr nicht gefallen, wenn er sie mit den seichten Artikeln in Verbindung gebracht hätte, von denen sie in den letzten Monaten so gut gelebt hatten.

Hin und wieder trafen sie Jakob Gutermann, aber Veronika von Bonnekamp brachte er nicht mehr in die Wohnung.

Dann drängte sie sich auf einer Kundgebung auf dem Friedrichplatz plötzlich an ihre Seite. Catharine wusste nicht, wie sie reagieren sollte. Sie dachte an Esther und blickte starr geradeaus, um Veronika nicht ansehen zu müssen.

»Ich muss mich bei Ihnen entschuldigen für jene Begegnung vor zwei Wochen«, hörte sie Veronikas laute Stimme über den Lärm hinweg. »Mir war nicht bewusst, dass Jakob mit Ihrer Freundin verlobt war. Ich hätte mich gewiss nicht so schamlos verhalten, wenn ich die Zusammenhänge gekannt hätte.«

Catharine war so verblüfft über die unverblümte Direktheit, dass sie keine Worte fand. Sie blickte Veronika nur an. »Ich werde es Fräulein Lewy ausrichten«, meinte sie schließlich steif.

Veronika lächelte und schob sich dann wieder durch die Menge fort.

»Versprich mir, dass du mich niemals so abscheulich behandelst, wenn es einmal zu Ende sein sollte mit deiner Liebe zu mir«, beschwor sie Gustav eines Nachts. Er schloss sie wortlos in die Arme. Sein Bart kratzte an ihrem Hals. Sie merkte, dass er mit seinen Gedanken weit weg war, und wurde ärgerlich. »Vielleicht ist es nicht richtig, was ich tue«, hörte sie ihn murmeln.

»Was meinst du damit?«

»Dass ich dich so hineinziehe in die Volkserhebung.«

»Du hast mich nicht hineingezogen! Ich habe mich selbst daran beteiligt. Und im Übrigen, was sollte falsch daran sein? Bist du nicht selber mit Leib und Seele Revolutionär?«

Gustav griff über sie hinweg zu dem kleinen Schränkchen neben dem Bett, auf dem seine Zigaretten lagen. Sie hörte ihn nach Zündhölzern suchen, dann glühte das Ende der Zigarette auf. Er inhalierte und blies den Rauch in Richtung des Fensters.

»Sie werden sich das alles nicht so einfach gefallen lassen«, sagte er dann düster. »Sie werden zurückschlagen, der König und seine Männer, und es wird fürchterlich werden.«

Sie richtete sich auf den Unterarmen auf und suchte in der Dunkelheit sein Gesicht, fand aber nur das leuchtende Orange der Zigarettenglut.

»Alles wird gut werden, wenn wir nur zusammenstehen, du und ich.«

Der glimmende Feuerpunkt wurde leuchtend hell und groß, dann fiel er wieder in sich zusammen. Gustav gab keine Antwort.

Wie es Esther wohl bei Johanne ergangen war? Catharine freute sich darauf, sie alle wiederzusehen, ihre Freundin, ihre Schwester, ihr Kind. Sie beschleunigte ihre Schritte.

Wenige Meter vor ihr auf der Marktstraße war eine recht seltsame kleine Gruppe unterwegs. Zwei Diakonissen und ein alter Mann führten die Prozession an, hinter ihnen schleppten sich vier Kinder in Richtung Marktplatz. Ihre Rücken waren tief gebeugt, als enthielten die kleinen Bündel, die sie trugen, schwere Lasten. Während Catharine noch überlegte, ob es Waisen aus dem Kinderheim waren, geriet die letzte der kleinen Gestalten ins Straucheln. Ohne auch nur den Versuch zu unternehmen, sich mit den Händen abzufangen, fiel sie zu Boden und blieb einfach liegen. Das Ganze geschah so schnell und geräuschlos, dass die erwachsenen Begleiter nichts bemerkten. Auch die anderen drei Kinder gingen einfach weiter, ohne sich nach dem gestürzten umzusehen, als fehlte ihnen die Kraft dazu.

Catharine schrie erschrocken auf, und in wenigen Schritten hatte sie die dürre, kleine Person erreicht. Es war ein Junge, der Größe nach zu urteilen vier oder fünf Jahre alt, der mit dem Gesicht nach unten regungslos dalag.

Catharine streckte ihre Hand aus, um ihn umzudrehen. Ihre Finger zitterten. Inzwischen hatten auch die beiden Schwestern den Zwischenfall bemerkt und waren zurückgeeilt. Catharines Blick erfasste zuerst die dunkelblauen Diakonissenröcke, dann die erschrockenen Gesichter unter den schwarzen Hauben. »Herr Pastor«, rief eine. »Kommen Sie zurück, ein Kind ist gefallen.«

Die Frauen packten den ausgemergelten Körper mit geübten Griffen und richteten ihn auf. Catharines Hand fuhr vor ihren Mund. Über dem mageren Hals saß ein eingefallenes, graues Greisengesicht. Die Haut zog sich über Stirn und Wangenknochen wie dünner Stoff auf einem Totenschädel. Er war viel älter, als seine kleine Statur es vermuten ließ, mindestens zehn Jahre. Die Augen in den dunklen Höhlen waren glanzlos und müde wie die eines Hundertjährigen.

»Bitte, lassen Sie mich durch«, hörte sie eine Stimme. Als sie sich umwandte, erkannte sie Fliedner, den sie von hinten für einen alten Mann gehalten hatte. Sein Gesicht war so grau und erschöpft wie das des Jungen, die Spuren seiner langen Krankheit waren unübersehbar. Er beugte sich zu dem Kind hinunter und hob es hoch, dabei schwankte er leicht, obwohl der magere Körper nicht mehr als ein paar Kilo wiegen konnte.

»Guten Tag, Herr Pastor«, sagte Catharine, während sie sich ebenfalls aufrichtete. Fliedners Augen glitten vage über ihr Gesicht, dann nickte er kaum merklich.

»Guten Tag, Catharine«, sagte er schon fast im Gehen. Dann drehte er sich noch einmal zu ihr um. »Fragen Sie doch bitte Ihre Schwester, ob sie es einrichten kann, morgen früh ins Pfarrhaus zu kommen. Ich benötige ihre Hilfe.«

Sie nickte verwirrt und sah ihm nach, wie er mit dem Kind auf den Armen in Richtung Krankenhaus weiterging. Auch die anderen Kinder setzten sich wieder in Bewegung, mit hängenden Köpfen und müden Schritten.

»Er hat einige Diakonissen und Diakone nach Oberschlesien begleitet«, erklärte Johanne, nachdem Catharine ihr den Vorfall geschildert hatte. »Im Februar, kurz nach seiner Genesung, erreichte ihn das Hilfegesuch, und er brach umgehend auf. Das Elend dort muss unfassbar sein, die armen Leute haben keinen Bissen Brot mehr, und jetzt werden ihre geschwächten Körper vom Typhus dahingerafft.«

Catharine dachte an das oberschlesische Dienstmädchen, Adele, das sie vor zwei Jahren bei den Fockes in Berlin kennen gelernt hatte. Was sie aus ihrer Heimat erzählt hatte, war schon damals alarmierend gewesen. »Aber die Kinder?«, fragte Catharine. »Warum hat er die vier Kinder nach Kaiserswerth gebracht?«

»Vielleicht waren es Waisen, die in der dortigen Anstalt nicht mehr unterzubringen waren und die er nicht zurücklassen wollte. Du sagst, Fliedner selbst wirkte ebenfalls angegriffen?«

»Angegriffen? Er sah aus wie der lebendige Tod!«

»Du lieber Himmel. Hoffentlich hat er sich nicht auch noch mit dem Typhus infiziert ...«

»Jedenfalls bittet er dich morgen früh ins Pfarrhaus zu kommen, er braucht deine Hilfe.«

»Wozu?« Johannes Stimme klang alarmiert. »Mit den Kindern? Ich kann mit Kindern nicht umgehen, das muss ihm doch klar sein ...«

»Ich weiß es nicht, vielleicht ist es auch etwas anderes. Und im Übrigen kommst du doch auch mit Lenchen zurecht, was soll das Gerede.«

»Lenchen ist nicht halb verhungert und elend. Nein, du wirst mich morgen begleiten. Wenn es wirklich um die Waisen geht, dann bist du die Richtige dafür.«

»Auf keinen Fall werde ich das tun. Damit er mir wieder eine Moralpredigt hält, meines lasterhaften Lebens wegen. Nein, danke. Wir müssen außerdem morgen zurück nach Düsseldorf ...«

»Auf einen Tag mehr oder weniger kommt es doch nicht an«, mischte sich jetzt Esther in die Unterhaltung, die die ganze Zeit geschwiegen hatte. Catharines Blick durchbohrte sie. War das jetzt die neue Front, gegen die sie künftig zu kämpfen hatte? Johanne und Esther in einer Meinung vereint? Die Freundin wich ihrem Blick aus, trommelte mit den Fingerspitzen auf dem Tisch herum, dann stand sie auf.

»Es ist schon gut. Komm, Magdalena, wir beide gehen noch ein wenig zum Rhein und sehen nach den Enten.«

»So habt ihr euch also gut verstanden?«, fragte Catharine spöttisch, als die Haustür hinter den beiden ins Schloss fiel.

»Bestens. Es ist kaum zu glauben, dass sie nur wenige Jahre älter ist als du, Esther wirkt in allem so viel reifer und erwachsener. Sie ist eine …«

»… wunderbare Frau«, unterbrach sie Catharine.

Johanne nickte etwas überrascht. »Also begleitest du mich morgen«, sagte sie dann, als hätten sie die Sache bereits abgemacht.

Catharine seufzte.

Nichts an Fliedner erinnerte mehr an den müden, alten Mann, den Johanne am Vortag gesehen hatte. Die graue Farbe war aus seinem Gesicht gewichen, seine Haltung war aufrecht. Der Blick wie immer alles durchdringend und kühl. Hellwach.

»Es geht um ein paar Bittbriefe, die heute noch abgesandt werden müssen«, erklärte er Johanne, während er gleichzeitig Catharine musterte, als wunderte er sich, warum sie mit ihr gekommen war.

Sie hätte sich ohrfeigen können. Warum hatte sie sich nur von Johanne beschwatzen lassen? Jetzt stand sie hier wie ein neugieriges Mädchen, dass nicht allein zu Hause bleiben wollte.

»Dürfte ich Sie denn auch um einen Gefallen bitten?«, erkundigte sich Fliedner nach einigen unangenehmen Sekunden des Schweigens.

Catharine zuckte verdrossen mit den Schultern. Es war offensichtlich, dass sie im Moment nichts wirklich Wichtiges zu tun hatte.

»Die vier Kinder, die ich aus Oberschlesien hierher gebracht habe, sind nun im Waisenhaus, aber es geht ihnen nicht eben gut. Die lange Reise hat ihre kranken Körper weiter geschwächt, sie sind verwirrt und voller Angst. Aber unser Waisenhaus ist in diesen Zeiten voll wie nie zuvor, und die beiden Schwestern können sich nicht ausreichend um die Neuankömmlinge kümmern …« Er brach mitten im Satz ab. Catharine wartete noch einen Moment auf den Fortgang seiner Rede, aber als er sie nur erwartungsvoll ansah, nickte sie kurz.

»Ich kann gerne einmal hinübergehen und meine Hilfe anbieten.«

Während Johanne mit dem Pastor im Pfarrhaus verschwand, setzte sie sich unwillig in Bewegung. Am Eingang des Asyls hielt sie einen Moment lang inne. Hier war sie fast drei Jahre lang täglich aus- und eingegangen. Und später hatte sie auch noch mehrere Monate im Waisenhaus gearbeitet. Plötzlich hatte sie das Gefühl, als sei sie wieder an einem Punkt angekommen, den sie schon lange hinter sich gelassen hatte. Der Gedanke gefiel ihr nicht. »Für heute magst du gewonnen haben, Johanne«, murmelte sie. »Aber morgen gehe ich wieder zurück nach Düsseldorf.«

Edda, Hertha, Barbara, Thomas. Die vier oberschlesischen Kinder saßen auf der Bank, mit dem Rücken an der Wand, die Knie zur Brust gezogen. Während die anderen Kinder am Tisch malten, schrieben oder handarbeiteten, hockten sie einfach nur da und starrten ins Leere. Hin und wieder stieß Thomas leicht mit dem Kopf an die Wand, als wolle er sich vergewissern, dass sie noch hinter ihm war. Oder sein Kopf noch auf seinen Schultern.

»Ich habe alles Erdenkliche mit ihnen anzufangen versucht«, flüsterte Schwester Dorothea, »aber sie zeigen keinerlei Regung. Sie scheinen gänzlich … eingefroren.«

Catharine ließ sich neben Thomas nieder. Das kleine, graue Greisengesicht blieb starr, als sie ihn ansprach. »Erzähl mir doch einmal von deiner Heimat«, forderte sie ihn leise auf. »Ich habe einmal ein Mädchen aus Oberschlesien gekannt, sie hieß Adele, und sie hat mir so viel erzählt. Sag mir doch auch einmal, wie ist es dort?« Der Junge schlug mit dem Kopf gegen die Wand. Vielleicht war es falsch, ihn nach seinem Zuhause zu fragen. Vielleicht sollten die Kinder die furchtbaren Dinge, die hinter ihnen lagen, besser vergessen, so schnell wie möglich. Aber dann sah sie in die uralten Augen des Jungen und wusste, dass er niemals vergessen würde, solange er lebte.

Irgendwann nahm sie seine Hände und zog sie in ihren Schoß. Sie erschrak, als sie die eisige Kälte spürte, und erwartete schon, dass er seine Finger wieder zurückziehen würde. Aber er hielt ganz still, während er weiter starr geradeaus blickte. Seine Hände lagen in ihren, als gehörten sie nicht zu ihm.

Nach einiger Zeit wurden sie warm.

Jeden Tag ging Catharine ins Waisenhaus, um nach den schlesischen Kindern zu sehen. Sie rieb ihre Hände, redete ihnen leise zu, auch wenn sie nicht reagierten. Und nach und nach tauten die drei Mädchen auf.

Eine nach der anderen stellte die Füße auf den Boden, und irgendwann standen sie auf und gingen hinüber zu den anderen. Anfangs noch, ohne etwas mit ihnen anzufangen. Aber als sie die Mädchen das erste Mal am langen Tisch sitzen sah, wusste Catharine, dass sie früher oder später auch zu Nadel und Faden, zu Buntstiften und Papier greifen würden. Langsam würde die Vergangenheit in Vergessenheit geraten und die Wunden würden verheilen.

Thomas dagegen blieb noch lange auf der Bank, die Knie an die Brust gezogen, die Augen starr geradeaus. Mitte April kamen die ersten warmen Tage, und die Kinder rannten wie befreite Gefangene in den Garten, nur Thomas rührte sich nicht. Sie erzählte ihm von der warmen Sonne, den Gänseblümchen auf der Wiese und dem bunten Kreisel, mit dem die anderen draußen spielten. Ihre Stimme war ruhig, sie erwartete keine Antwort. Aber plötzlich drehte er den Kopf zu ihr und blickte sie mit seinen dunklen Augen an. Ihr Herz begann schneller zu schlagen. »In Pleß haben wir einen Ball gehabt«, sagte er. Wie die anderen drei sprach er in dem polnisch gefärbten oberschlesischen Dialekt, der in der Rheinprovinz so schwer zu verstehen war. »Wir« sagte er mit einem langen rollenden »R«, es klang so lustig und passte so gar nicht zu seinem ausgezehrten, schwachen Körper.

Catharine atmete tief ein und versuchte, sich ihre Erregung nicht anmerken zu lassen. »Sollen wir schauen, ob wir hier auch einen Ball für dich finden?«, schlug sie so beiläufig wie möglich vor.

Später saß Thomas auf der Bank im Garten. Den Ball hielt er auf den Knien fest, indem er beide Arme darum schlang. Die drei Mädchen aus Oberschlesien tollten derweil so ausgelassen mit den anderen Kindern herum, als hätten sie nie Hunger gespürt, als hätten sie nie mit ansehen müssen, wie ihre Eltern und Geschwister starben.

»Um Thomas habe ich mir die größten Sorgen gemacht«, hörte Catharine plötzlich Fliedners Stimme. »Aber nun bin ich mir sicher, dass er genesen wird.«

Sie fuhr zusammen. Der Pastor stand neben ihr und betrachtete wie sie die Kinder. Es war, als sei er in ihren Kopf eingedrungen und habe ihre Gedanken ausgesprochen.

»Sie haben wirklich sehr viel für die Kinder getan, Fräulein König.«

Sie nickte und schwieg, weil ihr nichts einfiel, was sie hätte entgegnen können.

»Warum bleiben Sie nicht hier bei uns und setzen Ihre segensreiche Arbeit fort? Sie haben in den wenigen Wochen so viel Erstaunliches erreicht, bedenken Sie doch, wie viel mehr Sie mit Gottes Hilfe noch bewirken könnten! Unterstützen Sie uns ganz ohne Zwang, wie Sie es auch früher im Asyl getan haben.«

»Glauben Sie mir«, fuhr er fort, und sein Ton wurde dabei noch eindringlicher, »viel näher als hier werden Sie dem Himmelreich auf Erden nicht kommen können.«

Catharine sah ihn überrascht an. Er erwiderte ihren Blick nicht, sondern betrachtete weiterhin die spielenden Kinder. Offensichtlich hatte die Pastorin mit ihm über ihre Unterhaltung am Weihnachtstag gesprochen. Sie sah die beiden plötzlich vor sich, wie sie besorgt von ihr sprachen und wie sie ihre Hände falteten, um gemeinsam für sie zu beten.

»Nun, da bin ich ganz anderer Meinung, das können Sie sich vielleicht vorstellen«, sagte sie laut. »Und Sie werden es auch noch erleben, dass sich alles zum Guten wandeln wird, wenn wir erst einmal eine freiheitliche Verfassung haben und Grundrechte auch für die Armen. Wenn es nicht mehr eine Frage der Gnade und der glücklichen Umstände ist, ob ein Waisenkind genügend zu essen findet oder einen Platz im Waisenhaus. Wenn es keine Klassenunterschiede mehr gibt, sondern die Menschen alle gleich sind, von Geburt an. Wenn das hier alles ist, was wir erreichen könnten, das wäre fürwahr traurig!«

Er schaute weiter geradeaus. »All diese Dinge, von denen Sie sprechen, für die Sie kämpfen, sie wären ganz einfach zu erreichen. Wenn nur wir Menschen nicht wären. Wir missgünstigen, schwachen Kreaturen mit all unserer Bosheit, die wir uns gegenseitig nicht das Mindeste gönnen. Aber weil wir in der Erbsünde gefangen sind, wird sich die Menschheit in ihrer Gesamtheit niemals ändern. So werden wir uns mit dem Himmelreich wohl aufs Jenseits gedulden müssen.« Die Milde verschwand aus seinem Gesicht. »Alles andere ist ein Traum und wird immer ein Traum bleiben.«

8

Nach den vier Wochen in Kaiserswerth war die Rückkehr nach Düsseldorf für Esther und Catharine wie eine Rückkehr in eine fremde Welt. Kalt und feindlich empfingen sie die Zimmer am Bahndamm. Gustav war noch nicht aus Berlin zurück, und Jakob war endgültig ausgezogen. Seine Kleider und Bücher waren weg, auch der Tisch und die Stühle fehlten. »Besser so«, sagte Catharine resolut. »Kaufen wir eben einen neuen Tisch, der alte wackelte ohnehin. Hauptsache, du bist diesen Taugenichts endlich los.«

Aber Esther antwortete nicht und starrte mit glänzenden Augen hinunter in den Hinterhof, als ob es dort etwas Faszinierendes zu sehen gäbe.

Die Revolution hatte sich verändert. Die preußische Regierung begegnete den umstürzlerischen Tendenzen nun mit unnachgiebiger Härte. Nach dem Sturz Metternichs in Österreich wurde am 17. März zwar die Pressezensur aufgehoben, und Friedrich Wilhelm IV. ritt mit schwarz-rot-goldener Schärpe durch Berlin, zu weiteren Zugeständnissen war er jedoch nicht bereit. So wurden auch auf Seiten der Revolutionäre die radikalen Stimmen immer lauter. Aus Berlin kamen Nachrichten von Massenversammlungen aufgebrachter Arbeitsloser und Arbeiter, auch von blutigen Barrikadenkämpfen und gestürmten Rathäusern wurde berichtet, bei denen Hunderte von Zivilisten ums Leben kamen. Catharine dachte an Gustav. Bestimmt steckte er mitten im Zentrum des Aufruhrs. Wenn er doch endlich wiederkäme.

»Wenigstens kannst du nun über die Dinge schreiben, die dich wirklich bewegen, und musst dich nicht mehr mit Berichten über die neuesten Modekollektionen abmühen«, versuchte sie die Freundin aufzumuntern. Tatsächlich akzeptierten dieselben Redakteure, die ihre kritischen Artikel bisher immer abgewiesen hatten, die extremsten politischen Stellungnahmen, ohne zu zögern. Innerhalb einer Woche hatte Catharine einen Großteil von Esthers alten Arbeiten zu einem guten Preis an die Redaktionen verkauft.

»Ich profitiere vom Leid der anderen«, klagte Esther, als sie mit Catharine den neuen Tisch in die Wohnung schleppten, den sie von dem Geld bei einem Trödler gekauft hatten.

»Ach, Unsinn. Du förderst die Revolution und kannst auch noch davon leben! Was willst du denn eigentlich mehr.«

Im Mai hängten sie ihre ersten Plakate auf. Unter der Überschrift »Frauen zur Freiheit!« hatten sie die Erklärung der Rechte der Frau abgedruckt, die Marie-Olympe de Gouges während der Französischen Revolution formuliert hatte: *Die Frau ist frei geboren und bleibt dem Manne gleich in allen Rechten. Die Frau hat das Recht, das Schafott zu besteigen. Sie muss gleichermaßen das Recht haben, die Rednerbühne zu besteigen …*

»Düsseldorfer Frauen, befreit euch!«, forderte das Plakat in großen Lettern auf. »Wenn ihr die Unterdrückung nicht länger ertragen wollt, dann kommt zur Frauenversammlung am 28. Mai 1848!« Um sieben Uhr abends sollte die Veranstaltung im »Roten Krug«, einem Lokal der Liberalen am Karlsplatz, beginnen.

Vierzig Plakate hatten sie drucken lassen. Sie hängten sie vor Krämerläden, an Häuserwände, sogar in der Bahnhofshalle brachten sie eines unter. »Auch wenn es nicht lange hängen bleiben wird, die eine oder andere Frau wird es bestimmt sehen«, meinte Esther.

Am Abend des 28. Mai trafen sie frühzeitig im Hinterzimmer des Roten Krugs ein. Bis um sieben Uhr warteten sie voller Spannung. Danach nahm ihre Erwartung mit jeder Minute, die verstrich, langsam ab und wich einer immer größer werdenden

Enttäuschung. Am Anfang trösteten sie sich noch damit, dass alle später eintreffen würden, weil keine die Erste sein wollte. Aber als sie um neun immer noch alleine dasaßen, stand Catharine auf. »Lass uns nach Hause gehen«, sagte sie müde, ohne dem Blick der Freundin zu begegnen.

Im Hinausgehen nahm Esther ihre Hand. »Wir haben es falsch angefangen. Das heißt aber nicht, dass die Sache an sich verkehrt ist. Du wirst schon sehen, wir werden unseren Verein noch gründen.«

»Oh, steht gerüstet! Seid bereit! Oh, schaffet, dass die Erde,
Darin wir liegen strack und starr, ganz eine freie werde!
Dass fürder der Gedanke nicht uns stören kann im Schlafen:
Sie waren frei: doch wieder jetzt – und ewig! – sind sie Sklaven!«

Wie immer, wenn sie das Ende von Freiligraths *Ode der Toten an die Lebenden* hörte, traten Catharine Tränen in die Augen. Sie wischte sie verstohlen weg und zog eine Grimasse, während Lorenz Clasen auf dem Rednerpult das Blatt zusammenfaltete, von dem er das Gedicht abgelesen hatte. Gustav, der neben ihr stand, hob die Hände und begann zu applaudieren. Auch seine Augen glänzten.

»Meisterhaft!«, murmelte er ergriffen. Catharine spürte auf einmal eine solche Liebe zu ihm, dass sie ihre Hand auf seinen Arm legte, der immer noch Beifall klatschte. Er hielt inne und zog sie an sich.

Der untersetzte Körper von Friedrich Schnake drängte sich neben sie. Auf der Stirn des jungen Mannes, der wie Gustav zum Führungsgremium des Volksklubs gehörte, glänzten Schweißperlen.

»Hast du schon gehört?«, fragte er zu Gustav gewandt. »Sie haben ihn eingesperrt, schon vor dem Wochenende. Aufforderung zum Umsturz werfen sie ihm vor …«

»... Diese Schweine, erst haben sie Wulff in den Kerker geworfen und nun Freiligrath. Es muss etwas geschehen!«

»So beruhige dich, sachte!« Schnake legte seine Hand auf Gustavs Arm.

»Es hat ja nun keinen Zweck, dass sie dich auch noch wegsperren!« Er warf einen nervösen Blick auf Catharine, die erstaunt zurückschaute.

»Es ist im Übrigen Nachricht gekommen aus Berlin«, sagte er dann leise, fast schon flüsternd. »Am Vierzehnten ist es so weit, Eckermann hat es ins Büro telegrafiert.«

»Und hast du mit Wuttke gesprochen wegen der Angelegenheit?«, erkundigte sich Gustav schnell. Schnake nickte. Er schien noch etwas sagen zu wollen, aber nach einem weiteren Blick auf Catharine unterließ er es.

Plötzlich kam sie sich vor wie ein Eindringling. Ein Spitzel.

»Störe ich?«, fragte sie laut. Die beiden Männer scharrten mit den Füßen und mieden ihren Blick. Gustavs Backenknochen mahlten wie immer, wenn er nicht wusste, was er sagen sollte. »Ich werde dir später alles ...«, begann er dann unbehaglich, aber Catharine fiel ihm ins Wort. »Bemüh dich nicht«, meinte sie schnippisch. »Was soll ich mein armes Frauenhirn auch mit so düsteren politischen Dingen belasten? Das ist doch nun wirklich eine reine Männerangelegenheit.«

»Da haben Sie Recht, Fräulein Catharine«, sagte Schnake erleichtert. »Beschweren Sie sich nur nicht mit diesen Problemen, und genießen Sie lieber den schönen Sommertag.«

Gustavs großer Schädel senkte sich noch tiefer zu Boden, er trat von einem Fuß auf den anderen und schwieg. Catharine drehte sich auf der Hacke um und ging ohne einen Gruß davon.

Das Einheitsfest war jetzt in vollem Gang. Zahlreiche Altbierfässer waren angestochen worden und mit dem Bier hob sich die Stimmung auf dem Friedrichplatz ins Euphorische. Wohin Catharine auch sah, überall prostete man sich zu, Protestlieder wurden angestimmt, mehr laut als schön.

Wenn nur Esther hier wäre, dachte sie unglücklich. Aber sie hatte es vorgezogen, den Nachmittag zu Hause zu verbringen, um einen Artikel zu beenden. »Und im Übrigen fehlt mir der rechte Sinn für Massenveranstaltungen. Ich agiere und agitiere lieber im Verborgenen«, hatte sie Catharine erklärt.

Ihre radikal-demokratischen Zeitungsartikel und Berichte wurden inzwischen von allen Blättern in Düsseldorf, Neuss, Elberfeld und Ratingen gedruckt. Aber immer noch veröffentlichte sie alles, was sie schrieb, unter einem männlichen Pseudonym, sonst hätte Catharine die Artikel nicht verkaufen können.

Und daran wird sich nie etwas ändern, wenn wir Frauen es nicht ändern, dachte Catharine wütend, während sie sich ihren Weg durch die feiernden, lärmenden, betrunkenen Menschen bahnte. Aber keine war gekommen an jenem Abend vor fast drei Monaten, keine Einzige. Sie hatte Gustav nichts von dem Misserfolg erzählt. Sie schämte sich zu sehr dafür. Und wahrscheinlich hätte ihn die Sache ohnehin nicht interessiert. Weil die Freiheit der Frau so nebensächlich, so nichtig war vor dem Hintergrund der großen Revolution.

Auf der Alleestraße stieß sie auf Veronika von Bonnekamp, die sich mit einem bärtigen Herrn unterhielt. Catharine nickte ihr kurz zu und wollte dann weiter, aber Veronika hielt sie auf. »Fräulein König, wie gut, dass ich Sie hier sehe, ich wollte Sie schon lange etwas fragen.« Zögernd trat Catharine näher. Sie hatte Veronika seit jenem Zusammentreffen auf der Kundgebung nicht mehr gesehen und war sich immer noch nicht darüber im Klaren, wie sie sie einschätzen sollte.

»Darf ich Ihnen Herrn Emanuel Leutze vorstellen?«, sagte Veronika mit einem gewissen Stolz in der Stimme. »Herr Leutze, das ist Fräulein König.«

Sie schüttelten sich die Hände. Das war also der berühmte Historienmaler aus Amerika, dessen Bilder Esther so bewunderte. Er war bestimmt nicht viel älter als dreißig, aber sein dunkler Vollbart, der ihm bis auf die Brust fiel, war bereits von grauen Strähnen durchzogen. Auch sein kräftiges Haar zeigte graue Spuren, wie weiße Quarzadern in dunklem Gestein.

»Wir sprechen gerade von der neuen Künstlervereinigung, die in den nächsten Tagen gegründet werden soll«, erklärte Veronika.

»O ja, der Malkasten«, nickte Catharine.

Leutze zog die buschigen Augenbrauen hoch. »Sie haben schon davon gehört? Also hat sich die Sache vor ihrer Gründung schon herumgesprochen? Das nenne ich einen erfolgreichen Beginn!« Sein Deutsch war makellos, aber er hatte einen leichten, eigenartigen Akzent. Catharine lachte. »Aber ich wusste nicht, dass auch Sie mit von der Partie sind«, gab sie dann zu. »Ich dachte vielmehr, das Ganze sei eine Angelegenheit der Kunstakademie.«

»Nein, keineswegs. Die Herren Professoren Hildebrandt und Mücke haben die Idee zwar ins Rollen gebracht, aber unser Ziel ist es, eine freie und unabhängige Künstlerschaft zu entwickeln, zu der auch Musiker, Dichter und Schriftsteller gehören sollen.«

»Und wo wollen sie zusammenkommen?«, erkundigte sich Catharine, die plötzlich wieder an den Frauenverein denken musste.

»Wir werden Räume anmieten müssen, zumindest am Anfang.«

»Wäre das nicht etwas für Ihren Freund Otto Sonne?«, fragte Veronika an Catharine gewandt. »Er schreibt doch auch, und seine demokratische Gesinnung ist unverkennbar.«

Catharine sah sie überrascht an. *Otto Sonne* war das Pseudonym, unter dem Esther ihre Artikel veröffentlichte. Aber woher wusste Veronika davon? Von Esther hatte sie bestimmt nichts erfahren.

»Es war nur so ein Gedanke«, erwiderte Veronika und lächelte. Die lang gezogene Krempe ihrer Schute warf einen Schatten über ihre Augen, sodass Catharine ihren Gesichtsausdruck nicht deuten konnte.

»Das mag schon sein«, gab sie deshalb genauso beiläufig zurück. »Warum fragen Sie ihn nicht einfach selbst?«

Leutzes Augen wanderten von einer Frau zur anderen und blieben schließlich bei Catharine hängen. »Nun, wir können jedes Mitglied gebrauchen, das mit Überzeugung und Begeisterung bei der Sache ist.«

Er warf einen Blick auf seine Taschenuhr. »Leider muss ich die Damen nun bitten mich zu entschuldigen. Ich habe eine Verabredung und möchte nicht zu spät kommen.« Er beugte sich galant über Veronikas Hand und deutete einen Handkuss an. Catharines Hand zog er dagegen bis an seine Lippen. Als er sie wieder losließ, blickte er ihr in die Augen. »Es war mir ein Vergnügen«, sagte er, als kämen sie gerade zurück von der Tanzfläche.

»Ganz meinerseits«, murmelte Catharine verwirrt.

»O là là«, meinte Veronika, während sie dem Maler nachschaute, wie er in Richtung Hofgarten davonging.

Catharine ignorierte ihren anzüglichen Ton. »Was sollte das eben mit Otto Sonne?«, fragte sie stattdessen. »Woher kennen Sie ihn?«

»Ich habe ihn einmal getroffen.« Veronikas Lächeln wurde schmaler. Catharine wurde ungeduldig. Was wollte diese Frau von ihr? Warum kam sie nicht klar zum Punkt?

»Du liebe Zeit, jetzt lassen Sie doch diese Andeutungen! Sie wissen doch genauso gut wie ich, dass es nur ein Deckname ist!«

»Nun, wenn Sie so wollen.« Auch Veronika wurde jetzt ernst. »Ich weiß, dass Sie hinter den Artikeln stecken, und ich muss sagen, sie gefallen mir ausnehmend gut. Ihre Worte sind so aufrüttelnd, so direkt.«

»Ich bin aber nicht Otto Sonne, da sind Sie falsch unterrichtet.« Von wem Veronika bloß ihre Informationen hatte?

»Aber Sie sind diejenige, die die Aufträge annimmt und die Berichte ausliefert. Wer hat sie dann geschrieben? Herr Winkels? Nein, er würde sich nicht scheuen, seinen Namen zu nennen. Es muss eine Frau sein.«

»Denken Sie darüber nach.« Catharine lächelte spöttisch und wandte sich zum Gehen.

»Fräulein König, so warten Sie doch.« Veronikas Hand im lindgrünen Spitzenhandschuh schoss nach vorn und fasste sie am Ärmel. »Ich habe Ihnen schon einmal erklärt, wie Leid mir die Umstände tun, unter denen wir uns das erste Mal getroffen haben.«

»Das haben Sie.«

»Und ich wünschte ... nun, ich dachte ... nachdem diese Sache nun einmal aus der Welt geschafft ...« Unbehaglich reckte sie den langen Hals, die Lippen öffneten und schlossen sich wieder, als schnappte sie nach Worten.

»Was?«, fragte Catharine ungeduldig.

Veronika legte den Kopf leicht zur Seite und schaute sie von oben herab an. »Nun, ich dachte, wir könnten Freundinnen werden. Das dachte ich wohl.« Ihr runder Kopf nickte kurz. Dann spannte sie ihren kleinen grünen Sonnenschirm auf, hob ihn anmutig über den Kopf und ging.

Die Frau mit dem roten Kopftuch, die neben ihr stand, verbreitete einen stechenden Schweißgeruch. Jedes Mal, wenn sie sich nach vorn beugte oder ihre Arme bewegte, hüllte der üble Geruch Catharine ein wie Nebel. Vielleicht sollte sie sich doch einen anderen Platz suchen. Aber so eine gute Aussicht wie von hier würde sie nirgendwo mehr finden. Und es konnte nicht mehr allzu lange dauern, bis der König endlich erschien, der auf dem Weg zum Kölner Dombaufest in Düsseldorf Station machen wollte, um in Schloss Jägerhof seinen Cousin und Vetter Prinz Friedrich zu besuchen.

Wo Gustav wohl steckte? Sie waren zusammen zur Kastanienallee gekommen, aber dann hatte er die Männer vom Volksklub getroffen, und sie waren gemeinsam weggegangen. Sie hatte gar nicht versucht, sich ihnen anzuschließen, man würde sie ohnehin nicht mit einbeziehen in die Gespräche.

Wenn die Männer nur nichts Unvernünftiges vorhatten, dachte sie zum wiederholten Mal. Seit Wulffs und Freiligraths Verhaftung war Gustav noch radikaler in seinen Ansichten, in seiner ganzen Gesinnung. Vor kurzem hatte er davon gesprochen, dass keine Revolution eine Zukunft habe, solange man die Oberen auf ihren Posten ließe. Und dass der König weg müsse, koste es, was es wolle.

Ob die Männer ein Attentat planten? Wollten sie den verhassten Monarchen aus dem Hinterhalt erschießen? Unsinn, dachte sie, es wäre der reine Selbstmord. Die Kastanienallee wimmelte vor Polizisten und Soldaten der preußischen Garnison. Auf jeden Zivilisten schien ein Beamter in Uniform zu kommen. Mit finsteren Gesichtern standen sie vor den Menschen mit ihren Fähnchen und Tröten, die Hände an den Säbeln, zum Eingreifen bereit, als steckte in jedem der Anwesenden ein fanatischer Republikaner.

Hier und dort sah Catharine auch Männer von Cantadors Bürgergarde. In den letzten Wochen hatte es eine heftige Diskussion gegeben, ob die Bürgerwehr den König, der sich der demokratischen Bewegung so vehement entgegenstellte, auf seinem Weg durch die Stadt geleiten sollte. Am Ende hatte man sich halbherzig zu einer Begrüßung am Bahnhof der Köln-Mindener Eisenbahn durchgerungen, wo Friedrich Wilhelm IV. um halb drei Uhr erwartet wurde.

Weiter unten auf der Kastanienallee begann man jetzt zu jubeln und zu klatschen. Die Leute schoben sich weiter nach vorn zur Straße, doch von der anderen Seite warfen sich die preußischen Soldaten dagegen und drängten sie wieder zurück. Catharine sah, dass einige der Soldaten bereits ihre Säbel gezückt hatten. Wieder reckte sie den Kopf, um nach Gustav Ausschau zu halten. Vergeblich.

Jetzt kam die erste Vorhut des Königs die Allee entlang. Preußische Offiziere auf geschmückten Pferden ritten vorüber, den Blick stolz nach vorn gerichtet, die Miene unbewegt. Direkt vor ihr hob ein Pferd den mit roten und weißen Bändern durchflochtenen Schwanz, dicke braune Klumpen quollen darunter hervor, fielen auf die Straße und blieben dampfend liegen, während Gaul und Reiter hochmütig weiterzogen.

Hinter den Offizieren rollte die erste Kutsche mit schwitzenden Honoratioren, auch sie schenkten dem Menschenauflauf keine Beachtung. Die Räder der Kutsche zerteilten die Pferdeäpfel zu einem stinkenden, braunen Brei, von dem ein paar dicke Brocken unmittelbar vor Catharine landeten. Die Menschen jubelten und applaudierten, andere buhten die Herrschaften aus und beschimpften den König, obwohl er noch gar nicht zu sehen war. Ein zerlumpter Straßenjunge vor Catharine blies gellend in eine Trillerpfeife, der Pfiff zeriss ihr fast das Trommelfell. Die Honoratioren plauderten einfach weiter, als trenne sie eine unsichtbare Mauer von der aufgeheizten Volksmenge.

»Hurra!«, kreischte die schwitzende Frau. »Pfui!«, brüllte eine andere. Ein paar Männerstimmen grölten Freiligraths Lied von den Farben der Republik: »Pulver ist schwarz, Blut ist rot, golden flackert die Flamme!«

Dann erschien der König. Wie damals, als Catharine ihn in Kaiserswerth gesehen hatte, zeigte sein fleischiges, glatt rasiertes Gesicht in der offenen Kutsche keine Regung. Er blickte auf seine Untertanen, den Kopf ein wenig zur Seite geneigt, als frage er sich, warum so viele gekommen waren.

Die Frau mit dem roten Kopftuch, die eben noch gejubelt hatte, schien ihre Meinung jetzt plötzlich geändert zu haben. »Du Blutsauger!«, kreischte sie. »Du elender Schmarotzer.« Der König hob die Hand und grüßte in die Menge.

Im gleichen Moment bückte sich der Straßenjunge vor Catharine, holte einen der zerklumpten Pferdeäpfel vom Boden und schleuderte den Kot in die königliche Kutsche. Die Frau neben ihr stöhnte laut, es klang entsetzt und begeistert zugleich.

Catharine hielt den Atem an. Während die Kutsche weiterrollte, sah sie Friedrich Wilhelm den Hals recken und gleichzeitig den Kopf senken, als wolle er sich selbst in den Ausschnitt blicken. Prinz Friedrich sprang auf und begann den König hektisch mit einem Tuch zu bearbeiten, doch Seine Majestät schob ihn zur Seite. Dann war die Kutsche außer Sichtweite.

Viel zu spät setzten sich zwei preußische Soldaten in Bewegung und bahnten sich brutal einen Weg durch die Menge. Als sie endlich bei Catharine ankamen, hatte der Gassenjunge längst das Weite gesucht. Einen Moment fuchtelten sie ratlos mit ihren Pistolen und musterten Catharine drohend, als ob sie anstelle des Missetäters sie abführen wollten.

»Gütiger Gott im Himmel«, keuchte die Frau, als sie schließlich unverrichteter Dinge wieder abgezogen waren. »Das wird er uns heimzahlen. Das wird er uns ganz gewisslich heimzahlen, der allmächtige König!«

Erst nach Mitternacht wurde der Lärm auf den Straßen leiser. Catharine und Esther waren lange aufgeblieben und hatten das Fenster weit geöffnet, um die kühle Nachtluft hereinzulassen, auch wenn immer wieder der Latrinengestank nach oben drang. Als sie die Kirchturmuhr von St. Peter zwölf Mal schlagen hörten, stand Esther auf und gähnte. »Es tut mir Leid, Catharine, aber ich gehe jetzt zu Bett. Ich kann die Augen kaum noch offen halten. Und du solltest es mir gleichtun und ebenfalls schlafen gehen. Gustav wird bestimmt nach Hause kommen, es ist ihm gewiss nichts passiert.«

Während Esther sich zurückzog, blies Catharine die Kerzen aus. Aber dann lag sie mit offenen Augen da und hörte, wie ihr Herz schlug, laut und wach.

Nach dem Zwischenfall auf der Kastanienallee war es überall auf den Straßen zu Unruhen gekommen. Die Soldaten der preußischen Garnison hatten den Übergriff auf ihren König als persönliche Beleidigung empfunden. Nachdem Friedrich Wilhelm in Schloss Jägerhof angekommen war, waren sie mit äußerster Härte gegen die Bürger vorgegangen, sobald sich auch nur ein Ansatz von Protest regte. Auf dem Rückweg von der Kastanienallee hatte Catharine einen der Soldaten beobachtet, der ein altes Weib mit dem Säbel bedrohte, nur weil sie mit einem schwarz-rot-goldenen Tuch gewinkt hatte. Zwei junge Burschen, die sich vor die Alte stellten, konnten gerade noch verhindern, dass diese abgeführt wurde.

Gustav, Schnake oder irgendeinen anderen Vertreter des Volksklubs hatte sie nicht mehr zu Gesicht bekommen. Sie war sich sicher, dass sich die Männer mit Begeisterung in den Straßenkampf geworfen hatten. Und je lauter das Geschrei draußen auf der Straße wurde, je später es wurde, desto unruhiger wurde sie. Wenn sie die Augen schloss, sah sie Gustav daliegen, mit einem roten Fleck auf der Brust, der langsam größer wurde. Die Worte der Frau mit dem roten Kopftuch klangen ihr noch im Ohr. *Das wird er uns heimzahlen, der allmächtige König.*

Es wurde gerade hell, als er endlich nach Hause kam. Lautlos drehte er den Schlüssel im Schloss und schlich auf bloßen Füßen herein, die Schuhe in den Händen.

Als er sich neben sie legte, schlang sie ihre Arme um ihn. »Du bist noch wach?«, fragte er erstaunt. Seine Zunge war schwer, als habe er getrunken, aber Catharine roch kein Bier in seinem Atem. Im Zwielicht des frühen Morgens sah sie etwas Dunkles an seiner Schläfe, und als ihr Finger die Stelle berührte, zuckte er zusammen. Ihre Hand war klebrig von Blut.

Erschrocken richtete sie sich auf. »Lass nur«, winkte er müde ab. »Es ist alles halb so schlimm. Die Wunde ist nicht tief, es wird schon heilen.«

»Wie ist das passiert?«, flüsterte sie.

»Ein dummer Kerl, mit dem ich aneinander geriet. Aber er sieht auch nicht viel besser aus, tröste dich.«

»Du hast dich geschlagen?«

Er verzog das Gesicht zu einem freudlosen Lächeln und antwortete nicht.

»Morgen muss ich nach Köln«, sagte er schließlich. »Blum ist auf dem Dombaufest, er wird dort dem König vorgestellt.«

»Aber das ist ja wunderbar«, meinte sie aufgeregt. »Wenn Friedrich Wilhelm und Blum sich treffen, vielleicht gibt es dann doch noch eine friedliche Verständigung.«

Er zuckte mit den Schultern und starrte in die Dunkelheit. »Sie werden sich nicht verständigen. Die Lager sind viel zu weit voneinander entfernt. Es gibt nur eine Lösung.«

»Krieg?«, fragte sie. »Aber wenn das die Lösung ist, dann werden wir verlieren.«

Gustav antwortete nicht.

9

Von der Versammlungswiese vor dem Neusser Hessentor zogen sie abends wieder nach Düsseldorf. An die tausend Menschen, Seite an Seite, in euphorischer Stimmung. Den ganzen Tag hatten sie Protestreden gehört, Revolutionslieder gesungen und die endgültige Entmachtung des Königs gefordert. Lassalle, der soeben aus dem Gefängnis entlassen worden war, hatte auf der Kundgebung zu der aufgeheizten Masse gesprochen und einen wahren Sturm der Begeisterung ausgelöst.

Viele skandierten Kampfgesänge, einige grölten Trinklieder. Catharine und Esther liefen mit in der Masse, aber sie gehörten nicht dazu. Esthers schmales, blasses Gesicht schien noch verschlossener als sonst, während ihre wachen Vogelaugen über die Gesichter der aufgebrachten Menschen flogen. »Es ist ein Mob«, sagte sie irgendwann zu Catharine. »Sie würden für alles ziehen, weißt du. Wenn jetzt einer schrie, dass es gegen die Juden ginge, und er wüsste es mit der rechten Überzeugung zu vermitteln, dann würden sie auch da mitmachen und die Synagogen anzünden und den Rabbi aufknüpfen.«

Dann sah Catharine Emanuel Leutze in der Menschenmenge. Er ging, zusammen mit einigen langhaarigen Studenten, ein paar Schritte vor ihnen. Als spürte er ihren Blick, drehte er sich plötzlich nach ihr um und blickte sie an. Catharine senkte sofort die Augen, aber Esther hatte es trotzdem bemerkt. »Wer ist der Mann?«, fragte sie streng.

»Leutze«, erklärte Catharine. »Der Künstler.«

»Was, *der* Leutze? Kennst du ihn? Woher?«

»Veronika von Bonnekamp hat ihn mir vorgestellt.«

Esther blieb abrupt stehen, sodass einige Männer, die hinter ihnen gingen, fast auf sie prallten. »Veronika von Bonnekamp? Du hast diese Person also wiedergesehen? Warum hast du mir nichts davon erzählt?«

Catharine zuckte mit den Schultern. »Es erschien mir nicht wichtig. Außerdem ist es längst zu Ende zwischen ihr und Jakob. Als sie erfahren hat, dass er mir dir zusammen war, hat sie ihn verlassen.«

»Schönen Dank auch. Und das glaubst du ihr?«

Catharine hob wieder die Schultern. »Ich kann sie schwer einschätzen, aber sie wirkte durchaus aufrichtig.«

»Also habt ihr euch angefreundet?« Ihre Stimme war rau und brach am Ende des Satzes. Sie räusperte sich und fuhr dann leiser fort: »Ich wünschte, du hättest es mir erzählt.«

»Es tut mir Leid«, begann Catharine. »Aber ich dachte, es verletzt dich nur, und außerdem war es ohne Belang …«

»Meine Verehrung, die Damen.« Emanuel Leutze ging auf einmal neben ihnen, ohne dass sie bemerkt hatten, dass er zu ihnen herübergekommen war. »Ich hoffe, ich störe Sie nicht«, erkundigte er sich höflich mit seinem eigenartigen, singenden Akzent.

»Nein, nein«, sagte Catharine.

»Doch«, sagte Esther.

Leutze sah erstaunt auf sie herab. Eine dunkle Locke hatte sich aus dem sorgfältig gekämmten Haar gelöst und hing auf seiner Stirn wie ein Fragezeichen. »Nehmen Sie mir nicht für übel, Herr Leutze«, Esther begegnete seinem Blick, ohne zu lächeln, »aber im Augenblick fehlt mir der Sinn für höfliche Konversation. Gleichwohl möchte ich die Gelegenheit nutzen, um Ihnen zu versichern, dass ich Ihre Darstellung des Columbus vor der spanischen Königin äußerst gelungen finde.«

Der Künstler schien nicht ganz sicher zu sein, ob sie scherzte oder ob die Abfuhr tatsächlich ernst gemeint war. Ein paar

Sekunden rieb er sich nachdenklich das Kinn, wodurch der schwarze Vollbart hin- und hergeschoben wurde. Aber als weder Esther noch Catharine Anstalten machten einzulenken, hob er seinen Zylinder. »Nun, ich danke für das Kompliment.« Dann beeilte er sich, die Kunststudenten einzuholen, mit denen er zuvor marschiert war.

»Das war äußerst gelungen«, sagte Catharine spitz. »Den sehen wir niemals wieder. Vermutlich der einzige Mann von Prominenz, den ich jemals kennen gelernt habe.«

»Sei's drum«, meinte Esther gleichgültig. »Was schaust du ihm so nach? Er ist ein guter Maler, aber du hast schon einen Liebhaber, und ich brauche bestimmt keinen neuen. Und darüber hinaus ist er verheiratet.«

»Woher weißt du das?«

»Er trug einen Ring.«

»Worauf du immer achtest. Außerdem interessiert Leutze mich als Künstler, nicht als Mann.«

Esther zog die Augenbrauen und Mundwinkel gleichzeitig nach oben.

Als der Zug über die Hammer-Brücke ging, hatte sich die Empörung der Einzelnen zu einer gewaltigen Wut zusammengeballt. Die Menge war außer Rand und Band.

Der Großteil wollte direkt zum Zuchthaus auf der Schulstraße, um dort die Freilassung von Wulff und Freiligrath zu fordern. »Und wenn sie sie nicht freiwillig herausgeben, dann stürmen wir das Kaschott!«, brüllte ein Kerl mit rotem Kopf, der während der Versammlung bestimmt nicht nur Wasser gegen den Durst getrunken hatte.

»Ohne mich«, sagte Esther sofort. »Sollen sie den Sturm auf die Bastille ruhig wagen, ich gehe nach Hause.«

»Ich begleite euch«, bot sich Gustav an, der kurz vor der Brücke zu ihnen gestoßen war.

»Und dann?«, fragte Catharine. Er zuckte mit den Schultern. »Lass mich heute mit dir kommen«, bat sie leise.

Gustav schaute nach vorn, als wären seine Gedanken ihm schon voraus, und er wollte sie einholen. »Es geht nicht, Catharine, du weißt, dass es nicht geht.«

»Ach? Und warum geht es nicht?«

»Schau dich doch um, wie aufgebracht sie alle sind. Auf den Straßen ist es heute viel zu gefährlich für eine Frau. Bitte, sei vernünftig und bleib zu Hause bei Esther.«

Als sie immer noch nicht antwortete, nahm er ihre Hand und zog sie hinter sich her bis zum Rand der Menge.

»Ich bitte dich, sei vernünftig, Catharine«, wiederholte er. Seine Stimme war so leise, dass sie Mühe hatte, ihn über dem Lärm der vorbeiziehenden Menschen zu verstehen.

Ihr Zeigefinger fuhr über seine große Hand, über die feinen goldenen Haare, die auf dem Handrücken wuchsen, die aufgesprungenen Knöchel. Dann begegnete sie seinem Blick. »Du bringst dich doch auch in Gefahr. Warum sollte mir nicht das Gleiche zustehen? Warum sollte ich zu Hause sitzen und abwarten?«

Die graugrünen Augen verdunkelten sich. Seine Hände packten ihre Schultern, wobei er die Daumen gegen ihre Schlüsselbeine presste, dass es schmerzte. »Das ist kein Spiel, Catharine«, sagte er. »Du siehst doch, in welcher Verfassung die Leute sich befinden, wie wütend und hemmungslos sie sind. Und auf der anderen Seite sieht es nicht anders aus. Die machen keinen Unterschied zwischen Mann und Frau, die zögern keine Sekunde, bevor sie dich einkerkern oder einfach totschlagen!«

Catharine hob die Hände und befreite sich von seinem harten Griff. »Und du, meinst du, dass du gegen alles gefeit bist, nur weil du eine Handbreit größer bist als ich und ein wenig stärker? Meinst du, dir tun sie nichts? Oder denkst du vielleicht, mir ist es egal, was mit dir geschieht? Ich bitte dich, lass mich mitkommen.«

»Herrgott, warum bist du so verdammt starrsinnig!« Er brüllte fast. »Es ist völlig unmöglich, verstehst du? Es ist Krieg, ein grausamer, gnadenloser Krieg, in dem Frauen nichts verloren haben.« Es war das erste Mal, dass sie ihn fluchen hörte. Aber sie lenkte nicht ein, sondern sah ihn nur unverwandt an, bis er sich kopfschüttelnd abwandte.

Esther war früh schlafen gegangen, der lange Fußmarsch nach Neuss hatte sie ermüdet, und sie hatte am nächsten Tag eine Menge Arbeit zu erledigen. Auch Catharine spürte die Anstrengung im ganzen Körper, aber sie fand keine Ruhe. Sie öffnete das Fenster, starrte hinaus in die dunkelblaue Nacht und roch den Gestank der Latrinen. In der Ferne hörte sie Schreie. Irgendetwas knallte laut, es klang wie ein Schuss, dann war alles wieder still.

Als sie sich umdrehte, schien ihr das Zimmer noch enger, noch voller als sonst. Sie hatte das Gefühl, als bewegten sich die Wände auf sie zu und erdrückten sie langsam. Sie musste hier weg, sie musste raus. Und wenn man sie auch festnahm oder gar erschlug, nichts konnte schlimmer sein als dieses verzweifelte, endlose Warten auf Gustav.

Kühle Herbstluft wehte ihr entgegen, als sie den Weg einschlug, der am Bahndamm entlang nach Düsseldorf hineinführte. Am Nachmittag war es noch mild und warm gewesen, aber jetzt flackerte ein feuchter, nebliger Dunst um die Gaslaternen, es war, als wäre der Sommer mit diesem Tag zu Ende gegangen.

Die Straßen waren menschenleer, auch als sie weiter in die Stadt hineinkam. Ein paar Mal sah sie in der Ferne vereinzelte Gestalten, die in Hauseingängen verschwanden oder um Ecken bogen, als wollten sie sich vor einer drohenden Gefahr in Sicherheit bringen. Sie beschleunigte ihre Schritte und zog ihr Umschlagtuch enger über der Brust zusammen. Wo waren die Menschenmassen, die heute Abend nach Düsseldorf einmarschiert waren?, fragte sie sich. Hatten sie alle den Mut verloren und waren nach Hause gegangen? Sie blieb stehen und lauschte in die Dunkelheit. Irgendwo hörte sie ein leises Grollen, wie von einem fernen Gewitter.

Auf der Bastionsstraße kam ihr ein betrunkener Soldat entgegen. Er torkelte über den Gehsteig, die Hände auf die dunkle Jacke seiner Uniform gepresst, die Zunge rot und glänzend zwischen den Zähnen. Sie wich ihm aus, aber er kam direkt auf sie zu. Als sie davonlaufen wollte, setzte er ihr hinterher, bekam ihr Kleid zu fassen und riss sie fast zu Boden. Mit einem Aufschrei versuchte sie sich zu befreien, aber er hing mit seinem ganzen Gewicht an ihr. Sie spürte seinen heißen Atem an ihrem Ohr. »Fräulein«, hörte sie ihn mit schwerer Zunge lallen. »Fräulein, um Gottes willen, retten Sie mich, ich will nicht sterben.« Als ihre Knie nachgaben, lockerte sich plötzlich der Griff seiner Hände. Er stürzte, ohne einen Laut von sich zu geben. Ausgestreckt lag er im fahlen Licht der Laterne, das Gesicht nach oben, die Augen weit geöffnet. So blickte er andächtig in das satte Schwarz des Himmels. Blut floss aus seinem Mundwinkel. Blut bedeckte seine Uniformjacke. Er war tot.

Ihr Herz hämmerte gegen die Rippen, während sie sich über den Toten beugte. Der Soldat stierte mit glasigem Blick zurück. Das Blut floss in seinen dunklen Schnurrbart und begann am Kinn schon zu gerinnen. Sie hatte schon öfter Tote gesehen, aber die waren aufgebahrt gewesen, mit geschlossenen Lidern und ordentlich gefalteten Händen. Dieser Mann war gestorben, und das Letzte, was er in seiner Todesangst gespürt hatte, waren ihr Widerwille, ihre Abscheu, ihre verzweifelten Bemühungen, seinen Berührungen zu entkommen.

Was für ein elendes Ende. Ob sie ihm die Augen zudrücken sollte? Es war das Mindeste, was sie für ihn tun konnte. Vorsichtig streckte sie die Hand aus, aber als sie sein Gesicht fast erreicht hatte, packte sie jemand an der Schulter und riss sie zurück. Sie wollte schreien, doch im selben Moment legten sich kalte Finger vor ihren Mund und erstickten den Schrei. Ein modriger Geruch stieg ihr in die Nase wie aus einem alten Kleiderschrank. »Sei doch leise, dummes Ding«, herrschte sie eine heisere Stimme an. »Willst du die ganze Preußengarnison auf uns hetzen?«

Der Griff der Finger lockerte sich. Als sie sich umwandte, stand eine alte Frau vor ihr, die so hager und gebeugt war, dass ihr Kopf fast unterhalb der Schultern hing. Die Augen glänzten wie harte, dunkle Glassteine. »Wie lange willst du hier noch herumstehen und Maulaffen feilhalten?«, krächzte sie. »Komm weg hier, bevor sie uns finden.« Ohne Catharines Antwort abzuwarten, packte sie sie am Ärmel und zog sie mit sich. Während sie die Tür eines der Häuser aufdrückte, hörten sie hallende Schritte auf dem Pflaster, die rasch näher kamen, ein klirrendes Metallgeräusch, als würde ein Säbel aus der Scheide gezogen. »Halt! Stehen geblieben!«, kommandierte einer, aber jetzt fiel die Haustür hinter ihnen ins Schloss. Hatte der Soldat sie noch gesehen? Starr vor Angst drückte Catharine sich in dem dunklen Flur gegen die Wand. Neben sich sah sie schemenhaft die gebückte Alte, die ihr Ohr an die Tür gelegt hatte und lauschte. Wieder stieg ihr der Geruch in die Nase, muffig und staubig.

Von draußen drangen Stimmen herein. In lautem Ton riefen sich die Männer gegenseitig Befehle zu, Hacken knallten zusammen. Irgendwann wurde dröhnend an die Haustür geschlagen. »Aufmachen! Im Namen des Königs!«

Im finsteren Treppenhaus sah Catharine, wie sich das Gesicht der Alten verzerrte. Zwei einsame Zähne glitzerten in der schwarzen Mundhöhle. Als der Soldat seinen Befehl wiederholte, machte sie ein paar schlurfende Fußbewegungen vor der Tür, dann zog sie sie einen Spaltbreit auf und streckte den Kopf durch die Öffnung. »Was stört ihr zu so einer späten Stunde?«, keifte sie und rieb sich dabei mit ihren dürren Fingern über die Augen. »Hier wohnen ehrbare Bürger, die ihren Schlaf brauchen.«

Durch den Spalt fiel trübes Licht ins Treppenhaus, und jetzt erst sah Catharine, dass direkt neben ihnen eine Wohnungstür abging. Was, wenn die Bewohner herauskamen und sie hier fanden?

»Hat in der letzten halben Stunde irgendjemand das Haus betreten?«, fragte der Soldat.

»Woher soll ich das wissen«, gab die Alte zurück. »Bin ich der Pförtner?«

Der Mann knurrte etwas Unverständliches, woraufhin die Frau die Türe wieder zuknallte.

Catharine fühlte, wie ihre Beine weich wurden. Sie ließ sich an der Wand nach unten gleiten, bis sie mit angezogenen Knien auf dem Boden hockte. Dann schlang sie die Arme um die Beine, legte den Kopf auf die Ellenbogen und wartete.

Später, als keine Geräusche mehr von draußen hereindrangen, öffnete die Alte die Türe und blinzelte hinaus. Dann winkten ihre knotigen Hände Catharine heran und schoben sie schnell auf die Straße. Die Soldaten waren verschwunden und mit ihnen ihr toter Kamerad. Farbloses Gaslicht beleuchtete die Stelle, an der er gelegen hatte, die Fugen zwischen den Pflastersteinen glänzten dunkel und feucht. Catharine drehte sich um, weil sie der alten Frau für ihre Hilfe danken wollte, aber die hatte die Tür schon wieder geschlossen. Vielleicht hatte sie eine Wohnung im Haus, wahrscheinlicher jedoch hauste sie heimlich auf dem Dachboden oder im Keller wie so viele Obdachlose in der Stadt.

Eine Kirchturmuhr schlug elf. Ihr Verstand sagte ihr, dass sie nach Hause gehen sollte, aber ihre Beine gingen einfach weiter wie in einem seltsamen Traum, von der Bastionsstraße in die

Poststraße und von dort in die Schulstraße, in der das Gefängnis lag. Je weiter sie kam, desto lauter wurde das Donnern, das sie für ein fernes Gewitter gehalten hatte, das aber in Wirklichkeit Kampflärm war. Gleich am Anfang der Schulstraße hatten die Männer eine Barrikade errichtet.

Am Straßenrand hatten sie in einer Tonne ein Feuer angezündet. Die steil nach oben flackernden Flammen tauchten die ganze Szene in ein gespenstisches Licht, schwarz zeichneten sich die Gestalten der Männer vor dem Feuer ab. Einige wenige trugen die Uniform der Bürgergarde und hatten Bajonette geschultert. Der große Rest hatte sich mit Messern, Knüppeln, Mistgabeln oder Ziegelsteinen bewaffnet. Ein paar halbwüchsige Burschen, fast noch Kinder, waren darunter, auch sie trugen Waffen.

Nervös flog Catharines Blick über die schemenhaften Gestalten. War Gustav hier? Oder lag er bereits irgendwo, verletzt oder gar tot wie der unglückliche Soldat? Sie fand ihn nicht, aber stattdessen entdeckte sie Veronika von Bonnekamp. Sie lehnte in einem Hauseingang, hinter der brennenden Feuertonne, und rauchte. Ihr dunkles Haar fiel offen über ihre Schultern, die Umrisse glühten rot im Widerschein der Flammen. Wie beeindruckend sie aussah, dachte Catharine, während sie sich einen Weg zu ihr bahnte. Veronika schien völlig entspannt, sie blies den Rauch durch die Nase und beobachtete die Menschen, die aufgeregt hin und her rannten. Als sie Catharine sah, lächelte sie. »Kommst du auch kämpfen?«, fragte sie, als ob sie sich seit jeher duzten.

Catharine stellte sich neben sie in den Eingang. »Hast du Gustav gesehen?«

Veronika zog ein letztes Mal an ihrer Zigarette und warf sie dann in die brennende Tonne. »Er war hier, aber dann ist er weitergezogen. Ich weiß nicht, wohin.«

Plötzlich riss ein Schuss die Rebellen auseinander. Die Männer ließen sich fallen, wo sie gerade gingen und standen, als wären sie alle getroffen worden. Einen kurzen Augenblick lang war alles still, dann gellten die aufgeregten Stimmen wieder durcheinander, Gewehre wurden geladen, ein paar Steine flogen ziellos in die Richtung, in der der Feind sich versteckte.

Catharine hatte laut aufgeschrien, so wenig hatte sie mit einem Angriff gerechnet, Veronika dagegen verzog keine Miene. In der Deckung des Eingangs standen sie geschützt, dennoch fühlte sich Catharine wehrlos und ausgeliefert. »Jetzt geht es richtig los«, meinte Veronika, als säßen sie in einem Theatersaal.

Die Kugeln prasselten wie Hagelkörner auf die Barrikade ein, sie schlugen durch das Holz der Kisten, Bretter und Platten wie durch Pappe. Der Beschuss war so gnadenlos, dass an Widerstand überhaupt nicht zu denken war. Die Männer lagen hinter der Absperrung auf dem Boden und verbargen ihre Gesichter unter den Armen. Einige schrien, andere weinten, manche kauerten einfach nur da und schienen zu beten. Catharine drückte sich, so eng es ging, an die Haustür in ihrem Rücken. Sie hätte die Augen gerne geschlossen, aber sie schaffte es nicht.

Dann wurde das Feuer eingestellt, und die Soldaten durchbrachen die Barrikade, rannten sie einfach nieder. Mit gezückten Säbeln gingen sie auf die Rebellen los, die kaum noch Anstalten machten, sich zu wehren. Catharine zählte sieben Körper, die blutend am Boden lagen, verwundet oder tot. Die meisten anderen ergriffen die Flucht, wobei sie von den Soldaten gnadenlos gejagt wurden.

»Wir müssen weg hier.« Veronika fasste ihre Hand. »Wenn sie uns hier entdecken, ergeht es uns schlecht.«

Catharine nickte, aber ihr Körper war wie gelähmt. Er weigerte sich einfach, die schützende Nische zu verlassen. Erst als Veronika den ersten Schritt tat, ohne ihre Hand dabei loszulassen, gewann sie wieder die Kontrolle über ihre Glieder. Sie wollte hinter den flüchtenden Rebellen her, aber Veronika hielt sie zurück. »Nicht dorthin, wir nehmen den anderen Weg.«

Sie kletterten über die Reste der Barrikade.

Direkt neben ihnen verhaftete einer der preußischen Soldaten einen der jungen Burschen, aber er war so damit beschäftigt, seinem Gefangenen den Arm auf den Rücken zu drehen, dass er die beiden Frauen nicht bemerkte. Der Junge schrie vor Schmerz, und sein Schrei gellte Catharine in den Ohren wie ein Vorwurf, doch Veronika riss sie mit sich fort. Sie rannten am Gefängnis vorbei bis hinunter zum Rhein.

Dort verlangsamten sie ihre Schritte. Catharine ging zu einer der Bänke am Ufer und stützte sich auf die Lehne. Sie fühlte die feuchte Kälte des Holzes unter ihren erhitzten Handflächen.

»War das das Ende der Revolution?«, flüsterte sie, als Veronika neben sie getreten war. Die andere schaute sich um, als wolle sie sich erst vergewissern, dass keiner sie hörte, bevor sie antwortete.

»Es war der Anfang«, sagte sie. Ihr Gesichtsausdruck war undeutbar in der Dunkelheit. »Der Anfang vom Ende.«

Veronika brachte sie auf Umwegen zurück zum Haus an den Bahngleisen. »Bleib doch bei uns heute Nacht«, bot ihr Catharine an. »Wo willst du denn jetzt noch hin, so ganz allein?«

Veronika schüttelte den Kopf. »Ich habe eine Unterkunft nicht weit von hier. Und ich werde erwartet, wenn ich nicht komme, sorgt man sich um mich.«

Wer es wohl war, der Veronika erwartete, überlegte Catharine. Ein Mann? Oder gar ihre Eltern? Ihrer Kleidung nach zu urteilen, stammte sie aus reichem Hause. Aber würde ihre Familie es zulassen, dass sie so spät allein unterwegs war – in diesen gefährlichen Zeiten?

Die andere lächelte, als ob sie ihre Gedanken erriete. »Ich wünsche dir eine gute Nacht. Und grüße mir Otto.« Dann neigte sie ihren langen Hals zu ihr hinunter und küsste sie auf die Wange.

Gustav kam zwei Stunden später nach Hause. Sie war gerade in einen unruhigen Schlaf gefallen, als er in die Wohnung stürmte und sie aufweckte. »Du warst beim Kaschott in der Schulstraße«, sagte er, während sie sich die Augen rieb.

»Woher weißt du das?«

»Spielt das eine Rolle? Ich weiß es eben.«

Sie gähnte und ließ sich wieder nach hinten fallen.

»Lass uns morgen darüber reden. Ich bin müde.«

»Nein, Catharine.« Er öffnete den Schrank, zog einen Stapel Kleider heraus und stopfte sie in eine Tasche.

»Was tust du da?«, fragte sie gereizt. »Das sind meine Sachen. Willst du mich vor die Tür setzen?« Eine absurde Idee, dachte sie im gleichen Moment. Wenn einer Anspruch auf diese Wohnung hatte, dann Esther und nicht Gustav.

»Unsinn. Ich bringe dich nach Kaiserswerth, noch heute Nacht. Du bist hier nicht mehr sicher.«

»Wovon redest du?«

»Catharine«, sagte er und ließ die Tasche fallen. Dann setzte er sich auf die Bettkante und stützte das Kinn in die Hände. »Ich habe meinen Steckbrief gesehen, sie suchen mich, tot oder lebendig.«

Sie fuhr wieder nach oben. »Aber dann musst du verschwinden, nicht ich.«

»Ich muss flüchten, das ist wahr, aber du musst auch fort von hier, denn zu viele wissen, dass wir zusammengehören. Sie würden dich verhaften, um mich zu treffen, um mich zu zwingen, dass ich zurückkomme.«

»Ich will aber nicht weg«, sagte sie trotzig. Es kränkte sie, dass er im Grunde gar nicht um sie besorgt war, sondern um sich selbst.

Er rieb sich müde den Nacken. »Catharine, ich bitte dich … begreife doch endlich, dass das alles blutiger Ernst ist. Wenn sie dich einsperren, dann stecken sie dich mit Huren und Mörderinnen in eine Zelle, sie behandeln dich wie wertlosen Unrat. Sie brechen dich.«

»Und Esther? Was wird aus ihr, wenn ich fort bin? Ich kann sie nicht allein zurücklassen.«

»Sie muss auch mit. Jakob wird ebenfalls steckbrieflich gesucht, also gilt das Gleiche für sie.«

»Aber sie sind längst kein Paar mehr.«

»Was interessiert das den König. Wenn er sie in die Finger bekommt, lässt er sie dafür büßen, dass sie ihn einmal geliebt hat.« Er ließ sich rücklings fallen und streckte sich lang auf dem Bett aus, das Gesicht zur Decke. Sie sah, dass er zitterte, und nahm seine Hand.

»Und du? Wohin wirst du gehen?«

»Ich weiß es nicht«, entgegnete er leise.

10

Karoline Fliedner drängte sich zwischen den Körben der Bauersfrauen durch, die auf dem Kaiserswerther Markt ihre Waren anboten. Einen Moment lang schwebte ihr runder Bauch über einem Fass mit eingelegten Heringen, dann schob sie ihn weiter. Hinter ihr bahnten sich ihre Stieftöchter Mina und Luise einen Weg, die beiden jüngsten Fliedner-Kinder Friedrich und Friederike im Schlepptau.

Die Pastorin sah rosig und gesund aus, ihr Bauch wirkte so prall, als stünde die Niederkunft jeden Tag bevor, dabei waren es noch Monate bis zum erwarteten Termin. Fast den ganzen September über war sie mit Mina in Wiesbaden gewesen und hatte sich bei ihrer Schwägerin Käthe ausgeruht. Fliedner war den Sommer über durch England gereist, um dort Mittel für die Diakonie zu kollektieren. Die finanzielle Lage der Anstalt war seit dem Beginn der Revolution so besorgniserregend wie noch nie, die Spenden waren noch weiter zurückgegangen, und auch die Unterstützung aus Berlin hatte deutlich abgenommen. »Friedrich Wilhelm braucht die Gelder jetzt für seine Armee, um die Aufständischen niederzuknüppeln«, meinte Catharine, als Johanne ihr davon berichtete, und zu ihrer Überraschung hatte Johanne nur finster genickt.

Esther und Catharine waren seit knapp einer Woche in Kaiserswerth. Gustav hatte sie hergebracht und war dann sofort weitergereist, obwohl Catharine ihn beschworen hatte, bei ihr zu bleiben. Nach Lörrach wollte er, zumindest hatte er das gesagt, aber ob es stimmte, wusste sie nicht. Vielleicht, dachte sie bitter, hatte er ihr ja absichtlich das Falsche behauptet, damit sie ihn nicht verraten konnte, wenn man sie einsperrte und folterte.

Wie schon beim letzten Mal blühte Esther in Johannes Gegenwart richtiggehend auf. Catharine dagegen ließ die Angst um Gustav niemals los. Fast jede Nacht schreckte sie aus Albträumen auf und fand danach lange keinen Schlaf mehr.

Als sie nun Karoline mit kleinen wiegenden Schritten auf sich zukommen sah, hätte sie sich am liebsten umgedreht und wäre einfach davongegangen. Stattdessen blieb sie stehen und reichte erst der Pastorin die Hand und dann den beiden Mädchen, die ihren Blick nur kurz erwiderten und sofort danach die Augen niederschlugen, sittsam und fromm. Während Karoline mit Johanne sprach, musterte Catharine die Kinder. Luise und Mina hatten Fliedners dünne Lippen geerbt und seine wässrig blauen Augen, die ihren breiten Gesichtern einen seltsam schlauen Ausdruck gaben, trotz der demütig gesenkten Blicke. Friederike und Friedrich wirkten viel liebenswerter mit ihren offenen Gesichtern und den warmen braunen Augen. Ob Karoline sich insgeheim darüber freute, dass ihre Kinder so viel hübscher waren als die ihrer Vorgängerin? Aber vermutlich war die Pastorin erhaben über solche eitlen Überlegungen.

Während Karoline mit Johanne sprach, kam Magdalena angerannt, die in der Nähe einen Marktstand mit lebenden Tieren entdeckt hatte. »O bitte, bitte, Tante Johanne, können wir nicht ein Kaninchen kaufen und es mit nach Hause nehmen als Spielgefährten für meine Tinka? Die Frau am Stand hat gesagt, dass es sonst jemand aufisst, wenn wir es nicht nehmen!«

Karolines aufmerksame Augen hefteten sich auf das Kind. »Guten Tag, Magdalena.«

»Guten Tag, Frau Pastor.« Magdalena knickste geistesabwesend. »Bitte, Tante Johanne, das Kaninchen kann doch mit in Tinkas Körbchen schlafen oder bei mir. Es muss doch sonst sterben.«

Sie hüpfte auf und ab und riss dabei abwechselnd an Johannes und Catharines Rock, während Friederike und Friedrich wie ausgestopft dastanden, mit großen, fast ungläubigen Augen. »Das ist unmöglich«, sagte Johanne streng. »Ein Kaninchen kann nicht bei einer Katze leben und auch nicht im Zimmer eines kleinen Mädchens.«

Magdalenas Gesicht wurde rot vor Erregung. »Dann bist du schuld, wenn es aufgegessen wird!«

»Meinetwegen«, sagte Johanne. »Und nun sei still.«

Magdalena warf Catharine einen Hilfe suchenden Blick zu, aber als auch diese nur stumm den Kopf schüttelte, presste sie die Lippen aufeinander, sodass sie ganz weiß wurden, und verschränkte die Arme vor der Brust.

»Und Fliedner ist schon wieder abgereist, wie ich höre?«, fragte Johanne und nahm das Gespräch mit der Pastorin wieder auf.

»Er soll in Bethanien die ersten neu eingetretenen Diakonissen einsegnen«, nickte Karoline. »Und danach will er weiter nach Oberschlesien, um dort nach den Waisen zu sehen.«

»Wie geht es denn den Kindern, die er im Frühling nach Kaiserswerth gebracht hat?«, mischte sich Catharine jetzt ein. Sie hatte längst vorgehabt, im Waisenhaus vorbeizugehen und sich nach den Kindern zu erkundigen, aber dann hatte sie den Gang immer wieder aufgeschoben, weil sie dem Pastor nicht begegnen wollte.

»Ausnehmend gut, wir sind sehr zufrieden«, meinte Karoline. »Die Mädchen haben sich hervorragend gemacht. Wenn man sie nun so sieht, man möchte nicht glauben, dass sie noch vor weniger als einem halben Jahr dem Verderben so nahe waren.«

»Den Mädchen?«, fragte Catharine beunruhigt. »Aber was ist mit dem Jungen, dem kleinen Thomas?«

Die Pastorin sah sie an, ihre Augen überzogen sich plötzlich mit einem Schleier des Mitleids, sodass Catharine die Antwort wusste, bevor sie sie ausgesprochen hatte. »Der kleine Junge ist im vorigen Monat von uns gegangen«, erwiderte sie sanft. »Er gab uns so viel Grund zur Hoffnung, aber dann, eines Morgens, wollte er nicht aufstehen und nicht mehr essen, und er wurde immer schwächer und schwächer. Anfang September ist er entschlafen, der Herr sei seiner unschuldigen Seele gnädig.«

Catharine dachte an das greisenhafte Gesicht des kleinen Jungen, seine müden Augen. Er war so jung gewesen und gleichzeitig so alt. Und dennoch, dachte sie, wenn ich geblieben wäre, wäre er nicht gestorben. Ich hatte ihn schon so weit, er wollte schon mit seinem Ball spielen, er wollte leben. Wenn ich geblieben wäre, hätte er es geschafft. Es war keine Anmaßung, sie spürte es, es war die Wahrheit.

Aber sie war nicht geblieben, sie war zurück nach Düsseldorf gegangen wegen dieser sinnlosen, verlorenen Revolution, die nur Menschenleben kostete und sonst gar nichts. Nichts hatte sie erreicht, überhaupt nichts, nicht einmal den Frauenverein hatte sie gegründet, von dem sie sich so viel erhofft hatte. *Es ist ein Traum und wird immer ein Traum bleiben,* hatte Fliedner damals über die Revolution gesagt. Hatte er also Recht gehabt mit seiner düsteren Prognose, war die Mühe vergebens, alle Hoffnung umsonst?

Der Henkersknecht riss die Hand nach oben und band sie am Querbalken des Kreuzes fest. Dann setzte er die Spitze des Nagels auf die Innenfläche und hob den Hammer. Mit gewaltigen Schlägen trieb er das Metall in die Hand, tiefer und tiefer. Dunkelrotes Blut quoll aus der Wunde und floss in einem stetigen Strom am Arm des Gekreuzigten entlang. Catharine wollte schreien, aber das Entsetzen über das, was da geschah, schnürte ihr die Kehle zu. Sie sah das blutende Gesicht des Heilands voller Schmerz und Angst über sich schweben, und dann erkannte sie, dass es gar nicht Jesus war, den sie da kreuzigten, sondern Gustav.

Die Hammerschläge dröhnten immer lauter, obwohl der Nagel längst schon im Holz verschwunden war. Auch als sich

Catharine schweißgebadet im Bett aufrichtete, hämmerten sie weiter, mit grausamer Regelmäßigkeit.

Noch halb im Schlaf tastete sie nach den Schwefelhölzern auf dem Nachttisch und zündete die Kerze an. Esther, die neben ihr schlief, drehte sich stöhnend auf die andere Seite.

Auf dem Flur traf sie Johanne, die sich gerade ein Schultertuch umband. »Was hast du vor?«, fragte Catharine über das laute Klopfen an der Haustür hinweg.

»Ich werde nachsehen, wer es ist«, entgegnete Johanne mit ruhiger Stimme. »Vielleicht braucht jemand Hilfe.«

»Und wenn man uns überfallen will?«

Die Finger ihrer Schwester zitterten, als sie die Hand hob, um das kleine Fenster in der Haustür zu öffnen. Eisige Novemberluft drang durch das schwarze Viereck. Johanne trat einen Schritt zurück und hob die Öllampe. Catharine, die dicht neben sie getreten war, sah das Gesicht eines Mannes, das ihr irgendwie vertraut erschien.

»Catharine«, flüsterte er. »Lasst mich ein, bevor man mich hier entdeckt.«

Johanne warf ihr einen fragenden Blick zu, aber Catharine zuckte mit den Schultern.

»Ich bin es, Jakob Gutermann«, sagte der Fremde mit etwas lauterer Stimme. »Öffnet die Tür in Gottes Namen.«

Jetzt schossen ihre Hände zum Riegel und schoben ihn zurück. »Jakob«, sagte sie erstaunt, als er schließlich vor ihr stand.

»Was willst du hier?«, fragte Esther, die unbemerkt hinter sie getreten war. Ihre Stimme klang barsch und unfreundlich, sie passte weniger denn je zu ihrem Körper, der in dem großen Nachthemd noch zierlicher wirkte.

»Ich bringe Nachrichten«, sagte Jakob und zog einen Briefumschlag aus der Tasche, aber als Catharine danach greifen wollte, zog er die Hand wieder zurück. Er war mager geworden, seit sie ihn das letzte Mal gesehen hatte, groß und spitz ragte seine Nase aus seinem bleichen Gesicht wie ein Fremdkörper. Das Licht der Öllampe warf schwarze Schatten auf seine Wangen, unter die Augen und das Kinn.

»Kommen Sie herein«, sagte Johanne und ging die drei Stufen zum Wohnzimmer hoch, wobei sie ihr Tuch fester um die Schultern zog.

»Wie geht es Gustav? Wo ist er?«, fragte Catharine ängstlich, als er auf dem Sofa Platz genommen hatte. Jakob senkte die Augen und schwieg. Also setzte sie sich auf den Sessel unter dem Fenster und schwieg ebenfalls. Auch Esther und Johanne sagten nichts, sondern starrten nur stumm auf den Mann auf dem Sofa mit seinem Briefumschlag in der Hand.

Der Brief ist von Gustav, dachte Catharine, und wenn er Briefe schreiben kann, dann ist er zumindest am Leben. Vielleicht haben sie ihn gefangen und in den Kerker gesteckt, bestimmt braucht er Geld. Warum sagte Jakob nichts? Warum sah er sie nicht einmal an?

»Was ist los, Jakob?«, fragte sie. Da hob er den Kopf und begegnete ihrem Blick. »Es tut mir Leid«, sagte er mit fester Stimme. Dann gab er ihr den Brief.

»Wien, den 30. Oktober 1848, im Gasthof zur Stadt London

Geliebte Catharine,

wenn Du dieses Blatt in Deinen Händen hältst, dann ist es gewiss, dass wir uns niemals wiedersehen werden. Dann ist das eingetroffen, was ich schon lange spüre und fürchte, dann bin ich im Kampf für die Freiheit gefallen.

Ich werde diesen Brief Gutermann anvertrauen, der mich begleitet, und er wird ihn dir überbringen, und wenn auch er sein Leben lässt, wird es hoffentlich ein anderer für ihn tun.

Ich bin von Lörrach weitergereist nach Wien, wo Anfang des Monats ein allgemeiner Volksaufstand stattgefunden hat. Auch Blum ist hier, er ist gemeinsam mit ein paar anderen kurz nach uns aus Frankfurt einge-

troffen. Vor den Toren Wiens steht der Fürst von Windischgrätz mit seinen kaiserlichen Truppen, jeden Tag erwarten wir seinen Angriff. Die Übermacht der Konterrevolution ist überwältigend, die Rebellen haben kaum Feuerwaffen, und mit Steinen, Äxten und Schleudern werden wir den Kampf gegen die gut bestückten Truppen schwerlich gewinnen. Selbst Blum, der neben mir ein Zimmer gemietet hat, scheint mitunter seinen unerschütterlichen Optimismus zu verlieren und am Erfolg der Sache zu zweifeln. Sein Kompagnon Friese, den ich vor einem Jahr in Leipzig als stattlichen Burschen kennen gelernt habe, ist inzwischen so krank und abgemagert, als habe er seit Monaten keinen Bissen mehr zu sich genommen. Fast scheint er mir ein Sinnbild für die ganze Revolution zu sein.

Meine teure, schönste, liebste Catharine. Wie wollte ich, dass Du nun bei mir wärst, sodass ich Dich ein letztes Mal sehen, ein letztes Mal spüren könnte. Ich denke so oft in diesen düsteren Tagen an unsere erste Begegnung in Kaiserswerth. Wie sehr haben sich die Dinge seitdem gewandelt, und auch wir selbst.

Gutermann wird Dir mein letztes Geld überbringen, so wenig es auch ist. Ich schließe meine Augen und sehe Dich vor mir. Bete für mich zu Gott, an den ich nicht mehr glauben kann, sosehr ich es auch wünsche. Er möge Dir helfen. Alles, was ich empfinde, rinnt in Tränen dahin.

Leb wohl.

G.«

Catharine ließ das Blatt sinken und starrte ins Leere. Die Öllampe neben ihr flackerte, als sei jemand durchs Zimmer gegangen. Das Ganze musste ein Irrtum sein, Gustav lebte, sie spürte es doch ganz deutlich. Jakob hatte ihr den Brief nur versehentlich übergeben, er konnte ja nicht wissen, welche Botschaft er enthielt.

»Er ist am 31. Oktober gefallen, als Windischgrätz' Truppen Wien in Beschuss nahmen. Eine Kugel traf ihn neben mir, er war sofort tot.« Jakobs leise Stimme gellte in ihren Ohren. Er stand auf und trat zu ihr herüber. »Das hat er mir für dich gegeben«, er reichte ihr einen Lederbeutel mit ein paar Goldmünzen. Das war alles, was übrig geblieben war. Ein Brief. Ein Beutel mit Münzen.

Der hastige Abschied vor Johannes Tür vor fast zwei Monaten war der Abschied fürs Leben gewesen.

Die Stille im Raum war ohrenbetäubend. Sie stand auf und schwankte.

Jakob griff nach ihrem Arm, aber sie machte sich los und stand ganz ruhig und aufrecht.

»Hast du ihn begraben?«, fragte sie.

Er schüttelte den Kopf. »Nach der Besetzung Wiens haben sie uns die Körper der Gefallenen nicht herausgegeben.«

So lag Gustav nun in einem Massengrab, zusammen mit anderen, die für die Freiheit gestorben waren, dachte sie. Kein Pfarrer hatte salbungsvolle Worte gesprochen. Kein Kreuz trug seinen Namen. Wahrscheinlich hätte es ihm so am besten gefallen.

Nein, was für dumme, widersinnige Gedanken. Denn Gustav war nicht tot. Es konnte nicht aus sein, so plötzlich, noch bevor sie sich richtig kannten. Sie hatte ihm noch so viel zu sagen. Sie wollte ihr ganzes Leben mit ihm verbringen. Sicher, Jakob hatte gesehen, wie Gustav neben ihm zusammengesunken war, aber wahrscheinlich hatte er nur die Besinnung verloren. Hinterher war er gerettet worden, und jetzt wartete er in einem Versteck auf eine Gelegenheit, um mit ihr in Verbindung zu treten.

Doch Jakob stand immer noch neben ihr und schüttelte ernst den Kopf, als könne er ihre Gedanken lesen. »Es besteht kein Zweifel, Catharine.«

Johanne kam auf sie zu, doch Catharine hob warnend die Hand, worauf sie hilflos mitten im Zimmer stehen blieb.

»Hören Sie«, sagte Jakob zu ihr. Seine Stimme klang plötzlich nicht mehr weich, sondern geschäftig und sachlich. »Wir können hier nicht bleiben, Catharine, Esther und ich.«

»Warum sollte man uns Frauen suchen, jetzt, wo Gustav tot ist? Unser Anteil an der Revolution ist nicht eben bedeutend«, mischte sich Esther ein.

»Sie haben die Wohnung am Bahndamm durchsucht und die alten Kampfschriften und Proklamationen gefunden. Zudem eine Vielzahl von Artikeln, die unter dem Namen Otto Sonne veröffentlicht wurden.«

Esther zuckte die Schultern. »Was haben wir damit zu schaffen?«

»Dein Pseudonym ist entdeckt. Irgendjemand muss Catharine gefolgt sein und hat euch dann verraten. In jedem Fall haben sie schon den Krämer an der Ecke auf euch angesetzt, dass er die Polizei informiert, wenn eine von euch sich blicken lässt. Aber wenn sie eins und eins zusammenzählen, dann werden sie auch rasch auf diese Adresse stoßen. Ihr müsst hier weg, am besten noch heute Nacht.«

Er blickte Johanne an, halb fordernd, halb bangend. Sie rieb sich den Nacken und überlegte. Endlich nickte sie. »Packt eure Sachen. Dann lasst uns aufbrechen.«

Ein feuchter Schneeregen wehte ihnen ins Gesicht, als sie das Haus verließen, die Taschen unter dem Arm. Johanne ging mit Jakob voran, Esther und Catharine folgten. Die Flocken bedeckten ihre Hüte und Wangen mit einem nasskalten Schleier wie die Tränen eines riesigen, traurigen Wesens.

Catharine konzentrierte sich darauf, immer einen Fuß vor den anderen zu setzen. Sie gingen die Kuhstraße zum Markt hoch. Ob Johanne sie ins Pfarrhaus brachte? Fliedner würde sie allesamt direkt der Obrigkeit ausliefern, wenn sie bei ihm auftauchten, da war sie sich ganz sicher. Aber es war ihr egal. Sollten sie sie doch ins Gefängnis stecken, sollten sie sie ebenfalls töten.

Doch am Marktplatz bog Johanne nach rechts ab, und über die Klemensbrücke verließen sie Kaiserswerth. Die Landstraße nach Kalkum war so stockfinster, dass Esther Catharine an der Hand nahm und ihre Laterne noch tiefer hielt.

Sie hatten kein Wort miteinander gewechselt, seit Catharine den Brief gelesen hatte, und auch jetzt sagte Esther nichts. Sie leuchtete nur mit der Laterne den Weg und ging schweigend neben ihr her.

»Sie haben Recht«, murmelte Catharine mehr zu sich selbst.

»Wer hat Recht?«, fragte Esther ruhig.

»Gustav. Veronika. Fliedner.«

Esther sagte nichts. Sie wartete.

»Es ist alles vorbei, wir haben verloren.«

»Die Revolution?«, fragte Esther.

Catharine nickte, dabei tropfte Wasser von ihrer Hutkrempe auf ihr Gesicht, es rann ihre Wangen und dann den Hals entlang bis in den Kragen.

»Nein«, sagte Esther nach einer Weile, »es ist nicht vorbei. Es wird nie vorbei sein. Sie haben alle Unrecht, die den Kampf jetzt schon verloren geben. Denn wir fangen gerade erst an. Und wir werden gewinnen. Nicht jetzt und nicht morgen und vielleicht auch nicht im nächsten Jahr. Aber irgendwann werden wir siegen.«

Catharine setzte weiter einen Fuß vor den anderen. Erst links, dann rechts, dann wieder links. Die Gedanken kamen aus der Dunkelheit und zogen weiter, ohne dass sie sie festhielt. Vielleicht hatte Esther Recht, und die freie Republik würde irgendwann einmal Wirklichkeit werden. Es interessierte sie nicht.

Gustav war tot.

Es dauerte lange, bis der Riegel endlich zurückgeschoben und die schwere Holztür geöffnet wurde. Winter stand vor ihnen in Hemd und Hose, ein Windlicht in der Hand. »Was gibt es denn so spät in der Nacht?«, fragte er. Seine Augen glitten wachsam von einem zum anderen, ohne sie zu erkennen. Johanne schob ihren Hut zurück und trat noch näher auf ihn zu. »Ich bin es, Felix«, sagte sie. »Wir brauchen deine Hilfe, deshalb stören wir dich.«

Er trat sofort zur Seite und ließ sie ein.

»Ihr könnt natürlich hier bleiben«, sagte er, als er ihre Geschichte gehört hatte. »Und ich würde euch auch die Gästezimmer überlassen, aber wenn euch morgen die Dienstmägde sehen, so wird es Gerede geben, das kann ich nicht verhindern.«

»Gibt es keinen Keller, in dem wir uns verstecken können?«, fragte Jakob.

»Sicher. Aber dort ist es kalt und unwirtlich. Ein Keller eben.«

»Das macht nichts. Wenn Sie ein paar Decken entbehren können, die wir mitnehmen können, dann wird es schon gehen.«

»Gut«, meinte Felix, »kommt mit. Aber seid leise, meine Frau ist bereits zu Bett gegangen. Sie muss vorerst nichts von der Sache erfahren, es würde sie nur unnötig beunruhigen.«

»Ich breche dann wieder auf, Magdalena ist allein zu Hause, und wenn sie aufwacht, wird sie sich ängstigen.« Johanne streckte Felix die Hand hin. »Vielen Dank für alles, Felix. Gott möge es dir vergelten.«

»Bist du von Sinnen, allein nach Kaiserswerth über die dunklen Straßen? Ich bringe dich gleich mit dem Wagen, lass mich nur eben die Gäste versorgen.«

Später hockten sie auf Strohsäcken und Decken, durch die die Kälte des Kellerbodens drang. Irgendwo tropfte Wasser. Das Licht der Öllampe durchdrang nur einen kleinen, runden Bereich, dahinter herrschte harte, schwarze Finsternis.

Catharine streckte sich auf ihrem Lager aus, zog eine Decke bis ans Kinn und schloss die Augen. Sie wollte einschlafen und nie mehr wieder aufwachen. Esther und Jakob dagegen blieben sitzen und starrten in die Öllampe wie in ein Lagerfeuer.

»Was ist aus den anderen geworden?«, fragte Esther nach einer Weile. Ihre Stimme drang aus weiter Ferne an Catharines Ohr.

»Blum wurde verhaftet. Sie wollten ihn aufhängen, aber dann haben sie ihn zu Pulver und Blei begnadigt. Am 9. November ist das Urteil vollstreckt worden. Die anderen konnten fliehen. Nur Friese ist tot. Er ist einige Tage vor Blum gestorben, einfach so. Er hatte aufgegeben. Sich. Und alles Weitere auch.«

»Blum ist Abgeordneter der Nationalversammlung«, bemerkte Esther überrascht. »Sie hatten kein Recht dazu, ihn zu exekutieren. Er genießt Immunität.«

Jakob lachte laut und spöttisch. »Die Nationalversammlung ist eine Farce. Sie besaß niemals Macht, niemals. Die Regierungen haben sie akzeptiert, um das Volk hinzuhalten, um den Aufruhr zu beschwichtigen. Ein Haufen Wichtigtuer, die sich über die einfachsten Dinge nicht einig werden können, die über Unwesentliches diskutieren und das Entscheidende darüber aus den Augen verlieren. Blum war den Herren in Preußen und Wien gleichermaßen ein Stachel im fetten Fleisch. Also haben sie ihn eliminiert, so einfach ist das.«

Dann hörte man nichts als das Tropfen des Wassers auf den Steinboden. Erst nach einer langen Zeit, als sie fast schon eingeschlafen war, hörte Catharine Esther leise seufzen. »Mir ist kalt.«

Sie merkte noch, dass Jakob neben ihr aufstand und zu ihr hinüberging. Dann schlief sie ein.

Über fünf Wochen harrten sie in dem kalten, nassen Keller aus. Felix oder seine Frau brachten ihnen zu essen und wechselten die Eimer aus, die sie in einen der anderen Räume gestellt hatten. Tagsüber fiel hellgraues Tageslicht durch zwei winzige Fenster unter der Decke. Catharine blieb fast die ganze Zeit auf ihrem Strohsack liegen. Wenn sie schlief, träumte sie von Gustav, aber nun waren es keine Albträume mehr, in denen er ihr blutüberströmt entgegenkam. Stattdessen traf sie ihn unten am

Rhein, auf den Wiesen am Schwarzbach oder an anderen Orten, die sie in Wirklichkeit gar nicht kannte. Im Traum erinnerte sie sich an Dinge, die sie nie bewusst wahrgenommen hatte. Sie sah, dass sich seine Augenbrauen aus goldblonden und schneeweißen Haaren zusammensetzten und seine graugrüne Iris außen von einem schmalen hellblauen Ring begrenzt wurde. Manchmal war Thomas bei ihnen, und sein Knabengesicht war nicht mehr greisenhaft, sondern rund und fröhlich, und er trug immer den Ball bei sich, den sie ihn an jenem Tag im April gegeben hatte.

Wenn Catharine nicht schlief, döste sie mit geschlossenen Augen vor sich hin. Sie ließ die Gedanken durch sich hindurchströmen, ohne ihnen nachzugehen. Auf diese Weise war der Schmerz erträglich. Nur manchmal tauchte sie unvermittelt auf, starrte in die gräuliche Dunkelheit des Kellerraums und begriff, dass sie Gustav niemals wiedersehen würde. *Bete für mich zu Gott, an den ich nicht mehr glauben kann, sosehr ich es auch wünsche,* hatte er sie in seinem Brief beschworen. Sie versuchte, die richtigen Worte zu finden, sich in Gott hineinzuversenken, wie ihre Schwester es sie gelehrt hatte. Sie fand keine Antwort, aber eine große, barmherzige Stille, die sich irgendwann um sie legte, sie in sich aufnahm und vergessen ließ.

Was die anderen beiden taten, während sie schlief, wusste sie nicht. Die meiste Zeit hätte sie nicht einmal sagen können, ob sie da waren.

Oft kam Johanne, um nach ihnen zu schauen. Sie hörte sie mit Gustav und Esther sprechen, mit gedämpfter Stimme, als sei Catharine schwer krank. Die Polizei hatte sie aufgesucht, gleich am Morgen nach der Nacht, in der sie zu Felix Winter geflohen waren. Vom Keller bis zum Dach hatten sie das kleine Haus in der Kuhstraße durchgekämmt, dann waren sie unverrichteter Dinge wieder abgezogen.

Eines Tages erschien Johanne erst am Nachmittag im Verlies, als die beiden schmalen Vierecke unter der Decke schon fast nicht mehr zu erkennen waren. Jakob verhängte die Fenster mit einem Stück Sackleinen, bevor er die Lampe anzündete, damit der Lichtschein nicht auf den Hof drang. »Eine Dame aus Düsseldorf ist heute Morgen bei mir gewesen«, berichtete Johanne. »Ich habe sie nie zuvor gesehen, und sie hat auch ihren Namen nicht genannt. Aber sie hat mir diesen Brief für Catharine gegeben.«

Obwohl Catharine ihre Augen geschlossen hatte, spürte sie die Blicke der anderen. Sie schlug die Lider auf und setzte sich hin, wobei sie sich ein wenig schwindelig fühlte, wie nach einer großen Anstrengung. »Gib mir den Brief«, sagte sie. Die Zunge lag ihr schwer und pelzig im Mund.

Johanne reichte ihr den Umschlag, der einen irgendwie vertrauten Geruch ausströmte. »Catharine« stand in einer geschwungenen Handschrift auf dem Kuvert, sonst nichts. Als sie das Blatt herauszog, fielen zwei längliche Karten aus dem Umschlag und flatterten zu Boden.

»Meine arme, liebe Freundin,

ich habe gehört, was in Wien geschehen ist, es hat mir fast das Herz zerrissen vor Mitleid. Die Trauer und den Schmerz über Deinen Verlust kann ich Dir nicht erleichtern, aber ich weiß auch, dass sie nach Dir und Otto suchen. Und sie werden so lange keine Ruhe geben, bis sie euch aufgespürt haben, niemand ist hartnäckiger als die preußische Obrigkeit. Deshalb hört auf meinen Rat: Verlasst dieses enge, alte Land und flieht in die Neue Welt. Die Kosten für die Passage trägt mein Gatte (ja, auch ich habe meine Geheimnisse). Ein gemeinsamer Künstlerfreund, dessen Namen ich hier nicht preisgeben will, aber den Du wohl kennst, sendet übrigens seine herzlichsten Grüße und empfiehlt euch – so ihr es wagen solltet – herzlichst der Familie John Weisler auf der achten Straße Nro. 183 in New York. Ihr könnt ihren Namen und die Adresse auf den Einreisepapieren angeben. Zögert nicht, ihre Bekanntschaft zu nutzen, die Weislers sind mir bekannte, aufrechte und liberale Leute, die euch den Neubeginn gewiss erleichtern werden. Gott schütze Dich und Deine Freundin.

Au revoir, mon amie – oder vielmehr: fare thee well

V. B.

Postscriptum: Wir sehen uns wieder, ich weiß es. Hier oder dort.«

Sie ließ das Blatt sinken. Esther bückte sich nach den beiden Karten. »Es sind Schiffspassagen«, sagte sie erstaunt. Jakob nahm ihr eines der Dokumente aus der Hand und studierte es im Schein der Öllampe. »Die Abfahrt ist am 6. Januar in Hamburg. Das ist in zwölf Tagen.«

»Was soll das?«, entgegnete Esther scharf. »Von wem kommen diese Billets?«

»Veronika von Bonnekamp schickt sie.« Catharines Stimme hörte sich seltsam fremd an, so lange hatte sie sie nicht mehr benutzt. »Ihr Mann hat sie bezahlt.«

»Von dieser«, Esther keuchte verächtlich. »Ich will nichts von ihr geschenkt. Und warum sollten wir auch in ein fremdes Land fliehen?«

»Weil wir hier in Deutschland keine Ruhe mehr finden werden.«

»Natürlich müsst ihr hier weg, das ist überhaupt keine Frage.« Jakob stand auf und strich sich die Hosenbeine glatt. »So eine Gelegenheit bekommt ihr so schnell nicht wieder, eine Eintrittskarte in die Neue Welt, ihr dürft die Passagen unter keinen Umständen verfallen lassen.« Sein Blick flog durch die Dunkelheit, die aus allen vier Ecken des Raumes auf sie eindrang. In seiner Stimme schwang Neid mit.

»So nimm du das Billett, wenn du so begierig darauf bist.« Esther reichte ihm eine der beiden Karten.

»Nein.« Catharines Ton war so schneidend, dass alle zusammenfuhren. »Es ist für dich bestimmt, und du wirst es benutzen.«

»Es kommt von dieser Bonnekamp, ich hasse sie«, zischte Esther mit ungewohnter Heftigkeit.

»Nun lass doch die alte Geschichte«, meinte Jakob ruhig. »Es war eine kurze Affäre, für sie ebenso unwichtig wie für mich.«

»Nun, für mich aber nicht.«

»Diese Billetts sind meine Rettung, Esther«, sagte Catharine. »Ich kann hier nicht bleiben, nach dem, was geschehen ist. Ich muss fort. Aber ich gehe nicht ohne dich. Nicht nach Amerika.«

Ihre Worte hingen im Raum wie eine Drohung. Esthers geschwungene Augenbrauen bildeten eine steile Linie. Jakob starrte zu Boden.

»Was wird aus dir, wenn wir gehen?«, meinte sie schließlich. Catharine war sich nicht sicher, ob die Frage an Johanne oder an Jakob gerichtet war. Sie blickte beide nacheinander an. Ihre Schwester saß auf einem der Stühle, die Felix ihnen heruntergebracht hatte, ihr Rücken kerzengerade, die Hände im Schoß gefaltet, die Augen ruhig nach vorn gerichtet, als beträfe sie das Ganze gar nicht. Jakob dagegen ging unruhig im Raum auf und ab. Unvermittelt blieb er stehen und schüttelte den Kopf. »Ich komme schon zurecht«, sagte er fast unwirsch. »Mach dir um mich keine Gedanken, ich habe Freunde, die mir helfen werden. Du wirst schon sehen, auch ich werde den Weg ins gelobte Land machen«, fügte er mit einem leicht spöttischen Unterton hinzu. »Wenn vielleicht auch nicht erster Klasse.«

Esther nickte. Sie wirkte ein wenig enttäuscht, als habe sie eine andere Reaktion erwartet. Aber dann zuckte sie mit den Schultern und sah Catharine entschlossen an. »Also fahren wir nach Amerika.«

»Aber werden sie euch überhaupt ziehen lassen?« Johannes Stimme war vollkommen ruhig. »Immerhin werdet ihr von der Polizei wegen Volksverhetzung gesucht.«

»Oh, das Ausreisen wird keine Schwierigkeit darstellen«, erklärte Jakob. »Sie lassen die Rebellen nur zu gerne gehen, auf diese Weise sind sie das Problem ein für alle Mal los. Nur zurückkommen darf keiner mehr. Aber wie gelangt ihr nach Hamburg?«

»Mit der Eisenbahn unter falschem Namen«, meinte Esther sofort, als habe sie so etwas schon hundert Mal unternommen.

Johanne stieß ein kleines Seufzen aus. Es schien aus dem Innersten ihrer Brust zu kommen und klang so verzweifelt, dass die anderen alarmiert zu ihr hinsahen. Aber ihr Gesicht war unbewegt. »Der Herr beschütze euch auf eurem Weg«, sagte sie leise.

11

Von der Reling der *Reliance* blickten sie hinunter in das leise schwappende Wasser, das die stumpfe Farbe von Blei hatte. Auf der Oberfläche schwammen bräunliche Zigarettenstummel, Papier und schillerndes Öl.

»Ich bin froh, dass wir all dieses bald hinter uns lassen«, sagte Esther. Ihre braunen Vogelaugen waren stumpf vor Müdigkeit, obwohl die Reise noch nicht einmal richtig begonnen hatte.

»Ich wünschte nur, es wäre ein wenig wärmer«, meinte Catharine und zog ihren Wollschal noch enger über der Pelerine zusammen. »Wenn es hier im Hafen schon so kalt ist, wie eisig mag es dann draußen auf offener See sein?«

»Immerhin reisen wir als Passagiere Erster Klasse. Hast du das Unterdeck gesehen, in dem die anderen untergebracht sind?«

»Es ist unerträglich eng dort.« Dann schwiegen sie wieder und sahen hinüber zum Ufer, wo sich eine Familie, Mutter, Vater und vier Kinder, von ihrer Verwandtschaft verabschiedeten. Die dünne Frau hing weinend in den Armen ihrer Mutter, ihre eigenen Kinder betrachteten sie mit einer Mischung aus Erstaunen und Angst in ihren Gesichtern.

»Ob ich Johanne jemals wiedersehen werde?« Catharine verzog das Gesicht. »Zeit meines Lebens war sie mir so fremd, und nun zerreißt es mir fast das Herz, wenn ich an sie denke.« Der Abschied auf dem Kalkumer Bahnhof war kurz und hastig gewesen, voller Furcht vor möglichen Polizeikontrollen. Die Schwestern hatten sich geküsst, ein letztes Mal hatte Catharine Magdalena umarmt, ihren kleinen fünfjährigen Körper. Verwundert hatte die Kleine ihre Liebkosung entgegengenommen, ohne zu verstehen, was vor sich ging. Dann hatten sie aus dem

Zugfenster gewinkt, bis die Schienen am Schloss die erste Kurve machten und die Zurückbleibenden ihren Blicken entrissen.

Esther gab Catharine einen leichten Stoß gegen die Schulter. »Natürlich werdet ihr einander wiedersehen. Wer weiß, wenn wir uns einmal richtig niedergelassen haben, vielleicht kommen Johanne und Magdalena dann sogar nach?«

Aber sie wussten beide, dass das nicht geschehen würde. Ihr ganzes Leben hatte Johanne in Kaiserswerth verbracht, niemals würde sie freiwillig die Stadt verlassen, ihr eigenes Haus und ihre Arbeit aufgeben, um in eine ungewisse Ferne zu ziehen.

»Was uns wohl in Amerika erwartet?«, wechselte Esther das Thema. »Hoffentlich empfängt uns diese Familie überhaupt, die Leutze dir empfohlen hat. Immerhin kennen wir sonst keinen in ganz New York.«

»Es wird sich schon alles zum Besten wenden. Es ist doch das Land der unbegrenzten Möglichkeiten.«

Esther lachte.

»Mir ist ein wenig Angst«, gab Catharine dann zu.

Esther atmete tief ein und dann wieder aus. Ihre Augen wanderten über das schmutzige Wasser zu den Menschen am Ufer, die wiederum zu ihnen herüberstarrten und winkten, als wären sie alte Bekannte. Ihre Abschiedsrufe mischten sich mit den schrillen Schreien der Möwen, die über das Wasser glitten auf der Suche nach toten Fischen und Essensresten. »Als ich klein war, vielleicht acht oder neun Jahre alt, wurde meine Mutter sehr krank, also haben sie mich mit der Postkutsche zu Verwandten nach Neuss geschickt. Der Postillion sollte auf mich Acht geben, aber ich kannte ihn nicht und traute ihm nicht, mir war elend vor Angst. Am Morgen meiner Abreise nahm mein Vater mich an die Hand und sprach zu mir, allein zu mir, und das war selten, dass er sich so direkt an mich wandte. Er wolle mir etwas mit auf den Weg geben, sagte er, etwas, das mich begleiten sollte.«

»Was hat er dir gegeben?«

»Es war eine Stelle aus dem Tenach, aus den Psalmen. Er hatte es auf ein Stück Papier geschrieben. Ich habe das Blatt heute noch, auch wenn es fast unleserlich geworden ist, so oft, wie ich es damals in der Fremde in der Hand gehalten habe.«

»Du hast es mir nie gezeigt.«

»Ich hatte es selbst fast vergessen. Aber es steckt unten in meinem Koffer, in meinen Sachen.«

»Und? Wie ging die Stelle?«

Esther räusperte sich, und dann sprach sie so leise, dass selbst Catharine, die dicht neben ihr stand, Mühe hatte, ihre Worte zu verstehen.

»Nähme ich Flügel der Morgenröte
und bliebe am äußersten Meer
so würde auch dort deine Hand mich führen
und deine Rechte mich halten.
Spräche ich, Finsternis möge mich decken
und Nacht statt Licht um mich sein,
so wäre auch Finsternis nicht finster bei dir,
und die Nacht leuchtete wie der Tag.«

»Du kannst es auswendig.«

»Nicht den ganzen Psalm. Nur dieses Stück. Ich spreche es für mich, wenn ich mich verloren fühle und allein. Für mich ist es der Inbegriff der Geborgenheit.«

Wieder schauten sie minutenlang auf das graue Wasser, den auf den Wellen schaukelnden Müll.

»Du hast dir deinen Glauben bewahrt«, stellte Catharine irgendwann fest.

Esther lächelte, dann schüttelte sie langsam den Kopf. »Ich weiß es nicht. Es ist auch nicht wichtig. Es ist so, wie Johanne es sagte, letztes Weihnachten in Kaiserswerth, erinnerst du dich noch?«

Catharine zuckte mit den Schultern. »Was sollte sie gesagt haben?«

»Dass wir uns nicht von Gott entfernen können, weil er doch überall ist. Um uns. Und mit uns. Und in uns.«

Immer mehr Menschen drängten sich inzwischen entlang der Reling. Sie riefen ihren Angehörigen und Freunden letzte Grüße und Scherze zu, winkten oder weinten. Ein junger Bursche starrte mit verlorenem Gesicht hinüber zum Ufer, sein Blick voller Heimweh, obwohl die *Reliance* noch nicht einmal abgelegt hatte.

Vier Matrosen lösten die Tauschlingen, mit denen die Brücke an den Eisenpollern am Ufer befestigt war. Die alte Frau, deren Tochter mit ihrer Familie inzwischen an Bord gegangen war, brach in Tränen aus. Ihr Mann stand neben ihr, steif und stumm, seine rot gefrorenen Hände zuckten hilflos, als warteten sie auf einen Befehl.

»Ich wünschte, ich könnte Gustav noch einmal sehen. Nur ein einziges Mal, um mich von ihm zu verabschieden«, sagte Catharine.

Esther drückte ihre Hand. »Er ist nicht umsonst gestorben«, meinte sie. »Ich weiß, dass es dir heute so erscheint und dass sein Tod dadurch noch grausamer und sinnloser wirkt. Aber es ist nicht so.«

»Du meinst, er ist für die Freiheit gestorben? Und wo ist sie dann, diese Freiheit? Die Unterdrückung, die Überwachung und auch der Hunger sind heute weit schlimmer als vor der Revolution. Und ich glaube nicht, dass sich das alles in Kürze bessern sollte wie durch ein Wunder. Friedrich Wilhelm IV. hat bislang keiner der Forderungen der Rebellen nachgegeben, er wird das auch in Zukunft nicht tun. Das Parlament in der Paulskirche hat er auflösen lassen. Die Revolution ist verloren. Nein, dafür hätte Gustav nicht zu sterben brauchen.«

»Das sagst du jetzt«, beharrte Esther. »Und es scheint auch so. Aber sein Tod und der Tod Robert Blums und der vielen anderen werden dennoch nicht ohne Wirkung bleiben. Es sind

Samenkörner der Freiheit, die aufgehen werden. Ich und du, wir werden es nicht mehr erleben. Aber vielleicht mein Kind.«

»Ach, dein Kind?«, stieß Catharine fast verächtlich hervor. »Und wer sagt dir, dass du jemals ein Kind haben wirst, für das sich dieses Opfer gelohnt hätte? Ich jedenfalls werde gewiss …« Sie unterbrach sich plötzlich, als sie Esthers Gesicht sah. Zwei hektische rote Flecken hatten sich auf ihren blassen Wangen gebildet. Ihre schmalen Kinderfinger glitten nervös an dem Seil entlang, das die Reling nach oben hin begrenzte, während sie unentwegt aufs Wasser starrte.

»Esther«, begann Catharine. »Nein«, sagte sie dann.

»Während du so viel geschlafen hast, sind Jakob und ich … haben wir uns …« Esther schluckte und verstummte wieder. Catharine hob die Hand. »Du erwartest ein Kind?«, fragte sie ungläubig.

Esther nickte kaum merklich, als befürchtete sie, die anderen Passagiere könnten ebenfalls davon erfahren.

»Weiß Jakob davon?«, fragte Catharine.

»Ich habe es ihm nicht gesagt. Es ist vorbei zwischen uns. Ich liebe ihn, aber er liebt mich nicht. Vielleicht hat er mich nie geliebt. Vielleicht kann er gar nicht lieben. In jedem Fall würde ein Kind nichts daran ändern.«

Catharine biss sich auf die Lippen.

»Es tut mir so Leid«, sagte Esther. Aber dann schüttelte sie den Kopf. »Nein, es ist nicht wahr. Es tut mir nicht Leid. Ich freue mich auf dieses Kind, wie ich mich noch nie auf etwas gefreut habe.« Sie wandte sich zu Catharine und lächelte. Ein Windstoß hatte eine Locke aus ihrem Haar gerissen, das sie zu einem Knoten zusammengebunden hatte. Die braunen Haare wehten in ihr Gesicht, auf einmal war alles Kindliche daraus verschwunden, sie sah wild und verwegen aus.

Im selben Moment knatterten die Segel über ihnen in einem Windstoß, so laut und durchdringend wie Salutschüsse. Das

Schiff begann sich in Bewegung zu setzen. Catharine spürte es in ihrem ganzen Körper. Die Passagiere auf dem Deck und die Menschen am Kai brachen in lauten Jubel aus, und eine Gruppe hinter ihnen begann ein Freiheitslied anzustimmen. Das schmutzige Wasser schlug in aufgeregten, schmatzenden Wellen gegen die Schiffswand. »Hurra!«, schrie der junge Mann, der eben noch so verloren ausgesehen hatte, und warf seine Mütze in die Luft.

Catharine legte ihre Hand auf die der Freundin. »Hörst du es?«, fragte sie. »Sie freuen sich mit dir.«

Teil 5

Magdalena

(1870–1871)

1

An der Straßenecke stand ein kleines Mädchen und verkaufte Maiglöckchen. Im Vorübergehen roch Magdalena den süßen, verführerischen Duft, aber sie hatte keine Zeit, Blumen zu kaufen. Statt stehen zu bleiben, beschleunigte sie ihre Schritte und eilte weiter den Broadway hinunter.

Sie hatte Ernest versprochen, ihn um zwölf Uhr an der Battery zu treffen. Aber als sie die Trinity-Kirche passierte, rückte der große Zeiger der Kirchturmuhr auf die Drei. Viertel nach zwölf, und sie war gerade einmal in der Wallstreet.

Hoffentlich war Ernest überhaupt noch da, dachte sie, während sie sich durch eine Gruppe junger Männer drängte, die vor einem der neuen Verwaltungsgebäude standen. Sie trugen Anzüge und glänzende Lederschuhe, und keiner von ihnen trat auch nur einen Schritt zur Seite, um sie vorbeizulassen. Ärgerlich bahnte sie sich einen Weg, wobei sie einen der Herren so unglücklich anstieß, dass er seinen Becher mit Kaffee verschüttete. Der größte Teil des Getränks landete auf seinen dunklen Hosen, aber sie drehte sich nicht einmal nach ihm um, als er wütend aufschrie. »Wärst du zur Seite gegangen«, murmelte sie zornig. Dann spürte sie selber an ihrer Schulter die heiße Flüssigkeit, die durch Jacke und Bluse an ihre nackte Haut gedrungen war. Im Weitergehen riss sie ihr Taschentuch aus der Rocktasche und wischte auf dem dunklen Fleck herum, der auf der hellen Jacke rasch größer wurde.

Egal, dachte sie. Vermutlich war ohnehin alles umsonst, die ganze Eile und Hasterei, weil Ernest gar nicht mehr auf sie wartete. Seine Mittagspause endete zwar erst um ein Uhr, aber die Redakteure der New York Times waren so viel beschäftigt, dass er meist früher in sein Büro zurückging.

Grünes Laub leuchtete durch die Feuertreppe einer grauen Mietskaserne. Der Battery Park, endlich! Sie lief über die Straße, ohne nach links und rechts zu schauen, und wurde fast von einem Omnibus überfahren. Im letzten Moment konnte sie den Hufen der Pferde, die den überfüllten Straßenwagen zogen, ausweichen. Als der Kutscher erbost an seiner Glocke riss, ging ihr das grelle Klingeln durch Mark und Bein und beschleunigte ihren rasenden Puls noch weiter. Neugierige Blicke trafen sie aus den Kutschenfenstern heraus. Sie kämpfte mit dem Impuls, den glotzenden Gesichtern die Zunge herauszustrecken.

Ernest saß auf einer Bank, mit dem Rücken zu ihr, den Blick auf den Hudson gerichtet. Er saß ganz ruhig und unbeweglich da, aber seine angespannten Schultern, seine ganze Haltung strahlten Missbilligung aus. Im Hintergrund reckte sich die Freiheitsstatue in den hellblauen Frühlingshimmel und drohte mit ihrer Fackel.

Magdalena ließ sich neben ihm auf die Bank fallen und keuchte. Er zog seine Uhr aus der Westentasche, warf einen kurzen Blick darauf und steckte sie dann wieder zurück, ohne etwas zu sagen.

»Ich weiß«, seufzte sie. »Es war nur so, dass …«

Er hob die Hand, und sie verstummte. Sie hatte ohnehin keine Ahnung, was sie zu ihrer Verteidigung vorbringen sollte. So rang sie nur nach Atem, während er schwieg. »Ich wollte Sie eine Sache fragen«, sagte er dann.

Sie sprachen deutsch, wie immer, wenn sie allein waren. Ernests Familie war 1838 aus Sachsen eingewandert, und obwohl Ernest in Manhattan geboren war, war Deutsch seine Muttersprache. Bis heute herrschte in Little Germany hauptsächlich Deutsch vor – auf den Straßen, in den Geschäften, sogar beim Gottesdienst in der lutherischen Kirche in der Mott Street.

Es war ein komisches Deutsch, das die Leute hier sprachen. Als Magdalena vor fünf Jahren hier angekommen war, hatte sie

Mühe gehabt, alles zu verstehen. Die Leute betonten die Wörter ganz anders, sie rollten das »R« tief hinten im Rachen fast wie im Amerikanischen. Und sie mischten oft englische Wörter in die deutschen Dialoge, ohne es überhaupt zu bemerken.

Ernest sprach fließend amerikanisch. Anderenfalls hätte man ihm wohl auch kaum eine Reporterstelle bei der renommierten New York Times angeboten. Esther, die ebenfalls für die Zeitung arbeitete, hatte Magdalena den jungen ehrgeizigen Mann vor einem halben Jahr vorgestellt, und seitdem trafen sie sich oft, um gemeinsam Ausstellungen zu besuchen, in die Oper zu gehen oder einfach nur durch den Central Park zu spazieren. Magdalena schätzte Ernests kluge und scharfsinnige Art, aber er war so von sich überzeugt, dass sie sich in seiner Gegenwart oft wie ein kleines Kind vorkam, und das ärgerte sie.

Sie fragte sich manchmal, was er an ihr fand. Sie war in allem so ganz anders als er. So viel unordentlicher.

»Ich wollte Sie etwas fragen, was mir nun schon seit geraumer Zeit … auf der Seele liegt«, begann Ernest. Seine Stimme klang jetzt nicht mehr ungeduldig, sondern sanft. Ein wenig unsicher rieb er sich mit dem Zeigefinger über seinen dunklen Schnurrbart. Sie nickte erwartungsvoll, doch das schien ihn aus dem Konzept zu bringen. »Kurzum«, sagte er, obwohl er seine Rede gerade erst begonnen hatte, »wir kennen uns nun schon ein halbes Jahr, und ich wollte die Gelegenheit nutzen und Ihnen versichern, dass ich das Zusammensein mit Ihnen sehr genieße. Und dass ich niemals für eine Frau empfunden habe, was ich für Sie empfinde.«

Ihr Herz, das sich soeben ein wenig beruhigt hatte, begann sofort wieder schneller zu schlagen. Ernest machte ihr eine Liebeserklärung. In seiner Mittagspause, nachdem sie ihn gut zwanzig Minuten hatte warten lassen, nachdem sie vollkommen außer Atem und mit einem hässlichen Kaffeefleck auf der Schulter hier angekommen war, gestand er ihr seine Liebe.

»Deshalb wollte ich Sie fragen, ich wollte Sie bitten …« Ernest unterbrach sich, und sie lächelte nervös, obwohl ihr Herz inzwischen beinahe ihren Brustkorb durchschlug. Er hob seine Hände, bis sie waagerecht vor ihm schwebten, und streckte seine Finger aus. Dann legte er die Fingerkuppen aneinander und führte sie hoch zum Kinn. Es sah aus, als ob er betete.

»Do you want to marry me?«, fragte er. Sein Ton war nun ruhig, fast ein wenig spöttisch wie so oft, wenn er mit ihr redete. Im entscheidenden Moment hatte er die Sprache gewechselt. Sie fragte sich, warum. Aber es war ja auch vollkommen gleichgültig. Ob englisch oder deutsch – die Frage allein zählte, und er erwartete eine Antwort.

Do you want to marry me. Wollte sie ihn heiraten? Liebte sie ihn? Wenn sie jemals einen Mann geliebt hatte, dachte sie, dann war es Ernest. Keiner verstand ihre Gedanken wie er, kein anderer teilte ihren Geschmack wie er, sie interessierten sich für die gleichen Dinge und hatten die gleichen Ansichten. Sie war fast siebenundzwanzig Jahre alt, und er hielt um ihre Hand an. Ein junger, aufstrebender Reporter mit einer großen Zukunft. Der Traum einer jeden Frau. Warum zögerte sie also?

»Darling«, sagte er leise, als wollte er den Klang des Kosewortes prüfen. Warum redete er nicht deutsch, fragte sie sich wieder. Es war nebensächlich, und doch befremdete es sie, ohne dass sie wusste, wieso.

»I don't know«, sagte sie leise, »ich weiß es nicht. Es kommt so plötzlich, ich …« Sie blickte in seine Augen, die so dunkel waren, dass sich das Schwarz der Pupillen fast nicht von der Iris unterschied, und sah seine Enttäuschung. »Es tut mir so Leid, Ernest, aber ich muss darüber nachdenken.«

Er löste die Finger unter seinem Kinn. Einen Moment lang glitten sie unschlüssig durch die Luft, dann nahm er ihre Hand, die auf ihren Knien lag. Er hob sie behutsam hoch und betrachtete sie ernst.

»Es liegt mir fern, Sie zu einer unbedachten Entscheidung zu drängen. Nehmen Sie sich die Zeit, Ihre Antwort zu erwägen«, sagte er leise.

»Danke«, sagte sie. »Ich fühle mich jedenfalls äußerst geehrt über Ihren Antrag.« Er beugte sich zu ihr herunter und küsste sie auf den Mund. Seine Lippen waren trocken und berührten die ihren kaum. Aber dennoch, Ernest hatte sie geküsst, am helllichten Tag auf einer Bank an der Battery! Er lächelte, als er sah, wie durcheinander sie war. Plötzlich schien er ungeheuer erleichtert. Als wäre es das Wichtigste, dass er seinen Antrag ausgesprochen hatte, ganz egal, wie sie sich entscheiden würde.

»Ich möchte Sie für den Sonntagnachmittag einladen«, sagte er, während er sich erhob. »Sie und Ihre Tante Catharine. Meine Eltern würden Sie gerne kennen lernen.« Sie nickte nervös. Aber sie hatte ihm doch noch gar keine Antwort gegeben. Er erriet ihre Gedanken und zuckte mit den Schultern.

»Die Einladung gilt, egal wie Ihre Entscheidung ausfällt. Ich hole Sie um drei Uhr zu Hause ab.« Dann bot er ihr seinen Arm, und sie spazierten gemeinsam zur Station der Hochbahn. Er stieg an der City Hall aus, wo das Büro der New York Times lag, während sie weiterfuhr bis zur Canal Street, in der sie wohnte. Unterwegs sprachen sie über Belanglosigkeiten wie gute Bekannte.

2

Um diese Zeit war nur Esther zu Hause. Während Tante Catharine von ihrer Arbeit bei der Germania Lebensversicherungsgesellschaft nicht vor sieben Uhr abends zurückkam, schrieb sie Artikel für verschiedene New Yorker Zeitungen oder übernahm Schreibarbeiten für Leute aus der Nachbarschaft, die nicht genug englisch sprachen, um ihre Briefe selbst zu verfassen. Sie erledigte Behördengänge für die deutschen Immigranten oder auch italienische Einwanderer aus Little Italy, vor kurzem war sogar ein Chinese bei ihr gewesen, der sich neben der deutschen Kirche in der Mott Street niedergelassen hatte und den sie kaum verstanden hatte.

Wie immer saß Esther im großen Zimmer an ihrem Schreibtisch, der am Fenster zur Canal Street stand. Vor ihr ein Blatt Papier, das Tintenfass und ein Foto von Ruben, der ihr mit kritischem Blick beim Schreiben zusah. Die Aufnahme war vor acht Jahren bei seiner Bar Mitzwah gemacht worden, drei Monate vor seinem Tod.

Esther war so in ihre Arbeit versunken, dass sie Magdalena gar nicht eintreten hörte. Erst als sie zu ihr herüberkam, blickte sie auf. »Was ist geschehen?«, fragte sie besorgt, als sie Magdalenas Gesicht sah. Diese versuchte ein halbherziges Lächeln. »Nichts«, sagte sie. »Jedenfalls nichts Schlimmes.« Sie setzte sich auf den Ohrensessel neben dem Kamin. Vorne an den Armlehnen quoll hellbraunes Füllmaterial durch den verschlissenen Oberstoff. »Ich habe Ernest getroffen.«

»Ach ja?«, sagte Esther, ohne den Blick von ihr zu wenden. »Wie geht es ihm?«

»Danke, gut.« Magdalena zog gedankenverloren an dem braunen Füllstoff. Woraus er wohl bestand? Es sah aus wie Pferdehaar.

Ob sie Esther von Ernests Antrag erzählen sollte? Nein, dachte sie, es war alles noch so neu, sie wollte es erst für sich behalten, bevor sie die Meinung eines anderen hörte.

»Ihr habt einen Brief bekommen aus Deutschland, er ist an dich und Catharine adressiert«, sagte Esther, als sie merkte, dass sie nicht weiterreden würde.

»Von Tante Johanne? Schon wieder?«

Esther schüttelte den Kopf. Sie stand auf und holte einen weißen Umschlag vom Kaminsims, den sie ihr reichte.

»Von Frau Fliedner«, sagte Magdalena erstaunt. Dann spürte sie, wie sich etwas in ihrer Brust zusammenzog. »Du meine Güte, es wird doch nichts mit Tante Johanne sein, ein Unglück …«

»In diesem Falle hätte sie wohl kaum geschrieben, sondern telegrafiert«, meinte Esther.

»Meinst du, ich sollte auf Catharine warten, bis ich ihn lese?« Aber gleichzeitig hatte sie die obere Kante des Kuverts schon durchtrennt. Dann zog sie das dünne weiße Papier aus dem Umschlag und faltete es auf.

»Kaiserswerth, den 24. April 1870

Meine sehr verehrten Fräulein König,

bitte erschrecken Sie nicht, wenn ich mich heute aus dem so fernen Kaiserswerth an Sie wende. Bezüglich Ihres Befindens hoffe ich, dass alles zum Besten steht und dass Sie dieser Brief in guter Gesundheit erreicht. Ihrer Schwester und Tante Johanne geht es gesundheitlich soweit zufrieden stellend. Sicherlich hat sie Ihnen von der schweren Grippe berichtet, die sie zum Jahresanfang ergriffen und fast heimgerufen hat. Der Herr in seiner Gnade hat unsere Gebete erhört, und so ist sie heute noch unter uns, wenngleich sie an Körper und Geist stark geschwächt ist, weshalb ich heute auch an Sie schreibe. Seit sie ihr Krankenbett verlassen hat und wieder tätig sein kann, ist Ihre Tante Johanne oft so ganz und gar niedergedrückt und mutlos, es ist, als habe sie ihren ganzen Lebensmut mit der Krankheit verloren. Meine Töchter Luise und Mina haben ihr Möglichstes versucht, sie wieder zu ermutigen und aufzubauen, aber ihre Bemühungen waren umsonst, sie scheint sie kaum wahrzunehmen. Desgleichen habe auch ich sie oft besucht und mit ihr gesprochen und auch gebetet, aber auch das hat keine Besserung bewirkt.

Ich weiß wohl, Sie sind weit weg, und es gibt wenig, was Sie aus der Ferne für Johanne tun können, aber ich muss Ihnen sagen, dass die seltenen Stunden, in denen ich Ihre Schwester und Tante heiter oder zumindest gelassen finde, diejenigen sind, in denen sie ein Schreiben von Ihnen aus Amerika erhalten hat. Sie spricht oft mit großer Liebe von Ihnen. So möchte ich Sie darin bestärken, recht häufig zu schreiben und an frohen Nachrichten nicht zu sparen.

Beten Sie für Ihre Schwester, auf dass sie den Weg finde aus dieser Finsternis des Gemüts. Das wollen auch wir tun. Leben Sie recht wohl, der Herr behüte Sie.

Ihre Karoline Fliedner«

Magdalena ließ das Blatt sinken. Die beiden Frauen schauten sich erschrocken an. »Nichts hat Johanne geschrieben von einer Krankheit, kein Wort«, flüsterte Magdalena.

Esther schüttelte nur stumm den Kopf. »Natürlich nicht«, murmelte sie fast grimmig.

Alle zwei Wochen erhielten sie für gewöhnlich ein Schreiben aus Kaiserswerth, und ebenso viele Briefe sandten sie selbst. Johanne schrieb zwar meist recht kurz, viel gebe es nicht zu berichten von ihrem unspektakulären Leben, aber ihre wenigen Zeilen hatten niemals traurig oder gar verzweifelt geklungen. »Ich hätte sie nicht allein zurücklassen dürfen«, meinte Magdalena mehr zu sich als zu Esther.

Sie hatte sich so schwer getan mit ihrem Entschluss, damals vor fünf Jahren. Aber sie wollte malen, und in Kaiserswerth gab es niemanden, der sie förderte und ihr Talent weiterbrachte. Die

Kunstakademie in Düsseldorf ließ nur männliche Studenten zum Studium zu, und auch die freien künstlerischen Vereinigungen wie der Malkasten waren für Frauen nicht zugänglich.

Tante Catharine dagegen kannte in New York eine Menge renommierter Künstler, von denen sie lernen konnte, Männer wie Emanuel Leutze, Albert Bierstadt oder Worthington Whittredge, die alle an der Düsseldorfer Akademie studiert hatten, zu denen Magdalena in Deutschland aber niemals Zugang gefunden hätte. Johanne hatte sie beschworen zu fahren. »Du musst dein Schicksal in die Hand nehmen, wie ich selbst es getan habe und Catharine auch.«

»Aber was wird dann aus dir, so ganz allein in diesem Haus?« Johanne war damals neunundfünfzig Jahre alt, sie war kräftig und gesund, aber wenn Magdalena wegging, gab es niemanden, der ihr zur Hand ging, der sie pflegen würde, wenn sie krank wurde.

»Ich habe Freunde, die sich um mich kümmern werden.«

»Es ist aber dennoch nicht recht.«

»Es ist recht, Magdalena, und ich könnte es nicht ertragen, dass du hier bleibst nur meinetwegen.«

Mit einem unguten Gefühl begann sie ihre Reisevorbereitungen. Sicher, Johanne hatte viele Bekannte und Vertraute wie die Fliedners, Tante Nelli oder Felix Winter, auf die sie sich im Notfall verlassen konnte. Aber mit ihr wurden auch die anderen älter. Der Pastor war schon den ganzen Sommer über lungenkrank gewesen, und mit dem Herbstbeginn wurde die Krankheit immer bedenklicher.

Als Ende September seine Söhne Ernst und Heinrich konfirmiert wurden, musste Fliedner die Prüfung Pastor Stricker überlassen. Auch sonst zog er sich mehr und mehr von seinen Aufgaben zurück. »Jetzt geht es zu Ende mit ihm«, hörte man die Leute nach der Kirche tuscheln. Auch Johanne hörte es, aber sie verzog keine Miene. Sie richtete ihren immer noch geraden

Rücken ein wenig aufrechter und nickte Magdalena unmerklich zu, dass sie nach Hause gehen sollten.

Am letzten Tag im September bekam Magdalena ihre Schiffspassage nach New York. Die *Yorck* sollte am 10. Januar 1865 in Bremen ablegen. Sie starrte auf die große, blütenweiße Karte mit dem geschwungenen Signet der Schifffahrtsgesellschaft. »Aufnahmeschein für die Überfahrt nach Nord-Amerika«, stand daneben in großen Lettern, darunter war ihr Name eingedruckt: Magdalena König. Plötzlich wurde sie von einer ungeheuren Aufregung und Vorfreude ergriffen, so heftig, dass sie das Klopfen an der Tür zuerst für das Klopfen ihres eigenen Herzens hielt.

Als sie öffnete, sah sie eine alte Frau vor sich, die sie noch nie zuvor gesehen hatte. Sie stand da, mit gebücktem Körper, runden Schultern und mühevoll gehobenem Kopf, aber das Gesicht war seltsam glatt, die wenigen Falten konzentrierten sich auf die Bereiche um Augen, Mund und Hals. Magdalena erkannte den hellblauen Blick sofort wieder, sie wusste nur nicht woher.

»Mein Name ist Käthe Fliedner«, stellte sich die Fremde vor und blinzelte kurz nervös. »Ich möchte zu Fräulein Johanne König. Wohnt sie hier?«

»Wie lange warst du nicht mehr hier«, fragte Johanne, als sie in der Wohnstube ihren Kaffee tranken. »Es scheint eine halbe Ewigkeit.«

»Im nächsten Jahr werden es vierzig Jahre, dass ich Kaiserswerth verlassen habe.« Käthe Fliedner lächelte verlegen, als verriete sie ein Geheimnis. »Gut hast du es hier getroffen«, fuhr sie dann fort, während ihre hellen, wachen Augen den Raum absuchten und schließlich auf Magdalena landeten. »Und was für eine schöne Tochter du hast.«

Magdalena spürte, wie sie rot wurde. *Schön* hatte sie noch keiner genannt, klein und rundlich wie sie war mit ihrem krausen, braunen Haar und ihren Sommersprossen. Und auch als Johannes Tochter bezeichnete man sie für gewöhnlich nicht, selbst Johanne nannte sie ihr Pflegekind, wenn sie sie anderen vorstellte.

»Und du, wie steht es um dich?«, erkundigte sich Johanne nun. »Deine Arbeit in der Kleinkinderschule hast du sicherlich inzwischen beendet?«

»Ich habe zwei Lehrerinnen dort, sie unterrichten die Kleinen und singen und spielen mit ihnen. Aber ich selbst bin nur noch gelegentlich da.« Käthchen Fliedner nickte nachdenklich. »Wir sind alt geworden. Von uns Geschwistern sind nur noch Theodor und ich am Leben, die anderen sind nun schon der Mutter und dem Vater nachgegangen.«

»Steht es wirklich so schlimm um Fliedner?« Johanne sah ihre alte Freundin nicht an, sondern starrte stattdessen auf den kleinen silbrigen Kaffeelöffel in ihrer Hand, in dem sich die neue Petroleumlampe auf dem Tisch spiegelte.

»Sein Ende ist nahe. In ein paar Tagen, vielleicht auch Wochen, wird er heimgerufen.«

Ihre Stimme klang ruhig, fast heiter. Als sie schwieg, hob Johanne den Kopf, und ihre Blicke begegneten sich. Käthe lächelte wieder das kleine, schüchterne Lächeln, das ihr Gesicht über den gebeugten Schultern so mädchenhaft erscheinen ließ. Mit einem Mal fühlte sich Magdalena fehl am Platz, am liebsten wäre sie aufgestanden und hätte den Raum verlassen, leise und unauffällig, aber das hätte unhöflich gewirkt. So blieb sie sitzen und knetete ihre Hände im Schoß.

»Weißt du noch, als wir damals unten am Rhein voneinander Abschied genommen haben?«, hörte sie Käthe leise fragen.

»Es ist alles ganz anders gekommen, als wir uns das gedacht haben«, gab Johanne ebenso leise zurück.

»Gottes Wege sind eben nicht unsere Wege.«

»Und das ist gut so.« Der Kaffeelöffel klirrte hell, als Johanne ihn zurück auf die Untertasse legte.

Am nächsten Tag sahen sie Theodor Fliedner zum letzten Mal. Seit er 1849 das Gemeindepfarramt niedergelegt hatte, lebte die Familie in dem großen Inspektorat neben dem Waisenhaus in der Neuen Straße. Karoline brachte sie die steile Treppe hoch, die zu den Schlafzimmern führte. »Nehmt es ihm nicht für übel, dass er euch nicht unten empfängt. Aber er kann die Stufen nur unter größten Beschwerden herabsteigen«, erklärte sie den Besucherinnen.

Das Haar der Pastorin war über den Sommer vollständig ergraut, wie eine silberne Haube bedeckte es ihren Kopf. Doch ihr Verhalten war ruhig und gelassen wie immer, nur ihre Finger schienen ein wenig zu zittern, als sie die Hand ausstreckte, um anzuklopfen.

Fliedner saß in einem grauen Ohrensessel direkt neben dem gusseisernen Ofen, von dem eine mächtige Hitze ausging, obwohl der Oktober noch nicht einmal begonnen hatte. »Das ist schön, dass Sie mich besuchen«, sagte er, als Johanne und Magdalena das Zimmer betraten. Seine Stimme hatte sich nicht verändert, sie klang kraftvoll und laut, aber als er sich erheben wollte, um ihnen entgegenzukommen, musste er sich mit beiden Händen an den Armlehnen abstützen. Johanne öffnete den Mund, um etwas zu sagen, doch im selben Moment ließ er sich wieder in den Sessel zurücksinken. »Ich bin faul«, meinte er ruhig. »Bitte kommen Sie zu mir, ich kann die Schritte nicht mehr tun.«

Sie gaben ihm die Hand, erst Magdalena, dann Johanne. »Theodor«, sagte sie. Ihre Stimme klang weich und brüchig zugleich. Es war das erste Mal, dass Johanne Fliedner beim Vornamen nannte.

Diesmal drehte sich Magdalena einfach um. Sie ging leise aus dem Raum und ließ die beiden anderen allein zurück.

Vor der Tür lehnte sie sich gegen die Wand und wartete. Sie hatte keine Ahnung, wie lange es dauerte, bis sich die Tür öffnete und Johanne herauskam. Ihre Haltung war kerzengerade, ihr Gesicht leuchtete weiß in der Dunkelheit des Flurs. »Du möchtest zu ihm gehen«, sagte sie. »Ich gehe derweilen zu Karoline. Ich …« Sie brach den Satz ab, als habe sie vergessen, was sie sagen wollte. Ihr Blick irrte einen Moment über Magdalenas Gesicht, dann wandte sie sich um.

Fliedner erwartete sie in seinem Lehnstuhl. Er war blass wie immer, aber seine Miene zeigte keinerlei Bewegung. Er machte keinen Versuch, sich zu erheben, sondern bat sie Platz zu nehmen, indem er auf einen zweiten Stuhl neben dem Kamin wies.

»Ich habe gehört, dass auch Sie in Kürze eine große Reise antreten werden?«, erkundigte er sich höflich. *Auch Sie* sagte er, als erwarte ihn selbst nichts anderes als eine weite Reise in ein anderes Land. Sie wusste nicht, was sie entgegnen sollte, und starrte auf das kleine Tischchen an seiner Seite, auf dem ein Glas Wasser stand, daneben die Bibel und ein Stapel handschriftlicher Notizen. Fliedner schien ihr Unbehagen gar nicht zu bemerken, er musterte sie ruhig, als sei es ganz normal, dass sie zusammen vor dem Kaminfeuer saßen und schwiegen.

Solange sie sich erinnern konnte, hatte sie immer ein bisschen Angst vor ihm gehabt, vor seiner Strenge, seiner Ungeduld, seinen Augen, denen nichts, gar nichts entging. Als sie klein war, war sie manchmal mit Johanne hierher gekommen, und während ihre Tante und Fliedner im Büro ihre Angelegenheiten durchgingen, hatte sie mit Theodor und Friedrich gespielt. Das war so schön, dass sie sich oft ganz vergaß und zu laut wurde, oder sie rannte im Überschwang etwas um. Die Fliedner-Kinder dagegen wussten sich genau zu beherrschen, sie überschritten niemals das zulässige Maß.

Einmal, als sie im Garten Verstecken spielten, kam sie hinter einem Johannisbeerbusch hervorgeschossen und wollte zurück zum Haus, bevor Friedrich sie entdeckte. Wie aus dem Nichts tauchte plötzlich Fliedner vor ihr auf, so plötzlich, dass sie nicht mehr anhalten konnte und gegen seinen schwarzen Mantel prallte. Von einer Sekunde zur anderen war das Spiel beendet. Sie riss den Mund auf und wollte sich entschuldigen, brachte aber keinen Laut hervor. Der Pastor packte sie bei den Oberarmen und hielt sie fest, sein Gesicht weiß und drohend über ihrem. »Achte auf deine Schritte, Magdalena«, sagte er ernst. Dann strich er seinen Mantel glatt und ging weg, ohne sie weiter zu beachten.

»Am 10. Januar breche ich nach New York auf«, sagte sie jetzt, während die innere Anspannung und die warme Luft im Zimmer ihr den Schweiß auf die Stirn trieben.

»Nach New York«, wiederholte er leise. Dann schloss er die Augen, minutenlang verharrte er so, bis sie glaubte, er sei eingeschlafen. »Ich bin im Jahre 1849 dort gewesen«, sagte er, gerade als sie sich behutsam zurückziehen wollte. »Auf meiner Reise nach Pittsburg in Pennsylvanien. Mein Bruder lebte dort, Christian, aber er ist inzwischen verstorben. Es ist ein seltsames, ein wildes Land, dieses Amerika. Ich habe Menschen von größter Frömmigkeit getroffen, und gleichzeitig herrscht an vielen Orten eine unglaubliche Lasterhaftigkeit … Sie werden bei Ihrer Tante Catharine leben?«

Sie nickte. Er schien es zu sehen, obwohl er die Lider immer noch geschlossen hielt. »Bestellen Sie ihr meine herzlichsten Segenswünsche. Und, Magdalena«, jetzt öffnete er die Augen wieder und sah sie an, klar und durchdringend, »denken Sie in der Fremde an das Wort aus der Offenbarung: *Halte, was du hast, dass keiner deine Krone nehme.* Bleiben Sie stark in Ihrem Beten, in Ihrem Glauben, in Ihrem Vertrauen auf Gott.«

Achte auf deine Schritte, Magdalena, dachte sie.

Als er ihr seine schmale, weiße Hand reichte, vertiefte sich die scharf gezeichnete Falte zwischen seinen Brauen. Er holte langsam und mühevoll Luft. »Gott der Herr hat es sehr wohl mit

Ihnen gemeint«, sagte er mit kaum hörbarer Stimme. »Und Ihre Ziehmutter, Johanne, war das Werkzeug seines Willens.«

Sie runzelte die Stirn. Was wollte der Pastor damit sagen?

»Glauben Sie mir«, murmelte er, den Blick schon von ihr abgewandt. »Ihre leibliche Mutter wäre nicht halb so gut zu Ihnen gewesen. Nicht halb so gut …«

Sein Atem ging röchelnd, die Lider schlossen sich kurz, dann öffneten sie sich wieder.

»Meine leibliche Mutter? Was meinen Sie damit? Kannten Sie sie etwa? Wissen Sie, wer sie war?«

Der Pastor hob seine rechte Hand einen Zollbreit über die Armlehne, auf der sie geruht hatte. Dann ließ er sie wieder sinken. Sie war entlassen.

Am 3. Oktober 1864 starb Theodor Fliedner an den Folgen seiner Lungenkrankheit. Er hinterließ seiner Witwe neben elf Kindern, von denen sieben bereits erwachsen waren, eine Aufgabe, die kaum zu bewältigen war. Karoline Fliedner sollte das diakonische Werk, das sie gemeinsam mit ihrem Mann aufgebaut hatte, eigenverantwortlich weiterführen. Als Stellvertreter hatte er ihren Schwiegersohn Julius Disselhoff bestimmt, der ihre älteste Stieftochter Luise geheiratet hatte.

»Ich weiß nicht, wie ich das schaffen soll«, sagte die Pastorin zu Johanne. Sie war am Nachmittag unangekündigt bei ihnen aufgetaucht, und jetzt saß sie auf dem kleinen Sofa im Wohnzimmer. Sie wirkte, als laufe sie jeden Moment Gefahr, in Tränen auszubrechen. »Ich weiß nicht, ob ich das schaffen *kann*.« Ihre Stimme, die sonst so ruhig und fest war, klang zittrig wie die einer alten Frau.

Magdalena stellte die Kanne mit dem Tee und die Tassen auf den kleinen Holztisch, dann nahm sie auf der Kante des Sessels Platz. »Er war sich ganz sicher, dass du es kannst«, hörte sie Johanne sagen.

»Das war er«, nickte Karoline. »Aber was, wenn er sich in mir getäuscht hat?«

Johanne lächelte, während sie die Teekanne ergriff und die dampfende hellbraune Flüssigkeit in die Tassen goss. »Willst du es tun?«, fragte sie dann.

»Was zählt schon mein Wille?«, fragte Karoline zurück. »Es ist nur wichtig, Gottes Willen zu erkennen. Dem will ich unbedingt folgen.«

Sie breitete das Leinentaschentuch auf ihrem Rock zu einem Viereck aus, strich es glatt und legte es dann zusammen, kleiner und immer kleiner. Dann steckte sie es zurück in ihre Rocktasche und faltete die Hände im Schoß.

Johanne räusperte sich. »Nun, Gott hat dir die Gaben gegeben, die Aufgabe zu erfüllen. Du hast es lange schon bewiesen, dass du es kannst. Wie oft hat dich Fliedner allein gelassen. Wenn er auf seinen Reisen durch Deutschland, Italien, in den Orient und nach Amerika war, musstest du auch ohne ihn entscheiden.«

»Aber ich war nie ganz auf mich gestellt.«

»Das bist du auch jetzt nicht. Du hast deinen Sohn Georg, den dir Fliedner ausdrücklich zur Seite gestellt hat. Disselhoff wird dich unterstützen und irgendwann sicherlich ablösen in der Führung der Anstalt. Und so viele andere werden dir helfen. Man ist dir wohl gesinnt, Karoline, das weißt du.«

»Und du?«, fragte die andere leise. »Wirst du mir auch beistehen bei dieser Aufgabe?«

Johanne schwieg einen Moment lang. In den letzten Jahren hatte sie sich fast ganz von den Aufgaben in der Diakonie zurückgezogen. Sie hatte ihr Alter als Grund vorgeschoben, die Kopfschmerzen, die ihr das Entziffern der Schriftsachen bereitete. Aber Magdalena wusste genau, dass das nicht der wahre Grund war. Im selben Jahr hatte Felix Winter in Kaiserswerth eine Dependance des Allgemeinen Deutschen Arbeitervereins eröffnet, und Johanne erledigte die gesamte Korrespondenz und alle Verwaltungsangelegenheiten für den Verein. Auch nach New York schrieb sie lange Briefe und las nächtelang beim Schein einer Petroleumlampe, ohne dass ihre Augen ermüdeten.

»Ich kann den praktischen Teil wohl leisten«, sagte Karoline, und ihre Stimme klang jetzt fester und sicherer als vorher. »Das habe ich bisher auch getan, ob Fliedner zugegen war oder nicht. Aber die Schriftsachen, die Auflagen, die zu beachten sind, damit habe ich mich bislang kaum beschäftigt. Ganz zu schweigen von der Kollekte, die allein mein seliger Mann auf sich genommen hat. Da er mich auf seinem Totenbett zu seiner Nachfolgerin bestimmt hat, muss ich es nun angehen, und mit Gottes Hilfe werde ich es auch bewältigen. Aber mit deiner Hilfe, Johanne, würde es mir leichter fallen …«

Ihre braunen, leicht hervorstehenden Augen richteten sich auf Johanne, flehend und fordernd zugleich. Diese begegnete ihrem Blick und nickte.

»Du kannst auf mich zählen, Karoline.«

Fliedner hatte sämtliche Verwaltungsangelegenheiten des Diakoniewerks genauestens geregelt und in peinlicher Ordnung hinterlassen. Dennoch erforderte es viel Zeit und Mühe, bis sich Johanne in die Strukturen der inzwischen weltweiten Organisation eingearbeitet hatte. Sie verbrachte fast ihre gesamte Zeit in Karolines Büro, sodass Magdalena, deren Abreise nach Amerika immer näher rückte, ihre Ziehmutter kaum noch zu Gesicht bekam. So gerne Magdalena noch manche Dinge mit ihr besprochen hätte, so erleichtert war sie gleichzeitig auch darüber, dass sie sie so ausgefüllt zurückließ. Johannes Engagement für die Diakonie milderte ihr schlechtes Gewissen und machte ihr den Abschied leichter.

Erst jetzt, fünf Jahre später, merkte Magdalena, dass sie sich etwas vorgemacht hatte. Johanne war einsam ohne sie, unglücklich und depressiv. War es das, was Fliedner ihr hatte sagen wollen, an jenem letzten Nachmittag in seinem Schlafzimmer? *Ihre leibliche Mutter wäre nicht halb so gut zu Ihnen gewesen* – war das sein Appell an sie gewesen, die Reise abzusagen, Johanne nicht allein zu lassen?

»Ich muss zu ihr«, flüsterte sie entschlossen, während Esther neben ihr Karolines Schreiben hin und her drehte, als suche sie zwischen den Zeilen nach einer versteckten, nach einer tröstlicheren Botschaft.

Esther ließ das Papier sinken und blickte überrascht auf. »Wie meinst du das? Willst du über den Ozean fliegen? Die Überfahrt dauert Wochen, bis dahin …«

Sie brach den Satz ab und biss sich auf die Lippen. »Im Übrigen, wenn du jetzt nach Deutschland aufbrichst, was wird dann aus deiner Ausstellung an der Academy?«

Magdalena zuckte mit den Schultern. Sie arbeitete schon über ein Jahr wie besessen an den Bildern für eine Ausstellung, die Ende Juli in der National Academy of Design eröffnet werden sollte. Ihre Gemälde sollten zusammen mit denen anderer junger New Yorker Künstler ausgestellt werden. Das Ganze war eine Initiative des Malers Frederic Church, der selbst ein Mitglied der Academy war und sich sehr für die Förderung des künstlerischen Nachwuchses einsetzte. Magdalena war außer sich gewesen vor Freude, als sie erfahren hatte, dass sie zu den wenigen Ausgewählten gehörte, die ausstellen durften. Jetzt erschien es ihr mit einem Mal nebensächlich, ob ihre Bilder dort hängen würden oder nicht. Sie versuchte, sich Johannes Gesicht vorzustellen und merkte mit Erschrecken, dass es ihr nicht gelang.

Wir müssen sehen, wie wir das Geld für die Überfahrt aufbringen«, hörte sie Esther sagen. Ihre Stimme klang sachlich, als spräche sie von den Einkäufen fürs Wochenende.

»Es wird sich ein Weg finden. Die Überfahrt ist teuer, aber nicht unbezahlbar.« Magdalena wusste, dass Ernest ein wenig

Geld gespart hatte. Vielleicht würde er ihr etwas leihen. Sie würde es ihm später zurückzahlen, nach und nach. Wann später, dachte sie dann. Wenn ich mit ihm verheiratet bin? Sie schob den Gedanken zur Seite. Ihr Kopf war zu voll mit der Sorge um Tante Johanne, sie konnte jetzt nicht über Ernests Antrag nachdenken.

»Sprich mit Catharine über die Angelegenheit«, sagte Esther behutsam. »Vielleicht holst du sie am Office ab, dann könnt ihr die Sache auf dem Heimweg bereden. Später werdet ihr ja kaum noch Gelegenheit dazu finden.«

Ja, richtig, dachte Magdalena. An diesem Abend würde ja der Frauenverein in ihrer Wohnung zusammenkommen. Um halb acht sollten die Damen eintreffen, bis dahin musste sie mit Catharine gesprochen haben.

Das Gebäude, in dem die Germania Versicherungsgesellschaft ihre Räume hatte, war in einem leuchtenden Orange gestrichen. Inmitten der graubraunen Fassaden der Nachbarhäuser wirkte das Haus seltsam fehl am Platz, wie ein Papagei in einer Schar von Spatzen. »Germania« stand in Frakturschrift über der Eingangstür. Hugo von Wesendonk hatte die Versicherungsgesellschaft im Jahre 1860 speziell für deutsche Einwanderer in New York gegründet und die Verträge des Unternehmens ganz auf die Bedürfnisse der deutschstämmigen New Yorker zugeschnitten. Sämtliche Angestellten, die Kunden berieten und Anträge bearbeiteten, sprachen deutsch, und das Ganze war so erfolgreich, dass man bereits über eine Unternehmensexpansion nach Chicago nachdachte. Catharine arbeitete von Anfang an bei der Gesellschaft, denn sie kannte den Unternehmensgründer Wesendonk noch aus Düsseldorf, wo er 1848 den »Verein für demokratische Monarchie« gegründet hatte und als Düsseldorfer Parlamentsvertreter in der Paulskirche gesessen hatte. Nach der gescheiterten Revolution war er wie Catharine und Esther nach Amerika geflohen, während man ihn wegen Hoch- und Staatsverrats in Abwesenheit zum Tode verurteilt hatte.

Der gute Wesendonk mit seiner Brille und seinem gemütlichen runden Bauch, dachte Magdalena. Die Rolle des Geschäftsmannes passte so viel besser zu ihm als die des Revolutionärs. Er war Catharine ein guter Vorgesetzter, die Bezahlung war angemessen, und er zeigte sogar Verständnis, wenn sie ihn um Sonderurlaub bat, weil sie mit dem Frauenverein wieder einmal zu einem Kongress oder einer Versammlung fuhr.

Als die erste Gruppe an Schreibdamen in langen dunklen Röcken das Gebäude verließ, stellte sie sich auf die Zehenspitzen und reckte den Hals. Aber Catharine war nicht unter ihnen. Sollte sie ausgerechnet heute länger beschäftigt sein? Jetzt kamen ein paar junge Männer aus dem Haus, dann wieder vier junge Frauen, kichernd ins Gespräch vertieft. Ob es in den Arbeitsverträgen eine Klausel gab, dass die Angestellten das Haus nur in Begleitung von Geschlechtsgenossen verlassen durften?, dachte Magdalena. Aber dann kam Catharine aus dem Gebäude und widerlegte den Gedanken, denn sie war allein.

»Ich reise nach Deutschland«, sagte sie sofort, nachdem Magdalena ihr Johannes Brief mitten auf der Straße vorgelesen hatte. Sie legte die Hände in den Nacken und massierte die Stelle, von der aus sich die Haare straff nach oben zogen und dann in einem graubraunen Knoten am Hinterknopf endeten.

»Ich werde Wesendonk um einen Vorschuss bitten«, murmelte Catharine gedankenverloren.

»Vielleicht kann uns auch Ernest etwas leihen«, meinte Magdalena.

Catharine hob den Kopf wieder und sah sie überrascht an. »Willst du etwa mitkommen? Was ist mit deiner Ausstellung?«

»Ich werde mit Church sprechen, ob das Ganze auch ohne mich stattfinden kann. Immerhin habe ich alle Bilder bis auf das letzte fertig, und auf das eine mehr oder weniger wird es nicht ankommen.«

Sie brach ab, als sie Catharines missbilligenden Blick sah. Sie hatte Magdalena damals nach ihrer Ankunft in Amerika in die New Yorker Kunstszene eingeführt. Catharine hatte sie mit in das neu eröffnete Studio Building auf der Zehnten Straße genommen, in dem all die berühmten Landschaftsmaler lebten und arbeiteten, deren Bilder sie schon in Deutschland bewundert hatte: Church, Fuechsel, Bierstadt und natürlich Emanuel Leutze, der sie dann zu seiner persönlichen Schülerin gemacht hatte. Leutze, der fast zehn Jahre lang Catharines Geliebter gewesen war, bis sie 1868 sein Tod auseinander riss. Seine Frau hatte er ihretwegen allerdings nie verlassen. Vielleicht, dachte Magdalena manchmal, hätte Catharine das auch gar nicht gewollt, vielleicht hatte sie gerade das Ungebundene, Freie der Beziehung genossen.

»Johanne würde es ganz gewiss nicht gutheißen, wenn du jetzt alles hinwirfst, was du dir so mühevoll erarbeitet hast«, unterbrach Catharine ihren Gedankengang. »Es genügt doch, wenn ich nach Deutschland reise. Du kannst sie zu einem späteren Zeitpunkt aufsuchen …«

»Zu einem späteren Zeitpunkt? Tante Johanne ist fünfundsechzig Jahre alt, so viel Zeit bleibt ihr nicht mehr, wenn es wirklich so schlecht um sie steht, wie Frau Fliedner schreibt.«

»Ihr Schreiben sagt nichts von einer Krankheit, Karoline berichtet nur von Schwermut …«

»… die einen schneller ins Grab bringt als manches schlimme Leiden. Nein, Catharine, ich könnte es mir nicht verzeihen, wenn sie nun dahinginge und ich sie nicht mehr sehen würde.«

Catharine kaute auf ihrer Unterlippe. »Nun, wir müssen ja nichts überstürzen«, meinte sie dann unverbindlich. »Lass uns erst einmal nach Hause gehen, in Kürze kommen die Frauen, und vor ihrem Eintreffen gibt es noch einiges vorzubereiten.«

3

Um zehn Uhr verabschiedeten sich auch Grace, Erika, Auguste und Prudence, woraufhin Esther und Magdalena die leeren Teegläser auf ein Tablett stellten und alles zum Spülstein trugen, während Catharine und Veronika von Bonnekamp am Tisch sitzen blieben. Veronika fuhr sich mit den Fingern durch die kurz geschnittenen Locken, dann zündete sie sich noch eine Zigarette an. »Ein paar von uns sollten die Convention in Harrisburg unbedingt besuchen«, sagte sie nachdenklich und blies den Rauch in kleinen weißen Stößen durch die Nase. Sie sprach jetzt wieder deutsch, nachdem während der Versammlung englisch geredet worden war. »Elizabeth Cady Stanton wird dort sprechen, ich habe sie vor einigen Jahren in New York gehört. Sie ist wirklich beeindruckend, und es ist von größter Bedeutung, dass wir sie unserer Solidarität versichern. Ich selbst kann leider nicht fahren, ich muss den Artikel für ›Lily‹ noch beenden. Aber du, Catharine, solltest teilnehmen. Vielleicht kann dich Rose begleiten, auch Grace schien durchaus interessiert …«

»Ich kann nicht«, sagte Catharine. »Magdalena und ich haben heute Nachricht aus Kaiserswerth erhalten. Ich muss nach Deutschland.«

»*Wir* müssen nach Deutschland«, berichtigte sie Magdalena, die sich jetzt wieder neben Veronika auf das eingesunkene, fleckige Sofa fallen ließ.

»Schlechte Nachrichten?«, fragte Veronika und hob ihre Augenbrauen. »Deine Schwester?«

»Nichts Schlimmes«, sagte Catharine. »Aber es geht ihr nicht gut und in ihrem Alter …«

Veronika nickte. Dann öffnete sie den Mund und ließ den Rauch in kleinen kreisrunden Ringen zur Zimmerdecke steigen. »Hast du das Geld für die Überfahrt?«, erkundigte sie sich schließlich beiläufig.

Catharine zögerte einen Moment. »Einen Teil haben wir gespart«, meinte sie. »Und für den Rest werde ich Wesendonk um eine Vorauszahlung bitten müssen.«

Veronika hob die Hand und winkte ab. »Frag ihn nicht. Ich helfe dir.«

Catharine schüttelte den Kopf. »Ich kann das nicht annehmen, Veronika. Du hast mir schon einmal die Überfahrt nach Amerika bezahlt, und ich habe dir das Geld bis heute nicht zurückgegeben …«

»… und ich auch nicht«, ergänzte Esther den Satz, die sich als Letzte wieder am Tisch niedergelassen hatte.

»Nun macht nicht so ein Theater.« Veronika drückte ihre Zigarette in einem kleinen runden Aschenbecher aus, der schon von zahllosen anderen Zigarettenkippen überquoll. »Es ist nur Geld.«

»Nein.« Catharines Hände fassten in ihren Nacken und zogen die Nadeln heraus, die ihr Haar zusammenhielten. Glänzende Strähnen fielen auf ihre Schultern. Im warmen Schein der Petroleumlampe sah sie aus wie ein junges Mädchen.

»Doch.« Veronikas Stimme war scharf, aber ihr Blick war sanft, fast zärtlich. »Bonnekamp ist tot, er hat mir sein ganzes Vermögen hinterlassen, und ich habe es beileibe nicht eher verdient als eine von euch.« Ihre Finger griffen nach dem silbernen Etui auf dem Tisch. Einen Moment lang spielten sie mit dem Deckel, doch dann legte sie es wieder zurück, ohne sich eine neue Zigarette zu nehmen. Veronikas Mann, der um so vieles älter gewesen war als sie selbst, war vor fast zehn Jahren gestorben, kurz nachdem sie nach in Amerika übergesiedelt waren. Er hatte sie kinderlos, aber reich zurückgelassen. Obwohl sie als

Paar zeitlebens getrennte Wege gegangen waren – er machte seine Geschäfte, sie verfolgte ihre Interessen –, begann sie nach seinem Tod, ehrlich um ihn zu trauern. »Wenn es mir nur früher bewusst geworden wäre, wie sehr ich an ihm hing«, hatte sie Catharine und Magdalena einmal nach einer der Frauenversammlungen anvertraut. »Ich glaube fast, er war die Liebe meines Lebens, und ich habe es nicht gemerkt.« Ihre Stimme hatte dabei weniger betrübt geklungen als vielmehr verwundert über ihre eigene Nachlässigkeit.

»Ich übernehme die Reisekosten«, meinte sie nun. »Und jetzt will ich nichts mehr davon hören.«

Am Samstag holten sie ihre Schiffspassagen für die Überfahrt nach Bremen ab, die am 11. Juli 1870 losgehen sollte. Die letzten Tage hatte Magdalena in endlosen Diskussionen verbracht. Nach Catharine hatte auch Frederic Church versucht, sie von ihren Reiseplänen abzubringen. »Ich kann ja verstehen, dass du deine Ziehmutter sehen möchtest«, meinte er. »Aber hier entscheidet sich dein weiteres Schicksal als Künstlerin. Die verantwortlichen Herrschaften in der Academy werden es nicht gerne sehen, dass eine namenlose Malerin nicht einmal zugegen ist, wenn ihre Werke zum ersten Mal ausgestellt werden.«

»Aber es ist doch eine Gemeinschaftsausstellung«, warf Magdalena ein. »Und meine Reise dauert ja auch keine Ewigkeit. Nach ein paar Monaten bin ich wieder zurück, und vielleicht ist es bis dahin niemandem so recht aufgefallen, dass ich überhaupt weg war.«

»Ich bin alles andere als glücklich über diese Entscheidung.« Church rieb sich ärgerlich den buschigen Schnurrbart, dessen Enden sich unterhalb der Kieferknochen mit den lockigen Spitzen seiner Koteletten verbanden.

»Ich weiß, Frederic«, entgegnete sie kurz. »Aber ich muss fahren.«

Ich muss fahren, antwortete sie auch den anderen Malern und Schriftstellern im Studio Building, die ihre Entscheidung mit größter Befremdung zur Kenntnis nahmen. Ich muss fahren, sagte sie den Frauen, die sie bestürmten, zu bleiben und ihre einzigartige Chance wahrzunehmen.

Einzig Esther unterstützte ihren Entschluss. »Lass dich nicht beirren«, erklärte sie ihr in ihrer ruhigen Art, als sie wieder einmal allein miteinander waren. »Wenn du dich nicht von Johanne verabschiedest, wird dir das dein Leben lang nachgehen.« Von einem Moment zum anderen wurden ihre vogelartigen Augen stumpf, und Magdalena wusste, dass sie an Ruben dachte, von dem sie keinen Abschied genommen hatte.

Während der ganzen letzten Woche hatte Magdalena den Gedanken an Ernest so erfolgreich verdrängt, dass sie auch das geplante Treffen mit seinen Eltern völlig vergessen hatte. Erst am Samstagabend fiel es ihr wieder ein, als sie gerade ein paar Kohleskizzen von Catharine anfertigte. »Du meine Güte, und ich habe nicht einmal Blumen besorgt.«

»Warum, um alles in der Welt, will er dir seine Eltern vorstellen?«, erkundigte sich Catharine.

»Er hat mir einen Antrag gemacht.«

»Das sagst du erst jetzt?« Catharine sah Magdalena ungläubig an. Auch Esther, die am Schreibtisch geschrieben hatte, drehte sich zu ihr um.

»Was hast du ihm geantwortet?«, fragte sie.

»Ich weiß es nicht. Ich habe mich noch nicht entschieden. Ich habe das Ganze völlig vergessen, über Frau Fliedners Brief und den Reisevorbereitungen und allem.«

»So etwas vergisst man doch nicht.« Catharine schüttelte fassungslos den Kopf. »Was willst du ihm denn nun sagen, wenn du ihn morgen siehst? Du kannst doch nicht seine Eltern kennen lernen und ihm hinterher einen Korb geben.«

»Er hat gesagt, der Besuch tue nichts zur Sache, und ich solle mir für die Entscheidung alle Zeit der Welt nehmen.« Jetzt, da sie Ernests Worte wiedergab, kamen sie ihr selbst wie bloße Floskeln vor. Natürlich erwartete er eine positive Antwort.

»Ich denke, ich werde den Antrag annehmen.« Magdalenas Herz klopfte wild. Vor Glück? Oder vor Schreck? Catharine und Esther starrten sie schweigend an.

»Herzlichen Glückwunsch, Magdalena«, sagte Magdalena trotzig. Die beiden anderen Frauen wechselten einen schnellen Blick.

Dann schlug Esther mit der flachen Hand auf den Tisch. »Warum holst du seiner Mutter nicht ein paar Pralinés?«, schlug sie vor. »Frau Weimer hat bestimmt noch geöffnet.«

Die Pralinen, die ihr die dicke Krämerin auf der Bowery in eine Papiertüte einschlug, sahen alt aus, und der Preis ließ Magdalena nach Luft schnappen. Sie zögerte kurz, aber dann zahlte sie ohne Widerspruch, was blieb ihr schon anderes übrig.

Auf dem Rückweg zum Apartment ging sie bewusst langsam. Catharine und Esther sprachen jetzt über sie, wahrscheinlich überlegten sie gemeinsam, wie sie sie von ihren Heiratsplänen abbringen konnten. Oder waren sie am Ende sogar damit einverstanden, dass sie Ernests Frau wurde? Es ist mir ganz egal, was sie meinen, dachte Magdalena und beschleunigte unwillkürlich ihre Schritte. Es ist meine Entscheidung. Und ich bin mir ganz sicher. Ich will ihn heiraten. Ich werde Frau Ernest Weidmann. Mrs. Weidmann. »Yes, I do«, sagte sie mit fester Stimme in die Abenddämmerung hinein, die sich langsam über die Dächer auf die Straße herabsenkte.

Ein älteres Paar, das einige Schritte vor ihr ging, drehte sich nach ihr um, dann zog die Frau ihren Mann am Ärmel weiter.

Ja, ich will, murmelte sie leise. Sie horchte in sich hinein und suchte nach dem überwältigenden Glücksgefühl, diesem inneren Jubilieren, von dem in den Romanen immer die Rede war. Tief in ihrer Brust prickelte etwas, hell und erwartungsvoll. Als säße da ein Gefühl gefangen, das nur darauf wartete auszubrechen.

Vielleicht war es die Liebe.

Ernests Mutter hatte ihr kräftiges Haar zu einem bergähnlichen Gebilde auf dem Hinterkopf aufgetürmt. Eine Unmenge an Nadeln und Klammern hielt die Masse in Form, jede Strähne, jedes einzelne Haar schien am richtigen Platz. Dennoch fuhren ihre Hände immer wieder vorsichtig hinauf und tasteten an den Steilwänden der Frisur entlang.

Sie ist nervöser als ich, dachte Magdalena, während sie neben Catharine auf dem Sofa der Weidmanns Platz nahm. Ihnen gegenüber setzte sich Herr Weidmann. Er faltete die Hände im Schoß und lächelte sie ermutigend an. Die beiden Eheleute lebten alleine in dem großen Appartement auf der Broome Street. Ernests ältere Schwestern waren verheiratet, aber eine von ihnen wohnte mit Mann und Kindern im gleichen Gebäude. Ernest selbst hatte ein Zimmer ganz in der Nähe des Redaktionsgebäudes, sehr zum Missfallen seiner Mutter, die ihren Jüngsten gerne bei sich behalten hätte.

Auf dem Weg zu seinen Eltern hatte sie Ernest von ihrer bevorstehenden Reise erzählt. Er hielt das Ganze zuerst für einen Scherz, doch als er erkannte, dass es ihr ernst war, reagierte er irritiert. »Sie wollen die Ausstellung einfach so aufgeben?«, fragte er verständnislos. »Nach all der Mühe und Anstrengung, die Sie das Ganze schon gekostet hat? Sie stoßen Church damit vor den Kopf und alle anderen auch, die sich für Sie eingesetzt haben, wissen Sie das nicht? Und alles nur wegen einer Reise, die sich durchaus aufschieben ließe.«

»Wenn Tante Johanne stirbt, ohne dass ich sie noch einmal sehe, dann werde ich mir das nie verzeihen«, verteidigte sich

Magdalena. Ihre Worte klangen hohl und seltsam verlogen, dabei waren es ihre Gefühle, über die sie sprach. Ernest entgegnete nichts, sondern nickte nur mehrmals kurz, wie immer, wenn er ärgerlich war. »So ist das also auch Ihre Antwort, diese Flucht nach Deutschland?«, erkundigte er sich dann.

Sie blieb stehen und sah ihn an. Er hielt ebenfalls an, während Catharine vor ihnen weiterging, ohne sie zu beachten. »Nein, Ernest, o nein, das ist es natürlich nicht. Es … es hat nichts mit Ihnen zu tun.«

»Es hat nichts mit mir zu tun?«, fragte er gereizt.

»Nein, ich meine doch … alles, was mich berührt, hat natürlich auch mit Ihnen zu tun …«, stotterte sie.

»Magdalena«, unterbrach er sie, und seine Stimme klang mit einem Mal fordernd und streng. »Was empfinden Sie für mich?«

Sie betrachtete ihn, sein Gesicht mit dem hervorstehenden Kinn, dem sorgfältig gepflegten Schnurrbart, den hohen Wangenknochen. Eine große Zuneigung, dachte sie. Vertrauen. Interesse. Bewunderung. Keine Leidenschaft. Wenn Liebe Herzklopfen bedeutete und Sehnsucht und schlaflose Nächte, dann liebte sie ihn nicht. Aber diese Dinge vergingen, Sympathie und Respekt jedoch wuchsen mit der Zeit.

»Ich will Sie heiraten, wenn ich wiederkomme«, sagte sie leise. Ernest trat einen Schritt auf sie zu. Aus dem Augenwinkel sah sie, dass Catharine an der nächsten Ecke stehen geblieben war und auf sie wartete, ohne in ihre Richtung zu blicken. Er griff nach ihrer Hand, führte sie zum Mund und küsste sie. Sie spürte den warmen Atem auf ihrem Handrücken. »Ich freue mich, ich freue mich sehr«, sagte er.

Also ist nun alles geklärt, dachte sie jetzt, während sie zwischen der weichen Masse an bestickten Sofakissen saß. Wir werden heiraten. Sie wäre gerne allein gewesen, um darüber nachzudenken. Was würde Johanne zu ihrer Entscheidung sagen? Johanne, die nie geheiratet hatte, die so großen Wert auf ihre

Freiheit legte. Johanne, die so weit weg war. Sie würde Ernest nie kennen lernen. Der Gedanke machte sie traurig.

»So nehmen Sie doch bitte, nur nicht so schüchtern«, forderte Frau Weidmann sie auf, und im selben Moment spürte sie Catharines Ellenbogen in der Seite. Magdalena nahm die Tasse mit dem Tee so hastig entgegen, dass die heiße Flüssigkeit über den Rand schwappte und sie sich die Finger verbrannte. Sie stellte die Tasse auf dem kleinen Holztisch ab. »Vielen Dank«, hörte sie sich murmeln.

»Ich freue mich sehr, Sie zu treffen«, sagte Ernests Mutter förmlich. Obwohl sie seit über drei Jahrzehnten in den Vereinigten Staaten lebte, klang ihr singendes Deutsch so, als wäre sie erst vor einigen Tagen aus Sachsen eingewandert. »Ernst hat uns schon erzählt, dass sie eine vielversprechende Künstlerin sind, Fräulein König.« *Ernst* sagte sie statt *Ernest*, und Magdalena hatte das Gefühl, dass Ernest unbehaglich zusammenzuckte, als er es hörte.

»Die Damen werden im Juli zu einer Reise in die deutschen Lande aufbrechen«, erklärte er nun.

»In die deutschen Lande«, wiederholte Frau Weidmann beinahe andächtig.

»Eine Familienangelegenheit«, erklärte Catharine. »Es geht um meine Schwester. Sie hat Magdalena aufgezogen und auch mich, und wir möchten, wir müssen sie noch einmal sehen, bevor …« Sie brach ab. Herr Weidmann rührte in seiner Kaffeetasse. »Das ist überaus bedauerlich«, murmelte er. Sein Schnurrbart mit den nach oben gezwirbelten Spitzen gab seinem Gesicht einen heiteren Ausdruck, der in einem seltsamen Widerspruch zu seinen ernsten Worten stand.

»So fahren sie also in die Heimat«, fuhr er nach einem kurzen, etwas unbehaglichen Schweigen fort.

»Wir sind nie mehr dort gewesen, seit unserer Ankunft in Amerika«, meinte seine Frau anklagend. »Aber es vergeht kein

Tag, an dem ich nicht an mein Heimatland denke und an mein gutes altes Dresden. Kein einziger Tag.«

Herr Weidmann starrte weiter in seine Kaffeetasse, und Magdalena konnte seine Augen nicht richtig sehen, aber sie hatte den Eindruck, dass sich seine Pupillen nach oben drehten. Dann sah er auf und blickte seine Frau an. »Aber Trude, nun sei doch vernünftig. Bedenke doch lieber einmal, wie arm wir dort waren und wie gut wir es nun hier haben.« Frau Weidmanns Blick schweifte vage durch die geräumige Wohnstube, deren Wände mit Kommoden, Schränken und Regalen voll gestellt waren. Auf allen Oberflächen und in den Fächern drängten sich Schatullen, Blumenvasen und sonstiger Zierrat, der Boden war von zwei sich überlappenden Teppichen bedeckt.

»Ach, Reichtum, Güter, Dinge und Sachen«, meinte sie abfällig. »Alles hätte ich darum gegeben, wenn es mir erlaubt gewesen wäre, die Meinen noch einmal zu sehen, bevor Gott sie zu sich gerufen hat. Wenn ich nur zu Hause sterben dürfte. Nein, Erich, es ist wahr und es bleibt wahr: Heimat bleibt doch Heimat.«

»Nein«, sagte Catharine. Ihr Ton war kühl und sachlich, fast ein wenig scharf. Frau Weidmann hob überrascht den Kopf. Ihre Augen schimmerten feucht. »Heimat bleibt nicht Heimat«, erklärte Catharine. »Jedenfalls nicht unsere Heimat. Glauben Sie mir, Frau Weidmann, es ist nur die Nostalgie, die Ihnen die Erinnerung an Ihr Vaterland so verklärt. Wenn Sie Ihr Dresden heute wiedersehen würden, es würde Sie allzu sehr befremden. Ob Sachsen oder Preußen, die ja nun sogar zusammengehören in dem neu gegründeten Norddeutschen Bund, es herrscht überall eine solche Enge, im Leben und im Denken. Es ist viel besser hier und freier.«

»Und woher wollen Sie das wissen, wenn Sie selbst jahrzehntelang nicht mehr drüben gewesen sind?«

»Ich empfange Briefe aus Deutschland, und ich kenne viele, die erst in den letzten Jahren ausgewandert sind. Die Berichte ähneln sich auf erschreckende Weise. Nach der Revolution ist alles erstarrt«, erklärte Catharine.

Frau Weidmanns Gesicht war verständnislos. »Aber ich rede nicht von politischen Dingen, ich rede von meiner Heimat, meiner Stadt, meinem Zuhause.«

»Das eine ist untrennbar mit dem anderen verbunden«, erklärte Catharine streng. »Es gibt kein privates Glück ohne politische Freiheit und Gerechtigkeit.«

Die beiden Eheleute sahen sich an, sie wirkten ratlos. Magdalena hätte gerne etwas Vermittelndes gesagt, aber ihr fiel nichts ein. Sie selbst vermisste von ihrem alten Leben nur Johanne, ansonsten war ihr der Abschied von Deutschland leicht gefallen. Hier in Amerika konnte sie arbeiten, hier öffneten sich ihr Perspektiven. In Deutschland war sie dagegen immer wieder auf neue Mauern gestoßen.

Warum sagt Ernest nichts, wunderte sie sich. Sie hatten so oft über die Situation in Deutschland gesprochen, er vertrat doch die gleichen Ansichten wie Catharine. Hatte er Angst, sich gegenüber seinen Eltern zu äußern? Sie schaute ihn an, und er lächelte zurück, ruhig und entspannt, als säße er in einem Theatersaal und verfolge ein interessantes Schauspiel.

»Fräulein König hat Recht«, versuchte Herr Weidmann schließlich einzulenken. »Die Erinnerung malt in goldenen Farben, so heißt es doch so schön. Das Dresden von heute ist gewiss anders als die Stadt, die wir als Zwanzigjährige verlassen haben.«

Frau Weidmann zog die Brauen hoch und presste die Lippen zusammen. »Dennoch«, meinte sie dann. »Ich bleibe dabei. Von Preußen will ich schweigen, aber in Sachsen war es besser, man hielt es auch viel mehr mit Anstand und Moral. Jeder hatte seinen Platz, jeder wusste, wo er hingehörte, und jeder war zufrieden damit. Hier dagegen vermischt sich alles, Lutheraner und Methodisten und Presbyterianer, Christen und Juden, ja sogar die Neger wollen sie jetzt mit uns Weißen auf eine Stufe stellen.«

Gütiger Himmel, dachte Magdalena. Mit ihrer letzten Bemerkung hatte Frau Weidmann Catharines empfindlichste Stelle getroffen. Als überzeugte Bürgerrechtlerin kämpfte sie seit Jahren für die Gleichberechtigung der Rassen. Während des Sezessionskriegs gegen die Südstaaten wäre sie am liebsten selbst mit Abraham Lincolns Truppen in den Krieg gezogen, um der Sklaverei in den Südstaaten ein Ende zu setzen. Magdalena schloss ergeben die Augen. Ihre Beziehung zu ihrer zukünftigen Schwiegermutter hätte kaum einen ungünstigeren Anfang nehmen können.

»Bevor wir uns nun ganz in der Politik verlieren, möchte ich ein anderes Thema ansprechen, das weit angenehmer ist«, hörte sie Ernests ruhige Stimme. Sie machte die Augen wieder auf. Er grinste sie von der anderen Seite des Tisches aus an, als habe er absichtlich bis zur letzten Sekunde gewartet, um ihre Nerven auf die Probe zu stellen.

»Vater, Mutter, ihr werdet euch freuen zu hören, dass Fräulein König und ich uns heute verlobt haben«, verkündete er dann. Frau Weidmann ließ den vollen Zuckerlöffel sinken, den sie gerade zu ihrer Tasse balancierte. Catharines Kopf drehte sich zu Magdalena, fragend und erstaunt zugleich. Auch Herr Weidmann sah sie an, es war, als ob alle ihre Reaktion erwarteten, eine Zustimmung oder einen Widerspruch. Magdalena versuchte etwas zu sagen, aber sie brachte kein Wort heraus. Hilflos starrte sie auf zwei kleine Porzellanfiguren, die vor ihr auf dem Tisch standen, eine kleine Schäferin in einem hellblauen Kleid und ein Widder mit geschwungenen Hörnern.

»Die Hochzeit wird allerdings noch auf sich warten lassen«, fuhr Ernest mit ruhiger Stimme fort. »Wir werden uns erst vermählen, wenn Fräulein König aus Deutschland zurückkommt.«

Frau Weidmann hob den Kaffeelöffel mit dem Zucker ein wenig an und betrachtete ihn befremdet, als könne sie sich nicht mehr erinnern, was sie damit anfangen sollte. »Was soll man dazu sagen«, murmelte sie halblaut.

»Ja nun, Glück wirst du deinem Sohn und seiner Zukünftigen ja wohl noch wünschen können«, meinte Herr Weidmann. Er selbst erhob sich halb aus seinem Sitz und beugte den massigen Oberkörper über den Tisch, dann ergriff er Magdalenas rechte Hand und schüttelte sie voller Inbrunst. Seine Frau wackelte langsam mit dem Kopf und wandte sich dann ebenfalls Magdalena zu.

»Meine herzlichsten Segenswünsche«, sagte sie schwach. »Mein liebes Fräulein …«

»… Magdalena«, fiel ihr Magdalena ins Wort. »Nennen Sie mich einfach nur Magdalena.«

Frau Weidmann ließ sich wieder auf ihren Stuhl sinken. »Danke«, sagte Ernest, obwohl keiner der Eltern ihm gratuliert hatte.

»Herzlichen Glückwunsch«, sagte jetzt auch Catharine mit belegter Stimme. Es klang wie eine Beileidsbekundung.

4

Es war die Stelle im Ozean, die am weitesten von beiden Kontinenten entfernt war. Sie hatten die Hälfte der Strecke hinter sich gebracht, die Mitte der Reise war erreicht. So hatte es ihnen der Kapitän beim Frühstück erklärt.

Magdalena starrte über die Reling auf die endlose blaugraue Fläche, die am Horizont in einen bleifarbenen Himmel hineinfloss. Sie blickte nach Westen, wo der Himmel etwas heller war, und auch ihre Gedanken wanderten zurück zu dem Abschied am Hafen von New York. Esther und Veronika waren da gewesen und natürlich Ernest. Er hatte wieder ihre Hand geküsst wie damals auf der Straße auf dem Weg zu seinen Eltern. Dann, als erinnerte er sich plötzlich daran, dass sie ja nun verlobt waren, hatte er sich zu ihr heruntergebeugt und seine Lippen auf ihre gepresst in einem kurzen und trockenen Kuss.

Danach hatte sie Esther in ihre Arme geschlossen, und Magdalena fühlte, dass sie ihr etwas sagen wollte, aber die rechten Worte nicht dazu fand. »Grüß mir deine Tante Johanne«, flüsterte sie ihr stattdessen zu. »Und leb wohl.«

»Auf Wiedersehen«, korrigierte sie Magdalena. »In ein paar Monaten.« Esther schlang ihre mageren Arme noch fester um sie und verbarg ihr Gesicht an ihrem Hals. Hinterher, als sie vor Catharine den schmalen Gangway zum Schiff hinaufstieg, fühlte sie dort die Nässe ihrer Tränen.

Das Meer war heute ganz ruhig, es sah aus wie eine massive Ebene, durch die hin und wieder ein leichtes Zittern lief. Im letzten Sommer war sie mit ein paar Künstlern aus dem Studio Building mit der Eisenbahn nach Long Island gefahren, um dort zu malen. Am Strand hatten sie ihre Staffeleien aufgebaut. Damals war das Meer bewegt gewesen, der Himmel blau und wolkenlos. Magdalena hatte versucht die Stimmung mit weißer und schwarzer Kreide einzufangen. Hinterher im Atelier hatte sie die Skizzen zu einem Gemälde verarbeitet, für das Church sie zwar gelobt hatte, sie selbst war aber nie ganz zufrieden gewesen mit dem Bild. Das Meer und die Wellen hatte sie recht ordentlich getroffen, aber die atemberaubende Weite des Himmels war in ihrer Darstellung zu einer leeren, blauen Fläche geschrumpft. In weniger als zwei Wochen würde das Gemälde in der Academy ausgestellt werden, zusammen mit ihren anderen Landschafts- und Naturstudien. Sie spürte eine leichte Enttäuschung, als sie daran dachte, dass die Eröffnung ohne sie stattfinden würde.

Ein Windstoß kam und blies ihr das Haar ins Gesicht, sie drehte den Kopf der kalten Luft entgegen, die von Osten kam. Je weiter sie vorausschaute, desto dunkler wurde der Himmel. Fuhren sie in ein Unwetter? Sie zuckte zusammen, als sich eine Hand auf ihren Arm legte. Catharine war unbemerkt neben sie getreten.

»Ist dir nicht kalt?«, fragte sie. Magdalena schüttelte den Kopf.

»Es ist angenehm hier an Deck. Unten in den Kabinen ist es so stickig.«

»Worüber denkst du nach?«

Magdalena zuckte mit den Achseln, dann ließ sie den Kopf an die Schultern der Älteren sinken. Catharine legte einen Arm um sie, und so schauten sie eine Weile in den grauen Himmel.

»Tut es dir nun doch Leid, dass du gefahren bist?«, erkundigte sich Catharine dann.

»Natürlich. Aber es war richtig. Es ging nicht anders.«

Catharine nickte und schwieg.

»Du magst Ernest nicht«, meinte Magdalena plötzlich und hob dabei den Kopf. »Du missbilligst es, dass ich ihn heiraten will.«

Catharine ließ ihren Arm sanft über ihre Schultern gleiten. »Doch«, sagte sie dann. »Er ist durchaus sympathisch. Sehr intelligent, gebildet. Es ist ein Vergnügen, sich mit ihm zu unterhalten.«

»Aber?«, fragte Magdalena.

Catharine ließ sie los und hielt sich stattdessen mit beiden Händen an der Reling fest. »Er ist … kalt. Es scheint, als ob er alle verachtet, sogar seine Eltern.«

Magdalena wandte ihr überrascht das Gesicht zu. »Wie kommst du darauf? Er kann seine Gefühle nicht so gut zeigen, das ist nicht seine Art, aber er liebt seine Eltern. Er spricht voller Hochachtung von ihnen …«

»Aber sein Blick sagt etwas anderes. Ich habe doch gesehen, wie er seine Mutter betrachtet hat, an jenem Sonntag, an dem wir bei ihnen waren. Als sie von ihrem Dresden sprach und ihrem Heimweh nach Sachsen. Sein Gesicht war so spöttisch, fast abfällig. Nun, ich mag mich täuschen. In jedem Fall hatten seine Eltern keine Ahnung von eurer Verbindung. Sie fielen ja aus allen Wolken, als er ihnen eröffnete, dass ihr verlobt seid.«

»Über solche Dinge spricht man eben im Vorfeld nicht gern. Was, wenn ich ihm einen Korb gegeben hätte? Wie wäre er dann vor seinen Leuten dagestanden?«

Catharine runzelte die Stirn und blickte hinaus auf die Wellen, die Backenknochen fest aufeinander gepresst. Magdalena sah sie prüfend von der Seite an. Warum mischte sich Catharine überhaupt in ihre Angelegenheiten? Hatte sie sie um ihre Meinung gebeten? Ja, kam es ihr dann, genau das hatte sie vor wenigen Minuten getan. Die Einsicht stimmte sie nicht milder.

»Natürlich«, schnaubte sie, während sie ihre Arme vor der Brust verschränkte und die Hände in die Armbeugen steckte. »Natürlich kann mein Ernest nicht mit deiner großen Liebe mithalten, mit deinem Gustav.« Sie spuckte den Namen in das bleigraue Meer.

Catharine schien sie gar nicht gehört zu haben. Sie schaute weiter geradeaus, konzentriert und ohne zu blinzeln, als suche sie etwas am Horizont, ein Schiff oder eine Insel. Aber Magdalena wusste, dass sie sie genau verstanden hatte, und wartete ab. Irgendwann legte sich ein kleines Lächeln über Catharines Gesicht. »Natürlich nicht«, nickte sie. »Niemand kann mit ihm mithalten, denn er ist ja tot.«

Magdalena schluckte. »Aber ich bin am Leben und Ernest auch, und du kannst unsere Liebe nicht an deiner messen, die so lange zurückliegt.«

»Nein, das kann ich nicht, und das tue ich auch nicht. Das mit Gustav, das ist so weit weg, dass es mir heute wie ein Traum erscheint. Wie ein schöner Traum, aus dem ich viel zu früh aufgewacht bin.«

»Und dennoch hast du nach ihm nie mehr wieder einen anderen Mann geliebt, auch deinen Leutze nicht.«

»Nein«, gab Catharine zu. Die kühle, frische Luft hatte ihre Wangen gerötet, wodurch sie erregt wirkte, obwohl ihre Stimme ganz ruhig klang. »Wenn ich damals nur mehr Zeit mit ihm gehabt hätte, wenn ich ihn besser kennen gelernt hätte, auch seine schlechten Seiten, der Abschied von ihm wäre mir viel leichter gefallen. Aber unsere Geschichte hatte gerade erst begonnen, sie war so sehr am Anfang, dass ich sie nie beenden konnte, auch nach seinem Tod nicht.«

»Aber das ist eine andere Sache«, fuhr sie dann fort. »Du hast mich gefragt, was ich von deinem Ernest halte, und das habe ich dir gesagt. Es muss dich jedoch nicht kümmern, und auch was andere von ihm halten, braucht dich nicht zu berühren. Entscheidend ist doch nur, was du für ihn fühlst. Dass du dir seiner sicher bist und deiner selbst.«

Magdalena zog die Brauen hoch. »Ist das denn möglich, dass man sich seiner Gefühle so ganz sicher ist?«

Catharine antwortete nicht. Mit einem Mal standen ihre Augen voller Tränen. Sie brachten das Meer zum Verschwimmen und lösten den Himmel auf. Auch Magdalena kamen plötzlich die Tränen. Sie hätte nicht erklären können, was sie zum Weinen brachte. Vielleicht war es Catharines Liebe, die nie gestorben war. Oder die plötzliche Erkenntnis, dass sie selbst niemals so um Ernest trauern würde.

Magdalenas Augen suchten den Bahnsteig ab, während der Zug mit lautem Pfeifen in den Kalkumer Bahnhof einfuhr. Als sie Johanne nirgendwo entdeckte, schob sie das kleine Fenster auf dem Flur nach oben und lehnte sich so weit es ging nach draußen, obwohl das kleine Schild neben der Tür das Hinausbeugen ausdrücklich verbot. Auf dem Bahnsteig warteten nur wenige Personen. Johanne war nicht darunter.

Sie nahmen ihre Koffer und schoben sie vor sich her, hoben sie herunter auf den Bahnsteig und blickten sich dann ratlos um. »Wir werden eine Droschke nehmen müssen«, meinte Catharine schon, als im selben Moment jemand Magdalena sanft am Arm berührte. Mit einem Aufschrei fuhr sie herum, bereit, Johanne in die Arme zu schließen. Aber es war nicht ihre Pflegemutter, die vor ihr stand, sondern eine hagere, leicht gebückte Frau in Diakonissentracht.

»Frau Fliedner!«, rief Magdalena. »Ist etwas mit Johanne?«, stieß Catharine beinahe gleichzeitig hervor.

Karoline Fliedner reichte zuerst Catharine die Hand, dann Magdalena. »Fräulein König geht es … nicht allzu gut«, sagte sie und rieb die schmalen Lippen sorgenvoll aufeinander. Unter ihrem Mund liefen Falten schräg in alle Richtungen weg, am Kinn vorbei, wie mit dem Messer gezogen. Die braunen Augen waren warm und voller Mitgefühl. Catharine holte laut Luft, es klang wie ein Seufzen.

»Sie hat sich so auf Ihre Ankunft gefreut«, erklärte Karoline. »Vielleicht war es dieser Überschwang der Gefühle. Sie hat sich vor zwei Wochen ein Nervenfieber zugezogen.« Ihr Blick bewegte sich ernst, beinahe vorwurfsvoll von einer zur anderen. »Es stand schlimm um sie. Wir dachten schon, sie würde Ihre Ankunft nicht mehr erleben. In den letzten Tagen ging es jedoch wieder ein wenig aufwärts.«

»Wo ist sie?«, fragte Magdalena. »Im Krankenhaus?«

Karoline schüttelte den Kopf. »Sie weigert sich, ins Hospital zu gehen. Obwohl es das Beste für sie wäre. Nein, sie ist zu Hause in ihrem Bett, meine Töchter und ich kümmern sich abwechselnd um sie.«

»Wird sie sterben?«, fragte Catharine angsterfüllt.

Frau Fliedner antwortete nicht, aber ihre Miene war ohne Hoffnung.

Fünf Jahre war sie nicht mehr hier gewesen. Fünf Jahre, das war nicht viel, aber dennoch erschien es ihr jetzt wie eine halbe Ewigkeit. Die Kuhstraße hatte sich kaum verändert, die Häuser, die Geschäfte sahen immer noch genau so aus, wie sie sie in Erinnerung hatte. Nur der Metzger Schlader war nicht mehr in dem Haus neben dem Roten Ochsen, stattdessen hatte sich in seinem Laden ein Schuhmacher niedergelassen. Alles wirkte wie früher, doch die Straße war viel kürzer geworden, die Gebäude niedriger, die Häuser kleiner und enger. Kaiserswerth war winzig, erkannte Magdalena erstaunt. Kein Wunder, dachte sie dann, im Vergleich zu New York musste jede Stadt in Preußen schrumpfen.

»Ja, es ist alles anders geworden in letzter Zeit, sie werden Mühe haben, manche Dinge wiederzuerkennen«, hörte sie Karoline Fliedner sagen, die ihrem Blick aus dem Droschkenfenster gefolgt war. Magdalena fragte sich, ob sie scherzte, aber ihr Gesicht hatte immer noch den ruhigen, ein wenig bekümmerten Ausdruck, mit dem sie sie schon am Bahnsteig empfangen hatte.

»Dabei erscheint mir alles durchaus so, wie ich es vor über zwanzig Jahren verlassen habe«, meinte Catharine, die ihnen gegenübersaß.

Frau Fliedner hob erstaunt die Augenbrauen. »Nun, vielleicht äußerlich, das mag sein«, gab sie dann zu. »Aber ansonsten hat sich in den letzten Jahren vieles verändert. Es sind schlimme Zeiten, und es wird noch ärger kommen, jetzt, da uns Frankreich den Krieg erklärt hat.«

»Ach, ist es nun so weit?«, fragte Catharine, und ihre Augen weiteten sich.

Vor vier Jahren – nach Preußens Sieg gegen die Österreicher in Königgrätz – hatten sich die nördlichen Staaten Deutschlands unter Preußens Führung zu einem Norddeutschen Bund zusammengeschlossen. Dem »Bismarck-Reich«, wie Catharine die neue Vereinigung verächtlich nannte, fehlten nur noch die vier süddeutschen Staaten – Bayern, Württemberg, Baden und Hessen – zum erklärten Ziel: der Gründung eines gesamtdeutschen Nationalstaates.

»Ausgerechnet die Streitfrage um die spanische Thronfolge hat den Krieg letztendlich ausgelöst«, erklärte Frau Fliedner. »Gewiss waren sich Seine Majestät Wilhelm I. und der Kanzler nicht im Klaren darüber, welche Folgen die Veröffentlichung der königlichen Depesche in der Presse haben würde …«

»Aber natürlich wusste Bismarck ganz genau, was er tat«, unterbrach sie Catharine spöttisch, während die Droschke vor dem Kuhtor hielt. »Etwas Besseres als eine Kriegserklärung Frankreichs konnte er doch gar nicht erwarten. Er wollte einen Krieg, er brauchte ihn geradezu.«

»Ich verstehe nicht«, sagte Karoline steif.

»Nun, der Bündnisfall ist eingetreten, Süddeutschland muss den Norddeutschen Bund im Krieg unterstützen«, sagte Catharine. Der Kutscher hatte inzwischen die Koffer von der Kutsche gehievt, und jetzt rieb er sich mit einem Taschentuch den Schweiß von der Stirn, während Magdalena nach ihrer Geldbörse suchte. »Also hat Bismarck, was er wollte, eine gesamtdeutsche Euphorie. Hurra, wir marschieren gegen die Franzmänner!«, rief sie laut und stieß ihren zusammengeklappten Sonnenschirm wie ein Bajonett in den wolkenlosen Sommerhimmel. Der Kutscher nahm seine Bezahlung entgegen und wandte sich hastig ab.

Karolines Gesichtsausdruck zeigte tiefste Befremdung. Sie bückte sich nach einer der Taschen und richtete sich dann wieder auf, straffer und steifer als vorher.

»Ich denke, wir sollten uns jetzt anderen Dingen zuwenden.« Ihr Mund war eine schmale horizontale Linie zwischen Nase und Kinn. »Ihre Schwester liegt im Sterben.«

Das spöttische Lächeln verschwand aus Catharines Gesicht, als habe es jemand weggewischt. »Sicher«, sagte sie schnell. »Lassen Sie uns hineingehen.«

Wie die ganze Stadt schien auch Johanne geschrumpft. Gelblich hob sich ihre Haut vom weißen Bettzeug ab. Ihr Haar lag lose um ihr Gesicht, strähnig und braungrau. Ein muffiger, abgestandener Geruch hing im Schlafzimmer, und Magdalena spürte, wie ihre Brust kalt und eng zugleich wurde. Niemals hätte ich sie allein zurücklassen dürfen, dachte sie. Es ist meine Schuld, allein meine Schuld, dass es ihr so schlecht geht. Als sie zum Bett eilte, erhob sich die Frau, die dort gesessen hatte. Es war Luise Disselhoff, die älteste Tochter von Theodor und Friederike Fliedner, die mit dem Nachfolger ihres Vaters verheiratet war.

Magdalena schüttelte ihre Hand, ohne den Blick von Johanne zu wenden. »Frau Disselhoff. Wie geht es?«

Die andere bezog die Frage sofort auf die Kranke und nicht auf sich selbst. »Teils fantasiert sie, teils ist sie ganz klar«, antwortete sie, während ihre schmalen Augen mit unverhohlener Neugierde von Magdalena zu Catharine glitten.

Johanne hatte die Augen geschlossen. Ihre Stirn glänzte vor Schweiß, die Wangen waren eingefallen, zwei scharfe Falten umgrenzten den Mund zu beiden Seiten. Ihre Züge waren so schlaff, so kraftlos.

Als ob sie die besorgten Blicke auf ihrem Gesicht spürte, öffnete Johanne plötzlich die Lider, erst einen Spaltbreit, dann ganz. Sie sah die beiden Frauen an ihrem Bett an, lange und bewusst, dann schloss sie die Augen wieder und lächelte. Mit einem Mal wich die Müdigkeit und Erschöpfung aus ihrem Gesicht, sogar ihre Wangen schienen sich plötzlich zu röten. »Seid ihr also wirklich gekommen«, flüsterte sie. »Die weite Reise über den Ozean. Das hättet ihr nicht tun sollen.«

Während sich Catharine auf den Stuhl setzte, ließ sich Magdalena auf den Bettrand sinken, sie beugte sich tief über Johanne. Sanft legte sie das Gesicht auf die Hände ihrer Ziehmutter. Sie spürte die weiche, alte Haut an ihrer Wange, die hervorstehenden Adern. Die Hände bewegten sich sanft und streichelten über ihr Gesicht, wie früher, wenn sie Magdalena trösteten, weil sie sich wehgetan hatte. Der Geruch nach Krankheit und Verfall vermischte sich auf befremdende Weise mit dem vertrauten Johanne-Duft, der sie immer ein wenig an frisch geerntete Äpfel erinnerte.

»Mein Kind«, sagte Johanne so leise, dass nur Magdalena sie hören konnte.

Als Johanne eingeschlafen war, verließen sie den Raum. Unten im Flur standen sie noch einen Moment lang zusammen.

»Vielen Dank für alles, was Sie für meine Schwester getan haben«, sagte Catharine und reichte Frau Fliedner die Hand.

»Es ist nur sehr wenig, gemessen an dem, was sie mir gegeben hat und uns allen«, lächelte Karoline. »Wir lassen Sie nun allein, aber der Doktor wird heute Nachmittag nach Ihrer Schwester sehen, und ich werde mich morgen wieder nach ihr erkundigen.«

Auch ihre Stieftochter verabschiedete sich nun, schüttelte zuerst Magdalenas Hand und trat dann auf Catharine zu. »Erinnern Sie sich überhaupt noch an mich?«, fragte sie, als sie ihr die schmale Hand hinstreckte.

Früher hatte Luise Fliedner immer viel älter ausgesehen, als sie tatsächlich war. Heute musste sie über vierzig sein und wirkte erheblich jünger. Trotz der sieben Kinder, die sie ihrem Disselhoff geboren hatte, war sie schlank, fast zierlich. Ihre Gesichtszüge waren immer noch unharmonisch, der Mund zu breit, die Augen zu schmal, das straff gescheitelte und zurückgekämmte Haar zu dünn und farblos.

Aber sie strahlt die gleiche Ruhe aus wie früher, dachte Magdalena. Diese eigenartige Aura aus ehrlicher Bescheidenheit und Selbstvertrauen.

»Natürlich erinnere ich mich«, entgegnete Catharine. »An Sie und an alle Ihre Geschwister. Wie geht es Ihnen?«

»Danke«, erwiderte die andere lächelnd, ohne genauer auf die Frage einzugehen. »Wie lange gedenken Sie, hier in Deutschland zu bleiben?« erkundigte sie sich dann.

»Zwei Monate«, meinte Catharine. »Wir wollen die Rückreise am 20. September antreten. Sofern uns der Krieg mit Frankreich die Pläne nicht zunichte macht.«

Karoline Fliedner zog die Bänder ihrer Diakonissenhaube unter dem Kinn zusammen, als wolle sie damit eine weitere politische Diskussion mit Nachdruck unterbinden. Ein kurzes Kopfnicken zu ihrer Tochter, dann brachen die beiden Frauen auf.

Wie schnell sie der Alltag wiederhatte. Es war, als wäre sie niemals fort gewesen. Johanne musste gepflegt, die Wäsche gewaschen, die Einkäufe erledigt, das Essen zubereitet werden. Die Minuten glitten dahin und mit ihnen die Stunden und die Tage.

Johanne erholte sich nicht, aber ihr Zustand wurde auch nicht wesentlich schlimmer. Sie dämmerte vor sich hin, verschlief den halben Tag und kam dann plötzlich wieder zu Bewusstsein, klar und scharfsinnig und klug wie früher.

»Wie geht es der kleinen Esther?«, erkundigte sie sich eines Nachmittags bei Magdalena, die mit ihrem Skizzenblock an ihrem Bett saß. Sie hatte versucht, Johanne zu zeichnen, den sanften und zugleich angestrengten Gesichtsausdruck der Schlafenden, aber dann war Johanne aufgewacht.

»Gut. Es ging ihr gut, als wir uns voneinander verabschiedeten«, sagte Magdalena und erinnerte sich plötzlich wieder an Esthers Tränen an ihrem Hals.

»Ich denke so oft an sie und an ihren kleinen Ruben, den ich nie getroffen habe.«

»Sie spricht niemals von ihm«, meinte Magdalena. »Wenn es das Bild nicht gäbe auf ihrem Schreibtisch, man möchte meinen, er habe nie gelebt.«

»Sie spricht nicht von ihm, aber sie denkt an ihn.« Catharine war unbemerkt in den Raum gekommen. Jetzt ging sie zum Fenster und spielte gedankenverloren mit den vertrockneten Überresten eines Blumenstraußes. »Ich sehe es ihrem Gesicht an, wenn sie an ihn denkt. Es ist so in sich verschlossen, so abweisend gegen alles um sie herum. Sie waren so eng, sie und ihr Ruben, so eins miteinander. Vielleicht, weil ihm der Vater fehlte und ihr der Mann. Und dann kam dieses Fieber, und er wurde uns weggerissen, von einem Tag auf den anderen, und ein Stück von Esther ist mit ihm gegangen.« Sie riss ein trockenes Blatt von dem dürren Stiel und zerbröselte es zwischen den Fingern.

Johanne betrachtete ihre gelblichen Hände auf der Bettdecke, als gehörten sie nicht zu ihr, und schwieg.

»Was ist mit Rubens Vater, diesem Jakob?«, fragte Magdalena. »Steht Esther noch in Verbindung mit ihm?«

»Er hat nie mehr etwas von sich hören lassen, und auch sie hat nie versucht, ihn zu finden. Jakob weiß nicht einmal, dass er einen Sohn hatte.« Catharine klang verächtlich und mitleidig zugleich. Aus dem Wohnzimmer drang das langsame, gleichmäßige Ticken der Standuhr zu ihnen empor. Sie schwiegen alle drei.

Magdalena dachte an ihre eigenen Eltern, die sie nie kennen gelernt hatte und nie kennen lernen würde. Ihre leibliche Mutter, die sie nach der Geburt in einen Hauseingang gelegt hatte, wo Catharine sie dann fand. Sie schloss die Augen und sah die Gestalt ihrer Mutter davonhuschen. Gesichtslos. Körperlos.

Johannes Finger zeichneten Zickzacklinien auf die Bettdecke. »Esther hat mir geschrieben, dass die Erinnerung an Ruben jetzt wie ein Traum ist, ein wunderschöner Traum an etwas, das weit, weit weg ist, in unerreichbarer Ferne.«

»Esther hat dir geschrieben? Wann hat sie dir geschrieben?« Catharine stieß sich vom Fensterbrett ab und kam zum Bett. Sie zog einen der Stühle an der Wand heran und ließ sich darauf nieder.

»Oh, wir schreiben uns oft, alle paar Wochen, hat sie dir nie davon erzählt?«

»Auch früher schon, als ich noch hier in Kaiserswerth war?«, erkundigte sich Magdalena. »Du hast es nie erwähnt.«

Johanne nickte, leise lächelnd. »Ihre Briefe waren ja auch an mich gerichtet.«

Catharine starrte ihre Schwester an, ihre Augenbrauen trafen sich fast über der Nasenwurzel.

Diese schüttelte den Kopf und lachte. »Sie liebt dich sehr, Catharine, und es war nicht gegen dich gerichtet. Aber manchmal ist es leichter, mit jemandem zu sprechen, der viele tausend Meilen entfernt ist. Manchmal hilft es, Gefühle aufzuschreiben und sie fortzuschicken, ans andere Ende der Welt.«

»Mag sein«, sagte Catharine widerwillig und ohne rechte Überzeugung.

»Nun werde ich Ruben bald kennen lernen.« Johannes Augen ruhten auf Catharine, aber ihr Blick glitt durch sie hindurch, als wäre sie gar nicht da.

Catharine erkundigte sich nach Nelli in Wittlaer. »Wie geht es ihr? Warum kommt sie dich nicht besuchen?«

»Sie erinnert sich nicht mehr an mich«, meinte Johanne. »Sie erkennt keinen mehr, nicht einmal Walter, ihren eigenen Sohn. Es ist ein Jammer.«

»Ich will sie dennoch sehen«, meinte Catharine.

Walter lief mit großen, freudigen Schritten auf sie zu, als sie auf den Hof kamen, die Arme ausgebreitet, als wollte er ihnen entgegenfliegen. »Trinchen, du hast dich nicht verändert«, dröhnte seine Stimme.

Catharine rümpfte die Nase. »Du dich auch nicht. Obwohl, wenn ich dich so anschaue, du hattest viel mehr Haare auf dem Kopf, als ich dich das letzte Mal gesehen habe.«

Er lachte und stülpte seine Mütze zurück auf die blanke Glatze. »Was sagst du dazu, Magdalena? Sprichst du überhaupt noch deutsch, oder hast du alles verlernt in den Jahren in Amerika?«

Magdalena reichte ihm die Hand. »Wie geht es dir und den Deinen?«

»Ich kann nicht klagen. Unsere Therese hat sich im letzten Jahr verheiratet, und im Oktober kommt unser erster Enkel auf die Welt.«

»Tante Nelli wird Urgroßmutter«, konstatierte Catharine fast ungläubig.

Sein Gesicht wurde düster, während er sich mit der Hand über die Bartstoppeln rieb und seufzte. »Ja, sie wird Urgroßmutter und weiß doch nichts davon. Ach, es ist ein Elend. Meine Mutter hat den Verstand verloren, nichts und niemanden erkennt sie wieder, sie benimmt sich wie ein kleines, unvernünftiges Kind. Man kann sie keine Sekunde allein lassen, denn wenn man sie aus den Augen verliert, richtet sie gleich irgendeine Narretei an.«

Er führte sie in die Wohnstube, wo Nelli am Fenster saß, eine Decke über den Knien, trotz der Sommerhitze. Sie lächelte ihnen entgegen, als habe sie sie schon lange erwartet. Ihr dickes weißes Haar trug sie in einer modischen Tolle aus der Stirn gekämmt, an den Seiten schmal frisiert, am Hinterkopf zu einem Knoten zusammengesteckt. Wie die vornehmen Damen in New York, dachte Magdalena beeindruckt. Nein, es kann nicht wahr sein, was Tante Johanne und Walter erzählen. Sie kann nicht so vollkommen verwirrt sein, ihr Blick ist ganz klar und klug.

»Das ist schön, dass Sie mich besuchen«, rief Nelli ihnen begeistert entgegen. Mit einer geradezu königlichen Geste wies sie auf die geblümte Chaiselongue an der Wand. »Bitte, nehmen Sie doch Platz. Der Tee kommt gleich.«

»Aber Mutter, das sind doch Catharine und Magdalena aus Kaiserswerth«, sagte Walter. Hinter seinem sanften Ton verbargen sich Ungeduld und Verlegenheit. Er schämt sich für sie, dachte Magdalena bestürzt.

Nelli machte die Augen schmal, als ob sie nachdachte. Dann legte sich wieder ein wonniger Ausdruck der Zufriedenheit über ihre schönen Züge. »Ich kannte auch einmal eine Catharine, aber das war ein kleines Mädchen«, erklärte sie stolz. »Oh, ich habe sie sehr geliebt. Ich glaube sogar …«, ihr Gesicht verzog sich zu einem Ausdruck der Unsicherheit, mit einem Mal wirkte sie alt und unendlich verletzlich, »… ich glaube sogar, sie war meine kleine Tochter«, murmelte sie verwundert, mehr zu sich selbst als zu den anderen.

»So, nun habt ihr sie gesehen«, brummte Walter, als er sie später mit dem Wagen nach Hause brachte. Sie saßen zu dritt oben auf dem Bock, die eine rechts, die andere links von ihm. Der frische Fahrtwind riss an ihren Hüten und zerrte feine Haarsträhnen aus ihren Frisuren. »Es ist ein Kreuz.«

»Für dich«, sagte Catharine.

»Für mich. Für meine Frau, die Kinder, für uns alle.«

»Für euch, ja. Aber nicht für Nelli.«

Walter knurrte verächtlich. Er ließ die Peitsche über den Rücken des Gauls schnalzen, der erstaunt seine Ohren nach hinten drehte und seinen Gang beschleunigte, jedoch nach wenigen Schritten wieder in den alten Trott zurückfiel.

»Es ist doch kein Leben, kein Zustand. Erbärmlich ist es, dieses Dahinvegetieren, ohne Verstand, ohne Geist.«

»Sie wirkt dabei aber durchaus glücklich«, beharrte Catharine.

Er wandte ihr den Kopf zu und musterte sie erstaunt. »Sie versteht es nicht besser«, meinte er dann.

Magdalena dachte an Nellis hoheitliche Haltung und musste lachen. Sie schlug sich die Hand vor den Mund, aber Walter hatte sie gehört. Ärgerlich blickte er sie an.

»Entschuldige«, sagte sie und presste schnell die Lippen aufeinander. »Wer kümmert sich denn eigentlich um sie den lieben langen Tag?«

»Ein Dienstmädchen, Magda«, sagte Walter. »Erinnerst du dich noch an sie, Catharine? Deine Schwester Johanne hat sie damals hierher gebracht, sie war in Schwierigkeiten, wenn ich mich recht entsinne. Jedenfalls hat sie immer an Mutter gehangen, geradezu verehrt hat sie sie wie eine Heilige. Gott weiß, was wir ohne sie anfingen. Meine Frau könnte und wollte diesen Dienst an Mutter gewiss nicht verrichten.«

»Magda«, murmelte Catharine.

»Tod und Verderben, wohin man auch blickt«, brummte Walter, während sich sein sonst so fröhliches Gesicht noch weiter verfinsterte. »Und dann noch dieser verfluchte Krieg in Frankreich, nun, so Gott will, hat es ja damit wenigstens bald ein Ende, wenn man den Meldungen glauben darf. Es fehlte gerade noch, dass sie mich einziehen. Aber was sollen wir hier länger düstere Reden schwingen. Die Sonne scheint, und die Ernte verspricht gut zu werden, was wollen wir mehr. Erzählt mir doch etwas aus eurem New York. Was treibt man denn dort?«

Magdalena zuckte mit den Schultern und warf einen Hilfe suchenden Blick zu Catharine. Aber diese schien Walters Frage gar nicht gehört zu haben. Tief in Gedanken versunken saß sie neben ihm und starrte auf die vorübergleitenden Wiesen, über denen die Luft vor Hitze flimmerte.

Abends, als Johanne eingeschlafen war, stellten sie ihre Stühle in den kleinen verwilderten Garten hinaus und genossen die frische Abendluft. Eine sanfte Wärme stieg von den Terrassensteinen zu ihnen empor wie eine Erinnerung an den heißen Tag. Über ihnen wölbte sich der Sternenhimmel.

»Vermisst du deinen Ernest sehr?«, fragte Catharine nach einiger Weile. Magdalena überkreuzte die Arme vor ihrer Brust. Sie hatte seit Tagen nicht an ihren Verlobten gedacht. Er war so weit weg von diesem Leben, von ihren Gefühlen, so weit weg von Deutschland. »Ich muss ihm morgen schreiben«, murmelte sie mit schlechtem Gewissen.

Vor ein paar Tagen hatte sie Johanne die kleine Fotografie von Ernest gezeigt, die vor einem halben Jahr im Studio Building aufgenommen worden war. Lange und aufmerksam hatte ihre Pflegemutter die Aufnahme betrachtet. »Er sieht sehr schmuck und seriös aus«, meinte sie schließlich.

»Das ist er auch. Aber er kann auch lustig sein.«

»Ich wünschte, du könntest ihn mir vorstellen.«

Magdalena entgegnete irgendetwas Nichtssagendes und stellte zu ihrer Verwunderung fest, dass sie erleichtert war. Es war besser, dass es niemals zu einem Zusammentreffen zwischen Johanne und Ernest kommen würde. Ihr wärt einander fremd, dachte sie. Die alte und die neue Welt.

Jetzt lehnte sie sich weit nach hinten in ihrem Stuhl und hatte plötzlich das Gefühl, in die schwindelerregende Weite des samtblauen Nachthimmels hineinzufallen.

»Es ist so seltsam, wieder hier zu sein«, hörte sie Catharine murmeln. »Es hat sich so wenig verändert. Sie sind alle nur älter geworden.«

Magdalena starrte weiter ins Nichts und schwieg.

»Vielleicht sollten wir unsere Schiffskarten auf ein anderes Schiff umbuchen«, sagte sie schließlich. »Ich kann Tante Johanne nicht noch einmal verlassen. Ich will hier bleiben, bis es vorüber ist.«

Catharine seufzte.

»Ich habe heute mit dem Doktor gesprochen«, entgegnete sie langsam. »Er meint, wir sollen die Abreise auf dem 20. September belassen.«

Magdalena fröstelte, als ihr bewusst wurde, was sie damit meinte.

Alle paar Tage kam Felix Winter vorbei, um nach Johanne zu sehen. Sie tauschten sich kurz über ihren Zustand aus, doch viel gab es nicht zu sagen, jeder wusste, dass es zu Ende ging. Dann brachten Magdalena oder Catharine ihn hoch ins Schlafzimmer, wo er allein mit der Kranken blieb.

»Ich wusste gar nicht, dass er sich so für die Belange der Arbeiterschaft einsetzt«, meinte Catharine zu Magdalena. »Es ist erstaunlich. Als Kalkumer Bauer hat er doch gar nichts mit der Arbeiterfrage und dem städtischen Proletariat zu schaffen.«

Magdalena lachte. »Du warst wohl zu lange in New York, Tante Catharine. Nur weil die Leute hier auf dem Lande leben, muss das noch lange nicht heißen, dass sie von den Problemen der Zeit nichts mitbekommen.«

Es war ein richtiger Eklat gewesen, damals, als Winter die Kaiserswerther Gemeinde des Allgemeinen Deutschen Arbeitervereins eröffnet hatte. Sie erinnerte sich daran, wie sich der damalige Pastor Bormbaum in seiner Sonntagspredigt gegen den Verein ereifert hatte, wie er den Parteigründer Lassalle und seine gottlosen Vorstellungen mit verächtlichen Worten gegeißelt hatte. Neben ihr war Johannes Gesicht immer kälter und verschlossener geworden, ihre Haltung immer steifer. Nach dem Gottesdienst war dann Felix Winter zu ihnen getreten, den sie vorher in der Kirche gar nicht gesehen hatten. »Hoffentlich nimmst du dir die harsche Kritik nicht allzu sehr zu Herzen«, meinte Johanne betroffen, aber er winkte nur ab. »Ich kenne die Haltung unserer Pastoren zur Arbeiterfrage doch längst«, sagte er ruhig. »Zumindest haben sie so einmal einen Punkt, in dem sie sich mit ihren katholischen Amtsbrüdern einig sind. Ich für meinen Teil muss jedenfalls meinem Gewissen folgen, das mir eindeutig einen anderen Weg befiehlt.«

Johanne hatte ihn von Anfang an bei der Parteiarbeit unterstützt. Ihre jahrzehntelange Erfahrung in der Verwaltung der Diakonie war dabei von einem solchen Nutzen, dass sie bald nicht nur der Kaiserswerther Vereinsgemeinde zuarbeitete, sondern auch den Düsseldorfer Verein in allen administrativen Fragen beriet. Bei allem Engagement legte sie jedoch größten Wert darauf, dass ihr Name nie in offiziellen Verlautbarungen oder gar in den Vereinsstatuten erschien. »Ich bin zu alt, um mich noch ganz auf die Sache einzulassen«, hörte Magdalena sie einmal beinahe entschuldigend zu Felix sagen.

»Ach was«, antwortete er halb im Ernst, halb im Scherz. »Du willst dir deinen Stand bei Fliedner nicht verscherzen, deshalb bekennst du dich nicht offen zu uns.«

Johanne hatte ihm diese Worte sehr übel genommen – Magdalena erinnerte sich heute noch daran, wie sich ihr Gesicht versteinert hatte. Aber Felix hatte ihre Verärgerung gar nicht bemerkt oder nicht bemerken wollen.

Ob es den ADAV überhaupt noch gab? Magdalena erkundigte sich bei Winter, als er nach seinem Krankenbesuch in die Küche trat, um sich zu verabschieden.

Sein schmales Gesicht nahm einen leicht gequälten Ausdruck an. »Ach, das ist die falsche Frage zum gänzlich falschen Zeitpunkt.« Er fuhr sich mit beiden Händen in seine graubraunen Locken und zerwühlte sie, sodass sie wirr in alle Richtungen abstanden. Sein Kopf war oben fast kahl, nur an den Schläfen und am Hinterkopf zog sich ein widerspenstiger Haarkranz entlang, was ihm ein eigenwilliges Aussehen gab, eine Mischung aus Harlekin und Bohemien. »Es steht nicht gut um unseren Verein.«

»Wie kommt das?«, fragte Catharine, die gerade das Abendessen zubereitete.

»Es ist dieser Krieg gegen Frankreich, der uns langsam, aber sicher den Garaus macht. An den erbitterten Widerstand der Kirchen und der Liberalen, die jede Gelegenheit wahrnehmen, uns zu verteufeln, hatten wir uns fast gewöhnt. Aber das hier ist schlimmer. Seit der Kriegserklärung ertrinkt die Arbeiterfrage im nationalen Pathos, im überschäumenden Patriotismus. Über dem Franzosen vergessen die Entrechteten ihren wahren Feind – den Fabrikherrn, der sie ausbeutet, die Regierung, die sie entmündigt.«

»Wohl gesprochen!«, rief Catharine und applaudierte, wobei sie ganz vergaß, dass sie immer noch ihren Kochlöffel in der Hand hatte, von dem fettige Suppentropfen in alle Richtungen spritzten. »Bismarck ist doch ein abscheulich kluger Kopf, wie er es immer wieder schafft, das Ruder zu seinen Gunsten herumzureißen. Wir müssen die Proletarier zur Räson bringen, damit sie nicht zu frech werden? Zetteln wir einen kleinen Krieg an, dann werden sie ›Hurra‹ rufen und jegliche Revolution darüber vergessen. Ach, das Schlimmste ist, dass die Strategie immer wieder aufs Neue funktioniert.«

»Da haben Sie Recht«, sagte Felix seufzend. Dann sog er genüsslich Luft durch die Nase. »Ist das amerikanische Küche, was Sie da zubereiten? Es riecht verführerisch.«

»Erbsensuppe«, lachte Catharine. »Essen Sie einen Teller mit uns, Sie sind herzlich eingeladen.«

»Gerne.« Er begann den Mantel wieder aufzuknöpfen, den er bereits übergezogen hatte. »Freuen wir uns des Lebens. Und beten wir dafür, dass uns Johanne noch eine Weile erhalten bleibt.«

Nachdem er sich später verabschiedet hatte, füllte Magdalena einen Suppenteller für Johanne. Nur ein paar Löffel, wahrscheinlich würde sie nicht einmal diese essen.

»Er ist so ein netter Bursche, dieser Winter«, murmelte Catharine, die währenddessen den Tisch abräumte. »Und so einsichtig. Ich frage mich, warum ihn Johanne damals nicht genommen hat. Sie hätten so gut zueinander gepasst.«

»Was? Tante Johanne und Herr Winter? Davon hast du mir noch nie etwas erzählt, dass etwas zwischen ihnen gewesen ist! Ich wusste bislang nur, dass sie sich gegen Fliedner entschieden hat …«

Catharine stellte laut klirrend zwei Teller ineinander. »Wenn sie das einmal getan hätte.«

5

Am Morgen des 18. August 1870, als die Preußen den französischen Truppen in der Schlacht bei Gravelotte ihre fünfte schwere Niederlage zufügten, woraufhin sich die Franzosen unter ihrem Oberbefehlshaber Achille François Bazaine nach Metz zurückzogen, starb Johanne.

In den letzten Tagen war ihr Fieber wieder gestiegen, sie hatte über Schmerzen in Brust und Unterleib geklagt, aber sie war bei klarem Bewusstsein. Magdalena hatte die zweite Hälfte der Nacht an ihrem Bett verbracht, mehr schlafend als wachend. Um drei Uhr morgens begann sich Johanne hin und her zu wälzen, sie hatte Durst, und Magdalena reichte ihr ein Glas Wasser.

»Hast du Schmerzen?«, fragte sie, nachdem Johanne getrunken hatte. Johanne schüttelte den Kopf und fuhr sich mit der Zunge über die ausgetrockneten, aufgesprungenen Lippen. »Angst«, flüsterte sie dann. »Ich habe solche Angst.«

»Vor dem Sterben?« Magdalenas Stimme klang fremd im Dunkel des Zimmers, das nur eine kleine Nachtleuchte erhellte.

Die Kranke schüttelte den Kopf, sie nahm es nur schemenhaft wahr. »Vor dem, was danach kommt. Wenn ich es nur wüsste, was mich erwartet. Das ewige Leben. Oder das schwarze Nichts. Wenn ich es nur wüsste.«

Magdalena schwieg, weil ihr nichts einfiel, was sie hätte sagen können. »Soll ich den Arzt holen lassen, Tante Johanne?«, fragte sie schließlich hilflos.

Johanne lachte ganz leise und rau. »Keinen Arzt. Den brauche ich nun nicht mehr. Bleib du nur bei mir, geh nicht weg, hörst du.«

Magdalena nahm ihre Hand, die kühl und trocken war, trotz des hohen Fiebers. »Und einen Pfarrer?«, fragte sie dann. »Catharine könnte Disselhoff holen …«

»Nein. Ihn brauche ich auch nicht. Was er mir sagen könnte, hab ich längst gehört.«

Wieder schwiegen sie einige Minuten lang.

»Meinst du, dass Er mich dafür strafen wird?«, fragte Johanne dann. »Für diese Zweifel an Seiner Gnade. Meine Kleingläubigkeit.«

»Nein«, sagte Magdalena entschlossen. »So was tun die Menschen. Ich glaube nicht, dass Gott so kleinlich ist.«

Sie blickte auf das Viereck des Fensters und sah, dass die Schwärze hinter dem Fensterkreuz einem Zwielicht gewichen war, das den Tag ankündigte. »Es wird alles ganz anders sein, als du es dir vorstellst, ganz anders, als wir es uns denken. Das ewige Leben hat nichts mit unserem Dasein hier zu tun, glaube ich«, meinte sie.

»Ich weiß«, seufzte Johanne. »Aber ich habe dennoch Angst. Oder deswegen.«

Sie atmete tief und mühsam. Ein und aus, ein und aus.

»Jahwe«, sagte sie irgendwann. »Weißt du, was der Name bedeutet?«

Magdalena öffnete den Mund, um zu antworten, aber ihr Hals war so eng, ihr Mund so trocken, sie brachte keinen Ton heraus.

»Ich bin der, der ist«, flüsterte Johanne.

Ihre Finger schlossen sich um Magdalenas Hand und hielten sie fest, bis sie irgendwann die Kraft verloren.

Karoline Fliedner hatte dafür gesorgt, dass Johanne auf dem Diakonissenfriedhof beerdigt wurde. Ganz am Rande der Anlage, drei Reihen vor Theodor Fliedners letzter Ruhestätte, wölbte sich ihr Grabhügel nach oben. »Sie liegt näher bei ihm als Friederike, seine erste Frau«, bemerkte Catharine, als sie das Grab am

Tag nach der Beerdigung noch einmal aufsuchten. Sie legte die Stirn in Falten, als missbilligte sie diese Nähe.

»Ich bin froh, dass sie hier liegt«, sagte Magdalena. »Frau Fliedner wird sich um das Grab kümmern.« Einige Tage zuvor hatten sie den Grabstein beim Steinmetz in Auftrag gegeben. *Zur Freiheit hat uns Christus befreit. So steht nun fest und lasst euch nicht wieder das Joch der Knechtschaft auferlegen.* Die Inschrift, ein Zitat aus dem Galatherbrief, hatte sich Johanne bereits vor vielen Jahren ausgesucht. Catharine hatte laut gelacht, als sie die Anweisung in Johannes Unterlagen gefunden hatte. »Den Spruch sollten sich unser christlicher König und sein eiserner Kanzler einmal zu Herzen nehmen, dann ginge es uns allen besser.«

Wo du jetzt wohl sein magst, Tante Johanne?, dachte Magdalena, während sie auf den noch kahlen Erdhügel starrte. Sie stellte sich den schmalen, abgemagerten Körper in der Eichenholzkiste vor, den sie vor drei Tagen zum letzten Mal gewaschen hatte. Die Lebenslinie auf ihrer Hand lang und ungebrochen. Die weißen Finger, so durchscheinend, so knochig. So tot. Die Juden, hatte ihr Esther einmal erklärt, lehnten die Leichenverbrennung ab, weil die Toten ihre Körper am Tag der Auferstehung wieder brauchten. Aber du wirst deinen alten, ausgemergelten Körper nie wieder benötigen, Tante Johanne, dachte sie dann. Dort, wo du jetzt bist, hast du bestimmt eine neue, eine viel schönere Gestalt. Nun erfährst du die Freiheit, die du dir dein Leben lang ersehnt hast. Die Freiheit des Geistes. Gottes Freiheit.

»Da kommt Luise Disselhoff.« Catharines Stimme riss sie aus ihren Gedanken. Die kleine Frau mit dem altmodischen Schutenhut trug einen Korb mit Gartenutensilien, der weiße Kragen über dem schwarzen Kleid leuchtete in der Sommersonne. Als sie die beiden Frauen an Johannes Grab erblickte, schien sie einen Moment zu zögern, ob sie sie stören sollte. Magdalena hob die Hand und winkte ihr zu.

»Mein herzlichstes Beileid«, sagte sie, als sie sie erreicht hatte, obwohl sie ihnen das schon nach Johannes Beerdigung gewünscht hatte.

»Ich wollte zum Vater«, sagte Luise und wies zu Fliedners Grab hinüber. »Und dann zum neuen Feldlazarett, das sie auf dem Johannisberg eingerichtet haben.«

»Ein Lazarett hier in Kaiserswerth?«, fragte Catharine.

»Mein Mann hat sich dafür eingesetzt, dass die Kriegsverletzten aus Frankreich hierher nach Kaiserswerth gebracht werden. Hier gibt es sachkundige Hände, die die Pflege übernehmen können.« Luise stockte einen Moment lang, ihr Blick glitt unsicher über die beiden Frauen, als überlegte sie, ihnen etwas anzuvertrauen. Gedankenvoll nestelte sie an dem Knopf, der ihre Bluse am Hals zusammenhielt. »Es ist so erschütternd, all die Männer in der Blüte ihres Lebens, Väter, Brüder, halbe Kinder, wie sie nun daliegen, von Kugeln zerfetzt, an Leib und Seele versehrt. Und dabei sind wir noch die siegende Partei, wie mag es auf der anderen Seite erst aussehen.«

»Und alles wegen eines Krieges, der es nicht wert ist, gekämpft zu werden«, meinte Catharine verächtlich. »Ausgelöst durch eine Lappalie, eine bloße Farce.«

»Der Krieg ist ein so furchtbares Geschäft«, nickte Luise. »Warum nur können wir Menschen nicht davon lassen?«

»Fragen Sie Seine Majestät den König!« Catharine zog spöttisch die Augenbrauen hoch. »Fragen Sie seinen Kanzler Bismarck! Kriege sind äußerst nützlich, damit die Mächtigen ihre Interessen durchsetzen können. Was zählt da ein bisschen Blut und Leid und Marter und Tod!«

Luise hob ihr Gesicht und sah Catharine an. Ihr Blick war ganz ruhig, und Magdalena erwartete, dass sie ihre Tante für ihre respektlosen, aufrührerischen Worte tadeln würde, so wie es ihr Vater getan hätte und ihre Mutter. Warum kann sie sich nicht einmal zurückhalten, dachte sie plötzlich. Warum muss sie ständig alle vor den Kopf stoßen mit ihren radikalen Ansichten?

Aber Luises Stimme war nicht missbilligend. »Sie meinen, dass der Krieg unnötig ist. Ich bin geneigt, Ihnen Glauben zu schenken, wenn ich die Leidenden sehe, wiewohl ich mir nicht anmaße, die politischen Zusammenhänge zu verstehen und beurteilen zu können. Mein Mann freilich ist da gänzlich anderer Ansicht, das können Sie sich ja denken.«

Magdalena hielt die Luft an. Hatte sie recht gehört, hatte sich Luise Fliedner soeben wirklich von der Position ihres Mannes, von der offiziellen konservativen Sicht der Dinge distanziert, wenn auch nur ein winziges Stück weit? Auch Catharine schien die Antwort der Pastorin aus dem Konzept gebracht zu haben, sie öffnete den Mund und schloss ihn dann wieder, ohne etwas zu sagen.

Luise Disselhoff ordnete die Gartenwerkzeuge in ihrem Korb, bevor sie die Schultern hochzog und den Kopf ruckartig in die Richtung drehte, in der das Grab ihres Vaters lag. »Ich schwatze nutzloses Zeug, während so viel Arbeit auf mich wartet. Nun, vielleicht finden Sie ja während Ihres Aufenthalts hier in Deutschland noch einmal die Zeit, das Lazarett zu besuchen, wir können jede helfende Hand gebrauchen.«

Sie lächelte kurz und unverbindlich, umfasste den Henkel ihres Korbes fester und eilte mit schnellen Schritten zu Fliedners Grabstätte. Ein paar Momente verharrte sie mit gesenktem Kopf, dann ging sie in die Knie und begann zu arbeiten, ohne die beiden Frauen weiter zu beachten.

Am 1. September 1870 wurden die Franzosen von den vereinigten deutschen Truppen bei Sedan vernichtend geschlagen, am 2. September kapitulierte Kaiser Napoleon III. und wurde von den Preußen gefangen genommen. Zwei Tage später rief man in Paris die Republik aus. »Der Kampf geht weiter«, konstatierte Catharine spöttisch, als sie die Nachrichten hörte. »Warum sollte man auch einen Krieg beenden, für den es von vorneherein keinen richtigen Grund gegeben hat.«

Sie hatten sich an den Rhein geflüchtet, weil es im Haus nicht mehr auszuhalten war. Catharine hatte Maler bestellt, die sämtliche Wände weißeln sollten, denn sie wollten das Haus verkaufen, bevor sie wieder zurück nach Amerika fuhren. Johannes Kleider hatten sie in die Diakonie gebracht, alle persönlichen Dinge, ihre Bücher, Briefe und Bilder wurden in großen Kisten verstaut. Felix Winter wollte sie abholen und in seinem Keller lagern. »Bis ans Ende aller Zeiten«, meinte Catharine düster. »Denn wer sollte sich jemals dafür interessieren, wenn wir einmal abgereist sind?«

Magdalena hatte Johannes Bibel an sich genommen und ein paar andere Bücher, von denen sie wusste, dass sie ihrer Pflegemutter besonders am Herzen gelegen hatten. Das Ausräumen der Wohnung fiel ihr schwerer als Johannes Beerdigung. Jeder Gegenstand weckte eine Erinnerung, rief eine längst vergessene Geschichte wieder ins Bewusstsein, es war, als verpackte sie ihr bisheriges Leben in die Kisten.

Es war vernünftig, das Haus zu verkaufen, jetzt, wo sie Ernest heiraten und in New York leben würde. Vielleicht würde sie nie mehr in ihrem Leben hierher zurückkommen. Und doch zerbrach ihr der Gedanke fast das Herz, dass fremde Leute das Haus erwerben könnten, dort leben würden.

Sie unterdrückte einen Seufzer, doch Catharine schien ihn dennoch gehört zu haben. Sie ergriff ihre Hand und hielt sie fest, den Blick nach vorn auf den Fluss gerichtet.

»Ich war so oft hier mit Johanne«, sagte sie. »Wir haben auf dieser Bank gesessen und den Fluss betrachtet, und nach einer Weile haben wir uns meistens gestritten.«

Magdalena musste trotz ihrer Traurigkeit lachen.

»All diese Auseinandersetzungen, wie viel wertvolle Lebenszeit wir damit vergeudet haben«, fuhr Catharine gedankenverloren fort.

»Wir haben niemals gestritten«, erkannte Magdalena erstaunt. »Manchmal schwiegen wir und gingen uns aus dem Weg. Aber ich kann mich an keine laute Auseinandersetzung erinnern. Oh, ich vermisse sie so sehr.«

Die Abendsonne sank ein Stück tiefer und verwandelte den Fluss von einem Moment zum anderen in ein strahlendes Metallband. Geblendet schloss Magdalena die Augen. Vielleicht ist es ein Zeichen von Johanne, dachte sie, dieser goldene Fluss. Die Vorstellung war abergläubisch und albern und tröstend zugleich.

»Wusstest du, dass Leutze sein berühmtes Washington-Gemälde hier am Rhein gemalt hat?«, fragte Catharine plötzlich. »*Washington crossing the Delaware* müsste eigentlich *Washington crossing the Rhine* heißen.«

»Wirklich?« Magdalena öffnete die Augen wieder und blinzelte auf die sanften, glänzenden Wellen. Der Delaware auf Leutzes Gemälde war ein reißender Strom, tosend und wild, es war schwer vorstellbar, dass der brave, gezähmte Rhein dem Maler als Vorbild gedient hatte.

Catharine nickte. »Das Bild ist hier in Düsseldorf entstanden, während seiner Jahre an der Akademie. Worthington Whittredge hat ihm für die Figur des Washington posiert. Du musst dir das Bild daraufhin einmal anschauen, die Ähnlichkeit ist frappierend.«

Sie erhob sich und strich ihren Rock glatt. »Ich muss aufbrechen, wenn ich es noch rechtzeitig zur Versammlung schaffen will«, meinte sie. »Was ist nun, begleitest du mich? Oder ziehst du es vor, den Abend zwischen Kalkeimern und nassen Pinseln zu verbringen?«

Sie hatte Felix Winter versprochen, vor dem Kaiserswerther Arbeiterverein einen Vortrag über den amerikanischen Sezessionskrieg und die Sklavenbefreiung zu halten.

»Ich komme mit«, meinte Magdalena. »Ich weiß zwar nicht, was die deutsche Arbeiterbewegung mit den armen Sklaven zu schaffen hat, aber die feuchten Wände verursachen mir Kopfschmerzen …«

»… und im Vergleich dazu ist mein Geschwätz immer noch angenehmer anzuhören«, beendete Catharine ihren Satz spöttisch.

Drei Männer erwarteten sie im Hinterzimmer des »Einhorn« am Markt. Der lange Tisch, an dem sie vor ihren Bierkrügen hockten, ließ den Raum noch leerer erscheinen. »Es tut mir Leid«, rief Felix Winter, bevor sie etwas sagen konnten. »Aber wie es scheint, haben wir die Weltläufigkeit der Kaiserswerther Bürger erheblich überschätzt.« Er erhob sich und kam ihnen entgegen.

»Vielleicht taucht der eine oder andere ja noch auf.« Catharine ergriff die Hand, die er ihr anbot, und schüttelte sie.

»Ich befürchte, es werden nicht mehr viele kommen«, sagte der jüngere Mann, der neben Felix gesessen hatte und jetzt ebenfalls aufstand. »Aber wir sind hier und brennen darauf, Ihren Bericht zu hören. Wenn ich mich vorstellen darf, Heinrich Hoffmann mein Name.«

»Und ich bin Wilhelm Merkels«, meinte der Dritte, ein rotgesichtiger Mann um die fünfzig. »Stellvertretender Vorsitzender unserer ADAV-Gemeinde.« Im Gegensatz zu den anderen beiden stand er nicht auf, sondern hob nur andeutungsweise sein Gesäß vom Stuhl, um es sofort wieder fallen zu lassen, nachdem er den beiden Frauen die Hand geschüttelt hatte.

»Bitte«, meinte er dann mit einer großzügigen Geste auf die leeren Sitzgelegenheiten. »Nehmen Sie doch Platz, bevor alles besetzt ist.«

»Was darf ich Ihnen zu trinken bestellen?«, fragte Winter. Nervös strich er sich wieder und wieder über die graubraunen Locken im vergeblichen Versuch, sie zu glätten. Catharine orderte Tee, und Magdalena schloss sich ihr an, obwohl sie am liebsten ein dunkles Bier geordert hätte, wie es die Herren tranken. Als Felix die Bestellung aufgab, begegnete sie dem Blick des Jüngeren, dem sie genau gegenübersaß. Er nickte ihr zu, als habe er ihr Zögern bemerkt, und wollte sie nun ermutigen, sich doch noch für ein Altbier zu entscheiden. Sie lächelte und senkte den Blick.

»Nehmen Sie es mir nicht übel, wenn ich unter diesen Umständen auf meinen Vortrag verzichte«, meinte Catharine. »Aber wenn Sie Fragen haben, werde ich gerne versuchen, sie Ihnen zu beantworten.«

»Als Frau sind Sie ja nun nicht mit in den Krieg gezogen«, meinte Merkels und klang dabei ein wenig herablassend. »Aber ich habe gehört, dass nicht eben wenige deutsche Revolutionäre unter Lincolns Männern waren.«

»Das stimmt«, nickte Catharine. »Leute wie Struve, Hecker, Fröbel und Anneke, die führenden Köpfe von '48, haben entscheidenden Anteil am Kampf des freien Nordens gegen die Südstaaten gehabt.«

»Dort haben sie erreicht, was ihnen in Deutschland verwehrt geblieben ist«, sagte Winter fast andächtig. »Die Sklaverei ist besiegt, die Einheit wiederhergestellt.«

»Lincoln ist ermordet. Die Sklaven sind zwar frei, aber weit entfernt von einem menschenwürdigen Dasein, die Einheit ist nicht gewachsen, sondern mit Gewalt zusammengefügt«, widersprach Catharine. »Der Sezessionskrieg war nicht umsonst, das will ich nicht behaupten, aber vom Ziel unserer Vorstellungen, der Erfüllung unserer Ideale, sind wir nach wie vor meilenweit entfernt.«

»Aber«, fuhr sie fort und brachte damit den jungen Hoffmann zum Schweigen, der soeben den Mund geöffnet hatte, um etwas zu sagen, »im Augenblick bewegen mich weniger die amerikanischen Zustände als vielmehr die Frage, ob dieses rege Interesse …«, ihre Handfläche deutete vage auf die vielen leeren Stühle am Tisch, »… wirklich nur dem Thema meines Vortrags zuzuschreiben ist.«

»Wie meinen Sie das?«, fragte Winter.

»Haben Sie uns kürzlich nicht erzählt, dass es Ihrer Vereinigung an Zulauf mangelt? Dass sich die Menschen nicht mehr für die Arbeitersache interessieren?«

Er machte eine resignierte Handbewegung. »Unsere Mitglieder werden mit jedem Tag weniger, das ist wahr.«

»Und woran liegt das? Warum gelingt es Ihnen nicht, die Leute zu mobilisieren, für Ihre Sache zu begeistern? Arbeiter gibt es doch inzwischen wahrlich genug, und am Elend und an der Ungerechtigkeit ist auch kein Mangel.«

»Es ist dieser Krieg gegen Frankreich …«, begann Felix Winter, aber Hoffmann fiel ihm ins Wort.

»Das mag einer der Gründe sein, aber machen wir uns doch nichts vor, schuld an der desolaten Lage der Dinge sind doch letztendlich vor allem wir selber. Wir haben uns viel zu sehr in organisatorischen Fragen und Problemen verloren. Eine klare Linie tut Not, ein schlüssiges Konzept, nur dann haben wir eine Chance.«

Hoffmanns Stimme war hell und klangvoll. Magdalena musterte ihn neugierig aus den Augenwinkeln. Er war nicht groß, aber muskulös gebaut und dunkelhaarig. Er nahm einen Schluck von seinem Bier, dann sah er sie an, als habe er ihren Blick gespürt, so verstohlen sie ihn auch betrachtet hatte. Hastig richtete sie die Augen auf die Teetasse. Der aufsteigende Dampf verschleierte ihren Blick.

»Und? Gibt es Aussichten auf ein solches Konzept?«, erkundigte sich Catharine.

»Nicht im ADAV«, erwiderte Hoffmann. »Aber in Eisenach in Sachsen haben sie im letzten Jahr eine Vereinigung gegründet, die mir persönlich erfolgversprechend erscheint, obgleich sie es hier in Düsseldorf schwer haben wird, denn der ADAV hat sich in den letzten Jahren gar zu breit gemacht.«

»Es ist auch die Frage, ob es etwas bringt, einfach nur auf neue Pferde zu setzen«, meinte Merkels, während er wieder ein neues Bierglas vom Kellner in Empfang nahm. »Meiner Meinung nach wäre es besser, die alten umzusatteln und neu aufzuzäumen …«

»… aber wenn sie verbraucht sind und lahm?«, unterbrach ihn Hoffmann. »Dann nützt auch der neue Sattel wenig. Dann ist ein ganz neuer Gaul die bessere Lösung.«

»Was ist das für eine neue Vereinigung?«, fragte Magdalena. Plötzlich richteten alle drei Herren und auch Catharine ihre Augen auf sie, erstaunt, als hätten sie vergessen, dass sie überhaupt anwesend war. Sie merkte, wie ihr Gesicht heiß wurde, und ärgerte sich darüber.

»SDAP nennen sich die Herren«, erklärte schließlich Merkels. »Sozialdemokratische Arbeiterpartei. Wenn ihr mich fragt, ist es alter Wein in neuen Schläuchen. Wir brauchen keine neue Partei, wir sollten uns ganz auf den ADAV konzentrieren, unsere Kräfte bündeln, statt sie zu zersplittern.«

»Sie haben durchaus vernünftige Grundsätze, die Eisenacher«, widersprach Hoffmann. »Ihre Organisation ist nicht so auf eine Person ausgerichtet wie bei den Lassalleanern. An der Spitze steht nicht einer, sondern fünf, das ist viel demokratischer …«

»Aber ist es auch praktikabel?«, unterbrach ihn Felix Winter. »Ohne eine starke Autorität, die die Dinge in die richtige Richtung lenkt, geht es nun einmal nicht.«

»Mit dieser Meinung stehen Sie zumindest auf einer Linie mit Herrn von Bismarck«, meinte Catharine spöttisch. »Aber von dieser neuen Vereinigung höre ich zum ersten Mal.«

»Sie steht unter dem Einfluss der ersten Internationale, in der Tradition von Karl Marx und Friedrich Engels. August Bebel und Wilhelm Liebknecht sind die Gründungsväter, falls Ihnen die Namen bekannt sind.«

Catharine zuckte mit den Schultern. »Ich habe noch nie von ihnen gehört, aber das muss nicht viel heißen.«

Magdalena nippte an ihrem Tee. Wie wenig sie doch über die politischen Angelegenheiten in Deutschland wusste, stellte sie betroffen fest. Catharine, die schon so viel länger in New York lebte, kannte sich erheblich besser aus. Aber sie selbst hatte sich in den letzten Jahren ja auch fast ausschließlich auf ihre Malerei konzentriert, politische Zusammenhänge hatte sie nur am Rande wahrgenommen. Sie hatte versucht, die Welt abzubilden, während Catharine sich bemühte, sie zu verändern, dachte sie jetzt.

Inzwischen waren ihre Bilder in der National Academy ausgestellt und wieder abgehängt worden, ohne dass sie selbst sie gesehen hatte. Ernest hatte ihr vor einigen Tagen vom Erfolg der Ausstellung berichtet und geschrieben, dass die New York Tribune ihren Namen lobend erwähnt habe, und betonte besonders auch die *mehr als wohlwollende Kritik in der New York Times*, die ein gewisser Ernest Weidmann über sie geschrieben habe. Er nannte Namen und Daten und Preise von verkauften Werken, und sie las darüber hinweg, seltsam gleichgültig. In den Wochen hier in Deutschland hatte sie ihren Skizzenblock kaum hervorgeholt. *Die Malerei muss Teil deines Lebens werden*, hatte Leutze ihr immer gepredigt, ein tägliches Bedürfnis wie Essen und Trinken. Aber vor dem Hintergrund von Johannes Tod erschien ihr die Kunst so nichtig, so sinnlos. Vielleicht bin ich doch nicht zur Künstlerin berufen, dachte sie plötzlich. Denn wenn es so wäre, dann hätte ich gerade jetzt das Bedürfnis zu malen, meine Gefühle auszudrücken.

Die Stille im Raum ließ sie aufhorchen. Wieder starrten sie die drei Männergesichter an, fragend und ein wenig besorgt. »Bist du noch bei uns?«, fragte Catharine neben ihr spitz. »Herr Hoffmann fragt, ob du dich auch für die Ziele der Bürgerrechtsbewegung einsetzt?«

Sie sah ihn an. An seiner rechten Schläfe hatte er eine längliche Narbe, gefährlich nahe am Auge. Wie er sie sich wohl zugezogen haben mochte? Dann gab sie sich einen Ruck. Man wartete auf ihre Antwort. »Sicher setze ich mich dafür ein. Jeder vernünftige Mensch würde das tun.« Sie merkte, dass sich ihre Antwort schroff und abweisend anhörte, ohne dass sie das beabsichtigt hatte.

»Fräulein König ist Künstlerin«, erklärte Catharine entschuldigend. Es klang, als spräche sie über eine entfernte Bekannte.

»Sie schreiben?«, erkundigte sich Hoffmann.

»Ich male«, gab sie zurück. Sie hätte gerne etwas Verbindliches, Freundliches hinzugefügt, aber ihr fiel nichts ein.

»Ja, ja, die Kunst«, nickte Merkels großzügig. Er hob sein Bierglas, betrachtete es zufrieden und leerte es dann in einem Zug.

6

Eine Woche vor ihrer Abreise fand sich ein Käufer für das Haus. Ludwig Knesebeck, ein Tuchhändler, war dreimal durch alle Zimmer und den Keller gegangen, hatte seinen Schraubenzieher in sämtliche Holzbalken und Fensterrahmen gebohrt und verächtlich gelächelt, als Catharine ihn auf die frisch gekälkten Wände hinwies. »Wir lassen tapezieren«, erklärte er mehr zu seiner Frau, die ihn bei diesem dritten und letzten Besuch begleitet hatte und jetzt missbilligend nickte, als könne sie nicht begreifen, warum das nicht schon längst geschehen sei. Während sie sich vorsichtig über die Fensterbrüstung im ersten Stock beugte, um einen Blick in den Garten zu werfen, zündete Herr Knesebeck sich eine Zigarre an. »Wir werden nicht allzu lange hier wohnen bleiben«, sagte er, wobei ihm Rauch aus Mund und Nase drang. »Für ein, zwei Jahre wird es jedoch angehen, wenn man die Örtlichkeiten entsprechend umbaut.« Asche rieselte von der glühenden Spitze seiner Zigarre auf den Boden. Er merkte es nicht einmal.

»Er ist abscheulich«, stöhnte Catharine, kaum dass sich die Tür hinter dem Ehepaar geschlossen hatte. »Und seine Frau nicht minder. Aber wir haben keine andere Wahl, er bietet gutes Geld, und die Sache ist unter Dach und Fach.« Magdalena nickte und schwieg. Knesebeck würde alles umbauen und renovieren lassen, und es würde dennoch eine Notlösung für ihn bleiben, das Haus, in dem sie aufgewachsen war, das sie liebte. Seine Frau würde ihm ein hässliches Kind gebären, vielleicht auch zwei, und sobald er genügend Geld zusammengerafft hatte, würden sie das Haus schleunigst wieder abstoßen, um in eine Villa am Rhein zu ziehen.

Sie hatte plötzlich ein Gefühl, als ob die Wände um sie herum das Dach nicht mehr tragen und jeden Moment zusammenstürzen könnten, es war wie eine Vorahnung der kommenden Zerstörung. Die vertrauten Räume wurden ihr unerträglich, zum ersten Mal, seit sie hier waren, sehnte sie die Rückreise nach Amerika herbei.

»Ich werde ein wenig spazieren gehen«, sagte sie laut und meinte einen leichten Hall zu hören, der ihrer Stimme nachklang, ganz so, als sei das Haus schon leer geräumt und kahl. Schon fast an der Tür machte sie noch einmal kehrt und packte das Skizzenbuch und die Kohlestifte ein. Ab heute würde sie wieder anfangen zu zeichnen.

Sie erinnerte sich an eine alte, knorpelige Ulme am Schwarzbach, einen Geisterbaum, der sie als Kind magisch angezogen hatte und ihr gleichzeitig Angst eingeflößt hatte. Seit Jahren war sie nicht mehr dort gewesen, sie wollte sehen, ob der Baum überhaupt noch stand.

Auf der Klemensbrücke überholte sie einen Fußgänger, der einen voll bepackten Leiterwagen hinter sich herzog. Sie ging an ihm vorüber, ohne ihn zu beachten, doch er sprach sie an. »Fräulein König?« Seine Stimme klang vertraut und fremd zugleich. Zögernd blieb sie stehen.

Es war der junge Mann, den sie vor zwei Wochen auf der missglückten Versammlung im *Einhorn* kennen gelernt hatte. Sie versuchte sich an seinen Namen zu erinnern. Merkels … nein, das war der andere gewesen, der Dicke …

»Heinrich Hoffmann«, half er ihr. Er lächelte, und sie sah, dass er sich in der Zwischenzeit einen Bart hatte wachsen lassen: kurzes, stoppeliges, dunkles Haar bedeckte seine Wangen, sein Kinn.

»Machen Sie einen kleinen Spaziergang?«, erkundigte er sich.

»Ich wollte zum Schwarzbach.«

»Zeichnen?«, vermutete er und wies mit dem Kinn auf das Skizzenbuch unter ihrem Arm. Sie lächelte.

»Ein wenig. Ich komme sonst gänzlich aus der Übung. Und Sie? Wohin wollen Sie? Noch dazu mit dem schweren Gefährt …«

»Ich bin unterwegs zum Lazarett«, erklärte er.

»Sind Sie Arzt?«, erkundigte sie sich.

Er lachte. »Kein Arzt. Fotograf. Das auf dem Wagen ist meine Ausrüstung.«

»Fotograf sind Sie?«, fragte sie etwas ratlos. »Was wollen Sie denn ablichten? Die Verwundeten?« Sie hatte die Frage ironisch gemeint, aber Hoffmann nickte, plötzlich ernst.

»Ich war schon zwei Mal dort und habe Aufnahmen gemacht, es ist … ergreifend.«

Das Lächeln verschwand aus ihrem Gesicht. »Lässt man Sie dort einfach so arbeiten? Ohne Einschränkungen, ohne Repressionen?«

Er zuckte mit den Schultern. »Ich erbitte selbstverständlich die Einwilligung der Männer, bevor ich sie fotografiere. Ansonsten hat niemand Einwände gegen meine Anwesenheit.«

Er zögerte einen Moment. »Begleiten Sie mich, wenn Sie wollen«, meinte er dann. »Ihre Naturstudie läuft Ihnen ja nicht weg.«

Sie sah ihn an und überlegte. Dann nickte sie.

Das Lazarett war in einer ehemaligen Scheune untergebracht, die im Schatten mächtiger Kastanien lag. Nur an wenigen Stellen blitzte die Spätsommersonne durch die Blätter und malte Lichtflecken auf die Pflastersteine. Pferdewagen standen auf dem Hof, vier Gäule hielten die Köpfe tief in Futtersäcke gesenkt und malmten gedankenvoll. Aus einem der Wagen hoben zwei Soldaten einen verwundeten Kameraden. Sie hievten ihn auf eine Trage und schleppten ihn ins Gebäude, ohne Magdalena und Hoffmann zu beachten.

Hoffmann hob das Dunkelkammerzelt aus seinem Karren und baute es mit geübten Griffen auf einem kleinen Stück

Wiese neben der Scheune auf. Magdalena wartete vor dem Zelt, während er drinnen die Platten präparierte. Mit dem Stativ in der einen, der Kamera in der anderen Hand und dem schwarzen Tuch über der Schulter ging er dann zur Scheune, und Magdalena folgte ihm.

Drinnen teilten zwei schmale Gänge den langen Raum in drei Streifen. Unter den hohen Dachschrägen und in der Mitte waren Betten aufgebaut. Lager an Lager an Lager. Dazwischen huschten Diakonissen hin und her wie schwarze Schatten, über denen die weißen Heiligenscheine ihrer Hauben leuchteten.

Alle Betten schienen belegt zu sein. Ein Stöhnen erfüllte die Luft, gleichmäßig und eintönig, keine einzelne Stimme hob sich daraus hervor. Es war wie ein kollektives Leiden.

Zu ihrer Linken legten die Soldaten gerade ihren Kameraden auf eine der Pritschen. Sie sah sein rechtes Bein, das ihr unendlich lang erschien, den schweren Lederstiefel, in dem es endete. Das andere Bein dagegen ein blutiger Stumpf, abgeschnitten über dem Knie. Die Soldaten verstauten sein Kleiderbündel unter dem Bett, stellten den zweiten, nutzlosen Stiefel davor und sprachen dann ein paar Worte mit der Schwester, die mit einem Stapel Decken und Verbandsmaterial zu ihnen getreten war. Der Verwundete hatte den Kopf zur Seite gedreht und die Augen geschlossen, er schien ohnmächtig. Während sich die Diakonisse über ihn beugte und ihn leise ansprach, zogen sich die Männer zurück, grußlos und mit verschlossenen Gesichtern.

Zurück aufs Schlachtfeld, dachte Magdalena, die ihnen nachblickte. So lange, bis man auch euch hier hereintragen wird, wenn ihr nicht gleich auf dem Feld der Ehre euer Leben lasst.

»Ich werde nach hinten gehen, dort ist das Licht besser«, erklärte Hoffmann, den sie fast vergessen hatte. »Kommen Sie mit mir?«

Hoffmann schraubte die Kamera auf sein Stativ, stülpte das schwarze Tuch darüber und verschwand. Als sie ihn nicht mehr sah, fühlte sie sich fehl am Platze, wie ein Eindringling. Als ob er ihr Unbehagen spürte, tauchte er wieder unter seiner Hülle hervor. »Wenn Sie wollen … dort hinten sind Stühle, setzen Sie sich doch.« Sie ließ sich zwischen zwei Betten nieder, in denen Männer lagen, die sie nicht beachteten. Bevor ihr bewusst wurde, was sie tat, hatte sie ihr Skizzenbuch hervorgeholt und begann zu zeichnen.

Nach einiger Zeit wechselte sie den Standort und setzte sich in die Nähe des jungen Mannes mit dem amputierten Bein. Inzwischen hatte man ihn verbunden, gewaschen und seine Kleider gewechselt. Vor Anstrengung und Schmerz war er eingeschlafen, sein eingefallenes Gesicht lag auf der Seite, der Mund stand halb offen. Er atmete schnell und konzentriert wie ein Säugling. Sie versuchte diesen Ausdruck einzufangen, diese Mischung aus Kindlichkeit und Zerrissenheit.

Irgendwann legte sich eine Hand auf ihre Schulter. Sie fuhr zusammen, und ihr Stift zuckte unkontrolliert über das Papier. »Verzeihen Sie«, flüsterte Hoffmann. »Ich wollte Sie nicht erschrecken. Aber ich bin fertig und wollte die Platten entwickeln …«

Sie nickte nur und beugte sich wieder über ihre Zeichnung.

Als sie das Lazarett verließ, traf sie Hoffmann auf dem Vorplatz im Gespräch mit Luise Disselhoff. »Wie schön, dass sie noch einmal hierher gekommen sind, so kurz vor Ihrer Abreise«, sagte sie und reichte ihr die Hand.

Magdalena nickte benommen, noch ganz unter dem Eindruck des Erlebten.

»Ich dachte, nach der Schlacht in Sedan wäre der Krieg für die Deutschen gewonnen«, meinte sie. »Aber das dort drinnen sieht nicht nach Sieg aus.«

»Die Franzosen haben verloren, aber sie wollen es nicht wahrhaben«, erklärte Hoffmann. »Sie haben eine republikanische Regierung der nationalen Verteidigung eingerichtet und schicken nun jeden in den Krieg, der eine Waffe halten kann. Halbe Kinder finden sich wohl schon auf den Schlachtfeldern wieder, wenn man den Berichten glauben darf.«

»Ich fürchte, es ist die Wahrheit«, nickte Luise Disselhoff. »Das Elend auf unserer Seite ist schon schlimm, ich denke mit Schaudern an die Zustände in den französischen Lazaretten. Heute Morgen hörte ich, dass die deutschen Truppen nun bereits nach Paris vorgerückt sind. Die Stadt ist fast eingeschlossen, aber dennoch ist keine Kapitulation in Aussicht.«

Magdalena schüttelte den Kopf und dachte an den jungen Mann auf der Pritsche, der für diesen Widersinn sein Bein hergeben musste.

»So wie die Dinge stehen, werden Sie also noch einige Zeit beschäftigt sein«, meinte sie dann zu Luise.

»Gott helfe uns.«

»Nun, Sie bewirken Großes an den armen Männern, das muss man wirklich sagen«, sagte Hoffmann.

Frau Disselhoff zuckte mit den Schultern und antwortete nicht.

»Ich musste an Miss Nightingale denken, als ich gerade dort drinnen war«, sagte Magdalena. »Stehen Sie denn eigentlich noch in Verbindung mit ihr?«

Florence Nightingale hatte 1850 in Kaiserswerth ihre Ausbildung zur Krankenpflegerin gemacht, bevor sie vier Jahre später einen Stab an Pflegerinnen in den Krimkrieg geführt hatte, um dort das erste von Frauenhand geleitete Kriegslazarett aufzubauen. Nach ihrem fast zweijährigen Einsatz an der Front war ihr Name durch alle Zeitungen gegangen. Sogar in New York hatte Magdalena gestandene Männer mit Tränen in den Augen von ihr reden hören wie von einer Heiligen.

Magdalena selbst war gerade einmal acht Jahre alt gewesen, als Florence Nightingale in Kaiserswerth gelernt hatte, aber sie erinnerte sich dennoch gut an die Engländerin. Wie fremd und eigenartig ihr die hübsche 31-Jährige damals inmitten der biederen, jungen Krankenpflegeschülerinnen erschienen war. Später hatte ihr Johanne von Florences überbordender Verehrung für Theodor Fliedner erzählt. »Er war für sie wie ein Vater«, hatte sie gesagt. »Ach, wenn es nicht so ketzerisch wäre, würde ich sagen, wie ein Gott.«

»Aber natürlich stehen wir in Verbindung«, rief Luise Disselhoff jetzt, und ihre Augen leuchteten. »Miss Nightingale ist Kaiserswerth immer noch aufs Freundschaftlichste verbunden. Auch nach Vaters Tod befinden wir uns in einem regen Briefwechsel. Oh, ich wünschte, sie wäre hier und könnte unsere Arbeit mit den Verwundeten unterstützen. Gewiss würde sie die Dinge im Lazarett so ganz anders, so viel besser ordnen und regeln.«

»Warum kommt sie nicht her und hilft Ihnen, wenn sie Ihnen doch so verbunden ist?« Erst nachdem die Frage ausgesprochen war, merkte Magdalena, wie indiskret sie klang.

Aber Luise schien nicht gekränkt. Ihre hellen Augen wurden nur noch schmaler, als sie antwortete. »Miss Nightingale hat seit ihrem Wirken auf der Krim keinen weiteren praktischen Einsatz mehr getätigt. Im Grunde genommen verlässt sie ihr Zimmer in London kaum noch. Sie beschäftigt sich mit dem Verfassen von Lehrschriften, Büchern und Artikeln, die das Gesundheitswesen und die Krankenpflege zum Inhalt haben. Ihre Gedanken sind sehr tief, dennoch ist es bedauerlich …«

Sie zwinkerte ein paar Mal nervös, als habe sie Angst, etwas Falsches zu sagen. »Florence könnte die praktische Arbeit heute auch gar nicht mehr leisten«, fuhr sie dann fort. »Ihre körperlichen Kräfte sind einfach erschöpft.«

»Nun, ohne dass ich Ihre Leistung hier herabsetzen wollte, aber mit Schriften und Artikeln lässt sich mitunter mehr erreichen als mit tätiger Arbeit«, bemerkte Hoffmann.

Aber Luise Disselhoff hörte ihm nicht mehr richtig zu, denn soeben kamen ihre Schwester Mina und ihre Stiefmutter Karoline Fliedner über den Hof und zogen eine Hand voll Schwesternschülerinnen hinter sich her wie eine Schar blau-weißer Küken. Am Eingang der Scheune trennten sich Mutter und Tochter, Mina ging mit den Mädchen ins Lazarett, Karoline kam zu ihnen herüber. Ihr mildes Gesicht wurde wachsam und ernst, als sie Hoffmann die Hand gab, Magdalena dagegen begrüßte sie mit einem warmen Lächeln. »Haben Sie doch noch einmal die Zeit gefunden, uns zu besuchen? Das ist recht, den armen Männern tut es so gut, wenn sich jemand die Mühe macht, sich zu ihnen zu setzen, ihnen zuzuhören.«

Magdalena umklammerte unbehaglich ihr Skizzenbuch. Kein Wort hatte sie mit den Verletzten gesprochen, sie hatte nicht einmal den Versuch gemacht, sie zum Reden zu bewegen. Warum, fragte sie sich jetzt, hatte sie sie gezeichnet? Hatte sie ihre Hilflosigkeit ausgenutzt, die Männer als willenlose Modelle missbraucht? War das Ganze für sie eine bloße Fingerübung gewesen? Nein, sie hatte den armen, ohnmächtigen Jungen mit dem halben Bein gezeichnet, weil es ihr notwendig erschienen war. Weshalb, hätte sie nicht erklären können. So vermied sie Karoline Fliedners Blick und starrte stattdessen zu Boden.

Frau Fliedner, die ihr Schweigen wohl für Bescheidenheit hielt, wandte sich an Hoffmann. »Sie haben Ihre Tätigkeit hier beendet?«, fragte sie, obwohl er nichts dergleichen gesagt hatte. Ihre Stimme klang streng, aber er lächelte warm, als ob er es nicht bemerkte. »Die Platten sind schon entwickelt, wenn ich sie kopiert habe, dann zeige ich sie Ihnen gerne.«

»Ich verstehe nichts von Fotografien«, wehrte Karoline ab, ohne sein Lächeln zu erwidern. »Aber ich möchte Sie bitten, die fertigen Aufnahmen Pastor Disselhoff vorzulegen, damit er beurteilt, ob wir einer Veröffentlichung zustimmen können.«

»Ich habe die Ergebnisse der ersten Sitzungen bereits in Augenschein genommen«, sagte Luise Disselhoff, die bisher schweigend dabeigestanden hatte. »Die Bilder beschönigen nichts, das ist wohl wahr, aber es wäre ja auch närrisch, die Zustände in einem Lazarett romantisch zu verklären. Die Fotografien sind ein Abbild der Wirklichkeit. Ich sehe keinen Grund, warum man sie der Öffentlichkeit vorenthalten sollte. Das Gesicht des Krieges ist fürchterlich, das soll ein jeder wissen.«

»Sollten wir die Beurteilung nicht lieber deinem Mann überlassen?«, fragte Karoline sanft.

»Er wird nicht anders entscheiden als ich«, gab Luise ebenso sanft zurück. »Aber wenn du es für richtig hältst, so soll er einen Blick auf die Bilder tun.«

Einen Moment lang bewegten sich Karolines Lippen, als wollte sie etwas sagen, aber dann presste sie sie aufeinander und nickte nur kurz.

»So kümmert es also niemanden, was Sie mit Ihrer Kamera aufnehmen?«, spottete Magdalena, als sie neben Hoffmann den Weg in die Stadt zurückging. »Frau Fliedner machte nicht den Eindruck, als seien ihr die Ergebnisse Ihrer Arbeit gleichgültig.«

Hoffmann lachte. »Ich war selbst überrascht über ihr plötzliches Interesse«, meinte er dann. »Aber nachdem sie kürzlich herausgefunden hat, dass ich aktives Mitglied im ADAV bin, ist wohl ihr Misstrauen erwacht. Vermutlich befürchtet sie, dass ich den verwundeten Kämpfern rote Fahnen in die bleichen Hände drücke, bevor ich sie ablichte.«

»Zumindest haben Sie in Luise eine Fürsprecherin gefunden. Haben Sie bemerkt, wie Sie sich eben gegen ihre Mutter gestellt hat?«

»Es ist der Krieg, der sie so aufbringt«, sagte Hoffmann nachdenklich. »All diese sinnlosen Qualen. Ich habe festgestellt, dass ihre politischen Überzeugungen nicht minder reaktionär sind als die von Frau Fliedner oder Disselhoff. Ihre Kritik entspringt dem Mitleid.«

»Zumindest nickt sie nicht fromm zu allem und jedem. Das gefällt mir.«

Sie gingen schweigend weiter. Magdalena hätte gerne gefragt, ob Hoffmann ihr seine Bilder zeigen wollte, aber sie wollte nicht aufdringlich erscheinen.

»Und Sie? Sind Sie mit Ihren Zeichnungen zufrieden?«

Sie zuckte mit den Schultern. »Nun, es sind Studien.«

»Würden Sie sie mir zeigen?«

Magdalena lachte. »Wenn Sie mir im Gegenzug Ihre Aufnahmen präsentieren?«

»Morgen in meinem Atelier«, entgegnete er, ohne zu überlegen. »Kommen Sie am Nachmittag, dann sind die Kopien fertig.« Es klang fast wie eine Forderung. »Wenn Sie es einrichten können«, setzte er hastig hinzu.

Sie starrte auf ihre Schuhe, die von grauem Straßenstaub überzogen waren. Interessierte er sich wirklich nur für ihre Zeichnungen, oder ging es um mehr? Plötzlich sah sie Ernests Gesicht vor sich, aber nur die untere Hälfte; der schwarz glänzende Schnurrbart, das markante Kinn, der spöttisch lächelnde Mund.

Hoffmann wartete auf eine Antwort, es war unhöflich, so lange zu schweigen. »Wenn es Ihnen lieber ist, können wir uns auch an einem anderen Ort treffen«, schlug er jetzt vor. »Bei Ihnen zu Hause oder …«

»Nein, nein!«, wehrte sie ab. »Es ist bestens, ich komme zu Ihnen, das ist doch das Einfachste.« Sie rang nach Worten, um ihr langes Zögern zu erklären. »Wissen Sie«, sagte sie, »ich bin verlobt.« Kaum hatte sie die Worte ausgesprochen, wäre sie am liebsten im Boden versunken. Was redete sie denn da? Ich bin verlobt – das machte alles nur noch schlimmer, das untermauerte ja geradezu, dass sie ihm einen Annäherungsversuch unterstellte. Ich bin verlobt. Als ob sie sich noch nie mit einem anderen Herrn als Ernest unterhalten hätte.

Sie wünschte, er würde irgendetwas sagen, irgendetwas Nichtiges, Belangloses, Spöttisches, um ihre Worte auszulöschen. Aber er schwieg, während das Blut in ihren Schläfen pochte. Vielleicht hatte er sie nicht gehört, dachte sie, plötzlich hoffnungsvoll, aber sie hatte laut und deutlich gesprochen, warum sollte er sie nicht verstanden haben.

Es widerstrebte ihr, ihn anzusehen, dennoch hob sie schließlich den Kopf ein paar Zentimeter und blinzelte durch ein paar lockige Strähnen zu ihm hoch.

Im selben Augenblick wandte auch er den Kopf, ihre Blicke begegneten sich. »Es tut mir Leid, wenn ich den Eindruck erweckt habe …«, begann er.

»Nicht doch«, unterbrach sie ihn. »Ich werde Sie morgen besuchen.«

Das neue Zusammentreffen begann, wie das alte geendet hatte. Sie standen sich ein wenig unsicher gegenüber und wussten nicht recht, was sie sagen sollten, nachdem sie sich die Hand geschüttelt hatten.

Magdalenas Unbehagen wurde noch dadurch gesteigert, dass ihr ihre Zeichnungen plötzlich flach und blass erschienen, ohne Aussagekraft. Nichts von dem, was sie im Lazarett empfunden hatte, fand sie in den Skizzen wieder. Am liebsten hätte sie die Seiten aus dem Buch gerissen und zerknüllt. Aber sie hatte Hoffmann versprochen, sie ihm zu zeigen, nun gab es kein Zurück.

Sein Atelier lag im Dachgeschoss eines Hauses auf dem Barbarossawall, ein hoher, heller Raum, dessen eine Wand ganz mit

Fenstern verkleidet war. Auch die Wände zwischen den schräg nach oben strebenden Dachbalken waren aus Glas, sodass Tageslicht sowohl von der Seite als auch von oben in den Raum fiel. Magdalena trat dicht an die Fensterfront heran und blickte hinunter auf die Linden auf dem Wall und den Kittelbach, der in der Sonne glitzerte wie eine kostbare, lange Halskette.

»Es ist schön hier und wie geschaffen für ein Atelier«, sagte sie beeindruckt.

»Die vielen Fenster musste ich selbst einrichten. Als ich die Wohnung vor ein paar Jahren bezogen habe, war es ein düsterer, wenig einladender Raum.«

Er wollte neben sie treten, aber im selben Moment drehte sie sich um, sodass sie sich unvermittelt gegenüberstanden. Hoffmann wich einen Schritt zurück; dabei stieß er fast gegen das hohe Regal mit den Kopierrahmen.

»Kommen Sie, ich zeige Ihnen meine Aufnahmen.«

Er hatte die Abzüge auf einem Tisch ausgebreitet, aber als sie näher treten wollte, um sie zu betrachten, hielt er sie zurück. »Halt, Sie müssen mich nun auch Ihre Zeichnungen sehen lassen, so war es abgemacht.«

Widerstrebend reichte sie ihm ihr Buch. »Man sieht den Skizzen leider an, dass ich mich in den letzten Jahren vornehmlich mit der Landschaftsmalerei beschäftigt habe, sie sind …«

»Das zu beurteilen liegt im Ermessen des Betrachters«, sagte er sanft, aber bestimmt.

Dann studierte jeder schweigend die Werke des anderen.

Magdalena hatte sich nie viel aus der Fotografie gemacht. Im Studio Building hatte man im vergangenen Jahr ein Fotoatelier und eine Dunkelkammer eingerichtet, denn die neue Kunstform war sehr in Mode in New York, doch sie selbst nutzte Fotografien nur als Vorlage für ihre Gemälde. Sie erschienen ihr zu sehr wie ein bloßes Abbild der Natur, genau wie Luise Disselhoff es am Vortag gesagt hatte. Kunst aber, dachte sie, ist mehr als nur Wiedergabe der Zustände, sie ist auch Interpretation, Deutung, Wertung.

Eine Serie von sechs Bildern zeigte Soldaten im Lazarett vor ihren Pritschen. Ernst standen sie da in ihrer Uniform und zeigten ihre Wunden, einer trug seinen Arm in einer Schlinge, ein anderer hing auf seinen Krücken, balancierend auf nur einem Bein, ein dritter trug eine weiße Binde über den Augen. Zwei schienen äußerlich gesund, und nur die schlechte Haltung, das unrasierte, abgemagerte Gesicht deutete auf die Verletzung hin. Ein weiterer trug einen Kopfverband und wirkte damit wie ein Muselman aus dem Morgenland.

In ihrem Aussehen unterschieden sich die Männer wie in ihren Verletzungen, sie waren groß und klein, kräftig, mager, hell und dunkel. Und dennoch ähnelten sie einander wie Brüder, warum nur, dachte Magdalena, und betrachtete die einzelnen Bilder noch genauer. Es war etwas in ihrer Haltung, so wachsam, sie alle wirkten gehetzt, selbst der eine mit dem amputierten Bein schien auf dem Sprung zu sein. Kriegsbrüder, dachte Magdalena.

Eine andere Aufnahme zeigte eine kleine Gruppe. Zwei Diakonissen, die eine mit einem Stapel Decken, die andere mit einem Tablett. Ein Verwundeter, der auf seinem Lager lag, und einer seiner Kameraden, der sich über ihn beugte; vielleicht half er ihm beim Umbetten oder redete ihm zu. Das Ganze wirkte wie eine Momentaufnahme, aber Magdalena wusste, dass die schlechte Beleuchtung im Lazarett eine lange Belichtungszeit erforderte, sodass die Abgebildeten sekundenlang bewegungslos in ihrer Pose verharrt haben mussten. Der verletzte Soldat auf diesem Bild ließ sie nicht los. Durch das harte Licht, das von oben kam, warfen seine Brauen einen schwarzen Schatten auf die Augen, die Nase war scharf konturiert, die Oberlippe erschien ebenfalls pechschwarz, während alle übrigen Gesichtszüge fast verschluckt wurden. So erschien das Gesicht wie ein Totenschädel, hohlwangig und drohend.

Sie ließ das Foto sinken, das sie noch immer in den Händen hielt. »Ich möchte lernen, so zu fotografieren«, sagte sie schlicht. »Es ist wahrhaftiger und wichtiger als all die Bilder, die ich je gemalt habe. Können Sie mir das beibringen?«

Er lachte. »In einer Woche?«, fragte er dann zurück.

»Selbstverständlich nicht alles«, meinte sie irritiert. »Aber einen ersten Eindruck. Legen Sie einen Grundstein, auf dem ich aufbauen kann, würden Sie das tun?«

Er zuckte mit den Schultern. »Ich kann es versuchen. Es wird schwierig werden, und ich bin kein guter Lehrmeister, aber warum nicht …« Er rieb sich gedankenverloren über die Narbe auf seiner Schläfe. »Eine Woche ist verdammt wenig Zeit.«

»Es ist nicht viel«, gab sie zu. »Aber wissen Sie …«

»Ich weiß«, fiel er ihr ins Wort. »Sie sind verlobt.«

Um zehn wollte Knesebeck mit dem Kaufvertrag bei ihnen sein. Er ließ sie eine halbe Stunde warten und erschien dann mit der Zigarre im Mundwinkel und seinem Anwalt im Schlepptau. »Ich bitte um Nachsicht«, schnaufte er, als er sich auf das zierliche Sofa im Wohnzimmer fallen ließ, als gehörte es ihm bereits.

Catharine setzte sich auf die vorderste Kante des Lehnstuhls, während Magdalena, die sich nicht neben Knesebeck setzen wollte, unter der Tür stehen blieb. Zu ihrer Linken trat der Anwalt, ein schmaler, junger Mann mit schütterem Haar, unschlüssig von einem Fuß auf den anderen, bis ihn Knesebeck mit einer ungeduldigen Kopfbewegung zu sich orderte. »Setzen Sie sich, warum setzen Sie sich nicht«, meinte er dann auch zu Magdalena, die aber so tat, als habe sie ihn nicht gehört.

Die letzten Tage hatte sie mit Heinrich Hoffmann verbracht. Er hatte ihr gezeigt, wie man fotografische Platten mit nassem Kollodium überzog, die Kamera einrichtete und die Belichtungszeit ermittelte. Sie hatte selber Aufnahmen gemacht – ein Stillleben mit Äpfeln und Blumen, ein leeres Glas, ein Porträt von

Hoffmann – und hinterher in seiner Dunkelkammer entwickelt. Sie hatte gelernt, die Negative mit dem Papier in Kopierrahmen zu spannen, wo sie dann vom Tageslicht belichtet wurden, und wenn Kunden kamen, um sich von Hoffmann porträtieren zu lassen, hatte sie ihm dabei zugesehen. Dann waren sie zum Schwarzbach gegangen, zu der alten knorrigen Ulme, ihrem Geisterbaum. Aber als endlich alles aufgebaut, vorbereitet und eingestellt war und sie mit dem Fotografieren beginnen wollten, war aus den vereinzelten Wolken am Himmel eine undurchdringliche grauschwarze Decke geworden, hinter der die Sonne verschwunden war. Dann fielen die ersten Tropfen, zuerst spärlich und schließlich immer heftiger. Sie brachten die Kamera im Zelt in Sicherheit und suchten Schutz unter der Ulme. Irgendwann tropfte das Wasser durch die Blätter und rann über ihre Gesichter und Hände. Als es aufhörte zu regnen, saßen sie immer noch da und redeten über Politik und Kunst und New York und Düsseldorf, über seine Eltern und ihre Pflegemutter, über den Tod, über Gott und die Welt. Und dann, als sie aufstand, merkte Magdalena, dass sie sich haltlos, rettungslos, hoffnungslos in ihn verliebt hatte.

Das war vorgestern gewesen, und heute stand sie hier und verkaufte ihr Haus, und morgen schon würden sie und Catharine aufbrechen nach Amerika. Nach Hause, wie Catharine sagte. Sie würde Ernest wiedersehen, sie würden heiraten, sie würden glücklich miteinander werden oder zumindest zufrieden, so wie sie sich das vorgenommen hatten.

Knesebeck hatte den Kaufvertrag aus der Tasche gezogen, den sein Anwalt vorher auf jedes Detail hin geprüft hatte, es waren zwei Abschriften. »Eine für Sie, eine für mich«, lachte er, »damit alles seine Richtigkeit hat.« Schwungvoll brachte er seine Unterschrift zu Papier, erst auf dem einen Vertrag, dann auf dem anderen. Der dünne Anwalt warf einen schnellen Blick auf das

Blatt, als bezweifelte er, dass Knesebeck seinen Namen richtig schreiben konnte, dann schob er beide Ausfertigungen zu Catharine. Sie prüfte kurz, ob die vereinbarte Kaufsumme richtig war, überflog den Text und unterschrieb ebenfalls.

Nun richteten sich drei Augenpaare auf Magdalena, die immer noch im Türrahmen lehnte, Knesebeck reichte ihr die Feder, aber anstatt sie entgegenzunehmen, starrte sie ihn nur an. Mit ihrer Unterschrift würde sie alles beenden, was zwischen Hoffmann und ihr begonnen hatte. Aber hatte überhaupt etwas zwischen ihnen begonnen? Waren ihre Gefühle zu ihm nicht vielleicht nur die Sehnsucht nach romantischer Liebe, nach Leidenschaft, nach all dem, was es in ihrer Beziehung zu Ernest eben nicht gab? Vielleicht bildete sie sich das tiefe Verständnis nur ein, die Spannung, die entstand, wenn sie sich zufällig berührten oder wenn sich auch nur ihre Blicke begegneten.

Ihre Beziehung zu Ernest war über Monate gewachsen, fest verankert in gegenseitiger Sympathie und Achtung. Gut durchdacht. Das mit Hoffmann war eine kurze Romanze, das letzte Scheuen vor dem Sprung. Sie beugte sich über den niedrigen Sofatisch und zog die beiden Vertragsabschriften zu sich heran, dann nahm sie Knesebeck die Feder aus der Hand.

Sie setzte die Spitze der Feder aufs Papier, auf die freie, weiße Stelle hinter Catharines Unterschrift, und schrieb ihren Namen, aber die Feder kratzte wirkungslos über die Oberfläche und hinterließ nichts als eine farblose Spur. Der Anwalt schob ihr eifrig das Tintenfass hin, während sie auf den blassen Abdruck ihres Namens blickte. Magdalena König.

Dann legte sie die Feder zur Seite und blickte Catharine an. »Ich kann nicht«, sagte sie mit tonloser Stimme. Ihre Tante hob erstaunt die Augenbrauen.

»Stimmt irgendetwas nicht?«, fragte Knesebeck, der sich aus dem Sofa zu ihr herüberlehnte. Auch der Anwalt beugte sich ein Stück nach vorn und sah sie mit weit geöffneten Augen an.

»Ich kann das Haus nicht verkaufen«, sagte sie. »Es geht nicht.«

»Mein gutes Fräulein König.« Knesebeck holte so tief Luft, dass sein Brustkorb seinen Rock zu sprengen drohte. »Es ist gewiss nicht leicht, sich von seinem Vaterhaus zu trennen, aber nun fahren Sie doch in Kürze wieder nach Amerika, was wollen Sie sich denn hier in Deutschland mit einer solchen Liegenschaft belasten …«

Seine Worte rauschten weiter, ohne dass sie ihren Sinn aufnahm. »Was ist los, Magdalena?«, hörte sie Catharine verständnislos fragen. Aus dem Augenwinkel sah sie, wie sich ihre Tante erhob und zu ihr herüberkam. Sie fasste sie am Ärmel und führte sie aus dem Raum wie ein kleines Mädchen, das zurechtgewiesen werden sollte. »Nur einen Augenblick«, warf sie den Herren im Hinausgehen zu.

In der Küche schob sie sie auf einen Stuhl. »Bitte, erklär mir, was das soll«, sagte sie streng. »Ich kann diesen Knesebeck weiß Gott nicht leiden, aber er ist nun einmal der einzige Interessent und bietet gutes Geld. Wir müssen die Gelegenheit beim Schopfe greifen, was sollen wir mit dem Haus, wenn wir drüben sind.«

»Ich gehe nicht zurück«, sagte Magdalena leise. »Jedenfalls nicht jetzt.«

Catharine ließ sich auf einen anderen Küchenstuhl fallen und stöhnte so laut, dass die Männer es im Nachbarzimmer hören mussten. »Magdalena«, sagte sie mühsam. »Du bist mit Ernest verlobt, wenn ich dich daran erinnern darf. Hast du dich gegen ihn entschieden, ist es das?« Dann hob sie den Kopf und riss die Augen auf. »Dieser Hoffmann! Er ist schuld an dem ganzen Schlamassel, hab ich Recht?«

Magdalena antwortete nicht, sondern starrte auf den Steinboden, auf dem graue, schwarze und weiße Sprenkel zu tanzen schienen. Als Kind hatte sie oft in genau derselben Haltung hier gesessen, während Tante Johanne kochte oder ihr vorlas oder sie ausschalt wegen irgendeiner Unachtsamkeit. Tante Johanne. Wie sehr sie sie vermisste.

Als sie einatmete, klang es wie ein Schluchzen. »Es ist wahr«, sagte sie dann leise, »ich liebe ihn.« So klar. So einfach. So überzeugend.

Catharine nickte, dann stand sie auf und ging zurück ins Wohnzimmer.

»Meine Herren«, sagte sie so laut, dass auch Magdalena es hören konnte. »Es tut mir Leid, aber unser Geschäft kommt leider nicht zustande. Meine Schwester ist nicht zu überzeugen.« Seltsamerweise klang ihre Stimme, als ob sie dabei lächelte.

7

Sie hatte vorgehabt, Tante Johannes ehemaliges Zimmer zu einem Fotoatelier umzubauen. Sie wollte die Fenster zu einer durchgehenden Front vergrößern und das Dach verglasen lassen. Im kleinen Studierzimmer nebenan sollte die Dunkelkammer eingerichtet werden. Aber Hoffmann hatte sie davon abgebracht. »Sie können hier arbeiten«, bot er ihr an, als er von ihrem Vorhaben hörte. »Alles ist vorhanden, und wenn Sie meine Gegenwart nicht stört, wäre es eine praktische Sache.«

Sie sah sich zögernd um. »Wie viel Miete würden Sie verlangen?«, fragte sie dann.

Er lachte. »Wir lassen es in Ruhe angehen. Wenn Sie die erste Kundschaft fotografieren, können wir über eine angemessene Beteiligung reden. Zunächst müssen Sie erst einmal herausfinden, ob Sie sich überhaupt längerfristig mit dem Fotografieren beschäftigen wollen. Vielleicht sind Sie die Sache nach ein, zwei Wochen über?«

Sie schüttelte den Kopf und lächelte. »Wenn Sie das von mir denken, dann kennen Sie mich aber schlecht.«

»Da mögen Sie Recht haben«, meinte er nur.

Ansonsten ging ihre Beziehung nicht vorwärts und nicht zurück, sie blieb einfach auf der Stelle stehen. Sie verbrachten fast den ganzen Tag zusammen, sprachen über die persönlichsten Dinge, aber sie berührten sich niemals, nicht einmal aus Versehen.

Magdalena war enttäuscht darüber, aber sie bereute nichts. Gleich nachdem sie sich entschlossen hatte, hier zu bleiben, hatte sie an Ernest geschrieben und die Verlobung aufgelöst. Es gab keinen Grund, darum herum zu reden. Auch wenn sie nach

New York zurückkehren würde, würde sie ihn niemals heiraten. Sie liebte einen anderen. Heinrich Hoffmann. Sie spürte es, wenn er mit ihr sprach, wenn er an ihr vorüberging, wenn sie nur seinen Namen hörte.

Sie wusste nicht, ob auch er etwas für sie empfand. Manchmal schien der Blick, mit dem er sie ansah, fasziniert, fast zärtlich, manchmal war er ganz und gar gleichgültig.

Er hatte nur wenige Freunde, denn er war erst vor einigen Jahren aus Ratingen hierher gezogen – der neu gegründete ADAV hatte ihn hierher gebracht. Er kannte die Männer aus dem Arbeiterverein und ihre Frauen. Wie Felix Winter war er ein regelmäßiger Kirchgänger, aber die Gemeindemitglieder, die von seinem Engagement für die Arbeitersache wussten, blieben auf Distanz.

Sein bester, sein vertrautester Freund war Konrad Trier, der Organist von St. Suitbertus. Der rotbackige, etwas bieder wirkende Mann war ein begeisterter Amateurfotograf und benutzte häufig auch Hoffmanns Atelier. Die Freunde trafen sich öfters am Wochenende zum Fotografieren, Wandern oder zum Rudern auf dem Rhein. Manchmal luden sie Magdalena ein, sie zu begleiten, dann war meist auch Triers Schwester Elisabeth dabei.

»Wie haben Sie beide sich eigentlich kennen gelernt?«, erkundigte sich Magdalena einmal, als sie nach einem Spaziergang im Ratinger Wald in einem Ausflugslokal saßen und auf ihr Essen warteten. Die beiden Männer sahen sich an und lachten. »Wir sind uns beim Wandern begegnet«, erklärte Hoffmann dann. »Und haben festgestellt, dass uns einiges verbindet. Und dass es sich zu zweit besser fotografieren und marschieren lässt als allein.«

Elisabeth, die einen hübschen runden Körper und hellblaue Augen hatte, beugte sich über den Tisch zu ihm herüber. »Und zu viert geht es gleich noch mal so gut, nicht wahr?«, fragte sie lächelnd und zeigte dabei eine kleine Spalte zwischen ihren schneeweißen Schneidezähnen. Hoffmann zog an seiner Zigarette und lächelte zurück, und Magdalena schaute rasch zur Seite. Sie fühlte einen kleinen Stich in ihrer Brust.

Als Hoffmann auf dem Heimweg neben Elisabeth und Trier wanderte, beschloss Magdalena, dass dies der letzte Sonntagsausflug war, den sie in dieser Gesellschaft unternommen hatte.

Mitte Oktober gaben die Franzosen Paris verloren. Der Kriegsminister floh auf spektakuläre Weise in einem Freiluftballon aus der belagerten Stadt, man erklärte Tours zur provisorischen Hauptstadt. Der Krieg bewegte sich immer weiter nach Westen und Süden, weg von Deutschland, wo nur noch die regelmäßig eintreffenden Verletzten und Gefallenen an das ferne Schlachten und Morden erinnerten. Das Lazarett auf dem Johannisberg, ursprünglich als Übergangslösung für wenige Wochen gedacht, wurde nun doch nicht aufgegeben, stattdessen begann man in Erwartung des Winters die Fenster abzudichten und die Wände zu verstärken.

Magdalena ging oft hin, mit der Kamera oder dem Skizzenblock, ohne zu wissen, was sie dazu bewegte. Vielleicht war es das Gefühl, dass sie es den Verwundeten schuldig war. Einer musste es tun, die Verletzungen dokumentieren, die Schmerzen aufzeichnen, das Leiden festhalten.

Häufig traf sie Karoline Fliedner im Lazarett oder eine ihrer Töchter. Auch Disselhoff saß manchmal an einer der Pritschen. Er betete mit den Männern oder für sie, wenn sie zu erschöpft waren, auch nur die Augen zu öffnen. Dabei hielt er sich immer kerzengerade, niemals beugte er sich zu den Männern herab. Wenn einer zu unruhig wurde oder gar schrie, holte er schnell eine Schwester. Magdalena selbst beachtete er kaum, obwohl sie sich von früher kannten. Wenn sich ihre Blicke begegneten, murmelte er einen Gruß und ging rasch weiter.

Karoline Fliedner fragte sie nie nach ihren Aufnahmen, obwohl sie Hoffmann gegenüber so misstrauisch gewesen war.

Entweder sie vertraut mir, oder sie hält mich für zu unbedarft, die Wirkung der Fotografien zu manipulieren, dachte Magdalena.

Keine der Fliedner-Frauen erkundigte sich auch je nach ihren Gründen, warum sie nicht wieder nach New York zurückgefahren war. Karoline nickte nur kurz und lächelte, als Magdalena ihr Anfang November erzählte, dass ihre Tante wohlbehalten und gut in Manhattan angekommen sei.

Mit jedem Tag, der verging, verliebte sie sich mehr in Hoffmann. In Heinrich, wie sie ihn im Stillen längst nannte. Je gleichgültiger er schien, desto mehr verlor sie sich in ihn, auch wenn sie mit aller Macht dagegen ankämpfte. Sie beobachtete ihn ganz genau, wie er ging, wie er lachte, wie er aß, versuchte negative Eigenschaften an ihm zu entdecken. Er setzte die Füße nach außen und watschelte wie eine Ente, stellte sie fest. Wenn er sich unbeobachtet fühlte, sang er leise, aber es klang wie ein Brummen, hässlich und unmelodisch. Manchmal pfiff er auch, es ging ihr durch Mark und Bein, weil er keine Melodie halten konnte. Er zerteilte seinen Fisch mit dem Messer. Und er schien gänzlich unsportlich, schon schnelles Gehen brachte ihn außer Atem.

Es nützte nichts. Sie liebte ihn nur noch mehr.

Elisabeth Trier kam immer öfter im Atelier vorbei. Sie schien es genau zu spüren, wann Magdalena beschäftigt war, wann sie in der Dunkelkammer Bilder entwickelte, Platten beschichtete oder Kopien aufzog. Immer dann erschien sie, und Magdalena hörte ihr glucksendes, mädchenhaftes Lachen und Heinrichs Stimme, die ihr antwortete. Sie konnte nicht verstehen, was sie redeten, sie spürte nur, wie entspannt sie miteinander waren. Einmal legte sie ihr Gesicht an die Wand, die die Dunkelkammer und das Atelier verband, und lauschte. Wie zärtlich seine Stimme klang, dachte sie. Sie schloss die Augen, obwohl die Finsternis in der Kammer vollkommen war, und stellte sich vor, dass er zu ihr spräche. Dann hob sie die Hand und legte sie an ihre Wange, sanft und behutsam, als wäre es nicht ihre, sondern seine.

Im November bekamen sie einen Großauftrag in Essen. »Wir sollen in den Krupp-Werken fotografieren«, erklärte Hoffmann.

»Was verschafft uns die Ehre?«, fragte Magdalena erstaunt.

»Offensichtlich wissen die Herren Auftraggeber nichts von Ihrer Tätigkeit für den ADAV.«

»Mit Sicherheit nicht. Das wäre ja, als ließe ein Bauer einen Wolf auf seine Schafweide.«

Als sie in Essen am Werkstor aus dem Zug stiegen, stieß Magdalena hörbar die Luft durch die Nase aus. »Ich wusste, dass das Werk groß ist, aber das hier habe ich nicht erwartet.«

Es war eine eigene Stadt, die sich vor ihnen ausbreitete. Langgezogene Produktionshallen mit halbrunden schwarzen Dächern neben hohen Ziegelgebäuden, dazwischen weite Brachen, auf denen Rohre und Maschinen lagerten, das Ganze durchzogen von einem pulsierenden Aderngeflecht aus Schienen und Wegen. Die geduckten Gebäude in ihrer ziegelrotbraunen Einförmigkeit erinnerten Magdalena an eine mittelalterliche Festung. Eine Festung im Krieg, dachte sie, denn unzählige Schornsteine streckten sich von den Gebäudedächern und zwischen den Hallen in den Himmel wie Kanonenrohre, hoch und niedrig, breit und schmal. Aus den Öffnungen quoll weißer Rauch, der unaufhörlich nach oben drängte, um sich am grauen Himmel auszubreiten und langsam aufzulösen.

Der Pförtner am Eingangstor brachte sie in eines der hohen Ziegelgebäude. Hoffmann trug die Chemikalien, das Dunkelkammerzelt und das Stativ auf dem Rücken, Magdalena schleppte die Kamera und die Tasche mit den unbeschichteten Platten.

»Lassen Sie uns gleich zur Sache kommen«, sagte der Prokurist, Herr Rothermund, nachdem er die beiden begrüßt hatte. »Wir brauchen die Fotografien für das in Kürze anstehende Firmenjubiläum, es sollen sämtliche Bereiche unserer Tätigkeit abgebildet werden. Ich werde mit Ihnen einen kleinen Rundgang durch sämtliche Abteilungen machen, dann haben Sie einen Überblick und können selbst die besten Ansichten auswählen. Lassen Sie Ihre Ausrüstung ruhig einstweilen hier stehen.« Sein leiser Ton gab seinen Worten etwas Verschwörerisches.

Aus der konzentrierten Ruhe des Verwaltungsgebäudes traten sie ins Chaos der Stahlproduktion. Eine trockene Hitze, vermischt mit hämmerndem Lärm, schlug ihnen entgegen, als sie die Werkhalle betraten, die Luft schien förmlich zu vibrieren. Magdalena, die eben noch gefroren hatte, merkte, wie ihr der Schweiß ausbrach.

Im Halbdunkel der Halle hingen turmhohe, schlotähnliche Vorrichtungen von der Decke, die unten in ovalen Öffnungen mündeten, in denen man flüssiges Eisen brodeln sah. Aus der glühenden Metallmasse streckten sich Rohre nach draußen, rund und dick wie die Zungen monströser Tiere. Gusseiserne Behälter ratterten auf Förderbändern vorbei und verschwanden hinter einem der Schlote ins schwarze Nichts einer Wandöffnung.

Neben den immensen Apparaten wirkten die wenigen Menschen in der Halle winzig und irrelevant. Sie liefen zwischen den Maschinen auf und ab, entnahmen Metallproben und beugten sich über Hebel und Förderbänder. Obwohl sie beschäftigt waren, sahen sie merkwürdig untätig aus. Als könnten die Maschinen die Arbeit auch ohne sie tun, schneller sogar und effizienter.

»Das Bessemer Verfahren«, schrie Rothermund neben Magdalena, seine Stimme klang hell und kraftlos, sie musste ihr eines

Ohr ganz nah an sein Gesicht bringen, um ihn überhaupt verstehen zu können. »In den Konvertern wird Luft durch das flüssige Eisen geführt, um den im Metall enthaltenen Kohlenstoff zu verbrennen. Alfred Krupp hat das Verfahren 1861 aus England importiert.«

Sie nickte, obwohl sie keine Ahnung hatte, wovon er sprach. Hoffmann schien seinen eigenen Gedanken zu folgen. Während er sich eine Zigarette anzündete, glitten seine Augen durch die Werkhalle auf der Suche nach Bildern.

Rothermund führte sie von Halle zu Halle, eine größer, heißer und lauter als die andere. »Mit der Produktion von nahtlosen Eisenbahnradreifen hatten wir 1852 unseren Durchbruch«, erklärte er, während sie durch eine endlos scheinende Lagerhalle gingen. Er wies so stolz auf das Firmenlogo aus drei übereinander gelagerten Kreisen, das über dem Ausgang prangte, als habe er selbst das bahnbrechende Verfahren erfunden und das Unternehmen damit auf Erfolgskurs gebracht. »Nun, das aber ist Vergangenheit. Heute liegt unser Hauptverdienst auf einem anderen Gebiet. Wir produzieren Kanonen für unser preußisches Vaterland.«

»Hurra«, knurrte Hoffmann, aber als sich Rothermunds Augen auf ihn hefteten, wachsam und misstrauisch, beruhigte er ihn mit einem warmen Lächeln.

»Wie viele Arbeiter werden hier beschäftigt?«, fragte Magdalena.

»Mehr als neuntausend. Und es werden täglich mehr. Denn Krupp zahlt bessere Löhne und bietet mehr Sicherheit. Wir bauen sogar Werkswohnungen für unsere Arbeiter, das ist einzigartig.«

Als sie die Lagerhalle verließen, brach die graue Wolkendecke auf, und die Sonne kam zum Vorschein. Sie legte einen schmalen, hell glitzernden Heiligenschein auf die Dachfirste aller Gebäude und verwandelte den aufsteigenden Rauch in Wolken weißen Lichts.

»Krupp steht zu seinen Leuten. Und die Kruppianer stehen zu Krupp«, fuhr Rothermund fort, wobei er stehen blieb und die Arme leicht anhob, die Handflächen nach oben gewandt wie ein Prediger. »Das zahlt sich aus für beide Seiten.«

»Keine Streiks in Ihrem Unternehmen?«, erkundigte sich Hoffmann.

»Keine Streiks«, versicherte Rothermund stolz. »Heute nicht und nie zuvor.«

»Und auch keine sozialdemokratischen Umtriebe?«, fragte Hoffmann weiter.

»In keiner Weise. Wir sind unseren Männern treu und erwarten das Gleiche auch von ihnen. Man erwärmt keine Schlange an seiner Brust, und wer nicht von Herzen ergeben mit uns geht, wer unseren Ordnungen widerstrebt, kann nicht im Kreise unserer Arbeiter bleiben.«

Hoffmann nickte. Rothermund strich sich über den schmalen, blonden Schnurrbart und ging weiter. Wenn du wüsstest, wen du dir hier eingeladen hast, dachte Magdalena. Die Schlange, die du so fürchtest. Den Wolf im Schafspelz.

Als sie später ihre Aufnahmen machten, ließ Rothermund sie allein. Sie fotografierten die Schmelzöfen, die Stahlpressen, die Fräsen und die Förderbänder. Gießpfannen, die an mächtigen Ketten von der Decke hingen, und Kanäle, in denen rot glühender Stahl dickflüssig vorantrieb.

Und sie fotografierten die Menschen an den Maschinen. Die nass geschwitzten, verhärmten Gesichter unter den schwarzen Mützen. Die stumpfen Augen, rot gerändert von Hitze und Müdigkeit. Die schwieligen Hände mit den unzähligen kleinen und großen Verletzungen und Verbrennungen. Sie fotografierten junge Männer, die Steinkohle in die Konverter hievten, mit Schaufeln, die fast größer waren als sie selbst. Die Frauen und Kinder an den Förderbändern, deren Tätigkeit sich auf drei, vier

Handgriffe beschränkte, zwölf Stunden am Tag, sechs Tage in der Woche, 52 Wochen im Jahr. Einen Stapel Handschuhe in einer Ecke, durchlöchert und entsorgt wie abgehackte Hände.

Während sie das Stativ aufbaute und die Kamera darauf festschraubte, bemerkte Magdalena, wie sich Heinrich mit den Arbeitern unterhielt. Dann kritzelte er etwas in sein kleines schwarzes Notizbuch. »Was schreiben Sie sich auf?«, fragte sie neugierig.

Er klappte das Buch zu, als habe er Angst, dass sie ihm über die Schulter schauen könnte. »Ein paar Informationen«, meinte er ausweichend. Dann trat er an sie heran, ganz dicht, sodass ihr Herz von einer Sekunde auf die andere zu rasen begann. Langsam hob er seine Hand, als wolle er sie liebkosen, aber er berührte nicht ihr Gesicht, sondern zupfte nur etwas aus ihrem Haar. Einen länglichen Metallspan, schwungvoll gebogen von einer Fräse, der sich in einer der Hallen in ihren Locken verfangen hatte.

»Wann können Sie die Bilder liefern?«, fragte Rothermund, als sie sich abends von ihm verabschiedeten.

»Ende der Woche sind die Kopien fertig.«

»Das ist vorzüglich. Denn wir brauchen die Aufnahmen zügig. Bringen Sie sie hierher, auf dass Herr Krupp die entsprechenden Bilder auswählen kann.«

Heinrich summte immer dieselbe Melodie vor sich hin, während er die Bilder aus den Krupp-Werken vergrößerte. Es klang wie ein Kirchenlied, aber keines, an das sich Magdalena erinnerte.

Als sie ihn danach fragte, war er verwundert, dass sie es nicht kannte. »Es ist das Bundeslied«, erklärte er. »Herwegh hat es für Lassalle geschrieben, anlässlich der Gründung des ADAV.«

Er sang ihr daraus vor mit seiner unsicheren, unmelodischen Stimme, die so gar nicht zu den kämpferischen Worten passte.

»Mann der Arbeit aufgewacht. Und erkenne deine Macht. Alle Räder stehen still, wenn dein starker Arm es will!«

Dann teilte er die fertigen Fotografien in zwei Stapel auf. Einen, den er zu Krupp bringen wollte, und einen anderen. »Wofür sind diese Bilder?«, fragte Magdalena.

»Ich weiß es noch nicht«, sagte er, während er sich eine Zigarette anzündete. Sie spürte, dass er ihr wieder auswich. Was immer er vorhatte, er vertraute ihr nicht. Er ließ sie nur bis zu einem gewissen Abstand an sich heran, dann zog er sich in sich zurück.

Mach doch, was du willst, dachte sie zornig. Als sie das Atelier verließ, zog sie die Tür mit mehr Nachdruck als nötig hinter sich zu. Unten am Ausgang traf sie Elisabeth Trier, sie trug einen weiten blauen Mantel mit weißem Pelzbesatz am Kragen und sah darin aus wie ein niedliches kleines Mädchen.

»Gehen Sie schon nach Hause?«, erkundigte sie sich, und ihr hübsches Gesicht verzog sich zu einem Ausdruck der Betroffenheit, als täte es ihr Leid, dass sie nun mit Hoffmann allein sein müsste.

»Nun lassen Sie doch um Himmels willen dieses Theater!«, zischte Magdalena sie an und riss gleichzeitig die Haustür auf. Ein eisiger Windstoß fegte in den Flur, und Magdalena drängte sich an Elisabeth vorbei hinaus in die kalte Luft des Winterabends.

»Ich habe darüber nachgedacht, einige der Aufnahmen aus den Krupp-Werken als Flugblätter reproduzieren zu lassen«, erklärte Hoffmann, als Magdalena am nächsten Morgen wieder im Atelier erschien. Er hatte Kaffee gekocht, aber Magdalena hatte abgelehnt, als er ihr davon angeboten hatte. Sie hatte ihre Wut vom Vortag noch nicht überwunden. Auch jetzt überlegte sie einen Moment lang, ob sie ihn einfach ignorieren sollte. Aber dann siegte die Neugierde über ihren Stolz.

Sie ging hinüber zu dem Tisch an der Wand, auf dem immer noch die beiden Bilderstapel lagen, hier der offizielle Teil, dort der subversive, sie breitete die einzelnen Fotografien vor sich aus, um sie ausführlich zu betrachten. Auch ohne zusätzlichen Kommentar war die Botschaft unmissverständlich. Der leere Blick, die verhärmten, verschwitzten Gesichter, die gebeugte Haltung sprachen eine eigene Sprache und widerlegten Krupps Selbstdarstellung als verantwortungsvoller, mitfühlender, fürsorgender Arbeitgeber. Statt aufrechter Kruppianer zeigten die Aufnahmen geknechtete Kreaturen, gefangen in der Tretmühle eines gnadenlosen Magnaten.

Die Veröffentlichung dieser Fotografien wäre eine Kampfansage. In den letzten Monaten waren vielerorts im Ruhrgebiet Streiks ausgebrochen, besonders die Zechen waren davon betroffen. Bei Krupp war bisher alles ruhig geblieben, aber es war eine trügerische Ruhe, denn trotz der geringfügig besseren Arbeitsbedingungen waren die Stahlarbeiter genauso unzufrieden mit ihrer Situation wie die Bergleute. Doch Krupp reagierte gnadenlos auf revolutionäre Umtriebe. Auf jeglichen Protest folgte die sofortige Entlassung. »Dürfen Sie diese Auftragsbilder überhaupt anderweitig verwerten?«, fragte sie endlich.

»Ich habe Rothermund keineswegs versprochen, dass ich ihm alle Bilder verkaufen werde, die im Werk entstanden sind«, meinte Heinrich, während er sich selbst eine Tasse Kaffee einschenkte. »Für die Arbeiterporträts hätte er auch gewiss keine Verwendung. Also kann ich damit tun und lassen, was mir beliebt.«

»Aber Sie glauben doch selbst nicht, dass die Herren das einfach so akzeptieren werden«, erwiderte Magdalena.

Der heiße Kaffee dampfte in der kalten Luft, es sah aus, als ob er atmete. Heinrich lachte. »Natürlich nicht. Wenn diese Bilder erscheinen, dann war dies der letzte Auftrag, den ich für irgendeinen Unternehmer in der Region ausgeführt habe. Rein rechtlich gesehen, bin ich nicht zu belangen, aber Krupp wird dafür sorgen, dass mein Ruf als Fotograf ein für alle Mal ruiniert ist.«

»Und das ist Ihnen gleichgültig?«

»Das kann mir gleichgültig sein, weil es mich nicht mehr betreffen wird, was man hier von mir hält und denkt«, antwortete er. Dabei trat er ans Fenster und blickte hinunter auf den Wall, auf dem die Linden ihre kahlen Äste fröstelnd in den grauen Himmel streckten.

Mit einem Mal wurden ihr die Knie weich, weshalb sie sich auf den Stuhl setzte, der seit der letzten Porträtaufnahme immer noch vor der weißen Leinwand stand. Sie saß ganz aufrecht, als wartete sie darauf, dass er sich zu ihr umdrehte, um sie zu fotografieren, aber er kehrte ihr weiterhin den Rücken zu.

»Ich habe mich entschlossen, nach Leipzig zu gehen«, sagte er endlich. »Diese neue Partei, ich möchte aktives Mitglied sein, es erscheint mir das einzig Wahre. Ich habe Herrn Bebel auch schon deswegen kontaktiert …«

Er brach ab und zog unbehaglich die Schultern zusammen, als sei ihm plötzlich kalt. Sie spürte die harte Stuhllehne in ihrem Rücken und schwieg.

»Ich werde dafür sorgen, dass durch die Veröffentlichung der Fotografien kein Makel auf Sie fällt«, sagte er schließlich zu der Fensterscheibe. »Dann können Sie Ihre Arbeit hier im Atelier fortsetzen. Sie haben in den letzten Wochen vieles von mir gelernt, und Konrad Trier wird Ihnen in allen Fragen gerne weiterhelfen, was die Technik betrifft, er ist mindestens so versiert wie ich.« Endlich wandte er sich um, aber er sah sie nicht an, sondern ging zum Tisch und stellte seine Tasse zwischen die Fotografien ab. »Ich würde Ihnen einen Großteil der Ausrüstung lassen und auch keine Miete verlangen, nur die Kamera und das Dunkelzelt benötige ich.«

Sie sah in den farblosen Winterhimmel hinter dem Fenster und nickte. Wahrscheinlich war das Ganze schon lange geplant gewesen. Er hatte nur noch jemanden für das Atelier gesucht, und da kam sie ihm gerade recht, sie würde hier auf seine Ausrüstung aufpassen, bis er sich in Sachsen ein neues Leben aufgebaut hatte. Ob Elisabeth ihn begleiten würde? Sie wollte nicht darüber nachdenken.

Er wies sie ab. Er stieß sie von sich. Er wollte sie nicht. Irgendwo in ihrer Magengegend fühlte sie ein Brodeln, heiß und rot und wütend. Seinetwegen war sie nicht nach Amerika zurückgefahren, seinetwegen hatte sie alles aufgegeben. Es war wie im Märchen von der kleinen Seejungfrau, das ihr Tante Johanne immer vorgelesen hatte: Die Seejungfrau gab ihr langes Leben dahin für den dummen Prinzen, und dann verschmähte er sie wegen einer anderen, und sie wurde zu einem seelenlosen Luftgeist. Wenn Heinrich nicht gewesen wäre, wäre sie jetzt längst verheiratet.

Ein grässlicher Gedanke.

Nein, es war Unsinn, sie war keine tragische Märchenfigur. Und sie würde ihm nicht zeigen, wie sehr sie seine Gleichgültigkeit verletzte. Magdalena sammelte all ihre Kraft und konzentrierte sie auf den wütenden Schmerz in ihrem Leib. Sie wartete so lange, bis er in sich zusammenfiel, dann dirigierte sie die Augen vom Fenster weg auf Heinrich. »Ihr Angebot würde ich zu gerne annehmen, zumindest am Anfang, bis sich meine Position als Fotografin einigermaßen stabilisiert hat.« Zu ihrer Verwunderung stellte sie fest, dass ihre Stimme stark und sicher klang, als wäre sie ganz ruhig.

Er angelte eine Zigarette aus seiner Hemdentasche und zündete sie an. »Ich bin sicher, dass sie erfolgreich sein werden. Sie sind durchaus talentiert.«

»Das wird sich zeigen. Wann gedenken Sie abzureisen?«

»So bald wie möglich.«

Hoffmann klemmte die Zigarette zwischen die Lippen.

»Ich brauche eine eigene Kamera. Vielleicht können Sie mich bei der Auswahl beraten …«

»Selbstverständlich«, sagte er rasch.

Wieder begegneten sich ihre Blicke. Sie sah die kleine Narbe neben seinem rechten Auge, deren Ursprung sie immer noch nicht kannte, und spürte eine Leere in ihrer Brust, die sich immer weiter ausdehnte.

Ich liebe dich, dachte sie. Ich liebe dich so sehr.

8

Magdalena bezahlte ihre erste eigene Kamera mit dem Geld, das sie von Johanne geerbt hatte. Sie hatte sich für eine zusammenlegbare Balkenkamera entschieden, ein moderneres Modell als jenes von Hoffmann. Hätte ich nur ein wenig früher mit dem Fotografieren begonnen, dachte sie, während ihre Fingerspitzen über den goldbraunen Holzkasten mit dem glänzenden Messingrohr glitten. Dann hätte ich nun ein Bild von Tante Johanne.

Aber vielleicht war es auch gut, dass sie sie nicht mehr fotografiert hatte in diesen letzten Tagen. Sie wollte sie nicht krank und schwach und ausgezehrt in der Erinnerung bewahren, sondern so, wie sie früher war. Groß und kraftvoll.

Vier Monate war sie nun schon tot.

Aber immer noch hing ihr Duft in den Räumen in der Kuhstraße, und manchmal, wenn es draußen dunkel war und drinnen ganz still, dann meinte Magdalena sogar einen leisen Nachklang ihrer Stimme zu hören, als hätten die Wände sie in all den Jahren in sich aufgesogen und gäben sie nun wie ein verspätetes Echo wieder.

Die Flugblätter mit den Arbeiterfotos lösten tatsächlich einen Eklat aus. Viele der Bilder wurden von den Zeitungen der revolutionären Vereinigungen nachgedruckt. Selbst die Essener Volkszeitung, die der gemäßigten Partei des Katholischen Zentrums gehörte, legte einer Ausgabe ein paar Aufnahmen bei. Rothermund hatte getobt und einen Brief geschrieben, in dem er die bereits geleistete Bezahlung für die abgelieferten Bilder zurückforderte. Hoffmann hatte den Brief zerrissen und zurückgeschrieben, dass er sein Atelier und seinen Wohnsitz aufgebe. Darauf hatten sie nichts mehr von Krupp gehört.

»Ich befürchte, sie haben ihn zum Sündenbock gemacht für die Angelegenheit«, meinte Hoffmann.

»Sie meinen, man hat ihn entlassen?«, fragte Magdalena erschrocken und dachte an die Begeisterung, mit der Rothermund von seinem Arbeitgeber gesprochen hatte.

»Einer muss bluten, und da ich nicht zu greifen war, musste eben er daran glauben.«

Nach und nach übertrug er Magdalena die Verantwortung für das Atelier, aber es gab noch so vieles, was sie nicht wusste. Nachts lag sie oft lange wach und grübelte darüber nach, ob sie es schaffen würde, das Atelier ohne ihn zu führen. Sie schauderte, wenn sie an die Einsamkeit dachte, die sie erwartete. Ihr ganzes Leben hatte sie mit anderen geteilt, erst mit Johanne, dann mit Catharine und Esther. Jetzt wohnte sie allein in dem kleinen Haus, und wenn Heinrich abgereist war, war sie auch tagsüber allein im Atelier. Du weißt ja, dass du uns in New York jederzeit willkommen bist, hatte Catharine ihr beim Abschied gesagt. Zumindest war das ein Ausweg, wenn alles andere fehlschlug.

Das waren ihre Nachtgedanken, aber wenn es endlich hell wurde, sah sie wieder nach vorn. Sie fragte Walter Trier, der in letzter Zeit immer öfter im Atelier vorbeikam, ob er sie mit seinen Kenntnissen und seinem Rat unterstützen wollte. Er nickte, freudig überrascht. »Aber selbstverständlich können Sie auf mich zählen.«

Elisabeth ließ sich dagegen kaum noch blicken. Vielleicht hatte Magdalena sie mit ihrem unschönen Auftritt damals im Treppenhaus abgeschreckt, vielleicht steckte sie tatsächlich in den Vorbereitungen für ihr neues Leben in Leipzig. Magdalena verdrängte den Gedanken an sie, wann immer er auftauchte. Die alte Vertrautheit, die stillschweigende Harmonie zwischen ihr und Hoffmann stellte sich wieder ein, jetzt, wo die andere nicht mehr zwischen ihnen stand. Sie genoss jeden Augenblick mit ihm, als wäre es der letzte. Mitte Dezember verschob er die Abreise nach Leipzig noch einmal um zwei Wochen, bis ins neue Jahr. Er nannte ihr keinen Grund dafür, und sie fragte ihn auch nicht danach.

Eine Woche vor Weihnachten traf Magdalena Walter Hamelius auf dem Kaiserswerther Marktplatz. »Magdalena!«, rief er so laut, dass eine vornehme Bürgersfrau neben ihm fast ihren Korb fallen ließ. »Ich dachte, ihr seid längst wieder in New York!«

Als er hörte, dass Catharine ohne sie zurückgefahren war, zogen sich seine Brauen missbilligend zusammen. »Und in all den Monaten, die du hier bist, hast du uns nicht einmal besucht? Das ist wirklich ein starkes Stück.«

Sie erklärte ihm rasch, dass sie ein Fotoatelier auf dem Barbarossawall übernehmen wollte, aber er schnitt ihr das Wort ab. »Papperlapapp, das alles kannst du berichten, wenn du bei uns bist. Wann also kommst du?«

Sie zögerte, weil sie keinen der letzten Tage, die ihr noch mit Heinrich blieben, für einen Besuch in Wittlaer opfern wollte. Wenn er einmal abgereist war, hatte sie bestimmt genug Zeit, dann war sie vermutlich froh über die Zerstreuung. Aber Walter wurde sichtlich ärgerlich, als er hörte, dass sie noch bis zum Januar warten wollte.

»Am Weihnachtsfest wirst du doch wohl nicht arbeiten«, meinte er. »Warum feierst du es nicht mit uns? Meine Frau freut sich und die Kinder ebenfalls.«

Sie hatte schon mit einer gewissen Furcht an den Heiligen Abend gedacht, den sie nun zum ersten Mal in ihrem Leben allein verbringen musste. Hoffmann hatte sie gefragt, ob sie das Fest mit ihm und den Geschwistern Trier feiern wollte, aber sie hatte abgelehnt.

»Feiert ihr den Abend nicht im Familienkreis?«, fragte sie jetzt.

»Sicher«, nickte Walter. »Und du gehörst dazu. Schließlich ist mir Catharine wie eine Schwester. Es ist also abgemacht, ich hole dich am Heiligen Abend ab, und du verbringst das Christfest in Wittlaer.«

Der Tannenbaum reichte bis unter die Decke des hohen Zimmers. Er war über und über mit Äpfeln, vergoldeten Walnüssen, Engeln und kleinen Papiersoldaten geschmückt, die die Kinder aus Glanzpapier ausgeschnitten hatten. Von den Eltern war der Baum am Vorabend geschmückt worden, und erst jetzt, nach der Krippenfeier in der Kirche, war die Tür aufgeschlossen worden. Magdalena trat mit den Kindern in die Stube und blinzelte nun wie sie, geblendet von den vielen Kerzen.

Sie war froh, dass sie den Gottesdienst in St. Remigius hinter sich hatte. Es waren unzählige Kinder dort gewesen, die sich dicht an dicht in den Gängen der dunklen Kirche zusammengedrängt hatten, die Mädchen in weißen Kleidern, die Jungen schwarz. Irgendwann waren sie alle aufgestanden und hatten sich in einer Prozession nach vorne bewegt, plötzlich hatten sie alle Kerzen in den Händen, die sie vorne an der Krippe anzündeten. Sie sangen Lieder, die Magdalena nicht kannte, sprachen Gebete, die sie nie gehört hatte. Jeder schien genau zu wissen, was von ihm erwartet wurde. Die Kleinen wie die Großen bildeten einen einzigen verschworenen Organismus, der sich erhob, niederkniete, umherging und stehen blieb nach einem geheimen Rhythmus. Alles gehörte zusammen, nur sie war ein Fremdkörper.

Nie, dachte sie, auch nicht in der ersten Zeit in New York, in der ihr alles so rätselhaft erschienen war, hatte sie sich in einer Gemeinschaft so verloren gefühlt wie in dieser kleinen Dorfkirche, die doch nur eine Meile von ihrer Heimatstadt entfernt war. Ich hätte nicht herkommen sollen, dachte sie. Alleine wäre ich weniger einsam gewesen.

Hinter ihr betraten jetzt die Dienstboten den Raum, die Mägde und Knechte in ihren Festtagskleidern. Sie stellten sich in einem Halbkreis vor der Wand auf, mit gesenkten Köpfen, gefalteten Händen, demütigen Blicken.

Dann führte Rosa Tante Cornelia ins Zimmer, die nicht mit in der Kirche gewesen war. Während sie sie zu einem Lehnstuhl am Kamin brachte, hielt sie sie am Ellenbogen fest, als befürchtete sie, ihre Schwiegermutter könnte plötzlich die Flucht ergreifen.

Nellis weißes Haar funkelte golden im Kerzenschein, ihre Augen strahlten, und ihre immer noch so vollen Lippen lächelten glücklich, als sie den geschmückten Baum sah. Im Vergleich zu ihrer verhärmten Schwiegertochter wirkte sie fast jugendlich mit ihrem glatten, entspannten Gesicht, der aufrechten Haltung. Wie eine Königin nahm sie in ihrem Sessel Platz und nickte freundlich und voller Erwartung.

Walter schien es als Aufforderung zu verstehen, endlich mit der Zeremonie zu beginnen, er schlug die Bibel auf und begann zu lesen.

»Es begab sich aber zu der Zeit, dass ein Gebot von dem Kaiser Augustus ausging, dass alle Welt geschätzt würde …«

Beim Klang der vertrauten Worte glitten Magdalenas Gedanken weg in die undurchdringliche Dunkelheit vor dem Fenster, über Land und Meer bis nach New York.

Wie Catharine und Esther wohl heute den Heiligen Abend verbrachten? In den letzten Jahren hatten sie es sich zur Angewohnheit gemacht, die christlichen und jüdischen Feste gemeinsam zu begehen wie ein altes Ehepaar. Esther begleitete Catharine an Weihnachten, Ostern und Pfingsten in die lutherische Kirche, Catharine feierte mit Esther Purim, Pessach und das Laubhüttenfest in der Synagoge. Christen wie Juden betrachteten die ungewöhnliche Glaubensgemeinschaft mit Skepsis. »Sie müssen sich doch einmal entscheiden, was Sie für wirklich wahr erachten, und können nicht dem einen wie dem anderen Gott huldigen«, hatte die alte Frau Madsen, die eine Etage unter ihnen wohnte, den drei Frauen vorgeworfen, als sie ihnen einmal nach dem Gottesdienst vor der Kirche begegnet war.

»Aber wir haben uns entschieden. Wir glauben an den einen wahren Gott, der Himmel und Erde erschaffen hat«, erklärte Esther ruhig.

»Und an Jesus Christus, seinen eingeborenen Sohn, unseren Herrn, der uns erlösen wird am Ende der Zeiten?«, fragte Frau Madsen lauernd.

Esther musterte sie aus ihren warmen, runden Vogelaugen. »Wenn der Messias kommt, wird er sich uns zu erkennen geben.«

»Aber Sie müssen sich nun schon zu ihm bekennen, wenn Sie am Jüngsten Tage errettet werden wollen!«, rief Frau Madsen aufgeregt, wobei sie sich eher an Catharine und Magdalena wandte als an Esther, die sie offensichtlich ohnehin schon verloren gab. »Sie können doch nicht so tun, als gäbe es keinen Unterschied zwischen uns Christen und den Juden! Ich bin der Weg, die Wahrheit und das Leben, so spricht unser Herr Jesus. Und diejenigen, die an Ihn glauben, werden das ewige Leben haben, die Juden aber …«

»Unser Herr Jesus«, unterbrach sie Catharine mit fester Stimme, »war selbst Jude. Und soweit ich weiß, hat er dem Judentum zeit seines Lebens nie abgeschworen. Also muss er sich wohl selbst verdammen am Jüngsten Tag.«

»Es kam ein Engel hell und klar«, stimmte Walter jetzt mit lauter Bassstimme an, und alle fielen ein, auch Tante Cornelia. Ihre Stimme klang fest und sicher, sie kannte den Text von der ersten bis zur letzten Strophe. Vielleicht ist sie doch nicht so verwirrt, wie es beim letzten Mal den Anschein hatte, dachte Magdalena, die nach dem ersten Vers bereits aufgegeben hatte.

Die Kinder warfen immer sehnsüchtigere Blicke auf die Geschenke unter dem Baum, aber vor der Bescherung musste der fünfjährige Johann erst noch ein Gedicht aufsagen, Cornelia und Ruprecht spielten ein Stück auf der Flöte, dann sang man »O Kind, o wahrer Gottessohn« und »Mit süßem Jubelschall«.

Während die Kinder ihre Gaben öffneten, schenkte Rosa den Erwachsenen süßen Perlwein ein. Nach und nach traten die Knechte und Mägde vor und nahmen jeweils ein Glas und ein kleines Päckchen in Empfang. Man prostete sich zu und wünschte sich eine frohe Weihnacht. Die Luft wurde immer stickiger und heißer von den vielen Kerzen, und Magdalena sehnte sich irgendwo anders hin, weit, weit weg.

Nachdem die Kerzen heruntergebrannt waren, machte man sich für die Christmette fertig. »Wer bleibt bei Mutter?«, hörte Magdalena Rosa fragen. Sie sprach mit gedämpfter Stimme, aber Magdalena, die unmittelbar neben Tante Nelli stand, hatte den Eindruck, dass die alte Frau dennoch jedes Wort verstand. »Magda ist schon im letzten Jahr der Christmette ferngeblieben, nicht einmal zur Krippenfeier war sie, es ist nur recht und billig, wenn wir sie gehen lassen.«

»Schon«, stimmte ihr Walter zu. »Aber Mutter akzeptiert nun einmal nur Magda und keine andere.« Er seufzte. »So werde ich mich eben opfern und bei ihr sitzen.«

Magdalena schob sich zwischen einem bunt lackierten Schaukelpferd und einer Puppe mit Porzellankopf zu ihnen durch. »Ich bleibe hier bei Tante Nelli«, meinte sie. Keine Macht der Welt hätte sie in dieser Nacht noch einmal in die Dorfkirche gebracht.

In Walters Augen blitzte kurz so etwas wie Hoffnung auf, aber dann schüttelte er den Kopf. »Du bist unser Gast, Magdalena. Es kommt gar nicht infrage, dass du allein hier bleibst. Die Mette ist doch das Schönste am Weihnachtsfest.«

»Geht ihr ruhig ohne mich«, erklärte sie. »Ich bleibe zu Hause, glaubt mir, es gefällt mir besser so.«

Die beiden Eheleute wechselten einen ratlosen, fast befremdeten Blick. Dann hob Rosa die Arme und streckte die Handflächen in Schulterhöhe zur Zimmerdecke.

»Nun, du bist ja auch evangelisch«, sagte sie dann, als entschuldige dieser Umstand alles. »So wollen wir dein großzügiges Angebot annehmen, Walter ist gewiss nicht traurig darüber.«

Während sie sich unterhielten, war eine der Mägde zurück in den Raum gekommen. Ohne Walter und Rosa weiter zu beachten, ging sie hinüber zum Kamin, wo Tante Nelli saß. Sie trug eine Decke unter dem Arm, die sie behutsam über Nellis Beine breitete. Tante Nellis Gesichtsausdruck blieb dabei unverändert, ihre Augen ruhten auf den sanft flackernden Flammen.

»Es ist gut, Magda, du kannst nun auch zur Mette gehen«, rief Rosa zu den beiden hinüber. Das Dienstmädchen hob den Kopf und musterte sie erstaunt, fast beunruhigt. Sie war in mittleren Jahren, klein und rundlich gebaut. »Fräulein König hat sich bereit erklärt, hier zu bleiben und Wache zu halten, es ist alles in Ordnung.«

Die Frau musterte Magdalena, als versuchte sie einzuschätzen, ob man ihr eine solche Aufgabe anvertrauen könnte. Aber als Magdalena ihren Blick erwiderte, senkte sie hastig die Lider, dann den ganzen Kopf. Sie verließ den Raum wortlos und ernst, als habe man sie bestraft.

Rosa sah ihr nach, bis sich die Tür hinter ihr geschlossen hatte, dann beugte sie sich zu Magdalena hinüber. »Wir werden einen der Knechte hier lassen, wenn also etwas sein sollte mit Tante Nelli, oder falls Johann wach wird, kannst du uns jemand in die Kirche schicken, dann kommen wir dir zu Hilfe.«

»Es wird schon alles ruhig bleiben, macht euch keine Sorgen«, gab Magdalena zurück.

Als alle aufgebrochen waren, senkte sich eine große Ruhe auf die Wohnstube und dehnte sich immer weiter aus, bis sie den letzten Winkel des dunklen Raumes erfüllte. Nur das Feuer im Kamin knisterte leise, dann und wann brach ein Balken in sich zusammen und sandte zischende Funken nach oben.

Magdalena hatte sich einen zweiten Sessel an den Kamin geholt, sodass sie sich weit zurücklehen konnte, streckte die Füße aus und genoss die Wärme, die ihre Beine streichelte. Das Holz im Kamin knackte. Der Raum duftete nach Tannengrün und Kerzenwachs. Zum ersten Mal an diesem Tag war sie froh, dass sie gekommen war. Stille Nacht, dachte sie. Heilige Nacht.

Neben ihr begann Tante Nelli mit leiser Stimme zu singen.

»Jesu, das Angedenken dein, flößt wahre Herzensfreuden ein«, sang sie, und ihre klare Stimme nahm die Kadenzen mühelos und sauber. »Doch süßer über Honigseim ist, wann du selbst uns suchest ein.«

Es musste ein katholisches Lied sein, denn Magdalena hatte es noch nie zuvor gehört. Während sie noch über die seltsamen Worte nachdachte, drehte die alte Frau den Kopf in ihre Richtung. »Hat man uns einander vorgestellt?«

Mit einem Ruck setzte sich Magdalena aufrecht hin und zog die Beine an. Tante Nelli war ihr den ganzen Abend so klar erschienen, so verständig und vernünftig. Wusste sie wirklich nicht, wer sie war? Sie öffnete den Mund, schloss ihn dann wieder und schüttelte den Kopf. Es war so widersinnig.

»Was ist?«, forschte Nelli streng. Gelbe Flammen spiegelten sich verkehrt herum in ihren Augen. »Wollen Sie Ihren Namen nicht sagen?«

»Aber Tante Nelli, ich bin doch Magdalena, die Pflegetochter von Johanne und Catharine aus Kaiserswerth.« Johanne und Catharine aus Kaiserswerth, was für ein Unsinn. Johanne war tot, und Catharine lebte längst nicht mehr in Kaiserswerth.

Tante Nelli musterte sie mit einer Mischung aus Ratlosigkeit und Misstrauen. Ihre Lippen waren halb geöffnet und bewegten sich langsam, als versuchte sie die Worte zu formen, die ihrem Gedächtnis entglitten waren.

»Aber nun machen Sie sich doch nicht lustig über mich«, sagte sie schließlich ärgerlich. »Johanne hatte doch gar kein Kind, sie hat sich ja nicht einmal verheiratet.« Wieder blickte sie ins Leere, der Mund lautlos murmelnd. »Aber doch … ich habe es ihr doch sogar abgenommen, ihr Kind, in meinem Haus hab ich es aufgezogen …«

»Das war Catharine, die du aufgezogen hast, Tante Nelli«, erklärte Magdalena. »Aber ich bin Magdalena. Hast du mich denn tatsächlich vergessen?«

Mit einem Mal erschien es ihr von größter Wichtigkeit, dass sich die alte Frau an sie erinnerte. Alle, die sie liebte, alle, die ihr etwas bedeuteten, waren so entsetzlich weit weg, Catharine und Esther in New York, Johanne im Himmel und Heinrich – Heinrich war noch in Kaiserswerth, aber in Gedanken hatte er sich weiter von ihr entfernt als alle anderen. Sie hatte niemanden, keinen Menschen, in dieser Nacht, in der doch der Heiland geboren war. Niemanden außer Tante Nelli. Sie wollte, dass sie sie erkannte und bei ihrem Namen nannte.

»Aber Sie lügen doch«, rief Tante Nelli plötzlich so laut, dass Magdalena erschrocken zusammenfuhr. »Ich weiß doch ganz genau, dass Magdalena ein kleines Mädchen ist, nicht älter als drei, vier Jahre.«

»Ja, das war ich, Tante Nelli, aber nun bin ich groß geworden!«, rief Magdalena und merkte, wie ihr Herz schneller schlug vor Aufregung. Sie beugte sich aus ihrem Sessel zu der alten Frau hinüber und nahm ihre Hände, die schlaff auf ihrem Schoß lagen, als wären auch sie vergessen.

»Ich bin nun erwachsen!«

Tante Nelli zog ihre Hände nicht weg, aber sie reagierte auch nicht auf Magdalenas Berührung. Sie hielt einfach nur ganz still und durchsuchte mit den Augen die Dunkelheit hinter Magdalenas Schultern.

»Was ist denn heute eigentlich los?«, fragte sie dann. Ihre Stimme klang beunruhigt und brüchig. »Warum kümmert sich denn niemand um mich?« Sie machte Anstalten, sich aus dem Sessel zu erheben, aber Magdalena schob sie mit sanfter Gewalt wieder zurück.

»Deine Magda ist mit den anderen zur Christmette gegangen«, versuchte sie sie zu beruhigen. »Sie müssen nun bald wieder zurück sein. Aber du bist nicht allein, ich bin doch bei dir.«

Tante Nelli nickte geistesabwesend. Plötzlich schien sie einen anderen Gedanken zu verfolgen, den sie auf keinen Fall verlieren wollte. Eine ganze Weile saß sie so da, mit gespitzten Lippen und gerunzelter Stirn. Irgendwann hob sie den Kopf und sah Magdalena so triumphierend an, als habe sie endlich die Antwort auf eine wichtige Frage gefunden. »Es war meine Magda«, meinte sie stolz. »Meine Magda hat Magdalena geboren.«

Magdalena schüttelte den Kopf und lächelte. »Nein, Tante Nelli«, erklärte sie geduldig. »Nicht Magda. Johanne ist meine Mutter. Meine Pflegemutter. Magda ist dein Mädchen.«

»Nein, nein, nein!« Cornelia schüttelte so heftig den Kopf, dass sich eine Haarsträhne aus ihrer Hochsteckfrisur löste und in ihre Stirn fiel. Der weiße Haarkringel gab ihrem alten Gesicht einen eigenartig mädchenhaften, fast koketten Ausdruck. »Magda hat die Kleine geboren und sie dann Catharine gegeben, weil sie doch ein Kind der Sünde war. Aber Sie dürfen ihr keinesfalls damit kommen, sie will es nicht hören, dass sie eine Tochter hat, sie will beileibe nichts davon wissen.«

Magdalena starrte sie an, und vor ihrem geistigen Auge trat plötzlich wieder die alte Dienstmagd ins Zimmer, klein und gedrungen, mit flinken Schritten kam sie zu ihnen herüber und beugte sich über Tante Nelli, genauso, wie sie vorhin gestanden hatte. Magda, Magdalena, dachte sie. War das nur ein zufälliger Gleichklang, der Tante Nelli überhaupt erst auf die absurde Idee gebracht hatte, dass Magda ihre Mutter sein könnte? Oder war diese dicke, kleine, demütige Frau wirklich ihre Mutter?

»Nein, es kann nicht sein, keiner weiß, wer meine Mutter ist«, sagte sie mit tonloser Stimme, weniger zu Nelli als zu sich selbst.

Nelli lächelte mütterlich und begann Magdalenas Hände zu streicheln, die immer noch auf ihrem Schoß lagen. Ihre Finger waren weich und ihre Adern knotig, sie fühlten sich an wie Tante Johannes Hände, bevor sie gestorben war. Während sie streichelte, rasten Magdalenas Gedanken durch ihren Kopf, einer hinter dem anderen her, aber weil alle in der gleichen Geschwindigkeit dahinjagten, erreichten sie einander nicht.

Irgendwann schaute Tante Nelli auf und seufzte nachdenklich. »Ich frage mich wirklich«, murmelte sie so leise, dass Magdalena aufhorchen musste, um sie zu verstehen, »ob noch etwas von dem Perlwein in der Flasche dort drüben ist.«

9

Magdalena hatte jedes Gefühl für die Zeit verloren. Vielleicht hatte sie erst vor wenigen Minuten das Licht gelöscht, vielleicht lag sie schon seit Stunden im Bett und wälzte sich hin und her. Sie hielt die Augen weit geöffnet und starrte ins dunkle Zimmer, wo sie die Umrisse des Schrankes ausmachen konnte und die Vorhänge am Fenster. Immer wenn sie die Augen schloss, tauchte sofort das kleine Dienstmädchen vor ihr auf, beugte sich über sie und breitete die Bettdecke über ihren Körper, sodass sie fast erstickte.

War diese Frau, die nicht einmal einen Nachnamen zu haben schien, war diese Magda ihre Mutter? Aber warum hatte sie sich ihr dann nie zu erkennen gegeben? Magdalena war als Kind so häufig auf dem Hamelius'schen Hof gewesen, sie mussten sich oft begegnet sein, auch wenn sie selbst sich beim besten Willen nicht erinnern konnte. Magdalena schauderte bei der Vorstellung, dass die kleine Frau auf sie zukommen könnte, um sie zu umarmen und zu küssen. Mein Kind. Mein einziges verlorenes Kind.

Nein, dachte sie, während sie sich zum wiederholten Male auf die andere Seite drehte, es war unmöglich. Diese Frau war einfältig und ungebildet, man sah es ihr geradezu an, sie konnte wahrscheinlich weder lesen noch schreiben, es gab nichts, was sie miteinander verband – außer ihren Namen.

Sie hatte sich ihre Mutter so oft vorgestellt. In ihrer Fantasie war sie hochgewachsen gewesen, mutig, selbstbewusst und rätselhaft – ein bisschen wie Veronika von Bonnekamp. Eine Frau aus besserem Hause, gebildet, aber unglücklich, eine tragische Figur.

Aber jetzt fiel diese Vorstellung in sich zusammen wie ein Kartenhaus. Warum sollte ihre Mutter groß und schlank sein, sie war ja selbst eher klein und rund gebaut. Wie dieses Dienstmädchen. Auch ihr Haar sah genauso aus, lockig und widerspenstig, auch wenn das von Magda grau gesprenkelt war, als habe man in großen Mengen Pfeffer und Salz darübergestreut.

Wieder wälzte sie sich auf die andere Seite und blickte mit leeren Augen in den nachtschwarzen Raum. Warum wand sie sich so, warum akzeptierte sie es nicht einfach? Kinder und Narren sagen die Wahrheit. Die schlichte, plumpe, gewöhnliche Wahrheit. Magda war ihre Mutter.

Und alle hatten es gewusst. Tante Catharine, die sie damals ins Asyl gebracht hatte. Johanne und Esther natürlich auch. Selbst Pastor Fliedner hatte es gewusst. Was hatte er an jenem Nachmittag gesagt, als sie ihn zum letzten Mal vor seinem Tod gesehen hatte? Glauben Sie mir, Ihre leibliche Mutter wäre nicht halb so gut zu Ihnen gewesen wie Ihre Pflegemutter. Und wenn Fliedner Bescheid wusste, dann wusste es auch seine Frau und seine Kinder, die halbe Stadt kannte vermutlich die Wahrheit. Nur sie selbst hatte bislang keine Ahnung gehabt.

Das Gefühl einer verzweifelten, ohnmächtigen Wut nahm ihr fast den Atem. Sie setzte sich auf, zog die Knie an den Oberkörper und machte sich ganz klein. Sie hörte ihren Puls in ihren Ohren hämmern. In dieser Nacht würde sie keinen Schlaf mehr finden. Wie lange war es wohl noch bis zum Morgen? Wenn es nur nicht so dunkel gewesen wäre, und nirgendwo war ein Laut zu hören.

Stille Nacht, dachte sie wieder. Heilige Nacht.

Dann legte sie ihren Kopf auf die Knie und versuchte sich vorzustellen, dass Heinrich bei ihr wäre und dass seine Hände über ihr Haar strichen, um sie zu trösten.

Am Abend des ersten Weihnachtstages brachte Walter sie zurück nach Kaiserswerth. »Versprich mir, dass du uns bald wieder besuchst«, ermahnte er sie noch, bevor er sein Fuhrwerk wendete und dann wieder in Richtung Holländische Straße verschwand.

Als sie die Haustür aufschloss, gähnte sie der Hausflur an, kalt und feindselig. Sie entzündete die Petroleumlampe im Flur und behielt den Mantel an, während sie ins Wohnzimmer ging und im Kachelofen Feuer machte.

Am Morgen war sie mit den anderen zur Kirche gegangen, und dieses Mal war sie dankbar gewesen für die komplizierte Liturgie, die sie zwang, immer wieder aufzustehen, sich niederzuknien und dann wieder zu setzen, während ein Ministrant wenige Schritte von ihr entfernt ein Messinggefäß an einer Kette auf und ab schwenkte, aus dem schwerer, süßlich duftender Weihrauch quoll. Die ständige Bewegung verhinderte zumindest, dass sie nach der ruhelosen Nacht einschlief und besinnungslos von der Bank fiel.

Nach dem üppigen Mittagsmahl, zu dem ihnen die fleißige Rosa einen Gang nach dem anderen auftischen ließ, wünschte sie sich nichts sehnlicher als Schlaf, aber Rosa schleppte sie stattdessen hinüber zu Therese, die ihnen Bohnenkaffee in Porzellantassen servierte und danach eine unendlich erscheinende Menge an Kleidungsstücken präsentierte, die sie eigenhändig für ihren kleinen Sohn angefertigt hatte.

Beim Rückweg über den Hof begegnete ihnen Magda. Sie kam aus dem Wohnhaus, ein paar Wäschestücke unter dem Arm, den Kopf gesenkt und ganz in Gedanken versunken. Sie war schon an ihnen vorbei, ohne sie anzusehen, mit kleinen, hastigen Schritten, aber im letzten Moment entschloss sich Magdalena, sie anzusprechen. »Magda!«, rief sie, und ihre eigene Stimme klang rau und fremd.

Die alte Dienstmagd blieb abrupt stehen, als hielte sie jemand fest. Sie hob den Kopf. Ihre Augen schossen von einer Frau zur anderen, wachsam und misstrauisch. Dann blieben sie lange auf Magdalenas Gesicht haften. Magdalena hielt dem Blick stand und musterte ihrerseits die Mutter. Zum ersten Mal. Zum letzten Mal.

Rosa räusperte sich und wollte etwas sagen, aber Magdalena hob warnend die Hand und brachte sie so zum Schweigen. Irgendwann lösten sich die Blicke.

»Frohe Weihnachten, Magda«, sagte Magdalena leise.

»Frohe Weihnachten«, gab die andere genauso leise zurück. »Das wünsche ich Ihnen von Herzen, gnädiges Fräulein.«

Während die Wärme des Feuers jetzt langsam das Zimmer erfüllte, dachte Magdalena an Johanne. Wenn sie noch am Leben wäre, würde sie sich zu ihr aufs Sofa setzen. Sie würden sich nicht berühren. Tante Johanne hatte enge körperliche Kontakte stets vermieden, wenn sie sie auch als Kind manchmal umarmt hatte, um sie zu trösten, doch später waren ihre Zärtlichkeiten immer mehr psychischer als physischer Natur gewesen. Sie hätte ihr zugehört, lange und geduldig. Und was hätte sie zu sagen gehabt? Warum hatte sie sie so im Unklaren gelassen, warum hatte sie ihr nie die Chance gegeben, Magda kennen zu lernen? Johanne, die Aufrichtige, die Lügen und Unwahrheiten so sehr gehasst hatte. Warum hatte sie ihr das Geheimnis ihrer Herkunft verschwiegen? Es war nutzlos, darüber nachzudenken. Tante Johanne war tot. Sie hatte die Antworten mit ins Grab genommen.

Magdalena streifte den Mantel von den Schultern und ließ ihn achtlos auf den Boden fallen. Dann zog sie die Schuhe aus, legte die Füße aufs Sofa und schob sich noch eines der Kissen in den Rücken, um bequemer zu liegen. Sie würde am nächsten Tag an Catharine schreiben und sie fragen, warum …

Aber ehe sie den Satz zu Ende gedacht hatte, war sie eingeschlafen.

Sie erwachte von der Kälte, die von ihren Füßen aus in ihren Leib kroch. Über ihr lag der Mantel, den sie in der Nacht vom Boden aufgehoben und anstelle einer Decke auf sich geworfen hatte. Das Feuer im Ofen war längst ausgegangen.

Sie zog die Ellenbogen vor der Brust zusammen und hauchte warmen Atem in ihre Fäuste. Wie spät mochte es jetzt sein? Die Standuhr neben der Tür tickte mit ruhiger Regelmäßigkeit, aber es war zu dunkel, um die Uhrzeit abzulesen. Sie tastete auf dem Tisch nach Streichhölzern und zündete die Petroleumleuchte an. Halb acht. Sie hatte fast zwölf Stunden geschlafen.

Kaffee, dachte sie sehnsüchtig. Aber sie hatte nur Gerstenkaffee im Haus, und auch der war schon ziemlich alt. Gähnend stand sie auf, reckte die steifen Glieder und ging in die Küche. Während sie Feuer im Ofen schürte, überlegte sie, was sie mit dem Tag anfangen sollte. Am liebsten wäre sie in die Dunkelkammer gegangen und hätte einige Platten kopiert, die sie vor ein paar Tagen belichtet hatte, aber es war Weihnachten, da konnte sie nicht ins Atelier.

Früher waren sie und Johanne am zweiten Weihnachtsfeiertag immer in die kleine Diakonissenkirche am Marktplatz gegangen, die eigentlich den Schwestern und den Patienten der Anstalt vorbehalten war. Fliedner als Vorsteher der Anstalt hatte den Gottesdienst gehalten, eine ruhige Feier und nüchterner Schlusspunkt nach den glanzvollen Weihnachtstagen. Mit einem Mal spürte sie das Bedürfnis, auch heute dorthin zu gehen und für eine Weile unterzutauchen in der stillen Diakonissenfrömmigkeit. Sicherlich würde niemand etwas dagegen einzuwenden haben, wenn sie sich irgendwo hinten in eine der Bänke quetschte.

Disselhoff zelebrierte den Gottesdienst gemeinsam mit Georg Fliedner, den Magdalena jahrelang nicht mehr gesehen hatte. Lange bevor sie nach Amerika gegangen war, hatte Fliedners ältester Sohn Kaiserswerth verlassen, um Theologie zu studieren, inzwischen musste er ordiniert sein.

Von ihrer Bank aus hatte sie nur einen schlechten Blick auf den Altarraum, aber immer wenn seine Gestalt zwischen den Diakonissenhauben vor ihr auftauchte, hielt sie unwillkürlich den Atem an, so sehr ähnelte er seinem Vater. Das rötlich helle Haar, das er straff aus der Stirn gekämmt trug, die kerzengerade Haltung, die ihn so viel größer erscheinen ließ, als er in Wirklichkeit war. Der strenge Gesichtsausdruck. Georg war nur ein paar Jahre älter als sie selbst, höchstens dreißig, aber in seinem schwarzen Pastorenkleid mit dem weiß gespaltenen Kragen wirkte er auf eine eigenartige Weise alterslos.

Hatte Fliedner so ausgesehen, als Johanne sich in ihn verliebt hatte? Schwer nachvollziehbar, was sie an ihm gefunden hatte. Aber Heinrich war auch nicht gerade eine Schönheit und dennoch … sie schob den Gedanken beiseite und konzentrierte sich stattdessen auf Disselhoff, der jetzt die Kanzel betreten hatte und seine Predigt begann. Wie immer sprach er in langen, gewundenen Sätzen, dabei aber so langsam und eintönig, dass Magdalena den Anfang des Satzes schon fast wieder vergessen hatte, bis er zu seinem Ende gekommen war. Wieder und wieder schweiften ihre Gedanken ab, und irgendwann stellte sie überrascht fest, dass Disselhoff gar nicht mehr von der Anbetung des Kindes im Stall sprach – womit er seine Predigt begonnen hatte –, sondern von den Schlachtfeldern in Frankreich. Sie fragte sich, wie er es in seiner bedächtigen Art geschafft hatte, so schnell einen solchen rhetorischen Bogen zu schlagen.

»Ein blutiger Krieg, in dem Tausende eines bösen, schnellen Todes sterben«, erklärte er, wobei seine Stimme mit jedem Wort an Lautstärke gewann, »ein Krieg, in dem Hunderttausende armer Leute das Brot verlieren, ist schrecklich, und Gott helfe uns, dass er ein baldiges Ende finde.« Er machte eine bedeutungsschwere Pause und ließ seinen Blick über die Patienten oben auf den Emporen und die Diakonissen unten im Saal schweifen. »Aber ein fauler Friede, in welchem Millionen im Sumpf des Materialismus, des gottlosen Mammondienstes versinken, ist gewiss noch schrecklicher in Gottes Augen. Der Allmächtige stärke die Herzen unserer Soldaten, auf dass sie mutig bleiben im Kampf und nicht verzagen im Schlachtgetümmel. Beugen wir«, rief er plötzlich donnernd, und die junge Schwester neben Magdalena senkte hastig ihren weißen Nacken über ihr Gesangbuch, als habe er sie persönlich angesprochen, »beugen wir das Knie vor den Männern, die ihr Leben opfern für die Gerechtigkeit. Und beugen wir das Knie vor dem Kind, dem wahren König, dem Herrscher der Welt.«

Magdalena dachte an die verstümmelten Soldaten in ihren Lazarettbetten, hier in Kaiserswerth und in Frankreich. An die Toten auf den Schlachtfeldern. An die unzähligen Witwen und Waisen. Wovon redete Disselhoff? Jeder Frieden war besser als dieses sinnlose Gemetzel um ein paar Meter Land, um die lächerlichen Eitelkeiten der Herrschenden.

»Kommt und lasst uns Christum ehren«, stimmten die Diakonissen um sie herum an. In den Höhen klangen ihre Stimmen schrill und unschön. Magdalena erhob sich und quetschte sich an ihnen vorbei aus der Bank. Dieses Weihnachtsfest war ein Desaster, sie hätte es am besten zu Hause verbracht, die Bettdecke über den Kopf gezogen, denn was immer sie tat, wo immer sie war, überall fühlte sie sich fremd und verloren und fehl am Platze. Als sie den Ausgang der Kirche schon erreicht hatte, bemerkte sie, dass Georg Fliedner ihren Abgang missbilligend beobachtete. Die schwere Kirchentür unterstrich seinen vorwurfsvollen Blick mit einem lauten Quietschen.

»Unser Kerker, da wir saßen und mit Sorgen ohne Maßen uns das Herze selbst abfraßen«, sangen die Schwestern, »ist entzwei, und wir sind frei.«

Zu Hause fand sie einen Umschlag im Briefkasten neben der Tür. Er war mit einem schmalen, hellblauen Seidenband umwickelt wie ein Geschenk. Sie nahm ihn mit in die Küche und wog ihn lange in der Hand. Es stand kein Name darauf und auch kein Absender. Ob ihn jemand versehentlich bei ihr eingeworfen hatte? Oder hatte eine Nachbarin sich ihrer erbarmt, die gesehen hatte, wie einsam sie hier lebte? Schließlich knüpfte sie das glänzende Band auf.

Eine dünne, silberne Kette fiel ihr entgegen mit einem eigenartigen spiralförmigen Anhänger. Sie betrachtete ihn einen Moment lang ratlos, dann suchte sie im Umschlag nach einer Erklärung. Es steckte noch eine Fotografie darin, auf der sie selbst zu sehen war: Klein wie eine Puppe stand sie vor den riesigen Konvertern in den Krupp-Werken, das Gesicht im Halbprofil zur weiß glühenden Öffnung gedreht. *Essen, am 22. November 1870*, las sie auf der Rückseite der Abbildung. Und darunter: *Frohe Weihnachten, Magdalena.*

Die Kette war von Heinrich. Sie betrachtete den Anhänger noch einmal genauer. Es war das kleine Metallstück, das er in einer der Werkhallen von ihrem Haar gelesen hatte. Er hatte es aufbewahrt und für sie fassen lassen.

Sie legte die Kette um den Hals und fühlte den Anhänger auf ihrer nackten Haut, zuerst kühl und fremd, aber dann erwärmte er sich rasch und nahm die Temperatur ihres Körpers an.

10

Konrad Trier brachte die Nachricht am 19. Januar ins Atelier, einen Tag bevor Heinrich nach Leipzig aufbrechen wollte. »Deutschland ist nun wirklich ein einzig und einig Vaterland«, verkündete er, und sein rundes Gesicht leuchtete vor Erregung, »Wilhelm I. wurde gestern im Schloss von Versailles zum deutschen Kaiser gekrönt.«

»Im Schloss von Versailles«, meinte Heinrich spöttisch. »Das ist wahrlich der perfekte Ort für eine deutsche Kaiserkrönung. Mitten in Frankreich. Warum haben sie die Zeremonie nicht gleich nach Afrika verlegt?«

»Ach, nun komm, sieh das Ganze nicht so pessimistisch«, meinte Trier. »Immerhin haben wir lange auf die Reichsgründung gewartet, jetzt ist es endlich geschafft, Deutschland ist eins, von Bayern bis hinauf nach Schleswig, von den Rheinlanden bis nach Ostpreußen.«

»Wir haben davon geträumt, dass Preußen in einem einigen Deutschland aufgeht. Aber nun ist es anders gekommen, nun ist Deutschland in Preußen aufgegangen.« Heinrich nahm ein paar Bücher aus einem Regal an der Tür und verstaute sie in einer Kiste. »Es wird alles beim Alten bleiben: Ganz oben sitzt der Monarch als unangefochtener Herrscher, darunter macht sich der Adel breit, und davor als liberales Feigenblättchen das rechtlose Parlament. Dann die Bürger in der Rolle der Untertanen und am Boden, von allen verachtet, von allen getreten, das Proletariat. Autorität statt Demokratie, das ist die Formel des neuen Kaiserreichs.«

»Warte doch erst mal ab«, erwiderte Trier, während er ebenfalls ein paar Bücher aus dem Regal nahm und sie Heinrich reichte, »es nützt doch nichts, alles so gänzlich schwarz zu sehen, hinterher geht es dann doch wieder besser, als man denkt.«

Magdalena sagte nichts. Sie saß mit dem Rücken zu den Männern am Tisch und tat so, als wählte sie aus einem Stapel Fotografien die besten Bilder aus. Aber sie starrte nur auf die bräunlich-weißen Abzüge, ohne sie wirklich wahrzunehmen. Noch acht Stunden, dann würden sie sich die Hände schütteln und die besten Glückwünsche austauschen. Sie würde nach Hause gehen, als ob nichts wäre, und am nächsten Morgen würde er abreisen, und sie würden sich nicht wiedersehen. Nein, sie konnte sich keine Gedanken machen über das neue Kaiserreich und die Zukunft Deutschlands. Sie brauchte alle ihre Kraft, um nicht auseinander zu brechen. Hinter ihr klappten die Männer den Deckel auf die Kiste, und Hoffmann brachte ein paar Nägel daran an. Jedes Mal, wenn der Hammer zuschlug, zuckten unwillkürlich ihre Lider über die Augen.

»So, das sollte fürs Erste genügen«, hörte sie ihn sagen. »Der Rest bleibt hier, bis ich dort eine Bleibe gefunden habe.«

»Fräulein König hält dir hier die Stellung, da ist es ja kein Problem«, sagte Trier laut. Sie spürte die Blicke der Männer im Rücken und zwang sich aufzusehen.

»Sie sind so still heute«, sagte Heinrich. Es klang wie eine Frage.

Sie zuckte mit den Schultern.

»Fräulein König kann es wohl ebenfalls nicht verwinden, dass du uns verlässt«, scherzte Konrad.

Sie blickte in sein freundliches, offenes Gesicht und wurde wütend, obwohl sie wusste, dass er es nicht böse gemeint hatte. »Ach was!«, herrschte sie ihn an. »Meinetwegen können Sie beide hingehen, wo es Ihnen beliebt. Ich hatte ganz vergessen, wie eng es in Deutschland ist und wie unfrei und gezwungen es hier zugeht. Und wenn Sie es genau wissen wollen, so habe ich mich entschlossen, wieder nach Amerika zurückzukehren. Ja, es war ein Fehler, hier zu bleiben, es war nur die Trauer über den Tod meiner Pflegemutter, die mich hier zurückhielt, aber das ist jetzt vorbei. Sie müssen sich also langfristig einen anderen suchen, der Ihnen hier die Stellung hält, Herr Hoffmann.« Sie hatte die Worte ausgesprochen, ohne vorher darüber nachzudenken, aber jetzt, da die Sätze im Raum hingen, erfüllten sie sie mit einer großen Befriedigung. Es war plötzlich alles so einfach. Sie würde ihren Schmerz überwinden, indem sie nach Amerika zurückkehrte. Dort würden sich neue Wege auftun. Warum war sie nur nicht schon früher darauf gekommen!

Sie vermied Hoffmanns Blick, weil sie Angst hatte, dass sie ihm nicht standhalten könnte. Stattdessen starrte sie Konrad an.

»Aber das ist jammerschade! So werden Sie zur Hochzeit gar nicht mehr hier sein?«, fragte er und blickte sie verständnislos an.

»Zu welcher Hochzeit?«, fragte sie barsch. »Wollen Sie sich verheiraten?«

»Gütiger Gott, nein!«, wehrte er ab. »Nicht ich, sondern Elisabeth … Ja haben Sie denn am Ende noch gar nichts davon gehört …?« Er schaute von ihr zu Heinrich, ratlos und unsicher. Sie folgte seinem Blick. Heinrich stand ganz ruhig und aufrecht da und nickte. Jetzt erst begriff sie es.

»Nein«, murmelte sie. »Ich habe noch nichts davon gehört.«

Ihre Hand wanderte zu dem Anhänger an ihrem Hals, aber auf halbem Weg ließ sie sie wieder sinken. Im selben Moment verließ sie der letzte Rest Kraft, den sie noch in sich gehabt hatte. Sie drehte sich um und verließ mit schnellen Schritten den Raum.

Zum ersten Mal, seit Catharine abgereist war, war sie froh, dass sie das Haus ganz für sich allein hatte, dass keiner da war, der mit besorgten Fragen in sie drang oder sie zu trösten versuchte.

Sie warf die Tür hinter sich ins Schloss und stemmte sich mit dem Rücken dagegen. Auf der Straße war sie kurz davor gewesen, in Tränen auszubrechen, aber jetzt war sie plötzlich vollkommen ruhig. Heinrich würde also Elisabeth heiraten. Sie hatte es doch schon die ganze Zeit über gewusst – dass die beiden zusammengehörten, war unübersehbar gewesen. Gottes Segen für euch, dachte sie. Sie würde zurück nach Amerika gehen und Heinrich vergessen. Hoffmann, verbesserte sie sich in Gedanken.

Tante Johanne hatte nie geheiratet, Tante Catharine war allein geblieben und Esther genauso, und auch sie würde ihr Leben ohne einen Mann an ihrer Seite verbringen. Heinrich … Hoffmann hatte ihr das Fotografieren beigebracht, daran würde sie weiterarbeiten in New York, wo die Möglichkeiten für Künstlerinnen um so vieles besser waren als hier in Deutschland. Sollte er sein Leben mit seiner blöden Elisabeth leben in diesem engen Land, sie würde ihren Weg gehen. Aufrecht und mit erhobenem Haupt.

Die Schläge gegen die Tür drangen gegen ihre Schulterblätter. Intuitiv ließ sie sich in die Hocke fallen, damit man sie durch das kleine Fenster in der Tür nicht sah. Aber natürlich war es zu spät, dachte sie, als sie am Boden kauerte, wer auch immer dort draußen stand, hatte sie längst gesehen und wusste auch, dass sie jetzt hier unten hockte wie ein ängstliches Kind. Wieder fuhr ihre Hand hoch zu dem Anhänger, diesmal zog sie ihn an der Kette aus ihrer Bluse und umklammerte ihn abergläubisch wie ein Heide seinen Talisman. Heinrich, dachte sie. War er ihr nachgelaufen, um sie zu trösten? Um ihr vielleicht sogar zu versichern, dass ihm nichts an Elisabeth lag, dass er nur eine liebte …

»Magdalena«, hörte sie hinter sich eine Männerstimme, aber es war nicht Heinrich. »Öffnen Sie mir, ich bitte Sie.« Es war Konrad Trier, der ihr gefolgt war. Sie schloss die Augen und überlegte, ob sie am Boden entlang wegkriechen sollte. In die Küche, ins Wohnzimmer, fort von hier.

Aber stattdessen blieb sie einfach sitzen und rührte sich nicht. »Lassen Sie mich ein«, hörte sie Konrad rufen. »Ich weiß, dass Sie da sind.«

Du liebe Zeit, dachte sie, die ganze Situation war so lächerlich, so durch und durch peinlich. Sie wollte jetzt keinen sehen, warum begriff er das denn nicht. »Was wollen Sie von mir?«, rief sie laut und kam sich dumm vor in ihrer zusammengekauerten Haltung zu seinen Füßen, zwischen ihnen nur die Tür.

»Lassen Sie mich eintreten, bitte«, wiederholte er hartnäckig.

Noch bevor er eintrat, richtete sie sich auf und versuchte dabei möglichst gleichmütig auszusehen. Er stand vor ihr und drehte seinen nassen Hut in seinen großen Händen, zwei Mal nach links, ein Mal nach rechts, dann wieder nach links, als folge er einem geheimen Rhythmus.

Sein Gesicht war vom Laufen gerötet, winzige Regentropfen bedeckten die Haut. »Ich dachte, Sie wüssten um die Verbindung zwischen Heinrich und Elisabeth«, sagte er atemlos. »Aber er hat Ihnen noch nichts davon gesagt. Es tut mir Leid, wenn ich Sie verletzt habe …« Magdalena überlegte, ob sie alles abstreiten sollte, ihre Gefühle für Heinrich und ihre Verletztheit, aber es hatte ja keinen Sinn, er würde ihr ohnehin nicht glauben, und außerdem war es egal.

»Ich … doch im Grunde wusste ich, dass er sie liebt. Ich wollte es wohl nur nicht wahrhaben. Es macht nichts, ich musste es doch einmal erfahren.«

Er nickte, und sein Gesicht wurde noch röter.

»Bitte«, meinte sie. »Ich möchte lieber allein sein.«

Er nickte wieder, rührte sich jedoch nicht von der Stelle. »Werden Sie das tun, was sie vorhin gesagt haben?«, fragte er leise. »Werden Sie nach New York zurückgehen?«

Sie starrte zu Boden. Um seine Schuhe herum hatte sich eine schmutzige Pfütze gebildet. »Ich denke schon. Was soll ich noch länger hier?«

»Bitte, Fräulein König, bleiben Sie hier. Sie sind eine so gute Fotografin …«

»Ich bin noch nicht so weit, das Atelier allein zu führen.«

»Aber gemeinsam können wir es schaffen.«

Sie blickte hoch in sein Gesicht, in seine glänzenden Augen.

»Nein«, sagte er schnell. »Verstehen Sie mich nicht falsch. Wir würden zusammenarbeiten, nicht mehr und nicht weniger.«

»Ziehen Sie das Ganze wenigstens in Erwägung«, meinte er, als sie nichts entgegnete. »Zurück nach Amerika können Sie immer noch. Warum geben Sie Kaiserswerth nicht einmal eine Chance?«

Ihre Hände fuhren wieder zu der Kette an ihrem Hals. Sie schob den Anhänger unter ihre Bluse zurück und faltete die Hände vor ihrem Schoß. »Ich kann nicht. Es geht nicht.«

Er schloss kurz die Augen, als müsse er darüber nachdenken, dann wandte er sich zur Tür. Ein zarter Schleier Regentropfen stob in den Flur, als er sie öffnete. »Ich weiß«, sagte er ruhig. »Ich weiß genau, wie Sie sich fühlen. Es tut weh, wenn man einen liebt und die Liebe nicht erwidert wird. Wenn man sich sicher ist, dass die Sache gänzlich hoffnungslos ist. Es zerreißt einen. Aber Heinrich hält große Stücke auf Sie …« Sie wollte ihn unterbrechen, aber er ließ sie nicht zu Wort kommen. »Nein, schätzen Sie das nicht für gering ein, was er für Sie empfindet, die Freundschaft, die Achtung, vielleicht ist es am Ende bedeutender als seine Gefühle für meine Schwester.«

Magdalena merkte, dass ihr Tränen in die Augen stiegen, und senkte rasch den Kopf. »Überlegen Sie sich das Ganze noch einmal, ich bitte Sie«, hörte sie ihn noch sagen, dann fiel die Tür ins Schloss, und sie war allein.

»Natürlich gehe ich zurück nach Amerika«, murmelte sie trotzig.

Also bist du doch allein wegen Hoffmann hier geblieben, weil du gehofft hast, dass er dich nimmt, stellte eine strenge Stimme in ihrem Kopf fest. Es klang so sehr wie Johanne, dass sie sich unwillkürlich umblickte, ob sie irgendwo stand und sie beobachtete. Aber da war niemand, der Hausflur klaffte einsam und dunkel.

Sie trat hinaus in den Regen, der heftiger geworden war. Nach wenigen Minuten durchdrang die Feuchtigkeit ihre Kleider. Nasser Stoff rieb gegen ihre nackte Haut, aber sie ging einfach weiter, durch das Tor und dann den Weg hinunter zum Rhein, der völlig verlassen dalag.

Sollte sie wirklich zurück nach New York? Im Studio Building konnte sie als Fotografin arbeiten, aber sie würde sich das Atelier und die Dunkelkammer mit vielen anderen teilen müssen. Hier hatte sie alles für sich allein. Darüber hinaus übernahm sie einen sicheren Kundenstamm. Und in Konrad Trier hatte sie einen Partner und Lehrmeister, der ihr in allen technischen Fragen weiterhelfen würde. Einen Freund, auf den sie sich bedingungslos verlassen konnte, und vielleicht war es ja wirklich so, wie er vorhin gesagt hatte, vielleicht waren Freundschaft und Achtung wichtiger als alles andere.

Wenn sie hier bliebe, würde sie die Hochzeit miterleben, denn Heinrich und Elisabeth würden in Kaiserswerth heiraten. Sie würde dabei zusehen, wie er ihr den Ring an den Finger steckte. Wie sie ihn anlächelte. Wie er sie küsste.

Das Wasser rann in langen, durchsichtigen Schnüren von der Krempe ihres Hutes, dahinter sah sie den Rhein fließen wie ein breites, graues Band, das sich unaufhörlich weiterschob. Sie nahm den Hut ab und ließ den Regen auf ihr Gesicht fallen. Ein Windstoß fuhr durch die Weiden am Ufer und peitschte ihre Äste hin und her, die Oberfläche des Flusses kräuselte sich, und bildete Wellen. Alles war in Bewegung, alles veränderte sich, und sie selbst war ein Teil davon, ein eigenständiges, eigenwilliges Element in dieser wirbelnden Welt.

Sie konnte bleiben. Sie konnte gehen. Sie war frei, sich zu entscheiden.

New York, den 15. März 1876

Meine geliebte Magdalena,

fast zwei Wochen sind nun schon vergangen, seit ich Dein Schreiben bekommen habe, und immer noch habe ich es nicht beantwortet. Heute Morgen habe ich alles andere zur Seite gelegt, mein Schreibtisch ist leer geräumt, damit mich nichts von Dir ablenken kann. Catharine ist vor wenigen Stunden mit Prudence und Erika nach Rochester zur Versammlung der National Woman Suffrage Association aufgebrochen. Man will dort eine Erklärung zu den Frauenrechten formulieren. Meine Gedanken und meine besten Wünsche begleiten sie auf ihrer Reise, aber ich selbst bin nicht mitgefahren. Versammlungen waren noch nie meine Sache, und heute schrecken mich große Menschenmengen mehr denn je.

Veronika von Bonnekamp ist übrigens auch nicht mit von der Partie, denn stell Dir vor, sie hat sich wieder verheiratet und befindet sich nun auf Hochzeitsreise! Ihr Ehemann, Charles Beckerath, den sie an Weihnachten kennen gelernt hat, ist gerade einmal fünfunddreißig Jahre alt, also mehr als zwanzig Jahre jünger als sie selbst! Die Sache hat einen kleinen Eklat ausgelöst, sogar in unserem scheinbar so liberalen Frauenverband. Wie Du Dir allerdings vorstellen kannst, kümmert sie das wenig, die Meinung anderer war ihr schon immer herzlich gleichgültig.

Auch von einem anderen alten Bekannten gibt es Neuigkeiten. Bei einem Spaziergang an der Battery trafen Catharine und ich in der vergangenen Woche auf Ernest Weidmann, Seite an Seite mit einer jungen Dame – Mrs Weidmann, wie er sie uns stolz vorstellte. Er erkundigte sich mit großem Interesse nach Deinem Ergehen, und als Catharine ihm von Deinem Einsatz für die sozialistische Bewegung berichtete, bat er uns um Deine Anschrift. Ich hoffe, es war in Deinem Sinne, dass wir sie ihm genannt haben.

Ich bin froh und erleichtert zu hören, dass es Dir und den Deinen so gut geht, aber ich bezweifle, ob Du mir in allen Dingen wirklich die Wahrheit geschrieben hast. Denn mögen wir hier auch fernab sein von Deutschland, so erreichen uns doch beunruhigende Nachrichten aus der alten Heimat. Täglich treffen neue Auswanderer ein, und die meisten von ihnen haben wenig Gutes zu berichten. Auch wenn man nicht allem und jedem Glauben schenken darf, so ist es doch unverkennbar, dass Kaiser und Kanzler eine erbitterte Schlacht gegen die Demokratie kämpfen und die Sozialisten zum Staatsfeind Numero eins erklärt haben. Einsatz für das Vaterland nennt Bismarck das, ich nenne es Terror.

Du schreibst, dass die sozialistische Sache in Düsseldorf immer weiter erstarkt und mit jedem Tag an Anhängern gewinnt. Das macht Hoffnung, obgleich ich befürchte, dass die Obrigkeit dem nicht allzu lange tatenlos zusehen wird. Ach, ich will nicht schwarz malen, aber bedenkt bei allem, was ihr tut, dass es besser ist, rechtzeitig in die Emigration zu gehen und vom Ausland aus politisch zu agitieren, als in Deutschland inhaftiert zu sein.

Während ich diese Zeilen schreibe, sehe ich Dich lächeln. Gewiss denkst Du, dass ich Dir das Exil nur deshalb ans Herz lege, um euch hierher nach New York zu locken, und zu einem Teil magst Du Recht damit haben.

Denn was gäbe ich darum, wenn ich Deine Tochter nicht nur auf den Fotografien auf unserem Kaminsims betrachten könnte, sondern tatsächlich in meine Arme schließen könnte. Deine kleine Johanna, die Dir in allem so sehr gleicht.

Ich kann es wohl verstehen, dass Du Dir Gedanken darüber machst, wie Deine leibliche Mutter Dich jemals weggeben konnte, bei all der Liebe, die Du heute zu Deinem eigenen Kind empfindest. Auch wenn ich Magda nie kennen gelernt habe, so bin ich davon überzeugt, dass sie es nicht aus Herzlosigkeit getan hat, sondern aus einer tiefen Verzweiflung heraus. Gleichwohl spielt es keine Rolle. Denn sie hat Dich nur geboren, aber Johanne war Deine Mutter, die Dich ausgewählt hat und die Dich geliebt hat bis zu ihrem Tod. Schau mich an: Ich habe nach und nach alles verloren: zuerst meine leiblichen Eltern, dann meinen Mann und schließlich mein einziges Kind. Und gleichzeitig habe ich so vieles gewonnen. Johanne, Catharine und Du, ihr seid mir Vater und Mutter, Mann, Schwester und Tochter zugleich.

Während ich schreibe, fällt mein Blick auf ein paar Worte, die Catharine vor einigen Tagen auf ein Stück Papier geschrieben und an die Wand gehängt hat. Ich weiß nicht, warum sie sie notiert hat und von wem sie stammen, aber sie sind wahr und machen mich froh, wann immer ich sie lese.

The kingdom of God is within man – Gottes Königreich ist im Menschen. Auch in Dir, Magdalena, und in mir.

In großer Liebe
Esther

Ein Nachwort

Was an diesem Buch ist Dichtung, was ist Wahrheit? Grundsätzlich bleibt das der Beurteilung jedes einzelnen Lesers überlassen. Johanne, Catharine und Magdalena sind meine Erfindungen, auch Nelli, Esther, Gustav und viele andere Figuren dieses Romans haben nie wirklich gelebt, aber im Laufe des Schreibens sind sie für mich wirklicher und lebendiger geworden als manche reale Person.

Bei den Schilderungen der historischen Abläufe von 1822 bis 1871 in Kaiserswerth, Düsseldorf und Manhattan habe ich mich eng an die überlieferten Daten und Fakten gehalten. So haben die im Buch erwähnten Unternehmungen, Reisen oder Vorträge Theodor Fliedners wirklich stattgefunden, und auch Ereignisse wie z. B. der Tod der beiden Fliedner-Töchter oder die Rettung der oberschlesischen Waisenkinder im März 1848 gehen auf reale Begebenheiten zurück. Dabei konnte ich mich auf die detaillierte Fliedner-Biografie von Martin Gerhardt stützen und die – weniger präzise, aber umso aufschlussreichere – Biografie von Georg Fliedner *(Martin Gerhardt, »Theodor Fliedner – Ein Lebensbild«, Bd. 1 und 2, Düsseldorf 1937, Georg Fliedner, »Theodor Fliedner – Sein Leben und Wirken«, Bd. 1 und 2, Düsseldorf 1910).*

Für alle, die mehr über das familiäre, soziale und politische Umfeld der Fliedners und über die Diakoniegeschichte erfahren möchten, hier eine kleine, sehr subjektive Bibliografie: *Ruth Felgentreff, »Das Diakoniewerk Kaiserswerth 1836–1998«, Düsseldorf 1998; Luise Fliedner und Karl Mützelfeldt (Hrsg.), »Die Kaiserswerther Seminare. Erinnerungen aus neun Jahrzehnten der Kaiserswerther Lehrerinnenausbildung«, Kaiserswerth 1928; Jutta Schmidt,*

»Beruf: Schwester – Mutterhausdiakonie im 19. Jahrhundert«, Frankfurt 1998; Anna Sticker, »Friederike Fliedner«, Neukirchen-Vluyn 1961; Anna Sticker, »Julius Disselhoff – Wilhelm Zoellner«, Düsseldorf 1965).

Bei der Recherche zu Theodor Fliedners Leben, seiner Familie und seinem Werk erhielt ich kompetente Unterstützung durch die Fliedner-Kulturstiftung. Vielen Dank an Dr. Norbert Friedrichs als Leiter der Stiftung und an Annett Büttner vom Fliedner-Archiv, die mir engagiert mit Fachliteratur, Rat und Tat weitergeholfen haben.

Pfarrer Jonas Marquardt, der heutige Fliedner-Nachfolger und jetzige Bewohner des historischen Pfarrhauses, hat mir nicht nur einen Einblick in Fliedners Wohnstätte eröffnet. Ohne ihn, seine Literatur und seine geduldigen Erläuterungen wäre ich in den Wirren der evangelischen Kirchengeschichte und der Theologie des 19. Jahrhunderts hoffnungslos verloren gewesen. Eventuelle Fehler sind hier definitiv allein mir selbst zuzuschreiben. Die Gespräche mit ihm haben mir viel gegeben und dieses Buch sicher weit mehr beeinflusst, als es ihm selbst bewusst ist. Herzlichen Dank dafür.

Mein Wissen über die wirtschaftliche und politische Situation der Stadt Kaiserswerth im 19. Jahrhundert – von der Seidenweberei bis hin zu den historischen Straßennamen – verdanke ich den zahlreichen Veröffentlichungen des Kaiserswerther Heimat- und Kulturvereins. Vielen Dank an den Vorsitzenden Wilhelm Mayer für seine Unterstützung.

Wie die Fliedner-Familie basieren auch die Figuren der Düsseldorfer Bürgerrechts- und Demokratiebewegung auf historischen Vorbildern. Dazu gehören z. B. die 1848er-Revolutionäre Hugo Wesendonk, Lorenz Cantador, Julius Wulff oder Paul von Hatzfeld und die Künstlergruppe um den amerikanischen Historienmaler Emanuel Leutze. Auch bei den konkreten Abläufen habe ich mich an die historischen Fakten gehalten. Die Versammlung vor dem Neusser Hessentor hat genauso stattgefunden wie der nachfolgende Sturm aufs Düsseldorfer »Kaschott«, das Freiheitsfest auf dem Friedrichplatz (heute: Grabbeplatz) oder die Pferdeäpfelattacke auf Friedrich Wilhelm IV. auf der heutigen Königsallee.

Bei der Recherche zur Arbeiterbewegung in Düsseldorf und in Kaiserswerth war mir die Veröffentlichung *»Die Kraft einer großen Idee – 125 Jahre SPD in Düsseldorf« (hrsg. von Frank Morgner und Andreas Kussmann, Düsseldorf 1988)* eine große Hilfe. Vielen Dank auch an Claudia Bednarski, die ihr Wissen mit mir geteilt hat.

Der Landschafts- und Gartenarchitekt Stefan Fromm hat seine Kenntnisse über den Kräuter- und Gemüsegarten in der Goethezeit an mich weitergegeben.

Ata Deventer vom Textilmuseum Krefeld und Jutta Zander-Seidel vom Germanischen Nationalmuseum in Nürnberg haben mich in Kleiderfragen beraten. Jutta Zander-Seidels Buch *»Kleiderwechsel. Frauen-, Männer- und Kinderkleidung des 18. bis 20. Jahrhunderts« (Nürnberg 2002)* sei allen empfohlen, die an einem ähnlichen Projekt arbeiten.

Meine Vorstellung von den Lebens- und Wohnverhältnissen im Manhattan des 19. Jahrhunderts wurde stark durch die hervorragende ständige Ausstellung des Lower Eastside Tenement Museum geprägt (108 Orchard Street, New York, www.tenement.org).

Marcus Pietrek danke ich für seine Unterstützung mit Literatur und Wissen zur Fotografiegeschichte. Besonders hilfreich war für mich Willfried Baatz' *»Geschichte der Fotografie« (Köln 2004)* und Joel Snyders Aufsatz *»Inventing Photography«* aus *»On the Art of Fixing a Shadow« (Chicago 1989)*.

Und natürlich möchte ich all jenen danken, die dazu beigetragen haben, dass aus meinem Manuskript ein richtiges Buch geworden ist: Meinem Agenten Dr. Harry Olechnowitz in Berlin für seine Sorgfalt und Kritik und unsere gute Zusammenarbeit. Ich bin sehr froh, dass wir uns kennen gelernt haben.

Meinen Lektorinnen beim Diana-Verlag Carola Fischer und Frauke Brodd (die es sogar noch geschafft hat, dieses Nachwort in den fast fertigen Druck zu quetschen, nachdem ich den Text viel zu spät abgegeben habe).

Meiner Schwester Ruth Mayer, die immer alles zuerst sieht, was ich schreibe. Und allen, die dieses Manuskript in Teilen oder ganz gelesen haben, die mich mit unzähligen Tassen Kaffee und Gläsern Wein wieder aufgebaut haben und mein Gejammer genauso geduldig ertrugen wie plötzliche Anfälle von Größenwahn: Silke Bayer, Catriona Campbell, Heike Hoffmann, Lore Kretschel, Sibylle Pietrek, Conny Possin, Liza Schiller-Campbell und Enke Spänkuch.

Zum Schluss, aber vor allen anderen, danke ich Ralf Kretschel, den ich liebe. Und meinen Eltern Agnes und Konrad Mayer. Für alles.

Gina Mayer